A.J. FOSTER

DANGEROUSLY MINE

PERICOLOSAMENTE MIO

ROMANZO

MAGAZZINI SALANI

A chi smette di combattere,
lasciando vincere il dolore.

ISBN 979-12-5957-123-6

Per essere informato sulle novità
del Gruppo editoriale Mauri Spagnol visita:
www.illibraio.it

www.magazzinisalani.it

Prologo

«La corte si riunirà fra quindici minuti».

Ben, il mio assistente personale, mi raggiunge nell'androne freddo e deserto del tribunale di Burlington. Siamo in attesa ormai da qualche minuto. Una folata di aria pungente che si insinua dall'arcata d'ingresso mi colpisce il viso. Le vette che si scorgono all'orizzonte sono già imbiancate e presto la neve scenderà anche qui a valle.

«Grazie» rispondo. I nostri occhi si incrociano per un istante e io lo congedo con un leggero cenno d'intesa. Senza aggiungere altro, Ben rientra dalla porta principale con passo un po' rigido.

«Vinceremo, Clark, ne sono certo». Jonathan, accanto a me, prende una boccata dal suo sigaro d'importazione. Appoggia una mano sulla mia spalla con fare solenne.

Lo guardo. Il sole di gennaio colpisce il suo viso senza pietà.

«Certo che vinceremo» aggiunge Miranda. «D'altronde, siamo Williams». La donna è stretta in un'elegante pelliccia che le arriva fino ai polpacci. Si avvicina al marito e gli prende la mano.

Li osservo accennando un sorriso di cortesia.

Non sospettano di me. Come io, per tutti questi anni, non ho sospettato di loro.

«Scusatemi» dico, liberandomi dalla presa di Jonathan. «Devo dire un'ultima cosa a Ben. A tra poco».

Li lascio lì con le loro certezze a godersi quelle che spero saranno le loro ultime ore d'aria per un bel po' di tempo. Nella hall del tribunale, alcuni reporter cercano di strapparmi una dichiarazione, ma io non mi fermo. Salgo al piano superiore e mi blocco davanti a una spessa porta in noce.

Un respiro profondo.

Si comincia.

Busso alla porta e attendo che la segretaria mi venga ad aprire.

«Clark Harrison!» mi saluta una voce calda che appartiene a un uomo corpulento, dai baffi scuri e curati, seduto a una scrivania tirata a lucido e ingombra di fascicoli. Mi sorride.

«Buongiorno, Vostro Onore». La voce mi si incrina leggermente.

«Chiamami Anthony, Clark. Ci conosciamo da troppi anni per essere formali anche fuori dall'aula. Prego, accomodati» dice indicandomi una sedia imbottita. «Come mai qui? Il processo sta per iniziare».

Apro la mia ventiquattrore e ne estraggo una lettera che appoggio sulla scrivania.

Anthony Murphy la squadra.

«Cos'è?»

«Mi ritiro dal caso. Non ho più intenzione di rappresentare il mio cliente» rispondo.

L'espressione sul suo viso cambia subito.

La busta è ancora sul tavolo, a metà strada tra me e lui. È come se non volesse toccarla. Sa che quello che contiene è molto pericoloso.

«Sei sicuro, Clark?» domanda alla fine, titubante. «Se rinunci all'incarico in questo momento e senza una buona motivazione, sarò costretto a sospenderti».

«Ho ottime motivazioni, Anthony. Ho riportato tutto qui». Indico la lettera. «E anche se non ci fossero state, preferirei essere sospeso piuttosto che rappresentare quell'uomo».

«Spero tu sappia che cosa stai facendo, Clark».

Finalmente il giudice Murphy si decide ad aprire la lettera.

Lo osservo mentre passa in rassegna le carte. Sento un sottile velo di sudore formarsi sotto la camicia. «Ha tentato di convincermi a dichiarare il falso, Anthony» spiego. «E ora lui lo dichiarerà in quell'aula».

«Se è davvero questo che vuoi...» mormora. Prende un grosso respiro e si lascia cadere sullo schienale. «Dobbiamo rinviare il processo. Non ha una difesa ora».

«Lo so. Anche se non ti nascondo che mi piacerebbe vederlo costretto a incassare le accuse della controparte senza una difesa a proteggerlo».

«Clark» mi ammonisce Anthony. «Restiamo professionali».

Scruto il suo viso, le rughe attorno agli occhi seri. Avrà anche lui dei rapporti con quella famiglia?

«Lo salverai dall'umiliazione pur sapendo che avrebbe testimoniato il falso e pur sapendo che è colpevole?» chiedo, non riuscendo a trattenermi.

«Non sono io a stabilirlo, ma la legge» ribatte, cauto. Continua a scartabellare i fogli. «Quando hai capito che ti stava manipolando al fine di spingerti a dichiarare il falso?»

«Pochi giorni fa. Mi stavo preparando per il processo, ho messo insieme i pezzi e ho notato che alcune cose nella sua versione non tornavano».

«D'accordo» annuisce. «Chiederò che venga disposta una verifica».

Mi alzo. Non abbiamo nient'altro da dirci. Gli porgo la mano e lui me la stringe, noto che è un po' tremante.

«Ti ringrazio, Anthony». Cerco di sorridergli, ma la tensione che mi lega la gola da quando ho scoperto tutto ancora non si è sciolta. Esco dallo studio, Ben mi sta aspettando impettito fuori dalla porta.

«Com'è andata?» bisbiglia.

«Come doveva andare» taglio corto.

Insieme attraversiamo con passo veloce il tribunale. Evitiamo la hall, non voglio che i reporter, o peggio, i Williams, ci vedano. Infiliamo un corridoio secondario che conduce a un'uscita sul retro.

Il vicolo è cieco e deserto. Un minivan è accostato lì vicino. Ci avviciniamo e mentre lo facciamo il portellone si apre. Ben si siede sul sedile posteriore, io su quello davanti.

«Buongiorno Shailene, grazie per il passaggio».

«È un piacere, Ben».

Prima di mettere in moto, mia moglie mi guarda. «Fatto?» Prova a sorridermi.

«Fatto» rispondo secco.

«Come l'ha presa?» chiede accarezzando la mia mano dolcemente.

«Non lo so. Ma se aspettiamo ancora un po' rischiamo di vedere la sua reazione e quella di tutta la città in diretta». Mi scappa una smorfia di disagio.

«Allora diamocela a gambe!» esclama lei schiacciando sull'acceleratore.

Come riesce a scherzare anche in un momento così difficile? Il suo buonumore mi travolge. Il nodo alla gola si allenta. La guardo di sottecchi, mentre lei stringe il volante tenendo quei suoi occhi verdi sognanti incollati sulla strada.

«Devo andare a prendere i ragazzi a scuola» dice, riportandomi al presente. «Ben, tu vieni a pranzo da noi?»

«Non posso rinunciare a un invito a pranzo a casa di Shailene Harrison!» ribatte Ben.

«Tesoro» mi chiama Shailene con un sorriso un po' malizioso. «Ho capito perché hai assunto questo ruffianone».

È brava, Shailene, ad allentare la tensione. Lo è sempre stata. Sento che anche Ben, infatti, si rilassa sul sedile. È stata questa una delle qualità che più mi hanno attratto di lei, da sempre. Il modo in cui guarda il mondo rendendolo più bello di com'è, persino più magico. Non si aspetta mai il peggio, ha una fiducia incrollabile nell'altro, me compreso. E io non potevo deluderla. Non potevo proteggere quell'uomo e quella famiglia. Non più.

Fuori dal finestrino sfreccia il panorama. Lo conosco così bene che non mi offre nessuna distrazione e i pensieri, le preoccupazioni tornano subito a stringermi la gola.

So di aver fatto la cosa giusta, lo so.

Jonathan e Miranda mi hanno preso in giro per troppo tempo. E io non sono disposto ad appendere la mia carriera a un filo per difendere qualcuno che mi ha mentito e mi ha manipolato. Nemmeno se quel qualcuno era un amico. Se avessi saputo fin dall'inizio come stavano davvero le cose non avrei mai accettato di difenderlo. Se avessi saputo di quali crimini si era macchiato non gli sarei stato accanto per tutti questi anni. Non si diventa il miglior avvocato dello Stato difendendo questo genere di criminali.

Non voglio mai più sentir parlare di lui, di sua moglie e di tutti i Williams. È gente marcia.

Shailene mi guarda di sottecchi, coglie la mia agitazione.

«Andrà tutto bene» bisbiglia.

Poi alza il volume della radio.

Giving love but getting nothing back, oh
People help the people
And if you're homesick, give me your hand and I'll hold it
People help the people...

PRIMA PARTE
COMBATTERE

Capitolo 1

Non amo il mare.

Ma non è sempre stato così. Anni fa, mia madre e il mio patrigno portavano me e mio fratello in spiaggia. Passavamo l'intera giornata a rincorrerci sul bagnasciuga e a costruire castelli di sabbia, ci fermavamo a guardare il tramonto e poi ancora più a lungo. Seduti sulle nostre sdraio, sotto il manto stellato della notte, restavamo ad ascoltare il mescolarsi della voce di mia madre con l'infrangersi costante delle onde. Chiudevo gli occhi, poggiavo il capo sulla sua spalla e immaginavo fosse una sirena dai poteri magici che richiamava a sé i marinai sperduti, per salvarli dalla tempesta. Mi piaceva quel momento, era come se tutto il mondo fosse in equilibrio perfetto. Mi addormentavo serena e stanca e sognavo di abitare un giorno proprio in una casa sul mare, per potermi sedere sulla sabbia soffice e tiepida quando volevo.

Quando poi è cambiato tutto e la mia famiglia si è spezzata, ho iniziato a detestare anche solo l'odore della salsedine.

Perciò credo che l'universo abbia deciso di riportarmi qui perché mi odia.

Dico sul serio.

Ne ho già passate tante, eppure mi tocca anche lavorare su una bollente spiaggia della Florida. Per dei ricconi arroganti, tra l'altro. I proprietari della lussuosa villa che mi ritrovo davanti non mi hanno nemmeno contattata direttamente. È stata una loro collaboratrice a rispondere al mio annuncio su Craigslist. Avevo utilizzato tanta di quell'ironia, nel tentativo di nascondere la mia disperazione, che non immaginavo che qualcuno lo prendesse seriamente. Suonava così:

Ti piacciono i cactus?
A me no e anche se hanno bisogno di un solo goccio d'acqua tutte le settimane sono convinta che li farei morire di stenti (non lo so con certezza perché non ho mai provato).
Però mi piace mangiare, solitamente non lascio briciole nel piatto. E non me la cavo male ai fornelli. Certo, se stai cercando un'aiutante per la tua officina è meglio se chiami qualcuno con le mani più grandi delle mie. Io so impilare scatoloni, sia pieni che vuoti, e so catalogare. Non i documenti però. Comunque conosco anche l'alfabeto e so canticchiarlo mentre pulisco.
Sono Aria Davidson, ho ventidue anni e sono disponibile da subito.

Chissà che cosa hanno pensato leggendolo. Ma forse sono una coppia di vecchi a cui i soldi escono persino dalle orecchie e che non sanno nemmeno che cosa ho scritto. Conosco bene quel genere di persone. Vedono la servitù come un affare delegabile ad altri. Loro sono troppo impegnati a organizzare il prossimo party, la prossima vacanza ai Caraibi oppure a ristrutturare la piscina. Questa villa me lo conferma: il giardino di erba morbida, le bordure di palme perfettamente allineate, le enormi finestre, i tetti piatti ultramoderni. Tutto è pensato per impressionare qualcuno, ma quel qualcuno deve avere un conto in banca a dieci cifre. Buon per loro. A me serve questo lavoro. Mi serve davvero. Mentre percorro il viale d'ingresso, però, sento le gambe un po' pesanti. Tutta questa ostentazione mi disturba. La donna con cui mi sono scambiata alcuni messaggi per accordarci su giorno e ora non mi ha dato molti dettagli, solo quest'indirizzo. Ho scoperto il cognome dei miei nuovi datori di lavoro solo pochi minuti fa leggendo i sofisticati caratteri sulla torretta del cancello d'ingresso.

'Harrison'.

Non che mi importi molto chi siano. La verità è che ho bisogno di soldi, per cui il disprezzo che provo per questo ambiente è del tutto irrilevante.

Sono al verde. E sono sola.

L'amore per i miei genitori è lentamente sparito nel nulla, tanto che forse l'oceano che si infrange sulla spiaggia a una manciata di metri da questa villa potrebbe diventarmi più tollerabile se un bel giorno decidesse di affogarli. Magari prima quell'alcolizzata di mia madre e poi quel pervertito del mio patrigno. Sono scappata da casa sei anni fa e da quel momento sto cercando di costruirmi una nuova vita con tutte le mie forze. Non mi sono mai guardata indietro, non avevo veri amici da salutare. Ogni volta che mi sembra di aver messo distanza tra me e il mio passato, però, lui torna. Si ripresenta sotto forma del viso annebbiato dall'alcol di mia madre. E io sono costretta a fuggire ancora e ancora. Lontana da lei e da quello che mi ha fatto.

Busso al portone bianco perfettamente lucido con insistenza. Ho già suonato al citofono fuori dal cancello, ma a quanto pare si sono dimenticati di aprire.

Questo lavoro mi darà una vita più stabile. Risparmierò ogni centesimo e quando avrò messo da parte abbastanza mi licenzierò e mi iscriverò all'Accademia di Fotografia. È stata questa passione, il mio obiettivo, a tenermi sulla retta via in questi anni bui.

I miei pensieri non sembrano intenzionati a starsene tranquilli, oggi. Per questo, quando il portone si apre, sono del tutto impreparata.

«Posso esserti d'aiuto?» chiede un ragazzo sui vent'anni a petto nudo. Ci metto un attimo a far coincidere questa immagine – un fisico scolpito ricoperto di tatuaggi – con quella che mi aspettavo – una donna con una divisa da domestica.

«Posso esserti d'aiuto?» ripete, appoggiandosi allo stipite della porta. Mi squadra attentamente con degli occhi celesti da far venire i brividi. Si blocca sul borsone rattoppato che mi sono trascinata fin qui e che contiene le poche cose che possiedo. Lo indica con un cenno del capo. «Se hai bisogno di un posto per dormire posso indicarti la strada per un albergo».

Mi riscuoto subito. «Davvero credi che io sia così tanto disperata da trascinarmi fin qui per chiedere un posto letto a voi? Preferirei dormire per strada, piuttosto» rispondo offesa.

Alle sue spalle qualcuno ride.

«Che carattere!» esclama un uomo sulla cinquantina che si affianca al ragazzo. «Noto con piacere che la signorina non si fa intimidire dalla tua arroganza, Asher». L'uomo gli sorride con benevolenza. «Ora vai dai tuoi fratelli, io e lei dobbiamo parlare».

Il ragazzo, Asher, per nulla imbarazzato dall'intervento dell'uomo che data la somiglianza è chiaramente suo padre, mi lancia un ultimo sguardo e poi si allontana con calma, sparendo nelle viscere in penombra della villa.

L'uomo mi fissa per un istante, ma è come se non mi stesse vedendo per davvero. Ha i capelli ingrigiti arruffati e indossa un completo elegante che gli sta un po' largo sulle spalle.

All'improvviso i suoi occhi tornano più attenti, come se si stesse riscuotendo da un pensiero. «Entra, entra pure mia cara!» Mi tiene la porta aperta e si fa da parte. «Io sono Clark Harrison».

«Aria Davidson» dico con un filo di voce.

«Ti stavamo aspettando» risponde facendomi strada.

L'esterno dell'abitazione mi aveva già dato un'idea della bellezza di questa villa, ma appena metto piede nel grande ingresso e mi guardo attorno capisco che l'avevo sottovalutata. Quadri d'arte moderna sui muri, un'intera parete in vetro con vista panoramica sull'Atlantico e un pianoforte nero, a coda, sistemato proprio lì davanti. Al centro del salotto si trova un enorme divano completamente bianco, è rivolto verso la parete su cui è affissa una televisione così grande da fare invidia a un cinema. Qualche metro più in là rispetto al pianoforte, in una stanza altrettanto grande e che permette di accedere a una veranda, è stato collocato un tavolo lunghissimo circondato da sedie imbottite e rivestite di raso bianco. È tutto curato nei minimi dettagli. Si avvicinerebbe anche alla mia idea di paradiso, se non fosse che dovrò essere io a pulire tutto quanto e a far risplendere le superfici lucide. «Vieni, Aria» la voce dell'uomo mi riporta al presente. «Meglio se parliamo nel mio ufficio dei dettagli della tua permanenza. Qui rischiamo di essere interrotti...» fa un cenno nella direzione in cui il ragazzo a petto nudo è scomparso. Mi precede mentre attraversiamo un lungo corridoio su cui si affacciano varie porte. Lo studio in cui entriamo è, senza esagerare, il regno del disordine.

Cartelline e fascicoli sono appoggiati ovunque, senza un ordine logico. Se fuori la casa era perfettamente pulita, quasi asettica, qui dentro sembra esplosa una bomba. Il signor Harrison si accomoda dietro a una scrivania di cui quasi non si riesce a intravedere il piano in vetro. La poltrona su cui mi fa segno di sedermi è ingombra di fogli e libri. Afferro tutto e sposto sul pavimento.

«Tu sei Aria Davidson, giusto?»

Ho un attimo di esitazione. Mi sembrava ci fossimo già presentati. «Sì, signor Harrison».

Gli occhi dell'uomo si appoggiano sul mio viso. Sono dolci, intelligenti, sono occhi che non mettono a disagio chi osservano. Ma il loro colore, una strana tonalità di azzurro, è come se fosse un po' slavato. Alla fine, il suo volto si apre in un largo sorriso.

«Bene! Sono molto contento di conoscerti, finalmente!»

«Finalmente...?» chiedo.

«Oh sì!» risponde il signor Harrison. «Da quando Rosa, la signorina García, ha letto il tuo annuncio non ha fatto altro che sollecitarmi affinché ti assumessi!»

Non riesco a trattenermi davanti al suo entusiasmo e faccio una cosa che non mi capita spesso: gli sorrido a mia volta. È un sorriso di cortesia, certo, ma è comunque un sorriso.

«Temevo ti saresti spaventata e non saresti venuta» aggiunge a voce un po' più bassa.

«In che senso? La casa è molto grande e, a proposito, le faccio i miei complimenti, è una delle più belle che abbia mai visto... ma pulire è il mio lavoro».

«Certo... pulire. Ma, scusami, Aria... Rosa, voglio dire, la signorina García, non ti ha detto nulla?»

«No» rispondo confusa. «A proposito di cosa...?» Ecco. Lo sapevo che c'era una fregatura. Perché non poteva essere la villa di una coppia di anziani ricconi sempre in crociera?

«Rosa me l'ha fatta anche stavolta...» commenta tra sé e sé. Poi sposta lo sguardo su di me: «Non si tratta solo di pulire la casa, ma anche di darci una mano nella gestione dei ragazzi».

Okay. Baby sitter. Posso riuscirci.

«Quanti sono i bambini?»

Il signor Harrison sorride di nuovo. «Non sono esattamente bambini... Sono sei. Dai venti ai ventisei anni...» fa un attimo di pausa. «Maschi» aggiunge poi.

Sei maschi adulti e vaccinati. Cosa intende con 'gestione dei ragazzi'? Immagino che sapranno cambiarsi il pannolino da soli...

Avrei voluto saperlo prima, ma non avrebbe cambiato nulla. Mi serve questo lavoro. Mi serve.

«Credo che la tribù Harrison abbia bisogno di una vivace presenza femminile...» va avanti a spiegare il signor Harrison.

Il mio sorriso è sempre più tirato. Quando si renderà conto che non rappresento certo una 'vivace presenza femminile' mi caccerà a gambe levate.

«Ovviamente, se in qualche modo ti infastidiranno o non agevoleranno il tuo lavoro voglio che tu me lo faccia presente. Capito, Aria?» L'azzurro dei suoi occhi brilla per un attimo quando si concentra su di me. «Sono...» muove una mano nell'aria alla ricerca della parola giusta «intensi i miei ragazzi» dice alla fine.

Figuriamoci se un'orda di ragazzetti viziati può farmi paura.

«Non si preoccupi, signor Harrison. Saprò cavarmela» lo rassicuro.

«Lo spero. Non ti conosco bene, ma mi sembra che tu possieda una certa tenacia». Apre uno dei cassetti. «Questo è il contratto che ho stilato». Mi porge un piccolo plico. Mi basta dare un'occhiata ai fogli per avere mal di testa. È scritto in caratteri minuscoli. «Hai tempo fino a domani sera per dirmi se vuoi apportare modifiche o se vuoi tirarti indietro».

«Non mi tirerò indietro, signor Harrison».

«Mi farai sapere. Ad aspettarti in cucina, domattina, troverai Rosa, la signorina García. Lei è la governante... più o meno. Diciamo che si occupa un po' di tutto. Ti spiegherà lei le tue mansioni. Hai un giorno di riposo alla settimana, ma se dovessi avere qualche emergenza, o bisogno di tempo libero extra, non esitare a chiedermelo. Per qualsiasi problema puoi rivolgerti a lei, a me o al maggiore dei miei figli. Ecco, questo è il mio numero di telefono». Mi passa un biglietto da visita di cartoncino spesso. Sul davanti c'è scritto 'Avvocato Clark Harrison' con caratteri raffinati.

«La ringrazio, signor Harrison». Mi alzo per stringergli la mano.

Lui la afferra, tornando a sorridermi.

Il mio sguardo cade sul portafoto d'argento che domina la scrivania. Nello scatto c'è una versione più giovane, ma altrettanto affascinante, di lui stretto a una donna dai capelli corvini e gli occhi verdi come l'abito che indossa.

«Non devi ringraziarmi. Anzi, sarò io a esserti riconoscente se non scapperai entro una settimana. Ti faccio accompagnare da uno dei ragazzi nella tua camera, così inizi a conoscerli».

«È molto gentile».

Il signor Harrison mi fa strada fino alla porta e poi si ferma per farmi passare. I suoi modi sono così eleganti che con lui riesco a sfoderare la mia miglior educazione. A quanto pare l'avevo seppellita da qualche parte nell'angolino in cui ho messo le cose che non ti aiutano a sopravvivere per strada.

«Aron» chiama quando ci fermiamo davanti a una porta.

«Che c'è?» risponde qualcuno con tono scocciato.

«Accompagna la signorina Davidson nella sua stanza».

Un ragazzo diverso da quello incontrato poco prima si presenta alla porta. Indossa un pigiama morbido sotto il quale si riesce a intravedere un fisico statuario. Ha i lineamenti del viso più gentili rispetto ad Asher.

«Vieni con me, biondina»

«Vacci piano, Aron» lo rimbecca il padre. «Lei ha un nome. Comportati come si deve».

Il ragazzo sbuffa.

«Aron!»

Aron cerca i miei occhi con complicità. Capisco che sta scherzando. All'improvviso si china e prima che io possa fermarlo mi toglie il borsone logoro dalle mani.

«Visto? So essere galante» dice per stuzzicare il padre. Poi si allontana senza aspettarmi e senza aspettare una sua risposta.

Il signor Harrison sospira.

«Seguilo, non credo tornerà indietro».

«Esatto!» grida da lontano Aron.

Lascio il signor Harrison e la sua presenza rassicurante e con pochi passi raggiungo il ragazzo.

«Bentornata, biondina. Prima di mostrarti il tuo rifugio dobbiamo fare una piccola deviazione».

«Mi chiamo Aria» mi limito a rispondere, secca.

Seguo Aron dentro un ascensore che, presa com'ero dal signor Harrison, non avevo nemmeno notato. L'ambiente è così moderno che mi ricorda una capsula spaziale.

«Viaggi leggera» osserva Aron sollevando un po' il mio borsone.

«Non mi piace essere rallentata» provo a dire.

«Bene, nemmeno a noi» mi risponde Aron scoccandomi un'occhiata che non riesco a decifrare. In quell'istante le porte dell'ascensore si aprono e prima che possa formulare un qualsivoglia pensiero la voce di Aron si fa più bassa e l'allegria sparisce del tutto.

«Bene, Aria. Ti do il benvenuto nell'inferno degli Harrison».

All'improvviso mi sento catapultata in un altro universo. Il bianco e l'ordine della villa sono spariti e sono stati sostituiti dal nero.

Nero sulle pareti.

Nero sul pavimento.

Nero delle stoffe che rivestono sedie e divani.

Lo spazio è enorme e illuminato da lampade che emanano una luce suffusa. Al centro c'è un tavolo da biliardo in legno scurissimo e su una parete è attrezzato un bar con un bancone in marmo.

Nell'aria si sente odore di alcol, di fumo e di...

Maschi.

Perché ciò che stride di più è la loro presenza.

Cinque ragazzi compreso Aron che non ha esitato ad abbandonarmi all'ingresso per unirsi a loro. Le somiglianze sono così evidenti che è impossibile non capire che sono fratelli. E sono tutti così belli che toglierebbero il fiato a chiunque. Tre di loro sono senza maglietta, gli altri hanno delle t-shirt che evidenziano i corpi allenati. La loro pelle è ricoperta di tatuaggi di ogni tipo e mi stanno fissando con tanta attenzione che mi sento subito a disagio. I loro sguardi trasudano malizia. Uno di loro senza staccarmi gli occhi di dosso beve un sorso della bottiglia di birra che tiene in mano e una goccia gli scivola lungo il collo tatuato.

Non parlano.

Sembra passare un tempo infinito, ma probabilmente si tratta solo di una manciata di secondi.

Conosco questo gioco.

Se hai avuto una vita come la mia non puoi non conoscerlo.

Vogliono intimidirmi. Ma non sanno chi hanno davanti. Affilo il mio sguardo e li passo in rassegna uno a uno, imitando la loro stessa insistenza.

Mi è bastata un'occhiata per inquadrarli.

Ricchi. Belli. Viziati. Arroganti.

Con l'aria da cattivi ragazzi in cerca di guai.

Capitolo 2

Alzo il mento in segno di sfida.

Non hanno idea di che cosa ho visto. Non hanno idea di che cosa ho vissuto. Non hanno idea di quello di cui sono capace.

«Aron, potevi dirci che avevamo un'ospite» mi indica un ragazzo biondo dagli occhi chiari e un'abbronzatura che accentua il naso a patata.

«Ospite...» commenta sbuffando un altro. Lo riconosco: è quello che mi ha aperto la porta, Asher. È il primo a perdere interesse per me. Si siede su un divano e riavvia la partita a cui stava giocando su un maxi schermo. «È soltanto la nuova domestica».

«Qualsiasi ruolo abbia... Chi se la fa per primo stavolta?» chiede un altro ancora. È straordinariamente simile al primo. Entrambi sono biondi, entrambi hanno gli occhi chiari e hanno una pelle bronzea che sembra brillare sotto la luce delle lampade. È come se madre natura li avesse semplicemente fotocopiati. Sembrano due giovani divinità scese dall'Olimpo.

«Nessuno» taglia corto una voce profonda come un tuono. Mi volto. C'è un sesto ragazzo che non avevo notato. Non perché fosse meno appariscente degli altri, solo che era seduto nell'angolo meno illuminato della stanza. È alto, muscoloso e anche lui ricoperto di tatuaggi. Indossa una camicia sbottonata e in mano ha il cellulare.

«Aidan» si fa avanti Aron. «Josh stava scherzando...»

Il ragazzo con la camicia si avvicina e scocca un'occhiata gelida a quello biondo, ignorando Aron.

«Vuoi farti una che indossa quegli stracci?» dice, avvicinandosi a me.

«Io sarò soltanto la domestica, ma di certo tu non spicchi per la tua classe» sibilo.

Il ragazzo, Aidan, si volta e mi punta addosso due occhi verdi privi di pietà. È di una bellezza disarmante. I suoi lineamenti sono così perfetti che sembra che qualcuno li abbia disegnati. Ha un viso armonico, ma l'espressione è così dura che infrange del tutto quella grazia. Sotto l'aspetto da dio greco c'è qualcosa di respingente, qualcosa che attiva tutti i miei campanelli d'allarme.

Dopo un istante abbozza un ghigno. I fratelli ammutoliscono. Si rivolge a loro con tono fermo: «Nessuno la deve toccare. Avete capito?»

I ragazzi non rispondono, evitano il suo sguardo. Aidan si volta verso di me e vedo che il suo viso viene attraversato da un'ombra di soddisfazione.

«Senza di me, non dureresti una settimana in mezzo a loro» mi sussurra nell'orecchio sorpassandomi. La sua voce mi vibra dentro, provocandomi un brivido. Esce dalla stanza e io resto bloccata. Ero così impreparata a una situazione del genere che non riesco a dire una parola.

«Sinceramente a me non interessa se sei la domestica. Se stanotte dovessi sentirti sola puoi bussare alla mia porta» dice Josh.

Lo fulmino.

«Grazie per l'invito ma no. Non sei il mio tipo».

«Oh-oh. Così mi spezzi il cuore, biondina. Io sono il tipo di tutte» dice mettendosi una mano sul petto fingendo teatralmente che l'abbia ferito. La posa è così esagerata che mi riesce quasi a strappare un sorriso.

«Aria, stanno scherzando». Aron si avvicina di nuovo a me e mi rivolge uno sguardo dolce. L'avevo capito.

«Ora sono curioso di sapere com'è il tuo tipo, allora». Aidan è tornato e la sua voce riporta il gelo nella stanza. Era uscito solo un istante, vedo che infila il cellulare in tasca.

«Non credo che sia professionale rispondere a certe domande. E non credo che sia molto intelligente da parte tua pormele, visto che sarei una dipendente di tuo padre».

«Una *nostra* dipendente» puntualizza. Si siede su una delle poltrone di pelle nera. «Ma non credo tu abbia firmato ancora nulla, per il momento. Quindi puoi sentirti libera di rispondere» aggiunge con un ghigno.

Questo tizio è decisamente il peggior ricco viziato che abbia mai incontrato. Provo a trattenermi, conto fino a dieci. Ha ragione lui, comunque. Non ho ancora firmato nulla. E non voglio giocarmi questo lavoro per le stupide provocazioni di un ragazzino arrogante.

«Rispondi» mi incalza.

«Aidan» si intromette un altro di loro, uno biondo dagli occhi scuri. «È appena arrivata».

Aidan non mi stacca gli occhi di dosso. «Ti sei mangiata la lingua? Dovresti essere più rispettosa, biondina. D'altronde da domani saremo i tuoi padroni».

Non ce la faccio. Al diavolo la calma.

«Porto rispetto verso chi me ne porta e direi che tu sei così lontano da questo concetto che dovresti cercare la definizione sul vocabolario. E comunque, ti informo che ho un nome. Sono Aria Davidson. Ti pregherei di usarlo».

Aidan serra la mascella.

«Mi stai dando dell'irrispettoso ignorante?»

«L'hai detto tu, non io». Osservo con una certa soddisfazione Aidan serrare ancora di più la mascella. «E ora, con permesso». Gli rivolgo un inchino sarcastico ed esco dalla stanza senza voltarmi. Nella mente mi rimbomba la parola 'padroni'. Ma chi si crede di essere? E in che epoca pensa di vivere? Ora le esitazioni del signor Harrison sono più chiare: altro che tribù, i suoi figli sono dei barbari.

Sono in questa casa da meno di un'ora e ho già voglia di andarmene. Ripeto a me stessa, come se fosse un mantra, che con questi soldi finalmente mi potrò costruire una nuova vita. Costi quel che costi dovrò affrontare questo lavoro, altrimenti anche quel poco che mi resta di futuro si dissolverà del tutto. Certo, non capisco come questi ragazzi possano essere i figli di Clark Harrison. Mi è sembrato un uomo così buono e decisamente più controllato...

Riprendo l'ascensore e mi ritrovo di nuovo nel salone bianco. In questa stanza perfetta, con la vista sull'oceano e il pianoforte lucido che se ne sta immobile ad aspettare che qualcuno sfiori i suoi tasti, mi sembra di ritrovare la calma.

«Ehi, aspetta, Aria» mi richiama una voce. Alzo gli occhi al cielo e sospiro.

Dovrò armarmi di pazienza per affrontare i prossimi mesi. Se avessi saputo prima in che razza di posto sarei finita avrei risposto all'annuncio di lavoro della gelateria in centro.

«Aron doveva accompagnarti nella tua stanza, vero?» Mi volto e sbatto contro il petto nudo di Asher. Per ora ho fatto il pieno di stronzi Harrison, ci manca solo lui.

«Sì» rispondo continuando a camminare. «Ma credo di potercela fare da sola, grazie».

«D'accordo» dice lui. «Però avevi dimenticato questo».

Mi passa il mio borsone. Ero così innervosita dall'atteggiamento di quell'Aidan che me l'ero scordata del tutto. «Grazie» rispondo afferrando i manici.

Lui fa spallucce. «Senti, volevo chiederti scusa per prima. Quando ti ho aperto la porta sono stato davvero maleducato. Non volevo dirti che somigli a una senzatetto, sai noi...»

Lo interrompo. «Ti ringrazio per le tue scuse. Ma credo che un po' tutti voi dobbiate imparare a pesare le parole prima di aprire la bocca».

Asher sorride. «Hai ragione. Pace fatta, Aria?» Mi porge una mano.

«Va bene».

Devo ammetterlo: sono molto stupita. Non mi aspettavo che qualcuno di loro conoscesse il significato della parola 'scusa'.

«E non ho neanche intenzione di portarti a letto. A meno che non lo voglia tu, ovviamente» aggiunge.

«Ti preferivo mentre ti scusavi».

«Non ci possiamo fare niente, noi Harrison siamo fatti così!» dice. «La stanza è questa. L'ha scelta Rosa» abbasso la maniglia, curiosa di scoprire come sarà. «Se vuoi posso farti fare un giro della casa» propone Asher.

«No, ti ringrazio. Ho bisogno di sistemare le mie cose» lo liquido ed entro nella stanza buia.

«A domani, allora».

Quando sento Asher allontanarsi lungo il corridoio tiro un sospiro di sollievo.

Il motivo principale per cui ho scelto questo lavoro è perché nella paga è compreso l'alloggio.

Mi voglio godere il momento. Voglio dimenticarmi della sala da biliardo, dell'arroganza di quei ragazzi, dei loro occhi che mi studiano come se fossi una preda. Rilasso i muscoli e a tentoni trovo l'interruttore della luce sulla parete.

Non resto delusa.

Al centro della stanza troneggia un letto matrimoniale con candide lenzuola bianche. Sotto la finestra rivolta verso il mare, c'è una cassapanca verniciata su cui sono stati appoggiati dei cuscini beige. Sulla parete di fronte al letto ci sono uno scaffale con alcuni libri e una scrivania. Una porta poco più piccola conduce a un bagno privato. Dietro a una porta a scomparsa, invece, c'è una cabina armadio.

I fratelli Harrison escono definitivamente dal campo d'azione del mio cervello. Mi guardo attorno e il mio cuore perde un battito. Cerco nel borsone logoro, così fuori posto su quel tappeto soffice, e firmo immediatamente il contratto che mi ha dato il signor Harrison senza neanche leggerlo.

Ho un letto. Un letto vero. E un bagno con l'acqua corrente.

Quei ragazzi potrebbero essere anche l'incarnazione del male, ma non mi schioderanno tanto facilmente da qui.

Capitolo 3

La porta sbatte. «Dove sei?» grida. Sento i suoi piedi strisciare sul parquet.

In quel momento mi rendo conto di non aver chiuso la porta della mia camera a chiave. Mi tolgo le coperte di dosso con il cuore che mi martella già nel petto. Ma lei è già lì.

«Dormivi? Che brava bambina». Si avvicina, barcollante. Ha l'abito strappato e sporco.

Indietreggio fino al muro e lei si fa ancora più vicina. Riesco a sentire la puzza di vodka che mi brucia la gola quando si insinua nelle mie narici.

«Mamma...» comincio a dire con un filo di voce.

«Non ti sento, Aria».

«Mamma, ti accompagno in camera...»

Mi dà uno schiaffo.

«Non voglio il tuo aiuto, mocciosa bastarda. Mi ricordi quell'idiota di tuo padre».

Non riesco a impedirmelo. Inizio a piangere.

«Debole. Sei una debole, Aria. Devi essere forte per sopravvivere in questo mondo di merda. Vuoi ridurti come me?»

Singhiozzo ancora più forte.

La sua espressione si ammorbidisce. La nebbia che avvolge i suoi sensi si allontana per un attimo.

«Aria, Aria» dice provando ad abbracciarmi. «Scusa, scusami, bambina mia. Vieni qui. Mamma non ti voleva spaventare».

Mi getto tra le sue braccia, grata che sia tornata in lei.

Un attimo dopo si addormenta sul pavimento della mia camera.

Io resto a fissarla per tutta la notte.

*

Apro gli occhi di colpo. Le lenzuola sono madide di sudore. Avrei dovuto prendere i sonniferi che mi ha prescritto il medico, ma li ho finiti e l'altro giorno avevo appena i soldi per comprarmi un hamburger. Mi alzo, devo bere un bicchiere d'acqua.

Gli incubi sono gli ospiti indesiderati di tutte le mie notti. Sono iniziati quando avevo dodici anni, ma per evitare che mia madre pensasse fossi una debole, cercavo di nasconderli, di non piangere o strillare quando sognavo... Quando sognavo *lei*. Anche se ormai vivo lontana da lei da anni, loro sono rimasti lì, non se ne sono più andati. A volte sono meno vividi, in quelle notti che seguono una giornata più tranquilla e serena. Ma la maggior parte delle notti mi sembra di essere di nuovo in quella casa.

Guardo la finestra. Dalle tende lavorate filtra la luce dell'alba. Forse posso fare un giro della casa prima di cominciare a lavorare, di solito fare due passi mi aiuta a calmarmi. Apro la cabina armadio in cui, oltre ai pochi vestiti che ho appeso io prima di andare a dormire, c'è una divisa. Infilo la camicia bianca e la gonna nera, sopra indosso un grembiule color crema. In una scatola di cartone ci sono un paio di scarpe nere con il tacchetto basso e la punta rotonda. Devo dire che non sono un granché, ma sono di sicuro meglio delle mie Converse con i buchi. Guardo l'effetto allo specchio. Non avevo i capelli così profumati da non saprei dire quanto tempo. Sono pulita e ordinata. Se mi vedesse il signor Chang probabilmente mi prenderebbe in giro. Quando l'ho salutato, ieri, mi è sembrato commosso e anche io ho provato una certa malinconia nel lasciarlo. È grazie a lui se sono riuscita a finire il liceo, studiando nell'ufficio accanto al suo piccolo dojo. È grazie a lui se non sono morta di fame o di freddo: mi ha permesso di rimanere a dormire in palestra e io in cambio pulivo il pavimento e l'attrezzatura tutte le sere. Ogni tanto, quando i clienti scarseggiavano, mi dava qualche lezione di arti marziali. Diceva che ero portata, ma che non ragionavo. Quegli allenamenti erano la mia cosa preferita: lì, con lui, sfogavo tutta la mia rabbia, il mio odio, il mio dolore.

Finivo sempre al tappeto, ma mi rialzavo pronta a combattere di nuovo.

Mi avvio verso la cucina e nel frattempo studio la villa. La temperatura di questo luogo è a sé; diversamente da quella umida esterna, qui l'ambiente ha un clima costante e piacevole. La casa è assorta in un silenzio magico. Il salone principale è illuminato dalla luce del sole che sta facendo capolino all'orizzonte. Mi avvicino alla vetrata, catturata dalla vista mozzafiato, e decido di uscire sulla terrazza. I raggi mi baciano il viso e io chiudo gli occhi, lasciando che le ultime tracce degli incubi di questa notte mi lascino. Il silenzio e la solitudine sono le mie cose preferite, insieme all'arte.

Riapro gli occhi e torno di corsa in camera mia per prendere gli strumenti che non mancano mai nel mio borsone logoro: un astuccio pieno di carboncini e un album da disegno. Poi scendo di nuovo nel grande salone. Mi appoggio al pianoforte e do sfogo all'improvvisa ispirazione. Ogni volta che si accende in me la voglia di riportare il mondo come lo vedono i miei occhi, non esistono situazioni, persone o impegni che possano ostacolare questo istinto.

«Da chi hai imparato?»

Sobbalzo. Ero così assorta che non mi sono accorta che qualcuno è entrato nel salone. Nella fretta di richiudere l'album, l'astuccio cade a terra provocando un rumore assordante.

Alzo il viso, ormai di un colore rosso cremisi.

A qualche metro da me, accanto all'ingresso, c'è Aidan, vestito con dei pantaloncini sportivi e poco altro. Se ne sta in una posizione rigida e solenne, mentre io cerco di raccogliere il mio disastro. La luce che filtra dalla vetrata risalta la sua espressione dura e impenetrabile.

«Mi dispiace» dico. «Forse non dovrei trovarmi qui, ma ho pensato che steste dormendo tutti e ho approfittato per dare un'occhiata».

«Non tutti, a quanto pare. Ma non è questa la risposta alla mia domanda» ribatte.

Sollevo un sopracciglio.

«Scusa, non ricordo quale fosse» rispondo, finendo di raccogliere le mie cose.

In realtà ricordo molto bene la domanda, ma il suo modo di porsi nei miei confronti è così arrogante che mi spinge a provocarlo.

«Ti ho chiesto da chi hai imparato» ripete con tono impassibile.

«Da nessuno in particolare, ho sperimentato da sola» replico. Non voglio dover dare spiegazioni. «E tu, se posso chiedere, come mai sei già sveglio?»

«No, non puoi chiedere» taglia corto e fa per allontanarsi.

Avvampo.

«Chiedo scusa».

«Me ne faccio poco delle tue scuse» mi risponde con tono graffiante.

Il sangue mi ribolle nelle arterie e prima che possa andarsene ribatto: «Si può sapere per quale motivo sei così scortese? Non mi conosci neanche e non mi pare di averti offeso in qualche modo. O il tuo ego è così spropositato che basta che una domestica risponda alle tue parole per farti sentire minacciato?»

«Come, scusa?» I suoi occhi vorrebbero incenerirmi, lo vedo. Ma il resto di lui sembra impassibile. Sulle labbra gli spunta lo stesso sorriso tagliente di ieri sera.

«Hai capito benissimo, Aidan. Oppure non dovrei chiamarti così? Preferiresti 'padrone', vero?» lo sfido senza alcun timore.

«Non dire cose di cui ti potresti pentire, biondina».

«Aria» puntualizzo.

«Aria» dice il mio nome con tono canzonatorio. «Dovresti ringraziarci. Ti stiamo dando un lavoro. Una delle qualità essenziali per una domestica è il saper stare al proprio posto e parlare solo quando interpellata».

Con voce controllata e postura rilassata se ne va, lasciandomi furibonda. Sento il respiro corto. Vorrei inseguirlo e urlargli addosso, strappargli quel ghigno dalla faccia.

Ma devo essere professionale. Non posso perdere questo lavoro. Devo tenere duro. Devo pensare all'Accademia di Fotografia.

Con i pugni serrati fisso la soglia d'entrata come se lui e il suo ghigno da sbruffone fossero ancora lì.

Capitolo 4

Cercando di riprendere il controllo su me stessa entro nella cucina, che è così grande e attrezzata che potrebbe essere quella di un ristorante, con i suoi elettrodomestici cromati e le dispense perfettamente organizzate. Sulle pareti si spalancano enormi finestre che rendono lo spazio luminosissimo. I fornelli sono posizionati nel banco centrale, un isolotto in marmo bianco attorno, cui ci si può muovere liberamente.

In piedi, appoggiata al bancone con una tazza di caffè fumante, trovo una donna vestita con abiti semplici. Ha la carnagione olivastra, tipica di chi vive a Miami e prende molto sole. I capelli castani sono legati in una coda bassa e composta. Siede su uno sgabello e consulta un iPad.

Mi schiarisco la voce. «Buongiorno».

La donna solleva lo sguardo. «Oh! Tu devi essere Aria!» Viene verso di me porgendomi la mano. Annuisco.

«Io sono Rosa García. La governante, e l'assistente, e la tuttofare».

«Il signor Harrison mi ha parlato di lei».

«Molto bene. Ti chiedo scusa se ieri non ho potuto accoglierti personalmente, ma era il mio giorno libero. È andato tutto bene?»

«Sì...» dico con voce un po' incerta. Non sono brava a mentire.

Il suo sguardo si rabbuia. Mi mette subito le mani sulle spalle e i suoi occhi scuri mi scrutano attenti. «Sono stati così pessimi?» mi chiede, preoccupata.

«No... Ecco» balbetto. «Non sono stati il massimo dell'ospitalità, ma niente che non sia riuscita a gestire» provo a rispondere ripensando ai commenti di ieri sera nella sala da biliardo. Rosa, però, non mi ascolta più da un pezzo. Ha preso un coltello affilatissimo dal ceppo e ha iniziato a tagliare con eccessivo fervore delle arance.

«Quei *chicos* mi devono sempre far infuriare! Si comportano ancora come se fossero dei *niños*! Ma quando scendono dovranno vedersela con me!»

«Non c'è problema, Rosa, davvero».

«No, Aria. Io li conosco bene. Ti consiglio di non dargli troppa confidenza».

«Ci proverò» la rassicuro. Poi indico un tagliere. «Da che cosa comincio?»

«Oggi starai al mio fianco, così che io possa mostrarti come gestisco il lavoro. Da domani, invece, ci dividiamo i compiti» dice, tornando a un tono professionale. «A quest'ora di solito preparo la colazione per i figli del signor Harrison. Ci sarebbe un cuoco...» aggiunge abbassando la voce. «Ma questa parte piace a me» mi confida facendomi l'occhiolino. «Jason, Josh, Jake e Aron si svegliano verso le dieci. Asher alle sei solo quando deve andare in università, mentre Aidan tutti i giorni alle sei, per andare a correre».

Ecco spiegato l'incontro fortuito e non proprio piacevole di questa mattina.

«Sì, l'ho incontrato sul terrazzo».

«Sii particolarmente cortese con lui, Aria. Non è un ragazzo molto accomodante. Una sola parola sbagliata potrebbe crearti diversi problemi».

Ripenso ai due incontri che ho avuto con Aidan. Direi che di parole sbagliate ne ho già dette fin troppe. Il suo atteggiamento, però, mi urta terribilmente. Odio essere costretta a trattenermi di fronte a questi figli di papà. Vorrei fargli vivere una giornata nel mondo reale, dove le persone non hanno le loro stesse possibilità economiche e devono tapparsi la bocca per evitare di perdere il lavoro. Legge della natura? No, società costruita per garantire i privilegi ai privilegiati.

«Il signor Harrison è spesso fuori per lavoro» spiega mentre mette del bacon in una padella. «Si occupa di molti casi, soprattutto pro bono da qualche tempo a questa parte... e viaggia in tutto il Paese».

«Mi è sembrata una persona molto disponibile».

Rosa annuisce e un piccolo sorriso le piega le labbra. «Lo è. I ragazzi invece...»

«Sono più 'intensi', giusto?»

Mi guarda. «Sì. È la parola che usa di solito per descriverli...»

La osservo di sottecchi. «Tu non sei d'accordo, Rosa?»

La donna scuote il capo e i capelli si muovono dolcemente sulle sue spalle. «Non fraintendermi, Aria. Non sono dei cattivi ragazzi. Ma c'è qualcosa in loro...»

Un rumore interrompe Rosa prima che lei possa finire la frase.

«Buongiorno signore!»

Mi volto e vedo Asher e Aron mentre entrano in cucina. Sono belli come il sole. E senza maglietta. E senza pantaloni. Per fortuna indossano dei boxer.

«Ragazzi, andate a mettervi qualcosa addosso!» li sgrida Rosa.

Loro sorridono e si avvicinano a lei scoccandole un bacio sulla guancia, come se fosse la loro madre.

«Ci hai visti più nudi di così, dai Rosa!» ribatte Aron.

«Ma non ci sono solo io, oggi».

«Ad Aria non dispiace» si intromette Aron. «Vero, Aria?»

Decido di non rispondere. È troppo imbarazzante.

«Che profumino» esclama un altro fratello entrando in cucina e dando un bacio a Rosa.

«Cos'hai preparato, Rosita, stamattina?»

A uno a uno i fratelli si siedono scompostamente al tavolo tondo.

«Bacon e uova. Aria, puoi portare un bicchiere di succo d'arancia a Jason, per favore?»

Eseguo senza fiatare. Al tavolo, però, mi ritrovo interdetta. Mi avvicino a Rosa che chiacchiera allegramente con Aron.

«Rosa, perdonami. Chi è Jason?» le chiedo sottovoce.

La donna si blocca. «Ragazzi, non vi siete neanche presentati ad Aria?»

«Io sì!» interviene subito Aron.

«E io anche» aggiunge con tono piatto Asher. Sta guardando il suo cellulare con espressione annoiata.

«Jason, Josh, Jake? Cosa aspettate?»

I tre Harrison scattano in piedi come se fossero stati chiamati all'appello.

«Io sono Jason. E sono chiaramente il più carino...»

«Ti piacerebbe» ribatte un altro. Ha i capelli biondi e ricci e un paio di profondi occhi blu. «Sono Josh, il secondo nella successione al trono».

«E il primo degli scemi» interviene l'ultimo. Ha gli zigomi un po' più paffuti degli altri fratelli e il naso a patata. «Io sono Jake. Il penultimo, ma di sicuro il più simpatico».

Aron gli tira un pugno sul braccio. «Come no».

«Ehi, vuoi fare a botte? No, perché è da qualche giorno che ho voglia di far incontrare il tuo muso e il ring».

«Come ti permetti?»

Succede tutto in un battito di ciglia. Stavano scherzando tra loro e all'improvviso Jake è saltato addosso ad Aron, Jason si è messo in mezzo per placarli, Asher si è allontanato dal tavolo e Josh si è preso una gomitata in faccia. Rosa è sgomenta in un angolo della stanza.

La colazione è finita sul pavimento, ma gli Harrison non se ne sono neanche accorti.

Continuano a urlare tra loro e a cercare di prendersi a pugni.

Sono veramente dei bambini. Sto pensando di intervenire quando vedo Aidan entrare in cucina.

«Buongiorno, Rosa» dice con tono asciutto. Si avvicina alla donna ed esattamente come hanno fatto i suoi fratelli le dà un bacio sulla guancia. È a petto nudo e gronda di sudore. Appena entra nella stanza la rissa si placa. Si toglie le cuffie dalle orecchie e, ignorando del tutto quello che sta succedendo, si siede al tavolo. I cocci dei piatti scricchiolano sotto le suole delle sue scarpe, ma lui sembra non farci caso. È piombato il silenzio. La prima a tornare in sé è Rosa. Con passo un po' incerto esce dal suo angolino e prende i giornali che sono sul bancone, porgendoglieli. «Come è andato il tuo allenamento, Aidan?» domanda.

«Benissimo» ribatte lui. Iniziando a sfogliare il primo giornale. «Oggi è davvero una bella giornata».

«Sono d'accordo» annuisce Rosa.

A turno i fratelli Harrison si alzano dal tavolo inventandosi qualche scusa. Rimaniamo solo Rosa, Aidan e io.

«Cosa bisogna fare in questa casa per avere un po' di caffè?» dice con tono ironico senza staccare gli occhi dal giornale.

La sua voce è un graffio proprio come lo era all'alba. Rosa mi fa segno di prendere la caraffa con il liquido bollente. Non so davvero come la gente in questo Paese possa bere un caffè del genere. Per me che ho origini italiane l'unico caffè esistente è l'espresso che esce da una moka. Glielo verso e gli porgo anche un piatto con la sua porzione di bacon e uova strapazzate.

«Rosa?» chiede, ignorandomi del tutto.

La donna si alza in fretta e mi spiega: «Aidan preferisce una colazione dolce al mattino».

Taglio una fetta di torta alle mele. Credo che questa sia l'unica cosa che ho in comune con lui. Anche io sono stata abituata a non mangiare cibi salati di prima mattina. Mia madre, quando faceva ancora la madre, era un'eccellente cuoca, come mia nonna prima di lei. Sfornava delle brioche che tiravano me e mio fratello giù dal letto senza neanche doverci chiamare.

In quel momento il cellulare di Rosa squilla e lei esce dalla cucina per rispondere. Appoggio la torta sul tavolo.

«Ora pulisci» mi ordina Aidan appena Rosa è fuori portata d'orecchio.

«È proprio quello che stavo per fare» ribatto. «*Padrone*» aggiungo calcando la parola con tono sarcastico. È più forte di me. Non riesco a trattenermi. C'è qualcosa in lui e nei suoi modi che tira fuori la mia rabbia.

Aidan solleva lo sguardo, accigliato.

«Mi sembrava di averti detto che una domestica che chiacchiera troppo non fa per noi».

I suoi occhi verdi sembrano avere la capacità di guardarmi dentro. Mi mettono a disagio. E quando sono a disagio tendo a dare il peggio di me. Sono pronta a ribattere quando Rosa rientra e ci interrompe. «Aidan, tuo padre vuole vederti appena sei pronto».

«Grazie, Rosa» risponde lui.

«Aria, appena hai finito di dare una pulita qui ti aspetto al piano di sopra. Ora devo parlare con il giardiniere».

«Certo, a dopo» le dico.

Comincio a raccogliere i cocci dal pavimento con la scopa, ignorando volutamente Aidan che continua a sorseggiare il suo caffè. Eppure sento – lo sento – che i suoi occhi non si perdono nessun mio movimento.

Il resto della giornata fila liscio, per fortuna. Rosa con grande pignoleria mi ha mostrato le mie mansioni da domestica. Poi, in un piccolo studio dietro la cucina che ho scoperto essere la sua base operativa, mi ha mostrato un calendario di eventi. Sono gli impegni mondani a cui i membri della famiglia sono stati invitati e per ognuno dei quali bisogna ritirare vestiti – ovviamente confezionati su misura –, acquistare regali, stilare biglietti di ringraziamento, fare viaggi in tintoria, verificare che gli abiti scelti per le serate non abbiano scuciture, e nel caso recarmi dal loro sarto. Poi dovrò occuparmi della spesa, sistemare e pulire le camere, la palestra, il salone, verificare che tutto sia in ordine prima di accogliere eventuali ospiti.

Su un pannello di sughero è appesa una vecchia polaroid in cui due ragazze con gli occhiali da sole si abbracciano. Una è chiaramente Rosa – riconosco la pelle abbronzata –, l'altra, invece, non l'ho mai vista. Sto per chiederglielo, ma lei mi richiama all'attenzione. «Tra poco ci sarà la cena. Ci pensa il cuoco a prepararla... Tu resta disponibile finché i ragazzi non hanno finito, sparecchia e poi goditi la serata».

«Grazie, Rosa. Sei davvero gentile».

Lei sorride, poi la luce nel suo sguardo si spegne e i suoi

occhi si spostano sulla stanza. «Non lo faccio solo per gentilezza, Aria. Non so per quanto ancora potrò continuare a lavorare per questa famiglia, ma ho bisogno di sapere che quando me ne andrò sarà in buone mani...» mi fissa. «Questo è un segreto tra me e te. Capito, Aria?»

Mi affretto ad annuire.

«Non lo sa nessuno. L'ho appena accennato al signor Harrison».

Io annuisco di nuovo. «C'entra qualcosa la scena di stamattina, Rosa?»

«No» risponde con sicurezza. «So bene che per una persona esterna non è cosa che si vede tutti i giorni, ma quei ragazzi si vogliono bene. A volte sono un po' troppo fisici tra loro...»

«Sembrano sempre pronti a scattare» rifletto, pensando soprattutto al maggiore degli Harrison.

«Non hanno avuto una vita facile...» dice con un filo di voce sfuggendo al mio sguardo. «Ma non è questa l'occasione giusta per parlarne. Andiamo a vedere che cosa sta combinando quello... chef» aggiunge con evidente scetticismo.

La seguo, ma il sangue è tornato a ribollirmi nelle vene. *Loro* non hanno avuto una vita facile? Ma sanno dove vivono? Hanno uno chef che cucina tutti i pasti. Una domestica che pulisce i loro bagni. Una governante dolcissima che si occupa di ogni loro esigenza. Hanno tutto e non hanno idea di quanto faccia schifo il mondo là fuori.

Capitolo 5

Sono fermamente convinta che tutti gli esseri umani celino una parte di loro dietro una maschera. Una facciata convenevole e confortevole, che non disturbi gli altri e che al tempo stesso non li porti a farci domande troppo profonde, troppo intime. Domande a cui noi non vogliamo rispondere e di cui loro, in realtà, non vogliono conoscere la risposta. Quella, però, è anche la parte più fragile di noi, la più preziosa. Il lato della nostra anima che riusciamo a svelare soltanto a chi ci fa sentire al sicuro, a chi è diventato meritevole di fiducia. È un po' come un vaso di valore riposto su una mensola in alto in modo che sì, noi lo sappiamo che c'è, che è lì. Ma solo chi sarà così attento da guardare proprio in quel punto e che poi avrà voglia di prendere una scala potrà toccarlo.

Nessuno si è mai accorto di quanto io sia sensibile, nemmeno mia madre quando le cose a casa andavano ancora bene. Poi è successo quello che è successo, e le ragazze sensibili per strada non sopravvivono. La mia empatia era solo un ulteriore fardello, un peso. Qualcosa da nascondere perché gli altri avrebbero potuto usarla contro di me. La rabbia è molto più pratica. Con quella sono io a fare paura agli altri. Con quella gli altri mi stanno alla larga. Con la rabbia sono io a vincere. Ormai è da qualche giorno che lavoro a Villa Harrison e ho capito che le cose da fare sono molte. I fratelli non si raccolgono nemmeno i calzini da soli e quando metto l'ultimo piatto nella lavastoviglie tiro sempre un sospiro di sollievo. Stasera, Rosa è uscita. E il signor Harrison è andato in città per una cena di lavoro o qualcosa del genere. Di solito l'ultimo giro di ricognizione spetta a lei, ma in sua assenza tocca a me controllare che i ragazzi abbiano tutto quello che gli serve prima di chiudermi in camera.

Prendo un respiro profondo e scendo nella sala da biliardo dove si riuniscono tutte le sere quando non vanno in giro per feste e locali. Sono ancora a disagio quando entro qui dentro.

«Dai Josh, non puoi giocare sporco» si lamenta Aron.

«Lo sai che giocare sporco è il mio forte» risponde l'altro. «Ma questa volta è Jake».

«Fratello, io mi preoccuperei di più per Ash che è quasi al traguardo».

Dalla soglia della stanza mi concedo un momento per studiarli. Hanno un fascino disarmante e sono certa che siano tra i partiti più ambiti di Miami Beach. I tre fratelli biondi – Josh, Jason, Jake – hanno carisma, un carattere più gioviale e dei fisici da surfisti. In Asher e Aron, invece, c'è qualcosa di più affilato. I tratti marcati e gli occhi di varie gradazioni di blu, come quelli del signor Harrison, gli conferiscono un'aria meno addomesticata. Per non parlare di Aidan, con quell'aspetto da tenebroso, da ragazzo impossibile. Da ragazzo che non ha bisogno di chiedere.

A un tratto percepisco uno sguardo su di me. Alzo gli occhi e noto che il maggiore dei fratelli Harrison è intento a osservarmi. È seduto sulla solita poltrona di pelle nera ed è vestito con una camicia leggera, sbottonata fino a metà petto. Sarei un'ipocrita a non ammettere che per essere uno stronzo, Aidan è un bellissimo stronzo. Non mi parla dalla colazione di giorni fa, non che mi interessi: preferisco questo silenzio ai suoi modi da barbaro. Il suo sguardo, però, è talmente intenso da trapassarmi da parte a parte. Per una volta il suo viso non è rovinato dal suo solito ghigno, la sua bocca carnosa è rilassata. Ci guardiamo per una manciata di secondi che sembrano, però, interi minuti. Mi sta studiando e io sto studiando lui. A un certo punto si morde il labbro inferiore senza staccarmi gli occhi di dosso e si lascia scivolare ancora di più nella poltrona, con le gambe leggermente aperte. Perdo un colpo e divento rossa. È sexy da morire.

«Ehi, Aria! Vuoi giocare?» propone all'improvviso Aron.

Sono ancora accaldata ma cerco di riscuotermi. «No, grazie...» dico a stento.

«Dai, avanti Aria» insiste Jake.

«Hai paura che ti mangino?» si intromette Aidan. Mi squadra con soddisfazione. Ha visto che effetto mi ha fatto un attimo fa e ne è decisamente fiero.

«No» ribatto. «Ho paura della scenata che potrebbero fare se una domestica dovesse batterli, *padrone*» aggiungo, calcando sull'ultima parola.

Aidan serra le labbra, contrariato, e io segno il punto: il suo ghigno è tornato e gli ho tolto quell'aria di soddisfazione dalla faccia.

«Sentita, la biondina?» dice Jason.

«Ora ti voglio nella mia squadra» dice Aron.

«Se insisti...» acconsento, poco convinta.

Tutto questo mi sembra un tranello del diavolo di cui sto per essere la vittima.

«Josh, stai in squadra con me» tutti quanti si girano accigliati verso Aidan.

«Non prendi in mano un controller da quando sei tornato dall'esercito, Aidan. Non ho voglia di perdere» sghignazza Josh.

Aidan lo fulmina con un'occhiata gelida e Josh gli allunga il controller.

«Ti ci voleva una ragazza per tornare a giocare, eh cazzone?» Aron ride.

«Il mio intuito mi dice che la nostra *domestica*» dice imitando il tono che ho usato io quando l'ho chiamato 'padrone' «non sta bluffando».

«Sono quasi sicura di poter fare il culo anche a lei, *padrone*» questa frase sfugge al mio controllo.

«Lo vedremo» risponde lui senza raccogliere la mia provocazione. Sono così infastidita da come il mio corpo abbia risposto al suo atteggiamento di poco fa che ho voglia di prendermi una rivincita.

Guardo lo schermo e sorrido tra me e me. È una gara di velocità di auto sportive.

Facile.

Quand'ero piccola giocavo sempre con mio fratello Cole ai videogiochi ed entrambi preferivamo esattamente questo genere di sfida. Poi, durante gli anni in cui sono stata dal signor Chang, lui ogni tanto riusciva a trovarmi qualche lavoretto come baby sitter. Una pizza, un paio di partite ai videogiochi e per qualsiasi bambino sei la tata ideale. Soprattutto se sai giocare meglio di lui.

Lascio spazio alla concentrazione e fin dalla partenza dimostro di non essere una principiante. I ragazzi guardano lo schermo senza fiatare.

«Siamo certi che sia solo una domestica?» chiede Jason.

«Potrebbe nascondere qualcosa...» risponde Aron.

La corsa si fa sempre più agguerrita. Ho superato subito le auto di Asher e Josh. Quella di Aidan, invece, è proprio accanto alla mia. Forse sono io in testa, ma di pochissimo. E proprio perché è lui, ho davvero voglia di batterlo. Cerco di sviare, ma è come se intuisse le mie mosse ancora prima che io decida di metterle in atto. Prova a superarmi, ma non glielo permetto. È un testa a testa, ma mi ricordo un trucchetto. Premo il pulsante dell'acceleratore e lui fa altrettanto.

«La biondina ci sa proprio fare» gli dice Josh.

«Puoi dirlo forte» mi vanto un po'.

Il traguardo si fa sempre più vicino, e io ho ancora un asso nella manica. Controsterzo a sinistra sviando davanti ad Aidan e supero la linea d'arrivo. Scatto in piedi e mi volto con la soddisfazione dipinta sul viso.

«E così è come una domestica riesce a battere i suoi padroni» commento ancora carica di adrenalina. Mi aspetto di vedere Aidan contrariato per la sconfitta e invece appare incredibilmente rilassato.

«Brava» mi dice, poi. Lo sento solo io, perché i fratelli stanno commentando la partita tra loro con tono concitato. Il complimento mi spiazza. Ma prima che io possa rispondere qualcosa lui si alza e se ne va per rispondere al cellulare che ha iniziato a vibrare. Lo guardo sparire nell'ascensore e sento sparire anche qualcosa dentro di me.

«Aria!» mi richiamano all'attenzione. «Devi farmi vedere come hai fatto» ordina Aron.

«Ha imbrogliato» sghignazza Josh.

«Ti piacerebbe!» ribatto.

Passo mezz'ora a spiegare il trucchetto che mi ha permesso di battere il maggiore di loro. Quando sono convinti di quello che gli ho mostrato posso finalmente alzarmi.

«Se non avete bisogno di altro io andrei a riposare».

«Certo, Aria. È stato divertente» dice Jake.

«Anche per me, ragazzi».

'Soprattutto battere Aidan' vorrei aggiungere.

«Domani rifacciamo» stabilisce Aron.

Josh gli tira un pugno sul braccio. «Domani usciamo. Stasera abbiamo fatto i bravi bambini a casa con Aria» dice Josh guardandomi divertito. «Con tutto il rispetto: sei stata una grande. Ma io ho voglia anche di *altri* divertimenti».

«Vai tu» sbotta con leggerezza Aron. «Io sto con lei».

«Ma Aron, che cosa dici?» interviene allarmato Jason.

«Senti, Jason, non ho voglia. Ho fatto il pieno di ragazze in queste ultime settimane. Ho bisogno di una pausa».

«Allora stai a casa con la domestica?» dice allibito Jake. Poi mi guarda di nuovo. «Con tutto il rispetto, eh...» aggiunge.

Io resto impassibile. Voglio sapere dove porterà questa discussione. Ho visto Aron rientrare in casa abbracciato a tre tizie diverse in meno di quindici giorni. Non so se dovrei avere paura di questo improvviso desiderio di voler stare a casa con me a giocare ai videogiochi o se esserne fiera.

«Jake, non rompermi» insiste Aron. «Preferisco Aria alla maggior parte delle ragazze con cui ho trascorso gli ultimi mesi».

«D'accordo. Domani chiamo un medico perché hai chiaramente qualcosa che non va, ma d'accordo».

Aron si gira verso di me. «Per te va bene, vero, Aria?» Sono incredula. Negli occhi di Aron c'è qualcosa che somiglia a una speranza. E anche se dobbiamo lavorare ancora un po' sull'educazione, questo ragazzo mi sta stupendo.

«Certo» rispondo, senza sapere che cosa dire.

«Perfetto!» esclama contento Aron. Gli altri fratelli sono sorpresi quanto me. Per levarmi dall'imbarazzo raccolgo una pila di bicchieri e piatti sporchi dal bancone del bar e torno in cucina dopo averli salutati.

Infilo i piatti e i bicchieri nella lavastoviglie. Ho deciso di non rimuginare troppo su quello che è successo nella sala da biliardo. È tardi e io voglio farmi un bagno di almeno un'ora nella vasca che ho in camera. Se devo pulire una delle ville più lussuose di Miami ogni giorno, voglio almeno godere di tutto ciò che ha da offrirmi.

Mentre i miei nervi si rilassano al solo pensiero, un piatto di porcellana mi scivola dalle mani e si frantuma sul pavimento.

«Cos'è stato?!» urla Aidan, entrando di corsa. Perché quando qualcosa va storto lui c'è sempre?

«Tranquillo, nessuna effrazione» rispondo sarcastica guardando la sua faccia preoccupata. «Mi è solo caduto un piatto».

Aidan guarda i cocci a terra.

«Quale piatto?» grida avvicinandosi per vedere meglio. «Questo era il servizio preferito di mia madre!»

«Io... mi dispiace» dico con un filo di voce, all'improvviso davvero dispiaciuta.

«Dirò a mio padre di licenziarti, Aria Davidson!» sbraita. Poi si mette in ginocchio e raccoglie un coccio. Mentre lo fa, dalla sua bocca perfetta esce una sorta di singhiozzo.

Sta piangendo? Aidan Harrison? L'uomo indistruttibile, il terrore dei fratelli, piange per un piatto? Non so cosa fare. Se non fosse *lui* ma uno qualsiasi degli altri Harrison cercherei di consolarlo.

«Mi dispiace...» ripeto accorata. Mi si mozza anche il fiato: sono certa che mi caccerà da casa entro trenta secondi.

Improvvisamente, però, i singhiozzi si trasformano. Aidan alza il viso verso di me e vedo che non c'è traccia di lacrime nei suoi occhi. Anzi, sta ridendo.

«Aria...» quasi non riesce a respirare per quanto sta ridendo. «La tua faccia... Sei una domestica che sa giocare ai videogiochi ma non sa tenere un piatto in mano».

«Molto divertente, davvero». Lo spintono e mi allontano da lui. Sono un po' sollevata per non essere stata la responsabile della distruzione del servizio di porcellana della signora Harrison, ma sempre irritata per come Aidan riesce a confondermi e farmi sembrare stupida.

Prendo la scopa per raccogliere i cocci sparsi ovunque.

«Devi fare più attenzione» dice ritornando serio dopo essersi alzato da terra.

«Lo so» replico a denti stretti.

«A cosa stavi pensando? Alle natiche flosce del tuo ragazzo?»

Mi alzo in piedi serrando i pugni lungo i fianchi.

«Lasciami lavorare e vai via».

«Altrimenti cosa mi fai?» si avvicina con fare minaccioso. Mi accorgo di quanto effettivamente con un solo movimento sia in grado di incutere uno strano senso di timore. La strada ti insegna due cose a questo punto: o scappi da chi ti minaccia o lo affronti a testa alta. Sto già scappando da mia madre. Non voglio allungare la lista. E soprattutto la sua arroganza da ricco viziato comincia davvero a stancarmi. Premo un dito proprio al centro del suo petto per obbligarlo a fare un passo indietro, ma la distanza fra di noi si accorcia. Il suo odore sa di qualcosa che conosco ma che non saprei definire... Un profumo che si potrebbe sentire al centro di un bosco. È irresistibile.

«Non stai giocando con una bambina, non ti conviene sfidarmi. Tu non mi conosci».

«Non conviene a te» mormora basso. In una frazione di secondo la posizione si capovolge: io sono con il sedere contro il bancone e lui con le mani appoggiate sul marmo per non lasciarmi alcuna via di fuga.

Ma pensa davvero di vincere contro di me? Allungo la mano dietro la mia schiena e prendo il mestolo di legno dal suo contenitore. «Altrimenti che fai?» rispondo puntandoglielo al collo come un coltello.

Si avvicina lentamente al mio orecchio sinistro.

«Non hai idea di quello che ti farei» bisbiglia. La sua voce si insinua nella mia testa. È come un soffio che mi fa solletico. «Quello dovrebbe mettermi paura?» sogghigna osservando il mestolo.

Lo studio ancora per qualche istante prima di rispondere. Il verde dei suoi occhi è cangiante, come se riflettesse il turbinio dei suoi pensieri.

«Al tuo sedere immagino proprio di sì» replico.

Capitolo 6

Quando il signor Chang mi ha aperto le porte del suo dojo per darmi un riparo non sapevo che quel posto sarebbe diventato la cosa più simile a una casa che avrei avuto per anni.

Anni fa la sua palestra era una delle più rinomate di Miami, poi la moda è andata da un'altra parte e i clienti pure. Lui non mi ha mai fatto troppe domande sulla mia vita, ma ha visto che mi portavo addosso i segni di una battaglia e ha provato a darmi qualche arma per vincerla: tra una lezione e l'altra, di tanto in tanto mi diceva di lasciar perdere le pulizie e mi chiamava al centro della sala. Le sue sessioni di allenamento erano durissime. Parava ogni mio colpo e me lo restituiva al doppio della potenza. Ma anziché sentirmi frustrata dalle sconfitte, sentivo che quella parte di me sempre arrabbiata e furente si quietava per un po', esausta. I suoi insegnamenti mi hanno tirata fuori dai guai più di una volta.

Adesso, però, sono le sei e trenta del mattino. Sono in piedi già da un po'. Gli incubi in queste notti non mi danno tregua, ma anziché andare sulla terrazza a vedere il sorgere del sole – voglio evitare di incontrare di nuovo Aidan – sono scesa in palestra. Non ne avevo mai vista una così grande dentro una casa. Le pareti di destra e di sinistra sono ricoperte da specchi lucenti. In fondo alla sala c'è una zona vuota con il pavimento foderato da un vasto tappeto. Al centro, invece, sono disposti in file ordinate tutti gli strumenti per allenarsi.

Mi sfilo la divisa e le scarpe rimanendo in canottiera e pantaloncini corti da ciclista. Appena i miei piedi nudi sfiorano la superficie morbida del tappeto riesco a sperare che un po' della tensione che ho accumulato da quando lavoro a Villa Harrison possa sciogliersi. Inizio con un po' di yoga per ritrovare la concentrazione, poi, lentamente, passo alle pratiche che mi ha insegnato il signor Chang utilizzando un bastone di legno come supporto.

Più i minuti passano più riscopro il mio corpo. I miei passi si fanno più rapidi e, quando salto, il tappeto non rimbalza neanche. Sono magra, certo, ma il signor Chang mi ha mostrato come muovermi con grazia, quasi come se fossi un felino. Mi ha sempre detto che bisogna avere consapevolezza dei propri movimenti e che per poter raggiungere un buon risultato bisogna allenarsi ogni giorno e focalizzarsi sulla precisione e sulla velocità. Il ritmo può aumentare solo quando si ha piena coscienza di quello che si sta facendo. Ci teneva molto alla disciplina. Se per caso facevo qualcosa di diverso da ciò che mi aveva richiesto mi sferrava un colpetto al retro del ginocchio con un'asta di metallo sottile ed elastica.

Attacco e difesa. Attacco e difesa. Attacco e... Il mio bastone viene bloccato da qualcosa alle mie spalle.

«Pensavo che mio padre ti avesse assunta come addetta alle pulizie, non come addetta alla sicurezza».

Scendo in palestra prima dell'alba per non incontrare Aidan e chi incontro?

Aidan e la sua faccia saccente.

La mia solita fortuna.

Aidan inizia a girarmi attorno. «Sei troppo rilassata, dovresti stare più dritta e soprattutto dovresti guardarti le spalle».

Di colpo mi attacca e lo riesco a schivare per un soffio.

«E tu sei il maestro di *Karate Kid*?» ribatto, lasciando cadere il bastone per terra.

«Ho i miei trascorsi» mormora vago.

Si mette in posizione e fa un cenno nella mia direzione.

Di sicuro io non mi lascio scappare la possibilità di rifilare una sconfitta ad Aidan Harrison.

Accetto senza pensarci un secondo e dopo qualche istante mi lancio su di lui sfoderando il mio destro migliore, ma lui si difende bene. Attacca con il sinistro e stavolta sono io a incassarlo. Per qualche minuto ci alterniamo in attacco e difesa, ma nessuno dei due intende mollare. I suoi muscoli si contraggono a ogni movimento, evidenziando il fisico possente e armonico. Non mi era mai capitato di incontrare qualcuno che avesse un corpo che fosse al contempo così massiccio e così agile.

Con una mossa fulminea, mi afferra all'altezza del bacino buttandomi a terra sul tappeto di gommapiuma.

Quando apro gli occhi mi imbatto nelle sue iridi verde foresta a pochi centimetri dalle mie. Mi ipnotizzano. Sul suo viso c'è un'espressione vittoriosa e al tempo stesso curiosa. Mi studia.

E il tempo, di colpo, sembra rallentare.

Non riesco a non pensare alla sua pelle che aderisce alla mia. Ma quando il contatto con i suoi occhi si spezza colgo l'occasione per capovolgere i ruoli. Con una certa fatica riesco a mettermi a cavalcioni su di lui e gli stringo le braccia sopra la testa.

«Ko maestro» sorrido.

«Se non ti togli da questa posizione quella ko sarai tu». Lancia un'occhiata verso il basso. Appena capisco che cosa intende scatto via da lui.

Ride.

«Aidan!» lo riprendo. So di essere diventata paonazza.

Resta sdraiato con un sorriso soddisfatto sul viso. Intanto io, imbarazzata, raccolgo le mie cose.

«Puoi andartene, Aria, qui non c'è nulla da pulire» mi liquida.

L'elettricità di poco prima svanisce all'improvviso lasciando spazio a un freddo artico.

«È proprio quello che sto facendo, Aidan».

«In effetti» va avanti, ignorando le mie parole, «non dovresti utilizzare le nostre cose, tu dovresti *solo* pulirle».

«E tu non dovresti avere un'erezione per la ragazza che lavora per la tua famiglia» sbotto.

Mi guarda con espressione meditabonda. «Hai ragione, in effetti. Direi che siamo pari allora».

«Non è proprio quello che direbbe un avvocato... Ma d'accordo».

Tutti contenti? Me ne posso andare da questa palestra senza litigare?

Sono così incredula che ci metto un po' troppo a raccogliere le mie cose. Aidan nel frattempo si è sfilato la maglietta e si è aggrappato all'asta di metallo delle trazioni.

Ha il corpo ricoperto di tatuaggi. L'inchiostro nero avvolge il suo petto e lo rende ancora più misterioso. Uno in particolare attira la mia attenzione: una donna, una dea a giudicare dai tratti sofisticati del viso e dalla veste tipica dell'Antica Grecia, intenta a giocare con uno scacco. Distinguo persino un sorriso astuto, furbo, come quelli che piacciono tanto a lui. Chissà qual è il suo significato.

«Vuoi toccare?» dice a un certo punto.

Sobbalzo. Sono rimasta lì impalata a fissarlo.

«Ti piacerebbe, soldato» riesco a ribattere.

«Piacerebbe a te, fidati. Potresti chiedere le recensioni a una discreta percentuale di ragazze a Miami» mi dice facendomi l'occhiolino.

Che gradasso.

«Sai che Narciso è affogato nel lago in cui si specchiava, vero?»

Sbuffa.

«Sei noiosa, Aria»

Strabuzzo gli occhi. E non riesco a contare fino a dieci.

«E tu sei uno stronzo, Aidan. Credi che il mondo debba inchinarsi al tuo passaggio perché sei bello e ricco. Entrano più ragazze in questa casa che pesci nell'oceano e non mi sembra di averne vista qualcuna ritornare. Sei fiero di questa vita? Sei fiero di scoparti qualcuna e poi passare alla successiva? Di usarle? Tua madre ti ha insegnato solo questo? Oppure tratti anche lei così?»

Ho buttato fuori tutto, senza pensarci.

Contrae la mascella. Nei suoi occhi non c'è più traccia di spavalderia. Sotto il verde si agita una rabbia nera, oscura e tenebrosa.

Una cosa che conosco.

Mi viene vicino con le labbra serrate e un'espressione feroce.

'Devi essere forte'.

Sento le parole di mia madre nella testa. E, anche se preferirei avere davanti un orso piuttosto che Aidan in questo momento, alzo la testa.

«Tu non sai un bel niente, io non condivido i dettagli della mia vita con un topo di fogna come te. Sei solo la domestica, perciò fai quello per cui sei stata assunta e taci, inutile pezzente» mi sibila con una voce carica di odio che si insinua in me come un serpente e mi avvelena da dentro. Senza rivolgermi lo sguardo se ne va. E io resto lì. Immobile.

Erano anni che non avvertivo questa sensazione di impotenza. Solo le parole di mia madre mi avevano fatta sentire così prima d'ora, incapace di rispondere e reagire, nonostante la rabbia.

Sono così sconvolta che mentre torno al piano di sopra non riesco a formulare nemmeno un pensiero di senso compiuto e mi scontro con qualcosa, o meglio, con qualcuno. Il panico mi chiude la gola: non voglio incontrare mai più Aidan.

«Scusami» dico distrattamente tenendo la testa china.

«Aria? Tutto bene?» Aron mi trattiene per un braccio. Cerco di sfuggirgli ma lui mi osserva con espressione preoccupata.

«Io...» balbetto ancora confusa. «È tutto okay, Aron. Grazie» provo a tagliare corto.

«Vieni con me» decide lui. Mi lascio trascinare da Aron in cucina mentre fatico a riprendere il controllo. Le parole di Aidan, così simili a quelle di mia madre, hanno spalancato qualcosa dentro di me. Qualcosa che mi spaventa, che mi toglie il fiato e mi offusca la mente.

All'improvviso mi ritrovo a bere dell'acqua. Il liquido fresco mi bagna la gola e sento che il fiato torna a essere regolare.

«Va meglio?» chiede dopo un po' Aron davanti a me.

Annuisco. Mi rendo conto di essere seduta sul bancone della cucina.

«Cos'è successo?» domando con voce roca.

«Credo stessi per avere un attacco di panico» dice Aron guardandomi di sottecchi. «Sei sicura che vada meglio?»

Annuisco di nuovo e prendo un altro lungo sorso d'acqua.

«Grazie, Aron».

Lui fa spallucce. «Figurati. Ormai li riconosciamo al volo gli attacchi di panico» dice contraendo il viso in una specie di sorriso così amaro che non raggiunge i suoi occhi. «Vuoi raccontarmi che cosa è successo?»

«Nulla» mi affretto a ribattere. Preferisco che quello che è appena accaduto resti un segreto. «Tu come mai sei già sveglio?»

Aron si passa una mano tra i capelli scuri e sospira. «Non vuoi parlarmene».

«No» ammetto. «Ma grazie per avermi aiutata, davvero».

«Sembriamo più mostri di quel che siamo in realtà, Aria...» I suoi occhi azzurri si staccano dal mio viso e puntano verso il corridoio. «Tutti noi...» aggiunge dopo una piccola pausa.

Le sue parole mi colpiscono. Ha intuito qualcosa? Sa che c'entra Aidan? Sta parlando di lui? Mi sembra impossibile. Aidan è un mostro. Non è solo un ricco viziato e arrogante. C'è qualcosa in lui che non va, che lo rende diverso dai suoi fratelli. Sto per fargli una domanda al riguardo quando dalla porta della cucina fa capolino una ragazza vestita solo con una camicia. Ha i capelli mossi e il trucco sbavato.

«Aron, puoi chiedere alla domestica di portarmi un'aspirina, per favore?» biascica, trascinandosi sul divano bianco. Sto per rimettermi in piedi, ma quando salto giù dal bancone la testa mi gira ancora vorticosamente. Aron mi afferra.

«Aspetta, ci penso io. Tu riposati ancora un momento» mi sorride.

«L'aspirina!» grida la voce impaziente della ragazza dal salotto.

Aron sbuffa, contrariato. «Un attimo, Clarissa!»

«Potresti aspettare che almeno io sia fuori casa prima di fare il cascamorto con la domestica!» ribatte lei.

Aron abbozza un sorriso. «Sei gelosa?» le grida.

«Figurati» risponde Clarissa. Il suo tono è rilassato. «Tutti conoscono la vostra fama, Harrison. E ora aspirina. E colazione!» grida. Come a sottolineare il suo ordine, Clarissa accende la tv.

«Ecco perché eri sveglio a quest'ora» dico ad Aron.

«Lascia stare. Non ha fatto altro che russare tutta la notte. Mi sembrava di essere a letto con un trattore». Entrambi scoppiamo a ridere nello stesso istante.

Sento di avere un grande feeling con lui, forse potremmo persino divenire amici.

«Buongiorno, Aria» ci interrompe la voce di Rosa che entra nella stanza con alcune buste della spesa. «E chi si vede a quest'ora inconsueta» scherza osservandoci con attenzione.

Io schizzo giù dal bancone e mi sistemo la divisa, affrettandomi ad aiutarla a sistemare le cose nella dispensa. Gli occhi di Rosa non mi lasciano neanche per un secondo.

«Credevo di aver sentito profumo di pancake...» scherza Aron, sviando dal vero motivo per cui era già in cucina. «Ma devo essermi sbagliato...»

«Ho come il sospetto che la tizia che si è addormentata sul divano di là abbia a che fare con te...» lo smaschera Rosa.

«Colpevole, Vostro Onore!» sorride Aron.

Rosa rotea gli occhi. «Ma quando vi troverete una *vera* ragazza?»

Aron sbuffa un po' infastidito e fa per andarsene. «Dai, Rosa, non farmi la morale...»

Vedo il ragazzo uscire dalla cucina per sfuggire ai rimproveri di Rosa, ma capisco che non voglio che se ne vada. Mi sento ancora fragile, scoperta. Ho paura che senza la presenza rassicurante di Aron potrei precipitare di nuovo nell'ansia.

«E se invece dei pancake» gli urlo per farmi sentire «ti preparassi una ricetta della mia famiglia?»

«Sai cucinare?» dice Aron rimettendo la testa dentro la cucina.

«Stai a vedere». Aron è stato così carino con me che ho voglia di ricambiare. «Brioche calde. Dammi qualche minuto».

«D'accordo, Aria Davidson. Sei libera di stupire il mio stomaco» esclama Aron.

«E anche il mio!» grida Clarissa dall'altra stanza.

«Perché non mi aiuti?» dico ad Aron che, come me, ignora la ragazza.

Lui strabuzza gli occhi, scioccato dalla proposta.

Rosa ride. Noto che ci guarda con approvazione. Mi alzo per allacciarmi il grembiule e faccio lo stesso con Aron che non sa proprio che cosa pensare, ma mi sembra divertito.

«Buongiorno Aidan» dice all'improvviso Rosa. Non riesco a impedirmi di sussultare. «So che il signor Harrison è di nuovo in partenza. Per il resto della settimana dovrò chiedere a te per alcune questioni...» gli comunica porgendogli la risma di giornali.

«Sì. Tocca a me risolvere i guai in questi giorni». Sento che insiste sulla parola 'guai'. Istintivamente afferro la mano di Aron. Aidan vorrà licenziarmi per averlo offeso? Prende una mela da un vassoio a poca distanza da Aron e me e vedo i suoi occhi soffermarsi sulla mia mano appoggiata a quella del fratello.

«Per qualsiasi cosa sai dove trovarmi, Rosa» aggiunge a bassa voce, poi.

Abbozza un sorriso tetro e lascia la stanza.

Quando se ne va, sospiro come se fino a quel momento fossi stata sott'acqua. Aron mi osserva. Forse ha capito qualcosa, ma prima che possa farmi delle domande scappo nella dispensa con la scusa di cercare gli ingredienti.

Capitolo 7

Ho deciso di optare per un basso profilo.

Ho cercato di evitare tutti i fratelli Harrison, soprattutto in questi giorni in cui il signor Harrison è fuori casa e Aidan troneggia su di loro. Di tanto in tanto Aron mi tallona per chiedermi di preparargli qualcosa da mangiare, ma anche lui si è fatto più schivo. Gli Harrison, quando sono a casa, passano la maggior parte del tempo nella sala da biliardo e io me ne tengo alla larga. Per evitare di incontrare Aidan, mi sono persino convinta a non uscire dalla mia stanza prima di un certo orario. Ecco perché ora sono qui a fissare il soffitto della mia camera su cui è proiettata la pellicola del film della mia vita, una specie di horror che scena dopo scena mi tormenta ogni notte.

Come è possibile che sia andato tutto a rotoli?

Perché mia madre è diventata un'alcolizzata?

Chi è mio padre?

Cole sarà ancora vivo? Devo cercarlo? Ma da dove potrei cominciare?

Sento gli occhi inumidirsi e una lacrima sfugge al mio controllo, ma io non le permetto di andare oltre la metà del viso. Il segreto per fermare la sofferenza è distrarsi, fare altro, sostituire i brutti pensieri con una faccenda che tenga impegnata la mente.

La casa è off-limits, ma forse potrei superare il mio odio per la spiaggia e fare una breve passeggiata sul bagnasciuga.

Scendo al piano inferiore. Percorro i corridoi furtivamente, consapevole che potrei incontrare Aidan. Metto piede nel salone illuminato dalla luce rossa e arancione dell'alba con fare esitante. Quando mi rendo conto che, però, nella grande zona living non c'è nessuno, mi rilasso e raggiungo la vetrata che dà sull'Atlantico.

Con il mio mazzo di chiavi apro la grande porta scorrevole e in un attimo il calore della Florida mi investe. I miei sensi si beano di quella zaffata di realtà: dentro casa Harrison la temperatura è sempre uguale. Qui fuori il vento che mi intreccia i capelli, il caldo che si appiccica alla pelle e il profumo della salsedine mi inebriano. E poi, questo momento della mattina è strepitoso. Scatto una foto con la vecchia macchina fotografica che ho acquistato subito dopo essere scappata di casa. Faccio qualche passo, poi mi siedo a terra vicino alla battigia poggiando al mio fianco l'album da disegno. Scatto ancora, questa volta da un'angolazione più bassa, per catturare le lucenti increspature rosa del mare, ma l'obiettivo si inceppa. Impreco sottovoce e provo a capire cosa può essere successo.

I soldi che ho rubato al mio patrigno prima di scappare di casa sono finiti da un bel pezzo, quindi non se ne parla di portarla a riparare. È incredibile in quanto poco tempo possano finire i soldi. Non ne avevo idea prima di fuggire di casa. E a lungo ho ringraziato quell'uomo viscido che mi credeva così stupida e ingenua da non conoscere la combinazione della cassaforte. Sorrido tra me quando ripenso alla faccia che può aver fatto nel momento in cui si è reso conto delle mazzette che avevo fatto sparire. L'ho sempre disprezzato e anche Cole lo temeva. Eravamo abituati a vederlo aggirarsi in casa nostra con l'arroganza di chi si crede al proprio posto. Ma era solo un poveraccio che aveva imbrogliato nostra madre. Quando lei era a casa lui sfoggiava modi galanti e affettuosi, ma appena lei usciva lui si spaparanzava sul divano e guardava le partite di football, dandoci ordini e insultandoci se non li eseguivamo alla perfezione. E poi superò il limite. Stavo per compiere sedici anni. In una calda giornata di marzo, avevo deciso di andare in giardino per prendere il sole. Ero stesa a pancia sotto con gli occhi chiusi e a un certo punto sentii la sdraio accanto alla mia cigolare.

«Hai messo la crema solare?» mi chiese.

«No» replicai, seccata dalla sua presenza.

«Dovesti metterla, il sole fa venire il cancro».

Non risposi e mi girai dall'altra parte, cercando di scoraggiarlo a proseguire la conversazione.

Sembrò funzionare. Lui si alzò di scatto e scomparve in casa. Pochi minuti dopo, però, la sdraio cigolò di nuovo. Era tornato e aveva in mano il tubetto della protezione.

Senza esitare ne mise un po' sulla parte alta della mia schiena.

Mi sentii a disagio. Ma lo conoscevo da anni, era il compagno di mia madre. Per quanto losco aveva persino preso le mie difese un paio di volte. Ci portava in vacanza e a mangiare i tacos il mercoledì. In più, una parte di me temeva che se lo avessi accusato di comportarsi come un pedofilo, non avrei avuto solo un carnefice, ma ben due. E poi volevo credere che volesse solo prendersi cura di una ragazzina che non aveva mai avuto un padre. Dopo pochi istanti, però, le sue mani erano scese sempre più giù, fino al mio sedere.

«Basta così, grazie» cercai di dire educatamente. Ma lui non si fermò. «Ho quasi finito» si giustificò. Le sue mani compivano gesti lenti e circolari sul mio corpo e io sentivo un senso di disagio strisciarmi dentro. «Stai diventando proprio una donna...» cominciò a dire mentre palpava il mio sedere.

Mi alzai di scatto.

«Io vado a prendere una limonata» dissi cercando di non mostrarmi troppo turbata. Non volevo che si inquietasse. Non volevo accusarlo. Avevo paura che mi sarebbe saltato addosso e a quel punto cosa avrei fatto? «Ne vuoi una...?» riuscii persino ad aggiungere per convincerlo che andasse tutto bene.

Lui disse di sì e io entrai nella mia camera, chiudendomi a chiave, pregando che non mi venisse a cercare.

La stessa sera, prima che lui e mia madre tornassero ubriachi, presi in fretta i miei vestiti e qualche oggetto a cui ero legata. Nel buio della notte, scesi le scale per raggiungere l'uscita. Prima di lasciare quella casa, però, i miei occhi si erano fermati sul quadro in corridoio che celava la cassaforte. La svuotai. Senza alcun rimpianto, né rimorso.

In qualche modo riesco a risolvere il problema della macchina fotografica e faccio un sospiro di sollievo. Scatto la foto e poi sfilo dall'album il disegno che avevo lasciato incompleto giorni fa.

Mentre cerco di ricordarmi i colori che mi avevano incantata al pianoforte, inizio a canticchiare *Someone Like You* di Adele.

Quando arrivo al ritornello lascio che il rosso esploda sul foglio.

Il disegno prende forma, cambia. L'alba che ritraggo si carica di sfumature e intanto io continuo a cantare, sempre più forte, sempre più forte. La canzone mi lascia senza fiato. Il disegno è accanto a me, in attesa che si asciughi.

«Almeno nel canto non sei negata» mi volto di scatto. Di solito c'è una sola persona che mi interrompe in questi momenti e il mio cuore si è già contratto. Invece mi accorgo che si tratta di Jason. È seduto alle mie spalle, a qualche metro da me.

«Da quanto te ne stavi lì?» chiedo.

«Qualche minuto» fa spallucce. «Hai mai pensato di iscriverti a un corso per migliorare la voce? Sei bravissima, potresti avere una carriera».

«Jason, non essere ridicolo, non sono così brava» faccio un gesto per scacciare quel complimento.

«A me sembra di sì, invece».

«Ti ringrazio. Se vuoi farmi compagnia sei il benvenuto, comunque. Guarda» faccio un cerchio sulla sabbia di fianco a me e con un legnetto scrivo: 'Lo spazio di Jason'.

Mi sorride e ci siede sopra con un tonfo.

«Allora, sei felice che oggi vostro padre tornerà?»

«Clark? Sì, sono felice. Ma non è il mio vero padre, per quanto lo vorrei» mormora. «Non ho idea di chi siano i miei genitori biologici. Mia madre ha lasciato Josh, Jake e me agli Harrison quando eravamo ancora troppo piccoli per ricordarci di loro» guarda l'orizzonte, «ma ormai a distanza di vent'anni ci ho messo una pietra sopra» dice con voce cupa.

Guardo il suo viso. I raggi delicati del sole nascente mettono in rilievo i riflessi dorati e ramati dei suoi occhi. Ha un piccolo anello alla narice destra.

«Non sembri averci messo una pietra sopra...» osservo, «... li hai mai cercati?»

«Sai Aria, non so con chi tu sia cresciuta, ma quando un genitore ti lascia di fronte a un portone come se fossi un sacco dell'immondizia, non senti esattamente la voglia di riabbracciarlo. Vorresti fargli provare lo stesso identico dolore che hai vissuto per tutti questi anni» risponde amareggiato.

Non gli credo, ma il suo tono non ammette repliche. Insomma, ci sono passata anche io. Nonostante ognuno di noi sia diverso, so che in questi casi è impossibile reprimere la curiosità. Dopo tutti questi anni, ancora mi chiedo chi sia il mio vero padre e da qualche parte sento ancora la speranza di incontrarlo, costruire un rapporto con lui, conoscerlo.

«Se può farti sentire meglio, nemmeno io so chi sia mio padre. E mia madre era meglio non incontrarla... Sono andata via di casa quando avevo sedici anni» gli confesso.

Jason continua a guardare l'oceano.

«Di questo passo finiremo per assumerti come sorella» scherza lui, io gli sferro una gomitata giocosa.

Capitolo 8

«Aria, dove sono i ragazzi?» mi chiede Rosa. Sto piegando il bucato in lavanderia e la donna mi raggiunge. Accanto a lei c'è il signor Harrison.

«Buonasera signor Harrison! Non sapevo che fosse rientrato» mi affretto a salutarlo.

L'uomo mi sorride educatamente. «Rosa mi ha detto che sei particolarmente brava a rintracciare i ragazzi».

«Oh... solo alcuni di loro» rispondo. «Ma comunque, sono tutti in giardino»

«Molto bene» commenta soddisfatto. «Vieni con noi» aggiunge. Scosto la cesta che straborda boxer firmati e seguo lui e Rosa all'esterno.

Il giardino della villa ha le dimensioni di quello di un resort ed è dotato di piscina, palme e un soppalco in legno dove sono sistemati sdraio, divanetti e tavolini.

«Papà!» grida Jake. Lui, Aron e Jason si alzano in fretta per salutarlo. Aidan, invece, rimane seduto; indossa soltanto il costume e gli occhiali da sole. Sul suo volto è stampato il solito sorriso provocatorio.

Forse ora dirà tutto al signor Harrison. Forse gliel'ha già detto ed è per questo che lui mi ha chiesto di accompagnarlo in piscina. Magari vuole un confronto tra noi. Magari vuole che io mi scusi con Aidan. Quest'ultimo pensiero mi provoca un moto di repulsione.

«Aidan». Il signor Harrison si avvicina al figlio e lo avvolge in un abbraccio. «Allora, come è andata questa settimana? Tutto bene?» La sua voce si abbassa sempre di più.

«Sì, ha chiamato una donna di nome Li...» bisbiglia Aidan. Lui e il signor Harrison si allontanano lungo il bordo della piscina, appartandosi.

«Allora, hai pensato a un'audizione?» mi chiede all'improvviso Jason che mi prende sotto braccio distogliendo la mia attenzione dalla conversazione che padre e figlio stanno avendo.

«No, Jason» rispondo imbarazzata.

«Dovresti farlo» insiste lui.

«Fare cosa?» si intromette Aron prendendomi sotto l'altro braccio.

«Lo sapevi che la nostra domestica canta benissimo?»

«Davvero?» esclama Aron. «Fammi sentire qualcosa».

«No, ragazzi, vi prego» mormoro sempre più imbarazzata. «Non sono così brava come dice Jason e soprattutto non mi sento a mio agio».

«Per cosa non ti senti a tuo agio?» Jake inizia a camminarmi davanti. Il mio sguardo si posa su Aidan e tra una risposta e l'altra non posso fare a meno di notare che mi lancia delle occhiate gelide.

«Sa cantare» ripete Jason.

«La ragazza dai mille talenti» sghignazza Jake. «Sai fare altro che non sappiamo?»

«Sa cucinare» annuisce Aron.

«Sa disegnare» aggiunge Jason.

«E ha umorismo» conclude Jake facendomi l'occhiolino.

«In pratica sa fare tutto tranne il lavoro per cui è stata assunta». La voce di Aidan mi prende alla sprovvista e come sempre graffia qualcosa dentro di me.

«Su, Aidan» si intromette il signor Harrison. «È stato solo un piatto».

«Già. Un piatto...» dice Aidan guardandomi dritta negli occhi.

Io so che non si sta riferendo al piatto che ho rotto in cucina. Ma a quanto pare lui non ha raccontato al padre del nostro scontro in palestra.

«Comunque» riprende Aidan, «pratica anche arti marziali».

I suoi occhi dicono più delle sue parole.

Neanche lui si è dimenticato di quella mattina.

«Davvero? Che altro?» continua Aron.

«Non volete sentirlo» dico cercando di stuzzicarli.

«A meno che tu non abbia l'hobby di rovistare fra i bidoni, puoi dirci tutto Aria».

«Sono una vera appassionata di motori».

I ragazzi mi guardano con gli occhi spalancati.

«Tu non puoi essere solo una domestica» stabilisce Aron. «Vero papà?»

Il signor Harrison sorride, ma la sua espressione è strana.

«Rosa ha dovuto cercare a lungo prima di trovare una ragazza che non fuggisse a gambe levate dopo avervi incontrato. Aria ha qualcosa di molto speciale» concorda il signor Harrison. Aidan si volta di scatto verso di lui con espressione corrucciata.

«Per questo, Aria, vorrei che affiancassi Rosa, al gala di stasera».

«Al gala? Io?» resto interdetta.

«Sì. Ti darà lei tutte le istruzioni più tardi». Guardo Rosa, un po' in disparte, che annuisce.

«Signor Harrison, sono lusingata ma non ho nulla da mettere e non credo di essere ancora pronta...»

Il signor Harrison agita una mano in aria. «Dettagli. Inoltre, non mi piace saperti a casa da sola. Ci vediamo stasera» stabilisce e se ne va seguito da Aidan che non mi degna di uno sguardo.

«Ci divertiremo da morire, Aria. Tranquilla. Ma prima dobbiamo farti vedere una cosa. No, ragazzi?» Aron fa un cenno verso il lato opposto della casa.

«Io veramente ho un sacco di faccende...» dico guardando Rosa che però mi autorizza con un gesto del capo ad andare.

Seguo Jason, Jake e Aron nel seminterrato in cui non ero ancora mai entrata. Sembrano tutti e tre molto eccitati.

«*Et voilà!*» esclama Jason premendo l'interruttore e illuminando un immenso garage bianco.

«Wow» sussurro stupita passando in mezzo a sei moto parcheggiate in fila. «Sono fantastiche».

«E di là c'è il parco macchine...» indica Jake.

«Dovete farmi vedere tutto!» esclamo entusiasta, vinta dalla curiosità.

In quel momento i cellulari di tutti e tre iniziano a squillare.

I ragazzi si guardano in viso.

«Un'altra volta, Aria» dice con tono truce Jason.

«Dobbiamo andare» aggiunge Aron.

Capitolo 9

Guardo la mia immagine allo specchio. L'abito blu scuro che indosso è meraviglioso. La gonna di seta brilla sotto la luce delle lampade e dallo spacco vertiginoso escono le mie gambe allenate. Le bretelle sono intrecciate sulla schiena e il corpetto liscio mi evidenzia le curve. Non sembro nemmeno io.

I sandali col tacco sono tempestati di gemme colorate che rilucono ogni volta che muovo un passo. Sono così incredula che passo mezz'ora a fissarmi riflessa. Anche il mio viso devo dire che non è male, oggi. Cominciano a vedersi i benefici dei pasti regolari e delle notti in un letto caldo. Dal mio borsone tiro fuori un mascara ormai secco e un lucidalabbra trasparente e fastidiosamente appiccicoso. Non vorrei togliermi questo vestito mai più. Sfiderei chiunque a non sentirsi bene fasciato in un abito pregiato e di alta moda come questo.

Bussano alla porta e per poco non cado dal tacco dodici che ho ai piedi.

«Chi è?» chiedo ricomponendomi e mettendo una coppia di orecchini di perla.

Questi sono i miei, uno dei pochi ricordi felici che conservo della mia infanzia. Un regalo di mia nonna per i miei sei anni. Li ho custoditi gelosamente per tutto il tempo per strada. Erano troppo preziosi, erano l'unica cosa che mi rimaneva di lei. Non li ho mai venduti, nemmeno quando i morsi della fame mi stringevano lo stomaco.

«Sono Rosa» dice la voce al di là della porta. «*Vamos, chica.* Non voglio far aspettare il signor Harrison».

Prendo al volo la pochette coordinata ed esco.

«Eccomi» dico aprendo la porta. Rosa mi guarda con occhi spalancati. «Ho esagerato, vero?» chiedo imbarazzata. Rosa mi mette le mani sulle spalle.

«Sei *maravillosa* Aria» mi interrompe.

E detto da lei è un grande complimento visto che Rosa sembra una dea. È avvolta in un abito nero, lungo e dalla gonna morbida. Niente di eccessivo, solo elegantissimo. Insieme ci incamminiamo verso il salone in cui sono riuniti gli Harrison. Riesco a sentire il mescolarsi delle loro colonie ancora prima di svoltare l'angolo delle scale. Non appena mettiamo piede nella grande stanza, il chiacchiericcio si spegne di colpo.

Deglutisco e abbasso lo sguardo a disagio.

«Ehi! Dov'è l'uomo rozzo che solitamente alloggia in te, Aria?» chiede Jake.

Avvampo e faccio una linguaccia in risposta.

Questo mi dà la forza di alzare lo sguardo. E penso proprio che l'Olimpo si sia trasferito a Miami.

I fratelli indossano completi neri cuciti su misura che evidenziano i loro fisici scolpiti. Sotto la giacca vestono tutti una camicia bianca, tranne Aidan che, invece, ne ha scelta una nera. Trattengo un sorrisetto quando percepisco una scarica percorrermi la schiena in risposta al suo fascino tanto attraente quanto pericoloso. Dovrei essere ancora arrabbiata con lui per quello che è accaduto, ma la risposta del mio corpo al suo sguardo è tutt'altra. E questo non fa che innervosirmi.

«Sei veramente fantastica» continua Aron quando ormai sono vicina a loro.

«Sono senza parole, davvero, sei meravigliosa» rincara la dose Jason.

«Adesso basta o vi avveleno i pancake domattina» ribatto, sentendo che il mio rossore sta per raggiungere anche le caviglie.

«Allora, quand'è che hai detto che possiamo prenderci un caffè solo tu e io?» mi chiede Josh.

«Mai» gli sorrido.

Jake afferra la mia mano e mi fa piroettare. «Io non lo bevo il caffè, Aria» dice.

Aidan si tiene a debita distanza da questa situazione, ostentando un totale disinteresse.

Mi mordo involontariamente il labbro inferiore.

«Aria, sei una grazia divina con questo vestito» dice anche il signor Harrison sbucando dal corridoio e interrompendo i miei pensieri. Per una volta non ha i capelli scompigliati e la sua giacca è perfettamente stirata.

«La ringrazio, ma non so come sdebitarmi per quest'abito» mormoro.

«Non devi, tranquilla».

«Direi che anche Rosa ha fatto un ottimo lavoro».

«Oh, Clark. Vestire una ragazza così carina è talmente facile...»

«Dunque, qual è il piano?» chiede Aidan a Rosa.

La donna prende il suo iPad dalla borsetta.

«Dunque. Oggi siamo a Villa Borealis per un gala di beneficienza in favore della costruzione di un ospedale pediatrico in Perù. È strutturato come un'asta ma si tratta di una situazione un po' sui generis. Aron e Jake hanno dato la loro disponibilità a essere banditi... Aron si è offerto di dare lezioni di surf e Jake di boxe».

Li guardo stupiti.

«Siamo molto sensibili alla tematica» si giustifica sogghignando Jake.

«Sì, se per 'tematica' intendete le tette che delle vedove miliardarie vi spalmeranno addosso dopo otto secondi che sarete insieme» sghignazza Josh.

«Ragazzi, non siate volgari» li riprende il signor Harrison.

«Papà possiamo prendere le nostre auto?» si intromette Jason.

«Le abbiamo comprate per usarle!» risponde il padre. «Andiamo. Rosa, vieni con me».

Rosa annuisce. Quando mi passa davanti si blocca e mi dice: «Ci vediamo là, Aria. Non ti preoccupare, queste serate sono più noiose che difficili. Accompagna solo i ragazzi dietro le quinte e stai con loro se hanno bisogno di qualcosa. Io controllerò che non spendano troppo».

«Farò del mio meglio» la rassicuro.

Mentre il signor Harrison e Rosa escono di casa, io rimango in silenzio nella mia posizione.

«Allora, chi se la prende?» propone Jake con tono scherzoso. Aggrotto le sopracciglia infastidita.

Nell'aria aleggia quel sentore di sfida che mi capita di sentire ogni volta che sono tutti riuniti nello stesso posto. «Io» dicono tutti all'unisono – tranne Aidan ovviamente –, che ha la faccia di uno che si taglierebbe un arto pur di non accompagnarmi.

«Idea» esclama Josh.

«Incredibile, sei anche capace di pensare?» lo canzona Aron.

«Stai zitto Aron» taglia corto Aidan. «Non ho voglia di fare tardi, è da maleducati».

Detto da uno che non sa neanche cosa siano le buone maniere...

Josh riprende da dove si era interrotto. «Aria decide su che auto salire e va al gala con il proprietario dell'auto».

«Non sei del tutto scemo, allora» commenta Jake.

«Che ridicola perdita di tempo» brontola Aidan precedendo i fratelli all'esterno. Nello spazio davanti alla rampa d'accesso del garage sono allineate sei auto sportive di ultima generazione: una Lamborghini azzurra, una Maserati grigia, una Aston Martin grigio scuro, una Ferrari rossa, una Bugatti nera e, infine, una delle macchine più belle in circolazione: una Porsche nera. Prima che abbiano il tempo di dire qualsiasi cosa, indico la Porsche.

«Lei» dico, guardandola l'elegante livrea opacizzata.

«Sul serio? Hai una Maserati e una Lamborghini e scegli la Porsche?!» esclama stupito Josh.

«Ho un debole per le Porsche...» mi giustifico a bassa voce.

«Forse allora è vero che ci capisci qualcosa di motori» dice Aidan.

I fratelli si ammutoliscono, mentre il maggiore sfila davanti a loro e apre la portiera del passeggero. Non avevo preso in considerazione la possibilità che la Porsche appartenesse proprio a *lui*. Sono o non sono perseguitata dalla sfortuna?

«Accomodati, biondina» dice con ghigno. Vorrei ritrattare. Vorrei aver scelto la Ferrari o la Lamborghini. Gli altri Harrison, però, si sono già stancati di quel giochetto e ognuno si è seduto nella sua macchina ed è pronto a premere il piede sull'acceleratore.

L'aria si riempie dei suoni dei motori di quelle auto da centinaia di migliaia di dollari.

«Ti muovi?» grida Aidan dall'interno. Si è già seduto e sta scalpitando.

Faccio un respiro profondo e mi obbligo a cercare la calma.

Non appena mi siedo, mi chiedo come ho fatto a non pensare che questa macchina fosse la sua. Se Aidan fosse un'auto, sarebbe *questa* auto. Gli interni sono scuri, lucidi, minimal ed elegantissimi. La carrozzeria ha quel che di sfuggente che c'è anche nei tratti di Aidan. E all'interno dell'abitacolo il profumo di Aidan, come l'avevo sentito in palestra, inonda i miei sensi, provocandomi una leggera scossa lungo la colonna vertebrale.

«Ti avviso, non utilizzo questa macchina per rispettare i limiti di velocità» dice, arrogante, mantenendo il suo solito tono composto.

Mi sistemo sul sedile di pelle rosso fuoco e allaccio la cintura, poi mi rivolgo verso di lui.

«Cos'è questa, una battuta da film per rimorchiare le ragazze?» ribatto. «E comunque, non sono salita su questa macchina per rispettare i limiti di velocità».

«Bene».

«Bene» ripeto.

Parte sgommando e superando i suoi fratelli.

In meno di qualche secondo arriviamo a toccare le cento miglia orarie, poi le centoventi, le centocinquanta ... Sento l'adrenalina scorrermi nelle vene. Stringo il sedile con tutta la forza che ho in corpo. Le luci dei palazzi, dei grattacieli e delle altre auto sfrecciano così velocemente fuori dal finestrino che non riesco a catturarne nemmeno un frammento.

In lontananza noto i lampeggianti della polizia, Aidan rallenta gradualmente infilandosi nel traffico delle strade di Miami.

«Alla fine hai dovuto cedere alle venti miglia?» lo provoco.

«Preferisco evitare di farmi fermare dalla polizia».

«Perché? Trasporti qualcosa di illegale?» chiedo ironicamente.

«Sì» risponde deciso. Mi volto di scatto verso di lui.

«Te. La tua bellezza è illegale stasera» mormora guardandomi negli occhi. Mi perdo per un'istante in quel verde.

Il primo complimento da Aidan Harrison. Direi che sta per nevicare qui a Miami.

Ma non cambia niente.

Non cambia come mi ha trattata. Come ha voluto farmi sentire.

«Occhi sulla strada, soldato» gli rispondo.

Con calma Aidan stacca i suoi occhi verdi da me e li riporta sulla strada.

«Non hai parlato con mio padre del nostro scontro in palestra» dice dopo un attimo.

«Neanche tu. Avresti potuto farmi licenziare».

«Non voglio che tu venga licenziata» ribatte. «Ai miei fratelli piaci» aggiunge dopo una pausa.

«Vorrei sapere perché non piaccio a te» insisto.

«Biondina» riprende con il suo solito ghigno, «non sono abituato a sentir nominare mia madre».

Lo guardo e per la prima volta ripenso alla frase che ho detto e che l'ha fatto scattare e capisco. Aidan non si è sentito insultato per quel che gli ho detto, ma perché ho nominato sua madre per mortificarlo.

«Perché?» gli domando, incerta.

Lui fa spallucce e alza il volume della musica. Vuole chiudere la conversazione ma non sono ancora pronta. Si è giustificato invece di scusarsi, questi Harrison hanno bisogno di una lezione di umiltà.

«Se io avessi risposto a ogni tua provocazione con la stessa violenza che mi hai dimostrato tu, adesso sarebbe in corso una crisi nucleare» sbotto incrociando le braccia.

Alza un sopracciglio. «Pensi di non aver risposto in modo altrettanto violento?»

«Tu provochi, io reagisco» rispondo.

«Allora siamo uguali» decreta.

Uguali? Uguali?! L'irritazione mi serra la gola. Io uguale a uno che provoca volontariamente le persone e le tratta peggio di stracci? Io uguale a lui?

«Non sai niente di me, Aidan Harrison. Noi siamo diversissimi» sibilo.

Inclina il capo e mi squadra. Il solito ghigno è tornato al suo posto sul viso. «È vero. Tu sei solo una ragazzina debole. Se non lo fossi stata mi avresti affrontato, non mi avresti lasciato andare via. Non mi avresti lasciato vincere».

Debole.

La parola comincia a vorticare dentro la mia testa.

'Non essere debole, Aria'.

Deglutisco cercando di mantenere il controllo.

«È questo che pensi, Aidan? Che sono una ragazzina debole? Che se una persona viene ferita debba essere lei a cercare il suo carnefice?»

Se ne sta in silenzio fissando un punto vuoto davanti a sé.

«Fammi scendere» dico di punto in bianco. Ho bisogno di mettere spazio tra me e lui.

Sorride divertito alle mie parole sottovalutando la mia serietà.

«Ho detto di farmi scendere, stronzo» grido picchiando sulla portiera.

Se tiene davvero alla sua auto gli conviene ascoltarmi. Ho gli occhi accecati dalla rabbia. Ormai sono esplosa e non c'è nulla che possa contenermi.

Appena accosta, scendo sbattendo forte la portiera. Mi avvio sul marciapiede che costeggia la strada con passo sicuro e deciso. Non c'è punto di incontro con quest'uomo, o le maniere forti oppure non mi prende sul serio; non pretendo di essergli amica, ma almeno di trovare un compromesso per una pacifica convivenza. Anche quando credo voglia scusarsi trova il modo di insultarmi.

Abbassa il finestrino e mi segue piano con l'auto.

«Sali» ordina.

«No» ribatto secca, continuando a camminare.

«Aria, sali» ripete.

«Perché? Per sentirmi di nuovo dire quale alta considerazione hai di me?»

«Sali o me ne vado».

«Allora vattene, non ho bisogno del tuo passaggio. Potrei chiederlo a chiunque». Sfodero il braccio e il pollice guardando le macchine passare.

«Anche se mi piacerebbe molto lasciarti qui, biondina, non credo che mio padre mi perdonerebbe se venissi rapita da uno stupratore, o peggio. Quindi, sali» sbotta.

Vado avanti a camminare.

«L'hai voluto tu».

Accelera e poi si ferma di colpo qualche metro più avanti; scende dall'auto procedendo con passo fermo verso di me. È arrabbiato, ma lo sono anche io. Quando arriva davanti a me non indietreggio neanche di un centimetro, provo a superarlo ma mi blocca con il suo corpo. Vuole che sia forte? Che lo affronti? Eccomi, lo sto facendo.

Lo guardo dritto negli occhi.

«Andiamo» dice con un tono sorprendentemente calmo.

«Non vengo da nessuna parte con te, Harrison» ringhio.

«Aria, smettila, andiamo». La mascella si tende.

«No, Aidan, se ti preoccupa la figura che farai con tuo padre, digli che la Porsche mi faceva paura e che ho preferito un taxi».

«Non me ne importa nulla di quello che pensa mio padre. Smettila di comportarti come una bambina, ci sono cose che non sai» grida. Le vene del collo sono gonfie. «Scusa, va bene? Era questo che volevi sentirti dire? Non sono mai stato violento con nessuna donna in vita mia. Mi dispiace averti ferita ma scendi dalle nuvole, Aria, e prova a pensare che forse anche tu l'hai fatto con me».

Mi guarda ansimante, come se avesse corso per chilometri. Non ribatto, lo guardo solo per un lungo istante negli occhi. Poi lo supero con espressione di sufficienza ed entro nella Porsche. Era questo che volevo, no? Che si scusasse con me. E ora che l'ha fatto, è sufficiente?

Le sue parole riecheggiano nella mia mente.

Io l'ho ferito, ma in che modo?

Lo sento imprecare sottovoce mentre mi raggiunge.

Ripartiamo.

«Mi piacciono le vostre moto» sussurro dopo alcuni minuti di silenzio.

«Se stai tentando di fare conversazione risparmiati» borbotta.

«Io almeno ci ho provato» dico un po' indispettita.

«Taci, per una buona volta» risponde esasperato.

Spalanco gli occhi quando la Porsche varca il cancello di un'imponente struttura bianca illuminata.

Capitolo 10

Aidan lascia l'auto a un parcheggiatore e senza una parola sparisce in mezzo alla folla. Io devo trovare Aron e Jake prima che cominci l'asta e accompagnarli dietro le quinte, come mi ha spiegato Rosa. Comincio a cercare i ragazzi nell'immensa villa.

Gli spazi sono ampi e ogni stanza comunica con le altre. A separarle ci sono solo delle grandi arcate bianche, le stesse che caratterizzano la facciata esterna della casa, sia al piano terra che a quello superiore. Le vetrate sono tutte aperte e si affacciano sul mare, su cui si rifrangono le luci colorate di Miami. Nella sala principale, è stata allestita la pista da ballo e attorno a essa sono disposti alcuni tavoli rotondi su cui troneggiano complicate composizioni floreali. Su un lato della sala c'è il palco, dietro il quale si apre una quinta creata con spessi tendaggi. Qui non c'è una folla caotica, anzi, sono tutti composti. Ovunque si guardi si possono riconoscere personalità influenti di Miami. Il sindaco è impegnato a inseguire un cameriere in livrea con un bicchiere di champagne in mano. Alcune senatrici con la piega perfetta discutono di politica. L'orchestra suona arie da chissà quale opera e io mi chiedo come farò a trovare Aron e Jake.

Sto per cadere nello sconforto quando riesco a scorgere il signor Harrison, impegnato in una conversazione con un uomo impettito e calvo.

«Signor Harrison, mi scusi se la interrompo. Ho bisogno del suo aiuto» sorrido imbarazzata accanto a lui. Quando gli occhi del signor Harrison si posano su di me è come se non mi riconoscesse. Un attimo dopo si riscuote e si affretta a presentarmi con un grande sorriso sulle labbra.

«Christopher, permettimi di presentarti Aria. Si è recentemente fidanzata con mio figlio».

Chi? Io?

Guardo il signor Harrison sgranando gli occhi e lui mi fa cenno di stare al gioco.

L'uomo calvo mi guarda e con un leggero sorriso mi fa il baciamano. «Incantato, signorina. Gli Harrison non si sarebbero mai fatti sfuggire una bellezza come lei!»

«La ringrazio» balbetto. «Signor Harrison...» torno a chiamarlo.

«Oh, giusto. Scusami, Christopher, torno da te tra un attimo».

Quando siamo fuori portata d'orecchio, il signor Harrison si affretta a spiegare: «Aria, perdona la mia piccola bugia. È per questioni di sicurezza» mi dice, facendomi l'occhiolino.

«Qualcuno vuole attentare alla vita di una domestica?» ribatto sarcastica.

«Non si è mai troppo prudenti» conferma il signor Harrison. La mia era una battuta ma lui l'ha presa sul serio. Cala un attimo di silenzio.

«Hai bisogno di qualcosa?» chiede lui.

«Oh, sì!» mi ricordo. «Non riesco a trovare i ragazzi...»

«Chiamali al cellulare» dice semplicemente.

«Non ho un cellulare, signore» rispondo, a disagio.

Il signor Harrison mi guarda. Non voglio che provi pena per me, ma in effetti è troppo elegante per provarne. Mi prende sottobraccio e insieme attraversiamo la sala. «I miei figli si credono particolarmente interessanti e arguti, ma in realtà sono come tutti i ragazzi della loro età» spiega. «Se vuoi trovare Jake basta che cerchi il bar». Ci avviniamo alla zona e infatti, eccolo lì. Il padre gli fa cenno di avvicinarsi e subito, Jake ci raggiunge.

«È ora di mettersi in vendita?» chiede con tono divertito.

«Sì. Vai con Aria. E basta bere» dice il signor Harrison.

«Erano solo un paio di cocktail, papà».

L'uomo lo guarda con un sopracciglio sollevato. «Credi che non sappia riconoscere chi mente? Sono il miglior avvocato del Paese, Jake».

Jake rotea gli occhi e comincia a seguirci come un cagnolino. Non ho mai visto nessuno degli Harrison così remissivo.

«Aria, se invece vuoi trovare Aron, devi solo cercare il più grande capannello di ragazze in circolazione...»

«E lui sarà esattamente al centro» aggiunge Jake.

E infatti, seduto su dei divani a bordo piscina, circondato da ragazze che lo guardano con occhi sognanti c'è Aron.

«Bene, missione compiuta» sorride il signor Harrison. «Ora torno ai miei noiosissimi... amici» sospira.

«Un attimo, signor Harrison!» lo inseguo. «Grazie per l'aiuto, non so come avrei risolto senza di lei. Le giuro che imparo in fretta».

«Figurati, Aria. Lo so che sei una ragazza sveglia. È la prima volta che frequenti un posto come questo, è normale sentirsi spaesati. Toglimi una curiosità, però...»

«Mi dica» rispondo subito.

«A quale dei miei figli pensavi mi riferissi quando ti ho presentato come la fidanzata di uno di loro?»

Avvampo.

«Non lo so, non ci ho pensato signor Harrison».

«Sarà» dice l'uomo con un sorriso. «Ma io una mezza idea ce l'avrei... Ora voglio mettere alla prova l'intuito del buon vecchio Clark» dice più a se stesso che a me.

Resto impalata per un attimo e poi torno dai ragazzi. Insieme andiamo dietro le quinte.

Aspetto che Aron si spogli del completo firmato e indossi la sua muta da surf, mentre Jake si sistema i guantoni da boxe dopo aver infilato solo un paio di pantaloncini sportivi. Il primo mi dà il portafoglio e il cellulare e li metto nella borsetta. Quando esce passandosi le mani nei capelli e mostrando gli addominali, le ragazze che si occupano della gestione dell'asta e che si sono avvicinate a noi rischiano l'infarto.

L'asta inizia. La banditrice è una donna in un elegante tubino nero che presenta pezzi pregiati. Un articolo non fa in tempo a essere esposto che inizia subito una guerra al rialzo. Osservo molti oggetti bruttissimi venire pagati cifre sproposititate, con cui mi iscriverei dieci volte all'Accademia di Fotografia, avvierei il mio studio e farei reportage in tutto il mondo.

Quando tocca ad Aron e Jake, la banditrice cambia tono di voce.

«E ora» la sento dire. «Due pezzi molto speciali. Una coppia di fratelli Harrison».

I ragazzi escono in un «Oooh» generale e il prezzo comincia a salire vertiginosamente.

Quando l'asta finisce, raggiungo il tavolo degli Harrison. È vuoto. I ragazzi non sono nei paraggi.

Mi siedo, sono sola e osservo la gente nella sala. Vorrei ballare, ma le ultime lezioni risalgono a più di dieci anni fa. E poi non avrei un cavaliere con cui farlo.

Sono concentrata a capire come rimediare un'ostrica quando mi si avvicina un ragazzo.

«Non mi sembra molto galante da parte di un gentiluomo lasciare una donzella così bella tutta sola» dice porgendomi la mano. «Che ne dici di rimediare al danno?»

Rifletto sulla sua proposta per qualche secondo; so di avere tutti gli Harrison alle calcagna sparsi da qualche parte nella sala, perciò, se il soggetto dovesse rivelarsi un criminale o un tizio noioso da morire, spero che un 'Harrison' gridato a gran voce possa essere sufficiente per chiamare aiuto. Il tizio è carino. Molto carino. Non ha la bellezza travolgente di Aidan, ma i lineamenti dolci e l'espressione sorridente e rilassata sono un invito a cui è difficile resistere.

Ma perché lo sto paragonando ad Aidan, poi?

Prendo la sua mano e insieme raggiungiamo il centro della pista da ballo, sfilando fra le persone, troppo impegnate nelle loro conversazioni per notarci. Il ragazzo posa una mano sul mio fianco accompagnandomi sulle note di un lento.

«Allora, qual è il nome della bella donzella?» mi domanda.

«Aria. E quello del gentiluomo?» sorrido.

«Dylan Stark. Come mai tutta sola?» chiede con curiosità il ragazzo.

Abbozzo un sorrisetto.

«Sono qui con la famiglia Harrison...»

«Non dirmi che il tuo ragazzo è uno di loro, altrimenti sarei in seri guai».

In questa frase, detta in modo ironico, noto la punta di un velato timore che mi incuriosisce.

«Tranquillo» rispondo. «Allora, che lavoro fai Dylan?» gli chiedo per cambiare discorso. Non voglio inventare altre menzogne su chi io sia realmente.

«Lavoro nella finanza. Piuttosto banale, non trovi?»

«Dipende» sorrido.

Il lento viene sostituito da un tango, che io non so ballare. Dylan mi rivolge un sorriso divertito e mi fa piroettare. Mentre mi lascio andare chiudo gli occhi, ma tornando nella posizione di partenza mi ritrovo fra delle braccia che non sono le sue. Sono interdetta. Il profumo di Aidan inonda i miei sensi. Le sue mani hanno una stretta salda su di me, i nostri corpi sono vicinissimi e la mia pelle si elettrizza a contatto con la sua.

Apro gli occhi e noto l'espressione sfacciata sul suo volto.

«Harrison, Aria stava ballando con me» gli dice Dylan.

«E ora sta ballando con me. Vai via, Stark» risponde Aidan senza neanche guardarlo.

«Dovrei essere io a decidere con chi ballare» sbotto, fermandomi.

«Prego, puoi ballare con il fantasma di Stark visto che si è volatilizzato prima ancora che tu aprissi bocca» ribatte Aidan sghignazzando soddisfatto. «Allora, vuoi ballare?» mi chiede, finalmente. Gli do la mano e la afferra trascinandomi verso di lui.

«Quindi ora punti ai banchieri?» chiede.

«E a te perché interessa a chi punto?»

«Se indossi il vestito che scelgo e fa colpo su qualcun'altro un po' mi innervosisco».

Non l'aveva scelto Rosa?

Aidan Harrison che sceglie un vestito per la domestica che odia...

Suona piuttosto ridicolo.

Come se intuisse i miei pensieri mi sussurra nell'orecchio: «Sono *queste* le mie scuse per quello che è successo in palestra».

Quando lo dice tutto si fa chiaro. Non posso fare a meno di credere che forse pensa a me. Che forse, in qualche modo assurdo, c'è qualcos'altro oltre al ribrezzo che mostra solitamente nei miei confronti. E se quel ribrezzo nascondesse proprio qualcosa?

Finirò per illudermi.

«Hai trovato qualche bella ragazza da portare a casa stasera?» chiedo per dire qualcosa.

Stare con lui in silenzio mi mette ancora a disagio.

La sua mano, poggiata sul mio fianco, spinge leggermente il mio corpo contro il suo.

«Sei gelosa?» mi fa fare un'altra piroetta.

«E tu sei geloso?» ribatto.

L'elettricità nell'aria è palpabile, per non parlare dei nostri sguardi provocatori. Fa scendere la sua mano poco sopra il sedere.

«Rimetti a posto la mano, soldato» lo ammonisco.

Controllo che intorno nessuno ci stia osservando. Infilo una gamba fra le sue e tocco con la coscia il cavallo dei pantaloni. Mi aggrappo a lui, che mi guida in un casquè.

«Attenta, biondina. Non provocarmi».

Dopo avermi tirato su mi avvicino al suo viso. «E tu non provocare me, soldato» dico sfiorando con le labbra il lobo del suo orecchio e in risposta lo sento trattenere un respiro.

Lo lascio lì, in mezzo alla folla, probabilmente in procinto di avere un'erezione.

Così impara a prendersi gioco di me.

Seduti al nostro tavolo attendo il dessert, l'ultima di una decina di portate, una più incredibile dell'altra. Aidan ci raggiunge poco dopo. Sembra vigile e attento a ciò che accade attorno a noi, non proferisce parola e non presta alcuna attenzione a me.

«Clark Harrison». Un uomo, che sembra avere la stessa età del signor Harrison, si avvicina al nostro tavolo.

«Jonathan» risponde lui. La forchettina resta a mezzaria e il viso del signor Harrison sbianca. Aidan seduto alla mia destra emette uno strano rumore gutturale. Anche gli altri fratelli si raddrizzano sulle sedie.

«Che ci fai qui?» dice con voce incerta il signor Harrison.

«Lo sai, affari...» L'uomo sventola una mano con noncuranza.

«Capisco» annuisce il signor Harrison.

«Buona serata a tutti» dice l'uomo, allontanandosi con tutta calma dal nostro tavolo.

«Delizioso questo dolce» commenta all'improvviso Rosa.

«Già...» si affretta a dire Jason dopo un attimo di silenzio. Gli altri Harrison si uniscono alle chiacchiere sul dolce e l'atmosfera che di colpo mi era sembrata farsi pesante torna a essere giocosa. All'una, dal palco, un signore ci congeda ringraziando tutti i presenti per le generose donazioni.

«È ora di andare» dice Rosa, sfilando il suo iPad dalla borsetta. «Domani avete una giornata piena».

Il signor Harrison annuisce e si accerta che i suoi figli siano in condizioni adeguate per poter guidare le loro auto.

Mentre mi sto avviando all'auto assieme ad Aidan, il signor Harrison ci raggiunge con l'uomo calvo che avevo incontrato a inizio serata.

«Aidan, Cristopher ci teneva molto a salutarti».

«Buonasera signor Murphy, sono felice di vederla. Come sta la sua famiglia?» snocciola Aidan come un perfetto damerino.

«Tutto bene, ti ringrazio. Volevo farti i complimenti per il tuo fidanzamento, Aidan. Questa ragazza è davvero bellissima».

Mentre parla la mia mano schizza verso quella di Aidan per dare prova dalla verità della bugia di suo padre. La stringo. Percepisco la mia pelle scaldarsi a contatto con la sua.

«Molte grazie, signor Murphy» risponde Aidan senza lasciar trapelare la minima sorpresa.

Aidan mi osserva, ma non lascia la presa della mia mano.

«Bene, noi ce ne andiamo» afferma il signor Harrison. «Spero di poterti rivedere per discutere meglio di tutto, Christopher».

«Certamente, Clark. Arrivederci a tutti!»

Aidan lascia la mia mano e si dirige alla macchina in silenzio. Attendo che sia abbastanza lontano per poter parlare con il signor Harrison.

«Signore, volevo ringraziarla per la stupenda serata» mormoro.

Lui sorride.

«Sapevo che la tua scelta sarebbe ricaduta su di lui». Io aggrotto le sopracciglia pronta a spiegare il malinteso. «Il mio intuito funziona ancora alla grande!» esclama.

In auto, Aidan è in silenzio e io mi godo la pace del viaggio di ritorno.

«Credevo che avresti preferito Aron o Jason come finto fidanzato» dice di punto in bianco.

«Ma tu eri il più vicino» spiego.

Si incupisce. «Non mi torna. Non dovevi fingere per forza che fossi io. Potevi correggere il signor Murphy».

Beccata.

«Quindi?» insiste. «Perché hai scelto me e non loro? Ci passi molto tempo ormai, sia dentro che fuori la villa».

Faccio spallucce. Non ho intenzione di rispondere alla sua domanda, semplicemente perché non lo so. Vorrei chiudere la conversazione, ma non ho via di fuga. Non mi va di dirgli che a volte quando c'è lui – e non si comporta da stronzo – non capisco più nulla. Userebbe questa rivelazione come un'arma a suo favore e se vogliamo giocare mi sta bene, ma dobbiamo avere entrambi le stesse carte. So, però, che c'è una frase che lo torturerebbe più del silenzio.

«Perché non avrei dovuto scegliere te?»

Non risponde.

Torno a guardare le luci della città e, dopo alcuni minuti, sento le palpebre farsi pesanti.

Capitolo 11

Mi trovo in una sala da ballo enorme, i lampadari illuminano tutto con una luce dorata.

Indosso un abito principesco, ma sono sola. Una donna sbraitava vicino all'ingresso. È lei. Mia madre riesce a entrare con una bottiglia di vodka in mano.

«Aria, ma che diavolo indossi? Togliti quell'orribile straccio». Si butta su di me per strapparmi l'abito. Cerco di spingerla via, ma non riesco.

«Mamma, smettila, ci guardano tutti». La imploro, ma lei continua a strapparmi il vestito. Una spallina alla fine si rompe e la stoffa ricade fin sotto il seno. Provo a coprirmi mentre mi guadagno l'uscita.

Fuori, lei continua a urlare. Io provo a scappare e mi accascio dietro a un muretto dove posso finalmente piangere.

«Aiuto» dico tra le lacrime.

Ma non c'è nessuno a sentirmi.

Una mano calda mi sfiora.

«Aria» dice la voce profonda. Mi fermo un secondo ad ascoltarla. «Che ti succede, piccola?»

Mia madre all'improvviso è svanita nel nulla. Mi guardo attorno, alla ricerca di chi ha pronunciato quelle parole e all'improvviso sento di nuovo le sue unghie afferrarmi la gonna e tirare.

«Ti prego, resta...» grido.

«Aria, non posso».

«Ti prego, ho bisogno di qualcuno al mio fianco».

Pronuncio quelle parole anche se la voce non c'è più, ma qualcosa è cambiato. Non ho più freddo.

*

Mi sveglio. Sento che qualcosa di pesante comprime la mia pancia. Socchiudo un occhio e intravedo un braccio tatuato.

Aidan.

Mi volto di scatto verso di lui. Sta dormendo e ha un'espressione stranamente serena.

L'uomo astuto e calcolatore è sparito.

Che cosa ci fa qui?

Percepisco la durezza del suo corpo contro il mio e il suo calore. Mi rendo conto che è senza maglietta e so che non dovremmo essere in questa situazione, ma per un istante lascio perdere la mia morale personale. Se fosse sempre come è ora mi sarei già innamorata di lui, ma la realtà è che non riusciamo a sopportarci. Eppure, nonostante la maggior parte delle volte mi trovi irritante, è qui nel mio letto e mi sta abbracciando.

Questa sensazione di calore è rassicurante e inedita.

Mi dimentico dell'incubo. Mi concentro su di lui e sul suo respiro regolare. Vorrei fosse sempre così, ma so che appena aprirà la sua dannata bocca tutto andrà a rotoli. È sbagliato, lo so, però fra le sue braccia mi sto sentendo protetta. Nel momento in cui ci ritroveremo nuovamente faccia a faccia, vigili, a discutere come due belve arrabbiate, queste sensazioni si sgretoleranno come castelli di sabbia.

Sorride ancora con gli occhi chiusi. «Da quanto mi stai fissando?»

«Non ti stavo fissando» dico con la voce impastata. «Hai dormito bene?»

«Sì, e tu, dopo che mi hai chiesto di rimanere?»

Gli ho chiesto di dormire con me? Non ricordo affatto questo particolare.

Lo guardo negli occhi, non sta mentendo. Forse ho parlato nel sonno... Che cosa avrò detto?

Non voglio dargliela subito vinta.

«E ti sei tolto la maglietta per farmi credere che siamo stati a letto insieme?»

«Non è così?» dice facendomi l'occhiolino.

Sono più che certa di no, ma la sua espressione sicura fa vacillare ogni mia certezza.

«Sto scherzando».

Gli do un colpo sul petto.

«Posso chiederti cosa ti ha spinto a far restare nel tuo letto uno degli uomini che odi di più al mondo?»

«Credi che io ti odi?» Sono perplessa. Certo, spesso non lo sopporto. Ma qualcosa nelle ultime ore è cambiato.

«Sicuramente non il contrario» sospira.

«Tu mi odi?»

Sposto il braccio e la mia mano sfiora la sua, lui la prende e ci gioca. Traccia dei piccoli cerchi sul dorso, facendomi rabbrividire.

«Non sviare, biondina. Dimmi, perché mi hai chiesto di rimanere?» insiste.

I suoi occhi mi guardano. Rivelare il mio passato implicherebbe ripercorrerlo e sentire quel dolore tornare a galla. Non voglio graffiare di nuovo la mia anima e strapparmi via un po' di quella fiducia che sono riuscita a costruirmi.

«Hai mai degli incubi?»

«E chi non li ha?» Fa una smorfia.

«Non intendo quelli che arrivano dopo un film horror o quelli che ti rovinano il sonno una volta ogni tanto» dico. «Mi riferisco a quelli abitudinari, incubi veri, quelli che ripercorrono ciò che ti è accaduto, incubi in cui, nonostante tu sappia sia un sogno, il dolore sembra reale».

Il piccolo spazio tra le sue sopracciglia si increspa leggermente, come se stesse cercando di capire qualcosa.

«Ecco» abbasso lo sguardo. «Io sì. Non posso controllarli. Ma quando mi sono svegliata non stavo urlando, quindi credo tu mi abbia dato una mano a gestirli».

Mi afferra per un polso attirandomi a sé. Mi culla tra le sue braccia e mi sento, dopo anni, finalmente protetta.

Ed è giusto che io mi senta in questo modo con lui? Proprio con lui?

Una parte di me improvvisamente vorrebbe fuggire via. Qualcosa, dentro, mi avverte che una sensazione così piacevole è anche un pericolo infido, che potrebbe distruggermi.

«Sei irritante a volte, ma non riesco a odiarti» dico dopo un po', in risposta alla sua domanda di prima.

Nonostante il ricordo di mia madre che si avventa su di me sia ancora vivido, ora è come se stessi guardando la scena dall'interno di una campana di vetro. Lentamente, il dolore si dissolve lasciando spazio al battito regolare del cuore di Aidan.

Nella quiete di quel momento perdo totalmente la concezione del tempo. A risvegliarmi è una voce lontana.

«Aria, sono Rosa» sussurra una voce al di là della porta. «Svegliati, dobbiamo preparare la colazione e il menù per il compleanno di Asher».

Aidan con un sorrisetto furbo mi sposta per andare ad aprire. Prima che io possa fermarlo la porta è già stata spalancata. Impreco sottovoce, so già come Rosa prenderà questa faccenda.

«Oh, Aidan. Come mai non è una sorpresa vederti qui?»

Aidan sorride. «Stavolta non è *davvero* come pensi, Rosa».

Lei sbuffa.

«Visto che sei qui, datti una mossa pure tu. Dobbiamo organizzare il compleanno di tuo fratello».

Il maggiore dei fratelli Harrison, che forse tanto più maturo degli altri non è, si piega in due dalle risate appena Rosa sparisce.

«Aidan, perché sei andato ad aprire?! Ora penserà che abbiamo fatto sesso!» lo rimprovero tirandogli un cuscino che lui prontamente schiva.

«Tanto prima o poi...» dice tornando serio.

«Sogna quanto vuoi, ma non accadrà mai» dico scuotendo la testa.

«Non dirmi che nei meandri più oscuri della tua mente non ti è mai passata nemmeno una volta l'idea di farti un giro su questa giostra?» Si morde il labbro in maniera provocante.

Sì, certo che sì.

«No, certo che no. Il fatto che tu sia un essere irritante non mi fa venire voglia di fare sesso» gracchio.

«Puoi negarlo quanto vuoi, biondina, ma entrambi sappiamo la verità...» dice in tono canzonatorio.

«Perché, tu vorresti fare sesso con me?» sogghigno. «Con tutte le ragazze che hai ai tuoi piedi...»

«Non l'ho mai detto, infatti». Mi fa l'occhiolino prima di richiudersi la porta alle spalle.

Mi lancio a faccia in giù sul cuscino e mi rendo conto che odora del suo profumo.

«Rosa, non è successo quello che pensi».

«Aria, finché fai il tuo lavoro a me non interessa. Ma, se posso darti un consiglio, stai attenta» mi dice mentre taglia un'arancia per fare una spremuta.

«Io sono sempre attenta, Rosa» ribatto.

«Tu, *chica*, ti stai innamorando di lui» mi punta il dito contro.

Strabuzzo gli occhi. «No, Rosa, non mi sto innamorando di lui» rispondo con tono lamentoso. «E poi su che base dici questo? Solo perché si trovava nella mia camera?»

Innamorata di lui? Ma dico, scherziamo? Solo perché gli ho chiesto un po' di conforto da mezza addormentata, non significa che io mi stia innamorando; se al suo posto ci fosse stato Aron, Asher o Jason o qualsiasi altra persona dotata di un minimo di stabilità mentale mi sarei comportata allo stesso modo. Per non parlare del punto d'incontro che Aidan e io non riusciamo mai a raggiungere mentre parliamo. Come potremmo avere una relazione?

«Buongiorno raggi di sole» ci saluta Aron. Rosa mi blocca con un'occhiata intimandomi di non parlare della questione di fronte agli altri fratelli.

«'giorno, Aron» lo saluto.

Aron si aggira per la cucina a torso nudo e i suoi muscoli perfettamente allenati mi distraggono dal mio lavoro. Osservo di sottecchi la sua schiena ben scolpita mentre cerca qualcosa all'interno della dispensa.

Distolgo lo sguardo quando mi accorgo dell'espressione severa di Rosa.

«Biondina, oggi pomeriggio ce ne andiamo a fare un giro per negozi». Alza e abbassa le sopracciglia. Rido divertita cercando di mascherare la fatica nell'evitare di guardare il suo petto e gli addominali in bella vista a poco meno di un metro da me.

«Aron, devo aiutare Rosa».

«Rosa?» chiede Aron. La donna mi guarda e poi guarda il suo calendario sull'iPad.

«Oggi pomeriggio puoi andare se vuoi, Aria».

«Allora alle quattro si parte» decide Aron.

Rosa suona un campanello che serve a richiamare tutti gli Harrison in sala da pranzo che, infatti, accorrono come un branco di scolaretti al momento della ricreazione.

In piedi accanto al carrello su cui dispongo la colazione li osservo ridere e giocare tra loro.

«Rosa, volevo informarti che in occasione del compleanno di Asher avremo delle ospiti» annuncia Aidan.

Delle ospiti?

«Ci faranno compagnia durante il pomeriggio e a cena» aggiunge.

Rosa annuisce trattenendo a stento la sua disapprovazione. «Quante saranno?» chiede.

«Sei».

Capitolo 12

«Quando mi hai chiesto di accompagnarti, Aron, non credevo che fosse per *questo...*» bisbiglio tenendo le braccia incrociate. Aron mette la testa fuori dal camerino e mi rivolge un sorriso carico di soddisfazione e di malizia. Questo ragazzo è come un bambino: sa che non dovrebbe fare una certa cosa eppure la fa lo stesso perché comunque nessuno lo punirà.

«Che ne pensi di questi, Aria?»

Esce dal camerino indossando soltanto dei boardshorts a motivi tribali.

Sbuffo.

Noto che tutti i commessi, maschi e femmine, sono distratti da lui che ruota rapidamente su se stesso e poi si avvicina allo specchio. I suoi muscoli abbronzati sembrano risplendere sotto le luci calde del negozio.

«Dai, Aria, dammi un consiglio» dice strizzandomi uno dei suoi occhioni azzurri.

«Aron, ti sta bene letteralmente *qualsiasi* cosa tu possa indossare e lo sai perfettamente, quindi non ho idea del perché io sia qui» dico, sbuffando di nuovo.

«Su questo sono costretto a darti ragione» concorda e questa risposta non mi stupisce. Anche se ha un viso da angelo, questo ragazzo è un Harrison fatto e finito. Come tutti i suoi fratelli non conosce il senso della parola umiltà. «Però, sei qui per darmi dei consigli».

«Secondo me, sono qui perché ti piace avere un pubblico» sbotto.

Mi guarda sorpreso. «Aria Davidson, mi conosci così bene?»

Non rispondo. Se gli rispondessi potrebbe andare avanti in eterno. «Abbiamo finito?» gli chiedo, invece. Voglio uscire da qui: siamo bloccati in questo negozio da più di un'ora. Aron ha comprato almeno cinque paia di costumi diversi, una tavola nuova e una muta iper tecnologica davanti alla quale non è riuscito a trattenere gridolini di gioia. Fuori, la giornata è splendida. Siamo a Wynwood, uno dei quartieri più alla moda di Miami. Non ho molte occasioni per passare da qui e vorrei davvero fare un giro per vedere se è comparso qualche nuovo murales firmato da street artist emergenti.

Aron esce dal camerino e si avvicina alla cassa. «Finito. Contenta? Come personal shopper fai davvero pena, comunque».

«Infatti non sono stata assunta per questo» gli ricordo.

«Stai dicendo che avresti preferito lavare i calzini di Jake piuttosto che accompagnarmi?»

Penso ai calzini di spugna di Jake intrisi del sudore accumulato durante uno dei suoi allenamenti sul ring.

«No, stavolta sono io a darti ragione...» ammetto.

«Ecco!» mi sorride trionfante.

In cassa, una ragazza con le treccine ha piegato e imbustato con grande cura tutti gli acquisti di Aron.

«Glieli faccio inviare alla villa, signor Harrison?»

«Certo, Pam. Ti ringrazio».

La commessa annuisce con occhi adoranti. «Perfetto. Sono quattromilatrecento dollari, signor Harrison».

Il mio cuore perde un battito quando sento quella cifra.

Pam si sporge verso Aron. «Le ho fatto un po' di sconto» gli dice, sottovoce.

Lui sorride soddisfatto. «Pam, come farei senza di te?» domanda civettuolo, e la ragazza scuote la testa, improvvisamente rossa.

«È un piacere lavorare per lei».

Aron estrae dal portafoglio una American Express e senza battere ciglio gliela porge.

In un attimo siamo all'aperto, ma ancora faccio fatica a rendermi conto che questo ragazzo ha speso il mio stipendio di due mesi in pochi secondi.

«Terra chiama Aria» mi riprende, ridacchiando.

Mi riscuoto.

«Scusa» dico. «Stavi parlando?»

Gli occhi azzurri di Aron mi squadrano. «Lascia perdere, evidentemente non ti interessava quello che stavo dicendo...» ribatte, per nulla offeso. «Ma visto che ne avremo ancora per un po', scegli tu l'argomento di conversazione, biondina».

Ci penso un attimo.

«Raccontami qualcosa di voi Harrison che non so già» lo punzecchio.

«Come sei curiosa...» dice, scuotendo la testa divertito. «Che cosa vorresti sapere?»

«Non lo so. Stupiscimi».

«Sai che una volta Jake, Josh, Jason e io abbiamo dato fuoco alla macchina di un professore del liceo?»

Strabuzzo gli occhi. «Cosa?!» gli chiedo.

Aron ridacchia. «Sì. Jason si è beccato una F in Storia perché il prof diceva che aveva scopiazzato il compito da quello di Angelica... Non era vero. Cioè...» ci ripensa. «Forse era vero ma non poteva dimostrarlo e così...»

«Gli avete bruciato la macchina» finisco la frase, ancora allibita.

«Già. Che bei tempi...» aggiunge. «Poi siamo stati costretti da Aidan a ricomprargliela nuova. Lui sì che era un secchione...»

«Aidan?! Secchione?»

L'immagine di lui seduto a una scrivania intento a studiare su qualche libro cozza del tutto con l'idea che mi ero fatta.

«Sì» annuisce Aron. «Aidan è sempre stato bravissimo a scuola. Ha tenuto anche il discorso del diploma».

«Non ci credo...» ammetto e non riesco a trattenere un sorriso. Fa tanto il duro e, invece, era il migliore del suo anno.

«Credici! Per papà è stato un colpo quando ha deciso di non andare all'università...»

«E che cosa ha fatto lui, mentre voi vi costruivate un futuro nel settore degli incendi?»

Aron ride. «Be', per un po' in effetti senza di lui è stata l'anarchia... Al liceo abbiamo combinato dei disastri degni di nota... Aidan era in missione. Afghanistan».

«È un marine?» chiedo stupita.

«Un ex-marine» mi corregge. «Dopo quattro anni sul campo è tornato. Nessuno di noi sa cosa gli sia successo. Non è mai stato un tipo estroverso o amichevole, però, quello che ha visto laggiù deve averlo segnato nel profondo».

«È cambiato?»

Aron annuisce e intanto mi tiene aperta la porta di un negozio d'abbigliamento extra lusso. «Non so dirti in che modo sia cambiato... ma è diverso. È più calcolatore di quanto non lo fosse prima. È rigido e distaccato. E non si arrabbia mai. Ma quando perde le staffe...» Aron si ferma un istante, è come se cercasse le parole. «Diciamo che è meglio non trovarsi nelle vicinanze, ecco».

Ripenso a quando mi ha insultata in palestra. Alla mascella serrata, alla voce affilata come una lama. E ai suoi occhi iniettati di sangue e di rabbia.

Aron viene subito raggiunto da un commesso alto e slanciato che inizia a proporgli gli ultimi arrivi. Davanti a noi compaiono quasi per magia orologi d'oro, completi di Hugo Boss, occhiali di designer famosi. Ormai mi sto abituando a questo trattamento. Una commessa elegantemente vestita di nero mi porge un calice di champagne mentre una sarta comincia a prendere le misure di Aron. Tutti lo chiamano per cognome e si prodigano per compiacerlo. Io riesco a trovarmi una poltrona su cui mi godo lo champagne. Quello che mi ha detto Aron mi ha colpita e mi ha aiutata a mettere a fuoco il maggiore dei fratelli Harrison. Di sicuro, Aidan e io siamo completamente diversi. Io non so agire razionalmente, mi servirebbe il triplo della forza di volontà che ho in corpo per riuscire a controllare la collera che mi brucia dentro. Aidan, invece, è un calcolatore che prima di parlare sceglie minuziosamente le parole. Non c'è da stupirsi se non riusciamo ad andare d'accordo. Ma c'è dell'altro... Cosa vuol dire che 'senza di lui' regnava l'anarchia? Dov'era il signor Harrison? E soprattutto... dov'era la signora Harrison? Sembra non sia mai neanche esistita...

Dopo un paio di calici e qualche migliaio di dollari in meno, Aron e io siamo di nuovo per strada.

«Che pomeriggio producente» dice, soddisfatto.

Io, però, vorrei riprendere il discorso di prima.

«Dai» lo invito. «Raccontami qualcos'altro. Che lavoro fate, per esempio...»

«Oh, biondina, non te lo voglio spiegare perché, te lo assicuro, è così complicato che solo a pensarci mi viene il mal di testa. E oggi sono in ferie, non farmi pensare al lavoro...»

Incasso anche se la curiosità stanotte mi divorerà. «D'accordo. Hobby? Passioni?»

«Questa è facile, Davidson: ragazze, sport, erba, feste, motori» risponde contando sulle dita. «Ehi, nostro padre non sa nulla, ovviamente» aggiunge, squadrandomi.

«Tranquillo» mi affretto a rassicurarlo. Gli vorrei dire che secondo me il signor Harrison sa praticamente tutto, ma mi dispiace rovinargli il divertimento.

«Ti posso chiedere, Aron, che cosa ci troviate di così allettante in questo stile di vita?»

Lui fa spallucce. «Siamo ragazzi di vent'anni come tutti gli altri...»

«A chi la vuoi dare a bere, Aron?» rido. «Voi Harrison non siete *affatto* come gli altri» lo stuzzico. «Ma sul serio, non siete interessati ad altro? Non avete qualche aspirazione o sogno nel cassetto?»

Lui accenna un sorrisetto. «Non è così semplice, Aria. Non quando...» si zittisce di colpo senza finire la frase. Aspetto qualche istante, ma il sorriso tirato che mi rivolge mi fa capire che non ha intenzione di farlo.

«Secondo me tutti voi siete dei ragazzi intelligenti e se fossi al vostro posto spenderei i miei soldi in tutt'altra maniera» gli dico.

In risposta ricevo solo un mezzo sorriso spento. Non mi va di chiudere la conversazione. Finalmente, dopo settimane di battute e scherzi, sto avendo un vero dialogo con uno di loro e sto scoprendo tantissime cose.

«Dimmi qualcosa in più su Asher. Così cominciamo a pensare al *suo* regalo, visto che per ora abbiamo provveduto soltanto ai desideri del signor Aron».

Il viso di Aron torna allegro.

«Lui è *davvero* l'opposto di tutti noi» inizia a spiegare. «Ha sempre amato studiare fin da bambino. Aidan studiava perché voleva essere il migliore».

E questo mi torna.

«Asher studia perché *gli piace*... riesci a crederci?!» domanda incredulo a sua volta. «Mi ricordo che, mentre noi uscivamo a giocare con la neve, lui restava in casa con la mamma a leggere dei libri...» Scuote la testa.

«Cosa studia ora?» domando.

«Medicina. Resta comunque un Harrison, sia chiaro... Non aspettarti che il venerdì sera stia seduto in un angolo a conversare civilmente di femori e gastriti con qualche specializzanda... Di solito, punta a portarsela a letto, la specializzanda» puntualizza.

«L'avevo capito» sospiro.

«Ah! Me lo stavo quasi scordando... gli piace la musica. Suona la chitarra» esclama. «In realtà non la suona da quando...» si blocca deglutendo con fatica, «... da quando aveva dodici anni. Però, da qualche parte dovrebbe aver conservato la sua preferita».

«L'ho vista, infatti...» dico, ricordandomi di aver notato una custodia nella cabina armadio in camera di Asher.

All'improvviso ho un'idea.

«Non so che cosa pensi di regalargli tu, ma io ho in mente un pensierino per lui. Vieni!» dico e accelero il passo. Aron mi segue, curioso.

Svolto in un paio di viette poco trafficate e in un attimo siamo fuori dal quartiere alla moda. Le strade sono meno curate, le vetrine dei negozi meno appariscenti. Un paio di mesi fa ero passata da qui con il signor Chang.

«Che diavolo ci facciamo qui?» domanda perplesso Aron guardandosi attorno.

«Ti mancano già le palme di Miami Beach?» rispondo.

Aron sbuffa, ma continua a seguirmi.

«Eccolo!» esclamo, indicando un negozietto di prodotti artigianali.

Appena entriamo un dolce odore di resina solletica le mie narici. Fra i vari scaffali colmi di oggetti, scorgo un vecchio signore con una folta barba grigia. È seduto su uno sgabello ed è impegnato a intagliare una cornice. Alza appena lo sguardo su di noi, borbottando un «Buonasera» di cui ci perdiamo metà parola.

«Questo posto potrebbe crollare da un momento all'altro» commenta Aron a bassa voce dietro di me, ma io lo ignoro. Cerco tra i vari scaffali carichi di oggetti di ogni tipo e finalmente trovo qualcosa che fa al caso mio: un plettro in legno legato a un cordoncino a mo' di braccialetto.

Lo prendo e vado dal proprietario. «Potrebbe intagliarci un nome sopra?» domando speranzosa.

«Certo» borbotta l'uomo.

Sfilo dalla borsa la macchina fotografica per rubare uno scatto dell'artigiano assorto nel suo lavoro. Non esiste posa al mondo che possa esprimere le stesse emozioni di uno scatto rubato. È come se un frammento di quell'esatto istante venisse intrappolato per sempre. È strappare un attimo al tempo e non restituirglielo più. Credo che mi piaccia così tanto perché posso tenere per me qualcosa del mondo. Trattenere, invece di perdere.

Qualche minuto dopo l'uomo mi mostra l'oggetto inciso. Sorrido. È sempre bello provare questa sensazione. Quella che si ha solo quando si sta facendo qualcosa con il cuore.

Chiamo Aron per mostrarglielo.

«Credi che piacerà ad Asher?» il ragazzo lo osserva a lungo e con attenzione.

«Sì, ne sono certo» dice dopo un po' e per una volta il suo tono è serio. «È un regalo davvero personale, Aria. È bellissimo».

«Quanto le devo?» domando prendendo il portafoglio dalla tasca.

«Sessanta dollari».

«Sessanta?» balbetto incredula.

Non immaginavo che per un oggetto così piccolo si potesse spendere così tanto.

«Pago io» dice Aron, togliendomi dall'imbarazzo.

«No, Aron, aspetta...» provo a fermarlo ma lui sta già porgendo una banconota da cento dollari all'uomo.

«Senti Aria, se fosse stato qualcun altro non lo avrei fatto. Ma sei tu, Aria Davidson, la domestica che sta riportando un po' di vita dentro una casa che prima sembrava un luogo di lavoro. Ciò significa che puoi dormire sonni tranquilli senza pensare a come sdebitarti».

Sospiro e lascio che paghi.

«Grazie, Aron» dico con un filo di voce.

«In realtà, stavo pensando che mi hai fatto risparmiare. Il tuo scarso entusiasmo nei confronti di qualsiasi cosa io abbia indossato questo pomeriggio ha fatto sì che spendessi molto meno del solito...»

Rido.

Devo dire che le parole di Aron mi fanno piacere. Mi sembra che per la prima volta dopo anni qualcuno tenga finalmente a me. Non voglio, però, che sembri che io mi stia approfittando di questa amicizia. Da quando sono scappata di casa ce l'ho fatta con le mie forze. E anche se il signor Chang mi ha dato una mano, sono riuscita ad andare avanti grazie a me stessa. E se legassi davvero con tutti loro? Non solo con Aron o Josh... Se tra qualche settimana diventassi loro amica? Ho un brutto presentimento, sono certa che qualcosa andrà per il verso sbagliato. Succede sempre così, a me.

«Credo stia per arrivare un temporale» dice all'improvviso Aron osservando il cielo.

«Meglio tornare a casa allora».

Durante il viaggio di ritorno rimaniamo in silenzio. Per me è normale, ma per Aron è un po' strano. Non so che cosa gli sia preso. Guarda fuori e io non riesco a vederlo in viso. Forse è meteoropatico tanto quanto me: il mio stato d'animo si sta facendo sempre più grigio man mano che le nubi scure piombano su Miami.

Stiamo per entrare nella villa, ma prima di aprire la porta lo trattengo per un braccio.

«Ti ringrazio, Aron. Per tutto».

Mi alzo in punta di piedi e gli stampo un bacio sulla guancia. Lui resta immobile ma quando riapro gli occhi vedo che è arrossito. Però non sta guardando me. Ha lo sguardo fisso sulla porta sulla cui soglia c'è Aidan, che ci sorpassa senza fiatare.

Capitolo 13

Mi sono appena alzata quando una sinfonia cattura la mia attenzione. Di solito la casa è così silenziosa a quest'ora con i ragazzi ancora a letto e il signor Harrison a qualche colazione di lavoro che mi incuriosisco subito. Indosso una felpa sopra il pigiama ed esco dalla mia stanza.

Non ci metto molto a riconoscere la canzone: è *People Help the People* di Birdy.

Inizio a canticchiare tra me e me mentre mi avvio verso il salotto, da cui proviene il suono. Più mi avvicino, più mi lascio trascinare dalla musica.

Chiunque stia suonando il pianoforte è un bravo musicista perché non sbaglia una nota. Resto nascosta in un angolo e appoggio il capo al muro.

Quando la canzone finisce mi avvicino e lui si volta.

Rimango di stucco vedendo Aidan.

Non l'avevo riconosciuto di spalle... e vestito.

Mi guarda e le iridi verdi dei suoi occhi brillano. Per una volta, non ci sono ombre sul suo viso e non ha la solita espressione intimidatoria.

È come se si fosse trasformato, in meglio. Sento ogni piccola fibra del mio corpo elettrizzarsi. Senza dire nulla, Aidan ricomincia a suonare dall'inizio la canzone e io lo seguo con le parole. Copro la distanza che ci separa e lo raggiungo al pianoforte. Lui è completamente assorto, rapito dalla musica. Nel profondo dei suoi occhi c'è il fuoco del desiderio. Le mie corde vocali vibrano e lo stomaco si annoda, sento il diaframma gonfio e se non fossi sicura di essere umana giurerei di stare volando.

Chiudo gli occhi e alzo la voce.

Questa è la canzone che mia madre cantava a Cole e me prima dell'alcol.

Non c'era nulla che mi tranquillizzasse più della sua voce. Il sorriso di lei mentre mi cullava è impresso nella mia mente. Sento i ricordi mescolarsi con la musica. Si crea come un tornado dentro di me, un caos di emozioni che, quando la canzone finisce, mi porta le lacrime agli occhi. Guardo un solo istante Aidan, prima di superarlo e uscire dalla portafinestra che conduce alla spiaggia.

'Sei una debole, Aria. Devi essere forte'.

Tiro su con il naso.

La ferita pulsa. Come poteva quella donna che cantava per noi essere la stessa che poco dopo avrebbe spaccato una bottiglia di vodka sul mio viso?

Mi passo un dito sulla cicatrice bianca che mi taglia una guancia. La mano mi trema.

«In un modo o nell'altro ti faccio sempre piangere» dice una voce.

Non ho voglia di voltarmi. Non ho voglia di farmi vedere da lui così. Mi asciugo gli occhi con la manica della felpa.

«Aidan, ti avviso. Non sono in vena di discutere».

«Nemmeno io, biondina».

Si siede accanto a me sulla spiaggia. A lungo rimaniamo così, muti, a guardare le onde infrangersi a pochi passi da noi, mentre il sole fa capolino all'orizzonte. Sento il calore del suo corpo vicino a me. Lentamente, la sua presenza mi rilassa. È bello non esseri soli.

«Sei bravo a suonare» dico dopo un po'.

«Me l'ha insegnato mia madre» risponde secco, quasi senza prendere fiato.

«La mia mi ha insegnato a cantare. Era una donna dolce...»

Aidan si alza di colpo. Lo osservo confusa. Non vuole perdere tempo ad ascoltarmi piagnucolare, forse? Ma anziché andarsene, passa dietro di me e si siede flettendo le gambe lungo i miei fianchi. Mi avvolge con le braccia e sprofonda il suo viso nel mio collo. Rabbrividisco. Prendo le sue mani e gliele stringo forte.

«Grazie» dico a mezza voce.

«Mi sembrava avessi bisogno di un abbraccio» bisbiglia nel mio orecchio.

Il cuore salta un battito.

«È così» dico.

«E poi» riprende, «mi mancava sentire il tuo profumo» dice inspirando profondamente con il naso tra i miei capelli. Io sorrido ripensando al mio cuscino impregnato del suo odore.

Non so cosa aggiungere, anzi ho paura ad aggiungere qualsiasi cosa. Non vorrei spezzare questo momento. Voglio rimanere abbracciata a lui per sempre, voglio godere di questa quiete, di questa pace per sempre.

Lui ogni tanto sospira.

A cosa starà pensando?

Se ripenso al suo sguardo prima, se penso a questo gesto, mi sembra che ci sia qualcosa in lui che richiama parti di me che cerco di zittire. C'è dolore nel suo cuore. C'è un dolore così grande che attira il mio, perché solo chi ha sofferto allo stesso modo riesce a capirsi così. Non sono un'ingenua, so che tra noi c'è qualcosa di speciale. Ci provochiamo, giochiamo, non siamo bravi a capire qual è il limite. Ma ci perdoniamo perché ci capiamo.

A un tratto afferro il suo braccio e guardo l'orologio al suo polso. Spalanco gli occhi allarmata. A quest'ora sarei già dovuta essere in cucina ad aiutare Rosa.

«Sono in ritardo» sbotto balzando in piedi. «Grazie, Aidan» gli dico di nuovo.

Ma lui non risponde, resta immobile a guardare l'oceano.

Per il resto della giornata rimango sfasata. Continuo a pensare all'incontro con Aidan, al suo corpo che avvolge il mio e mi trasmette una sensazione di sicurezza che non provavo da anni.

Il cielo via via si incupisce. Alla villa ci sono solo Aron e Jason. Gli altri Harrison sembrano essersi volatilizzati nel nulla. Durante la giornata è raro vederli dentro casa.

Sto tagliando le carote per la cena quando in cucina entra Jason che dopo aver preso una spremuta dal frigo mi studia attentamente.

«Posso aiutarti?» mi chiede.

«Sai cucinare?» domando sollevando un sopracciglio.

«Meglio di te, probabilmente» dice, prendendo un coltello.

«Ne dubito» ribatto.

«Credi che fare quelle brioche con Aron sia cucinare?» mi pungola.

Sospiro in maniera teatrale e lui si posiziona dietro di me prendendo le mie mani tra le sue.

«Che fai, Jason?» domando imbarazzata.

«Niente. Ti insegno il modo giusto per non tagliarsi una falange» ribatte. «Così...» dice guidando le mie mani con delicatezza.

«Hai ragione». Seguo il movimento delle sue mani sulle mie. «Vengono molto meglio così».

In quell'istante, la mia solita sfortuna viene a farmi visita. Aidan entra nella stanza vestito di tutto punto. Mi allontano da Jason di scatto e fingo di prendere qualcosa dalla dispensa. Aidan fa come se non ci avesse visto. Con il massimo del controllo prende una birra dal frigo e ci lancia un'occhiata restando impassibile.

«Jas, la donna dell'altro giorno si è fatta sentire di nuovo?» domanda con tono piatto Aidan.

«Ieri mattina era fuori dal cancello» replica Jason improvvisamente sull'attenti.

«D'accordo...» ringhia cupo uscendo.

«A chi si riferisce?» chiedo. All'improvviso sento la gola chiudersi un po'.

«Da qualche giorno c'è una donna che telefona insistentemente a papà... Ieri ho visto una tizia aggirarsi qui fuori. Crediamo si tratti della stessa persona» mi spiega con noncuranza.

«Potresti descrivermela?» domando con un filo di voce.

La gola si chiude un po' di più.

Conosco una persona che farebbe una cosa del genere.

«Era troppo lontana. Ho notato solo i capelli biondi» afferma Jason facendo spallucce. «Tutto bene, Aria?» mi chiede poi guardandomi in viso.

Devo avere un colorito funereo se persino un Harrison si è accorto che non mi sento bene. Mi sforzo di prendere fiato, Jason mi fa sedere e mi tiene le mani.

«Calma, calma» dice.

«Aria, c'è qualcosa che non va?» chiede subito Rosa entrando in cucina.

«Non credo si senta bene, Rosa» dice Jason. Nella sua voce avverto preoccupazione e non voglio che si preoccupino.

«Solo un giramento di testa» mi affretto a rispondere per tranquillizzarli.

«Sicura, Aria?» chiede Jason, tenendomi mentre mi alzo in piedi.

Gli sorrido rassicurante. «Certo, grazie Jas».

«D'accordo. Vado allora, Aidan mi aspetta...» dice, uscendo dalla porta.

Rosa lo segue con lo sguardo e poi mi fissa.

«Li hai fatti innamorare proprio tutti, *chica*» esclama con un sorriso.

«Cosa?» chiedo distrattamente.

«Se tu oggi te ne andassi, verrebbero in capo al mondo a cercarti. Sei diventata importante per questi ragazzi».

«Già... Senza di me dovrebbero persino versarsi il caffè da soli!» ridacchio poi mi alzo in piedi. «Qui ho finito, Rosa. Sistemo la camera di Aron».

Tra tutte le camere dei ragazzi, quella di Aron è la peggiore. Anche se tutti i giorni raccolgo da terra i vestiti e pulisco ogni centimetro, il giorno dopo è peggio che mai. È come se durante la notte scoppiasse una bomba. Passo lo spolverino sulle mensole ascoltando un po' di musica con le cuffiette e inizio a muovermi a ritmo. Quando è il momento di passare la scopa mi lancio in un passo a due. Con una mossa del fianco apro la porta della camera seguente.

Credevo che non ci fosse più nessuno nei paraggi e invece mi scontro in qualcuno.

Chissà perché prima ancora di vederlo so già di chi si tratta.

«Mi piaceva questo spettacolo» mi provoca Aidan.

Fa un passo verso di me, annullando la distanza tra noi e aumentando le mie palpitazioni. Le cuffie mi cadono a terra, ma non mi preoccupo di raccoglierle. Cammino all'indietro mentre lui si avvicina finché tocco il muro con la schiena. È vicinissimo. Appoggia i palmi alla parete e inclina il viso verso il mio.

Sfiderei chiunque a cercare di rimanere impassibile in una situazione del genere. Se quella con Jason mi sembrava compromettente, questa posizione è molto peggio.

«Mi piaci anche così...» dice. «In trappola»

Deglutisco mentre sento le gambe farsi molli.

«Che vuoi fare, Harrison? Spaventarmi?» ribatto. Gli sfioro il petto, poi il collo e il viso, ma non appena ci arrivo mi blocca, afferra la mia mano e la porta sopra la mia testa.

Il mio respiro è talmente corto che potrei svenire.

Porto il petto in avanti e un paio di bottoni della camicetta si aprono, lasciando intravedere il reggiseno.

«... O mi vuoi?» Studio attentamente la sua reazione.

È rapito, lo capisco dal suo sguardo. Non riesce a staccarmi gli occhi di dosso. Il suo petto si alza e si abbassa velocemente. Si avvicina per baciarmi il collo, poi, però, cambia idea e strappa via i bottoni rimasti.

Sta accadendo veramente?

Uno strano formicolio percorre la mia colonna vertebrale e in men che non si dica mi ritrovo con il viso contro la parete.

Mi allarga le gambe con un piede facendo esplodere nel mio basso ventre un forte calore.

«Ti basta così poco per farti scopare da me?» sussurra al mio orecchio.

L'incanto si spezza immediatamente.

Aidan si stacca di colpo e mi osserva con aria soddisfatta. Sul viso trionfa il suo ghigno preferito.

Sbatto gli occhi un paio di volte e poi capisco: è stata una messinscena. Avvampo o sbianco, non saprei neanche dire che cosa. Sono imbarazzata per la mia perdita di controllo e mi sento umiliata da lui. Le mani mi tremano. La strategia migliore per proteggermi adesso è lasciare che ci pensi la mia collera. La lascio uscire. Tutta. Contro quello stronzo di Aidan Harrison.

«Ti sei divertito?!» ringhio. «È così che godi? Prendendoti gioco dei sentimenti delle persone, Aidan? Ti piace manipolarmi, vero? A me questi luridi giochetti fanno schifo. Sono sicura che le ragazze che ti porti a casa ogni sera siano più brave di me, soprattutto in questo» urlo mentre mi abbottono la camicetta.

Mi allontano da lui, furiosa. Ma la verità è che sono più furiosa con me stessa che con lui. Non ho ancora capito come è fatto? Mi ha vista fragile stamattina e mi è bastato un suo abbraccio per farmi ingannare così.

«Sarei io a giocare con i tuoi sentimenti?» dice. «Ma ti sei vista? Fai la gatta morta con tutti i miei fratelli».

La rabbia, di colpo, mi acceca. Torno verso di lui e lo spintono.

«Cos'hai detto?» lo spingo di nuovo. «Io faccio quello che mi pare, Harrison. Se sei geloso perché tutte le mie attenzioni non sono per te, il problema è solo tuo». Lo guardo dritto negli occhi. «Non azzardarti a toccarmi di nuovo».

Lui alza le sopracciglia stupito e divertito al contempo.

Questa reazione mi fa arrabbiare ancora di più e mi fa sentire più impotente.

«Stronzo. Fottiti!» aggiungo e poi me ne vado per davvero.

Capitolo 14

Prima di uscire dalla mia stanza faccio dei respiri profondi. Oggi è una di quelle giornate che trascorrerei volentieri a letto, invece devo uscire, pulire e collaborare all'organizzazione della festa in onore di Asher. Il litigio con Aidan mi ha destabilizzata nel profondo. Mi sento stupida, patetica e umiliata e ho un carico di energia positiva pari a zero. Non ho abbastanza grinta per affrontare di nuovo il maggiore degli Harrison, perciò cercherò di imitare la sua strategia: sarò un'imperturbabile donna immersa nel proprio lavoro che non permette ad alcuna emozione di sconvolgerla. Mi sento già esausta.

Esco, percorro il corridoio ancora silenzioso e busso piano alla porta di Asher. Nessuna risposta. Entro in punta di piedi cercando di non fare troppo rumore.

«Asher» sussurro.

Lui è a petto nudo sdraiato sul letto e sembra profondamente addormentato. Lancio un'occhiata al comodino pensando di appoggiare lì il pacco con il braccialetto. Non voglio che Aidan veda che ho fatto un regalo a suo fratello. Non mi va di gestire la sua gelosia, posto che sia gelosia, né di fare la sentimentale in sua presenza. Il comodino, però, è ingombro di libri sopra ai quali c'è una lunga lettera scritta a mano. I miei occhi cadono su una firma chiara. 'Ang'. Distolgo l'attenzione prima che la curiosità prenda il sopravvento sul buonsenso: meglio non far arrabbiare un altro Harrison violando la sua privacy.

«Asher» alzo la voce e provo a strattonarlo un po'. «Ash» ripeto.

«Mmm» bofonchia.

«Auguri ventenne!» dico con entusiasmo.

Con gli occhi socchiusi sussurra: «Grazie, Aria».

«Vieni» insisto. «Torna nel mondo dei vivi un momento, poi ti lascio in pace, promesso». Asher si stropiccia la faccia e poi mi fa spazio nel letto accanto a lui. Mi accomodo e gli porgo il regalo. Lo studia per qualche istante lanciandomi un'occhiata perplessa, come se non si aspettasse qualcosa da me, ma sotto all'espressione dura riconosco che è anche contento.

Scarta il pacchetto con cura e poi apre la scatolina che contiene il braccialetto.

Lo sfila subito dalla custodia e lo rigira tra le mani.

«Ma Aria...» dice, stupito. «È bellissimo! Non dovevi disturbarti».

«È solo un pensiero, Ash» mi affretto a dirgli. «Ho apprezzato che ti scusassi con me il giorno in cui sono arrivata...» spiego.

Lui mi osserva e vorrebbe dire qualcosa. Nei suoi occhi blu leggo un sentimento che interpreto come riconoscenza. «Come facevi a sapere che suono la chitarra?» domanda, invece. «Suonavo, a dire il vero...» si corregge.

«Sai quanto tempo passo a sistemare gli armadi di voi viziatissimi fratelli Harrison?» rispondo scherzando. «Perché hai smesso?» gli chiedo mentre gli stringo il braccialetto sul polso.

«Non è stato facile dopo che mamma...» inizia a dire e subito il suo sguardo si fa sfuggente. In quell'istante, la porta si spalanca di colpo facendomi saltare in piedi. Aron, Josh, Jason e Jake si fiondano nella stanza e corrono verso il letto.

«Auguri cazzone!» gridano ad Asher dopo averlo placcato a faccia in giù sul letto.

Per quanto grande, la camera di Asher sembra rimpicciolirsi: le stazze dei quattro Harrison la riempiono e penso che sia meglio uscire prima di venire travolta da quella che potrebbe sembrare una rissa in piena regola e che invece, sto cominciando a capirlo, è l'unico modo che questi ragazzi conoscono per dirsi che si vogliono bene. Guadagno l'uscita ma non faccio in tempo a esultare che lo vedo.

Aidan.

A testa alta procedo fissando un punto davanti a me senza

mai cadere nella tentazione di uno sguardo. Passiamo l'uno a fianco all'altra facendo finta di non vederci. Dentro di me, però, ho la sensazione che il tempo rallenti e nonostante ci separino vari centimetri è come se la mia mano sfiorasse la sua. I nostri profumi si mescolano nell'aria e non riesco a trattenermi dall'inspirare profondamente... è come se il mio corpo volesse imprimere il suo odore nei miei polmoni.

L'odore di quello stronzo.

Aidan vuole la guerra? E che guerra sia.

Ieri sera mi ha dimostrato di non avere il minimo rispetto nei miei confronti. Ma pensa davvero di potersi prendere gioco di me senza conseguenze? Il mio spirito da combattente non si tirerà di certo indietro. Gli farò mangiare la sabbia, se necessario.

Arrivo in cucina ancora assorta nei miei pensieri e resto sbalordita dal via vai di gente sconosciuta. In mezzo a quel caos riesco a trovare Rosa che indossa un auricolare e consulta l'immancabile iPad. Sta parlando in modo concitato con qualcuno e nel frattempo mi fa segno di seguirla nel suo piccolo ufficio. Facciamo lo slalom tra persone mai viste prima e che portano sedie, tavoli e vassoi. Quando siamo dentro chiude la porta e si lascia cadere sulla poltrona girevole.

«Sai che cosa ha fatto Aidan?» mi dice e il tono non promette niente di buono.

Scuoto la testa.

«Ieri sera mi ha mandato un'email dicendomi che aveva esteso un po' gli inviti. E quando gli ho chiesto che cosa intendeva con 'un po'' mi ha risposto che alla festa di Asher, che è tra meno di dodici ore, ci saranno circa duecento ospiti. Duecento ospiti!» ripete. L'espressione è disperata. «E la ciliegina sulla torta è che io stasera non ci sarò. Quindi...» mi guarda preoccupata, «dovrai vedertela tu».

«Io?» domando, sconvolta.

Rosa annuisce.

Ci metto qualche secondo a reagire. «Ma io non ho mai organizzato un party in vita mia, Rosa!»

Lei ride nervosamente.

«E questo è solo uno dei problemi da risolvere...» esclama. «Non so proprio che cosa gli sia venuto in mente» aggiunge con voce sommessa.

Ed è a quel punto che capisco: Aidan l'ha fatto di proposito. Sapeva che con Rosa fuori casa sarebbe toccato a me. Vuole vedermi fallire e forse addirittura vuole che suo padre mi licenzi. È il suo modo di vendicarsi per averlo offeso ieri sera. Si comporta peggio di un bambino.

Guardo Rosa che è chiaramente sull'orlo di una crisi di nervi. Il suo telefono continua a squillare e lei non risponde. Se questo è il modo in cui Aidan vuol giocare non sarò io a perdere.

«Dimmi tutto quello che devo sapere, Rosa» dico convinta. «Ce la faremo. E per quando dovrai andare via sarà tutto pronto, te lo prometto».

La donna mi osserva e il suo viso si distende un po'. «D'accordo» annuisce. «Se qualcuno può farcela sei tu. Ma sappi che gli Harrison sono piuttosto esigenti in fatto di feste...»

Rosa inizia a spiegare e io sono al massimo della mia concentrazione.

Non la darò vinta ad Aidan.

Dopo ore di pulizie e preparativi, finalmente mi fermo per respirare.

«Sei tu la caposala?» mi chiede un ragazzo dai capelli dorati e lo sguardo lucente. Indossa la divisa da cameriere.

«Sì» rispondo senza fiato. Addio pausa.

Il ragazzo annuisce. «Io sono David».

«Aria» gli dico, stringendogli la mano.

«Che posto pazzesco» commenta lui. «Era da un bel pezzo che speravo di vederla dal vivo. Tra noi camerieri si parla spesso delle leggendarie feste degli Harrison».

Gli rivolgo un sorriso di cortesia. «Puoi dire agli altri di raggiungermi, David?»

Il ragazzo si allontana subito per chiamare il resto del personale. Un'intera brigata di cuochi si muove nell'immensa cucina di Villa Harrison parlandosi in francese. Rosa, ovviamente, conosce il francese. Io, ovviamente, no. Ha dato lei tutte le indicazioni e spero davvero che da qui in poi non ci sarà bisogno di dialogare con loro. Davanti a me ci sono, invece, una ventina di camerieri in attesa di istruzioni.

«Buonasera a tutti, ragazzi. Io sono Aria, la caposala» mi presento cercando di seguire i consigli di Rosa: concisa, decisa, attenta. «Stasera vogliamo un servizio impeccabile. Tutti gli ospiti devono avere un drink fra le mani. Dite sempre i nomi di ciò che state servendo. E se ricevete richieste particolari esigo che prima di essere evase vengano riferite a me. Se sarete bravi come ci aspettiamo, a fine serata conoscerete la generosità degli Harrison».

I ragazzi si scambiano occhiate soddisfatte, i loro visi si illuminano.

«Non vi fate coinvolgere in nessun modo da musica, alcol, donne, uomini o qualsiasi altra cosa» riprendo. «Ciò che succede dentro la villa resta dentro la villa. Provate a spifferare qualcosa a qualcuno e la vostra paga diminuirà, sparirà o dovrete fare i conti con gli Harrison. Tutto chiaro?»

Annuiscono, di nuovo seri. Spero di averli convinti. «Ora tornate a sistemare questi centrotavola, devono essere perfettamente allineati» dico per congedarli. I camerieri scattano e si rimettono al lavoro sotto il mio sguardo attento.

Per quanto la giornata non sia partita con il piede giusto devo ammettere che è appagante e gratificante rivestire il ruolo di capo per qualche ora. E poi sono così motivata a vincere questa partita con Aidan che mi sembra di aver ricevuto una scarica di adrenalina.

Quando il sole inizia a tramontare, cominciano ad arrivare i primi ospiti. Automobili sportive, suv da centinaia di migliaia di dollari e limousine si fermano davanti al cancello di Villa Harrison. Gli invitati, che sfoggiano abiti sontuosi, gioielli importanti e orologi d'oro, entrano senza degnarmi di uno sguardo. Non appena sono certa che i portieri stiano svolgendo bene la loro mansione e che i buttafuori controllino correttamente la lista, torno dentro. Alcuni camerieri in livrea accompagnano gli ospiti verso il salotto in cui le immense portefinestre sono state completamente aperte: la luce del tramonto inonda la stanza in cui un famoso dj mette la musica. Nel giardino, invece, completamente illuminato con lampade ultra moderne, è stato allestito il resto della festa. I tavoli sono perfettamente disposti e attorno alla piscina Rosa ha fatto sistemare decine di sdraio corredate da soffici asciugamani.

Il clima è allegro e, per quanto indossino tutti vestiti formali, da come si parlano sembrano conoscersi. Non ci vuole molto a notare che la presenza di invitate sia nettamente superiore a quella di invitati. E non ci vuole molto a notare che le invitate sono tutte straordinariamente belle. Il vestito che indosso io è bianco e semplicissimo. Mi sento una ragazzina davanti a quello sfoggio di gambe e ciglia lunghissime. Ma mi ripeto che non devo fare colpo su nessuno: sono qui per lavorare. E per battere Aidan al suo stesso gioco. All'improvviso la musica si abbassa.

«Signori e signore, un bell'applauso per i fratelli Harrison». Il dj con il microfono in mano ha annunciato agli invitati i sei fratelli che, in fila uno per uno, scendono la scalinata. Ognuno di loro è accompagnato da una ragazza splendida. Indossano tutte abiti bianchi dal taglio diverso. Aidan è il primo della fila, tiene il braccio della sua accompagnatrice alta, fin troppo abbronzata, dai lunghi capelli corvini e ciglia finte così eccessive da gettare un'ombra su tutto il resto del viso. Gli zigomi un po' troppo gonfi e il naso dritto sono cosparsi di illuminante, tanto da riflettere la luce dei faretti puntati su di loro. Sembrano una coppia di Hollywood per quanto sono belli e luminosi. Sento qualcosa scuotersi dentro di me, provo ad abbassare lo sguardo ma in quell'istante noto che Aidan mi sta fissando. Tra tutte le persone della sala, lui sta fissando me.

Se non è una sfida questa, non saprei come chiamarla.

Dietro di lui ci sono Jason, Aron, Jake e Josh.

«E per ultimo, il vero protagonista di questa serata, il festeggiato: Asher Harrison!» Il dj alza la musica, tutti gridano. Sembra di assistere all'arrivo di una boy band di successo. Non so come definire tutto questo, se esagerato o ridicolo. Dal corridoio che conduce alla cucina li studio. Il loro essere così megalomani a volte è alquanto sconcertante. Asher, però, è raggiante e sembra felice. Lo accompagna una ragazza dall'aspetto meno appariscente rispetto a quella di Aidan, ma anche lei, con il suo tubino con una sorta di strascico a coda, non rimane di certo nell'ombra. Qualcosa mi dice che non è la Ang autrice della lettera che ho visto in camera sua. La festa comincia davvero. In un attimo, bottiglie da centinaia di dollari di champagne vengono svuotate. I camerieri fanno la spola tra il giardino e la cucina, portando drink preparati con i migliori gin. Vassoi di sushi e di altre pietanze elaboratissime che non ho mai visto prima vengono spazzolati. Tutto sembra procedere liscio. Faccio un giro di controllo in giardino. Il festeggiato è accerchiato da un gruppo di persone che sembra pendere dalle sue labbra e anche gli altri Harrison più giovani sono a poca distanza da lui. Sono buffi, questi fratelli. Sono grandi, grossi e arroganti eppure non si allontanano mai troppo l'uno dall'altro. E quindi, anche Aidan deve essere qui vicino. Scruto tra la folla e lo vedo. Lui mi sta già fissando da un po', credo, perché appena capisce che l'ho visto mi fa cenno di raggiungerlo. È a bordo piscina, si è tolto le scarpe e sulla sdraio accanto alla sua c'è la ragazza bellissima con cui ha sceso le scale.

«Aria, porta a me e Catherine del bourbon» mi ordina.

Non replico. Non voglio dargli nessuna soddisfazione.

Vado verso la zona bar, dove un paio di bartender miscelano le bevande facendo uno spettacolo molto elaborato. Prendo la bottiglia e torno a bordo piscina. Noto che lei gli sta sfiorando l'inguine, lui è impassibile. So che mi sta guardando e so anche che tenta, in qualche modo contorto, di farmi ingelosire con quelle sue occhiate di sfida. Purtroppo per lui, l'unica cosa che provo è il rimorso per aver declinato l'offerta di lavoro alla gelateria. Mentre lascio i bicchieri sul tavolino, lui le passa la mano sul fianco e inizia ad accarezzarlo. Il pensiero che soltanto ieri pomeriggio quelle mani sfioravano il mio collo mi provoca un conato di vomito. Cerco di fare in fretta, voglio allontanarmi ma non riesco a non vedere che la ragazza gli sale a cavalcioni per baciargli il collo. Vedo la sua lingua guizzare verso l'orecchio, ma lui continua a guardare me. Il suo ghigno è ben stampato in volto. Vorrei strappargli via quell'espressione soddisfatta da quel visino da bastardo.

Calma, Aria.

Lui le palpeggia il sedere e lei sorride.

Accelero il passo e me ne vado. Anche se non ha alcun senso, mi sento ferita. Mi sento come se qualcosa dentro si stesse contorcendo di dolore. Attraverso la folla rapidamente, puntando dritto all'ufficio di Rosa: lì dentro mi potrò riposare un attimo. Ma la mia attenzione viene attirata da qualcuno. Una sagoma famigliare che si muove guardinga in mezzo agli invitati. Mi blocco e strizzo gli occhi fino a renderli due fessure per vedere meglio. *È lei.*

Perché è qui? Come ha fatto a superare i controlli dei bodyguard?

Improvvisamente il mio respiro diventa affannoso. Dentro di me sto cercando di correre il più lontano possibile da lei, ma nella realtà sono pietrificata dal terrore. Non ci incontravamo da anni. Io me ne stavo nei bassifondi di Miami, nascosta nel dojo del signor Chang, attenta a evitare qualsiasi luogo in cui avrei potuto incontrarla. E lei continuava a bazzicare gli ultimi locali in cui la sua carta di credito e il nostro cognome contavano ancora qualcosa.

Qualcuno mi spintona e io faccio cadere il vassoio che ho usato per portare il bourbon.

«Scusa» dice una voce palesemente falsa. La guardo e riconosco la ragazza che stava con Aidan. Da vicino è ancora più bella, di quella bellezza perfetta e sexy che si vede solo sulle copertine delle riviste di moda.

Respiro profondamente e conto fino a dieci. Mi chino per raccogliere il vassoio, ma la ragazza lo tiene a terra con il suo piede. Mi scontro con un paio di Louboutin dorate.

Questa volta conto fino a venti.

«Non sono una sciocca, sai? Ho visto che vi guardavate, tu e Aidan. Qual è la situazione tra voi, servetta?» Il suo tono è minaccioso. È da tutta la sera che mi sforzo di mantenere la calma, ma non ne posso più. Mi alzo e la guardo dritta negli occhi.

«Catherine, giusto? Sappi che per quel che mi importa di voi, potete anche sposarvi. Con le vostre teste ci farei dei lampadari» sibilo. La ragazza rimane interdetta. «Ora, spostati. Devo andare a lavorare» dico spintonandola.

Lascio il vassoio lì sotto ai piedi della ragazza. Non me ne importa un bel niente in questo momento di Aidan e dei suoi assurdi giochetti. Ispeziono di nuovo la folla, nel punto in cui mi sembrava di aver visto il volto dei miei incubi.

Non c'è più.

Torno a respirare.

In cucina il ritmo è finalmente più lento. Mi avvicino al frigorifero per prendere dell'acqua e provo a fare dei respiri profondi.

«Aria, tutto bene?» chiede David.

No, non va affatto bene. Sono un ordigno che sta per esplodere. La paura che alla festa si sia imbucata mia madre mi porta a un livello di tensione incontrollabile. A cui si somma la pressione per la festa stessa. A cui si somma lo scontro con la ragazza di Aidan.

Mi serve qualcosa di più forte.

Afferro un bicchiere di gin e mi immergo nella folla. Una pausa, una piccola pausa dalla serata. Lentamente mi lascio andare, bevo, sorrido e ballo. Socchiudo gli occhi e faccio finta di essere una delle invitate e non la persona che dovrebbe controllare che tutto sia sotto controllo. Ho bisogno di perderlo per un istante, il controllo. Sciolgo i capelli e ondeggio a tempo di musica. Un ragazzo appoggia le sue mani sui miei fianchi accompagnandomi nel mio ballo liberatorio. Dopo alcuni minuti fa scorrere la mano sulla mia coscia fin sotto la gonna. Lo allontano con uno spintone per fargli capire che non è quello che cerco. Lui si avvicina nuovamente. Ha la camicia quasi completamente sbottonata, barcolla un po', deve essere molto ubriaco.

«Lasciami» gli intimo quando mi mette una mano nei capelli e cerca di avvicinare la sua testa alla mia. Ha l'alito che puzza di alcol.

«Altrimenti che mi fai? Mi sculacci? Sono tutto per te allora» biascica.

Cerco di togliermi le sue luride mani di dosso. Non voglio fare una scenata. Non voglio che qualcuno si accorga che ho lasciato il lavoro per divertirmi. Il ragazzo, però, continua a insistere. Sto per rifilargli un bel calcio dove mi ha insegnato a colpire il signor Chang quando a pochi metri di distanza noto Aidan. Ha la mascella tesa e so già che non vede l'ora di dire tutto a suo padre e farmi licenziare. Si avvicina a noi con passo deciso.

«Lasciala stare o dovrai pregare Dio che il tuo naso possa essere ricostruito» gli dice. La sua voce è ferma, decisa. Fa paura e il ragazzo, infatti, si allontana subito.

«Harrison, lo so che la festa è la tua, ma non puoi appropriarti di tutte le ragazze carine che ci sono. Lei e io ci stavamo divertendo. Vero, tesoro?» chiede avvicinandosi a me. Aidan mi fissa alla ricerca di una risposta.

«No» ribatto, secca.

Aidan chiude per un secondo gli occhi e quando li riapre noto che qualcosa è cambiato. I muscoli del collo sono contratti e le narici sono leggermente dilatate.

«Come no? Ti strusciavi sui miei pantaloni fino a un attimo fa!» protesta il ragazzo voltandosi verso di me, ma non appena lo fa, Aidan gli sferra un pugno in pieno volto. Il ragazzo barcolla e indietreggia di qualche passo. Mi tiro indietro sconcertata.

«Aidan! Aidan, ma che diavolo fai?! Sei impazzito?» urlo.

Non mi sente. Gli sferra una ginocchiata facendolo cadere a terra. Il ragazzo tenta di dimenarsi sotto i suoi colpi, ma Aidan continua ad attaccarlo, senza dargli il tempo di reagire o di difendersi. Cerco i fratelli Harrison fra la cerchia di persone che si sono radunate attorno a noi e noto con sgomento che Josh e Aron osservano il fratello con un misto di timore e soddisfazione.

Non interverranno.

Nessuno lo farà.

Nessuno si schiera contro Aidan Harrison.

Il viso del ragazzo è sporco di sangue.

«Aidan, smettila! Lo ucciderai» grido afferrandolo per la camicia. «Fermo, basta!»

Dopo qualche secondo si blocca. Sbatte le palpebre e mi guarda come se non mi vedesse da un bel pezzo. Come se fino a quel momento fosse stato in trance.

Gli abbasso i pugni, ha le nocche escoriate.

«Se provi anche solo a rimetterle le mani addosso, la prossima volta oltre a quello del naso ti rompo l'osso del collo» lo sento ringhiare piegato su di lui.

«Aidan, non sono affari tuoi, lascialo in pace» continuo a dire provando a tirarlo via.

«Amico, hai sentito?» cerca di dire il ragazzo sotto di lui. «Non sono affari tuoi».

Aidan gli sferra un calcio nello stomaco.

«Sei in casa mia. Qui dentro ogni cosa è affare mio».

Si erige in tutta la sua altezza e si guarda attorno. Fulmina con lo sguardo le persone che hanno guardato lo spettacolo senza muovere un dito. Poi mi rivolge un'occhiata che non riesco a decifrare. Si sistema la giacca e lentamente scompare al piano superiore seguito da Catherine. Josh si riscuote e afferra il microfono del dj.

«Ragazzi, non è una festa degli Harrison senza una rissa, o sbaglio?» interviene ridendo per allentare la tensione. Alcuni invitati sghignazzano. «Che ne dite se però adesso ci spostiamo tutti in piscina? Vi assicuro che il nuovo idromassaggio vi farà venire voglia di non andarvene mai più».

Gli ospiti si scambiano qualche occhiata e poi si allontanano. Sposto la mia attenzione sul ragazzo ancora a terra.

«Aiutatemi a portarlo in cucina» dico rivolgendomi a Josh e Aron.

Sposto i bicchieri dal grande bancone centrale per stenderci sopra il ragazzo.

«Vado a chiamare Ash, lui saprà cosa fare» si propone Aron.

Nel frattempo prendo degli stracci, del ghiaccio e dell'acqua.

«Allora, come ti chiami?»

«Sono Kody Johnson e vi assicuro che domani gli Harrison riceveranno notizie dai miei avvocati» ribatte tossicchiando. Lo squadro.

Rosa mi ha ripetuto fino allo sfinimento: 'Niente problemi'. Ecco il problema. E io ne sono parte integrante.

Ottimo lavoro, Aria.

Mi avvicino all'orecchio di Kody e sussurro: «Se non vuoi che io ti accusi di molestie ti conviene stare tranquillo, Kody. In fondo, Aidan è solo intervenuto per prendere le difese di una ragazza che stava subendo pressioni...» Lui solleva un sopracciglio tumefatto. «Ah sì? E chi crederebbe all'ultima servetta degli Harrison?»

Stiro le labbra in un sorriso falso. «Sei così cretino e ubriaco che non ti rendi neanche conto che c'erano testimoni ovunque: almeno una decina di persone hanno visto che mi palpeggiavi e che ti allontanavo». Lui mi guarda in cagnesco e poi distoglie lo sguardo, sconfitto. «Siamo d'accordo, allora, Kody? Tu non dici niente e io cerco di dimenticarmi le tue mani schifose».

Fa un cenno del capo in segno di assenso. In quell'istante, Asher fa irruzione in cucina.

«Il naso del nostro ospite non smette di sanguinare» spiego.

«Sei sempre il solito coglione, Johnson» sbotta Aron. Kody fa una smorfia.

Ash gli sfiora delicatamente il naso e lui grida in preda al dolore.

«È decisamente rotto» chiarisce. «Dobbiamo portarlo subito in ospedale».

«Va bene, me ne occupo io» mormora Josh.

«D'accordo» stabilisce Ash. Poi si avvicina a me. «Dov'è lui?» mi chiede e io so subito a chi si riferisce.

«È andato al piano di sopra».

Ash sospira. «Okay. Risolviamo questo casino prima».

«Posso andare io in ospedale con Kody... è il tuo compleanno, Ash, mi dispiace così tanto...» inizio a scusarmi.

«No» interviene Josh. «Tu resterai qui e continuerai a mantenere la calma distribuendo drink e cibo».

«Ma...»

«Niente *ma*, Aria. Questo è un ordine» ringhia Josh.

Capitolo 15

Sono le cinque del mattino e finalmente tutti gli invitati se ne sono andati.

La casa è un disastro. Ovunque ci sono bicchieri, piatti e bottiglie vuote. In giardino ho trovato anche qualche preservativo. L'impresa di pulizie arriverà tra un'ora, quindi decido di aspettarla alzata anche se sono distrutta. Dopo tutto il caos, il silenzio della villa è surreale. Mi verso del caffè.

«Non hai pulito bene il pavimento nel salone» dice una voce alle mie spalle. Aidan fa capolino in cucina.

«Tieni» gli lancio lo straccio che ho usato per dare una ripulita al bancone. «Magari potresti pensarci tu, dato che la colpa di quella macchia di sangue è solo tua».

«Avresti voluto che quel ragazzo continuasse a darti fastidio? Bastava farmi un fischio e me ne sarei andato».

«Ce l'avrei fatta anche senza il tuo aiuto, Superman».

«Oh sì, ho visto come te la stavi cavando bene».

«Non sottovalutarmi, Aidan. Credi che fosse la prima volta che mi trovavo in una situazione del genere? Non volevo dare spettacolo e rovinare la festa di Ash. Tutto qui» gli spiego con tono piatto.

Lui mi guarda sorpreso.

«Sono stanco di questo tuo atteggiamento» dice poi.

Sgrano gli occhi. «Vuoi ripetere? Quale atteggiamento?»

Agita una mano in aria. «Sei irrispettosa e maleducata. E non sei qualificata per questo lavoro: dove si è vista una responsabile di sala che si mette a ballare ubriaca con gli invitati?»

Prendo un sorso di caffè prima di rispondere. «Hai ragione

su tutto tranne che sul fatto che fossi ubriaca. Ho bevuto mezzo drink perché ero agitata e ho pensato di calmarmi così. Su questo sono stata stupida, è vero». Lo osservo e capisco che la mia risposta l'ha spiazzato. «E comunque, ho sistemato io il tuo casino con Kody Johnson mentre tu eri impegnato a fare sesso con quella stronza della tua ragazza».

«Non è la mia ragazza» dice.

Faccio spallucce. «Anche lei è solo una delle tante, quindi? Sei sicuro di non avere qualche malattia venerea con tutte le ragazze che ti porti a letto? E poi hai il coraggio di farmi la morale se mi metto a chiacchierare con i tuoi fratelli o con un ragazzo come al gala di beneficienza. Fatti gli affari tuoi, Aidan» sciorino come un fiume in piena.

Lui non ribatte. Dopo un lungo istante di silenzio si piega di colpo e mi afferra per caricarmi in spalla.

«Aidan, lasciami!» grido, cercando di divincolarmi. «Aidan! Basta! Mettimi giù».

«No» replica.

Inizia a camminare mentre provo a liberarmi dalla sua stretta.

Arriviamo alla piscina e senza alcuno sforzo mi scaraventa in acqua.

«Bravo, davvero un comportamento maturo da parte tua». Tossisco quando torno a galla.

Aidan si sfila maglia e scarpe e si tuffa a sua volta.

Quando riemerge ha i capelli tirati indietro e la pelle imperlata di goccioline luccicanti. Mi viene vicino e la mia attenzione viene catturata dal tragitto che percorrono: le gocce dal viso scendono fino al collo e poi al petto muscoloso e tatuato. Mi mordicchio il labbro inferiore, lui in risposta mi osserva con quel suo sorriso sfacciato.

«Ho picchiato un tizio che ci provava con te, da questo si evince che non sono maturo, Davidson» dice.

«Almeno su un punto allora riusciamo a essere d'accordo» rispondo. «Si dà il caso che sia ancora arrabbiata».

«Bene, sei sexy da morire quando sei arrabbiata» risponde, rivolgendomi un sorriso furbo.

Le mie difese cominciamo a vacillare.

Poi, come un bambino, mi schizza.

E io rispondo. Cominciamo a giocare in acqua, avvicinandoci sempre di più, sfiorandoci per pochi secondi che via via diventano sempre più lunghi. A un certo punto mi afferra per i fianchi e io lo cingo in vita con le gambe. I nostri occhi si incontrano e tutto si annulla. Come sempre, il mio corpo reagisce ai suoi occhi verdi come una foresta accelerando i battiti e facendomi provare uno strano formicolio all'addome. Arriviamo al bordo della piscina.

È pura magia quella che sta accadendo fra di noi.

Tutto intorno è calmo. La luce dell'alba ci inizia ad avvolgere. Il rumore più forte è lo sciabordio dell'acqua quando ci muoviamo un po' troppo.

Mi osserva e sorride, io aggrotto le sopracciglia confusa.

«Capisco perché ti sia saltato addosso quell'idiota». Con sguardo soddisfatto indica il mio petto. Mi accorgo che il vestito chiaro si è appicciato al mio corpo e lascia intravedere i seni e i capezzoli. Arrossisco di colpo. Lascio andare la presa su di lui e cerco di coprirmi con le mani, imbarazzata, ma lui afferra i miei polsi. Lo guardo negli occhi, che si spostano sulle mie labbra, poi più giù. Un sorriso lascivo incurva le sue labbra.

Mi bacia il collo, le clavicole, poi scende lentamente sul mio petto. La sua attenzione adesso è rivolta al seno. La passione ha preso il sopravvento sulla ragione. Afferro il suo volto per costringerlo a guardarmi negli occhi e quello che ci leggo dentro mi provoca una fitta allo stomaco.

Voglia. Desiderio.

Ma anche qualcos'altro. Qualcosa che mi ricorda me stessa. Lo vedo, lo stesso identico dolore che si agita dentro di me. Per un attimo mi chiedo se non sia solo uno specchio di quello che ho passato. Ma no, non è un riflesso, è una sofferenza viva che io riconosco molto bene. Puoi cercare di metterla da parte, di archiviarla o di nasconderla a te stesso, ma quando incontri qualcuno che la conosce, che l'ha provata sulla propria pelle, è uno sforzo inutile. Non ha bisogno di chiederlo, gli basta guardarti negli occhi.

Due anime simili sanno riconoscersi senza parole.

Rabbrividisco e con uno scatto nuoto lontano da lui. Ho paura, per me, per lui. Guardarsi in quel modo è pericoloso, ho avvertito il suo dolore sulla mia pelle. E quando succede questo, lo si assorbe anche un po'.

Deve pensarla allo stesso modo, perché non mi segue. Mi lascia andare.

Esco dalla piscina.

«Aidan, sono tutta bagnata...» inizio a dire.

«Sì, lo immagino, faccio un certo effetto alle donne» mi interrompe.

«Sei il solito sbruffone...» sbuffo e lui non replica. Il suo sguardo è perso, lontano.

«Prendo la tua maglietta. Non voglio che qualcun altro stasera mi veda seminuda» dico afferrandola da terra. Prendo il suo silenzio come un assenso e me ne vado.

Sento una tempesta agitarsi dentro di me, ma non è ancora il momento di affrontarla. Voglio farmi una doccia, dare istruzioni all'impresa di pulizie e concedermi un paio di ore di sonno prima di mettermi a lavorare.

Sto per aprire la porta della mia camera quando un urletto mi spinge a ritrarre la mano. Sorpresa, avvicino l'orecchio alla superficie di legno e capisco che qualcuno sta facendo sesso proprio lì dentro. Sono sconvolta e disgustata. Penso al mio letto, alle lenzuola bianche e intonse e mi innervosisco. Cosa faccio, ora? Entro per ricordare a questi due idioti che la camera è mia o, per il bene del mio lavoro, me ne sto zitta e faccio dietrofront?

Mi sembra di tornare al giorno in cui li ho conosciuti, quando sono stata presa in giro e trattata peggio di un oggetto. I fratelli hanno tutti la propria camera e, come se non bastasse, anche un'ulteriore stanza degli ospiti. Perché proprio l'unico luogo dove mi sento protetta doveva essere violato? Sono davvero importante per loro? O spendono solo parole senza senso su di me?

Non posso presentarmi di sotto così. Quindi decido di raggiungere l'altra stanza degli ospiti, ma anche qui, non appena apro la porta, noto due corpi nudi avvinghiati e addormentati. Uno di questi è quello di Catherine.

L'altro è nascosto dalle coperte e non lo riconosco.

E se fosse Aidan?

Non l'ho visto passare di qui e, a meno che non ci siano passaggi segreti, non vedo come possa essere lì dentro.

Richiudo la porta e mi avvio verso il piano superiore. Abbozzo un sorrisetto triste, ricordando quei mesi in cui sono stata costretta a dormire sulle panchine del Lummus Park, prima di essere accolta dal signor Chang. Quelle sono state le notti più dure della mia vita.

Sicuramente un parquet di lusso è molto meglio della pietra fredda.

Sbuffo e mi siedo a terra.

«Ti piace il pavimento?» mi raggiunge la voce di Aidan.

«Molto più di quanto non mi piaccia tu».

«Non provocarmi, piccola».

È sulla soglia della sua camera da letto e mi fa cenno di entrare.

«Non ci penso neanche. E non chiamarmi piccola» dico scuotendo la testa.

«Hai tre secondi per decidere, piccola. Tre, per una volta che sono gentile. Due, piccola, ti offro una doccia e dei vestiti. Uno, piccola, non ho cattive intenzioni... ze...»

Mi alzo e lo raggiungo a passo svelto.

Dietro di me, Aidan chiude la porta. È strano essere qui dentro con lui. È come se tutta la stanza fosse diversa. È da un mese che la pulisco ogni giorno, eppure solo ora noto alcuni particolari che stridono con quello che è il suo stile. Cosa ci fa Aidan Harrison con uno scaffale pieno di libri? Anche il grande disegno di una rosa nera sopra la testata del letto mi sembra un po' improbabile che sia di suo gusto. Un uomo rude come lui non sembra il tipo da fiori e letture. L'imponente letto al centro della stanza, invece, con le sue lenzuola di seta nera, lo rappresenta del tutto.

«Il bagno è lì se vuoi farti una doccia» indica la porta.

«Chi pensi lo pulisca?» gli chiedo.

Entro. Sembra una spa. Ci sono sia una doccia spaziosa che una vasca con l'idromassaggio. Le luci soffuse e calde danno un'aria così invitante a questo posto. Se mi facessi un bagno mi addormenterei in acqua senza alcun dubbio.

Mi assicuro che la porta sia ben chiusa a chiave prima di spogliarmi. Appena il getto bollente mi colpisce, inizio a insaponarmi. Chiudo gli occhi e di colpo torno a poco prima, in piscina. Rivivo tutto come se stesse accadendo di nuovo. I baci di Aidan tracciano una scia sui miei seni e sul mio collo provocandomi un brivido al basso ventre. La voglia di riavere quel contatto cresce a ogni battito del cuore.

Mi avvolgo nell'asciugamano e con i capelli ancora umidi esco dal bagno.

«Devo asciugare il mio vestito con il phon, Aidan. Quindi se devi tornare da Catherine vai pure. Grazie per avermi lasciato usare la tua doccia».

Mi squadra con espressione ammiccante per poi scomparire nella cabina armadio.

«Tra qualche ora il tuo vestito sarà asciutto» dice lanciandomi una maglia enorme.

«Sì, ma tra poco devo aprire all'impresa di pulizie...»

«Ci ho già pensato io, Aria» risponde.

«Ah» riesco a dire.

Guardo la maglietta che ho tra le mani e decido di infilarmela per poi sfilarmi da sotto l'asciugamano. È imbarazzante dover essere osservata per tutto il tempo, ma ammetto che i suoi occhi su di me mi scatenano anche un'esplosione di calore in tutto il corpo.

«Nessuno si sveglierà prima di mezzogiorno oggi. Quindi, dove preferisci dormire?»

«Non dormirò con te, non di nuovo» dico facendo un passo indietro.

«Io di solito sto a destra, se non ti dispiace» risponde ignorando del tutto le mie parole.

«Aidan, ma mi ascolti? Io con te non ci dormo».

Viene verso di me.

«Aidan...» provo a dire.

Si avvicina con il chiaro intento di farmi indietreggiare, cosa che io non faccio. Abbozza un sorrisetto abbassandosi sul mio collo che sfiora delicatamente provocandomi dei brividi. Di colpo mi solleva afferrandomi per le cosce. Aggrappata alle sue spalle lo guardo in viso.

«Che stai facendo?» bisbiglio.

Lui si volta e mi lascia cadere sul letto.

Con un ghigno divertito e malizioso si spoglia. Resta solo con dei boxer neri che evidenziano semplicemente... tutto. Io cerco di distogliere lo sguardo e mi infilo sotto le coperte, coprendomi fino alla gola. Spegne le luci e sento il materasso abbassarsi.

«Pensi che riusciremo un giorno a comportarci da persone mature senza ricorrere a questi giochetti?» chiedo sommessamente.

«Ne dubito».

«Certo che dubiti, ti piacciono troppo per decidere di non ricorrervi».

«Per quanto tu non voglia ammetterlo, piacciono anche a te» ribatte.

Dopo alcuni minuti di silenzio non resisto. La situazione è troppo strana e, devo ammetterlo, terribilmente eccitante. Non riuscirò mai ad addormentarmi.

«Aidan» lo chiamo allora. «Perché di tutte le donne, hai deciso che quella che vuoi torturare sono io?»

«Più ti evito e più ti desidero, Aria» sussurra piano.

Da dietro le tende tirate vedo entrare la luce. Dovrei essere in piedi già da un pezzo, ma ho deciso di fidarmi di Aidan e credere che nessuno oggi avrà bisogno della colazione prima di mezzogiorno. Non mi sono riposata molto, ma così ho avuto il tempo di elaborare una piccola vendetta... Con una mano accarezzo gli addominali caldi di Aidan fino ad arrivare poco sopra l'orlo dei boxer. Lui emette un mugugno. Colgo l'occasione per salire a cavalcioni su di lui.

Socchiude un occhio.

«Buongiorno, soldato» ammicco muovendo leggermente i fianchi a destra e a sinistra.

Porta le mani dietro la nuca e chiude gli occhi. I tricipiti delle braccia guizzano dandomi un assaggio della sua virilità mattutina.

«Ci sai fare, biondina».

È eccitato, tanto da mordersi il labbro inferiore. Cade in pieno nel mio imbroglio, convinto che questo sarà davvero un buongiorno.

Quando sento che è diventato duro scendo di colpo.

«Ora sai cosa si prova» sibilo al suo orecchio prima di abbandonare la stanza.

Capitolo 16

Di sotto, la casa è stata presa d'assalto dalla ditta di pulizie. Se avessi dovuto mettere tutto a posto da sola ci sarebbe voluta una settimana. Rosa è in cucina ed è raggiante. Sta impastando una torta e canticchia. L'immagine della donna in ambasce del giorno prima è sparita.

«Buongiorno, Rosa». Prendo una tazza di caffè e ci aggiungo del latte. «Scusami se ho fatto tardi... La nottata è stata molto lunga».

«Oh, *buenos días,* Aria. Non ti preoccupare, so bene che di solito i ragazzi fanno l'alba».

«La tua serata è andata bene?» le chiedo.

«Benissimo! Io e C...» inizia a spiegare e poi si blocca di colpo. «Quella maglietta mi sembra di conoscerla...» dice.

Aidan entra in cucina proprio in quel momento interrompendo le nostre chiacchiere con il suo sguardo malizioso.

«Ciao Rosa» dice, scoccandole un bacio sulla guancia.

Prende anche lui del caffè.

«Aidan, quante volte ti devo dire che non voglio facciate colazione mezzi nudi? Vatti a vestire, subito» dice.

Lui resta impassibile. «Non posso vestirmi, Aria ha la mia maglietta».

Avvampo.

«Se avessi potuto riavere i miei vestiti l'avrei già tolta» mi difendo guardando Rosa.

«Tu perché non hai i tuoi vestiti?» mi chiede.

Non so se dovrei fare la spia o meno. Sto zitta.

Aidan sghignazza.

Rosa si pulisce le mani in uno strofinaccio. «Non mi farò rovinare questa meravigliosa mattinata da voi due» dice e se ne va nel suo ufficio. Aidan e io ci guardiamo stupiti. Non è affatto una meravigliosa mattinata: dalle finestre a vetro si vede il cielo quasi del tutto coperto da nubi e l'oceano di un malinconico grigio.

Lui, però, ha ancora quell'espressione da prepotente che mi fa venire voglia di tirargli un destro. Mi affianca appoggiandosi al bancone.

«Avresti potuto portarmi la colazione in camera, per ringraziarmi di averti prestato il letto» dice.

«Non meriti la colazione a letto, Narciso» ribatto, porgendogli una scatola di cereali. «Ti ricordo che sei stato tu a buttarmi in piscina. Era tuo dovere aiutarmi».

Si avvicina al mio orecchio e con voce roca mi sussurra: «Devi finire ciò che hai iniziato stamattina, biondina».

Divento paonazza in volto.

Si alza e mi dà una pacca sul sedere.

«Aidan!»

«Buongiorno» dice Aron, interrompendoci.

«Ah, tu!» esclamo puntandogli il cucchiaio contro. «Andiamo di là e chiama anche i tuoi fratelli» ordino.

«Che calda accoglienza...» brontola Aron.

«Non sto scherzando stavolta!»

Dopo alcuni minuti, i sei Harrison accompagnati da sei ragazze raggiungono il salone che è tornato al suo normale assetto. Attiro la loro attenzione battendo qualche colpo con un mestolo sulla superficie metallica di una padella.

«Ehi, ehi, Aria! Non tutti ieri sono rimasti sobri». Asher si porta le mani alle tempie.

«E non tutti hanno utilizzato il letto giusto» ribatto.

«Cosa?» chiede Jason.

«Hai sentito bene».

«Ma di che cosa parli?» interviene Josh sbuffando.

«Qualcuno, ieri sera, si è divertito nel letto sbagliato» dico scrutando accuratamente le loro reazioni. Catherine, seduta sul divano, mi squadra facendo particolare attenzione alla maglia che indosso.

«Potresti essere tu» la indico con il mestolo, nonostante sappia già che lei non era in quella stanza. «La tua aria da finta sofisticata con le ciabatte di Chanel non mi convince» aggiungo.

«Oppure tu, Jason».

Lui alza le mani in segno di resa.

«O tu, Jake?»

«Quel mestolo mi spaventa troppo per commettere qualsiasi crimine» scoppia a ridere.

Nessuno di loro sta prendendo la faccenda seriamente.

«Ragazzi, non vi farò nulla. Voglio soltanto sapere chi è stato e magari darlo in pasto a un banco di pescecani».

«Uffa, sono stato io» confessa Josh.

«Ahi! L'hai combinata grossa fratello» commenta Aron.

Stringo la mascella cercando di circoscrivere l'impeto di rabbia, ma prima che possa davvero riuscirci, mi dirigo verso di lui con decisione e gli sferro una ginocchiata all'inguine. Cerco di essere delicata: voglio solo intimorirlo, fargli capire che mi ha fatta arrabbiare, non ferirlo, ma il viso rosso e gli occhi chiusi mi fanno intuire di aver avuto meno controllo di quel che credevo.

«Questo è per avermi obbligata a dormire con Aidan».

Josh impreca e borbotta sottovoce.

«Sei una psicopatica, Aria!» bofonchia digrignando i denti.

Tutti stanno guardando la scena con un misto di stupore e divertimento. I ragazzi si tengono stretti le parti intime, le ragazze ridono di gusto.

Verrò licenziata.

Ora ne sono certa.

«Solitamente queste cose le fa Aidan» sorride Aron.

«Queste cose, cosa?» chiedo.

«Rimetterci in riga» spiega Jason.

«Avete più cose in comune di quel che sembra...» commenta Asher sovrappensiero.

«Sì... Sono *entrambi* psicopatici» dice Josh.

Li lascio sul divano a sghignazzare mentre io me ne vado a

testa alta in camera mia per recuperare la divisa. Non appena metto piede all'interno, però, una forte puzza di alcol mi invade le narici. Le coperte sono un groviglio indefinito e come se non bastasse a terra c'è un preservativo usato. Un conato di vomito si fa strada in me e per poco non rigetto tutto quello che ho mangiato a colazione. Prendo la divisa e torno nella stanza di Aidan per cambiarmi. Prima di tornare in cucina ad aiutare Rosa, però, mi soffermo sulla piccola libreria che c'è nella sua camera. Sfioro con le dita le copertine dei libri. Shakespeare, Fitzgerald, Hawthorne... Aidan ha davvero dei gusti così classici? Noto una copia piccola e rovinata di *Orgoglio e pregiudizio.* La prendo in mano e accarezzo la copertina. Quando sto per rimetterla al suo posto mi accorgo che in quel punto non c'è il legno della libreria, ma qualcosa di grigio e dall'aspetto metallico.

Cos'è?

Non resisto alla curiosità e infilo la mano. Sento una superficie fredda e rugosa. È ampia, sembra lo sportello di una cassaforte, ma non c'è una maniglia, un tastierino per inserire il codice o una serratura. Con i polpastrelli seguo l'incavo lineare della chiusura. È come un cassettino rettangolare, sottile, posto in verticale e ha l'esatta grandezza della copia di *Orgoglio e pregiudizio.*

«Aron!» sento gridare.

Ritraggo di scatto la mano e riposiziono in fretta e furia il libro. Con il cuore in gola esco dalla stanza.

Capitolo 17

Ha un cuore.

L'ho sentito battere, ma a volte mi viene comunque il dubbio che sia fatto di fredda pietra.

È sempre così schivo, non condivide mai una risata con i suoi fratelli. Mi chiedo che cosa faccia quando non lo vedo per tutta la giornata. Mi chiedo se anche lui, come Aron, creda di non avere un futuro. E più penso a lui, più ho voglia di parlargli, rivolgergli le domande che si agitano nella mia testa. Il muro che ha eretto, però, è così spesso e impenetrabile che non so se riuscirò mai a scavalcarlo, a vedere come è fatto veramente, a vedere Aidan per come lo vedono gli altri membri della sua famiglia. Provo a mettere un freno ai miei pensieri: lui è il capo, io la domestica. L'ha messo in chiaro più di una volta. Eppure è sempre lui a superare il confine, a cercarmi. Forse ciò che ho visto in lui, la scorsa alba in piscina, ci ha in qualche modo legati.

«Aggiungi due posti, Aria. Questa sera tu e Rosa cenerete con noi». La voce del signor Harrison mi fa sobbalzare e quasi faccio cadere i bicchieri che stavo portando.

«D'accordo» rispondo eseguendo l'ordine. Perché ci vuole a cena? Avrà saputo del calcio che ho rifilato a Josh? Ne dubito. Non mi sembra il tipo di ragazzo che va a piangere dal papà perché la domestica è stata cattiva con lui...

Mi dirigo in cucina e il profumino di pizza fatta in casa mi fa venire l'acquolina in bocca.

«Rosa, ceneremo con gli Harrison stasera» le comunico. Lei impallidisce, ma si riprende subito.

«Okay, a volte capita che il signor Harrison dica di rimanere...» bisbiglia, ma sembra parlare più a se stessa che a me.

Mi avvicino al forno enorme e controllo che le pizze siano pronte.

Questo istante mi evoca un ricordo. La sera prima che Cole se ne andasse avevamo preparato la pizza. Avevo dodici anni. Rimasta sola con mia madre e il suo compagno, decisi di raccontare delle violenze a quelle che consideravo le mie due migliori amiche, ma non colsero il mio grido d'aiuto. L'unico che mi avrebbe potuto comprendere se n'era andato per sempre.

Portiamo tutto in tavola. Gli Harrison sono già seduti, stanno bevendo delle birre e chiacchierando. Serviamo le pizze e i ragazzi si avventano sui loro piatti.

Quando ho finito mi siedo al posto che ho apparecchiato accanto a Jason, un po' in imbarazzo. Anche Rosa, seduta vicino al signor Harrison, non sembra del tutto a suo agio.

«È buonissima questa sera, la pizza, Rosa» afferma entusiasta il signor Harrison.

«È molto più che buona, papà» conferma Jake gustandosi il pasto.

«Ragazzi, stavolta il merito non è mio. Dovete ringraziare Aria. Anzi, quasi quasi potremmo licenziare quello scorbutico di uno chef e assumerei lei...» dice Rosa.

«L'hai fatta veramente tu?» chiede Jake.

Arrossisco.

«Complimenti, Aria. Era da parecchio tempo che non mangiavamo tutti insieme qualcosa di così buono» va avanti il signor Harrison.

«È solo una ricetta di famiglia» mi schermisco.

«Introduciamola anche nella *nostra* famiglia» va avanti Aron.

Sono rossa come un pomodoro, ma sto sorridendo. Sono contenta di aver fatto un buon lavoro e di aver stupito il signor Harrison. Il sorriso ebete però mi si spegne sul viso quando incrocio lo sguardo di Aidan che mi sta osservando con un'espressione che non riesco a decifrare.

La cena va avanti tranquilla, quando i piatti sono vuoti, il signor Harrison si schiarisce la voce. «Ragazzi, siamo ormai a metà settembre. La stagione è finita e tra poco inizieranno le piogge. Direi che è giunta l'ora di tornare a casa».

A casa?

Villa Harrison non è casa loro?

Li guardo confusa. I visi dei ragazzi vengono attraversati da varie emozioni. Qualcuno esulta, qualcuno sbuffa. Rosa tiene lo sguardo basso. Non sembra stupita.

«Ho già chiesto a Ben di preparare il jet. Partiremo fra ventiquattro ore» dice il signor Harrison. «Ovviamente, Rosa verrà con noi, come sempre. Aria, tu sei libera di scegliere che cosa fare. Mentre decidi, però, tieni conto che senza il tuo aiuto noi ragazzi non resisteremmo nemmeno una settimana» aggiunge con un sorriso.

Come se avessi scelta.

«Posso sapere la destinazione, signor Harrison?» domando.

«Vermont» risponde lui. «Nel nostro chalet a Burlington».

«Okay... Non è proprio dietro l'angolo» dico ancora sconvolta per la proposta.

«Pensaci. A noi farebbe molto piacere se venissi anche tu».

Il maggiore dei figli lo guarda con un cipiglio di disappunto.

Subito dopo l'annuncio, il signor Harrison e Aidan si sono infilati nell'ufficio parlando sottovoce con aria cupa. Ho avuto la netta sensazione che al centro del discorso ci fossi io, ma forse sono paranoica.

Mi avvolgo in un asciugamano ed esco dal bagno. Appena entro nella stanza sobbalzo.

«Sulle lenzuola con le scarpe? Fai sul serio? Vuoi un calcio anche tu?» borbotto.

«Non riuscivo a dormire».

Aidan è sdraiato sul letto e tiene le dita incrociate dietro la testa. Mi avvicino e gli butto giù i piedi.

«E quindi, sei venuto a infastidirmi?»

Chiude gli occhi e si massaggia un attimo le tempie.

«No, mi sono abituato a dormire con te. Sento una certa mancanza».

«Scordatelo, soldato. Sono stati solamente casi di pura emergenza».

Non ribatte, ma non accenna ad andarsene. Sembra pensieroso.

Vado in bagno per cambiarmi.

«E dimmi» riprovo. «Come mai non hai chiamato Catherine per la buonanotte?»

Sbuffa. «Sei noiosa, Aria».

Esco e mi sistemo nella metà del letto libera. Dopo qualche istante lo sento infilarsi sotto le coperte. Mi volto verso di lui. Il viso è per lo più in ombra, ma la luce che entra dalla finestra è sufficiente per riconoscere i suoi tratti.

«Perché?» gli chiedo.

Ecco il solito ghigno. «Perché non vuoi ammettere che mi vuoi?»

«Quindi non riesci a dormire perché vuoi sapere se ti voglio o no?»

I nostri sguardi si intrecciano.

«Quindi vorresti dirmi...» dice Aidan e intanto si appoggia su un gomito e con l'altra mano, partendo dalla spalla, sfiora il mio corpo, «... che quando ti tocco non senti un piccolo brivido percorrerti la schiena?» Si fa strada sotto le lenzuola e poi stringe la mia coscia. «Che quando la mia mano ti afferra non senti l'adrenalina salire alle stelle?» La sua mano scende giù. «Che non ti ha mai sfiorato il pensiero di essere toccata da me?»

Il suo corpo seminudo è bollente e quel calore mi invade. Le sue parole, unite a questo pensiero, mi travolgono. Mi bacia il collo e io stringo le lenzuola in due pugni. «Che il tuo cuore non accelera a questi baci?»

Poi infila le dita sotto l'elastico degli slip.

Trattengo il respiro.

Afferro il suo polso e lo blocco.

Lui mi osserva con un mezzo sorriso tagliente, come se attendesse qualcosa.

Me ne sto immobile, con la presa salda sulla sua mano e il respiro accelerato. Come se sul soffitto ci fosse la soluzione per riacquisire un pizzico di razionalità, lo fisso con gli occhi leggermente sbarrati. Con poche parole e una mano, è riuscito a scatenare un'esplosione di sensazioni incontrollabili dentro di me.

Sfila la mano e si sistema accanto a me.

«Non ti ho ancora sentito dire di no, biondina» sussurra avvicinando le sue labbra al mio lobo sinistro.

Deglutisco.

Capitolo 18

Mi lascio trasportare da quell'esplosione di sensazioni.

«Non puoi dirmi di no...» sussurra.

Non lo blocco più. Lascio che infili la mano sotto le mie mutandine. Lui inizia a toccarmi e io non riesco più a controllarmi. Ansimo, gemo. È diverso da quando lo faccio da sola. Fra le labbra sussurro il suo nome...

Apro gli occhi di scatto, ma non mi muovo. Sento il calore di Aidan avvolgermi. È dietro di me e il suo braccio muscoloso mi stringe. Mi sento avvampare se ripenso al sogno appena avuto. E la posizione in cui siamo non aiuta di certo.

«Buongiorno, piccola» sussurra.

«Non chiamarmi piccola». Faccio finta di nulla, cercando di calmarmi e di allontanare l'eccitazione.

Mi stiracchio e tento di alzarmi, ma lui mi afferra per la maglia e mi tira indietro, verso il letto. Atterro di nuovo sul suo corpo. Un brivido mi percorre la schiena e accende la miccia dell'esplosione dentro di me.

«Vuoi scappare?» chiede.

«Mai, Aidan» ribatto. «Ma sei tu che dovresti andartene. Oggi ho la giornata libera e voglio disintossicarmi da voi Harrison».

«Lasciarti in pace non è nei miei piani» dice allungando un po' troppo la mano sul mio seno. Lo fermo e mi rimetto in piedi.

«Smettila di giocare con me» gli punto il dito contro stando sulla difensiva. «Trovati un'altra bambolina da infastidire. Catherine pagherebbe per averti a disposizione tutto il tempo».

«La gelosia ti dona, Aria».

Io, gelosa? Ma figuriamoci. La gelosia è un sentimento che non mi appartiene.

«Questa non è gelosia, Aidan. Sono semplicemente stanca dei tuoi giochetti. Un momento mi tratti bene e l'altro mi ignori o mi prendi in giro. Ti ricordo che ho dei sentimenti a differenza tua...»

«E io ti ricordo che sei sexy da morire quando ti arrabbi» risponde ignorando le mie parole.

«Esci» gli ordino a denti stretti.

Non si muove dal letto, anzi mi squadra divertito.

«Ho detto esci, Aidan». Questa volta si alza e con un'espressione infastidita se ne va.

Mi siedo sul letto e cerco di capire che cosa stia succedendo. Che cosa voglia da me Aidan Harrison.

Erano settimane che non girovagavo sotto il sole cocente di Miami. Il clima costantemente controllato di Villa Harrison illude che anche l'esterno sia così piacevole. Ho comprato alcuni indumenti indispensabili per il Vermont. Aron questa mattina mi ha spiegato che a dicembre le temperature precipitano sotto lo zero. Avendo vissuto per ventidue anni in Florida non potevo di certo avere guanti, sciarpe o cappelli di lana. Esco dal negozio carica di borse e sbatto contro una persona.

«Non l'ho vista! Mi dispiace tanto» mi affretto a scusarmi. Mi chino e lo riconosco. «Tu!» esclamo.

«Io».

«Il banchiere che non sa ballare...»

«Ah, ricordi solo questo di me, Aria Davidson? Non mi sono fatto una buona pubblicità allora».

«Che ne dici di mangiare qualcosa insieme?» propongo a Dylan.

«Dovrei andare a consegnare questi documenti» dice indicando una cartellina. «Ma se non mi offri la cena come posso perdonarti?» sorride. Dylan è carino. Indossa giacca e cravatta e ha l'aria del bravo ragazzo. «Vieni, conosco uno posto qui vicino».

Lo affianco e passeggiamo lungo una via pedonale fino a un bistrot. La cameriera ci fa sedere a un tavolo vicino alla finestra. Il cuore mi batte un po' più forte.

«Tutto okay, Aria? Se vuoi cambiamo posto...»

Guardo la strada al di là dal vetro.

I passanti sono tutti anonimi. Non riconosco nessuno. Prendendo un respiro profondo mi siedo davanti a Dylan.

Sono cresciuta in una tipica casa dei quartieri benestanti. Uno di quei posti in cui tutte le mattine passa il ragazzo del giornale e il venerdì sera è possibile sentire il profumo del barbecue provenire dal giardino dei vicini. Avevamo la staccionata bianca, due auto lucide parcheggiate nel vialetto. Elettrodomestici ultimo modello, campi estivi prenotati tutti gli anni. Quando mio fratello se ne andò, però, cambiò tutto. Quel posto all'improvviso aveva le sembianze di una prigione dai muri foderati di carta da parati, strappata dalle bottiglie vuote che mia madre lanciava ogni sera. All'inizio ho provato con le persone che conoscevo: raccontavo loro tutto, ma dopo tre giorni arrivavano o la polizia o mia madre, e loro mi lasciavano andare. I ricchi sono fatti così: non vogliono problemi con i figli degli altri. Sono già abbastanza impegnati a tenere fuori dai guai i propri, a tenerli al sicuro nella gabbia dorata che hanno costruito per loro. Dopo mesi per strada, un giorno è arrivato il signor Chang. La palestra era il mio luogo sicuro. Il divanetto nel suo ufficio il mio letto. Ma per tutto questo tempo mia madre non ha mai smesso di cercarmi. Non so se abbia fatto la stessa cosa con Cole, immagino di sì. Da un paio di anni non la incontro. Forse ha perso le mie tracce, ma non riesco a non stare sull'attenti quando giro fra le strade di Miami.

«Allora, il tuo Harrison dove l'hai lasciato?» chiede Dylan guardandosi intorno.

«Non stiamo insieme» chiarisco subito. «Anzi, a malapena ci sopportiamo».

«Mi dispiace» risponde Dylan con tono cupo. Scoppio a ridere per la sua buffa espressione. «Nel senso, mi spiace per lui che non sa corteggiare una ragazza come te» si affretta a specificare. «Al gala mi avevi folgorato!» esclama con tono entusiasta.

Rido per il complimento. È facile parlare con Dylan. Ha un carattere aperto, pacifico.

Mi ritrovo a pensare che è l'esatto opposto di Aidan. Ma perché penso ad Aidan anche in questo momento? Ho così voglia di rovinarmi la giornata?

«Allora, secondo te ci saranno uragani quest'anno?» chiede Dylan di punto in bianco.

«Non lo so. Spero per tutta la Florida di no».

«Buon pomeriggio. Siete pronti per ordinare?» ci interrompe la cameriera.

«Per me la specialità del giorno» dice Dylan.

«Anche per me». Non ho neanche letto il menù, per quanto sono immersa nei miei pensieri. Dylan chiacchiera a ruota libera, si è allentato la cravatta e sul viso ha un sorriso dolcissimo. I grandi occhi si nascondono sotto delle folte sopracciglia scure. I capelli lisci gli ricadono ai lati in due ciuffi morbidi, conferendogli un'aria ordinata, ma non severa.

La cameriera ci porta la nostra ordinazione. Afferro l'hamburger che ha un aspetto delizioso e gli do un bel morso.

«Hai appetito, vedo» sghignazza Dylan. La salsa esce e crea una bella macchia nel piatto. Lui mi imita e pochi secondi dopo è completamente sporco di ketchup. Iniziamo a ridere, ma a quel punto una ventata di profumo da uomo, straordinariamente familiare, mi raggiunge. Prima ancora di metterlo a fuoco so che è lui.

«Ma quello...» dice Dylan sporgendosi verso di me, «... non è Aidan Harrison?»

«Sì, è lui» rispondo con finta calma.

Non riesco a fermare l'uragano che si agita dentro di me. Aidan si è seduto dietro al nostro tavolo con Catherine. Lui guarda me, lei dà le spalle a Dylan.

Aidan mi osserva.

«Di cosa stavamo parlando?» riesco a balbettare sforzandomi di distogliere lo sguardo.

«Mi stavi dicendo quanto ti piacerebbe avere dei piedi come quelli di Bilbo Baggins» dice Dylan ridendo. Sorrido, ma non posso fare a meno di guardare alle sue spalle, dove Aidan mi fissa con un'espressione tagliente e furba. Si lecca le labbra.

Deglutisco e sbatto le palpebre più volte per riprendermi. Nel frattempo Dylan, ignaro, continua a raccontare alcuni episodi divertenti della sua vita a cui annuisco sorridendo.

Dopo un po' non ce la faccio più.

Capitolo 19

«Ho bisogno di prendere una boccata d'aria» dico a Dylan. La sua espressione non cambia, è contento e tranquillo.

«Certo, Aria. Pago subito e ti raggiungo».

«No, Dylan, avevamo detto che dovevo pagare io» protesto.

«Non ti preoccupare. Carta aziendale» dice strizzandomi l'occhio. Si allontana per cercare la cameriera e io guadagno l'uscita. Sento lo sguardo di Aidan addosso. Fuori, appoggio i palmi sulle ginocchia e respiro a fondo.

Perché mi sento così? Non posso credere che sia per Aidan. Non *voglio* credere che sia per Aidan.

La porta del bistrot si chiude alle mie spalle. So già che è lui, lo sento, perciò mi volto a guardarlo. Dopo avermi squadrata, abbozza un ghigno beffardo.

«Ti avevo detto che volevo avere una giornata lontana da te e da tutta la tua famiglia» sbotto, fulminandolo sulla soglia.

«Non mi sembra di averti infastidito in qualche modo» ribatte. «E non è colpa mia se ci siamo incontrati nello stesso luogo. Sarà stato il caso forse...»

Il caso, come no...

Ignoro la sua fastidiosa ironia e provo a superarlo per tornare da Dylan.

«Certo, continua a prendermi in giro» sibilo.

Aidan mi afferra il polso proprio nell'istante in cui appoggio la mano sul pomello della porta.

«Avevi chiesto di stare sola, eppure ti trovo qui con il banchiere» fa una pausa, nei suoi occhi mi sembra di cogliere una sfumatura di gelosia. «Non sono solo io quello che prende in giro».

È impossibile questo ragazzo. Scuoto il capo e prendo un respiro profondo cercando di rimanere calma.

«Ora ti spiego alcune cose, Aidan Harrison. So che non è il tuo forte, ma vedi di tenere i padiglioni auricolari ben aperti perché non le ripeterò. Numero uno: io non ho mai detto di voler restare sola, ho detto di volermi prendere del tempo per disintossicarmi da voi. Numero due: con chi trascorro il mio tempo libero non è affare tuo. Numero tre: tu sei qui con Catherine. Non è molto educato lasciarla per uscire a discutere con me. Numero quattro: ho come il sospetto che non è un caso se ti ho trovato qui. Quindi, chi sta prendendo in giro chi?»

«Non ti facevo così egocentrica. Non gira tutto intorno a te, sai?» continua con il suo tono ironico.

È come parlare con un muro. Mi dimentico di tutto e per non esplodere inizio a camminare lungo la via.

«Aria» mi richiama. «Dove stai andando?»

Sbuffo io, stavolta. Ho bisogno di stargli alla larga.

«Aria, non fare la capricciosa...» Non mi volto a guardarlo. Guardo il cielo. Si sta facendo sempre più scuro. Forse sta arrivando un uragano. Quando ero piccola e annunciavano che una tromba d'aria si sarebbe abbattuta sulla costa, partivamo per l'Oklahoma e stavamo per un po' dal fratello del mio patrigno. Odiavo l'Oklahoma, volevo starmene in Florida nonostante fosse pericoloso, nella mia Miami, la città fatta di caldo e caos, di gente impulsiva ed espansiva.

Dopo pochi minuti di camminata, mi accorgo che un'auto mi sta seguendo.

«Vattene, Aidan. Conosco la strada per tornare alla villa».

«Sali, Aria. Si sta facendo buio e ti assicuro che queste vie non sono fatte per passeggiate notturne» dice da dentro la macchina.

Una leggera pioggerellina picchietta sulla mia testa.

«Fai persino finta di essere preoccupato per me?» scuoto il capo. «Dov'eri quando giravo queste vie nel pieno della notte qualche mese fa?»

Stringe il volante e le nocche sbiancano.

«Non mi serve il tuo aiuto» ripeto.

«Sali Aria, non ho intenzione di dirtelo di nuovo».

«Se no?» lo sfido. Mi sembra di vivere un déjà-vu.

«Sali» ripete. Il tono si fa più imperioso.

«No» ribatto, secca.

Scende dall'auto per raggiungermi.

All'improvviso mi afferra per le gambe e mi carica in spalla.

«Che cosa fai?!» grido.

Mi mette nel baule della Porsche e prima di chiudere accenna un sorrisetto divertito.

«Aidan Harrison, quando esco da qui ti denuncio per sequestro di persona!» urlo battendo i pugni sulle pareti del portabagagli. Il viaggio è breve, pochi minuti e sento il motore che si spegne. Durante il tragitto non ho fatto altro che elencare nella mia mente una sfilza di insulti adatti a lui.

Apre il bagagliaio ancora con quello stupido sorrisetto divertito. Serro la mascella irritata dal suo atteggiamento. Mi porge una mano mentre tento di mettermi a sedere ma io la scosto. Fa un passo indietro trattenendo a stento una risata.

«Tieni. L'avevi lasciata col tuo banchiere» dice passandomi la borsa.

«Smettila di ridere» gliela strappo dalle mani.

«Dai, ammettilo, è stato divertente».

«Certo!» Spalanco le braccia in maniera teatrale. «Chi non vorrebbe farsi un viaggio dentro al bagagliaio di un'auto?!»

«In realtà è una perversione di molti...» ribatte per nulla preoccupato.

Sono stufa di sprecare fiato con lui. Lo lascio per entrare in casa e rintanarmi nella mia camera.

«Aria...» prova a chiamarmi.

Sono fuori di me. Prima che possa entrare nella mia stanza, lui mi afferra il braccio e mi blocca.

«Lasciami. Dopo il rapimento vuoi anche la tortura?» Sono accecata dalla rabbia e senza rendermene conto provo a colpirlo con un destro. Ma Aidan lo schiva senza problemi.

«Stronzo» ci riprovo, ma fallisco di nuovo.

«Bastardo» continuo. Ormai ho capito che tanto non lo colpirò. Così ho almeno l'illusione di sfogarmi.

«Idiota» insisto.

Questa volta, Aidan ferma il mio pugno a mezz'aria.

«Smettila con le tue stronzate, Harrison. Sono stanca di doverti ripetere continuamente che le mancanze di rispetto mi mandano fuori di testa» grido.

Lascia la presa e si allontana di qualche passo.

«Dovremmo prendere in considerazione la possibilità di allenarci insieme» propone ignorando di nuovo tutto quello che ho appena detto.

«Tu non mi ascolti proprio» ringhio. «Aidan, non azzardarti a trattarmi così di nuovo...»

«Oppure?» mi interrompe seriamente. Nei suoi occhi non c'è più posto per il divertimento che li faceva luccicare fino a un attimo prima. «Dove puoi arrivare, Aria? Ormai dovresti aver capito che rispondo a ogni tua mossa con una migliore».

Scuoto la testa e abbasso le spalle.

«Non tutto è un gioco, Aidan» rispondo e senza aggiungere altro entro in camera. La rabbia è scomparsa. Se mi lasciassi andare del tutto, con lui, che cosa succederebbe? Ci distruggeremmo?

Mi infilo il pigiama e mi lavo la faccia. Sono pronta a mettermi a letto quando qualcuno bussa alla porta.

«Aria...» mormora Aidan. «Aprimi. Devo parlarti, ho...» s'interrompe, «... ho bisogno di chiederti scusa».

Questa è una novità.

Mi avvicino alla porta, ma non apro.

«Parla».

Si schiarisce la voce. «Tu mi rendi così...» sbuffa, cerca le parole. «Tu riesci a farmi arrabbiare in un secondo. Non volevo ferirti, o forse sì, in realtà. È che mi confondi, Aria... Ti prego».

Appoggio la mano sulla maniglia.

Se ora apro questa porta, che cosa accadrà? Torneremo a farci la guerra? A comportarci come bambini? E se fosse invece l'inizio di una tregua? In fondo, Aidan Harrison si sta scusando.

Sospiro, apro.

«Smettiamo di farci la guerra per un istante?» gli chiedo.

Non mi dà il tempo di finire la frase che afferra il mio polso e mi attira al suo petto. Mi stringe come mai nessuno aveva fatto prima d'ora. È piuttosto illogico, ma fra le sue braccia mi sento protetta, sento che qualcuno, finalmente, ha voglia di prendersi cura di me. Siamo così simili... Entrambi sempre sul piede di guerra e poi talmente fragili. Mi accarezza la schiena dolcemente. Il suo corpo mi fa sentire a casa.

La voce di Rosa ci raggiunge. Sta gridando il mio nome con tono preoccupato. Aidan s'irrigidisce di colpo e si dirige di corsa verso il salone, lasciandomi sola. Alcuni brividi mi percorrono la pelle non appena avverto la strana sensazione di abbandono. È questo che proverei se il nostro legame si dovesse spezzare? Mi sentirei così? Così dannatamente sola? Ho già dovuto combattere una volta con quel tipo di dolore, sarei pronta a rischiare di nuovo?

«Rosa, che cosa succede?» Lo sguardo di Aidan è rivolto verso il centro del salone.

Indirizzo i miei occhi nella loro stessa direzione e spalanco gli occhi.

«Che...» cerco di dire ma le parole mi muoiono in gola. Improvvisamente la realtà si mescola ai miei incubi.

«Aria» sussurra una donna dai capelli biondi.

«La conosci?» chiede Aidan.

Allungo la mia mano verso di lui per nascondermi, come una bambina, dietro al suo braccio forte.

«Mandala via...»

Lei si avvicina a noi. Aidan mi sta parlando, ma non riesco più a sentirlo.

Sono pietrificata, il rumore del mio respiro si fa sempre più forte, la vista si appanna e un brivido di freddo mi porta a chiudere gli occhi. Poi il buio.

Sensibile. È ciò che sono: una debole. Un facile bersaglio.

Perché la verità è che quando decidi di mostrare la parte più fragile di te a qualcuno, è come se gli stessi dando una pistola in mano per poterti sparare in qualunque momento.

Capitolo 20

Mi sveglio di soprassalto e con gli occhi sbarrati guardo attorno a me.

'Dov'è? È ancora qui?'

Qualcuno chiama il mio nome, ma io ho il terrore di rivederla. Di rivedere il volto del carnefice che tormenta le mie notti e mi tiene ancorata al passato.

«Aria» ripete la voce.

Cerco di capire dove mi trovo. Mi aggrappo alla realtà per non precipitare laggiù, fra i demoni della mia anima.

«Aria, non è più qui» sento la voce di Rosa parlarmi e le sue mani accarezzarmi i capelli.

«Se n'è andata» dice Aidan, duro. Guardo lui. È vero? L'ha mandata via? Appena incontro le sue iridi verdi non dubito nemmeno un istante. Allunga una mano verso la mia e la stringe. Mi sento ancora al sicuro. Vorrei sentirmi così per tutta la vita. Vorrei non dover percepire la presenza minacciosa di mia madre dietro l'angolo, pronta a prendersi di nuovo le mie speranze, il mio futuro.

Mi alzo da terra di scatto e corro in camera mia.

Non ho più alcun dubbio: ciao Miami, benvenuto Vermont. Preparo il borsone in pochi istanti e poi mi siedo sul letto ad aspettare. Non voglio dormire. Non voglio sognarla. Fa troppa paura.

Aidan non ha bussato alla mia porta e seppur una parte di me ne è stata felice, l'altra ha tenuto l'orecchio teso per tutto il tempo, smaniosa di sentire la sua voce calda e rassicurante dall'altro lato del muro.

Percorro il corridoio in silenzio, ma con il cuore a mille. Sento di nuovo farsi strada in me il timore di vederla appostata al centro del salone. È stato tutto così veloce e confuso che non ho avuto il tempo di decifrare la sua espressione. Mi sembrava che finalmente fosse giunta a una vittoria.

«Ehi, Aria...» Rosa, con le sue valigie, si avvicina a me. «*Todo bien, chica?*» mi chiede dandomi un bacio sui capelli.

«Sì» ribatto abbozzando un sorriso.

Gli Harrison scendono tutti nel giro di pochi minuti tra sbadigli e battutine.

«I taxi sono arrivati, ragazzi. Josh, Jason, Aron, caricate le valigie per favore? Gli altri con me. Controlliamo che tutti gli allarmi siano inseriti, le finestre chiuse, le luci spente e via dicendo» dà indicazioni Rosa.

«Cosa posso fare, Rosa?» le chiedo.

Lei mi guarda con un sorriso triste.

«Tu stai tranquilla, Aria».

«Vieni con me» mi dice il signor Harrison accompagnandomi fino a uno dei taxi. Aidan è intento a scrivere qualcosa sul cellulare. Provo a spiare il suo viso ma con delusione non trovo l'Aidan Harrison che aveva bussato alla mia porta poche ore fa. Al suo posto c'è un uomo dallo sguardo glaciale e impenetrabile, il portamento rigido e l'umore cupo.

Chissà ora cosa gli è preso.

Afferro il mio borsone, ma Aidan mi anticipa e lo infila all'interno del baule del taxi assieme alla sua valigia. Lo osservo, ma lui non ricambia. Sta pensando a tutt'altro. Mi piacerebbe sapere che cosa. Entriamo in auto, sedendoci distanti l'uno dall'altra. Io a destra, lui a sinistra. Mi giro verso di lui qualche volta durante il tragitto, cercando un contatto visivo, ma nulla. L'unico che può scacciare via dalla mia mente il volto di mia madre potrebbe essere lui con una delle sue provocazioni, ma sembra completamente assorto nei suoi pensieri.

Ovviamente, sul jet privato degli Harrison tutto è extra lusso. I sedili sono comodissimi, il frigobar è pieno di alcolici che i ragazzi hanno già saccheggiato. Ci sono alcuni letti, una piccola cucina e un televisore che trasmette un film. Il viaggio durerà qualche ora. Rosa si è messa una mascherina da notte e si è dichiarata in ferie fino all'atterraggio. Provo a guardare il film ma non riesco a seguire la storia. Mi siedo allora nel posto accanto al finestrino e Aidan si accomoda davanti a me. A dividerci c'è solo un piccolo tavolo in legno scuro, ma nessuno dei due sembra avere voglia di parlare.

Aron e Jason d'un tratto si separano dagli altri. Iniziano a parlare fitto tra loro, a voce bassissima. Più l'aereo si avvicina alle foreste del Vermont più sento il silenzio diffondersi sul jet. Il film è finito e non ne hanno messo un altro. Nessuno mangia, nessuno dorme, nessuno scherza. È surreale: non ho mai visto gli Harrison taciturni e immobili per così tanto tempo. Persino Jake, che solitamente riesce a ironizzare su qualsiasi cosa, se ne sta zitto al suo posto con gli occhi fissi sul vuoto.

«È lei?» chiede di punto in bianco Aidan, con quella sua tipica arroganza affilata come un coltello.

«Chi?»

«La protagonista dei tuoi incubi».

Deglutisco e mi concentro sulle nuvole che accarezzano il tramonto. «Sì».

«Quante volte ha alzato le mani?»

Abbozzo un sorriso amaro.

«Non aveva senso tenere il conto» dico. «Uno schiaffo è sempre uno schiaffo, uno strattone è sempre uno strattone, conoscerne la quantità non li rende più gravi».

«Avresti potuto denunciarla» ribatte secco, senza sentimento.

«Non mi avrebbe creduto nessuno. Aveva la storiella perfetta: io ero la figlia incasinata e lei l'adorabile mammina che voleva riportarmi a casa. Quando è andata dalla polizia di Miami per denunciare la mia scomparsa, i poliziotti mi hanno cercata per mesi credendo subito alla sua versione».

Si sporge in avanti poggiando i gomiti sul ripiano legnoso. Mi rivolge uno sguardo da inquisitore, impaziente di carpire informazioni sulla questione.

«Chiedere aiuto non è segno di debolezza, Aria».

«Si può chiedere aiuto solo a coloro di cui ci si fida. Nessuno vuole impicciarsi dei problemi degli altri. I poliziotti volevano riportarmi da lei. L'hai vista, no? Chi crederebbe che quella donna dall'aria distinta e ordinata sia un'alcolizzata con problemi di gestione dell'ira e chissà quali altri disturbi psichici? Tutti quanti hanno creduto alle assurdità che diceva. Non potevo permettere che mi rimettessero in quella casa un'altra volta».

«E non sei arrabbiata?»

«Ora voglio solo che stia lontana da me» rispondo con l'intento di chiudere la conversazione.

Capitolo 21

Come aveva programmato Rosa, sono passate da poco le otto di sera e i fuoristrada che ci sono venuti a prendere stanno parcheggiando davanti a un imponente chalet completamente rivestito in legno e pietra. Ci sono grandi finestre, balconi, rocce a decorare il giardino che come quello di Miami è enorme e perfettamente curato. È andato tutto liscio, eppure l'umore di tutti è nero. Credo che sia questo posto, il Vermont. Non ci sono i locali, le discoteche, le super modelle. Siamo lontani dal caos materiale, ma proprio per questo siamo in un luogo capace di provocare caos interiore.

I ragazzi prendono le valigie e in silenzio si avviano verso il portone d'ingresso.

«Aria» mi ferma il signor Harrison. «Aidan mi ha accennato quello che è accaduto».

«Mi spiace» bisbiglio. «Quella donna non si spingerà fin qui».

«Non preoccuparti per noi, mi stavo chiedendo se tu stessi bene».

«Oh» schiarisco la voce. «Sì, grazie signor Harrison».

«Sei sicura?»

Annuisco.

«Avresti dovuto dircelo prima che ti stava seguendo» si intromette Aidan.

«Non credevo che sarebbe arrivata a tanto» ribatto.

«Aidan, questo non ci riguarda» lo rimprovera il padre.

«Invece sì, è una potenziale minaccia. Quella donna ha telefonato decine di volte e si è appostata per giorni fuori dalla villa. Pensavamo che...»

«Come?» chiedo, improvvisamente spaventata.

«Da quando sei arrivata ha chiamato più volte al mio numero e i ragazzi l'hanno vista più volte fuori dal cancello di casa» mi informa il signor Harrison.

«Allora era lei...» sussurro facendo un passo indietro colta da un altro capogiro.

«Ti senti bene, Aria?»

Aidan afferra subito la mia mano.

«Sì. È solo che non credevo sapesse dove mi trovassi...»

«'Allora era lei' quando?» mi interrompe Aidan.

«Sii più morbido, Aidan. Non vedi che Aria ora è scossa?»

«No, sto bene» dico facendomi forza. «Il giorno del compleanno di Asher mi sembrava di averla vista all'ingresso di casa».

Padre e figlio si scambiano un'occhiata d'intesa.

«D'accordo. D'ora in poi non dovrebbe più infastidirti» mi rincuora il signor Harrison.

«Non lo farà» ringhia Aidan e tenendomi ancora per mano mi porta all'interno della casa che sembra uscita da un film. Tutto è in legno e pietra. Un grande camino acceso domina il salone che è ampio, non tanto quanto quello di Villa Harrison, ma comunque molto grande. A illuminare la stanza c'è un elaborato lampadario in cristallo. Dappertutto ci sono divani e poltrone bordeaux. Una scala moderna e trasparente porta al piano di sopra.

«Dunque, abbiamo un problema» dice il signor Harrison. «Non abbiamo una camera per Aria. Avrei fatto sistemare la stanza di...» Si blocca e guarda Rosa che però se ne va dal salone, imboccando un corridoio scuro.

«Uno di noi può trasferirsi nella camera di qualcun altro per un po'» propone Jason interrompendo il silenzio.

«Non voglio recare disturbo a nessuno di voi» dico, ma nessuno mi ascolta.

«Sì, è quello che pensavo anche io» concorda il signor Harrison. «Chi si offre?»

«Aria, io ti adoro, ma un uomo deve avere i suoi spazi» comincia a dire Aron.

«Soprattutto se a quell'uomo puzzano i piedi come a te...» si intromette Josh.

I ragazzi ridacchiano per un istante, ma poi cala il silenzio.

Schiarisco la voce un po' imbarazzata. Noto lo sguardo di Aidan su di me, mi sta studiando.

«Io» si propone improvvisamente.

Scherziamo? La paranoia si fa strada in me: Aidan Harrison che cede la sua stanza per una povera domestica? Che intenzioni ha?

«Ottimo. E con quale dei tuoi fratelli vuoi provare a convivere?»

«Con nessuno di loro» taglia corto. «Sarà lei a dover venire in camera mia».

Sbarro gli occhi allibita. Il signor Harrison abbassa il capo, ma mi sembra di vedere un sorrisetto sul suo volto. Perché?

«Se anche ad Aria va bene, il problema può considerarsi risolto. In fondo, mi è stato riferito che condividete già spesso la stessa camera...» ridacchia. «Comunque, io vado a parlare con il personale. Appena avete deciso, Aidan ti prego di informarmi» dice e si infila nello stesso corridoio in cui è sparita Rosa.

«Assolutamente no» dico subito, appena il signor Harrison è fuori portata d'orecchio.

«Be', allora dovrai dormire sul divano. Mi sembra che qui nessuno voglia sacrificarsi per te, agnellino». È distaccato e freddo e brutale. Sembra una persona completamente diversa da quella che sulla soglia della mia camera ha messo da parte l'orgoglio e mi ha chiesto scusa.

Faccio un respiro profondo. «Va bene. Accetto il posto che mi viene offerto. Ma siete tutti testimoni: se dovessi trattarmi in modo poco opportuno, le mie dimissioni saranno immediate».

I fratelli si scambiano occhiate complici e io avvampo. Quando finiscono di scaricare i bagagli, saliamo tutti al piano di sopra. Percorrendo il tragitto, noto che rispetto alla villa, qui non ci sono quadri affissi lungo le pareti del corridoio, eppure ho l'impressione che prima ci fossero. Sembra così spoglio, come se qualcuno avesse eliminato alcuni oggetti e non li avesse sostituiti. Su ogni porta c'è una targhetta con il nome del proprietario della camera. È una cosa che stona con le personalità di tutti loro, con la brutalità che a volte riescono a emanare: è una cosa da bambini.

È una cosa che fa una mamma per i suoi bambini. Comincio a capire che cosa intendeva il signor Harrison quando ha detto 'Torniamo a casa': è *questa* la casa in cui tutti loro sono cresciuti. È questo il posto in cui sono andati a scuola, dove hanno imparato ad andare in bicicletta. Miami è arrivata dopo. Ma quando? Perché se ne sono andati da questo paradiso? La stanza di Aidan è leggermente più lontana dalle altre, in una specie di torretta squadrata. Facciamo qualche gradino e poi entriamo.

«Io dormo dal solito lato» dice senza nemmeno guardarmi. «I cassetti vuoti sono gli ultimi due e se ti serve spazio per appendere gli abiti, là dietro c'è un altro armadio».

Nonostante io viva già da qualche mese nel loro lusso, non riesco ancora a capacitarmi che possano esistere stanze così belle. Nemmeno se mi fossi messa a sognare la mia casa dei sogni avrei pensato a un camino in camera. Dal lato opposto c'è il letto, appoggiato su un soppalco sopraelevato almeno un metro da terra, e un tappeto persiano si stende tra il fuoco acceso e il letto. Un piccolo flash di me e Aidan che ci rotoliamo a terra davanti al focolare attraversa i miei pensieri e induce le mie guance a prendere un colorito rosso vermiglio.

«Che cos'hai?» domanda incuriosito Aidan.

Come fa a non sfuggirgli mai nulla?

«Niente!» mi affretto a rispondere. «Inizio a sistemare le mie cose. Hai bisogno di una mano per le tue?» Alza le sopracciglia, come se questo gesto gentile nei suoi confronti sia inusuale da parte mia. In realtà è vero, ma lo faccio per ricordargli che sono la domestica.

Infila una mano all'interno della sua valigia e prende un groviglio di maglie. Ovviamente la montagna di vestiti viene scaraventata su di me, con la delicatezza tipica di Aidan.

«Okay, non mi aspettavo questo, però è sempre un piacere darti una mano».

Quando riemergo dall'armadio, mi accorgo che Aidan è sparito. Esco. Non voglio cercarlo, ma questa casa è così bella che voglio fare un giro.

Le porte delle camere dei ragazzi sono chiuse e dall'interno non proviene nessun rumore. Torno in salotto e da lì vado verso la cucina dove trovo Rosa. È in vestaglia e sta sorseggiando una tisana.

«Ce ne è un altro po', Rosa?» le chiedo. Lei mi indica il bollitore. Apre un'anta di legno lavorata e mi dà una tazza.

La tisana mi scalda. Nonostante i camini accesi e i maglioni extra che indosso, per una che non lascia Miami da dieci anni non è semplice acclimatarsi.

«Sono contenta che tu sia venuta, Aria» mi dice Rosa.

Faccio spallucce. «Non volevo perdere il lavoro. Non ora che mi sto abituando a questa famiglia».

Lei sorride e sospira.

«A proposito. Mi chiedevo...» schiarisco la voce, «... da quanto tempo lavori per loro?»

Sorride. «Otto o forse nove anni. Conosco Clark dai tempi del liceo».

«Non trovi sia una persona fantastica?» domando.

«È l'uomo con l'animo più nobile che io abbia mai conosciuto».

«Da quando sono arrivata mi chiedo dove sia sua moglie...»

Rosa chiude gli occhi e quando li riapre mi sembrano umidi. «È una lunga storia, *chica*. E non credo che sia mio diritto raccontartela».

«Capisco» dico, rimangiandomi la mia curiosità.

Il silenzio cala di nuovo tra noi. «Avrai notato che da quando siamo arrivati i ragazzi si sono fatti un po' tristi...» riprende lei.

Annuisco.

«Credo che la tua presenza faciliterà le cose, quest'anno. Soprattutto per qualcuno di loro» mi sorride. Sto per chiederle che cosa intenda quando entra il signor Harrison. Anche lui indossa un pigiama a strisce e sopra una vestaglia con le sue iniziali.

«Oh, Aria» esclama, sobbalzando. «Non mi aspettavo di vederti ancora in piedi». Ha l'espressione confusa e i capelli più arruffati del solito.

«Stavamo chiacchierando, Clark» spiega Rosa.

Lui sorride. «Va bene. Io mi farò uno spuntino e ne approfitto per dirvi che domani dovremo andare a un ricevimento a casa di alcuni nostri vecchi amici. Non preoccupatevi per la cena».

Capitolo 22

Dopo che Rosa è andata a dormire ho deciso di esplorare lo chalet e devo dire che gli Harrison non mi hanno delusa nemmeno stavolta. Mi sono imbattuta in una piccola piscina coperta corredata da sauna, in una taverna con un enorme braciere al centro e in un'ampia stanza circolare che ha tutta l'aria di essere una sala da ballo. Come alla villa, anche qui il signor Harrison dispone di un ufficio, anche se più piccolo, al primo piano, al secondo, invece, ci sono le stanze dei ragazzi con quella di Aidan nella torretta. Non sono ancora pronta a entrare nella sua stanza anche se forse non è nemmeno tornato. Decido di girovagare ancora un po' e salgo al terzo piano. La scala a chiocciola di legno intagliato a mano mi porta in una grande mansarda, sul tetto spiovente si aprono alcuni bellissimi lucernari da cui entra il chiarore della luna. Mi basta un attimo per capire che è passato un bel pezzo dall'ultima volta in cui qualcuno ha messo piede qui dentro. Il pavimento di parquet è ricoperto da uno spesso strato di polvere e tutti i mobili e gli oggetti sono nascosti da teli bianchi. Tasto la parete alla ricerca dell'interruttore e quando lo premo alcune luci si accendono, ma poco dopo la maggior parte sfarfalla per poi spegnersi. Mi muovo nel completo silenzio. Scosto uno dei teli e osservo i quadri che proteggeva. Forse erano questi appesi alle pareti? Al centro della stanza c'è un pianoforte in parte sfoderato dal telo. Lo tolgo del tutto e sul leggio noto degli spartiti ancora aperti: si tratta di *Moonlight* di Beethoven. Premo dolcemente un tasto e alcune note sottili risuonano nella stanza.

Una portafinestra dà su un piccolo balcone, ma quando

provo a uscire scopro che la maniglia è bloccata. In un angolo, sotto a un altro telo, c'è un cavalletto da pittore con un disegno abbozzato a carboncino e disseminati per terra ci sono barattolini di pittura e pennelli ormai secchi. Su una sedia c'è un grembiule. Lo raccolgo. Il colore è nascosto dagli strati di polvere, ma in alto a destra, ricamata a mano, c'è il nome 'Shailene'.

Chi è?

Continuo ad aggirarmi in questa stanza bellissima e malinconica al tempo stesso. È come se il tempo qui dentro si fosse fermato. È come se qualcuno non fosse tornato a finire quel che aveva cominciato. La mia attenzione viene attirata da una cornice girata verso il muro. Mi avvicino e la osservo, riconosco la stessa fotografia che ho notato sulla scrivania del signor Harrison il giorno in cui sono arrivata alla villa. Lui, più giovane, che abbraccia una donna avvolta in un abito verde, con un dolce sorriso sulle labbra.

«Era la donna più bella che avessi mai incontrato» sobbalzo e mi volto di scatto verso la porta. Il signor Harrison, avvolto nella sua vestaglia, mi sta osservando.

«Non volevo spaventarti, Aria, scusami» dice sommessamente entrando. «La mia camera è esattamente sotto a questa. Ho sentito dei passi e...» si stringe nelle spalle e non finisce la frase. Si avvicina con passo esitante e prende la fotografia tra le mani.

«All'epoca mi piaceva molto corteggiare le ragazze» riprende a raccontare. «Ma con Shailene ogni mio tentativo falliva. Ero affascinato da lei, mi toglieva il fiato anche solo guardarla. Le ho fatto la corte per mesi e solo dopo più di un anno sono riuscito a baciarla. Era una donna tanto dolce quanto tenace... Erano guai grossi quando si arrabbiava. Trovava sempre il modo di farci sentire amati e coccolati, ma non rinunciava mai alle sue ambizioni... Si occupava di un'organizzazione benefica, suonava, leggeva, cucinava. Bastò quel bacio a farmi capire che l'unica donna con cui avrei voluto dividere la mia vita era lei...»

Il signor Harrison rimette la fotografia sul comodino e osserva la stanza con sguardo malinconico.

«Ricordo ancora quella volta in cui Aidan sporcò di fango tutta la casa e l'unica cosa che lei gli disse ridendo fu: 'Hai gusto, ragazzo. Questo color testa di moro è davvero un tocco di classe'... L'ho amata con ogni cellula del mio corpo, Aria. L'ho amata in ogni modo e in ogni veste. Il ricordo di lei che percorre la navata con l'abito da sposa è ancora stampato nella mia mente».

Non riesco a dire nulla, il mio stomaco è un groviglio di compassione mescolata al dispiacere. Lui sospira appesantito dallo sconforto, poi si passa velocemente una mano sulla guancia, forse per raccogliere una lacrima.

«Cosa le è successo, signor Harrison?» mi azzardo a chiedere.

Lui chiude gli occhi.

«Non è una cosa di cui sono pronto a parlare, Aria...»

«Le chiedo scusa, non volevo essere invadente».

«Non lo sei. Capisco la tua curiosità» dice abbozzando un sorriso che resta fermo sulle labbra senza arrivare agli occhi. «Anzi, in questo le somigli tantissimo».

«Mi lusinga, signor Harrison» rispondo imbarazzata. «Sembra una donna straordinaria. Mi piacerebbe essere come lei, un giorno».

«Era *davvero* straordinaria. Aveva i suoi difetti, come tutti. Per esempio, sapeva chiudersi completamente quando qualcosa la faceva soffrire... un talento che purtroppo hanno ereditato anche alcuni dei miei figli».

Aidan di sicuro sì.

Il signor Harrison fa il giro della mansarda e poi si avvicina alla porta. «Buonanotte» dice piano. Poi però torna sui suoi passi e mi guarda. «Non scappare da tutto questo proprio ora, Aria. Lui non lo ammette, ma tu gli piaci. E non credo gli sia mai piaciuto davvero qualcuno così tanto. Ha bisogno di te». Fa una pausa. «Tutti noi abbiamo bisogno di te».

Non rispondo, sono spiazzata da queste parole.

«Ma lasciamo il passato al passato... Buonanotte» conclude e stavolta se ne va veramente.

Resto un attimo sola, cercando di riorganizzare i pensieri. Non mi è sfuggito che il signor Harrison parlava della donna con l'abito verde, Shailene, come se si trattasse di un tempo molto lontano. Era impossibile non percepire la nostalgia, quella che si ha quando si stanno raccontando dei ricordi.

È morta.

Solo ora capisco le reazioni infastidite di tutti loro ogni volta in cui ho provato a chiedere di lei. Il signor Harrison deve possedere una grande forza dentro di sé per aver affrontato la perdita di sua moglie e aver cresciuto sei ragazzi da solo. Questa sera mi ha mostrato la sua parte più fragile. Se prima lo vedevo come una figura degna di rispetto e da prendere come esempio, ora per me è un eroe.

Spengo le poche luci non fulminate e poi torno in camera con un umore totalmente opposto a quello di poco prima.

Appena entro, Aidan esce dal bagno con solo un asciugamano addosso. In questo istante vorrei abbracciarlo, dirgli che mi dispiace, cercare di capire se c'è del vero in quello che ha detto il signor Harrison. Ma il suo corpo perfetto mi porta in tutt'altra direzione. Prendo fuoco all'istante, colta da un'ondata implacabile di ormoni impazziti. Lui, invece, mi passa davanti senza degnarmi di uno sguardo, come se non ci fossi. L'Aidan Harrison di Miami non si comporterebbe in questo modo. Si volterebbe flettendo i suoi muscoli e, con un ghigno furbo, tenterebbe di provocarmi. Invece ora è distante, completamente immerso nei suoi pensieri. Ora che so che cosa significa per lui e tutti gli altri essere tornati qui, decido di lasciargli tempo e spazio. Faccio una doccia e quando rientro sta scrivendo dei messaggi sul cellulare.

«Perché hai deciso di ospitarmi, Aidan?» gli chiedo frizionandomi i capelli per asciugarli.

«Non lo so» risponde lui, ancora assorto.

«Quindi vuoi farmi credere che il freddo e calcolatore Aidan Harrison ha deciso di accogliere nel suo regno me, la persona con cui va meno d'accordo, senza alcun motivo?»

«Sì, Aria, senza motivo».

«Dai, Aidan» insisto un po'. «Sai che non sono stupida fino a questo punto, non trattarmi come se lo fossi. Dimmi perché mi trovo qui».

Si volta di scatto nella mia direzione con un'espressione infastidita.

«Allora?» gli chiedo.

«Aria, sei esasperante. Vuoi sapere perché ti ho voluto in questa camera?! Perché da bravo agnellino quale sei mi hai fatto pena, quindi ho pensato di tenerti sotto le mie grinfie di lupo. Così ti avrò a disposizione in ogni momento. Se vuoi andartene, comunque, il corridoio o il divano sono molto comodi. È un salto in avanti per te, no?»

Non era la risposta che mi aspettavo. Il signor Harrison si è decisamente sbagliato. Le parole di Aidan lasciano un livido nel mio orgoglio.

«È questo che provi per me? Pena?» gli chiedo con un filo di voce.

«Sì, provo pena per te. Tenti disperatamente di essere forte, ma crolli in un secondo non appena qualcuno ti sfiora».

«Quindi quello forte saresti tu?» ringhio fuori di me. «Tu che nascondi le tue sofferenze dietro alla corazza da duro?»

«Tu non sai cosa voglia dire soffrire» commenta.

«Tu cosa ne sai della mia vita? Per te aver subìto delle violenze dalla propria madre non è soffrire? Girovagare a sedici anni entrando nelle case di totali sconosciuti per elemosinare un pasto e un letto non è soffrire? Avere paura di essere stuprati del proprio patrigno non è soffrire?» gli sputo addosso. «Smettila di sentirti superiore a qualsiasi altra persona in questo mondo, e taci, taci perché hai un padre meraviglioso e che ti ama, hai cinque fratelli che pendono dalle tue labbra. Non sai cosa significa essere soli».

Aidan mi guarda, teso. Non risponde. Va davanti alla finestra che si affaccia sul paesaggio montano avvolto nel buio.

Chiudo gli occhi e lascio che la rabbia si quieti. La obbligo a tornare nella grotta scura che si trova dentro di me. Ho bisogno di recuperare la lucidità che l'ira ha spazzato via.

Mi avvicino alla finestra. La luna illumina di sbieco il panorama; la sua luce si riflette in lontananza fra le montagne innevate, facendo brillare la neve dei ghiacciai come se fosse fatta di migliaia di diamanti.

Sento lo sguardo di Aidan su di me.

Mi volto lentamente per incrociare i suoi occhi. Le sue iridi verdi mi colpiscono come farebbero tanti coltelli conficcati nello stomaco. Sul suo viso c'è dolore. Per quanto riesca a essere freddo e insensibile, devo ammettere che lo ammiro. Se ripenso al mio passato, la collera tracima senza chiedere permesso e nonostante siano passati anni non sono ancora riuscita a trovare il modo per bloccarla. E quando succede, mi sento vuota, rotta, nuda. Lui, invece, sembra riuscire a gestirla.

Guardo le sue labbra. I suoi occhi seguono il mio movimento e lui fa lo stesso sul mio viso.

Non penso. Ogni volta che penso con lui le cose si complicano.

Mi alzo in punta di piedi e lo bacio.

È un bacio leggero, casto. Ogni particella del mio cuore vuole solo trovare il modo di portargli via un po' di quel tormento. Aidan rimane pietrificato nella sua posizione.

Mi stacco lentamente. Senza guardarlo negli occhi per paura di un suo giudizio o rifiuto. Mi stendo sul mio lato del letto.

Capitolo 23

Il suono della sveglia sul cellulare di Aidan mi obbliga ad aprire gli occhi. Schiaccio il pulsante per spegnerla e mi sistemo nuovamente tra le sue braccia.

Tra le sue braccia?

Alzo il capo di scatto.

Aidan sta ancora dormendo. Ha un'espressione serena, per una volta. Ripenso al bacio di ieri, ai discorsi del signor Harrison. Ripenso al suo viso distrutto dal dolore: cosa gli è successo? Da dove arriva tutto quel male? Controvoglia mi sfilo dal letto e vado in bagno.

Scrollo le spalle per scacciare l'immediata nostalgia che sento del suo calore. È così ogni volta: il mio corpo sembra abituato a lui, lo desidera e assorbe l'energia che riesce a trasmettergli. Ha avuto ragione quando ha detto che basta che mi sfiori per far crollare le mie difese. Si sbagliava però sul soggetto: non è *qualcuno*. È solo lui a farmi questo effetto.

Ho bisogno di un caffè, un caffè vero, come quelli che si fanno in Italia, non quel liquido senza profumo e senza consistenza che bevono loro. Nella mia prossima giornata libera cerco una moka, ho deciso. Raggiungo la cucina con il pensiero all'Italia. A mia nonna Maria, alle tagliatelle che preparava sul tavolo di legno. Ripenso alle gite in giornata per visitare le città d'arte che facevamo con mamma. E in qualche modo mi ricordo di quel pomeriggio a Venezia in cui con una vecchia Polaroid avevo immortalato un bambino nel momento esatto in cui il palloncino gli era sfuggito dalle mani e lui l'aveva indicato con il piccolo dito. Quando aveva guardato la fotografia, mamma era rimasta incredula. È stato quello l'attimo in cui è sbocciata la mia passione. Chissà dov'è ora quell'immagine, forse ancora appesa al vecchio frigorifero di mia nonna.

«Buongiorno, Aria» mi saluta Rosa. Sta facendo la lista della spesa seduta al bancone. «Questo pomeriggio dobbiamo dare un'occhiata alle camere» dice indaffarata.

«Va bene» la rassicuro. «Cosa faremo stasera mentre saranno tutti al ricevimento?»

«Potremmo guardare un film nella sala cinema» dice con un sorriso.

Non avevo ancora scoperto l'esistenza di una sala cinema.

«Mi sembra un'ottima idea, serata tra donne!» esclamo.

«Buongiorno raggi di sole» ci saluta Jake entrando in cucina. Il suo umore sembra essersi assestato e il suo entusiasmo contagioso pare essere tornato al suo posto. «Di cosa stavate parlando?» chiede sedendosi accanto a Rosa.

«Stavamo pensando a cosa fare questa sera, mentre voi sarete al party» dico versandogli del succo d'arancia.

«Non venite?» domanda confuso.

Ammetto che non mi dispiacerebbe partecipare a una serata elegante. Il gala di beneficienza non si è rivelato solo un noioso incontro fra ricchi con la puzza sotto il naso. Mi sono divertita, quel ballo con Dylan è stato piacevole. O forse è stato il momento dopo quello piacevole...

Sistemo il vassoio con uova e bacon al centro del bancone.

«Buongiorno, ragazze» si annuncia il signor Harrison. «Ho sentito che stavate parlando del party. Forse ieri non mi sono spiegato: ovviamente siete invitate anche voi se volete farci l'onore di accompagnarci». Poi aggiunge a mo' di scusa: «Ero un po' distratto».

Rosa e io ci scambiamo un'occhiata.

Un chiacchiericcio a tratti burbero e a tratti allegro ci raggiunge dal corridoio. Ormai so che preannuncia l'arrivo di tutti i fratelli. Aidan, sfidando la fisica, appena compare nella sala ha già gli occhi puntati su di me.

Non ci siamo ancora rivolti la parola dopo quel bacio e credo che tenterò disperatamente di evitarlo fino alla fine della giornata. Ho paura di scoprire che cosa ha pensato.

I ragazzi entrano e uno a uno danno un bacio sulla guancia a Rosa che sorride a uno, dà una carezza sul braccio all'altro e così via. Più la osservo e più capisco che è legata a ciascuno di loro e che per i fratelli lei è importantissima. Con i suoi modi pacati ha cercato di confortarli un po' per questo ritorno a casa.

Solo Aidan è restio, anche con lei. Si nasconde dietro le formalità.

«'giorno» saluta con voce profonda riportandomi ai pancake che sto farcendo.

«Ho bisogno che iniziate a pulire dalla mia camera oggi» ordina freddo.

«Sì, certamente» mi limito a rispondere.

Infilo i vestiti sporchi che ho raccolto all'interno della lavatrice.

«Vuoi una mano?»

Josh entra nella lavanderia mentre combatto una guerra all'ultimo sangue con il cassettino per il sapone.

«Se solo questo cassetto si aprisse...» dico dando dei colpetti al fianco della lavatrice.

Josh scoppia a ridere di gusto.

«Josh, non fa ridere» sbuffo.

«Ci dovrebbe essere un bottone...» risponde tastando con la mano la superficie, «... esattamente qui».

Il cassetto fa uno scatto in avanti.

«Nemmeno un codice d'accesso della CIA è così complesso» brontolo.

«Cosa c'entra la CIA?» chiede con tono inquisitorio, tornando subito serio.

«Nulla» ribatto. «Stavo solo cercando di fare una battuta, fallendo miseramente a quanto pare. Tutto bene, Josh?»

Lui annuisce senza rispondere.

«Che cosa ci facevi qui nei bassifondi? La lavanderia non mi sembra un posto da Harrison...» provo a scherzare e gli strappo un sorriso. «Sono contenta tu non sia arrabbiato per la faccenda del calcio».

«Aria, ho sbagliato io» ammette.

Mi rilasso. «Non sai quanto io sia felice di lavorare in questo posto» dico uscendo dalla stanza.

«E noi siamo felici di avere una domestica che a volte si comporta come una sorella».

Capitolo 24

«Cos'è quello?» chiedo, indicando un grande pacco sistemato sul mio lato del letto, quando entro nella camera che divido con Aidan.

Lui resta impassibile. «Aprilo e lo scoprirai» risponde.

Con attenzione, tolgo il coperchio e sollevo la carta velo che protegge un meraviglioso abito riccamente decorato. È il vestito più bello che abbia mai visto e muoio dalla voglia di provarlo, ma non posso.

«Aidan...» inizio a dire.

Lui aggrotta le sopracciglia, confuso.

«Non posso accettare» butto fuori. E richiudo la scatola per non vedere più quella meraviglia.

«Cosa non puoi accettare?»

«Il vestito, questo, tutto» spiego, ma non so neanche io cosa voglio dire. Lui mi guarda stupito. «Non è semplice...» prendo tempo per cercare le parole giuste. «Sono passata da un ufficio ammuffito a questo posto. Dai vestiti rattoppati a un abito del genere che non oso neanche immaginare quanto sia costato... e poi: perché? Perché volete che venga? Perché mi avete preso questo vestito?»

Aidan si avvicina senza dire nulla. Si siede sul letto e mi trascina a sé, abbracciandomi.

«È da quando l'ho visto in vetrina che ti immagino con quello addosso...» dice.

«Sono seria».

Prende un respiro più profondo e mi stringe. «Lo so» dice annusandomi i capelli. Resta in silenzio. È quella quiete di Aidan di cui ho già avuto un assaggio. Ha la misteriosa capacità di trasmettere conforto solo attraverso quel suo sguardo certo, quello che ti induce a credere di poter fare affidamento su di lui per l'eternità. I suoi occhi sono pericolosi. Dietro a tutta quella durezza lui nasconde di proposito il mondo che ha dentro.

Rabbrividisco e ritorno alla realtà.

«Ho bisogno che tu lo sappia. Sento di dovervi molto, non credo di meritarmi tutto questo».

Mi sfiora il naso con la punta del dito. «Nemmeno io lo pensavo, se devo essere sincero...» Lo fulmino con lo sguardo. «Ma a quanto pare loro si stanno affezionando a te. Ne vali la pena, biondina».

«Quindi resti solo tu da conquistare...» provo a scherzare.

«E chi ha detto che io non mi sia affezionato?» ribatte, sempre pronto.

«Ti sei affezionato?» gli chiedo dubbiosa.

«E tu?»

Ha quel sorriso malizioso che non vedevo da Miami e che solo ora mi sono accorta che mi mancava da morire. Questa vicinanza, sfiorarci in questo modo, mi fa bene.

«Va' a prepararti, si sta facendo tardi» mormora.

Lui è pronto in un attimo.

Un completo scuro, la camicia nera, i gemelli con le sue iniziali e l'orologio al polso. È dannatamente bello, come sempre. Esce dalla camera e lo sento parlare animatamente al cellulare. A quel punto ho campo libero. Finalmente apro la scatola ed estraggo l'abito. La stoffa bordeaux è impalpabile. Sul corpetto e sulla gonna ci sono dei ricami dorati. È così prezioso che sembra persino *troppo*. Lo infilo e mi guardo allo specchio. È bellissimo. Più bello di quello della sera del gala di beneficienza che già mi faceva sentire una dea. Questo ha anche una scollatura vertiginosa sulla schiena che mi rende sexy e ha un tocco vintage che mi fa sentire romantica. Io. Romantica. È proprio vero che tutto può succedere. Indosso le scarpe con il tacco abbinate e mi sistemo i capelli in un mezzo raccolto morbido. Durante il mio shopping a Miami mi sono comprata dei trucchi nuovi. Con un po' di mascara e un velo di rossetto sono pronta.

«Aria Davidson, sei ancora capace di stupirmi». Aron resta a bocca aperta quando entro nel salone.

«Grazie, Aron» arrossisco. «Come arriveremo al party?»

«Abbiamo pensato a una sorpresa per quello» dice Jason spuntando da dietro l'angolo.

«Come farai a uscire così, Aria? Fa freddissimo fuori». Aron si sfila la giacca e la posa sulle mie spalle.

«Stai scherzando, Jake? Ti sei rimesso quella cosa?» tossisce Ash improvvisamente.

«Ma perché ti ostini a portarla? Sa di pesce marcio mescolato a uova andate a male» si lamenta Josh.

Faccio un bel respiro per comprendere il loro disgusto, ma l'unico profumo che cattura la mia attenzione è quello di Aidan che sa di bosco dopo una giornata di pioggia. Si siede sul divano, poggiandosi allo schienale e divaricando le gambe, poi mi studia con sguardo sicuro.

Un'improvvisa vampata di calore mi dipinge le guance di un rosso vivace e la mia immaginazione, sempre molto collaborativa, ritrae alcuni scenari decisamente poco casti.

«Ragazzi, alle donne piace questo profumo, vero Aria?» mi chiede Jake.

Mi avvicino con il naso al suo collo tanto da sfiorargli la pelle e mentre lo faccio riporto i miei occhi su Aidan, con l'unico intento di provocarlo. Lui risponde con un sorrisetto sghembo.

«Come fai ad avvicinarti così tanto?» domanda schifato Josh.

«È buono» dico alla fine.

Usciamo. Fuori dalla porta ci sono alcune auto d'epoca nere, lucide con i fanali accesi.

«E queste?!» esclamo stupita, avvicinandomi per guardarle meglio.

«Ma perché nessuno spiega mai niente alla nostra Aria?» dice il signor Harrison che fa la sua comparsa con Rosa al braccio. Anche lei è magnifica in un lungo abito nero ricoperto di piume. È un vestito decisamente esagerato ed è un po' strano addosso a lei visto che Rosa ha un gusto molto classico, semplice e discreto.

«Perché è divertente vedere come resta spiazzata» si intromette Jake. Gli faccio la linguaccia.

«Sarà una festa in maschera, Aria. Credevo che Aidan te l'avesse detto» mi illumina Rosa.

Guardo Aidan che però fa finta di niente. Finalmente noto che tutti hanno una maschera in tessuto in mano. Quando cominciano a prendere posto sulle auto, io aspetto Aidan restando qualche passo indietro. Mi si affianca con il suo cappotto in mano.

«Dammi la giacca di Aron».

La sfilo dalle mie spalle.

Lui fa un passo indietro e posa delicatamente il suo cappotto su di me.

«Non mi va che tu abbia il suo odore» sussurra al mio orecchio.

Mi mordo il labbro inferiore abbozzando un sorriso soddisfatto.

Capitolo 25

Appena prima di entrare indossiamo le maschere. Aidan mi dà la mia, una maschera bordeaux e dorata che mi copre solo la parte superiore del viso, lasciando tutto il resto scoperto.

«Ho proprio buon gusto...» dice Aidan con quel suo sorriso sghembo che mi fa avvampare. Lui è celato dietro una maschera incredibile e dorata come la mia: gli copre solo gli occhi e poi scende in diagonale dividendogli a metà il naso e la bocca. Ha i bordi frastagliati, come quelli di una pagina che si sta sollevando. È perfetta per lui, per la sua personalità così difficile da cogliere.

Facciamo il nostro ingresso nella grande sala ovale percorsa da una successione di colonne. È come se avessimo varcato la soglia dell'Olimpo. Tutti gli invitati si voltano verso di noi. Ho la sensazione di fare parte di un clan, di quello di cui chiunque vorrebbe sentirsi un membro.

«È un piacere rivederti Clark, finalmente posso darti il bentornato che meriti!» Un uomo dal volto familiare, si avvicina a braccia spalancate verso di noi.

«Jonathan» il signor Harrison risponde con un sorriso tirato e non gli porge la mano. Quando pronuncia il suo nome mi ricordo: Jonathan è l'uomo che si è avvicinato al nostro tavolo la sera del gala di beneficienza a Miami.

Ricordo anche la reazione di Aidan.

«Oh, scusa!» dico scontrandomi con qualcuno.

Una ragazza con i capelli rossi controlla il suo vestito e poi mi sorride: «Nessun problema, l'abito è salvo». Mi fa l'occhiolino e se ne va, immergendosi nella folla.

Ci accomodiamo al nostro tavolo. Gli Harrison sono silenziosi e restano stranamente quieti, non iniziano subito a puntare le ragazze più belle. Si guardano attorno con circospezione. Sono così abituata a vederli scherzare e ridere, che questo cambiamento mi allarma un po'. Ho l'impressione che siano venuti alla festa già sul piede di guerra, anche se non so perché.

Sul palco, in fondo alla sala, fa la sua comparsa uno speaker.

«Sono onorato di presentarvi i padroni di casa, Jonathan e Miranda Williams». Un forte applauso si leva dai tavoli attorno a noi. Jonathan si alza in piedi con una donna al suo fianco che lancia un'occhiata ostile nella nostra direzione.

«E i loro adorati figli, Alexander Scott Williams e Charlotte Abigail Williams».

I due ragazzi fanno la loro comparsa. Non ho tempo di studiarli perché lei rivolge subito i suoi occhi su di noi, più precisamente su di me, con fare arrogante. Sono confusa: non credo di averla mai vista prima, che cosa vuole?

Vorrei capirci qualcosa, ma percepisco una mano sulla mia coscia nuda e mi distraggo. Mi mordo il labbro trattenendo a stento un sorrisetto. Lo fermo subito: «Aidan! Che cosa stai facendo?» bisbiglio.

«E tu cosa ti aspettavi che facessi?» sussurra ricordandomi che ho dato io inizio ai giochi avvicinandomi al collo di Jake.

Arrossisco lanciando occhiate furtive attorno a noi per accertarmi che nessuno ci veda e lentamente lo lascio fare. Aidan finge di prestare attenzione al discorso dei Williams, ma intanto disegna sulla mia pelle una scia di fuoco. Poi di colpo, si alza e se ne va. E io resto sola con la mia voglia. È bravissimo in questo gioco, non c'è ragione di negarlo ancora.

Lo speaker torna sul palco interrompendo la musica di sottofondo.

«Un bell'applauso per lo sponsor ufficiale di questa festa, il signor Debois, stilista e fondatore della Maison Debois di Parigi, che questa sera ci delizierà con una sfilata di capi davvero unici».

Un signore magro, dai capelli bianchi e le guance scavate, affianca lo speaker.

«Buonasera» dice con un forte accento francese. «Ringrazio tutti voi per essere qui, stasera. Le mie modelle vi presenteranno in anteprima mondiale la mia collezione primavera/estate, ispirata al tema di questa meravigliosa nottata».

I riflettori cambiano traiettoria e, creando una linea definita a terra, mettono in ombra i due uomini che scendono dal palco. Non appena la musica inizia, compare la prima modella. Indossa abiti primaverili, colorati, con stampe a forma di maschera e dalle stoffe svolazzanti. Dopo di lei ne arriva un'altra e dopo un'altra ancora. Sfilano tutte con viso impenetrabile. Come gran parte degli invitati indossano maschere esagerate. Hanno tutte una bellezza fine, aggraziata, e i tratti del loro viso sono delicati ed eleganti. Per mettere in rilievo che i capi sono per la prossima stagione, hanno tutte una carnagione abbronzata e lucente.

L'ultima a comparire sul palco mi colpisce, si discosta un po' dalle altre. Ha un viso leggermente più paffuto e nonostante stia mantenendo, come tutte le altre, un'espressione neutra, i suoi occhi hanno qualcosa che la tradisce, una luce vivace, maliziosa. Quando arriva in fondo alla passerella creata dai riflettori fa un grande sorriso che rivolge al nostro tavolo.

Quando la sfilata si conclude torniamo a chiacchierare. Sono seduta fra Aidan e Aron e cerco di seguire il filo del discorso che sta intrattenendo tutti i fratelli, eccetto il maggiore. Ballo prima con Jason e poi con Asher. I piedi iniziano a farmi male e comincio ad avvertire la necessità di respirare un'aria che non sia in comune con quella degli Harrison e soprattutto che non contenga il profumo di Aidan, che mette a dura prova le mie capacità cognitive. Mi sembra che anche Rosa si stia divertendo moltissimo, oggi. Si è scatenata con il signor Harrison e ha bevuto un paio di bicchieri più del solito. Ora ha un sorriso beato sul viso e le guance imporporate. Forse sono le maschere. Le persone che ci circondano non ci riconoscono subito e noi allentiamo un po' i nostri freni inibitori. C'è una nota stonata in tutta questa serata, però: Charlotte Williams non ha fatto altro che fissarmi con il tipico disprezzo che si riserva al peggior nemico. Riflettendoci su, ho concluso che deve essere legata a uno dei ragazzi e qualcosa mi dice che si tratta proprio di Aidan.

Lancio un'occhiata alla ragazza per informarla che io sto per andare in bagno e questo è il momento giusto per venirmi a dire quello che, da almeno tre ore, sta covando dentro di sé.

Prima che io faccia un solo passo qualcuno afferra il mio polso.

«Dove stai andando?» chiede Aidan.

«Lontano dalle tue grinfie» gli rispondo liberandomi.

Non è trascorso nemmeno un minuto quando la porta del bagno si apre. Charlotte, in un abito di strass rosso, si ferma dietro di me a braccia conserte.

Abbozzo un ghigno nello specchio davanti a cui mi sto sistemando il mascara. «Posso aiutarla?»

«Non fare la finta tonta. Devi stare lontana dal mio ragazzo» dice con arroganza.

«Non mi sembra di averle dato il permesso di darmi del tu».

«E a me non sembra che tu sia adatta a questo tipo di feste. Non te lo ripeterò un'altra volta: stai lontana da Aidan» mi intima.

«Sei sicura che Aidan sia il tuo ragazzo?»

La sua espressione determinata mi fa capire che sì, ne è sicura.

«Sei solo una domestica da quattro soldi...» dice tentando di afferrarmi il braccio, ma io la anticipo e la schivo.

«E tu una ricca senza speranza. Io con Aidan faccio quello che voglio. Vediamo con chi va a casa stasera» ringhio in preda a un'improvvisa irritazione.

Lei alza il naso al cielo accogliendo la sfida, poi se ne va sbattendo la porta. Bene, forse è arrivato il momento di movimentare un po' la serata...

«Per tutte i santi della moda... Quell'abito le sta davvero male, qualcuno dovrebbe proprio dirglielo!» esclama una ragazza accanto a me.

Mi volto. È protesa verso lo specchio e si sta tamponando il viso con della cipria. Quando mi rivolge i suoi occhi, la riconosco. È l'ultima modella della sfilata.

«Non credi?» mi chiede con un sorriso scintillante.

Ricambio, ma non rispondo. Sono focalizzata sulla sfida che Charlotte e io abbiamo in ballo.

«Tu invece stai benissimo!» urla mentre esco dalla porta.

Senza esitare mi avvicino ad Aron, ma prima mi accerto che il maggiore degli Harrison mi stia guardando. E ovviamente è così: se sei nel mirino di Aidan Harrison ci resti finché non cadi.

«Ti va di ballare, Aron?» chiedo. Stava parlando di non so che cosa con un gruppo di signori anziani. Mi guarda un po' stupito, ma mi segue. Il dj mette un lento e io mi lascio guidare da Aron. Dall'altro lato della pista, Charlotte e Aidan stanno ballando. Lei lo sfiora sulle braccia, sul petto, sul viso. Le loro teste sono vicinissime, si staranno baciando?

Deglutisco.

Aidan, convinto che il gioco sia ancora solo fra noi due, sposta la mano sul sedere di lei e di rimando Charlotte mi rivolge una smorfia soddisfatta. Mi stringo ad Aron, appoggiando la testa sulla sua spalla. Lui mi lascia fare, ma non azzarda nessuna mossa. Credo che abbia capito. E credo che essere stato scelto per far ingelosire suo fratello maggiore lo stia divertendo parecchio. L'elettricità che c'è fra me e Aidan si sente, quando siamo vicini i nostri sguardi si allacciano. Senza metterci d'accordo, io colgo l'occasione di una giravolta per allontanarmi da Aron e Aidan fa altrettanto con Charlotte.

La sua poderosa stretta mi provoca un sussulto. «Che cosa stai combinando, Aria?»

«Che cosa vuoi che combini, Aidan?»

Lui abbozza un sorriso osservando con visibile soddisfazione le mie labbra e risponde passandosi la lingua sulle sue.

«Charlotte Williams ha tentato di intimidirmi poco fa» dico.

«Immagino che si sia fatta male lei».

«Immagini bene».

La sensazione di euforia che mi pervade è la stessa che si prova alla guida di un'auto che sfreccia ad altissima velocità. Percepisco l'adrenalina a fior di pelle.

«La conosci bene, vero?» gli chiedo.

«Perché ti interessa saperlo?»

«Si spaccia per la tua ragazza. Mi ha detto che devo tenere le mani a posto con te».

«E tu cosa le hai detto?»

«Che io...» premo il petto contro il suo, «... con te...» scandisco bene le parole guardandolo negli occhi, «... faccio quello che voglio». Infine mi avvicino al suo orecchio per l'uscita di scena.

Mi volto e sorrido soddisfatta verso Charlotte che con espressione corrucciata studia sia me che Aidan.

Esco sul grande terrazzo che si affaccia sul bosco e rabbrividisco a contatto con l'aria gelida di montagna.

Credo ormai sia ovvio agli occhi di chiunque che io sia attratta fisicamente da Aidan, ma è davvero solo questo?

«Non stai congelando?» mi chiede qualcuno interrompendo i miei pensieri. In un attimo mi ritrovo un'altra giacca sulle spalle.

«Grazie...» rispondo.

«Alexander, ma chiamami Alex». Lo guardo. È Alexander Williams, il fratello di Charlotte. «Tu chi sei? Non ti ho mai vista da queste parti».

«Aria Davidson. Accompagno la famiglia Harrison».

Prende un pacchetto di sigarette dalla tasca destra dei pantaloni e ne sfila una.

«Non sapevo che anche i bravi figli di papà fumassero» commento.

Lui sorride appena.

«Già. Infatti questa sigaretta rimarrà tra me e te, come un segreto. Quindi se anche tu vuoi confessarti è il momento giusto».

«D'accordo. Non so perché sono qui» ammetto. «Sono tutt'altro che ricca». Mi appoggio al parapetto in marmo bianco del balcone.

«Immaginavo. Hai degli occhi troppo puliti per essere una

ragazza che frequenta feste come questa» risponde sbuffando fuori il fumo. Non so se prenderlo come un complimento.

«Spesso vorrei scappare da questa realtà» inizia. «Da queste feste, da queste persone snob, dai vestiti eleganti, dai miei genitori che mi vogliono controllare e pianificare ogni dettaglio della mia vita» dice e la sua voce è venata di tristezza e malinconia. Ha gli occhi castani dolci e mansueti, l'esatto opposto di quelli di Charlotte.

«La vita è imprevedibile, ma mai insensata» provo a rispondergli. «Probabilmente se sei in questo posto un motivo ci sarà» lo rassicuro mettendogli una mano sulla spalla. Mi guarda negli occhi e mi sorride, ma è un sorriso strano.

Capitolo 26

«Vedo che non ti piacciono solo i banchieri» dice una voce dietro di noi.

«Aidan Harrison, qual buon vento?» dice Alex con calma, soffiando fuori il fumo.

«Direi più un cattivo vento, Williams».

Alex butta a terra la sigaretta e fa una smorfia seccata.

«Ne vuoi una?» Apre il pacchetto verso Aidan che si trova qualche metro più in là. Lui lo ignora e si rivolge a me.

«Aria, dobbiamo andare». Il suo tono non ammette repliche e, quindi, mi viene automatico replicare.

«Ora non posso, sto parlando con Alex di una cosa molto importante. Vi raggiungo dopo». Sto giocando le sue stesse carte, prima il desiderio poi l'indifferenza totale.

«Alex...» Una risata amara lascia le sue labbra, come se questo nome detto da me lo avesse ferito. «Sbrigati Aria» insiste con più prepotenza.

«Harrison, non vorrei intromettermi, ma hai sentito cosa ha detto la signora... preferisce stare qui con me».

Aidan lo fulmina con lo sguardo. Tiene gli occhi incollati su di lui e fa un passo nella sua direzione.

«Aidan...» provo a trattenerlo. «Aidan» ripeto appoggiando le mani sul suo petto. «Aidan!»

Si ferma. I muscoli del suo collo sono tirati. Cerco i suoi occhi. Sulle sue iridi verdi si sono allungate le ombre. Lascio da parte l'orgoglio, i giochetti e la nostra guerra. «Non sta succedendo niente» lo rassicuro. La rabbia lentamente sfuma in qualcos'altro, qualcosa che faccio fatica a decifrare, qualcosa che sembra preoccupazione. Aidan Harrison preoccupato? E di cosa? Lancia un'ultima occhiata di fuoco ad Alex e si allontana.

«Scusami» gli dico.

«E di cosa? È lui il maleducato. Non farti carico di colpe che non sono tue, Aria...» ribatte. Il suo volto sembra velato di tristezza. Si appoggia al parapetto e guarda il panorama. Il cielo limpido è trapuntato di stelle. Il bosco lambisce il confine della tenuta e attutisce il rumore della festa. Le sue parole mi colpiscono. Perché, in effetti, dovrei farmi carico dei comportamenti di Aidan? Dentro di me so che se mi sono messa tra loro non è stato solo per evitare una rissa come quella a Villa Harrison. L'ho fatto anche per lui. Per proteggerlo da quei mostri che si agitano sotto la superficie.

Saluto Alex.

«È stato un piacere conoscerti, Aria Davidson». Sorride per un attimo e torna a scrutare il mondo lontano dalla festa. Torno al nostro tavolo, la famiglia Harrison è impegnata in una conversazione animata, ma lui non c'è. Lo cerco nel gruppo di persone che comincia a fare ritorno alle auto.

«Aidan, aspetta un attimo» provo a richiamarlo mentre si allontana. Ma lui non mi sente o forse non mi vuole sentire. Lo vedo baciare la mano di una ragazza e riconosco l'abito di strass di Charlotte. In un attimo, è dentro una delle auto d'epoca che parte subito dopo.

La mia rabbia scalpita per riaffiorare.

Non riesco a capire.

Mi guardo attorno alla ricerca di qualche Harrison, ma sono ancora tutti dentro.

«Signorina Davidson, vuole che l'accompagni a casa?» chiede l'autista del signor Harrison. È un uomo anziano dall'aspetto gentile.

«Dov'è l'auto?» gli chiedo.

«Eccola lì» indica la macchina nera a pochi metri da noi.

«Le chiavi sono dentro?»

«No, le ho qui io».

«Grazie» gliele sfilo velocemente dalle mani e corro verso l'auto.

«Signorina!» mi grida, ma non mi volto.

Entro nell'abitacolo e sfreccio via prima che l'autista possa raggiungermi. Ho appena rubato la macchina del signor Harrison. È chiaro che non so che cosa sto facendo. La razionalità ha lasciato spazio all'istinto. Le parole di Charlotte, quelle del signor Harrison, gli occhi di Aidan: tutto si mescola nella mia mente e guida il mio corpo. Sono stanca di sentirmi così confusa. Sono stanca di non capire.

Faccio lo slalom fra il traffico della via principale della città. È curioso: nei momenti in cui mi sento più viva e più me stessa è sempre coinvolto Aidan.

Prendo fiato e provo a calmarmi. Spero che sia andato a casa. Non conosco nulla di questa città, non so quali siano i posti che frequenta. Ed è ovvio che non posso cominciare una caccia all'uomo setacciando ogni locale.

Il ricordo del suo sguardo mi provoca un vuoto. Perché era così preoccupato?

Temeva che potessi preferire Alex Williams a lui? Credo che anche un cieco ormai si renderebbe conto che io sono legata ad Aidan. In qualche modo strano e contorto, certo, ma c'è qualcosa. E voglio scoprire di che cosa si stratta.

Lascio l'auto sul vialetto e corro nello chalet. Salgo le scale con le scarpe in una mano e la coda del vestito nell'altra. Spalanco la porta della camera e lo trovo lì, davanti alla finestra. La stanza è in penombra perché la lampada è per terra, come anche il comodino su cui era appoggiata. Sul pavimento ci sono cocci di vetro, libri e tutti i miei vestiti. Si volta di scatto a guardarmi.

Il tempo si ferma, percepisco il mio battito cardiaco rallentare di colpo. Leggo la sua frustrazione trasformarsi in una profonda sofferenza.

Lo fisso confusa. Lui si precipita verso di me.

Non ho tempo di pensare a nulla.

L'unica risposta che ricevo sono le sue mani bollenti che mi afferrano. Mi stringe con forza, quasi mi fa male e mi toglie il respiro con un bacio. Non ha niente a che vedere con il bacio che gli ho dato io. Questo non esita, non è dolce, non è affettuoso. Questo è un bacio che mi consuma.

Mi morde le labbra, mi afferra i capelli.

Le mie resistenze crollano di colpo.

Rispondo con tutta la forza che ho e sento che qualcosa in me si sblocca, si scioglie. Cerco i bottoni della sua camicia e inizio a spogliarlo. Appena le mie mani riescono a toccare il suo petto sento che è caldissimo. Fosse per me non riprenderei mai fiato. Tenendomi stretta, mi spinge contro una parete, fa cadere una spallina del mio abito e mi bacia il collo. Il cuore mi martella nel petto, mi sento ubriaca del suo profumo. Sento le gambe cedermi e forse le sente anche lui perché mi alza e mi porta sul letto. Non penso a niente, gli cedo il controllo.

C'è solo lui. Ci sono solo le sue mani che si fanno strada sotto al mio vestito e mi levano gli slip. Penso che sia arrivato il momento, ma Aidan si allontana. Ricomincia a baciarmi e mi toglie l'abito. Rimango nuda davanti a lui che mi guarda con quegli occhi verdi che ora, invece, forse per la prima volta, riesco a capire perfettamente.

Mi vuole.

Si toglie lentamente la cintura senza staccarmi gli occhi di dosso, poi si slaccia i pantaloni e leva i boxer. Rimane in piedi davanti a me per qualche secondo, tentando di farmi cedere, di indurmi a guardare laggiù e scorgere nella mia espressione imbarazzo. Non lo accontento. Nudo, sale sopra di me. Abbozza un sorriso e ricomincia a baciarmi sul seno, sulla pancia e scende sempre più in basso.

Ma poi, di nuovo, di colpo, si ferma.

Si può morire di voglia?

«Che cosa vuoi, Aria?» mi domanda guardandomi negli occhi. Credo che nel suo linguaggio criptico mi stia chiedendo se va bene per me.

«Te».

Avvicina lentamente una mano alla guancia su cui spicca la cicatrice che mi ha lasciato mia madre e d'istinto mi scanso un po'.

Mi guarda e sul suo volto leggo quello che finora ho sempre percepito in lui: sicurezza.

Ci riprova. Mi accarezza la cicatrice. Le sue dita sono un balsamo che cura la ferita. Chiudo gli occhi e cerco di imprimere nella mia mente questa sensazione, tento di sostituirla con quella del vetro freddo che mi ha tagliata. Quando li riapro, Aidan mi sposta i polsi sopra la testa. Mi prendo un attimo per osservare il suo corpo che mi sovrasta, ma che allo stesso tempo mi protegge.

È così perfetto che mi chiedo se sia reale.

Mi tormenta con qualche morso. Provo a infilare le dita fra i suoi capelli, ma mi afferra le mani e me le rimette sopra la testa.

Mi guarda negli occhi e poi lentamente, con una fila di baci, scende sempre più in basso, fino al centro del piacere. Trattengo il fiato. Descrive cerchi con la lingua mentre le sue mani stringono i fianchi. Tutto il mio corpo si protende verso di lui. Non si ferma, continua a succhiare e leccare finché non resisto più. La forza dell'orgasmo mi travolge e annulla qualsiasi altra cosa. Prendo finalmente fiato. Lui si alza e sento immediatamente la sua mancanza. Lo afferro e lo riporto verso di me. Sorride. Si stava solo mettendo il preservativo.

«Lo vuoi davvero?» mi chiede.

Non c'è bisogno di rispondere. Divarico le gambe e lui entra lentamente. Mi sfugge un sospiro dalle labbra. Inizia a muoversi.

Lo sento mio, ogni centimetro della sua pelle corrisponde alla mia, come un puzzle che si completa.

Mi bacia dolcemente, mi morde la spalla.

Ansimo. Tutto si concentra nel punto in cui siamo uniti. A ogni spinta, sempre più forte, sento l'elettricità aumentare. Ho i muscoli contratti e il labbro inferiore gonfio per i troppi morsi.

«Aidan...» Spinge un po' più a fondo.

«Era questo che volevi, Aria?» chiede sulle mie labbra.

Ha il respiro affannoso, percepisco che è al culmine. Un'esplosione violenta si propaga nel mio basso ventre.

«Sì».

Sento i suoi muscoli contrarsi e alla fine crolla su di me che affondo nel materasso sotto al suo peso. Gli accarezzo la schiena, quando il suo respiro torna regolare mi guarda. Nelle sue iridi verdi non c'è traccia di ombre. Mi sorride davvero forse per la prima volta.

Aidan

Il suo corpo giace rilassato sulle lenzuola intrecciate. La luce del mattino entra di sbieco dalla finestra e le accarezza il fianco, la schiena, il sedere. La sua nudità mi strappa di mano la migliore delle carte che di solito ho in mano: il controllo. Lei lo fa da quando è in questa casa, si prende la mia attenzione con arroganza e infila una mano dentro di me, trascinando fuori, allo scoperto, quelle parti che volevo dimenticare. Una ragazza così piccola e impertinente mette a repentaglio tutti gli anni trascorsi a imparare a dominare le emozioni e a riporre i sentimenti in una scatola ben nascosta.

Mi passo una mano nei capelli che mi ha scompigliato, sulla faccia che ha baciato per ore. Non mi è bastata questa notte per mettere a tacere quella voglia che non riesco a domare di stendermi di nuovo accanto a lei e stringerla a me. Sono giorni, da quella mattina sulla spiaggia, che combatto una guerra. Ogni cellula del mio corpo chiama lei, disperatamente. Ma se mi concedessi alla brama, se le permettessi di entrare nella mia vita, come ho fatto questa notte, la metterei in pericolo. Non potrei proteggerla da quella minaccia che incombe su di me ogni giorno, darei in mano ai miei nemici la carta vincente, quella che può chiudere la partita. E io avrei perso tutto. Ieri sera ne ho avuto la prova. Loro lo sanno. *Lui* lo sa. Ho provato a tenerla distante, ma non ci sono riuscito. Sospiro preoccupato di aver fatto una mossa sbagliata. Ma non potevo neanche lasciarla in questa casa da sola, aveva ragione papà su questo punto. Se fossero entrati sapendoci fuori, che cosa sarebbe successo? Che cosa le avrebbero potuto fare?

E io, ora, che cosa ho fatto?

La guardo ancora.

La verità, Aria Davidson, è che io non posso stare con nessuno. Non posso stare con te.

Se ti prendessero, non potrei più proteggere la mia famiglia. E la sua morte sarebbe stata inutile.

La copro per impedire che prenda freddo e le do un bacio sulla fronte. Basta quel contatto a eccitarmi di nuovo. Se solo mi desse ascolto, ogni tanto... Ma lei fa di tutto per sfuggire a chiunque voglia provare a controllarla. La capisco e la stimo per questo. Selvaggia tanto quanto me.

Mi allontano ed è maledettamente difficile. Ho tenuto il cellulare spento troppo a lungo e sento che ci sono guai all'orizzonte. Devo tornare al lavoro. Entro in bagno per farmi una doccia e la mia schiena si riflette nello specchio. Non riesco a trattenermi dal sorridere, sono ricoperto di piccoli graffi. Subito la mia testa si tuffa in un flashback della notte. Dei baci, delle sue iridi verdi e nocciola lucide di piacere che mi sfidano senza pudore, senza paura.

Questo è un veleno senza antidoto.

Aria è il pericolo. E il pericolo deve essere allontanato.

Questa notte non può, non deve ripetersi.

Lei deve andarsene.

Aria

Prima ancora di aprire gli occhi, sorrido.

«Buongiorno» dico piano, dolcemente.

Tendo il braccio sul letto, ma non trovo il suo calore. Mi metto a sedere e mi guardo attorno. Tutto è calmo e silenzioso. Lui non è qui, non riesco a percepire il suo odore, la sua presenza.

Mi alzo.

Una sensazione spiacevole mi prende subito la gola. Scuoto la testa. È impossibile. Sono la solita pessimista. La notte che abbiamo passato insieme è stata incredibile. E lui lo sa. L'ho visto che lo sa. Comincio a prepararmi, ma l'ansia non se ne va. Ho bisogno di leggere la conferma nei suoi occhi.

Esco dalla sua stanza con passo incerto e raggiungo la cucina. Nella mia testa ci sono due schieramenti che si urlano addosso. Da una parte quello che mi dice che, per una volta, ho seguito il mio cuore e che devo esserne fiera. Dall'altra, sbraita sempre più forte quello che mi ricorda che Aidan fa parte di quella categoria di ragazzi che considerano il sesso solo un divertimento.

Ho percepito il nostro legame, ma è bastata una manciata di minuti fuori dalla sua camera a farmene dubitare.

In cucina, inizio ad apparecchiare per la colazione.

«Ciao Aria» mi saluta Asher entrando.

«Buongiorno, Ash! Come mai già sveglio?» Noto che è anche già vestito e che ha uno zaino in spalla.

«Vado a studiare, devo prepararmi per un test» dice sbadigliando. Sul viso ha un'espressione un po' tesa.

«Dove studi?»

«Harvard. Ma mi sono preso un anno sabbatico, ultimamente le cose sono state un po'...» non completa la frase, abbassa lo sguardo serrando la mascella. «Comunque, la biblioteca qui apre presto e più tardi ho alcuni impegni con Aidan».

Il suo nome mi vibra dentro.

Asher si tuffa in un libro enorme mentre gli servo il caffellatte e la spremuta. Appena i pancake sono pronti uso il caramello per scriverci sopra 'Buono studio' e glieli metto davanti.

«Come fai?» chiede senza toccare il piatto.

«A fare cosa?» ribatto.

«A essere così perfetta» dice.

«Sei davvero un ruffiano, Ash» ridacchio.

«Buongiorno». Mi irrigidisco di colpo al suono della sua voce.

«Fratello, non credi che Aria sia perfetta?»

Aidan non mi guarda. «Non esiste la perfezione» si limita a rispondere scrollando le spalle.

Le sue parole mi colpiscono come un pugno nello stomaco.

Eccola qui la conferma. Non è cambiato nulla.

«Portami una spremuta d'arancia» mi ordina sedendosi accanto ad Ash. Tiene gli occhi fissi sul cellulare e sta digitando qualcosa che sembra aver risucchiato del tutto la sua attenzione.

Non mi muovo di un solo centimetro.

«Non ho intenzione di ripetertelo».

Lo ignoro fissando la parete davanti a me.

«Grazie per la colazione, Aria» si affretta ad alzarsi Asher con un pancake in bocca, desideroso di allontanarsi il prima possibile.

«Hai sentito cosa ti ho chiesto?»

Siamo soli, non c'è nemmeno l'ombra degli altri componenti della famiglia. Sento che la rabbia sta per esplodere. Il suo atteggiamento è stato peggio di uno schiaffo, un bagno di gelida realtà. Non è stato speciale, per lui. E io sono una povera stupida, ma non è necessario che lui lo sappia. Posso fingere che non abbia significato niente anche per me.

Ora c'è la resa dei conti.

«Io ho sentito un ordine, non una richiesta» ribatto fredda.

Imito la sua indifferenza, ma dentro di me sto urlando. Immagino di scaraventargli addosso qualsiasi oggetto si trovi nel mio campo visivo. Sono ferita e amareggiata, ma non voglio cedere.

«Perché era un ordine. Tu la domestica, io il capo».

«Fino a prova contraria, io ho firmato un contratto di lavoro con tuo padre, non con te».

«La maggior parte del tempo mio padre non c'è. E ormai dovresti avere capito che rispondi a me e ai miei ordini» risponde con enfasi.

La rabbia sta per tracimare.

«Ah sì?»

Afferro la caraffa di succo d'arancia e gliela verso addosso. «Eccoti il succo che desideravi tanto, padrone». In meno di un secondo si ritrova zuppo da capo a piedi.

Gli do le spalle e torno ai fornelli.

Lui si alza, ma non dice nulla.

E questa cosa mi preoccupa più del suo modo sgarbato.

Capitolo 27

Il nodo alla gola è ancora lì e si fa sempre più stretto. Vorrei conoscere i suoi pensieri. Non l'ho visto per tutto il giorno, mi sono imposta di non cercarlo, ma i piedi devono essersi emancipati dalla testa perché mi hanno portata davanti alla porta della palestra e sento che c'è qualcuno dentro.

Sospiro. Quando entro lo vedo subito davanti al sacco da boxe. È coperto di sudore e so che mi ha sentita, ma mi ha ignorata.

Non resisto, voglio provocare una sua reazione perché questo silenzio sta per farmi diventare matta. Siamo due soldati che si fanno la guerra per proteggere il cuore.

Mi avvicino, sfilo il grembiule e la gonna, rimanendo in culotte, e afferro i guantoni.

«Non lotterò contro di te» dice scuotendo la testa.

«Sei tu che qualche giorno fa mi hai proposto di provare ad allenarci insieme» gli ricordo in tono sfacciato. «Hai paura che ti faccia nero?»

Assumo la posizione di difesa.

«Biondina...» mi ammonisce.

Faccio un cenno.

Lui sospira e mi si mette davanti.

Lo attacco, mi schiva.

Mi attacca lui, lo schivo.

Andiamo avanti così, senza parlare, guardandoci di tanto in tanto tra un pugno e l'altro, tra una caduta e una parata. Stiamo sul tappeto per minuti lunghissimi. È questo il nostro modo di comunicare. Prima dobbiamo abbatterci, sfogarci, stancarci. A volte persino ferirci per lasciar uscire le parole. Non è solo una lotta per la supremazia. È anche il nostro essere così ostinati, così certi di non avere bisogno di nessuno al mondo. Ho la sensazione che finiremo per distruggerci.

Sferro un destro che lui schiva agilmente.

Non sta dando il meglio di sé, non c'è traccia di fatica nella sua espressione; d'altronde abbiamo più di venti chili di differenza, non sarebbe possibile un incontro alla pari.

Riesco a colpirgli un fianco e lui si piega un po'. Il colpo andato a segno però mi distrae e abbasso la guardia troppo presto. Aidan ne approfitta e nel giro di un secondo mi ritrovo al tappetto pancia a terra. Sento le sue mani libere dai guantoni sui miei fianchi.

Mi provo a rialzare, ma me lo impedisce. Lo vedo nello specchio, sul viso ha quel suo sorriso da stronzo, quello che preannuncia tutto tranne buone intenzioni. Qualcosa nella mia pancia fa una capriola, ma subito la voce razionale nella mia testa mi dice di non essere stupida e mi ricorda il comportamento di questa mattina.

«Hai cantato vittoria troppo in fretta» mormora piano.

Fa scorrere un dito sotto la mia camicia, lungo la spina dorsale, provocandomi una scia di brividi. Respiro a fondo cercando di mantenere il controllo, ma alcune immagini della scorsa notte trovano il modo di riaffiorare. Aidan si piega su di me appoggiando le mani all'altezza del mio capo.

Deglutisco a fatica percependo il suo corpo sul mio.

«Ko, biondina» sussurra al mio orecchio.

Mi accarezza i fianchi e poi sospira. Lo riconosco quel sospiro. È quello che fa quando è preoccupato, quando qualcosa si agita in lui.

Pochi secondi dopo si alza e mi carica in spalla.

«Aidan, che stai facendo? Aidan!»

Non risponde. Sferro una pacca sul suo sedere che è in primo piano e in risposta ricevo un morso alla natica sinistra.

«Ahi!»

Fa le scale che conducono ai piani superiori velocemente, come se non stesse trasportando una persona in spalla. Chiude la porta della camera e mi mette a terra.

«Sulle ginocchia» ordina.

Accennando un sorriso incrocio le braccia al petto.

«No».

Dentro di me qualsiasi voce, anche quella che dice che per lui è divertimento, si è finalmente accordata. Gridano tutte un 'Sì' molto deciso.

Lui si morde il labbro estasiato dall'idea di dover insistere. Si avvicina, ma lo tengo lontano mettendogli una mano sul petto.

«Non sei nella posizione di opporti» dice.

Mi blocca le braccia e dà un colpetto al retro delle mie ginocchia che si piegano subito. Mi ritrovo carponi davanti a lui. In un istante mi dimentico di ogni altra cosa. Il mio corpo lo vuole, non gli importa di nient'altro in questo momento. Sento di essere già bagnata.

Si abbassa i pantaloncini e i boxer e vedo che anche lui è già eccitato.

Mi avvicino con la bocca. Lo prendo, ma succhio con estrema lentezza, per torturarlo. Lui geme soddisfatto e dargli piacere mi eccita ancora di più.

Non appena chiude gli occhi vinto dal godimento io gli sferro un colpo sul ventre e un altro, esattamente dietro alle ginocchia, con il risultato che anche lui si ritrova a terra, alla mia stessa altezza.

Questo incontro non sarebbe potuto finire su quel ring.

«Hai cantato vittoria troppo in fretta».

Si sistema le mutande, poi sposta lo sguardo sui miei occhi.

Tutto si annulla.

Non c'è guerra, non c'è sesso, in quel verde tanto contorto quanto profondo.

La rabbia, la vendetta e la supremazia svaniscono.

Siamo io e lui, di nuovo. Tenta di sfiorarmi la guancia, ma abbasso istintivamente lo sguardo. Ritrae la mano e mi afferra per i polsi aiutandomi ad alzarmi da terra.

In un silenzio criptico e burrascoso mi trascina nella doccia e apre l'acqua.

«Che cos'è tutto questo?» chiedo più a me stessa che a lui. «Mi spieghi che cos'è successo stamattina?»

Rotea gli occhi. «Aria...»

«Non ti azzardare a dire che sono noiosa perché il mondo è pieno di arance e ti posso versare tutto il loro succo in testa. Ti assicuro che è un esercizio che non mi annoia affatto».

Lui allontana lo sguardo.

«Che cos'è, Aidan?» insisto, prendendogli il mento e obbligandolo e guardarmi.

«Qualcosa di pericoloso» risponde abbozzando un sorriso tetro. È preoccupazione quella? Di nuovo? Sembra la stessa espressione che gli ho visto ieri sera, dai Williams.

«C'è qualcosa che non va?» gli chiedo.

Lui si libera dalla mia presa.

«Sai...» sorride, passandomi il bagnoschiuma sul petto, «... hai delle tette bellissime».

Mi bacia, mentre le sue mani attraversano tutto il mio corpo sfiorando avidamente ogni centimetro della mia pelle. Infila due dita dentro di me e la realtà cessa di esistere.

Improvvisamente una suoneria ci interrompe.

Aidan si irrigidisce di colpo ed esce dalla doccia avvolgendosi un asciugamano attorno ai fianchi.

Finisco la doccia ed esco. Avvolta nell'accappatoio torno in camera per prendere degli abiti puliti.

«... sì... non posso permetterlo. Lauren, aspetta un attimo...»

Lauren?

Il mio umore precipita in pochi istanti.

«Esci» mi dice indicandomi la porta. Il modo mi innervosisce e così rispondo facendo esattamente l'opposto: incrocio le braccia al petto e lo osservo con sufficienza.

«... aspetta, Lauren. Aria» sorride. «... per favore».

Parzialmente soddisfatta dalla sua apparente cortesia, meno per la fretta di parlare con la donna al telefono, esco con l'orecchio teso a origliare la loro conversazione.

Socchiudo la porta. «... sì, era la domestica, non capisce ancora molto bene la nostra lingua...» Stringo la mascella per contenere la dolorosa fitta allo stomaco. «Devi fare un resoconto, Lauren. Voglio quei soldi, altrimenti può accontentarsi della polizia». Il tono di Aidan è estremamente serio, freddo, professionale. Mi allontano confusa. Che cosa significa 'può accontentarsi della polizia'? Chi è Lauren?

Di colpo, per la seconda volta in poche ore, mi sembra di essermi rinchiusa in un mondo parallelo e di essere stata poi brutalmente riportata alla realtà. Che cosa so io di Aidan Harrison? Non mi ha neanche mai detto che lavoro faccia...

Sento il cuore sprofondare in una voragine d'incertezza.

Capitolo 28

Con una tisana in mano, osservo dalla veranda il paesaggio silenzioso. La foresta attorno a me è colorata di arancione, rosso e giallo. Sullo sfondo, le cime delle montagne sono bianche di neve. Amo questo periodo dell'anno, i maglioni con le trecce, gli stivali al ginocchio. Grazie al mio stipendio sono riuscita a regalarmi un nuovo guardaroba in stile Vermont. A Miami è come se l'autunno e l'inverno non esistessero. Tutto è sempre uguale a sé, il tempo passa e fatichi a rendertene conto.

«Di nuovo al fresco». Una voce familiare mi risveglia dai pensieri.

Alzo lo sguardo e mi stupisco di vedere Alex Williams. Indossa un cappotto nero e una sciarpa a scacchi rossi.

«Che cosa ci fai qui?» gli chiedo.

«Passeggiavo da queste parti» afferma vago indicando con il capo i suoi piedi. «Sai com'è, le strade di questa città sono poche».

Resto impassibile. La sua presenza, qui allo chalet, in pieno giorno, mi mette a disagio.

«Sei sola?» chiede Alex ammiccante.

«No... Cioè, sì... Però...»

«Aria, calmati, non ti ho chiesto che mutande stai indossando» mi rassicura. «Che ne dici di andare a fare un giro?»

Sorride e prende il pacchetto di sigarette dalla tasca dei jeans. Quel gesto mi riporta subito all'altra sera, al nervosismo di Aidan. Per qualche motivo, il mio disagio cresce.

«Non posso, Alex. Sto lavorando» dico.

Mi guarda senza capire. «Stai guardando le montagne, non stai lavorando. Dimmi la verità: c'è qualcosa che non va?» domanda lui mentre fa scattare l'accendino.

«Se a te non dispiace uscire con la domestica degli Harrison, no» rispondo secca. «Voi ricchi di solito non siete molto attenti alla servitù».

Mi squadra e abbozza un sorriso. «Non me ne importa davvero un bel niente, Aria».

«Ne sei certo?»

«Sì».

La sua tranquillità mi rassicura. Faccio un passo avanti verso di lui e in quel momento noto, al di là del cancelletto, tre uomini di grossa stazza accanto a un fuoristrada. Alex si sposta e si piazza davanti a me ostruendomi la visuale. C'è qualcosa che non mi torna.

Ritorno a guardarlo, fingendo di non aver visto nessuno. «Comunque indosso mutande grigie con tanto di ciliegine» mento cercando di portare l'attenzione su altro.

«Sensuale» ride.

Io, però non ricambio. Avverto una sensazione di inquietudine.

Come se non fosse abbastanza, solo ora mi rendo conto che i suoi occhi scrutano lo chalet da un lato all'altro.

«Stai cercando qualcuno?» chiedo.

«No» si affretta a rispondere.

«Alex, ti ringrazio per l'invito. Ma ora dovrei proprio tornare alle mie faccende».

«Sì, certo... Capisco che tu abbia da fare». Ma non accenna a schiodarsi.

«Ci si vede in giro» lo saluto di nuovo. Mi volto per tornare dentro, ma mentre lo faccio mi accorgo che Aidan mi sta osservando da una finestra. Era prevedibile, quando accade qualcosa di strano lui è sempre dietro l'angolo.

«Aspetta, Aria» Alex mi richiama e afferra il mio polso attraverso la staccionata. Mi volto verso di lui confusa. Stringe la mia mano lasciandomi un foglietto di carta e se ne va. Aidan ci sta guardando, così accartoccio il foglietto e lo infilo in tasca prima di rientrare in casa. Srotolo il biglietto e leggo un numero di cellulare affiancato da un messaggio.

'Se hai bisogno di aiuto, chiamami'.

Perché Alex Williams crede che dovrei avere bisogno di aiuto?

Capitolo 29

Sto portando la cesta con il bucato nella stanza di Jason quando sento la voce di Aidan provenire dall'ufficio del padre.

«La situazione non è più gestibile, papà» lo sento dire.

«Aidan...» prova a replicare il signor Harrison.

«No» risponde secco lui.

Mi avvicino alla porta, curiosa.

«Non sa niente. Non può difendersi» lo sento dire.

«Allora perché non vuotare il sacco?»

«Per aumentare il rischio di qualche altra ritorsione? Non mi sembra un grande piano» esclama Aidan. È furente, lo riconosco dalla voce. «Deve andarsene» insiste.

«Io dico di pensarci un attimo» si intromette la voce di Rosa.

Sento dei rumori di passi e mi affretto a entrare nella stanza di Jason, vuota come sempre a quest'ora.

Percepisco la porta dell'ufficio del signor Harrison sbattere e Aidan percorrere il corridoio con grandi falcate.

Non mi ha vista, per fortuna. Di che cosa stavano parlando? E perché ora ho la netta sensazione che io c'entrassi in qualche modo? 'Deve andarsene'. Quelle parole mi rimbombano dentro. Il foglietto con il numero di Alex mi brucia in tasca. Aidan può essere così geloso da chiedere al padre di mandarmi via? Oppure si è divertito abbastanza con me e ora vuole che mi levi di torno? Entrambe le ipotesi fanno crollare ogni certezza dentro di me.

In cucina, impasto delle tagliatelle per la cena. Aron entra e si siede su uno sgabello.

«Che fai?» mi chiede guardando con curiosità le striscioline. «Un'altra ricetta di famiglia?»

Annuisco.

«Allora resto a casa per cena. Dovevo vedermi con un'ex compagna di scuola, ma le tue ricette sono decisamente più interessanti».

Sorrido. Aron, con la sua dolcezza un po' sgangherata, riesce sempre a farmi sentire meglio. Gli chiedo di aiutarmi a girare il ragù e lui accetta volentieri. Mette anche un po' di musica e stappa un paio di birre. Mentre aspettiamo che la cena sia pronta iniziamo a chiacchierare. Sto per fargli qualche domanda su questa ex compagna quando entra Aidan.

«Josh ha bisogno di te» dice al fratello senza tanti fronzoli. Ci osserva un attimo e aspetta immobile che Aron si allontani. Il suo modo mi innervosisce. Quando Aron è fuori portata d'orecchio squadro Aidan e gli dico: «C'è qualche problema?»

Lui fa spallucce ed entra nella dispensa da cui esce con una barretta. Scuoto il capo e mi concentro su ciò che sto facendo.

Mangia e intanto mi gironzola attorno, sollevando i coperchi.

«Con quante persone flirti, al giorno? Così, per avere una media...» chiede.

Roteo gli occhi. Capisco che si sta riferendo all'incontro con Alex e alla chiacchierata con Aron.

«Con tutte quelle che mi pare» rispondo. «Lo fai anche tu, no?»

Solleva un sopracciglio.

«E poi...» vado avanti spronata dal suo silenzio. «Che cosa ti importa?»

Serra la mascella. È così vicino che vedo i suoi nervi tirarsi. Il suo corpo si protende verso di me e lui mi intrappola tra le sue braccia poggiando i palmi sul piano in legno. Come sempre, la mia testa si scollega. Il suo profumo è così buono che mi stordisce. Se non fossi confusa e turbata mi beerei in quella sensazione di protezione che mi infonde ogni volta che mi sta accanto.

Sposta la sua mano sul mio fianco, poi lentamente la fa scorrere dentro la tasca posteriore dei miei jeans. Estrae il foglietto e lo sventola davanti ai miei occhi.

«Mi importa se la domestica familiarizza con il nemico» dice.

«Con il nemico?»

Lui piega le labbra in un sorriso tagliente e malizioso. Poi rimette il foglietto nella mia tasca.

«Biondina...» bisbiglia vicino al mio viso, «... attenta a ciò che fai».

Il suo tono è cupo, quasi minaccioso.

«Altrimenti?»

«Altrimenti sarò costretto a fare quello che non voglio fare» dice prima di staccarsi di colpo da me e andarsene.

Riprendo fiato, ma mille dubbi mi opprimono il petto.

Ho trascorso l'intera giornata di ieri a riflettere sulle misteriose parole di Aidan. Ho formulato le più assurde teorie, ho costruito una bacheca immaginaria nella mia testa per appendervi con una puntina tutti quei piccoli elementi sospetti, fra cui la conversazione che ho origliato e il messaggio di Alex Williams. Unendo i vari tasselli del puzzle sono giunta a una conclusione che mi sembra abbastanza plausibile: gli Harrison sono coinvolti in affari loschi.

Sento Aidan sospirare pesantemente accanto a me. Questa notte ho dormito male. Quando sono andata a letto lui non era ancora tornato a casa, come gran parte del clan. Solo Asher era in camera sua a studiare e Aron nella sala cinema a guardare un film con il signor Harrison.

«Buongiorno, biondina» abbozza un sorriso notando il mio sguardo su di lui. «Dormito bene?»

«Non molto».

«Per colpa mia, immagino».

Non rispondo.

Prima che io possa fermarle, le parole mi sfuggono dalla bocca.

«Vuoi mandarmi via, Aidan?»

Aggrotta le sopracciglia di colpo. Guarda il soffitto e sospira pesantemente.

«Finirai mai di indagare come un segugio da caccia?» sbuffa infastidito.

«No, se devo dormire nella tua stessa camera e nel tuo stesso letto».

«Volevo solo la conferma che non mi stessi sbagliando» ribatte sfuggente.

«Non mi riferisco al bigliettino, ma a quello che stavi dicendo con tuo padre e Rosa».

«Non stavamo parlando di te...» prova a dire, ma io lo zittisco subito.

«Mi consideri così stupida da credere a questa cazzata?»

«Sì» dice con un sorrisetto sghembo. Spalanco teatralmente la bocca, lo schiaffeggio sul braccio e sulla spalla.

«Brutto cafone idiota!» sibilo.

Lui scoppia a ridere.

«Cafone e idiota mi può pure star bene, ma brutto no».

«Soldato, sappi che ci sono uomini molto più belli di te».

L'aria si fa subito più leggera ed è come se i miei polmoni si spalancassero per respirare. I miei dubbi sono ancora tutti lì, irrisolti e nella mia testa, ma ogni volta che Aidan fa il vero Aidan il mio cuore mi fa credere che sono una sciocca a dubitare. Si alza dal letto, i tatuaggi mettono in risalto la sensualità delle sue forme e i muscoli guizzano sotto di loro. La bocca mi diventa secca all'istante al pensiero delle cose che potremmo fare sul letto, sul pavimento, nella doccia, ovunque...

«Hai qualcosa qui...» mi dice indicando l'angolo della bocca. Ci passo un dito. «... Sì, esatto proprio lì. Raccogli la bavetta, stai inzuppando le lenzuola». Afferro il cuscino e glielo lancio, sbagliando mira.

«Davidson, non vorrai mica dichiararmi guerra?»

«Harrison, tra me e te la guerra è già iniziata».

Con il suo tipico ghigno si avventa su di me trascinandomi per le caviglie sul bordo del letto.

Mi solletica i fianchi.

«Aidan, smettila» cerco di dire fra le risa. «Aidan».

Questa atmosfera di gioco mi rasserena, mi regala una sottile conferma: non siamo solo compagni di sesso o inguaribili provocatori, in qualche modo possiamo condividere una complicità spensierata.

«Aidan, lasciami respirare!» Si ferma, finalmente. Riprendo fiato tenendomi la pancia che mi fa male per il troppo ridere. «Sei davvero un coglione» mormoro.

«Questo coglione ti piace da impazzire» scandisce lui sensualmente.

Prendo un altro cuscino e lo lancio, questa volta però, colpisco la superficie legnosa della porta del bagno, dove si è appena andato a rinchiudere.

Mi piace da impazzire? Faccio ancora fatica ad ammetterlo, figuriamoci ad accettarlo. La mia ragione sarebbe disposta a cedere il mio occhio destro se servisse a far credere a qualcuno che non è così. Il problema risiede in quella parte che esiste in ogni essere umano, quella che si sostituisce alla razionalità nelle situazioni d'emergenza, quella che nell'agire non segue mai un filo logico. In Aidan dimora un magnete che attrae proprio quella mia parte. Così come può facilmente istigare la mia collera, può anche farmi ridere e piangere senza parlare, solo con uno sguardo. E io, che per tutti questi anni ho tentato di tenere per me la mia fragilità, sarei disposta a lasciarmi andare stretta fra le sue braccia.

Capitolo 30

Il campanello suona e mi dirigo verso lo schermo del citofono all'ingresso.

«Come posso esservi d'aiuto?» chiedo a un ragazzo e una ragazza che si stringono nei cappotti.

«Siamo amici degli Harrison» dice lui.

«Scusate, ma dovete attendere un attimo».

Vado da Rosa che è al telefono con la segreteria di Harvard da almeno un'ora. Le faccio segno di venire con me al citofono, lei senza riattaccare controlla i visi nello schermo e sbuffa spazientita quando riconosce quello del ragazzo che ha parlato. Con un cenno del capo mi dice di farli entrare. Premo i bottoni della combinazione del cancello.

Rosa torna in cucina senza dire nulla.

«Buonasera» esclama lui. Ha gli occhi azzurri e uno stile street anni Novanta. Lei, invece, ha un viso affabile e due grandi iridi color cioccolato e miele. «Dove sono?» sbotta con tono antipatico.

«Vado a riferire del vostro arrivo» dico cercando di rimanere professionale. Il ragazzo mi squadra da capo a piedi e scoppia in una fragorosa risata.

«Che diavolo stai dicendo?»

«Guz, smettila, fa solo il suo lavoro» lo ammonisce la ragazza.

Le sorrido in segno di gratitudine.

«Va bene, mammina. Allora, dove sono? Conosciamo a memoria tutte le stanze di questa casa, non abbiamo bisogno che tu ci accompagni».

Lo osservo con un sorriso di cortesia.

«Seguitemi».

«Ehi! Hai sentito che cosa ti ho detto?»

Ignoro la sua domanda e mentre cammino qualche passo avanti a loro, li sento bisbigliare e commentare. Apro la porta della sala da biliardo, il cui arredamento ricorda quello di un rifugio di caccia con teste di animali appese alle pareti e poltrone foderate in velluto rosso.

«Signori, avete ospiti» dico ai quattro ragazzi riuniti attorno al tavolo da biliardo. Aidan e Josh non ci sono. Chissà, forse sono a spacciare droga o forse a uccidere persone. I miei sospetti sugli affari loschi degli Harrison sono ancora tutti al loro posto nella mia mente.

«Ehi, Guz, amico» lo saluta Jason.

«Angelica, dimenticavo come fossero fatte le tue forme sexy» dice Jake.

Asher lo fulmina. «Giù le mani» gli dice puntandogli un dito contro.

Noto Guz infilarsi una mano nelle mutande e rovistare nelle sue parti intime. Osservo la scena atterrita e disgustata.

«Eccola!»

Estrae un sacchettino trasparente con dentro dell'erba.

«Amico, io quella bustina non la tocco» commenta Jake schifato.

Sorride e dalle tasche prende delle cartine.

La scena mi dà un po' fastidio. Mi ricorda mio fratello Cole strafatto chiuso in camera sua, insensibile a quello che succedeva nel resto della casa.

«Aria, ci puoi portare delle birre?» chiede Aron.

Mi chino per prendere le bottiglie dal frigorifero del piccolo bar della sala e sento gli occhi di Guz sul mio sedere. Mi alzo di scatto e noto che si è avvicinato.

«Come posso aiutarti?» chiedo mentre cerco il cavatappi.

«Accompagnandomi a bere qualcosa stasera» risponde.

Aggrotto le sopracciglia. Sono così sorpresa che manchi in modo così smaccato di intelligenza e acume che quasi non mi arrabbio neanche, anzi mi devo mordere l'interno della guancia per non scoppiargli a ridere in faccia.

«Tieni l'uccello al suo posto o te lo farò mozzare a morsi dai cani, Guz».

La voce profonda ed elettrizzante di Aidan è come una boccata d'aria fresca. Arrossisco avvertendo il suo senso di protezione verso di me. I ragazzi emettono un «Oh» di gruppo. Guz alza le mani e ritorna dagli altri.

«Ha segnato il territorio anche con la domestica?» borbotta Guz all'orecchio di Jake.

«È una ragazza, imbecille. Non un giocattolo del sesso» ribatte Aidan. «Anche se...» aggiunge lanciandomi un'occhiata plateale.

«Anche se un bel niente, Harrison» rispondo a tono dimenticando del tutto di essere in presenza anche degli altri membri della famiglia. I fratelli iniziano a ridere.

«Attenta a come parli, biondina» dice pacatamente, rivolgendo lo sguardo al biliardo.

Faccio scattare i miei occhi su Angelica, che da un po' mi osserva con un sorriso sincero.

«Vuoi giocare?» mi chiede Jason.

«No, sono stata assunta per lavorare, non per essere la vostra compagna di giochi» dico scherzando.

«Non lo diciamo a Rosa se ti fai una partita con noi» insiste Aron.

Noto che Aidan gli lancia occhiatacce minacciose. Questo suo essere geloso mi dà così fastidio che raggiungo subito Aron e gli tolgo la stecca dalle mani.

«Vedo che hai cambiato idea» ridacchia Aron.

Mi muovo attorno al tavolo per studiare la situazione, poi scelgo la buca. Rivolgendo le spalle ad Aidan mi piego un po'. Prendo la mira e colpisco.

«Aria, stai giocando sporco!» si lamenta Jake.

Mi rialzo rivolgendogli un sorrisetto.

«Aria ha talento, siete voi che non sapete tenere gli occhi a posto» dice in mia difesa Angelica. Ha grandi occhi dorati dalla forma allungata, incorniciati da ciglia lunghissime. Due ciocche dei suoi capelli scuri e ricci sono raccolte da un fermaglio color panna e indossa un golfino azzurro sopra a un paio di semplici jeans a vita alta. Non sembra proprio il tipo di ragazza che possa attrarre gli Harrison. Forse è per questo che è loro amica.

«Se fossi al mio posto capiresti la difficoltà» ribatte Jake.

Angelica in risposta alza gli occhi al cielo e si avvicina a me. «La prossima volta allarga un po' le gambe, avrai ancora più successo. Ma ancora di più se lanci la stecca contro uno di loro».

Scoppio a ridere. Credo che il suo aspetto mi abbia ingannato. Dietro a quegli occhi dorati da cerbiatta si nasconde una ragazza scaltra.

«Angelica, se non mostrassi il culo ogni volta probabilmente perderesti» si intromette Asher, lasciandomi di stucco di fronte alla sua nuova arroganza. Rispetto agli altri fratelli, è sempre stato il più rispettoso e controllato.

«Cos'hai detto, Ash?» gli chiede lei con una voce da cui trapela che si è offesa.

«Quello che ho detto l'hai sentito. Quello che vuoi capire è un'altra cosa, Ang».

Una lampadina si accende nella mia mente. Ang. Era la firma in fondo alla lettera che avevo visto sul comodino di Asher a Miami, il giorno del suo compleanno.

«Siamo ancora a questo punto?» gli domanda Angelica. Asher fissa il tavolo, come se volesse sfuggire agli occhi magnetici della ragazza.

Questo lato passivo-aggressivo di Asher mi è nuovo e mi ricorda Aidan.

«Tu credi ancora che io ti abbia tradito!» esclama Angelica.

«Oh no, eccoli che ricominciano» sbuffa Aron.

Asher fa spallucce. Lei, con espressione ferita, esce dalla stanza sbattendo la porta.

«Fratello, dovresti tenere la lingua a posto» dice Aron.

«E poi è acqua passata. Anche se ti avesse tradito ormai non state più insieme, mettici una pietra sopra» interviene Jason.

«Facciamo che quando c'è lei tu vai a farti un giro altrove?» suggerisce Jake.

«Finito» esulta Guz lanciando sul tavolo tre spinelli e chiudendo la conversazione. I ragazzi li prendono e li portano alla bocca. In pochi istanti la stanza si riempie dell'odore di erba.

Guz si lascia andare mollemente su una poltrona e guarda Aidan. «Come vanno gli affari, Harrison? Mi è giunta voce che non sei stato pagato per alcuni lavoretti...»

I miei occhi scattano su Aidan, mentre Jason e Josh iniziano a tossicchiare. Aron è paralizzato. Jake sferra un pugno alla spalla di Guz.

Dallo sguardo di fuoco che Aidan gli ha lanciato presumo che abbia parlato troppo.

«Okay, okay, ho capito, la ragazza non sa e non deve sapere» dice Guz massaggiandosi il tricipite.

«Ehi! Questa roba ti ha squagliato del tutto il cervello, amico» sbotta Jake.

La mia inquietudine e i miei sospetti sono sempre più fondati.

C'è qualcosa sotto.

Fisso in silenzio l'idiota con cui ho fatto sesso, che pur essendosi accorto del mio sguardo si concentra sul tavolo da biliardo.

«Aria, va' a controllare dov'è Angelica». Me l'aspettavo. Ma va bene così: non voglio essere immischiata nei suoi affari.

«Ai suoi ordini, padrone» rispondo. Esco in corridoio con sollievo. Cosa combinano gli Harrison? L'altro giorno, in cucina, Aidan ha parlato di nemici in riferimento ai Williams. Di sicuro, l'atteggiamento di Aidan nei confronti di Alex nascondeva qualcosa.

«Ehi, Angelica. Come va?» chiedo quando la trovo. È sulla terrazza. Ha in mano un fazzolettino accartocciato.

«Aria» sospira. «Posso farti una domanda?» mi chiede.

«Certo».

«Hai mai amato qualcuno?»

«Di che tipo di amore parli?»

«Quello che ti sveglia la mattina e come prima cosa ti fa pensare a lui, che ti spinge a condividere con lui qualsiasi cosa capiti nella tua vita, che ti fa venire voglia di stargli accanto, che ti fa credere di avere il bisogno di prenderti cura di lui, di sacrificare te stessa per voi».

«No, non ho mai provato una cosa come questa».

Angelica sorride triste continuando a guardare il panorama.

«Sei fortunata, allora. Ti auguro di non provarlo mai» dice. Non so bene che cosa rispondere, sembra che stia parlando più a se stessa che a me. «Vedi... È come se tu sapessi che quella è la tua anima gemella, è come se capissi che, quando sei con lei, anche tu sei completa. Un amore così ti consuma e basta». Provo qualche brivido, ma non mi muovo, sono ipnotizzata dalle sue parole. All'improvviso scuote la testa. «Sto dicendo un sacco di sciocchezze, sono solo stanca. Se potessi tornare indietro farei tutto allo stesso modo, anche se oggi sto così. Ama, Aria» si rivolge di nuovo verso di me, con i suoi occhi dorati ormai lucidi. «Ama con il cuore, senza freni, perché quando capirai di non averlo fatto te ne pentirai e non saprai come recuperare l'amore perso. Ama anche se gli altri vogliono impedirtelo, ama anche se fa male, ama oltre qualsiasi condizione». Le sorrido confusa. Una lacrima le riga il viso. «Solo quando vieni respinta, solo quando il tuo amore viene rifiutato devi smettere di amare. Io ci sto provando, sai? Anche se adesso sono qui a piangere come una stupida, ci sto provando».

Mi avvicino e la accolgo in un abbraccio caloroso.

Sento battere il suo cuore. Sento che Angelica prova qualcosa di molto intenso, qualcosa che io forse non proverò mai. Così intenso, ma anche così logorante; perché si sa, ogni sentimento è caratterizzato da un'ambivalenza, soprattutto quando è d'amore.

«Lui mi odia» dice tra le lacrime. «Nonostante questo, dopo mesi, mi dispero ancora per un amore ormai dissolto nel nulla».

«Forse non è così, forse non è ancora arrivato il momento di smettere di amarlo».

«Aria, sto male nel sapere che la persona a cui donerei la mia stessa vita, in questo istante, mi odia».

«L'Asher che conosco io è il più educato e ragionevole in quell'orda di fratelli arroganti. È stato il primo a venirmi a chiedere scusa dopo un inizio un po' burrascoso. Sono certa che dentro sia un ragazzo dolce e comprensivo, non potrebbe odiare nessuno» le sorrido, «soprattutto te».

«L'Asher che conosco io sa essere un vero stronzo, invece» dice tra le lacrime.

«Ma noi ragazze li sappiamo gestire, gli stronzi» provo a dirle con un sorriso rassicurante.

«Grazie» risponde Angelica, con sincerità. «C'è qualcosa fra te e Aidan?» domanda poi.

«No» balbetto presa alla sprovvista. «Perché?»

Sorride. «Sono dieci anni che conosco Aidan Harrison e non l'ho mai visto guardare una ragazza come guarda te».

Non so cosa rispondere e decido di non dire niente. Angelica nel frattempo inizia a tremare visibilmente. «Aspettami qui» le dico. Dal salotto, prendo una coperta e gliela metto sulle spalle. Rimaniamo sulla terrazza a chiacchierare di chi siamo e che cosa facciamo. Lei ha studiato ad Harvard e a breve inizierà il praticantato in uno studio legale. Mi ha raccontato quanto a volte prenda a cuore certe cause, anche se non la riguardano. E fra le sue parole ho ritrovato qualcosa di me.

Quando si è tranquillizzata torno nella sala da biliardo. Appena apro la porta una cappa di fumo mi annebbia la vista. Riconosco le fragorose risate dei ragazzi. Mi avvicino al divano dove Aidan e Ash bisbigliano sottovoce. Gli occhi di Ash scattano su di me alla ricerca di una risposta per una domanda che non sa neanche porre. Perché questi Harrison sono così incapaci di empatia?

«Vai da lei» gli dico, facendo un cenno verso la porta.

Asher scatta in piedi e in men che non si dica si precipita fuori, alla ricerca di Angelica.

Sto per voltarmi, quando qualcuno mi trattiene per il braccio.

«Siediti» mi ordina Aidan.

«No».

«Aria, non fare la difficile, devo parlarti».

«No, Harrison, non voglio sentire la tua voce, le tue parole e le tue continue omissioni o bugie, o quello che sono». Strattono via la mano.

Sono un fascio di nervi vivente, più le ore passano e più mi sento entrare in modalità difensiva. Lo so, nessuno ha ancora confermato la mia intuizione, potrebbero persino essere solo venditori di alberi; ma finché non avrò scoperto la verità so di non potermi fidare di loro. E al contempo, se ho ragione, non voglio finire nei guai per colpa loro. L'unica alternativa intelligente è scappare, dimettermi e tornare dal signor Chang. Eppure, guarda caso, è quella che mi attira meno di tutte.

«Che cosa stanno facendo?» mi chiede Rosa vedendomi rientrare in cucina.

«Fumano e giocano a biliardo» le rispondo. «Sai quando tornerà il signor Harrison?»

«Stasera, finalmente».

«Ah, sì?» ridacchio a quel 'finalmente'.

«Cos'è quella faccia?» ride imbarazzata.

«Non negare l'evidenza Rosa, fra te e lui c'è qualcosa. L'eccesso di testosterone può offuscare la mente dell'orda di barbari qui sotto, ma non me».

«Aria!» esclama. «*Estás loca?* È un uomo che stimo molto, ma era il marito della mia migliore...» si blocca.

«Di chi, Rosa?»

La governante prende il cellulare dalla tasca. «Scusa, devo rispondere».

Ma io ho l'impressione che nessuno la stia chiamando.

Un altro segreto si aggiunge alla lista.

Capitolo 31

«Aria» mi chiama Josh entrando in cucina. Sto controllando l'agenda di famiglia per sapere chi e quando sarà a casa nei prossimi giorni. «Aidan vuole che tu vada nella sala da biliardo».

«Finisco questa cosa e vado». Quando alzo lo sguardo vedo che Josh ha in mano il cappotto.

«Esci?»

Mentre solleva un braccio per infilarlo nella manica noto una protuberanza.

È davvero la fondina di una pistola, quella?

«Sì, Jake e io abbiamo un piccolo impegno».

«Tornate per cena?» chiedo automaticamente, continuando a pensare a quello che ho appena visto.

«Sì, è un lavoretto rapido».

Un lavoretto rapido? Che cosa significa? Uccidere qualcuno, per esempio, rientra nella categoria 'lavoretto rapido'?

«A dopo, Aria» dice Josh, tranquillo.

Quando se ne va mi ricordo che Aidan mi ha fatta chiamare da lui. Torno di sotto pronta al peggio. Forse vuole vedermi per delle spiegazioni su ciò che è sfuggito a Guz, ma chissà perché non credo proprio a questa possibilità. Più probabilmente vorrà solo cercare di depistare i miei sospetti con qualche sua tecnica da manipolatore.

Entro senza bussare. Mi squadra per un lungo momento.

«Gioca» dice lanciandomi la stecca da biliardo sul tavolo.

«No».

Non mi ascolta, sistema le palline al centro del tavolo.

«Gioca, Aria» dice con tono più morbido.

Sospiro e mi avvicino al tavolo. Iniziamo a giocare in silenzio.

«Allora» dice dopo un po'. «Hai chiamato Williams?»

Lo guardo di sbieco.

«Ne abbiamo già parlato. Non sono affari tuoi» rispondo, mandando in buca una palla.

«D'accordo. Allora io non ti dirò niente. Non ti spiegherò nulla di quello che voleva dire Guz, non ti darò neanche un indizio su quello che vorresti sapere...» Ecco il solito ghigno sul volto.

Lo squadro. Come fa a intuire sempre i miei pensieri? Come fa a sapere sempre quali fili tirare per stuzzicarmi?

«Lo vedo che ti stai arrovellando su alcune questioni che non riesci a risolvere...» insiste.

«Sai» ribatto, «forse dovrei chiamarlo davvero, Alex. Lui sa tenermi compagnia a differenza tua».

«Anche Charlotte è molto più brava di te nel tenermi compagnia».

Cosa c'entra, adesso, Charlotte?

Non so bene come sia possibile, ma in questo momento sento l'adrenalina scorrermi nelle vene. Ci punzecchiamo sul tasto della gelosia, dove sappiamo di poterci provocare fino a scatenare una reazione esplosiva nell'altro.

«Allora, dimmi Aidan, che cosa ci faccio qui?» chiedo facendo scorrere l'indice sul suo petto, poi sulla sua schiena e girandogli attorno.

Mi posiziono dietro di lui e gli accarezzo le spalle, i fianchi, poi l'addome e infine il ventre.

«Forse Charlotte non è poi così brava» sussurro in punta di piedi al suo orecchio destro.

«Sa fare di meglio» ribatte lui, sorridendo. Gli torno davanti per studiare la sua espressione e gli bacio il collo.

«Niente di che» dice con una smorfia tirata.

Mi avvicino al suo viso e sfioro con le labbra la pelle. Gli infilo una mano sotto la maglietta. Lentamente, traccio una scia di baci sulla mascella, fino ad arrivare alla bocca, dove mi blocco di colpo. Aidan schiude le labbra, nell'illusoria speranza che io lo baci.

Faccio un sorrisetto.

«Niente?» sussurro.

«Nulla di nuovo, biondina» risponde, ma lo sento che è rapito.

Gli mordo il labbro inferiore succhiandolo un po'.

È immobile, la mano che ho appena poggiato sul cavallo dei suoi pantaloni mi dimostra esattamente il contrario di ciò che dice.

Lo guardo negli occhi soddisfatta.

«Charlotte non può fare questo con tanta facilità».

Con un gesto rapido mi afferra per le cosce e mi fa sedere sul tavolo da biliardo. Ha quella tipica luce di sfida negli occhi che mi fa capire che crede sia arrivato il suo turno di torturare me.

Mi apre la camicia facendo saltare tutti i bottoni. Infila la mano sotto la gonna e lascio che mi sfugga un sospiro. Tenendomi per i fianchi, porta il mio bacino più vicino al bordo del tavolo. Le sue labbra sono sulle mie e mentre continua a toccarmi assorbe i miei gemiti. Sto per arrivare all'orgasmo quando all'improvviso si ferma, lo fisso stupita e vedo nei suoi occhi che sta ancora giocando. Non ho tempo di protestare che, di nuovo, quasi senza rendermene conto mi ritrovo distesa sul tavolo. Aidan fa scorrere la gonna sopra la mia schiena. Mi sfila le mutandine e si inginocchia su di me.

Spalanco gli occhi e presa alla sprovvista gemo. La sua lingua ruvida e calda preme sul clitoride facendomi perdere il controllo. Il desiderio mi avvolge, il mio corpo cede completamente a lui.

A un tratto si scansa.

Ancora.

Lo guardo frustrata e lo trovo a fissarmi con quel mezzo sorriso vittorioso e tetro al contempo. Una soddisfazione perversa.

Allungo una gamba sfiorando con il piede la patta dei suoi pantaloni. Pur di non cedere, trattiene il respiro e deglutisce visibilmente destabilizzato.

A questo punto, però, si abbandona alla voglia, si abbassa i pantaloni e infila un preservativo che toglie dalla tasca. Sapeva che saremmo arrivati a questo punto.

Entra e io gemo, finché inizia a spingere.

«È questo che vuoi da Williams?» dice al mio orecchio.

«È questo che voglio da te, Aidan» ribatto decisa.

La mia pelle brucia a contatto con la sua. Un groviglio di sensazioni esplosive nel mio stomaco mi impediscono di pensare.

Per quanto ci costi ammetterlo, entrambi sappiamo che la reale ragione per cui siamo arrivati a questo punto non è la gelosia, ma il desiderio incontenibile che tentiamo disperatamente di dissimulare dando ascolto all'orgoglio. Forse perché abbiamo paura di farci male.

Continua con foga divorando ogni singolo secondo della nostra unione. Respira affannosamente e fa scorrere le sue mani sulla mia pelle. Inarco la schiena per spingerlo ancora più in profondità e poi vengo attraversata da un vortice di scariche. Poco dopo anche lui ci arriva.

«Sei mia» mi sussurra con voce bassa.

I nostri respiri, all'unisono, riempiono di rumore la stanza. Quando si sposta mi alzo e mi volto verso di lui.

Mi afferra per le cosce e mi fa sedere di nuovo sul tavolo. Mi accarezza il collo in cerca dei miei occhi per rivelarmi qualcosa. Prima che mi baci, però, colgo lo stesso sguardo di quella sera alla festa in maschera dai Williams. Le sue labbra aderiscono alle mie, tutto si annulla, le nostre lingue combattono l'ultima battaglia prima della ritirata. Infilo le mani fra i suoi capelli e li tiro leggermente. Il suo profumo è ovunque. Mi stringe a sé come se fosse l'ultima volta e per impedirgli di andarsene intreccio le gambe ai suoi fianchi.

Si stacca da me con lo sguardo basso. E io ho la devastante sensazione che questa sia stata, per davvero, l'ultima volta. Improvvisamente sentiamo delle voci provenire dal corridoio.

Aidan si tira su i pantaloni con nonchalance.

Io mi sistemo la gonna sui fianchi.

Passo velocemente le mani sui capelli, cerco di riabbottonare la camicia.

Gli lancio occhiate di panico mentre lui, osservandomi, abbozza un sorrisetto divertito. Chissà quante volte avrà fatto scappatelle del genere.

Non so come riesca a controllarsi a tal punto; io ho il timore che possano accorgersi della mia espressione ancora sconvolta e riescano a fiutare l'aria di sesso.

Lui, impassibile; io, ansiosa.

Così diversi, così uguali. Contorti nello stesso modo.

Di colpo, però, mi accorgo di aver dimenticato una parte fondamentale del mio vestiario: le mutande.

Faccio scivolare la mano sul sedere e perdo un battito. Punto lo sguardo sul tavolo da biliardo.

Per fortuna vengono in soccorso gli occhi di Aidan. Si accorge del problema e lo risolve, prende le mie mutande e le infila in tasca.

Uno a uno gli altri fratelli Harrison entrano nella stanza ancora immersi nel chiacchiericcio.

Aidan accenna un sorrisetto sghembo mentre fingo di raccogliere dei bicchieri.

«Aria, tutto bene?» mi chiede Jason.

Annuisco lentamente.

«Sei sicura? Hai il volto pallido» si preoccupa Aron.

Josh mi osserva con un ghigno divertito. Deglutisco. Non voglio che qualcuno venga a sapere di me e Aidan. Lui si sfila dalla tasca le mutandine, mentre i suoi fratelli hanno l'attenzione rivolta verso di me, e le sventola in aria, provocandomi un giramento di testa.

Spalanco gli occhi e trattengo il respiro.

Lui abbozza un sorrisetto prima di rimetterle via.

Capitolo 32

Mi volto e lo studio mentre è ancora immerso nel sonno più profondo. Nonostante la costante tensione che mi attanaglia lo stomaco, negli ultimi giorni sono riuscita a dormire. I miei incubi sembrano essersi fatti da parte da quando dormo con Aidan. La sua presenza mi sorregge e mi protegge al tempo stesso. Non so per quale bizzarro motivo proprio lui abbia questo effetto su di me dato che passiamo la maggior parte del nostro tempo a bisticciare come bambini.

Si gira e allunga un braccio sul mio fianco.

«Buongiorno» sussurro.

Solleva le palpebre svelando quelle iridi verde foresta che mi fanno impazzire. Quando è così, ancora un po' addormentato e tranquillo, è persino più bello.

«Posso chiederti una cosa?»

«Dipende, se è una delle tue domande invadenti, scordatelo» borbotta con la voce ancora impastata dal sonno.

Faccio quello che anche lui fa sempre: lo ignoro.

«Chi è Lauren?»

«Non so chi sia» risponde secco, girandosi dall'altra parte.

«Ah sì? Chi era quella al telefono a cui hai detto che sono una domestica straniera?»

Mi siedo sul letto guardandolo negli occhi.

«Biondina, solo perché ti sei fatta scopare due volte, non significa che tu ora abbia il diritto di sapere ogni dettaglio della mia vita privata» ribatte, assumendo subito il suo tipico atteggiamento da strafottente.

Queste parole mi fanno male, tento di convincermi che ogni

nostro minimo sfiorarsi sia dovuto solo all'attrazione fisica che proviamo. Ma è davvero solo questo? Ogni volta in cui i nostri occhi si intercettano, io lo vedo: in fondo a quel lungo tunnel buio vedo il suo cuore pulsare un po' di più quando è accanto a me. Lui sul serio non sente niente di tutto questo?

«Quindi cosa sono?» chiedo più a me stessa che a lui.

Forse niente.

«La domestica di mio padre con cui ogni tanto mi diverto» dice con leggerezza afferrando il cellulare sul comodino.

Sento il cuore sprofondare in un burrone.

Ed ecco la cruda realtà che distrugge le mie illusioni sul nostro legame. Perché fa così male?

«Bravo». I miei occhi si riempiono di lacrime.

'Debole. Sei una debole, Aria. Devi essere forte'.

«Complimenti Aidan. Se il tuo obiettivo era ferirmi...» bisbiglio trattenendo con forza il pianto, lui alza lo sguardo su di me e noto che cambia del tutto espressione, «... ci sei riuscito».

Di scatto scendo dal letto, lui tenta di afferrare la mia mano, ma io me ne vado.

Fino a questo istante non ho voluto dare ascolto a quello che sapevo di provare, ma ora si sta aprendo una voragine nel mio petto. Un'altra ferita. Non mi sono protetta. Ho lasciato che i miei sentimenti per Aidan crescessero. Non li ho fermati, ho solo fatto finta di non vedere che cosa mi stava succedendo. Avrei dovuto fare le valigie e tornare dal signor Chang.

Il problema è che quando sei sensibile, qualsiasi cosa ti colpisce, persino una stupida frase detta solo per alimentare il proprio ego. Ci si sente fragili e indifesi anche quando si conosce l'arte del combattimento. Vorrei rinchiudermi in una stanza e piangere tutto quello che provo per lui, qualsiasi cosa sia. Lasciare che esca dal mio corpo. Che ingenua che sono stata. Ci sono caduta, ho creduto ai suoi occhi. Ma alla fine anche questi sono solo un suo mezzo per manipolare gli altri.

«Aria? Che ci fai qui?» chiede Aron stropicciandosi il viso per mettermi a fuoco. Sono sulla porta di camera sua. Aron è la persona che sento più vicina qui dentro, quella che somiglia di più a un amico.

«Posso entrare?» gli domando con la voce che mi si spezza.

«Certo» mi dice. «Cosa ti è successo?»

Mi siedo sul bordo del suo letto e lui si avvicina a me.

«Perché stai piangendo?» dice accarezzandomi il braccio.

«Non sto piangendo...» provo a mettermi sulla difensiva.

«Allora i tuoi occhi non lo sanno» ribatte. «Dimmi cosa c'è che non va. Sono piuttosto bravo a risolvere casini. Ma solo quelli degli altri...» dice con un sorriso per incoraggiarmi a parlare.

«Non posso» rispondo, asciugandomi gli occhi con il dorso della mano. Se Aron parlasse di quello che è successo tra me e Aidan con il signor Harrison e lui decidesse di licenziarmi? Vagheggio di tornare dal signor Chang, ma la verità è che questo lavoro mi serve ancora. Con quello che mi paga questa famiglia riuscirei a mettere da parte i soldi per la retta dell'Accademia di Fotografia in tempo per la pre-ammissione in primavera.

«Aria, come posso aiutarti se non so che cosa ti è successo?»

Non rispondo.

E se glielo dicessi, invece? Se parlassi con qualcuno di tutto quello che da mesi mi sto tenendo dentro?

«Dovrà restare fra noi» sussurro.

«Non per vantarmi, ma ti assicuro che sono piuttosto bravo anche a mantenere i segreti».

«Su questo non ho dubbi, Aron». Lui mi guarda un po' sorpreso per la mia risposta. Faccio un bel sospiro e inizio a raccontare tutto.

«Ora vorrei solo andarmene che, tra parentesi, credo che sia anche quello che vuole Aidan, anche se non ha nemmeno il coraggio di dirmelo in faccia» concludo. «Ma mi sono affezionata a voi, Aron... e ho bisogno di questo lavoro».

Aron mi guarda senza dire una parola. Ha ascoltato in silenzio, dedicandomi tutta la sua attenzione. Si alza di scatto dal letto. Apre la porta.

«Aspettami qui, per favore» dice.

«Aron, dove vai?» Mi affaccio sul corridoio e lo vedo spalancare la porta della camera di Aidan. Lo raggiungo preoccupata.

Adesso sono proprio nei guai.

«Sei solo un bastardo!» grida Aron al fratello.

Entro nella camera di Aidan e lo vedo a terra con gli occhi sbarrati. Si tocca un labbro, il punto in cui Aron l'ha colpito. La sua espressione è indecifrabile. È qualcosa tra l'incredulo, l'arrabbiato e il divertito. Aron gli va incontro ancora e gli sferra una ginocchiata nello stomaco. Ma Aidan non reagisce, resta immobile contraendo la mascella.

«Ora ti prendi gioco anche di lei?» grida fuori di sé. «Non ti basta spadroneggiare su tutti noi? Non ti bastano le ragazze che ti fai ogni notte?» gli sferra un altro calcio. Aidan si copre il ventre, ma continua a incassare senza difendersi.

Non è da lui non reagire.

«Aron...» cerco di fermarlo.

«Non eri tu che dicevi che lei non poteva essere toccata perché è la domestica?» Sul viso di Aron c'è la stessa espressione che assume Aidan quando si arrabbia. Le vene del collo sono gonfie e il viso è rosso. Quando grida sputa rantoli di saliva.

Sento dei passi in corridoio.

«È questo che ti ha insegnato mamma? A usare le donne?»

Eccola lì la reazione. Aidan si alza di colpo.

«Non nominarla» dice a denti stretti.

Gli altri ragazzi e Rosa fanno capolino nella stanza.

Aidan stringe i pugni così tanto che le nocche gli sono diventate del tutto bianche. Gli occhi sono serrati in due fessure che lasciano intravedere tutta l'oscurità della sua rabbia.

«Perché? Perché non sei capace di essere uomo, di affrontare le cose come stanno? Lei è morta, coglione. Fattene una ragione. Anzi, fatevene tutti una ragione. E cominciate a comportarvi come si deve, cazzo. Tu» torna a guardare Aidan, «per renderla orgogliosa dei suoi insegnamenti usi l'unica ragazza che dopo anni ha portato un po' di gioia dentro questa maledetta casa!» grida Aron.

«No, Aidan!» urlo. Ma, ovviamente, lui non mi ascolta. Si

scaraventa su Aron e lo afferra per il collo sollevandolo da terra. Il volto del fratello prende un colore violaceo.

«Aidan! Basta!» Rosa grida e gli salta addosso. Josh e Asher che fino a quel momento sembravano paralizzati la seguono. Si buttano su Aidan e provano a liberare Aron, ormai livido, dalla sua presa.

Io guardo la scena senza riuscire a muovere un muscolo.

Questo è Aidan, lo stesso che ha preso a botte quel tizio al compleanno di Ash. Ma non è l'uomo che riesce a farmi sentire al sicuro e che mi bacia come nessun altro ha mai fatto. Non è il ragazzo che suonava il pianoforte quella mattina a Miami. Questo è il mostro che vive dentro di lui. È il mostro che io sono riuscita a sconfiggere, in questi notti. L'ho visto nei suoi occhi anche poco fa, quando ci siamo svegliati. Mi faccio largo tra Josh, Asher e Rosa che continua a gridare con la disperazione nella voce.

«Aidan!» gli dico. «Aidan, guardarmi!» urlo di nuovo.

Abbassa un attimo lo sguardo su di me. Il suo volto è una maschera di odio, ma quando mi avvicino e gli poso la mano sulla spalla lui non mi respinge. «Rischi di ammazzarlo, Aidan» dico piano. Sbatte le palpebre. Lo vedo, vedo il ragazzo per cui ho una valanga di sentimenti irrisolti che cerca di tornare a galla dalla pozza di tormento in cui è annegato.

«Lo ucciderai Aidan» ripeto. Il panico comincia a farsi largo anche dentro di me. «Basta. È Aron, è tuo fratello». I suoi occhi si spostano sulle mani che stringono il collo di Aron ormai quasi privo di sensi.

Di colpo lo lascia e fa un passo indietro, come se si fosse reso conto solo in questo momento di che cosa stesse per succedere. Aron cade a terra e Rosa e Asher corrono da lui.

«Aron...» bisbiglia tra i singhiozzi lei. Lo prende tra le braccia e lo culla mentre Asher valuta la situazione. Aron ricomincia a respirare, annaspa e sputa un grumo di sangue per poi tossire. È vivo. Aidan si è fermato in tempo. Lo cerco con lo sguardo, è seduto a terra che osserva la scena spaesato.

«Io... Io...» continua a ripetere. Josh lo prende per la maglietta e lo trascina fuori dalla stanza.

Capitolo 33

«Vuoi che ti porti qualcosa da mangiare? Ti faccio le brioche se vuoi. O la pizza. O le tagliatelle. O qualsiasi altra cosa» chiedo ad Aron che è steso sul suo letto e guarda fuori dalla finestra ad abbaino. Dopo averlo visitato, Asher ha deciso di non portarlo all'ospedale e tutti gli Harrison sono stati d'accordo. Non ci ho messo più di qualche secondo a capire che volevano evitare domande scomode. Sulla pelle ha ancora i lividi che gli ha lasciato Aidan, li tiene coperti con un maglione a collo alto ma io so che gli fanno male. Lo scontro ha lasciato, però, anche degli altri segni che non si possono nascondere. Lo chalet è piombato nel silenzio. Aidan è scomparso. Ho sentito che Rosa e il signor Harrison hanno provato a chiamarlo dopo un paio di giorni senza ricevere sue notizie, ma lui non si è fatto trovare. Josh è l'unico che forse sa qualcosa ma si rifiuta di parlare con chiunque.

«Non ho fame, Aria, grazie» sussurra Aron con lo sguardo perso nel vuoto.

«Vuoi dell'acqua?»

«Aria, se ho bisogno di qualcosa mi alzo e la prendo da me, non sono un malato terminale e non sono senza gambe». Si accende un accenno di sorriso sulle sue labbra, ma si smorza quasi subito. Vederlo così mi distrugge, i suoi occhi azzurri sono spenti, velati di sconforto.

«Mi perdonerai mai?» chiedo con lo sguardo verso il pavimento.

«E per cosa dovrei perdonarti? Per aver cercato una spalla su cui piangere? Voglio che questa cosa sia chiara una volta per tutte: è stato lui a farmi del male. Non tu. Non prenderti la responsabilità delle sue azioni».

Dove ho già sentito questa frase?

«E poi» aggiunge con un sorriso, «sono contento che tu sia venuta a parlarne con me e non sia andata da Asher. Mi piace essere il preferito di qualcuno».

Lo guardo con espressione ancora un po' avvilita e lui sbuffa, irritato. «Smetti di piangerti addosso, Aria» dice.

Annuisco. «D'accordo» rispondo alla fine. «Però ti preparo comunque un po' di pizza, va bene?»

Rotea gli occhi, ma sorride.

«Va bene, ma solo se la mangi qui con me» ribatte.

«E ci facciamo una partita ai videogiochi, magari» aggiungo.

«Mi sembra un bel piano».

Mi alzo e faccio per uscire.

«Aspetta, Aria» mi richiama. «Dimenticavo di dirti una cosa». Lo guardo interrogativa. «Ti voglio bene» dice, arrossendo un po'.

Sorrido e sento che qualcosa in me si scalda. Qualcosa che pensavo morto da così tanto tempo che non credevo di avere più.

«Non sapevo che gli Harrison potessero essere così smielati e persino così vestiti» ridacchio indicando il maglione. «Pensavo aveste una sorta di allergia per le emozioni e le magliette».

Ride, finalmente. «Credo che sia arrivato il momento che noi Harrison proviamo a cambiare un po'» dice piano.

Non rispondo perché non so come interpretare questa frase.

«Ti voglio bene anche io, Aron».

Capitolo 34

La camera di Rosa è più piccola di quelle dei fratelli Harrison, ma è organizzata e confortevole.

Rosa mi ha spiegato che era una camera degli ospiti che qualche anno fa ha riconvertito. Dopo lo scontro tra Aidan e Aron e le parole di Aidan che continuano a rimbombarmi nel petto, non avevo alcuna intenzione di restare a dormire nella sua camera e ho chiesto a Rosa di poter stare da lei. Lei non ha esitato un attimo a rispondere e mi ha fatto preparare un materasso da campeggio.

«Torna. Sistemiamo tutto, Aidan, ma tu devi tornare...» la sento parlare al cellulare. Sono in bagno e volevo aspettare che finisse la conversazione prima di rientrare in camera. Ho già invaso abbastanza la sua privacy, ma ora che so che sta parlando con Aidan non riesco a impedirmi di ascoltare.

«... lo so che ti manca. Shailene era speciale... ma non avrebbe voluto che discuteste così. Devi tornare e mettere le cose a posto» insiste Rosa.

«... lei è ancora qui, sì».

«... okay, Aidan. Va bene. Stai attento...»

La conversazione si interrompe. Aspetto ancora qualche istante e poi esco dal bagno.

Rosa, in vestaglia, è seduta su una delle due poltrone che compongono il piccolo salottino posto di fronte al letto e si regge la testa tra le mani. Prende un lungo respiro e poi annuisce. Il suo viso è stanco, tirato. Mi siedo davanti a lei.

«Se vuoi parlare, Rosa, sono qui. Hai fatto tanto per me, mi piacerebbe ricambiare».

Lei sorride. «Grazie, Aria. Sei sempre molto carina».

«Era Aidan quello al telefono, vero?»

Annuisce.

«Tornerà?»

Scrolla le spalle e prende una lunga sorsata della tisana che è sul tavolo. «Torna sempre, ma non si sa mai quanto ci vuole».

«È successo altre volte?»

Mi guarda. «Non dovrei parlartene, Aria...»

«Non voglio insistere» mi affretto a rispondere.

«Credo che se tornerà stavolta sarà anche per merito tuo».

«Mio?»

Rosa si alza e guarda fuori dalla finestra.

«Per quanto a te possa sembrare assurdo, il signor Harrison e io pensiamo che tu gli stia facendo bene».

Spalanco gli occhi e lei ride davanti alla mia espressione.

«Forse hai bisogno di un po' di contesto, a questo punto» dice dopo averci riflettuto un attimo. La mia attenzione è tutta su Rosa che apre il suo armadio e prende una vecchia scatola. Me la mette in grembo.

«Aprila» dice.

Tolgo il coperchio e scopro che dentro ci sono alcune foto incorniciate. Le studio.

«Questo è...?» dico indicando un bambino con degli splendidi occhi azzurri. Rosa si sporge e sorride.

«Aron. E accanto a lui c'è...»

«Asher» rispondo invece io, riconoscendo il suo fisico più asciutto e spigoloso. Indossano dei pigiamini e stanno giocando su un divano a quadretti che riconosco essere quello del salotto. Tra loro c'è una donna dai capelli corvini. Guardo Rosa che annuisce.

«È Shailene. La loro madre» la osservo bene. È bellissima come nella fotografia che ho visto in soffitta e nello studio del signor Harrison. Passo in rassegna le altre cornici e rido davanti all'immagine di un Josh in miniatura e a petto nudo intento a specchiarsi con le mani sui fianchi. Anche qui c'è Shailene, seduta a terra con lui. In un altro scatto, riconosco Jason con un cappello da cuoco in testa e il viso sporco di cioccolata intento a cucinare con la madre. E poi Jake che salta in una pozzanghera tenendola per mano. Mi fermo davanti a un'altra fotografia. Il viso di Shailene è in primissimo piano. I suoi occhi verdi guardano dritti nell'obiettivo e spiccano come degli smeraldi, richiamando quelli del viso accanto al suo, come se fossero gemelli.

Aidan.

Avrà circa otto anni in questo scatto. Sorride. Le sue labbra carnose sono le stesse della madre, identiche come gli occhi e i capelli che si fondono tra loro, tanto che è impossibile stabilire dove iniziano quelli dell'uno e quelli dell'altra.

«Per lui è stato peggio che per chiunque altro quando è morta» sospira Rosa. Accarezzo il viso di Aidan bambino.

«Come è successo?»

Rosa guarda fuori. «È una storia lunga e non me la sento di parlarne...» dice.

Le sue parole mi ricordano incredibilmente quelle del signor Harrison. Nella scatola c'è anche un album con altre fotografie. Lo apro e scopro che sono tutti scatti di Shailene da giovane. Mi fermo su una pagina. Due ragazze abbracciate, abbronzate, con gli occhiali da sole e sorridenti. È la stessa fotografia dell'ufficio di Rosa a Miami. «La conoscevi?»

Rosa sorride. «Era la mia migliore amica, Aria. Quando Clark mi ha chiamata per darmi la notizia non potevo crederci. Era impossibile. Chi avrebbe potuto fare del male a Shailene?»

Qualcuno le aveva fatto del male? Il mio cervello cerca di capirci qualcosa, ma questi nuovi dettagli fanno crescere ancora di più il caos. Rosa ha gli occhi lucidi. «Sono corsa qui. Lui era distrutto. I ragazzi non parlavano, passavano la giornata a prendersi a botte. La casa era un disastro, il frigo era vuoto, l'ufficio di Clark e la scuola chiamavano, ma nessuno rispondeva. Aidan non era ancora tornato dall'esercito e Clark non glielo aveva ancora detto. Non era giusto. Così ho deciso di rimanere. Per lei. Perché non potevo lasciare che la famiglia che lei aveva costruito con amore si distruggesse proprio a causa di quell'amore. Dopo quattro anni che avevo assunto il controllo della situazione, però, le cose hanno ricominciato a peggiorare e ho chiesto ad Aidan di tornare».

«Dall'esercito?»

Rosa annuisce. «Sì. Io non credo che lui abbia mai affrontato il dolore per la sua perdita...»

Ora alcune cose tornano. Gli insulti che mi ha rivolto quando eravamo in palestra, a Miami e gli ho chiesto se era questo che gli aveva insegnato sua madre. La sua reazione contro Aron l'altro giorno e il fatto che non la nomini mai.

«E perché è tornato?»

«I ragazzi erano diventati ingestibili. Avevano iniziato a saltare la scuola, prendevano brutti vuoti, fumavano... tutti tranne Asher. Lui era sempre più chiuso nel suo mondo... Clark, invece, era precipitato nella depressione. Beveva di nascosto. Non sapevo più cosa fare, allora gli ho scritto e dopo pochi giorni lui si è presentato alla porta. Si è tolto la divisa e ha riportato l'ordine». La voce di Rosa insiste sull'ultima parola, *ordine*.

«In che modo?» domando, ma non so se voglio conoscere davvero la risposta.

«Non era più il ragazzo che conoscevo io, Aria. Era cambiato... Era più freddo, duro, calcolatore. Nei suoi occhi c'era qualcosa...»

«Di oscuro» dico guardandola in viso.

«L'hai visto anche tu».

Annuisco. Rosa riprende a parlare. «Ha rimesso i suoi fratelli in riga e tirato fuori Clark dal buio in cui era precipitato. Ha fatto tutto senza una parola affettuosa, un sorriso. Niente. Lui li convinceva, li persuadeva e se falliva, allora, li spaventava...»

Deglutisco.

«Il fatto che Aron si sia scagliato contro di lui l'altro giorno mi ha fatto capire che qualcosa sta cambiando. E secondo me, tu c'entri. Loro ti hanno vista tenergli testa. Non pensavano che esistesse qualcuno così folle e coraggioso da opporsi ad Aidan Harrison».

Mi guardo le mani, in imbarazzo. Ho fatto davvero questa cosa? Io sono stata solo me stessa.

«Sei in gamba, Aria» mi dice con un sorriso. «L'avevo detto a Clark».

«Sto solo facendo il mio lavoro...» provo a dire, ma Rosa scuote la testa.

«Le persone come te non fanno solo il loro lavoro. Tu ti impegni, vai oltre al tuo orario, ci metti del tuo. Ti stai prendendo cura di questa famiglia... Anche Aidan l'ha fatto, Aria. Voglio che tu lo capisca. Nel suo modo strano e contorto, Aidan si prende cura di tutti, tutti i giorni. Da solo» spiega. «E ora che me ne andrò, continuo a chiedermi chi si prenderà cura di lui e del suo dolore...»

Guardo Rosa. «Te ne vai davvero, allora?»

Lei fa spallucce. «È arrivato il momento. Ho fatto il possibile, ma stare qui è diventato troppo doloroso...»

«A che cosa ti riferisci?» le chiedo.

«Lascia stare, *chica*. È un'altra lunga storia...» risponde con voce un po' rotta mentre mi toglie la scatola dalle mani e la rimette nell'armadio.

Capitolo 35

Se Rosa non mi avesse parlato, se non avessi visto di lui tutte le cose che ho visto, se non avessi stampata nella mente l'immagine di lui in stato di shock dopo l'aggressione ad Aron, non sarei qui.

Busso istintivamente, ma nessuno risponde.

Lo so che è tornato. Ho visto Rosa prendere un piatto di pasta all'ora di cena e portarlo di sopra.

È stato via più di una settimana. Non so che cosa abbia fatto, ma la verità è che, senza di lui, qui le cose sono strane. Anzi, sono normali. L'elettricità che provavo in sua presenza è svanita con lui. È come se una parte di me fosse anestetizzata.

Giro la maniglia e apro la porta piano.

È a terra seduto con la schiena appoggiata al muro e la testa china fra le ginocchia. Una bottiglia di bourbon vuota è accanto a lui.

Mi avvicino con calma e mi siedo al suo fianco. Sento di nuovo il suo calore ed è come se i miei sensi si risvegliassero dopo un letargo.

«Perché sei qui, Aria?» sussurra ancora con la testa fra le ginocchia. Non ha neanche bisogno di guardarmi, sa che sono io. Ha la voce stanca.

«Ci deve essere per forza un motivo?»

«Se sei venuta per dirmi che sono un mostro senza cuore, vattene. Lo so già».

«Sono qui perché hai bisogno di qualcuno».

«Non di te».

«Dovrai accontentarti, allora».

Mi rivolge un sorriso triste e spento. Il rimorso lo sta consumando lentamente. Ho paura che possa abbandonarsi al suo dolore e non tornare più indietro. So cosa si prova. So che quella tentazione è maledettamente forte. Gli metto una testa sulla spalla e non dico niente per un po'.

«E se lo avessi ucciso?» chiede lui di punto in bianco.

«Non lo avresti mai fatto».

«Che cosa ne sai?»

«Ti conosco» sussurro.

«Mio fratello...» lo sento tirare su con il naso, «... tu...» continua, «... come ho potuto...» Appoggia i gomiti sulle ginocchia. «... che cosa direbbe la mamma...» singhiozza, «mi manca così tanto».

Provo ad accarezzarlo, ma si allontana.

Sento come se di nuovo fossi stata colpita al cuore, un altro rifiuto.

Ricordo quando Cole mi diceva che ero una testarda.

Aveva ragione.

Con forza afferro il suo viso e lo obbligo a guardarmi negli occhi. Il suo dolore mi trapassa da parte a parte, tanto che per un attimo mi sento morire dentro. Forse è questo che sta provando. Vedere il colore delle sue iridi dopo tutto questo tempo mi risolleva. Il verde è ancora lì. Aidan è ancora lì.

Raccolgo una lacrima. «Non tormentarti così, soldato» gli sorrido con dolcezza.

Lui mi guarda con una luce strana, in cerca di aiuto o forse di sicurezza, come se io fossi un faro in mezzo al buio in cui è sprofondato.

«Mi era mancata la tua voce, biondina» bisbiglia con voce sottile, un impercettibile battito d'ali di una farfalla fuori, un'esplosione dentro. «E anche il tuo bellissimo sorriso».

Appoggio la testa contro la parete.

«Va' a farti una doccia, Aidan. Così conciato non piacerai alle tue donne» dico. Lo accarezzo e mi alzo. Ha bisogno di certezze che io non posso dargli, sarà Aron a doverlo perdonare. Ha bisogno di qualcuno che possa stargli accanto, ma neanche in questo caso posso essere io quella persona, io sono solamente la domestica con cui si diverte. Mi hanno fatto troppo male quelle sue parole. Richiudo la porta alle mie spalle e ritorno a respirare.

Vado in camera di Aron che sorride in mezzo ai suoi fratelli. I quattro Harrison si sono stretti attorno a lui in questi giorni come non li avevo mai visti fare. Ho notato persino che sono rimasti in casa, anziché sparire per intere giornate senza mai svelare la loro meta.

«Aron» lo chiamo. «Puoi venire un attimo fuori?»

«Non esiste che sia il malato a doversi alzare. Uscite voi, cazzoni» dice ai suoi fratelli.

«Non hai più niente, Aron» sbuffa Asher.

«Infatti, è tempo di uscire da questa camera» dice Jason che si avvicina al letto e tira via le lenzuola e Aron con loro. I ragazzi ridono mentre Aron si rialza dal pavimento e si massaggia il coccige.

«Aron?» lo richiamo.

«Eccomi, arrivo».

Lui è l'unica speranza.

«È tornato» dico, piano.

«Lo so» ammette lui.

«Parlagli».

«Io? Non esiste. Deve venire *lui* da me, Aria. In ginocchio possibilmente».

«Non sembra più neanche lo stesso...» gli spiego. «Non sei stato tu a dire che è tempo che gli Harrison cambino? Può essere un buon punto di partenza, questo».

Sbuffa, ma la sua espressione si ammorbidisce.

«Se non vuoi farlo per te...» deglutisco per mandare giù il groppo che nel frattempo mi si è formato in gola, «... fallo per me, Aron».

Sospira, vinto. «Per te tutto, Aria».

Capitolo 36

Non credo nell'amore, o meglio, non credo che possa esistere qualcuno con cui condividere l'idea che ho io dell'amore: un sentimento che sa persuadere la ragione zittendola in qualsiasi situazione. Un sentimento così grande che induce a prendersi cura dell'altro nonostante le impervie difficoltà della vita. Un contorto modo di tenere a qualcuno, questo è l'unico che conosco. C'entra di sicuro anche il trattamento che mi ha riservato la società. Ho potuto provare sulla mia stessa pelle l'egoismo che si annida dentro a ogni essere umano. Il primo a rivelarmi questa realtà è stato proprio mio fratello, andandosene via di casa, scegliendo se stesso. Non voglio avere una famiglia, non voglio sposarmi, tanto meno avere figli. Mi concentrerò sulla fotografia. Mi iscriverò all'Accademia e lavorerò con qualche fotografo di fama mondiale a Miami o magari a Milano. Non mi dispiacerebbe tornare in Italia. Per me è questo lo scopo della vita: trovare se stessi e la felicità attraverso i propri talenti.

Guardo tramite lo spiraglio della porta rimasta aperta.

«Ricordi l'auto rossa che non riuscivi a trovare?»

Aidan e Aron sono seduti per terra.

«Mi piaceva e la mamma non voleva comprarmene un'altra, perché diceva che le mie erano uguali alle tue, così te l'ho rubata» rivela Aron.

Aidan sorride un po'. «Lo so».

«Come fai a saperlo?»

«L'ho cercata e l'ho anche trovata» annuisce Aidan.

«Ma io ce l'ho ancora appoggiata sopra lo scaffale».

«Infatti non l'ho presa. Ti piaceva, ogni volta che ci giocavi ti divertivi come un pazzo... Così te l'ho lasciata».

«Non era la tua preferita?»

«Posso rinunciare a uno stupido oggetto per mio fratello» dice, guardandolo. «Mi perdonerai mai, Aron?» gli chiede Aidan con un sussulto.

Il silenzio si fa largo nella stanza.

Poi sento Aron sospirare. «L'ho già fatto. La mamma non vorrebbe vederci così».

Mi sporgo di nuovo e osservo Aidan. Balena nei suoi occhi un guizzo che sembra di pace, ma lui, orgoglioso e testardo, non si muove dalla sua posizione di autocommiserazione.

«Non farla stare male Aidan, però» aggiunge Aron. «Ha già sofferto troppo nella vita... E poi ho visto come la guardi. La mamma ti direbbe di lasciar stare la battaglia che ancora continui a combattere...»

«La mamma non c'è più» ricorda Aidan.

«Non per questo devi sopprimere quello che provi».

«Se non lo facessi sai cosa potrebbe accaderle».

Aron tace lasciando spazio a una preoccupazione profonda, palpabile. Per quanto i miei timori non possano spegnersi, si riaccende in me la speranza. Prova qualcosa?

Sento Aron alzarsi da terra e con passo veloce corro al piano inferiore.

La giornata va avanti tranquilla. I fratelli sono tutti chiusi, Aidan compreso, nella sala da biliardo. Sembra essere ritornata la pace allo chalet. Il nodo che mi stringe la gola si allenta un po', finalmente.

Sto passando l'aspirapolvere nel corridoio e i miei occhi continuano a guardare la parete vuota. Non riesco a smettere di pensare ai quadri in soffitta e alle cornici che nasconde Rosa nell'armadio. Il rumore copre qualsiasi altra cosa, quindi quando qualcuno mi afferra per il polso sobbalzo.

«Grazie» dice Aidan.

Spengo.

«Non l'ho fatto per te» ribatto, liberandomi dalla sua presa.

«Lo so che per te sono solo la domestica con cui ogni tanto ti diverti» dico. L'umiliazione è ancora tutta dentro di me e mi sono ripromessa di non lasciar correre. Lui sembra colpito dalle mie parole, ma fa quello che fa sempre: le ignora.

«Va' a cambiarti, ti porto a cena, biondina».

«Vacci da solo a cena». Incrocio le braccia al petto.

Lui non mi ascolta, si è già dissolto al piano superiore. A passo pesante lo inseguo, completamente accecata dall'irritazione che è riuscito a provocarmi.

«Harrison, hai sentito?» alzo la voce facendo sbattere la porta della camera.

Vogliamo litigare?

D'accordo!

Lui sfila la maglia. Deglutisco e mi lecco istintivamente le labbra alla vista del suo fisico che rievoca subito ricordi poco casti nella mia mente.

«Io non ci vengo con te» ribatto.

Tira la maglia sul letto e si avvicina. Si ferma a pochi centimetri da me, accorcia tutte le distanze, riempie l'aria. Crea quel mondo parallelo in cui siamo solo lui e io.

Nonostante senta tutto questo, non perdo il contatto visivo, anzi lo sostengo con ardita arroganza.

I suoi pettorali sono davanti al mio mento.

«Biondina, in qualche modo dovrò sdebitarmi con te».

«Perché ho fatto sì che i tuoi fratelli non si vendicassero di te durante la notte?»

«Anche».

La sua espressione è provocante, ma balena nei suoi occhi una nube di sofferenza, di preoccupazione. Cerco in ogni angolo di questa maledetta camera un briciolo di buonsenso.

«Smettila» dico.

«Di fare cosa?» Si morde il labbro.

«Di fare quell'espressione».

Percepisco un branco di rinoceronti correre in cerchio dentro lo stomaco.

«Quale espressione?» Mi squadra e si lecca le labbra.

«Quella».

«Ti sono mancato da morire, ammettilo» dice con quel suo tipico sorrisetto malizioso capace di stravolgere ogni mio equilibrio interiore.

Di certo non può aspettarsi che io ceda a lui dopo tutto quello che è successo. Per quanto una parte di me lo voglia, l'altra è così ferita che forse ha imparato la lezione.

«Per niente, Harrison. Anzi il letto di Rosa è molto più comodo».

«Immagino quanto tu abbia dormito».

«Molto e profondamente, senza il tuo fiato sul collo».

Sogghigna con quel maledetto sorriso provocante.

«Sei tremendamente sexy quando menti» sorride divertito. «Decido io dove andare, per te va bene?»

«Non ci vengo a cena con te» ripeto.

Sorride di nuovo.

«Te l'ho mai detto che sei dannatamente cocciuta? Da quanto tempo non esci da questa casa?!» domanda retorico. «Da troppo, prendila come una occasione per rilassarti un po'».

«Voglio andare in un fast food» propongo allora. «E sarai tu a comunicare a tuo padre e a Rosa queste ore di riposo non pianificate».

Chiudo la porta del bagno proprio quando sta per dire qualcosa.

Da dietro la porta lo sento ridere.

Capitolo 37

«Prego». Aidan mi apre la porta.

Fisso prima lui e poi il locale. «Ti sei reso conto che questo non è un fast food?»

Rotea gli occhi. «Pensavo che scherzassi».

«Non stavo scherzando» ribatto secca.

«Vuoi *veramente* andare in un fast food?!» domanda spalancando gli occhi. «Qui fanno comunque gli hamburger, solo che usano carne vera».

Sbircio all'interno. Il locale sembra carino. Luci soffuse, tavoli di legno, pareti con i mattoni a vista. Dentro c'è gente, non troppa, non poca. Sembrano avere tutti la nostra età. E poi arriva un profumino delizioso di carne alla griglia.

«Prego» insiste Aidan, tenendomi ancora aperta la porta.

Entro senza ringraziarlo. C'è qualcosa che non va. Non è mai stato tanto gentile nei miei confronti. Forse sta davvero cercando di farsi perdonare. Una cosa che non è molto da Aidan. Ci accomodiamo a un tavolo in fondo al locale.

«E ora?» dico.

Mi passa un menù. «Mangiamo, di solito si fa questo alle cene».

«Non se ci sei tu di mezzo» commento, prendendo il menù e cominciando a scorrerlo. «Vuota il sacco» gli dico senza alzare gli occhi.

«Ho pensato...» dice «che potrei rispondere a un paio di domande». Strabuzzo gli occhi per la sorpresa e lui si affretta ad aggiungere: «Solo due, Aria... Lo so che stai morendo dalla voglia di sapere».

«D'accordo» annuisco. «Ma dovrai essere completamente sincero».

Avrei migliaia di questioni irrisolte e dubbi da eliminare, ma dopo tutto quello che è successo non voglio mettere altra carne al fuoco.

«Ci sto».

Devo giocarmi bene le mie carte. Rifletto mentre continuo a leggere i nomi dei piatti sulla lista.

«Buonasera ragazzi! Avete già deciso?» chiede una ragazza mora, alta, con la divisa da cameriera.

«Due cheeseburger, due porzioni di patatine fritte e due pinte». Aggrotto le sopracciglia fulminandolo con lo sguardo. Non mi sembra di avergli detto di ordinare anche per me.

«Benissimo» la cameriera sorride verso di lui.

«No. Per me niente cheeseburger» rispondo. La ragazza rivolge gli occhi su di me. «Vorrei un Vermonter».

Annota tutto e se ne va dopo aver lanciato un ultimo sorriso ad Aidan.

«Sul menù non c'è scritto 'Aidan puoi prenderti la libertà di ordinare anche per Aria'» puntualizzo.

«Forse sul tuo non c'è scritto...» risponde ironico con un sorrisetto sghembo sul viso che mi deconcentra. Sta molto bene stasera. Si è dato una ripulita rispetto a come era conciato stamattina. Indossa un semplice maglione nero sotto al cappotto e dei jeans. Non l'ho mai visto così. Comincio a pensare che potrebbe essere sexy con qualsiasi cosa.

«Ti sei incantata?» ammicca lui.

Mi schiarisco la gola e torno al presente. «No. Stavo solo pensando...»

«A quanto sono bello stasera?»

Avvampo, colta in flagrante, come sempre. Lui sorride. «Anche tu lo sei» dice. «Hai solo...» Si china sul tavolo e mi sposta una ciocca di capelli dietro l'orecchio. «Ecco. Belli gli orecchini».

«Erano di mia nonna» rispondo, cercando di rimanere razionale. Possibile che mi basti un suo complimento per andare in brodo di giuggiole?

«Di tua nonna? Wow» dice prendendo un sorso dal boccale con la birra che nel frattempo è stata portata al tavolo. «Parlamene».

Lo squadro. «Indovino. Vuoi distrarmi così che non ti chieda un bel niente, vero?»

Annuisce. Gli faccio una smorfia mentre mi concentro sulla prima domanda da porgli.

«Prima domanda. Quel pomeriggio, quando Angelica e Asher hanno litigato, tu volevi dirmi qualcosa e scommetto che riguardava il tuo lavoro. Quindi, che cosa dovevi dirmi?»

Ammicca prima di rivolgere il suo sguardo altrove, lontano dai miei occhi dove probabilmente sa che scorgerei la menzogna che sta per rifilarmi.

«Stavo per dirti che non dovevi ascoltare le parole di Guz. Quell'idiota sa dire solo stronzate» dice vago lanciando un'occhiata a destra.

Lo studio attentamente. Ha mentito, lo si potrebbe cogliere persino a due isolati da qui, ed è proprio questo che dà preoccupazione, Aidan Harrison non è il tipo di persona che si lascia cogliere in flagrante così facilmente. È come se avesse appositamente assunto l'atteggiamento del bugiardo per farmi capire che la realtà è ben diversa, ma che io non ne posso sapere nulla. E allora perché portarmi qui?

«Bene, dopo questa bugia, forse l'ennesima...» dico sarcastica.

«Non credi che io abbia delle buone motivazioni per non rivelare certe verità?» mi interrompe.

«No, si mente solo per due motivi: per interesse personale o per proteggere qualcun altro» dico. «Il secondo caso è impossibile, dopo tutto quello che è successo».

Lui sorride. «Quindi sostieni la prima tesi».

«Ritengo sia più plausibile».

«Se fosse la seconda?» Si sporge verso di me.

«Non dopo ciò che hai detto. Perché difendere un utensile usa e getta? Sono solo una domestica accessorio di cui servirsi per divertirsi un po'» rispondo secca.

«Allora perché sei venuta a cena con me questa sera se mi credi così vile?»

«Non ho detto che credo tu sia un essere vile» lo correggo. «Io ho solo riportato ciò che hai detto quel giorno».

«Sai qual è la mia prima regola?» sogghigna. «Dire solo ciò che può aiutare a giostrare la realtà a proprio piacimento».

Annuisco abbozzando un sorriso amaro. «Ma certo, un buon manipolatore non rivela mai ciò che pensa realmente».

«Esatto».

«Il problema, Aidan, è che quando tieni a qualcuno non potresti farlo neanche se lo volessi – e non lo vorresti – perché sentiresti dentro di te mille ragioni che ti impedirebbero di prenderti gioco dei sentimenti dell'altro. Non gli faresti mai del male» aggiungo.

Tace, per fortuna arrivano le nostre ordinazioni.

«Wow» mi osserva divertito mentre do un morso enorme al mio hamburger. «Sei davvero affamata».

«Sai com'è...» dico con un pezzettino di insalata penzolante dalla bocca, «quando si soffre non si ha appetito».

Allunga il braccio verso di me e io smetto di masticare congelandomi nella mia posizione. Prende il pezzettino di insalata e se lo mangia.

«Nemmeno io ho mangiato granché» rivela.

«Ti sei scolato una bottiglia di bourbon in compenso».

«Una?» ride, triste, lasciando intendere che nei giorni in cui non è stato a casa ha bevuto molto più del tollerabile. «Volevo annullarmi per un po'» prosegue con sguardo assente.

«E ora stai mangiando solo le patatine. Ma in quell'hamburger c'è un animale che è morto per te, abbi rispetto» dico cercando di riportalo al presente.

«Aria, anche se per te è strano, dato che ora riesci a vedermi solo come uno stronzo senza sentimenti» riconosco nel suo tono di voce un certo fastidio, «per me non si è conclusa lì la faccenda» sussurra distogliendo gli occhi da me.

«Smettila di autocommiserarti, Aidan. Fallo con gli altri, ma non con me» ribatto tranquilla, continuando a mangiare. Schiude le labbra osservandomi stupito.

Guardo fuori. Il cielo è del tutto coperto da nubi. È venerdì sera, le persone stanno passeggiando verso la piazza principale della piccola cittadina. Tutti sono avvolti in abiti pesanti e caldi, probabilmente molto presto nevicherà.

«Davidson, ti rimane una domanda» dice lui dopo un po'.

«Non che tu alla prima abbia risposto, nonostante il nostro patto» ribatto.

«Una domanda» ripete. Cerco un argomento che non sia troppo spinoso, voglio che mi dica la verità almeno su qualcosa.

«Perché avete due case in due luoghi totalmente differenti?»

«Noi siamo nati qui in Vermont. Siamo andati anche al liceo qui, ma siamo sempre andati in vacanza a Miami. Da quando mio padre ha uno studio lì, ci trasferiamo anche noi ogni anno».

«Immagino che tu preferisca Miami».

«A Miami ci sono molte più ragazze» sogghigna.

«Sei patetico» sussurro a denti stretti.

«Volevi che fossi sincero? Lo sono stato. E poi questo luogo mi ricorda mia madre» aggiunge serio.

Annuisco cercando i suoi occhi sfuggenti.

«Sai, Catherine è del Vermont, poi è andata a vivere a Miami» dice indirizzando il discorso verso altro. «Abbiamo frequentato lo stesso liceo».

Roteo gli occhi.

«Quando fai la gelosa sei veramente sexy».

Sento un brivido percorrermi la schiena e improvvisamente mi ritornano alla mente le parole di Angelica: 'Non l'ho mai visto guardare una ragazza come guarda te'.

Deglutisco. Mi volto di nuovo verso il vetro e noto dei piccoli cristalli bianchi scendere dal cielo.

Nevica.

Prendo il giubbotto in fretta e mi precipito fuori dal locale.

«Aria, dove stai...»

Lascio che la porta si chiuda alle mie spalle. Faccio un bel respiro. L'aria fresca e pungente di montagna mi riempie i polmoni. Dalla vetrata scorgo il tavolo a cui ero seduta e faccio segno ad Aidan di raggiungermi.

Lui sembra perplesso, ma poi si alza.

Guardo il cielo e osservo il vortice di fiocchi ricadere su di me.

All'improvviso tutto diventa ovattato. Apro la bocca e spero che almeno un fiocco capiti sulla mia lingua, proprio come stanno facendo i bambini qualche metro più in là. È splendido, mi sento di colpo leggera e libera da ogni pensiero. Erano anni che non vedevo la neve, da quando mia madre ci aveva portati in Canada a sciare. Cole amava lo snowboard ed era anche bravo, io fin da piccolina sono sempre stata più un tipo da cioccolata calda, plaid e un buon libro.

«Cosa stai facendo?» domanda stupito.

«Non rovinarmi il momento» taglio corto.

Accenna un sorriso sincero con gli occhi ancora su di me. Giro su me stessa guardando i grossi fiocchi cadere dal cielo.

«Vomiterai se non la smetti, ti sei mangiata anche il tavolo» mi afferra e mi attira a sé. Il suo calore mi avvolge rubando con impertinenza il posto del freddo pungente.

Ogni fibra del mio corpo si elettrizza.

Mi perdo nei suoi occhi finalmente liberi da mostri, lasciando da parte il rancore e i mille dubbi irrisolti.

«Perché mi hai portato qui, Aidan?» sussurro immersa nel suo mondo.

«Hai finito le domande» risponde secco, quasi sollevato di poterla scampare con questa scusa idiota.

«Sono seria, smettiamola di giocare per una volta. Dammi una risposta».

Stringe la mascella distogliendo gli occhi, ma dopo un paio di secondi torna a guardarmi. «Una parte di me» inizia a dire, «quella irrazionale, sapeva che saresti venuta a vedere come stessi prima degli altri. Ma oggi, quando sei arrivata, non ho dovuto nemmeno sollevare la testa per capire chi fosse entrato».

Lo sa. Sa del nostro strano, complesso, pericoloso, legame.

Una scarica di brividi mi avvolge, portandomi direttamente lì, nel cuore di Aidan Harrison, senza dovermi dimenare fra la foresta dei suoi tormenti.

«Sei qui perché dovevo trovare un modo per dirti grazie, perché tu, piccola bastarda, mi hai dato speranza quando ho toccato il fondo».

Capitolo 38

Per oggi ho finito di lavorare e Angelica mi ha trascinata con lei nella sala da biliardo. Fuori nevica ancora e i ragazzi si sono riuniti quaggiù, giocano a biliardo e bevono qualche birra. Il clima è stranamente meno teso del solito e più osservo Aidan, più mi convinco che ne sia lui il responsabile. Dopo il brutto litigio con Aron, qualcosa è cambiato. Il suo atteggiamento nei confronti dei suoi fratelli è meno autoritario, più disteso – per quanto l'atteggiamento di Aidan Harrison possa essere disteso, si intende. E anche se non ho ancora superato la brutalità delle sue parole, quello che mi ha detto l'altra sera ha colpito nel segno. È come se ci fosse una scintilla in più tra noi, più brillante e al tempo stesso ancora più pericolosa.

Lo osservo giocare a biliardo con i suoi fratelli e mentre cerco di decifrare tutto ciò che non mi dice, mi accorgo ancora una volta di quanto sia maledettamente bello. Non che prima non me ne fossi resa conto, ma oggi, ai miei occhi, ha un fascino diverso. Ha i capelli disordinati ed è strano perché solitamente sono perfetti, come richiesto dalla sua mania per il controllo. Nel momento in cui si accorge del mio sguardo su di lui, abbozza un sorriso malizioso indossando subito, di nuovo, la sua maschera da arrogante che mi fa perdere un battito.

«Vado a prendere un secchiello per raccogliere la bava?» Le parole di Angelica mi riportano alla realtà.

«Cosa? Che stai dicendo?!» esclamo.

«Ti piace da morire» dice.

«Mi piace un megalomane, stronzo e lunatico?» chiedo, incredula io stessa.

«Sì, certo!» squittisce lei alzando un po' la voce.

«Ang, potresti non urlare?»

«Perché, Aria? Credi davvero che non lo sappiano tutti?» ridacchia.

«Sei pazza, anzi siete tutti pazzi» mi limito a rispondere.

Prendo un paio di birre dal frigorifero e gliene porgo una. I suoi occhi non si perdono una mossa di quello che fa Asher, ma lui è tornato a fare finta che lei non esista.

«Perché ti fai questo?» le chiedo. «Non sarebbe meglio se non lo vedessi per un po'? Io sono contenta che tu sia qui con me a gestire il branco Harrison, ma mi sembra che tu ti stia facendo più male che bene...» Nelle ultime settimane, Angelica ha trascorso ogni suo istante libero qui allo chalet. La sua presenza ci ha permesso di chiacchierare qualche volta e credo ormai di poterla considerare un'amica. Mi chiedo se il destino non mi stia facendo uno dei suoi pessimi scherzi. L'amica che non ho mai avuto, ragazzi che mi considerano come una sorella, un padre che mi ha accolto nella sua famiglia a braccia aperte. E un uomo... a cui tengo. Sembra un sogno.

Infatti lo è e scade a fine contratto.

Ang prende un sorso dalla bottiglia prima di rispondere. «Non ci riesco, Aria. Non riesco a stare lontana da Ash e, credimi, ci ho provato. Non riesco a capacitarmi di come tutto quanto sia andato a rotoli con lui. Spero che prima o poi vorrà parlarne...»

Evidentemente, Aidan Harrison non è l'unico membro della famiglia ad avere problemi con la comunicazione. Il rumore del citofono interrompe la nostra conversazione. Mi avvio per raggiungere l'ingresso, ma vedo che Rosa ha già aperto. Una ragazza dai lunghi capelli corvini si sta togliendo il cappotto. Un cappottino striminzito con la temperatura sottozero? Me lo lancia addosso senza nemmeno salutarmi, ma quando i nostri occhi si incrociano ci riconosciamo immediatamente.

«E tu che diavolo ci fai qui?» sbotta.

«Io ci vivo, qui» rispondo.

Charlotte Williams mi squadra e dall'espressione che ha in viso mi sembra di poter vedere gli ingranaggi del suo cervello macinare informazioni a grande velocità. Anche oggi, come la sera della festa in maschera, indossa un abito rosso, in stile bon ton coordinato con il rossetto. È vestita tutta elegante nonostante fuori ci sia quasi un metro di neve.

«Portami da Aidan» ordina. Le faccio strada verso la sala da biliardo. Mentre mi segue anche il mio cervello ci dà dentro con i dubbi: cosa ci fa qui, lei? Perché vuole vedere Aidan?

«Ciao ragazzi!» dice appena entriamo nella sala, superandomi con una spinta. Si avvicina al tavolo e dà subito un bacio sulle labbra ad Aidan, con fare sicuro. «Che si dice?» va avanti, sorridendo.

Tutti i fratelli guardano Aidan e non proferiscono parola finché lui, dopo qualche secondo, passa un braccio attorno al fianco di Charlotte.

Li guardo sconvolta.

Angelica mi afferra per la manica della felpa. «*Tu*, però, sei più forte di me e puoi risparmiartelo. Andiamo via».

Mi lascio guidare da Ang fuori dalla sala da biliardo. Credo di essermi dimenticata come si faccia a respirare.

«Facciamo un giro» dice dopo un po'. Mi ha trascinata in cucina e mi ha obbligata a bere un bicchiere d'acqua.

«Sto bene, Ang» rispondo, ma la verità è che dentro di me Rabbia sta lottando contro Delusione e Tristezza e la sta spuntando. Devo rimanere concentrata se non voglio tornare di là e vomitare addosso ad Aidan tutte le parole che si meriterebbe.

Lei scuote la testa e sospira. «Allora fallo per me. Io ho bisogno di uscire».

La guardo e noto ancora una volta le occhiaie scure che spengono la bellezza dei suoi occhi. Mi riprometto di non ridurmi così anche io, mai, per nessuno. Aidan compreso.

«Usciamo da questo chalet» insiste. «Facciamo un giro in centro e poi andiamo al cinema. Una serata normale tra ragazze».

Devo reprimere una risata amara: per una che ha passato gli ultimi anni per strada, una 'serata normale' consiste in un giro alla mensa dei poveri e in una camminata fino ai rifugi per senzatetto. L'idea di chiacchierare con una ragazza e di andare al cinema mi attira.

«Va bene» dico.

«Evvai!» esclama lei. «Ci divertiremo, promesso. E ci prenderemo una pausa dall'aria tossica degli Harrison».

Infiliamo giubbotti, stivali da neve e usciamo. La foresta attorno allo chalet è un incanto. La sera sta calando dal cielo e la luce tenue basta a rischiare il manto bianco che ricopre ogni cosa.

«Okay, Aria, c'è un piccolo problema» dice Ang fermandosi di colpo. «Non ho pensato a come arrivare in città...»

La guardo stupita per un istante e poi scoppiamo a ridere all'unisono.

«Ma tu come sei arrivata qui?» le domando.

Fa spallucce. «Non abito molto distante e mi piace passeggiare, ma non con il buio. In questi boschi ci sono orsi, linci e coyote e io vorrei andare al cinema, non all'ospedale. Chiamiamo un Uber?» propone, ma con questa neve chissà quanto tempo ci metterebbe per arrivare allo chalet.

Mi si accende una lampadina.

«Charlotte Williams e il suo cappottino come saranno arrivati fino a qui?» domando io.

Angelica scrolla le spalle.

«Seguimi» dico.

«Perché all'improvviso non mi fido più di te, Aria?» ribatte lei con espressione a metà tra il preoccupato e il divertito. Io mi volto e le lancio un sorriso. Torno dentro allo chalet e recupero il cappotto di Charlotte. Bingo. In una tasca interna trovo il mazzo di chiavi. Con passo sicuro esco nuovamente e mi avvio in direzione del fuoristrada. L'apertura scatta non appena sono a pochi metri di distanza. Spalanco la portiera e mi sistemo al posto di guida. Angelica mi guarda immobile nella neve.

«Prego, signorina» le dico.

«Aria, non possiamo prendere il fuoristrada di Charlotte!» esclama lei fissandomi con occhi spalancati.

Sbuffo. Lei si è presa Aidan.

«Ne avranno per ore, là dentro» rispondo e sento che nella mia voce c'è una nota amara. «Dai» la incito.

«Tu non capisci...» continua Ang. «I Williams...»

«Ang» la interrompo. «Sei stata tu a dirmi che avevi bisogno di uscire. Arriviamo in città, facciamo un giro e torniamo prima che Charlotte metta il suo nasino all'insù fuori dalla sala da biliardo».

O dalla camera di Aidan.

«D'accordo» dice poi con uno strano sorriso. «Non ho mai fatto una cosa del genere!» esclama tra il preoccupato e l'entusiasta dopo aver chiuso la portiera.

Angelica mette della musica con il suo cellulare e iniziamo a cantare mentre le ruote del fuoristrada affrontano senza alcun problema la strada innevata. Il centro di Burlington non è molto distante e in meno di venti minuti sto già parcheggiando davanti a un pub che mi ha indicato Ang.

Le luci della piccola cittadina mi restituiscono un po' di allegria. Inspiro profondamente.

«Che stai facendo?» mi chiede Ang.

Sorrido. «Prova anche tu».

Mi imita. «Non sento niente» dice dopo un secondo.

«Appunto: aria pulita. Nessun profumo Harrison» rispondo.

«È vero!» esclama e inspira di nuovo prendendomi a braccetto. Entriamo nel pub e ci sediamo al bancone. Ordiniamo da bere e il barista, con la barba lunga e una camicia a scacchi, ci mette due pinte ghiacciate davanti agli occhi insieme a un'enorme porzione di nachos.

Angelica e io chiacchieriamo e mangiamo, scordandoci subito del cinema. Quando comincia il karaoke la trascino con me sul palco. Ang è intonata, canta bene, ma siamo un po' brille e troppo felici della reciproca compagnia per impegnarci davvero. Al termine della canzone, però, tutti ci applaudono e chiedono il bis. Sento di avere le guance rosse e non riesco a smettere di sorridere. La musica riparte, abbiamo ancora in mano il microfono e Ang ha iniziato a cantare quando i miei occhi li vedono.

Che cosa ci fanno qui?

Aidan mi fa segno di scendere. Sul suo viso c'è un'espressione dura e minacciosa. Sono tentata di ignorarlo. La sua presenza ha mandato in frantumi la mia leggerezza e questo mi ha irritata. Insiste, piazzandosi davanti al palco, e Asher lo affianca con volto scuro. Alzo gli occhi al cielo e scendo in mezzo ai «Buu!» dei presenti. Ang va avanti a cantare, ha guardato Asher e ha deciso di fare finta che non le importi nulla.

Aidan mi trascina in bagno.

«Cosa ti è venuto in mente?!» mi grida addosso.

Lo guardo con espressione di sfida. «Abbiamo solo fatto un giro».

«Con l'auto di Charlotte!»

Faccio spallucce. «Come sei carino a preoccuparti per la tua ragazza» dico.

«Non è la mia ragazza» risponde a denti stretti.

«Lei non sembra della stessa opinione». Poi mi viene in mente una cosa. «Come avete fatto a trovarci?»

«Sono venuto a cercarti e non c'eri e non c'era neanche il fuoristrada. Poi Asher ha provato a chiamare Angelica che non gli rispondeva» sembra sincero. «Ash e Ang hanno ancora quell'app sul cellulare che indica la posizione. Quando abbiamo visto che eravate qui...»

«Vi siete precipitati per riportarci a casa? Siete così incapaci di accettare che la nostra attenzione non è del tutto dedicata a voi che vi ingelosite se usciamo da sole?»

Scuote la testa e sul suo viso c'è il solito ghigno duro. «Non hai capito niente, Aria. Fai quello che ti pare, a me non interessa». Il suo tono è affilato come un coltello. «Dammi solo le chiavi di Charlotte. Potete tornare quando volete con la macchina di Asher. E ringrazia che nessuno a parte noi se n'è accorto, Aria».

I suoi occhi sono lontani anni luce. Gli do le chiavi e senza salutarlo rientro in sala proprio nel momento in cui Asher esce dal locale come una furia. Al bancone, Ang lo osserva andarsene.

«Tutto bene?» le chiedo, sedendomi subito al suo fianco. Al diavolo Aidan Harrison.

Lei sospira. «Che ne dici se facciamo un altro giro?»

Faccio un cenno al barista che ci serve un'altra pinta. L'allegria è sparita. Ang si è fatta silenziosa.

«Lasciate che gli Harrison vi rovinino la serata?» dice una voce alle nostre spalle.

Mi volto e vedo Alex Williams con quel suo sorriso triste sul viso. «Ciao, Alex» lo saluto. Angelica mi afferra un braccio e quando la guardo noto che ha gli occhi sbarrati. Mi libero dalla sua presa, lei si alza e si allontana.

«Devo andare a prendere un po' d'aria» si scusa.

Alex mi squadra mentre aspetta che il barista gli dia la sua ordinazione. «Chi si rivede» dice. «Speravo che mi chiamassi».

«Ho avuto da fare» rispondo.

«Sì, non deve essere facile lavorare per quella famiglia» dice indicando con il capo la porta da cui sono usciti Aidan e Asher.

Annuisco, fissando il mio bicchiere ancora pieno. «Non ti piacciono molto...» gli dico.

«No. Decisamente» risponde. «Aidan è furbo. Odio che stia con Charlotte. Temo lo faccia solo per evitare guai...»

Guai? Quali guai?

«Ma anche per mio padre. E ora che lui le ha chiesto la mano...»

La birra mi va di trasverso.

«Come?» chiedo con un filo di voce.

Alex solleva un sopracciglio e mi guarda. «Non lo sapevi?» accenna un sorriso furbo. «Certo che no...» commenta rivolgendosi più a se stesso che a me.

Si sposano.

Aidan si sposa.

E tutto quello che è successo tra noi non ha alcun senso. Mi sono lasciata manipolare dai miei ormoni e da lui, dalle sue parole. Sento il cuore sprofondare nel baratro. Un nodo alla gola mi impedisce di tornare a respirare regolarmente. Non mi aspettavo di certo chissà cosa da lui, ma nemmeno questo.

«Mi spiace non poter presenziare alle nozze» rispondo alla fine con il fiato sospeso.

«Non ci sarai?» domanda lui.

«Domani me ne vado. Torno a Miami». Queste parole dette ad alta voce hanno uno strano sapore in bocca.

«Ti dimetti?» domanda. «Non c'è da stupirsi. Tutte le loro ultime domestiche se ne sono andate dopo un mese».

Come fa a sapere delle precedenti domestiche? Inizio a sospettare sempre di più che fra le due famiglie ci sia qualcosa di più grande di una semplice antipatia.

Angelica, nel frattempo, è rientrata e si è seduta accanto a me.

«Credo che dovremmo andare, ora, Aria» dice interrompendoci.

«Buonanotte ragazze» ci saluta Alex e torna al tavolo a cui lo aspettano i suoi amici.

«Tu lo sapevi? Sapevi di Aidan e Charlotte?» chiedo ad Angelica quando siamo sulla macchina di Asher.

Lei guarda fisso davanti. «No» dice semplicemente e dal suo tono capisco che è sincera. «Te ne vuoi andare davvero? Per sempre?» domanda.

«Per sempre mi sembra esagerato» sorrido. «Sarò comunque qui in America, non proprio nel Vermont, ma nel tuo stesso continente».

«Non andartene, Aria. Tu non capisci, hai portato qualcosa di buono in quella famiglia, me ne sono accorta subito, appena li ho rivisti».

«Non credo» scuoto la testa.

«Invece sì, credimi. Li conosco da almeno dieci anni e io c'ero quando le cose sono precipitate. Li ho visti piombare sempre di più nell'oscurità, ma tu hai acceso una speranza dopo otto lunghi anni di sofferenza» prende la mia mano e la stringe. «Sei una che combatte nella vita, l'ho capito subito, non smettere di farlo ora».

«Ang, io...» sussurro confusa.

Vorrei rimanere solo per ciò che mi ha appena rivelato. Le parole hanno un grande potere se usate nella maniera giusta.

«Lascia stare» scuote la testa. «Cancella tutto quello che ti ho appena detto. Devi fare quello che ritieni più giusto... Ho solo riposto in te la mia speranza che fra Ash e me si possa ricucire la frattura».

Capitolo 39

Ho trascorso la maggior parte della notte sveglia. Appena siamo arrivate a casa, Ang mi ha abbracciata forte ma non ha più provato a convincermi a rimanere. Io sono andata dritta in camera di Rosa e le ho detto che intendevo dare le dimissioni. Non le ho spiegato quanto la notizia del matrimonio di Aidan avesse influenzato la mia scelta, soprattutto perché nemmeno io ancora lo saprei dire con esattezza. Durante il mio discorso mi ha rivolto un sorriso dolce e materno, tanto che sono scoppiata a piangere. Non ha contestato la mia decisione, anzi, mi ha stretta forte e ha risposto: «Sarai un'ottima fotografa, Aria Davidson».

Appoggio il mio borsone all'ingresso.

Prendo il telefono di casa e compongo il numero del signor Harrison.

«Pronto?» risponde dopo un paio di squilli.

«Buongiorno, signor Harrison. Sono Aria».

«Aria, che piacere sentirti. Come mai mi chiami a quest'ora?» La sua voce si fa subito dolce e pacata. Me lo chiedo ancora una volta: come fa un uomo così buono ad avere dato la vita a un figlio così stronzo?

«Le volevo dire...» faccio un respiro profondo, «che mi dimetto».

«Oh» esclama sorpreso. «Come mai? È successo qualcosa che dovrei sapere?»

«No...» rispondo con voce strozzata. «Ho raggiunto la cifra di cui avevo bisogno e ho capito che questo lavoro non fa per me».

«Sei sicura che non ci sia altro?» domanda lui. La sua voce sembra delusa.

«Sì».

«D'accordo, Aria. Se avessi bisogno di un posto in cui stare a Miami, puoi andare alla villa...»

«Non si preoccupi, signor Harrison. Saprò come cavarmela».

«Non ho alcun dubbio su questo punto...» Non posso vederlo eppure riesco perfettamente a immaginare il suo sorriso un po' sconfortato sul volto. «Mi dispiace molto, Aria» va avanti il signor Harrison. «Stavi diventando parte della famiglia, ormai».

Le sue parole sono macigni. Non riesco a credere che stamattina non farò colazione con Aron, che non cucinerò con Jason, che non berrò il tè con Rosa in veranda, che non chiacchiererò più con Ang. E che non incrocerò più Aidan e il suo sorriso malizioso in corridoio...

«Sono sicura che anche voi riuscirete a cavarvela senza di me» provo a dire con voce un po' flebile.

«Non sono molto d'accordo su questo punto, Aria» risponde il signor Harrison. «Comunque, se dovessi avere bisogno di qualche referenza ti prego di farmelo sapere. Ti accrediterò lo stipendio oggi stesso. Buon viaggio, Aria».

Appena riattacco, Rosa mi si avvicina e mi abbraccia.

«Ricorda, questa è casa tua *y nosotros somos tu familia*» mi sussurra dolcemente.

«Dovresti uscire con il signor Harrison» le dico sciogliendomi dalle sue braccia. «Sembrate fatti l'uno per l'altra».

Lei abbozza un sorriso imbarazzato.

«Bene, penso sia arrivato il mio taxi» dico guardando fuori dalla finestra. «Buona fortuna, Rosa. Credo che tu e il signor Harrison siate le persone migliori che io abbia mai incontrato».

Lei mi stringe le mani e mi guarda dritta negli occhi.

«Non ti sottovalutare così, *chiquita*. Tieni, i soldi per il taxi».

«Rosa...»

Mi zittisce con un gesto della mano e mi apre la porta.

Per un'ultima volta faccio entrare nei miei polmoni il profumo della famiglia Harrison.

«Addio» bisbiglio piano.

Percorro lentamente il vialetto e apro la porta dell'auto che è parcheggiata fuori dal cancello.

«Buongiorno» dico al conducente, un tizio con un cappellino nero e una grossa giacca da sci. «Devo andare all'aeroporto».

Lui mi guarda nel finestrino.

«D'accordo» mi risponde, imboccando subito la strada. «Ma ho appena sentito alla radio che sta per arrivare una tormenta, signorina. Non credo che ci saranno voli nelle prossime ore».

La mia solita fortuna. Sospiro. Non ho altri posti in cui andare, comunque.

L'aeroporto di Burlington è a poco meno di un'ora dallo chalet, ma il tassista ci impiega il doppio del tempo: il notiziario non si sbagliava. Poco dopo la mia partenza, la neve comincia a cadere fitta e le forti raffiche di vento fanno sbandare il taxi. Quando entro nell'hangar, già decorato per le feste di natale, poi, trovo decine di persone con espressioni sconfortate intente a guardare i tabelloni delle partenze su cui c'è soltanto una sfilza di voli annullati, compreso quello per Miami.

Trascino il mio borsone a una panchina libera e mi siedo.

Non riesco a scrollarmi di dosso questa malinconia. Mi ripeto incessantemente che in fondo non posso essermi davvero affezionata tanto a tutti loro in così poco tempo.

Eppure è così che mi sento. Sola. Spero che, una volta a Miami, potrò dimenticarmi di questi mesi.

Vago per l'aeroporto insieme a tutti i passeggeri annoiati e innervositi finché il mio stomaco non brontola. Mi siedo al caffè più vicino e ordino da mangiare.

«Posso sedermi qui? Tutti i tavoli sono occupati» chiede una voce. Quando alzo gli occhi vedo una ragazza dai capelli biondissimi e gli occhi azzurri, slanciata e vestita come se fosse appena uscita da una copertina di *Vogue*, cappello a tesa larga color cammello in testa compreso. I nostri sguardi si incrociano.

«Ma tu...» le chiedo fissando gli occhi azzurrissimi e lucenti.

«Tu!» esclama lei con voce squillante. «Sei quella con l'abito bordeaux alla festa in maschera dei Williams!»

Il mio cervello si mette in moto: «Il bagno?»

Lei annuisce. «Sì, stavi parlando con quella tizia con l'abito rosso di paillettes... orribile» dice, fingendo un brividio. «Posso sedermi?»

«Certo» esclamo, togliendo il borsone dalla sedia davanti alla mia, insolitamente felice di scambiare qualche chiacchiera con qualcuno per ingannare l'attesa. «Sono Aria» mi presento.

«Madison!» risponde lei. «Sai, ho ripensato per giorni al tuo vestito» dice.

Sorrido. «Io avevo notato subito i tuoi occhi mentre sfilavi».

Lei sbuffa. «Di solito non faccio sfilate, ma mi trovavo in zona e così... Un lavoro è sempre un lavoro, anche se poi sono stata ripresa perché non ero stata abbastanza seria e... misteriosa» dice ridacchiando. «Hai già ordinato?» mi chiede, guardandosi attorno.

«No».

«Cameriere, cameriere!» inizia a chiamare, placandosi solo quando un ragazzo molto indaffarato le rivolge un cenno del capo. «Gironzolo in questo maledetto posto da ore. Chissà quando questa tormenta finirà» brontola. Non mi dà neanche il tempo di replicare. «Dove stai andando?»

«Miami» rispondo.

Fischia. «Ci sono stata qualche volta. Città carina, clima piacevole. Di sicuro meglio del gelido artico del Vermont. Come mai tu sei diretta là?»

«Torno a casa, ho lavor...» ma non riesco a finire la frase che lei riparte subito in quarta con voce allegra e squillante.

«Ah non male, io sono di Sacramento, ma ultimamente la California mi sta stretta. Sai, ero in viaggio con alcune amiche, avevamo deciso di girare gli Stati Uniti facendo una sfilata qua e là, però si sono rivelate piuttosto... antipatiche. Volevano solo fare festa e incontrare ragazzi, che per quanto siano due attività piacevoli alla lunga mi stancano. In più, avrei proprio bisogno di una pausa dalla mia vita... Sto pensando di cambiare lavoro o almeno prendermi un periodo sabbatico, di riflessione, non so se capisci che cosa intendo. Ecco, di sicuro le mie amiche non lo capivano e quindi...»

Madison ha iniziato a parlare a raffica. Si è avventata sulle mie patatine senza chiedermi il permesso e si sta cimentando in un monologo di cui faccio fatica a tenere il filo. Parla con leggerezza, intervallando le sue parole con risatine e commenti che non capisco. Sto cominciando a chiedermi se questa ragazza così frizzante non sia in realtà una serial killer inviata dagli Harrison per uccidermi di chiacchiere. Di punto in bianco, Madison si interrompe e guarda alle mie spalle.

«Ehi, piccolino» dice. Mi volto e vedo che sta parlando con un bambino che avrà al massimo otto anni. «Vieni qui» lo chiama.

Il bambino si avvicina con sguardo un po' spaesato. «Tutto bene?» gli chiede.

Lui scuote la testa. «Non trovo la mia mamma» risponde.

Madison lo prende subito per mano. «Tranquillo, dato che la mia amica e io non abbiamo nulla da fare, ti diamo una mano a cercarla. Va bene?» gli dice con un sorriso rassicurante.

Amica?

«Aria, su, datti una mossa». Mi incita Madison, tenendo stretta la mano del bambino.

Annuisco, un po' sconfortata. Mi aspettano minuti di caccia al genitore, segnati da chiacchiere incessanti.

Il bambino si chiama Tom e quando finalmente riusciamo a restituirlo alla madre lui ci stampa due grossi baci sulle guance.

«Grazie mille, signore».

Madison avvampa. «Non sono così vecchia. Non sembro così vecchia, vero Aria?» mi chiede, già preoccupata. Rido. Madison è bellissima, come può venirle un dubbio del genere? Ci allontaniamo dalla famiglia riunita proprio quando la voce di un altoparlante inizia a gracchiare.

«*Il volo 269 per Miami decollerà fra quarantacinque minuti. Si pregano i gentili passeggeri di svolgere i controlli del check-in e di attendere al terminal*».

Sospiro. Era ora.

Madison mi guarda con espressione triste.

«È il tuo volo?»

Annuisco.

«Allora ti saluto, Aria. Grazie per avermi tenuto compagnia stamattina»

La osservo. In realtà, è stata lei a tenere compagnia a me. Nonostante si sia rivelata una chiacchierona, i suoi discorsi sconclusionati hanno impedito che i miei pensieri tornassero agli Harrison. Mi ha raccontato di non essere poi così tanto entusiasta di rientrare a casa, dove sua madre, suo padre e la sua manager la stanno aspettando per altri lavori a cui lei al momento non è interessata. Alla fine, sforzandomi di rispondere ai suoi interminabili monologhi, mi sono sbloccata e ho avvertito una punta di simpatia per questa ragazza.

«Madison» inizio.

«Sì?»

«Ti va di venire a Miami con me?» le chiedo istintivamente.

«Come?» spalanca gli occhi azzurri stupita.

«Tu mi hai detto di non voler tornare a casa e che hai abbandonato le tue amiche. Io ho lasciato il mio lavoro. Non ho ancora un posto in cui andare, ma di sicuro in due sarà più divertente cercarlo. Quindi, perché no?»

«Con piacere!» alza la voce elettrizzata. «Sempre che io riesca ad avere un biglietto last-minute. Devo sbrigarmi...»

Prima ancora che io possa dire qualcos'altro, Madison è già in coda alla biglietteria.

Capitolo 40

Osservo il paesaggio del Vermont dal vetro del terminal per un'ultima volta. Ripercorro ogni singolo momento vissuto qui, da quelli più bui a quelli che non immaginavo avrei mai potuto vivere. Ripenso a tutti loro. Mi mancheranno gli scherzi, le battute insignificanti, gli abbracci caldi e persino le partite alla Playstation.

Scegliere di andarmene è stato difficile.

Solo ora riesco a realizzare davvero quanto tutti loro siano entrati nel mio cuore. Mi hanno accolta subito come parte della famiglia; mi hanno restituito un calore che non sentivo da anni, dandomi di nuovo modo di provare quella sensazione di avere un posto nel mondo.

«Non mi hai permesso di augurarti buon viaggio, Davidson».

Trattengo il respiro. La sua voce graffia la mia pelle provocandomi una scia di brividi, una lama metallica che sfregia il cemento.

«Fallo ora, Harrison» bisbiglio. Non mi volto verso di lui. Voglio evitare i suoi occhi magnetici.

«Oh, ciao bellezza. Tu saresti?» rivolge la sua attenzione a Madison.

Alzo gli occhi al cielo e scuoto la testa seccata.

«Madison, un'amica di Aria» risponde lei stringendogli subito la mano energicamente.

«Che ne dici di darmi il numero?» le chiede.

«Madison, non credere a una sola parola che può uscire dalla sua bocca» ribatto. Lei mi studia con aria interrogativa. «Smettila di importunarla, Aidan» gli ordino.

«Sai, Madison» ricomincia lui, fingendo di non avermi sentita. «Sei molto bella, ma non tanto quanto una ragazza che ho conosciuto qualche tempo fa... Lei è riuscita a catturarmi con i suoi occhi verdi e nocciola come nessun'altra aveva mai fatto prima». Aidan prende fiato. «Ho cercato di allontanarla da me eppure c'è sempre stato qualcosa che in un modo o nell'altro mi riportava da lei. Ho tentato come un'idiota di ferirla, ma la verità è che io senza quegli occhi non riesco a starci. Le ho fatto credere che fosse una donna vulnerabile, l'ho sottovalutata...»

Mi alzo e mi dirigo verso il gate per Miami. Madison non mi segue.

«... ma mi sbagliavo».

Mi blocco.

«Se stai cercando di riportarmi a casa, sprechi il tuo tempo, Harrison».

«Signorine dovete imbarcarvi?» chiede un addetto del personale di terra.

«Sì, ma aspetti due minuti» sussurra Madison.

Aidan mi si avvicina, vorrei andarmene ma i piedi sembrano incollati al suolo. «Sei la ragazza più forte che abbia mai incontrato» dice. «So bene che probabilmente sei già stanca di me, ma l'ho capito solo dopo aver visto la camera vuota, l'armadio senza i tuoi vestiti, la cucina stranamente in ordine... Tu, biondina...» sorride facendo una pausa. «Torna a casa con me, Aria».

Il mio cuore fa un tuffo nel vuoto.

Una parte di me vorrebbe saltargli addosso, baciarlo fino a soffocarlo, ma l'altra no. L'altra non si accontenta più di mezze verità, di giochetti e prese in giro. È troppo ferita nell'orgoglio.

«Non posso, Aidan» sussurro. «Queste parole avresti dovuto dirmele quella mattina, al posto di dire 'la domestica con cui ogni tanto mi diverto'».

«Volevo proteggerti».

«Ferendomi?» Incrocio le braccia al petto.

«Paradossalmente, ero convinto che allontanarti da me fosse il modo migliore per tenerti fuori dai guai».

«Quali guai?»

«Guai che mi riguardano» risponde vago.

«Certo, altre bugie» annuisco facendo una smorfia amareggiata.

«Omissioni» mi corregge.

«Bugie, omissioni... Come possiamo provarci se manca una base fra me e te?» Poi ci ripenso. «Ma tu non stai per sposarti con Charlotte Williams? Che cosa dovremmo provare a fare? Cosa ti aspetti da me, Aidan?»

Lui mi guarda di sbieco.

«È una storia complicata, Aria».

«Strano» dico sarcastica. «Niente che ti riguarda è complicato di solito...»

Do i miei documenti all'addetto. Mi giro verso Madison per farle cenno di seguirmi, ma lei continua a guardare prima me e poi lui.

Incrocio finalmente lo sguardo di Aidan. Sento i suoi occhi verdi scavarmi dentro, alla ricerca di risposte. Dopo un istante sospira.

«Hai mollato» dice con un filo di voce.

«No, Aidan. Non ho mollato perché non c'era *niente* da mollare. Ho scelto me stessa, perché dopo essermi messa persino al secondo posto, ho visto fallire ogni mio tentativo con te».

«Quindi è così, hai mollato» ripete convinto.

Sento il sangue ribollirmi nelle vene.

«Ti sbagli di grosso» ribatto a denti stetti.

«Allora combatti» dice. «Combatti per te stessa e per noi. Lo sai perfettamente anche tu, Aria, che non è affatto vero che quello che c'è tra noi, qualsiasi cosa sia, è *niente*».

Mi si avvicina.

«Scusate, ma l'aereo deve decollare» dice di nuovo il ragazzo.

«L'aereo deve aspettare, Ambrogio» lo zittisce Madison.

Non saprei dire che cosa si stia muovendo dentro di me in questo momento. Credo che la parte irrazionale abbia completamente invaso quella razionale che, però, non vuole battere in ritirata.

«E il matrimonio con Charlotte, allora?» domando fulminandolo con lo sguardo.

Lui aggrotta le sopracciglia «Te l'ho detto. È una storia complicata...»

«Non mi interessa, Aidan. Qualsiasi cosa ci sia sotto, o me o lei».

«Tu» risponde secco, prima ancora che finisca la frase.

«Signorine...» insiste il ragazzo.

«Aidan, io...» Guardo lui e poi l'aereo. Aidan Harrison mi ha detto tutto quello che avrei voluto sentirmi dire. Ma è abbastanza? O è soltanto un modo contorto per riportarmi a casa e tenermi buona fino alle nozze con Charlotte? O fino alla prossima Catherine?

«Dammi una possibilità, Aria» dice lui e mi prende una mano.

La verità è che non ho davvero la più pallida idea di che cosa fare.

Capitolo 41

Se poi ricominciasse a comportarsi come uno stronzo senza cuore? Non voglio soffrire, non di nuovo.

«Se ti azzardi anche solo a ferirmi ancora non vedrai più nemmeno il mio nome».

Sorride e vedo i suoi occhi colmarsi di felicità.

«Vedremo come ti comporterai tu» si avvicina con un ghigno.

«Aidan, non scherzo. È già la seconda volta che riapro il mio cuore malridotto a te. Non approfittarne».

«Non voglio farlo». Posa le sue mani sui miei fianchi.

«E dimenticavo, non voglio più vedere nessuna delle tue amichette. Non sono disposta a condividerti».

«Nemmeno io» sussurra sulle mie labbra.

Mi bacia.

Mi stringe, annusa il profumo dei miei capelli e io quello tra il suo collo e la clavicola. E mi sento subito come se fossi tornata a casa. Lui mi fa questo effetto, mi rende viva, fa sì che tutto sia misteriosamente affascinante, crea scompiglio nella mia vita, mi obbliga a guardarla in faccia. Schiudo le labbra. Aidan continua a baciarmi. È passionale, ma allo stesso tempo delicato. Lui è fuoco e ghiaccio allo stesso momento. Sta contrassegnando quello che proviamo. Sigilla il nostro noi.

«Pericolosamente mia» bisbiglia.

'Sono sua'.

«Sì!» sentiamo un urletto susseguito da un applauso veloce. «Non partiamo più» dice Madison chiudendo la porta in faccia al ragazzo che ci stava gentilmente aspettando.

«Madison, e tu?» chiedo in difficoltà.

Lei sorride con i suoi denti perfetti.

«Ho appena capito due cose. La prima è che credo di aver trovato un'amica in meno di una giornata. La seconda è che questa amica deve essere una persona ancora più interessante di quel che mi sembrava. Scene del genere non si vedono di certo tutti i giorni» risponde indicando me e Aidan, lui mi tiene per un fianco. «Non ho alcuna intenzione di lasciarti andare via, Aria Davidson». Ridacchia.

«Ma dove starai?»

Lei agita una mano con noncuranza. «Troverò un hotel e alloggerò lì finché tu non sarai stanca di me e mi manderai via a calci».

Alzo la testa e guardo Aidan. «Può stare da noi finché trova una sistemazione?»

«No, certo che no» risponde lui.

«Solo per un po', non per sempre».

«Aria, non è un albergo casa nostra».

«Tutte le vostre amichette, però, ci dormono come se lo fosse» dico incrociando le braccia al petto.

«Sì, ma loro dormono con uno di noi».

Corrugo la fronte.

«Dormivano» si corregge.

Gli rivolgo un sorrisetto soddisfatto.

«E poi non abbiamo camere».

«Sì che ne avete, Harrison».

«Che cosa dirai a mio padre?» chiede sconfortato. Ha capito di avere perso e non è abituato. Io, invece, sto esultando dentro di me.

«Non so, che è la nuova domestica?»

«Eri già abbastanza tu».

Ero? Non mi riassumeranno?

«No, ehi, Aria, non importa, prenderò una stanza in hotel» sussurra Madison.

«Aidan, non puoi rovinare questo momento» dico voltandomi verso lui.

«Stai scherzando spero, non ho idea di chi sia, chi mi garantisce che non sia una ladra?»

«Io» mi avvicino a lui. «Mi fido di lei. Anche se ci conosciamo da poche ore».

«Tu mi manderai in rovina, Aria Davidson» ribatte Aidan e si volta verso l'uscita.

Sorrido entusiasta a Madison.

«Quindi posso stare da voi?» chiede Madison con una vocina piccola.

Annuisco raggiante.

Raggiungo Aidan a passo svelto.

«Aria uno, Aidan zero» lo sorpasso.

Mi afferra per i fianchi e mi circonda con le sue grandi braccia.

«Vediamo se sulla mia scrivania il punteggio cambia» sussurra al mio orecchio. Gli sferro una gomitata nel costato per impedirgli di prendersi la gloria del mio volto paonazzo.

«E comunque non ti ho perdonato del tutto, ci sono molte questioni irrisolte».

Capitolo 42

Arrivati a casa, percorriamo l'ingresso per raggiungere il salone. I fratelli Harrison sono riuniti sui divani, sui loro volti ci sono espressioni tristi e ansiose.

«Aria!» mi raggiungono e mi abbracciano come se non mi vedessero da settimane.

«Non ti permetto di andartene senza prima aver giocato l'ultima partita» mi dice Jake.

«Ero già disperato per la mancanza di pizza e brioche» aggiunge Aron.

Sono lusingata dalla loro gioia.

«Anche io sono contenta di essere tornata» rispondo e finalmente il nodo che mi lega la gola si scioglie.

«Però, non sono da sola» aggiungo. «Ho chiesto ad Aidan di ricavare una stanza anche per una mia amica, Madison».

Faccio segno a Madison, che fino a quel momento aveva osservato la scena in disparte, di raggiungerci. Appena la vede, Jake emette un fischio. Jason e Aron si lanciano un'occhiatina complice e Josh la guarda così attentamente che sembra voglia radiografarla. Gli Harrison si buttano su Madison, inondandola di domande a cui lei risponde contenta di poter parlare a briglia sciolta con qualcuno.

Aidan si siede su una poltrona e dopo avermi guardata per un po' chiacchierare con i suoi fratelli mi chiama.

«Vieni qui, biondina».

Mi libero dall'abbraccio di Aron e vado da lui, sedendomi sulle sue ginocchia e appoggiando la testa sulla sua spalla. In quell'istante, Angelica e Asher fanno capolino nel salone.

«Sapevo che saresti tornata!» grida Ang.

«Ciao, Aria». Ash mi abbraccia.

«Lei?» chiede Angelica indicando Madison.

«Lei è una mia nuova amica».

Ang guarda Aidan. «Ci sei riuscito» gli dice, secca. È la prima volta che li sento scambiarsi una parola.

Lui non risponde. Ang mi prende per un polso e poi afferra anche Madison.

«Scusate, emergenza, cose da donne, scusate» dice con il sorriso, trascinando Madison fuori dal cerchio di Harrison. Ci porta in camera di Asher.

«È successo il finimondo mentre non c'eri, Aria!» comincia a dire Angelica trattenendo a fatica l'entusiasmo. «Il primo ad accorgersi della tua assenza è stato Aron, ovviamente. È sceso a fare colazione e ha trovato Rosa in cucina, piuttosto affranta. Allora è corso da Aidan che ha dato letteralmente di matto. Ha persino litigato con suo padre per aver accettato le tue dimissioni. Josh e Jason hanno provato a calmarlo, ma per poco non scoppiava un'altra rissa. Asher mi ha telefonato perché credeva che io sapessi dove fossi andata. Appena gli ho detto che volevi tornare a Miami perché avevi saputo di Aidan e Charlotte Williams, Asher ha detto: 'Mio fratello è proprio un coglione'. Non l'avevo mai sentito parlare così di Aidan» osserva, stupita. «Comunque, Aidan è partito subito per venirti a cercare, ma con tutta la neve che è caduta ci ha messo più del previsto. Ormai non credevamo più di rivederti... A proposito, che cosa ti ha detto Aidan per convincerti a tornare?»

Non sono pronta a parlarne. Voglio custodire il nostro legame come se fosse una piantina da far crescere al sicuro. Esito per un istante nella risposta e ovviamente Madison risponde al posto mio.

«Erano dolcissimi! Lui le ha fatto un discorso un po' rude, cioè mi aspettavo che fosse un po' più dolce...»

«... Be', considerando che stiamo parlando di Aidan...» commenta Ang.

Madison e Angelica si guardano, si studiano per un momento, finché praticamente all'unisono si presentano.

«Mad».

«Ang».

Si sorridono, si danno la mano. Le osservo. Mi sembra incredibile... Sta succedendo veramente? Ho due amiche? Ho un uomo? Mi guardo attorno cercando di fare spazio dentro di me a queste novità. Madison e Angelica hanno iniziato a chiacchierare fitto.

«Ma, Ang, tu dormi qui?» chiedo ispezionando la camera e riconoscendo alcuni vestiti femminili. «Dormi con Asher?»

«No, sei forse impazzita?» gracchia. «Quando resto qui a dormire lui si trasferisce in camera di Aron o di Jake. Comunque, non puoi cambiare discorso a tuo piacimento. Cosa ti ha detto Aidan?» Mi punta un dito contro.

Faccio spallucce e sorrido.

La mente continua a viaggiare facendo congetture un po' troppo azzardate.

L'unica domanda che aleggia nella mia testa è: adesso cosa accadrà?

SECONDA PARTE

RESISTERE

Capitolo 43

Per l'ennesima volta rovisto nel cassetto dello sgabuzzino. Non trovo la divisa di scorta che solitamente Rosa tiene sempre qui in caso d'emergenza. Ho cercato in ogni scompartimento di questo posto, ma nulla. Rosa non permetterebbe mai che un particolare tanto rilevante le sfugga. Pensierosa, mi dirigo in cucina.

«Perché non ci sono divise di scorta?» La affianco per preparare la colazione nonostante io sia ancora in pigiama, se così si può definire una maglia extralarge che mi arriva fin sotto al sedere.

«Perché Aidan mi ha chiesto di toglierle». Mi si avvicina e mi stampa un bacio sulla guancia. «Non andartene mai più, *chica*».

Le passo una mano sulla schiena. Come sono felice di essere ancora qui con lei, con tutti loro. Ma...

«Perché le ha fatte togliere?»

Aidan fa capolino in cucina e si avvicina al mio viso.

«Cosa, biondina?» sussurra al mio orecchio con voce roca, facendo vibrare le mie viscere.

«Buongiorno, soldato» mi volto e d'istinto imprimo sulle sue labbra un bacio.

«Mmm, anche a te» abbassa la mano sul mio sedere per mentre Rosa fa finta di controllare le email dal suo iPad.

Si scosta da me e abbozza un sorrisetto.

«Buongiorno, Rosa» dice, dandole un bacio sulla guancia.

Lo guardo perplessa.

«Perché hai fatto togliere le divise, Aidan?»

«Perché per il momento non servono» risponde con nonchalance.

«A me sì».

«Non più».

«Come?» Noto Rosa guardarmi di sottecchi, con la tipica espressione che assume quando sa qualcosa, ma non vuole rivelarla. Quindi non sono più una domestica? Ciò significa che devo cercarmi un altro lavoro?

Mi dirigo nel salone per portare le ultime cose al tavolo. Prima di allontanarsi, Aidan mi prende per il polso delicatamente.

«Ti voglio nell'ufficio di mio padre, dopo la colazione».

«Perché?»

«Ti voglio lì e basta, non devono esserci per forza dei motivi» risponde con tono arrogante.

«Se ho voglia e tempo, verrò».

«Buongiorno» dicono all'unisono Angelica e Madison comparendo dal corridoio che conduce al piano superiore. L'una vicina all'altra, con gli occhi socchiusi e il passo lento raggiungono il tavolo imbandito per la colazione.

«Ehi, ragazze. Come è andata la serata?» Capisco di averlo detto con voce troppo squillante quando entrambe mettono le mani sulle orecchie.

«Il vino ci ha stese». Madison fa una smorfia sofferente.

«Fate festini alcolici e non mi invitate?» Jake si intromette nella riunione.

«Fratello, non credo che valga la pena immischiarsi in soap romantiche, smalti, trucchi e discorsi noiosi» commenta Josh.

«Come se l'essere femminile fosse fatto solo di questo, che superficiale...» risponde a tono Ang.

«Se hai voglia di mostrarmi di cos'altro è fatto...» ammicca lui.

«Lingua tagliente» commenta Angelica sottovoce.

«Sembri infastidito, se avessi voluto partecipare, ti sarebbe bastato bussare» dice con calma Madison.

«Sei una sconosciuta» fa spallucce lui, «e per piacere, qualcuno può spiegarmi perché facciamo vivere in casa nostra persone che non abbiamo mai visto?» alza la voce per richiamare l'attenzione dei fratelli.

«Oh, ma dai, smettila di fare la parte, Josh. Sei andato a letto con decine di ragazze di cui non sapevi nemmeno il nome» Ang gli risponde a tono.

«Josh, non l'avrei mai fatta venire qui se Aidan non avesse acconsentito, vero?» Guardo Aidan per avere il suo sostegno, ma lui rimane impassibile.

«Certo Aria, come ho fatto a non pensarci?!» ribatte Josh sarcastico. «Ogni tua richiesta viene realizzata con tanto di inchino al tuo cospetto».

Aidan fa una smorfia. «Almeno io scopo, tu sono settimane che non lo inzuppi, fratellino».

Stringo la mascella e chiudo gli occhi. Ha appena dichiarato esplicitamente, a tutti i presenti, che facciamo sesso. Impossibile non notare il colorito del mio volto imbarazzato. Mi alzo e torno in cucina per sfuggire alle battutine degli Harrison.

«Ehi Rosa, pensi che il signor Harrison si arrabbierà per Madison?» le chiedo.

«No, non si arrabbierà. Per lo meno, non con te».

«Con Aidan, vero?»

Rosa mi guarda un po' sorpresa. «Aidan è intoccabile».

«Perché è intoccabile?»

Lei mi si avvicina e abbassa la voce. «Per quello che è successo quando è tornato a casa dall'esercito» risponde, ricordandomi la conversazione che avevamo avuto in camera sua.

Annuisco. Non so se un giorno lui me ne parlerà, però, in questi mesi di permanenza qui ho compreso che a Shailene deve essere accaduto qualcosa di molto grave.

«Sì... Devo andare... richiamami più tardi».

Aidan è seduto sulla sedia dietro la scrivania del padre mentre parla al telefono. Chiude la chiamata appena mi scorge e mi fa segno di sedermi.

«Chi era?»

«Nessuno di importante» risponde evasivo, come se questo bastasse a sfamare la curiosità e il dubbio che si aggiungerà a tutti gli altri.

«Allora, perché sono qui?»

«Sei licenziata».

Aggrotto le sopracciglia.

«Mi spieghi cosa stai facendo?»

«Ti sei dimessa. Di solito non si riassume chi dà le dimissioni» spiega sereno lui. «A breve cercheremo un'altra persona».

«Così mi farai ritornare in mezzo alla strada?» domando stupita.

«Non ho detto questo».

«Già, infatti non mi dici mai nulla, io di te so ben poco».

«Meglio così» ribatte secco, insondabile.

«Facile per te, immagino tu sappia ogni cosa di me, invece. Sai che mi piacciono i cani o il fascicolo non lo dice?»

«Non c'è nessun fascicolo» dice lui sgranando gli occhi.

«Aggiungiamolo alla lista delle tante stronzate che mi racconti».

Si alza di scatto sbattendo i pugni sulla scrivania. «Smettila, Aria» ringhia.

«Bene, adesso che hai finito di fare l'indifferente, dimmi qual è il vero motivo per cui mi hai fatto venire qui».

La rabbia gli dipinge uno strano cipiglio oscuro in viso, ha capito che l'ho manipolato. Sconfitto con le sue stesse armi, nulla di più frustrante.

«Perché hai portato quella ragazza qui?» chiede a denti stretti.

«Non aveva un posto dove stare e poi siamo diventate amiche».

«Non è un albergo».

«Lo so, ma lei non è una persona a caso. Pagherò io per lei».

«Come se il vero problema fossero i soldi».

«Allora qual è questo dannato problema?» chiedo spalancando le braccia.

«Che ti sei presa una libertà che non avevi» ribatte. Scorgo nei suoi occhi la reale ragione. Prima, a colazione, ho messo in discussione la sua autorità dentro questa casa permettendo a Josh di colpirlo. Ora sta solo cercando di ricostruire un castello sotto di sé, mettendo al loro posto i sudditi, riconquistando il controllo.

«Tu eri lì, avresti potuto impedirmelo» gli faccio notare.

«Non è così semplice come credi dirti di no» abbozza con un sorrisetto sghembo. La rabbia sfuma in altro. Mi alzo di scatto e faccio per andarmene.

«Prima che tu te ne vada» dice. «Voglio ciò che è mio».

Mi fermo senza voltarmi. Le mie labbra si incurvano in un sorrisetto malizioso.

Lui si avvicina da dietro e sfiora delicatamente il mio collo. Infila le mani sotto la felpa stringendo la mia carne, dandomi un assaggio della lussuria che lo sta investendo. Mi sfila la felpa per darmi modo di vestirmi solo del suo calore.

«Ora puoi andartene» dichiara scostandosi da me.

«Decido io quando andarmene» ribatto mentre lo spintono delicatamente. «Non sono più la tua domestica, mi hai licenziata. Non devo più eseguire i tuoi ordini, padrone».

Faccio scattare lo sguardo dai suoi occhi alle sue labbra avvicinandomi lentamente al suo viso. Incantato dai miei movimenti, gli sfilo la felpa, utilizzando la sua stessa tecnica manipolativa.

«Aria due. Aidan zero».

«Altrimenti non saresti la mia ragazza» sussurra.

«Non mi hai mai chiesto di essere la tua fidanzata e non abbiamo mai avuto un appuntamento, quindi non trarre conclusioni affrettate, Harrison».

«D'accordo, allora preparati, ti porto in un posto bellissimo» dice mordendosi il labbro inferiore.

«Devi chiedermelo formalmente» rispondo baciandogli il collo.

«Vuoi anche che mi metta in ginocchio?» dice sarcastico dandomi modo di cogliere alla sprovvista il suo orgoglio.

Fa il giro della scrivania e si mette seduto sulla poltrona del padre a gambe aperte, per dimostrare ancora chi comanda. Quella sedia è appena entrata nella stanza erotica del mio cervello.

Alzo le sopracciglia e attendo a braccia conserte.

Lui mi osserva. «Anche se hai già accettato, vuoi uscire con me?»

«Non lo so, ci devo pensare, non sei fra i più belli qui...»

Sorride e scuote la testa.

«Fatti trovare pronta fra un'ora altrimenti ci saranno delle conseguenze» mormora lanciandomi uno sguardo malizioso.

«Non temo le tue conseguenze, lo sai».

«Non sfidarmi, biondina».

«Altrimenti?»

Mi avvicino a piccoli passi verso di lui e gli salgo cavalcioni. Accarezzo il suo petto lentamente fino ad arrivare al ventre.

«Sto per fare qualcosa che non ho mai fatto...» dice con gli occhi su di me. «Scendi».

Alzo le sopracciglia e lo guardo stupita. Aidan Harrison che rifiuta di fare sesso è come se nevicasse a Miami.

«Scendi, Aria» ripete seriamente.

«Ora che finalmente stiamo 'insieme'...» mimo con le dita le virgolette sulla parola *insieme*, «... mi rifiuti?»

«Per delle buone motivazioni» risponde cercando di spostarmi.

«Allora di' al tuo amichetto laggiù di rimettersi a dormire». Scendo dalle sue gambe, infilo la felpa e mi volto per chiedergli un'ultima cosa.

«Dove andremo?» chiedo con la mano sulla maniglia.

«In un posto magico». Abbozza un sorriso.

«Da come parli mi sembri un bambino».

«Da come rispondi sembri una bambina» ribatte prontamente.

«Fottiti, Harrison».

Capitolo 44

Ho sempre amato la neve. È capace di riequilibrare il caos avvolgendo in un candido strato ogni cosa. Il silenzio che porta con sé concede la pace. Mi è difficile evitare il ricordo di me e Cole avvolti in giubbotti pesanti, mentre creavamo decine di pupazzi durante la settimana bianca.

Camminiamo nel bosco come se stessimo scalando l'Everest. Aidan non mostra nemmeno l'ombra della fatica, io comincio ad avere il fiatone e ad arrancare dietro di lui.

«Aidan, dove diavolo mi stai portando? Non ce la faccio più» dico ansimante.

«Aria, sei noiosa» commenta voltandosi. Lo fulmino con lo sguardo.

«Vieni». Sale su una roccia per poi porgermi la mano. Con uno sguardo di sfida faccio un salto e lo affianco in totale autonomia.

Sorride. «Questo, signorina Davidson, è quello che volevo mostrarle».

Il panorama mi toglie il fiato. Poco distante da noi c'è una cascata ricoperta di ghiacci la cui acqua si tuffa in un fiume limpidissimo, attorno abbiamo solo boschi e montagne innevate. In lontananza si vede Burlington, con le case dai tetti spioventi ricoperti di neve e i comignoli da cui esce il fumo dei camini accesi. Gli aceri spiccano qua e là fra i sobborghi sino alla foresta alle porte della città dove la distesa di arancione e rosso si mescola al bianco. I colori si riflettono nello specchio d'acqua cristallina vicino al sottobosco. L'odore degli aghi di pino e della resina è inebriante. Riconosco la gigantesca villa dei Williams e quella un po' più piccola degli Harrison. Sono situate ai lati opposti della città. Si fronteggiano in modo speculare, proprio come chi ci vive.

«È...» cerco di dire.

«Lo so che non è qualcosa di stupefacente. Però è il posto adatto a te... adatto a noi» sussurra timoroso queste ultime parole.

Mi siedo sulla neve e lui mi affianca.

«Perché qui?»

«Perché è bello» risponde sedendosi su una roccia.

«Perché è bello...» ripeto le sue parole sorridendo, «... un giro su una giostra del luna park è bello, questo è magnifico da togliere il fiato». Mi volto di scatto verso di lui e lo sorprendo a guardarmi. «Perciò, sii più specifico».

Fa una smorfia, infastidito dal mio solito modo di fare insistente.

«Mia madre ci portava qui quando eravamo piccoli. Un giorno, mentre i miei fratelli stavano giocando, mi disse che guardare la città da questa prospettiva le faceva venire in mente quanto fosse facile avere potere su tutto ciò che è concreto, ma quanto fosse terribilmente difficile controllare le emozioni, soprattutto quelle altrui». Abbassa lo sguardo e sospira. Abbozzo un sorriso accogliendo il ricordo che mi ha appena raccontato, del tutto in contrasto con il suo solito atteggiamento.

«Tu ti comporti esattamente nel modo opposto» dico con tono calmo. «Tratti le persone come se fossero oggetti, hai costruito attorno a te un muro così spesso che è impossibile da superare».

«Il fatto che io sia capace di controllare i miei stati d'animo non significa che trasformi le persone in oggetti».

«Non lasci capire agli altri quanto tu ci tenga, perciò sembra che tu stia parlando a un paio di forbici o a un tostapane».

«Quando mostri i tuoi sentimenti, permetti agli altri di giocare una carta pericolosa» replica. «Possono renderti schiavo».

«Aidan» richiamo la sua attenzione. «So che per te è difficile da capire, ma non tutte le persone che incontri vogliono farti del male. La sera in cui siamo usciti a cena... mi hai permesso di guardare nel tuo cuore. È quello che dovresti permettere di fare a coloro che ti vogliono bene».

«Con te è diverso».

«Diverso?»

«Sei una giocatrice leale» dice guardandomi negli occhi. «Non ti servi dei miei sentimenti per affrontarmi».

«Tu invece sì» ribatto provocandolo.

«Non ho mai detto di essere leale» mi fa notare.

«Quindi è così: mi permetti di guardare nel tuo cuore solo perché sai che non mi servirei dei tuoi sentimenti per ferirti?»

«Esatto. Sono certo che per ferirmi utilizzeresti un mestolo» dice ridendo.

«Aidan, sono seria».

Lui sospira pesantemente.

«Se manipoli le persone hai il controllo. Io mi fido solo di me stesso».

«Tu ti fidi di me» dico rivolgendo lo sguardo sulla città.

«Non ho detto questo» ringhia sulla difensiva.

«Non importa» sostengo. «Magari non ci hai pensato, magari è qualcosa d'istintivo, ma lo fai, ti fidi. Lo so, è così anche per me» ammetto.

«Metteresti nelle mie mani la tua vita?» mi chiede.

Sospiro. «L'ho già fatto, Aidan. Non te ne sei nemmeno reso conto». Rivolgo i miei occhi su di lui.

Uno sguardo nelle sue iridi verdi, un seducente sorriso gli si dipinge sulle labbra.

«Aria Davidson...»

Schiudo la bocca rapita dal mio stesso nome che detto da lui assume un suono sensuale.

L'eco della sua voce roca si fissa nella mia mente in maniera indelebile. L'equilibrio che la neve aveva riportato nei miei pensieri viene messo a repentaglio da lui.

Deglutisco, i brividi mi avvolgono come in un vortice scuotendomi da questo stato di trance.

«Poi hai commesso le tue stronzate» aggiungo distogliendo

l'attenzione. «Hai quasi strozzato tuo fratello, ti sei ufficialmente fidanzato con un'altra...»

Sbuffa. «Con Charlotte...» dice e poi si ferma.

«Indovino. È complicato?» rispondo.

Lui annuisce e torna a fissare il panorama.

«Ti sono venuto a cercare, Aria, quella sera, prima di scoprire che tu a Ang avevate preso la sua auto. Ho visto la tua espressione, volevo dirti...» si blocca, ancora.

«Che cosa?» lo richiamo.

Scrolla le spalle. «Eri così impegnata ad autoconvincerti che te ne saresti dovuta andare, da non renderti conto che ho cercando di mandarla via subito dopo che era arrivata, ma non potevo proprio perché tu avevi preso la sua macchina» spiega.

«Io non mi stavo autoconvincendo, Aidan» ribatto. «Quello che ti ho detto in aeroporto è vero, i miei tentativi con te sono falliti ogni volta».

«Non questa, non fallirà» dice con convinzione.

«Vedremo».

«Vedremo» ripete scimmiottando la mia voce.

«Io fossi in te non mi azzarderei a tanto, potrei metterti ko».

«Biondina, non sottovalutarmi» mormora avvicinandosi al mio viso.

All'improvviso non c'è più alcuna distanza fra noi, lo scorrere del tempo rallenta mentre, sempre più velocemente, un calore impetuoso si insinua nel mio corpo.

La suoneria del suo cellulare interrompe il momento. Lo vedo osservare lo schermo esitante.

«Sì?» risponde alzandosi di scatto e allontanandosi da me. Tendo l'orecchio per origliare la conversazione.

«Sì, arrivo...»

Mi alzo cogliendo il suo cambiamento di stato d'animo.

«Ho un'emergenza, devo andare» dice avviandosi a passo spedito verso il sentiero. Lo seguo, ma ad alcuni metri di distanza.

Quale emergenza?

Capitolo 45

«Che ne dici di una festa a sorpresa?» chiede Madison.

«No, odia le sorprese» risponde Ang.

«Una borsa da viaggio?»

«Non credo sia da Aidan» mormoro annoiata.

«Sono due ore che stiamo girando a vuoto, che ne dici di sforzarti un po' di più? Insomma ci dovrà pur essere qualcosa di adatto a lui» borbotta Mad e ha ragione: due ore di ricerche inutili per un regalo di compleanno. Ang oggi pomeriggio ha bussato alla mia porta per rivelarmi che il 5 novembre è stato il compleanno di Aidan. Lui, però, era disperso chissà dove a seguito del litigio con Aron. Adesso che le acque si sono calmate, Ang ha pensato che una festa in stile Harrison potrebbe essere un buon modo per mettere definitivamente una pietra sopra all'ultimo periodo. Le mie due nuove amiche si sono impegnate in proposte assurde, qualsiasi cosa mi propinino non riesco a collegarla ad Aidan. Ho vagato accanto a loro per tutta Burlington come un'anima sperduta, concentrando i miei pensieri su ciò che non conosco, ovvero Aidan Harrison. È una sensazione talmente disarmante: lo desidero e mi sembra di capirlo, ma al contempo so pochissimo di lui. È come essere legata a uno sconosciuto.

«Ragazze, se volete andarvene io continuo da sola».

«Assolutamente no».

«Anzi, andiamocene tutte quante» mi correggo accettando la sconfitta.

«Fino a che non troverai un regalo non ce ne andremo».

«Ragazze io non...» mi blocco per un secondo nel rivelare la triste verità, «... non lo conosco così bene».

«Sciocchezze!» risponde Madison.

«Madison, davvero, io conosco solo la sua routine» osservo. «Anzi, anche di questa mi sfuggono vari dettagli...»

Sospiro pesantemente ripensando alle sue parole in aeroporto, ai 'guai che mi riguardano'. Tutte quelle ore di assenza prima alla villa e poi allo chalet. Le telefonate che non mi lascia ascoltare. Lo sparire suo e di tutti gli altri per ore e ore... che tutto sia collegato? Mi torna in mente anche Josh, quella sera in cui è uscito di casa con quella che aveva tutta l'aria di essere una pistola nascosta sotto la giacca, le tensioni con la famiglia Williams... Blocco il tremendo flusso di pensieri. Anche se ora avessi l'intuizione giusta, lui non sarebbe disposto a confermarla, gliel'ho letto negli occhi. Si mangerebbe un braccio pur di non rivelarmi cosa si nasconde dietro tante bugie o, come le chiama lui, *omissioni*.

«Tu lo conosci come gli altri non lo hanno con...»

«Shh...» zittisco improvvisamente Angelica.

Rivolgo la mia attenzione verso un punto della strada.

Chiudo gli occhi. Le mie orecchie hanno captato una canzone che conosco benissimo. Quelle note mi strappano un sincero sorriso.

Mi avvicino lentamente, quasi timorosa, ai musicisti di strada che stanno suonando *People Help the People*.

Ricordo le sue dita sul pianoforte alla villa e i nostri sguardi complici. È stato il primo momento nel quale le nostre anime si sono sfiorate. Se non sapessi quanto sia travolgente il nostro legame, quanto ne valga la pena, quel giorno in aeroporto me ne sarei andata, lasciando alle spalle una guerra. Finalmente ho un'idea.

«Ho bisogno di una cornice».

Capitolo 46

«Salve, signor Harrison. Avrei bisogno di parlarle di una cosa» dico, sulla soglia del suo ufficio. Lui è seduto alla scrivania, in mezzo a pile di fogli sparsi, ha delle occhiaie scure, ma mi sorride comunque, rassicurante. È tornato ieri sera e avrei dovuto parlargli prima della mia condotta dell'ultimo periodo, dalle dimissioni improvvise al ritorno imprevisto per di più con una sconosciuta al seguito, ma mi sarei sentita una persona vile se avessi interrotto il suo incontro con i figli dopo un lungo viaggio.

«Entra pure, Aria». Obbedisco e mi siedo sulla poltrona davanti alla scrivania. «Aidan mi ha detto che pensavi ti avremmo riassunta».

«Sì, so di aver portato molti guai qui...» inizio a dire, lui però mi interrompe subito.

«Aria, credo sia arrivato il momento di dirti che non sono stato completamente sincero con te» mi blocca e abbassa lo sguardo. Prende un respiro profondo.

«Che cosa intende?» domando dubbiosa.

«Ti ho ingannata» risponde lui. «Non ti ho assunta per fare la domestica. Prima che tu arrivassi avevamo Henry ad aiutarci, poi è andato in pensione. I miei ragazzi sono cresciuti e non avevano più bisogno di lui da un po'» si schiarisce la voce. «Rosa è sempre stata sufficiente».

«Allora perché mi ha fatto chiamare?» domando confusa.

Si sistema sulla sedia. «Quando Aidan è tornato dall'esercito, la situazione in casa è cambiata. Quel ragazzo ha chiuso in una scatola tutti i suoi sentimenti, convincendo i suoi fratelli a fare la stessa cosa. Hanno persino allontanato Angelica, che prima dell'accaduto era la migliore amica di Jason e passava interi pomeriggi qui allo chalet. Pur avendo tentato in tutti i modi di dissuaderli, di spingerli a parlare di che cosa li turbasse, non sono riuscito a riportare le cose all'equilibrio famigliare che avevamo un tempo... Un tempo ormai molto lontano... L'estate scorsa ho chiesto a Rosa, sempre più preoccupata per i ragazzi, e a Ben, il mio assistente, di cercare qualcuno. Qualcuno che fosse capace di tenere testa a mio figlio, che disponesse del coraggio e dell'audacia di controbattere ai suoi ordini. Non era importante se uomo o donna, anche se Rosa era convinta che in casa ci fosse bisogno di una presenza femminile forte. Dopo mesi di ricerche abbiamo trovato il tuo annuncio su Craigslist. Era buffo, ironico, sarcastico, intelligente. Erano le parole di una persona dallo spirito affilato. Ti ho fatto pedinare, Aria. Ti abbiamo osservata. Ho scoperto tutto della tua infanzia... So che vivevi in una casa in un ottimo sobborgo di Miami e so che poi le cose hanno iniziato ad andare male. Mi è capitato di sentir parlare di Dan, il tuo patrigno, negli anni passati. Ha fatto molti pasticci, ha frodato anche tanti miei amici. So che ha rubato ogni centesimo a tua madre, che lei si è indebitata fino al collo e dopo un po' si è data all'alcol. E so anche che cosa sei stata costretta a subire per mano sua. So che hai vagato per mesi di rifugio in rifugio sfuggendo da lei e dalla polizia. Ho scoperto che ti allenavi con Li Chang e che eri piuttosto brava nelle arti marziali. E, soprattutto, ho capito che anche tu avevi bisogno di una famiglia. Rosa e io abbiamo deciso di proporti il lavoro. Quello che avevi passato e il modo in cui avevi reagito ci confermavano che eri dotata di una forza non comune».

Lo osservo, del tutto incredula. Lo fisso senza parlare, in attesa che dica altro, perché se c'è una cosa che ho capito, è che con gli Harrison bisogna sempre aspettarsi qualcosa. Invece, il signor Harrison tace, dandomi la possibilità di sciogliere la mia collera. Conficco le unghie nelle cosce. Dentro di me è esplosa una bomba.

«Quindi mi ha assunto come cane da compagnia per i suoi figli?» dico fra i denti.

«No, Aria, non è affatto così» si difende.

«Perché non me l'ha proposto fin da subito?»

«Non avresti accettato».

«Ero abbastanza disperata in quel periodo, avrei accettato qualsiasi lavoro».

«Ma ti saresti tirata indietro con più facilità, avevo bisogno di una garanzia».

Ora comprendo da chi, Aidan, abbia ereditato le sue doti da manipolatore.

Stringo le mascelle.

«Aria...»

«Aidan lo sapeva, vero?» lo interrompo.

Esita, confermando così i miei sospetti. Chiudo gli occhi. Questa volta vorrei dimostrare a me stessa di saper mantenere la calma, di sapere come tenere a bada quella bestia iraconda sempre pronta ad anteporsi alla ragione. Ma fallisco, di nuovo.

«Con permesso». Mi alzo di scatto.

A passo pesante e spedito raggiungo la palestra al piano inferiore dove so di poterlo trovare.

Come ha potuto? Come hanno potuto tutti loro mentirmi per tutto questo tempo? Mi ha trattato come una donna senza valori, né forza. Mi ha trattata peggio di quanto non si tratterebbe una qualsiasi persona di servizio. Ma certo... Come potevo pensare che una come me, dei bassifondi di Miami, potesse partecipare a quelle feste?

Le mani mi tremano, ho la vista annebbiata. Mi sento umiliata.

Lui ha fatto di me quello che voleva.

«Ehi, biondina» Aidan mi saluta con il suo sorriso sghembo.

Non ricambio. Mi fiondo su di lui e gli sferro un pugno che prontamente schiva. In questi istanti vorrei davvero che non sapesse combattere, è frustrante non riuscire nemmeno a procurargli dolore fisico dopo che lui ne ha procurato così tanto a me.

«Stronzo».

Sferro colpi alla cieca.

«Sei il peggior stronzo che abbia mai camminato sulla Terra!» ringhio a denti stretti.

Schiva ogni mio colpo. Poi, istintivamente gli tiro una ginocchiata all'inguine.

«Sono un topo di fogna, una pezzente, ricordi?» urlo al suo orecchio.

Diviene rosso in volto e si piega su se stesso raccogliendo le parti intime in una mano.

«Quindi papà ti ha detto» dice con voce strozzata.

«Hai buttato via la tua seconda chance e di nuovo per una bugia».

Lui incassa. «Fermati, Aria» dice stringendomi i polsi in una mano. Ho il respiro affannoso e sento il viso in fiamme.

«Se fossi stata davvero la domestica, avresti provato qualcosa per me?»

«Secondo te?» ribatte, recuperando il suo tono arrogante. «L'ho scoperto solo dopo il tuo arrivo, alcune settimane fa. Quando l'ho messo alle strette, mio padre mi ha rivelato la verità». Il mio cervello ci mette qualche istante a elaborare questa nuova informazione.

«Perché non me l'hai detto?»

«Non era così il nostro rapporto allora». Ho ancora i polsi bloccati fra le sue mani e questo contatto, pur essendo in un momento di conflitto, accende qualcosa dentro.

«Me l'avresti dovuto dire in aeroporto».

«Saresti scappata a gambe levate. So quanto ti torturi dentro per ogni cosa che non ti dico, se te l'avessi rivelato ti avrei convinta ancora di più a lasciarmi andare».

«Sei un manipolatore codardo, hai giocato di strategia anche quando avresti dovuto parlarmi a cuore aperto» dico a denti stretti. «Sono stanca delle tue omissioni, Aidan».

«Non ti ho trattato come una domestica, te ne saresti dovuta rendere conto» fa un mezzo sorrisetto.

«Come se questo potesse bastare per salvarti il culo». Con uno strattone riesco a liberarmi dalla sua presa e raggiungo lo spogliatoio. «Sai qual è la cosa peggiore, Aidan?»

Lui mi osserva dal centro della palestra. A questa distanza riesco a ragionare più lucidamente.

«È che sono certa questa non sia l'unica verità nascosta. Ho la costante sensazione che tutto il tuo mondo sia nell'ombra».

«Te l'ho detto, c'è un motivo se non posso raccontarti tutto».

«Okay» annuisco. «Ma non aspettarti che a me vada bene così, che la nostra relazione possa basarsi solo su un desiderio incontrollabile e qualche parolina dolce».

«Te ne vai?»

«No» abbozzo un sorriso perfido. «Sarebbe troppo semplice andarmene ora, ti farò innamorare di me, ti farò credere di aver dimenticato, nel frattempo cercherò la verità e quando scoprirò lo schifo che mi hai nascosto, me ne andrò per sempre portando con me un pezzo di te, assicurandomi che tu soffra almeno quanto sto soffrendo io».

Lui stringe la mascella guardandomi con rabbia come se fossi uno dei suoi nemici.

«Non oseresti...»

«Gioco solo la tua stessa strategia».

Capitolo 47

Non so cosa sono in questa casa. Non sono la domestica, né sono di certo la compagna di Aidan Harrison. Mi sento sperduta mentre vago per lo chalet. Il mio spirito di sopravvivenza mi porta a fare la cosa che sono più brava a fare: trovare il modo di resistere. Decido di staccare la spina ai pensieri, per ora, e fare finta di non aver sentito la rivelazione del signor Harrison né le parole di Aidan. Entro in camera sua e raccolgo gli abiti da portare in lavanderia. Non so bene dove sia lui, non ci parliamo da quel momento in palestra. Sopra il comodino, c'è un piccolo sacchetto di velluto blu che cattura subito la mia attenzione. Lo apro ed estraggo l'unico oggetto che contiene, una piastrina militare.

Mia madre ne conservava una nel suo portagioie. Ricordo di averla sorpresa una sera mentre la rigirava fra le dita. Quando si era accorta di me l'aveva riposta di scatto e aveva iniziato a gridarmi che ero solo una mocciosa ficcanaso. Non so bene a chi appartenesse, ipotizzai fosse del nonno.

Accarezzo le incisioni in rilievo. Il suo nome, la data di nascita.

Chissà che cosa ha visto laggiù, se aveva dei compagni e se è ancora in contatto con loro...

«Che cosa stai facendo?» sbotta lui entrando.

Sobbalzo presa alla sprovvista. Lo osservo con disappunto. Indossa una camicia nera e un paio di pantaloni eleganti, chissà dove è stato.

«Te l'ho detto, cerco informazioni» mento. «Dato che tu non sei disposto a darmele, faccio di testa mia».

Sospira. «Aria, la mia pazienza ha un limite».

La *sua* pazienza? La rabbia monta. Cerco di tenerla sotto controllo. «Che cosa farai quando la perderai?» sibilo. «Mi manderai via? Mi insulterai?»

Tace, stringe la mascella.

«Raccontami di questa». Gli mostro la piastrina.

«Così ti vendicherai di me?»

«Non lo farei mai» sussurro scuotendo la testa e distogliendo lo sguardo da lui. «Lo sai».

«No, non ti racconterò».

«Aidan, io non capisco davvero come tu possa tenere a me e raccontarmi bugie».

«Io non sto mentendo, Aria» ringhia. «Ometto alcune cose, per proteggerti».

«Da cosa?» insisto con tono esasperato.

Lui tace di nuovo rivolgendomi uno sguardo di indecisione. Poi punta gli occhi sulla medaglietta. «Sono entrato nell'esercito a diciotto anni» inizia facendo un passo verso di me. «Dopo mesi di addestramento durissimo mi sono specializzato per diventare un tiratore scelto. Ho passato i momenti migliori della mia vita nell'esercito, ma irrimediabilmente anche i peggiori».

«Perché hai deciso di fare il cecchino?»

«I dettagli, Aria». Si siede accanto a me sul letto. «I dettagli fanno la differenza in ogni cosa, ma non tutti sanno coglierli. Per poterlo fare è necessario saper osservare. Per poter sparare con un fucile da cecchino hai idea di quanta attenzione al dettaglio sia necessaria?» domanda con gli occhi illuminati di passione. «Il vento, l'umidità, la temperatura, l'altezza, la posizione, l'angolazione...» elenca. «Quando colpisci l'obiettivo a più di quattrocento iarde di distanza alla perfezione, significa che non ti è sfuggito niente».

Si ferma. Deglutisce.

«Perché ho l'impressione che tu non fossi come tutti gli altri cecchini?»

Mi guarda dritto negli occhi, colpito dalla mia intuizione.

«Si sono molto fidati di me e io non li ho delusi» dice alzandosi in piedi e avvicinandosi alla finestra.

«Quanti?» domando con voce flebile.

Lui si passa una mano sul viso.

«Non ricordo» risponde con un filo di voce.

«I dettagli» dico rimettendo via la piastrina. «Eri il migliore, vero?»

Annuisce piano.

«Sessanta?» chiedo.

Lui accenna un sorriso spento, sofferente.

«Centotrentotto» sussurra.

Trattengo il respiro.

Centotrentotto morti.

«Ti senti in colpa?» domando sottile, quasi in un sussurro.

Lui mi lancia uno sguardo.

«Se io non avessi fatto fuori loro, loro avrebbero fatto fuori i nostri» dice cupo. Ma non sento verità nelle sue parole. Sembra una frase che qualcuno gli ha insegnato a ripetere a memoria. Aidan è troppo intelligente per queste storielle. Quello che ha visto, quello che ha fatto: non è del tutto convinto di aver portato avanti una guerra per una giusta causa.

Prendo gli abiti e lo lascio solo, immerso nella sua nube di pensieri.

Le parole di Aidan hanno aggiunto nuovi tasselli e spostato altri. Lo sapevo che era pericoloso, ma non sapevo fino a che punto. Ho bisogno di una boccata d'aria e decido di uscire dallo chalet. I soldi che ho guadagnato come domestica (o come cane da compagnia? Non è ancora chiaro) sono abbastanza per accedere all'Accademia, ma non sono sufficienti per permettermi di mantenermi mentre studio. Le iscrizioni non apriranno prima dell'inizio della primavera quindi ho ancora tempo. Non sono pronta a lasciare gli Harrison, non sono pronta a chiudere con Aidan. Nonostante tutto quello che è successo, quello che mi ha detto e soprattutto quello che non mi dice, non posso ignorare ancora i miei sentimenti, né il fatto che lui sia venuto a convincermi a lottare per noi. Mentre cerco di capire che cosa fare, allora, ho deciso di trovarmi un altro lavoro. Ho chiesto nella biblioteca della città, in una libreria, in un negozio di usato e infine in un pub all'angolo della strada, ma senza successo. Il proprietario di uno store di articoli sportivi mi ha squadrata, ha storto il muso e ha detto che ci avrebbe pensato. So già che non mi richiamerà. Per distrarmi, prendo la macchina fotografica dalla borsa. Cambio il vecchio rullino con uno appena comprato. La macchina che ho fra le mani è stata la prima che io abbia mai utilizzato. È ormai un pezzo di antiquariato rispetto a quelle che vendono oggi. Ho pulito e ripulito l'obiettivo e la lente, ma quando scatto una foto compare un alone ocra in alto a sinistra, non so quanto resisterà ancora. Scatto una foto del vicolo in cui mi ritrovo, una strada cieca che si ferma davanti a un parco giochi. Il cielo, perennemente vestito di una nube scura e omogenea, non permette a questa città di illuminarsi, così le vie, soprattutto quelle più piccole, sono avvolte nella penombra. È un'impresa catturare ogni particolare senza una buona luce. Nel momento in cui premo il dito sul tasto di scatto sento di aver sbagliato inquadratura. Mi concentro, riprovo. Ruoto il mirino per mettere a fuoco e riconosco qualcuno. Abbasso la macchina e stringo gli occhi in due fessure cercando di capire chi sia. Se non avesse i capelli troppo biondi e la carnagione abbronzata, tipica di chi vive a Miami, non l'avrei riconosciuto.

Mi avvicino per poterlo salutare, ma a ogni passo che faccio nella sua direzione mi rendo conto che quella che sta avvenendo con il tizio al suo fianco non è una normale conversazione. Jake porge un sacchetto di carta marrone allo sconosciuto. Lui se lo infila sotto al cappotto con un movimento fulmineo.

Una mazzetta di soldi? Droga?

Lo sconosciuto è un uomo, alto, con le spalle grandi e i capelli scuri. Annuisce in silenzio, come se avesse appena recepito un ordine, poi scompare nel buio.

Gli scatto una foto, guardo ancora un po' Jake, che con fare sospettoso si guarda attorno accertandosi di non avere nessuno alle calcagna, poi imbocca una via laterale scomparendo dalla mia vista.

Rientro in casa per aiutare Rosa con la cena. Non lavorerò più qui, ma non è da me starmene con le mani in mano. Lascio il giubbetto all'ingresso e percorro il corridoio verso la cucina.

«Buonasera, Aria» mi sorride Madison. È seduta con Rosa al bancone, stanno bevendo del caffè e sfogliando una rivista. Mi verso un bicchiere d'acqua.

«Dove sei stata, *chica*?» chiede Rosa con tono pacato. Da come i suoi occhi si soffermano sul mio viso capisco che il signor Harrison le ha rivelato di avermi confessato il loro piano.

«A cercare lavoro, ma non ho trovato granché...» sospiro, evitando il discorso.

«Tornerai a Miami?» domanda Madison preoccupata.

«Ammetto di averci pensato almeno una volta» osservo pensierosa.

«Tutti commettiamo degli errori, Aria» inizia a dire Rosa posando la sua mano sulla mia. «L'importante è scusarsi e agire sempre cercando di non fare del male agli altri...»

Mi accarezza e, mentre Madison è impegnata a leggere un articolo, si volta e mi sussurra: «Scusami».

Faccio spallucce.

Ho riflettuto per ore: non ce l'ho con Rosa. Non ce l'ho neanche con il signor Harrison. Hanno fatto il loro gioco, hanno provato qualcosa di diverso per tenere unita la famiglia.

Io ce l'ho solo con Aidan.

«Avete visto il bel tenebroso?» dico con voce acida.

«È uscito poco dopo di te» risponde Madison.

«Rosa, mi stavo chiedendo...» schiarisco la voce, «... tu sai che lavoro fanno gli Harrison?»

Lei mi lancia uno sguardo di sottecchi.

«Lavorare?» chiede abbozzando un sorriso divertito, apparentemente autentico, ma dietro cui sento che sta mascherando del disagio. «Ti sembrano *hombres* che lavorano?»

«Allora perché se ne vanno così spesso di casa?» insisto.

Madison si fa attenta. Rosa mi guarda negli occhi e lentamente scrolla le spalle.

«Non lo so, *chica*».

Dal suo tono è chiaro che non è il momento più opportuno per parlarne.

Capitolo 48

Gli ultimi giorni sono stati lunghissimi. Le rivelazioni del signor Harrison, le omissioni di Aidan, la nostra discussione e le parole che ci siamo detti in aeroporto hanno contribuito a confondermi le idee. Sembra che ogni volta che Aidan e io ci stiamo per avvicinare il destino voglia separarci.

Peccato che non sia colpa del destino, ma di Aidan stesso.

Ho trascorso la serata con Ang e Mad nella sauna. La loro presenza, le riflessioni di Ang e le chiacchiere senza fine di Mad sono un ottimo diversivo, oltre che una piacevole compagnia. Sto tornando nella camera che continuo a condividere con Rosa avvolta nell'accappatoio più morbido che abbia mai toccato. La sauna è stata piacevolissima, il calore mi ha fatto venire sonno e mi sento pulita e depurata dalle tossine Harrison. Faccio per aprire la porta pregustando il contatto con le mie lenzuola, ma sento la sua mano sul mio fianco.

Non ho bisogno di voltarmi, so che è lui.

Quanto mi era mancato il suo tocco?

Mi giro lentamente e incontro subito le sue iridi verde foresta. Indossa una maglietta a maniche corte da cui escono i suoi bicipiti perfetti e i pantaloni della tuta.

«Aria» dice. La sua voce mi vibra dentro.

«Cosa c'è, Aidan?»

«Dormi con me».

Mi scosto dalla porta di camera di Rosa. «Perché dovrei, Aidan?»

«Perché lo vedo dalle tue occhiaie. Hai gli incubi».

Come fa a notare sempre tutto?

«Ho sempre gli incubi...» inizio a dire. Ma lui scuote la testa.

«Non quando dormi con me».

«Ti preoccupi per me, adesso?»

«Biondina...» risponde con un sorriso prendendomi le mani. «Il nostro problema è esattamente che io mi preoccupo *sempre* per te».

Che cosa intende? Non riesco a porgli nessuna domanda. Anche perché sono così stanca della guerra tra noi e di svegliarmi in preda all'ansia che mia madre mi abbia ritrovata che ogni particella di me vuole tornare da lui. Vedo le sue iridi fermarsi sulle mie labbra e il mio corpo inizia a bruciare per il desiderio. Si avvicina, ma con non so quale coraggio mi scanso.

Lui mi guarda. La sua espressione è tra il ferito e l'arrabbiato. Torna sui suoi passi.

«Se vuoi, la mia porta è sempre aperta per te, biondina».

Entro in camera di Rosa con il cuore che mi martella nel petto.

Cos'era? Una resa? Aidan Harrison non si arrende mai.

Lei non c'è, si è presa un paio di giorni di ferie. Anche il signor Harrison è fuori casa. Ho come la sensazione che entrambi mi stiano evitando.

Mi rigiro nel letto senza riuscire a prendere sonno finché con un sospiro mi alzo.

La casa è silenziosa. In corridoio non c'è nessuno. È passata da un pezzo la mezzanotte. Come una sonnambula, mentre una parte di me come sempre si rifiuta di arrendersi, abbasso la maniglia della porta di Aidan e scivolo nella stanza scura. Il caminetto si sta spegnendo, tutto è in ordine. Fuori dalla finestra si vede il bosco innevato. Metto a tacere il mio orgoglio e mi infilo sotto alle coperte. Il suo profumo mi invade, per un istante mi sembra di perdere il contatto con la realtà. Lui si volta verso di me e senza dire niente mi passa il braccio attorno al fianco.

Non abbiamo chiarito, non chiariremo fino a quando lui non mi dirà la verità. È impossibile starsene tranquilli sapendo che c'è una realtà più grande e pericolosa che incombe su di noi. Eppure, appena la sensazione di ubriachezza che mi dà si allenta, sprofondo nel sonno.

Apre gli occhi lentamente.

«Buongiorno» dice.

Lui sfila la mano sospirando.

«'giorno» rispondo.

Mi stropiccio gli occhi. Come sempre, aveva ragione: era dall'ultima volta che ho dormito con lui che non riposavo così bene. Lo osservo. Ha i capelli scompigliati e il viso rilassato.

Forse anche per lui è lo stesso, dormire con me lo tranquillizza.

È bellissimo così, appena sveglio.

«Che ne dici di una tregua?» gli dico di punto in bianco.

Lui mi studia pensieroso.

«Non pretenderai verità?» Alza un sopracciglio.

«Ci posso provare. Per un po'».

«Perché ti fidi di me pur sapendo che ti nascondo qualcosa?» domanda.

Aggrotto le sopracciglia. «È istintivo. La mia ragione cerca di uccidere questo istinto a cercare la verità».

Sfugge al mio sguardo, come se l'avessi ferito.

«Sai perché ti fidi?» domanda con quel suo cipiglio arrogante che torna subito al suo posto. «Perché il tuo istinto sa che in realtà lo faccio per proteggerti».

Abbozzo un sorriso amaro.

«Aidan, anche se fosse così questo non cambia il fatto che prima o poi io mi stancherò» dico alzandomi. Ho la netta sensazione che la nostra relazione sia continuamente appesa a un filo, se perdiamo per un solo secondo l'equilibrio, cadremo.

«Tregua» afferma ingoiando il boccone.

«Allora» mi avvicino piano, quasi timorosa, per stampargli un bacio sulla guancia, «auguri, Aidan». Lui si irrigidisce sotto il tocco delle mie labbra.

«Per cosa?» mi guarda stupito.

«Non abbiamo festeggiato il tuo compleanno» spiego. «E così...»

In quell'istante la porta si spalanca. «Buongiorno, cazzone!» I fratelli Harrison entrano come un'orda di barbari nella stanza e placcano Aidan. Mi avvicino ad Angelica che è rimasta sulla soglia.

«Buondì» sbadiglia.

«'giorno, ragazze» dice Madison, arrivando in quel momento dal corridoio.

Asher si avvicina ad Ang, che gli allunga una borsa verde scuro. Lui la porta ad Aidan.

«Auguri, coglione» gli dice con la solita carineria degli Harrison.

Aidan prende la borsa. «Fatemi indovinare... Un Rolex?» dice aprendola.

I fratelli lo guardano imbronciati, come se questa sua deduzione fosse talmente giusta da rendere il regalo una superficialità seccante.

«'fanculo Aidan, non sappiamo più cosa regalarti» si lamenta Josh.

«Silenzio e ordini ben eseguiti per un giorno mi basterebbero» ribatte lui.

Ordini ben eseguiti?

«Per il silenzio la vedo difficile» sussurra Ang facendo ridere Mad.

«Il prossimo anno niente regalo» lo avvisa Jason.

«Mi mancava questo modello» dice Aidan osservando l'orologio interamente nero. Ovviamente non ringrazia, questo è il massimo dell'entusiasmo che sa dimostrare Aidan Harrison.

Lascio la camera prima degli altri e vado in cucina. Una folata d'aria gelida però attira la mia attenzione verso l'ingresso. Il signor Harrison entra in casa con la sua valigia da viaggio e la valigietta dei documenti nell'altra mano.

«Fa molto freddo fuori» dice, sorridendomi.

Per la prima volta, non riesco a ricambiare il suo sorriso. Lo saluto in modo formale e mi volto per tornare in cucina.

«Aria, aspetta» mi richiama. Quando mi volto, lui si schiarisce la voce. «Non ricordo di essermi scusato» inizia. «Mi dispiace molto per non averti detto prima tutto quanto. So che tu ti sei fidata di me e io ho tradito la tua fiducia».

Lo fisso. Ultimamente è meno trasandato del solito. Si è tagliato i capelli e nei suoi occhi c'è ancora quella patina opaca, ma il suo sguardo è più brillante rispetto a quello con cui mi ha accolto alcuni mesi fa. Sembra davvero dispiaciuto.

Prendo un respiro profondo. In fondo quest'uomo, ha accolto anche Madison dentro casa sua senza battere ciglio. Ha cercato il modo di aiutare i suoi figli. Certo, è ricorso a dei mezzi piuttosto drastici... ma se è vero quello che ha detto, se è vera l'oscurità che ho visto avvolgere Aidan in certi momenti, forse non c'era un'alternativa.

Prendo un respiro molto profondo. «Signor Harrison, mi ha ferita. Mi sono sentita usata, ma non sono arrabbiata con lei. Ho capito che l'ha fatto per aiutare i ragazzi. Avrei voluto anche io un padre che si preoccupasse di me tanto quanto lei si preoccupa per loro...» dico, tutto d'un fiato.

«Grazie, per essere così comprensiva, Aria» risponde lui. Lascia le valigie e mi abbraccia per alcuni secondi. Io mi scosto, un po' imbarazzata, ma dentro sento qualcos'altro. Pronunciare quelle parole, perdonarlo ad alta voce, mi ha liberato di un peso che non sapevo neanche di avere. È questo che succede quando si prova a zittire l'orgoglio cieco?

«Siete state gentili ad avere organizzato una festa per Aidan» dice lui.

La porta di ingresso si apre di nuovo.

«Si congela qui fuori!» esclama Rosa. «Oh» dice bloccandosi all'improvviso nel vedere il signor Harrison. «Non sapevo fossi già tornato, Clark».

Lui si stringe nelle spalle.

Ho come la sensazione che tra loro ci sia dell'imbarazzo, ma Rosa poi mi guarda: «Forza, abbiamo un party da organizzare».

Per tutto il giorno, affianco Rosa nei preparativi. Anche Ang e Mad danno man forte. L'idea è stata loro più che mia. Hanno telefonato a Rosa e spedito gli inviti. Ovviamente, una festa per il primogenito degli Harrison non è una cosa semplice da gestire.

A pomeriggio inoltrato è tutto ormai pronto. Decido di concedermi una pausa e vado in camera di Aidan, ma lui non c'è.

Non ci sono neanche Josh e Jake. Mi stendo sul letto e mi addormento. Quando mi sveglio e guardo la sveglia sul comodino mi prende un colpo. È tardissimo. Mi alzo di scatto e in corridoio mi imbatto negli Harrison in smoking.

Aidan non è con loro. Chissà dove è finito.

«Pensavo che fosse un party elegante...» inizia a prendermi in giro Aron.

«Ma forse quella maglietta bucata per Aria è eleganza» ridacchia Josh.

Alzo gli occhi al cielo. «Avete finito di fare gli scemi?»

«Tu hai intenzione di smettere di vestirti come se dovessi andare a un raduno di vagabondi?»

«Non tutti sono vanitosi come voi» sbotto mentre busso alla camera di Asher.

«Chi è?» La voce squillante di Madison mi trapassa i timpani peggio della musica del piano di sotto.

«Aria».

Corre ad aprirmi ma non appena mi vede il suo sorriso smagliante si spegne.

«Che cosa ti è successo?» chiede facendo scattare gli occhi dalla mia coda di cavallo spettinata alle calze di lana tirate fino al ginocchio.

Sbuffo. «Non ti ci mettere anche tu...»

Ang ci raggiunge alla porta. È fasciata in un abito nero morbido. Ha i capelli perfettamente stirati e il trucco curato, l'eyeliner accentua la forma allungata dei suoi occhi. È semplicemente magnifica.

Anche Mad si è data da fare. Indossa un abito da cocktail dello stesso identico colore dei suoi occhi azzurrissimi e décolleté lucide.

Io, ora come ora, sembro uscita da una guerra.

«Siete stupende» dico a mezza voce.

«Aria, sembra tu sia appena guarita da una brutta influenza. Perché non sei ancora pronta?» chiede Mad.

Ang, come al solito, è più fattiva di noi due. Mi ha già afferrato per i polsi e trascinata in bagno.

«Fatti una doccia. Al resto pensiamo noi».

Scendiamo le scale e le teste di tutti, comprese quelle degli Harrison, si girano verso di noi. Noto Asher e Josh interrompere le loro chiacchiere e raggiungerci in fondo alla scalinata. Asher, con occhi illuminati da una luce unica, guarda Angelica che lo aspetta con il sorriso. Non importa quali siano i loro problemi. Ogni volta che Ash la osserva, il suo viso si trasforma. È come se si appartenessero ancora, nonostante tutto. Josh porge il braccio a Mad che lo accetta senza esitare. Lei ridacchia un istante mentre lui le sussurra qualcosa all'orecchio. Che ci sia qualcosa tra loro? Incredibilmente, Mad su questo punto ha mantenuto il silenzio totale ora che ci penso.

Poi, dall'ombra compare Aidan, con occhi impenetrabili ed espressione cupa.

Mi squadra da capo a piedi, trattenendo il respiro. Si avvicina e, come hanno fatto Asher e Josh, mi porge il braccio. Non dice una parola. Attraversiamo la folla che beve e chiacchiera rumorosamente fino alla zona bar.

«Ti guardano tutti» commenta torvo, lanciando occhiate qua e là. Mi accomodo su uno sgabello e lo ignoro.

«Un Martini» dico al barman.

«Bourbon, per me».

Il barista ci prepara in un istante i bicchieri e ce li porge. Prendo un sorso, senza parlare.

«Avevi detto tregua, non silenzio stampa» dice.

Sorrido nel bicchiere. È lui a cercarmi, stavolta.

«Ti sta piacendo la festa?» gli chiedo.

«Ora che ci sei tu è ancora meglio» dice passandomi le dita sulla spalla nuda. È appena un istante, ma mi leva il fiato. Arrossisco imbarazzata e per nasconderlo bevo un sorso dal mio bicchiere, lasciando che l'alcol mi bruci la gola.

«Devo ammettere che Angelica e Madison sanno il fatto loro su queste cose...» rispondo, indicando il vestito.

«Non è merito loro, biondina...» Si sporge verso di me con il suo sorriso malizioso.

Deglutisco, tentando disperatamente di mantenere una briciola di controllo. Nonostante la tregua, non voglio cedere ai miei ormoni. Lui continua a passare i suoi occhi sul mio corpo. Le sue iridi tornano continuamente al mio collo, evidenziato dall'abito monospalla di velluto verde che Madison ha tirato fuori da una delle sue quarantacinque valigie. Quando l'ho indossato, ho pensato subito che anche Aidan avrebbe apprezzato.

«Sai che cosa vorrei fare ora?» chiede voltandosi completamente verso di me.

Lo ignoro continuando a sorseggiare il liquido trasparente. Sento già ogni parte di me in subbuglio.

«Vorrei andare in camera...» sussurra al mio orecchio sinistro, «... aprire questa zip».

Passa un dito proprio sulla cerniera che mi corre lungo la schiena. «Sfilarti questo vestito...» fa scorrere la mano sul mio fianco, «... morderti la pelle» dice avvicinandosi al mio orecchio. «Dimenticare la discussione...» continua, «... dare voce all'incontrollabile voglia che ho di averti».

Il barista ci lancia un'occhiata incuriosito. Abbasso il capo per nascondere il viso, non per vergogna o imbarazzo. Solo per celare le tracce della mia pulsante brama.

«E tu Aria, cosa vorresti fare ora?»

Deglutisco e mi volto verso di lui cercando i suoi occhi.

Vorrei avere ogni parte di te, le tue labbra, le tue mani, la tua anima. Sentire il tuo respiro sul mio collo, il tuo calore, la tua carne nuda...

«Non posso dimenticare» dico, ma la mia voce risuona debole. Lui abbozza un tetro sorriso di soddisfazione, coglie la falla nella mia armatura. Distolgo gli occhi di scatto.

«Eppure sono certo non sia così».

Quando mi volto di nuovo ad affrontarlo, lui se n'è già andato, lasciandomi con il mio desiderio insoddisfatto.

Capitolo 49

Cerco Aidan fra la folla che, piano piano, sta defluendo verso l'uscita, la festa è ormai conclusa ed è stata più divertente del previsto. Non ero mai stata a un evento del genere con delle amiche. Ang e Mad, invece, sembravano parecchio rodate. Mi hanno tenuta stretta a loro per tutta la sera, abbiamo bevuto più champagne del consigliabile e ballato fino a che le gambe non ci hanno fatto male. Gli Harrison si sono uniti a noi per parte del tempo, in altri momenti erano troppo impegnati a fare la corte alle invitate. Ora, le mie amiche sono sedute sul divano senza tacchi e con trucco e capelli rovinati, ma hanno le guance colorate e dei sorrisi sinceri sulle labbra. Sono bellissime. Asher e Josh sono con loro, mentre Aron è sdraiato a terra che si lamenta da almeno venti minuti di non aver trovato nessuno di interessante al party.

«Aron, parli più di Mad» sghignazza Ang.

«Ehi!» protesta lei.

«Ha ragione» bofonchia Josh. «Non stai zitta neanche mentre dormi!»

«E tu che ne sai di cosa fa Mad mentre dorme?» lo punzecchia Asher.

«Comunque voi Harrison sapete dare delle feste niente male» commenta Madison lasciandosi cadere sui cuscini del divano. Li osservo e mi sento felice. Vorrei che anche Aidan fosse qui con noi... Decido di andare a cercarlo. Lo trovo all'ingresso, accanto ai buttafuori.

«... chi vi ha detto di tenere il cancello aperto?» lo sento riprendere gli uomini.

«Signore, abbiamo solo eseguito gli ordini...»

Appoggio una mano sul braccio di Aidan e lui sussulta.

«Hai un minuto per me?» gli chiedo. Lancia un'occhiata di fuoco ai due colossi.

«Sì» risponde cupo.

Afferro la sua mano e lui la stringe.

«Aria, dove stiamo andando?» domanda una volta arrivati all'ultimo piano.

«Non ti ho ancora dato il mio regalo».

Lo trascino su per le scale, fino alla mansarda. Quando capisce che voglio entrare lui si blocca. Continuo a tirarlo per il braccio, ma sembra essere diventato pesante come una montagna.

«No» dice deciso. «Non posso entrare lì».

«Puoi» gli dico.

Mi squadra.

«Lì...» Indica la stanza. Ha lo sguardo cupo ma ormai ho capito che lo fa solo per mascherare il dolore. «È spiacevole starci anche solo per trenta secondi, quindi no».

Sospiro e annuisco.

Mi volto ed entro lasciando la porta aperta, facendo sì che possa vedere che ho fatto. Mi fermo vicino al pianoforte che ho decorato con tante candele.

Faccio un passo indietro appoggiando la schiena alla parete e mi appiattisco, come un geco. I suoi occhi viaggiano su ogni centimetro della stanza. Indugiano sugli oggetti che ho scoperto dai teli e pulito.

Inspiro lasciando da parte le mille domande che riemergono vedendo il suo dolore. Se solo sapessi cosa gli fa così male...

Schiarisco la voce e inizio a canticchiare flebilmente. Non voglio attirare l'attenzione di un pubblico, solo la sua. Infatti, non appena pronuncio le prime parole, le sue iridi verdi si posano su di me.

Lentamente, lui si avvicina alla soglia. Esita per un istante, ma quando torna con lo sguardo su di me, uno slancio lo spinge verso il pianoforte.

Deglutisce e si siede sullo sgabello.

People Help the People.

Come la prima volta che l'ho sentito suonare.

Canto piano, finché lui preme le sue dita sui tasti.

Mi innamoro di questo suono. Di lui.

Le nostre anime si incontrano di nuovo.

Silenziose e desiderose.

Dimentico, smetto di pensare alle cose non dette.

Quando la canzone si conclude, faccio il giro del piano. Lui afferra la mia mano attirandomi tra le sue braccia.

«Auguri» dico piano.

«Tra me e me avevo scommesso che non mi avresti fatto un regalo». Osserva il piano e le candele.

«L'ho pensato» ammetto.

«Avresti potuto fingere che l'orologio che mi ha hanno regalato i miei fratelli fosse anche da parte tua».

Distolgo lo sguardo dai suoi occhi.

«Aidan...» bisbiglio guardandomi le mani. «Io non nego quello che provo per te. Anzi, se mi arrabbio e tento disperatamente di strappare dalla tua bocca la verità è proprio per questo».

Lui tace.

Mi allungo verso il centro del piano ed estraggo il vero regalo.

«Tieni».

Lo scarta con poca cura e accarezza il vetro della cornice in cui ho sistemato il disegno.

«L'hai fatto tu?» mormora.

Annuisco. La musica al piano inferiore si interrompe. Probabilmente anche i camerieri e il dj se ne sono andati.

«Grazie». Alza di scatto gli occhi su di me.

Il quadro che gli ho appena consegnato ritrae me e lui, quella mattina.

L'esatto istante in cui il mio cuore ha iniziato a battere all'unisono con il suo.

L'esatto istante in cui mi sono persa nel nostro mondo fatto di pericolosa passione e litigi incontrollabili.

«Hai talento, Aria» dice a voce così bassa che quasi mi devo avvicinare a lui per sentirlo. Si guarda attorno ancora una volta. I suoi occhi si soffermano sul cavalletto da pittore.

«Disegnava anche lei» dice, sempre con lo stesso tono basso.

«Lo so. E suonava, come fai tu» dico indicando il pianoforte.

«Non bene quanto Asher» commenta con un sorriso che non riesce ad arrivare agli occhi. «Sai da quanto non entravo qui dentro?» mi chiede.

Mi siedo accanto a lui sullo sgabello. «Forse è arrivato il momento, Aidan. Il momento di affrontare il passato...»

«Vorrei raccontarti ogni cosa...» sussurra, «... non vorrei più vedere quello sguardo che mi rivolgi ogni volta che ne parliamo».

«Quale sguardo?»

«Quello ferito, da me».

«Allora raccontami» dico quasi supplichevole.

«Non posso, è troppo rischioso. Se ti dovesse accadere qualcosa, io...»

«So badare a me stessa, l'ho dovuto fare per molti anni».

«Questo non mi rassicura».

«E cosa lo fa?»

«Tu, qui, seduta sulle mie gambe» dice. «Certo, nuda sarebbe ancora meglio».

«Aidan...» lo ammonisco presa alla sprovvista.

«Ero serio prima al bar. E se tu ora dicessi che non vorresti strapparmi i vestiti di dosso saresti una bugiarda tanto quanto me».

«Io...»

Un tonfo secco fa scattare il nostro sguardo verso la porta ancora aperta. Aidan si alza in piedi, guarda il corridoio ormai buio e scende le scale senza emettere rumore. Si arresta all'angolo della scalinata e sbircia nel salone. Io lo seguo trattenendo il fiato.

Capitolo 50

Il cuore mi martella nel petto.

Cosa sta succedendo?

Aidan mi trascina per le scale per raggiungere la sua camera. Si dirige verso la libreria e sotto una copia di *Orgoglio e pregiudizio* identica a quella che c'è a Miami preme un pulsante. Un cassetto invisibile scatta in avanti.

Estrae una pistola.

«Tu ora ti chiudi dentro e non esci da questa camera» ordina. «Se dovessi avere bisogno di un'arma, sposta la copia de *Il grande Gatsby*».

Sento l'adrenalina a fior di pelle. Una sensazione che oscilla fra la paura e la potenza.

«Sai sparare, Aria?»

«Credi di poter sopravvivere alla strada senza sparare?» gli rispondo secca. Sento un ronzio nelle orecchie.

Viene verso di me. «Per nessun motivo, nemmeno se dovessi sentire degli spari devi scendere, hai capito?»

«Sì» annuisco.

Mi guarda negli occhi e poi mi dà un bacio veloce sulle labbra. Quasi non mi rendo conto di cosa stia succedendo.

Cammino avanti e indietro per la stanza. Mi fermo ogni tanto per osservare il libro che mi ha indicato. Il mio istinto prenderebbe quella pistola e non darebbe retta al severo ordine di Aidan. La mia ragione, d'altro canto, mi obbliga a distogliere lo sguardo per dissuadermi da questa idea.

«Oh, al diavolo Aidan!» esclamo tra me e me.

Alla fine cedo al mio istinto. Come sempre.

Sposto il libro e premo un piccolo pulsante. Un *bip* riecheggia nella stanza e un cassettino metallico inizia a scorrere. Appena è abbastanza aperto, infilo la mano.

«Sul serio?» gracchio estraendo una pistola più piccola del mio palmo.

Infilo il caricatore facendolo scattare.

Scendo le scale a piedi nudi. Lo vedo. È appostato in un angolo che non è visibile dal salotto. È rigido, immobile. L'orecchio teso verso il nemico e lo sguardo sottile di un rettile. Sta calcolando la mossa da fare.

Mi avvicino e non si volta.

«Ti avevo detto di rimanere in camera mia» dice senza staccare gli occhi dalla scena. Dovrebbe essere arrabbiato e invece tutta la sua concentrazione è rivolta verso il salotto dove Madison e Angelica stanno dormendo sul divano, attorniate da cinque uomini incappucciati.

«Hai chiamato la polizia?» bisbiglio. Lui non risponde. «Aidan?» chiedo.

«Non è un affare della polizia, questo» taglia corto.

«In che senso?» È impazzito?

«Non è il momento. Fidati di me, Aria» dice. La sua voce è piatta. Ogni sua energia è rivolta a elaborare un piano. Le sue parole colpiscono nel segno: Aidan è l'unica persona al mondo di cui mi fiderei se mi trovassi sotto il tiro di cinque uomini armati. Ricaccio indietro le domande.

«Abbiamo bisogno di un diversivo» sussurro.

«Abbiamo?» alza le sopracciglia Aidan.

«Non me ne starò ferma qui a guardare» dico fissandolo.

Lui riflette, lanciando un'occhiata prima verso il salone e poi su di me.

«Va' a chiamare Josh» ordina.

«Aidan, non faremo in tempo» insisto. «Farò io da diversivo».

«No» ringhia con tono basso, spaventosamente severo. «Vai a chiamare Josh, subito».

«Aidan...»

Lui pone una mano sulla mia bocca.

«Ora» mima con le labbra quest'ultima parola. Deglutisco e faccio come dice.

Apro la porta della camera di Josh senza bussare.

«Ehi Aria, potevo essere nudo!»

Spalanco gli occhi e gli faccio segno di fare silenzio. Lancia un'occhiata alla pistola che ho in mano. Non mi dà nemmeno tempo di spiegargli cosa stia accadendo al piano inferiore che si protende verso una mensola. Sposta un libro ed estrae una semiautomatica.

«Vostro padre sa che tenete tutte queste armi in casa?»

La carica e mi guarda.

«Sì».

«Sono cinque. Hanno sotto tiro Angelica e Madison. Aidan è sulle scale» gli dico velocemente. Josh annuisce e mi precede.

«Abbiamo bisogno di un diversivo. Lo farò io, voi siete sicuramente più bravi di me con la mira» affermo.

«Imprudente» osserva accigliato Josh. «Non è un piano di Aidan questo».

«Non lo approverebbe mai» dico.

Josh bussa alla porta di Aron. «Cinque. Nel salone».

Aron scende subito dal letto e prende una pistola dal cassetto di un comodino.

«Non avete sentito il botto che ha fatto la porta?» chiedo confusa.

«Poteva essere qualsiasi cosa, persino tu e Aidan che davate spettacolo» fa spallucce Josh. Faccio una smorfia. Come fa a scherzare in un momento del genere? «Chiama Jason e Jake» ordina ad Aron come il perfetto braccio destro di suo fratello maggiore. Mi fermo davanti alla porta di Asher nel momento in cui lui la sta spalancando.

«Cosa sta succedendo?» bisbiglia Asher. I suoi occhi saettano lungo il corridoio.

«Sono cinque, in salone, tengono in ostaggio Angelica e Madison».

Asher deglutisce. Balena nei suoi occhi una paura primordiale. Il suo viso si indurisce, somigliando terribilmente a quello di Aidan.

Quando ci ritroviamo tutti in corridoio osservo i fratelli Harrison impugnare ciascuno un'arma con disinvoltura. Alcuni di loro, come Asher, indossano ancora parte dello smoking con cui hanno partecipato alla festa. Hanno espressioni serie sui visi, ogni tipo di leggerezza è sparita, persino in Jason.

«Faccio da esca» decido mentre seguo Josh. Ha impartito ordini precisi, chiari, che gli altri non hanno discusso, come se fossero pronti a questa eventualità. Come se se l'aspettassero.

«No» dicono all'unisono lui e Aron.

«Aidan non lo permetterebbe» commenta Josh.

«Aidan perde tempo, non possiamo aspettare» dico.

«Aria, è una pessima idea, fidati» afferma Aron facendomi capire definitivamente che per loro tutto questo non è una novità.

«Dovrete cavarvela da soli, fra qualche istante io sarò là in mezzo». Faccio un sorrisetto.

Non ho paura. L'adrenalina ha soggiogato la mia parte spaventata. L'istinto mi dice che questa è la mossa giusta. Incastro la pistola nel retro dell'abito mentre scendo le scale.

Passo accanto ad Aidan.

Di sottecchi vedo nei suoi occhi lo stesso terrore che avevo visto in quelli di Asher. Tenta di afferrarmi la mano, ma io sono già troppo lontana. In salotto. Sul campo di battaglia.

«Ragazze, per caso avete visto...» dico mentre tengo gli occhi bassi, fingendo di sistemarmi l'abito.

Due degli uomini fanno uno scatto, puntando le loro armi verso di me.

«Loro sono qui per la festa?» domando posizionandomi davanti ad Ang e Mad che nel frattempo si sono svegliate e guardano atterrite la scena. «Perché in tal caso è finita da un po'».

«Siamo qui per recapitare un messaggio ad Harrison» ringhia l'uomo incappucciato al centro.

«Chi scusa?» faccio finta di non capire.

«Dov'è?!» grida alzando il fucile nella mia direzione.

Porto una mano alla schiena di scatto, poi mi blocco. Solo ora mi rendo conto di non avere alcuna chance se dovessi estrarre l'arma.

Dove sono gli Harrison? Forse vogliono che prenda tempo...

«Dimmi dov'è, ragazzina, altrimenti faccio volare via la sua bella testolina bionda...» ringhia avvicinandosi con la canna del fucile alla mia fronte e obbligandomi a guardare Madison. Ha gli occhi spalancati e viene tenuta da un altro uomo che le punta la pistola alla tempia.

Deglutisco. L'adrenalina comincia a non riuscire più a contenere del tutto il terrore. Non ho più mosse, mi sono inserita nel gioco senza avere un piano. Sposta il dito sul grilletto. Chiudo gli occhi.

Ma non sento lo sparo.

Li riapro.

Asher e Jake fanno irruzione dal portone colpendo i due uomini più vicini. Subito dopo, dal corridoio che conduce alla cucina, compaiono Jason e Josh che si occupano del terzo uomo. Probabilmente hanno fatto il giro della casa passando da fuori. Gli uomini tentano di rispondere puntando i fucili automatici, ma i fratelli glielo impediscono. Sono veloci e anche se hanno le armi bene in vista non le usano. Li stendono tutti a mani nude. Sono coordinati e si muovono in simbiosi, come se questo tipo di cose fosse routine. Dalle scale fanno la loro comparsa anche Aron e Aidan che si occupano degli ultimi due. Aidan sferra un colpo sulla nuca dell'uomo con il calcio della pistola.

Guardo attonita i cinque corpi svenuti a terra e gli Harrison in piedi con il respiro leggermente più accelerato, ma non affannoso, come se non avessero faticato poi così tanto per metterli ko.

«Non credevo fosse così semplice» commenta Jake con un sorrisetto divertito. Improvvisamente mi ritorna in mente quando l'ho visto in quel vicolo defilato, mentre confabulava con il tizio a cui ha passato il sacchetto di carta.

«Portateli nel capanno e legateli bene» ordina Aidan facendo un cenno a Josh.

Non dovrebbero chiamare la polizia?

Si volge verso di me di scatto e mi punta un dito contro.

«La prossima volta, se hai voglia di farti uccidere basta dirlo» grida fuori di sé.

«Avevate bisogno di un diversivo» ribatto.

«Avresti dovuto ascoltarmi, non hai esperienza, tu non sai...» grida di nuovo. Fa una pausa, prendendo un bel respiro: «Non sai che cosa significa agire a sangue freddo, senza rischiare che qualcuno venga ammazzato. Ti sei resa conto che non avresti avuto modo di difenderti? Hai considerato che avrebbero potuto spararti appena avessi messo piede nella stanza? Ti rendi conto che in questo modo hai messo ancora di più in pericolo la vita di Angelica e Madison?»

«Avevate bisogno di un diversivo, di tempo per irrompere» ripeto.

«Ti sbagli, saremmo riusciti a gestire la situazione anche senza il tuo sconsiderato intervento» ringhia. «Non avresti nemmeno avuto il tempo di prendere la mira» va avanti.

«Solo perché sul fascicolo di tuo padre non c'è scritto, Aidan, non dare per scontato che io non sappia usare una pistola» urlo.

Angelica e Madison sono ancora sul divano, immobili, spaventate. Ci guardano senza capire.

In realtà non ho mai sparato a qualcuno. Il signor Chang diceva che le armi fanno troppo rumore e che una come me doveva essere invisibile per sopravvivere in quel quartiere. Ma la prima volta che ne presi una in mano, mi sentii invincibile. Non è difficile procurarsi un piccolo calibro. Quando girovagavo fra le vie dei bassifondi di Miami, la portavo sempre con me. Non avevo più paura, non sarei scappata se mia madre si fosse presentata di nuovo o se qualcuno avesse tentato di farmi del male.

«Scommetto che non hai nemmeno mai puntato a una persona vera, forse solo a un fantoccio» commenta.

Percepisco gli sguardi degli altri componenti della famiglia rivolti su di noi.

Faccio un passo verso di lui. Carico la semiautomatica e la punto dritta al suo cuore. Si muove a ritmo del suo respiro.

Ci guardiamo negli occhi. Un'altra battaglia della nostra lunga guerra.

«Aria...» Madison fa un urletto portando le mani alla bocca.

Sposto il dito sul grilletto.

«Sparami» mi dice Aidan con un sorriso di sfida. «Hai il coraggio di farlo?»

Tento in ogni modo di regolarizzare il respiro.

Non gli sparerei mai. Lo sa, lo so.

Persino la mia rabbia si rifiuta di eliminare dalla faccia della Terra questo arrogante, stupido ragazzo. Rivolgo il mio sguardo alla pistola, si meriterebbe che gli dessi dimostrazione del contrario, ma non posso, non voglio. Impedisco alla mia ira di sparare al soffitto.

«Non vale nemmeno la pena sprecare pallottole per te, Aidan. Andresti dritto nel luogo in cui ti sentiresti un re, l'inferno».

Tolgo il caricatore, il colpo in canna e premo l'arma sul suo petto restituendogliela.

Mi volto di scatto verso le mie amiche. Ci osservano attonite, Asher e Josh sono lì con loro mentre gli altri hanno già trascinato via due dei delinquenti.

«Tutto bene?» chiedo.

«Perché voi due riuscite a litigare persino in una situazione come questa?» domanda Madison. Ang, invece, non risponde. Mi siedo accanto a lei un istante e la abbraccio, ma lei non ricambia. Dopo un istante mi alzo.

«Ho bisogno di stendermi» sussurro raggiungendo a passo svelto il piano superiore.

Capitolo 51

Scendo le scale con circospezione, come se mi aspettassi di trovare di nuovo gli uomini con i fucili puntati al centro del salone. Invece ciò che trovo è l'impresa di pulizie intenta a sistemare i resti della festa.

«Buongiorno, Aria» mi sorride Jason concentrato sui fornelli.

«Posso aiutarti a fare qualcosa?»

«No» scuote la testa lanciandomi un sorriso cordiale.

Aggrotto le sopracciglia confusa. Come può essere così tranquillo dopo quello che è accaduto la scorsa notte? Io non ho chiuso occhio. Non ho parlato con Aidan. Questa mattina, quando mi sono svegliata, lui se n'era già andato.

«Avete chiamato la polizia?» domando.

Lui mi guarda di sottecchi, poi sposta il peso sull'altra gamba.

«Sì» risponde.

«E sai dov'è Aidan?»

«No. Prova in palestra». Fa spallucce, vago.

Qualcosa non torna. Se avessero chiamato la polizia avrei dovuto fare una deposizione con la mia testimonianza. Oltretutto, mi ronzano in testa le sue parole. 'Portateli nel capanno e legateli bene'.

Perché? Ammettiamo per un istante che gli Harrison non siano immischiati in affari loschi, cosa piuttosto improbabile data l'incursione di stanotte, perché rinchiudere in un capanno cinque uomini senza chiamare la polizia?

Esco dalla cucina e mi avvio verso l'uscita di casa. Immersa nel gelido freddo invernale mi stringo nella felpa. Mi guardo attorno con attenzione. Faccio il giro della casa cercando di non dare nell'occhio e mi apposto in un angolo sul confine della proprietà per controllare se qualcuno stia uscendo o entrando nella piccola casetta di legno. Dopo pochi minuti la porta si apre e Jake fa la sua comparsa. Si avvia verso il cancello e appena scompare dalla visuale, corro verso il capanno. Mi affaccio alla finestra che si apre su una parete laterale.

Strabuzzo gli occhi e trattengo il respiro. Aidan, Josh e Aron sono a braccia conserte davanti ai cinque uomini imbavagliati.

Tendo l'orecchio per ascoltare la conversazione.

«Li hanno mandati loro» scuote la testa Aron.

«Ma perché? Non ha senso ora, dopo otto anni dall'accaduto» risponde Josh.

«Invece ha senso» annuisce Aidan con lo sguardo cupo. «Il detective Mallory ha fatto riaprire il caso».

«Evidentemente è uno dei pochi a non essere corrotto in questo dannato posto» commenta Josh.

«È per questo che è venuta qui, l'altra sera? Voleva indagare?» chiede Aron al maggiore dei fratelli Harrison, assorto in un intricato ragionamento.

«Credo di sì. Dopo tutti questi anni è impossibile che non sia una mossa studiata» afferma. «Il detective Mallory non si è fatto corrompere, perciò tentano di controllare noi dall'interno».

«Quindi... vuoi fargli credere di essere caduto nella loro trappola?» domanda Aron.

«Esatto. Sai questo cosa ci permette di fare?» dice lui rivolto al fratello. «Prendere tempo. Mentre loro credono che io sia caduto nella trappola, avrò tempo di cercare prove inconfutabili sotto il loro stesso tetto».

«Hanno inviato questi incapaci cercando di intimidirci» afferma Josh.

«Non sappiamo ancora se sono i loro uomini» osserva Aron.

Jason entra nel capanno.

«È arrivato il furgone?» chiede Aidan.

Uno degli uomini inizia a muoversi.

«Dai un'altra dose di benzodiazepine a ciascuno di loro, non devono svegliarsi prima durante il viaggio» ordina ad Aron.

«No, l'auto non è ancora arrivata. Ma dovresti fare attenzione, Aria è sospettosa» dice Jason. Faccio uno scatto indietro. «Mi ha chiesto se avessimo chiamato la polizia, le ho detto di sì, ma non era affatto convinta».

«D'accordo, me la sbrigo io con lei» dice Aidan.

Faccio il giro per tornare in casa.

Criminali.

Gli Harrison sono criminali.

Mi sono fidata di loro, di lui... Come ho potuto essere così cieca?

In camera, faccio avanti e indietro cercando di capire cosa dovrei fare.

«Ehi». Aidan entra e si avvicina a me. Istintivamente mi allontano.

«Che cosa vuoi?» chiedo sulle spine.

«Vieni» fa un cenno al piano inferiore.

«Dove?» domando.

«Fidati di me» dice afferrandomi il polso.

Un risolino isterico sfugge alle mie labbra. Se mi fido di lui ancora una volta cosa accadrà? E se non lo faccio? Verrò legata anche io a quella sedia per aver ascoltato la loro conversazione?

Mi trascina in palestra.

«Perché siamo qui?» chiedo a braccia conserte. Perché ha detto che se la sbriga lui con me?

«Perché non abbiamo concluso la partita di ieri sera e non mi piace dormire così distante da te» dice con un ghigno passandomi i guantoni da boxe.

Li indosso. Magari è il momento giusto per metterlo ko e scappare il più lontano possibile da questa casa di pazzi.

Il signor Harrison sarà al corrente della loro attività illecita? Lui che è un avvocato, un uomo di legge, non credo permetterebbe tanto ai suoi stessi figli.

Aidan saltella sul posto rivolgendomi il suo solito sorriso sghembo. Io dopo aver ascoltato quella conversazione non riesco a fare a meno di rimuginare, è come se fossi distante anni luce da lui.

«D'accordo...» sospiro, «... facciamo tre round, chi vince può fare una domanda e l'altro deve rispondere sinceramente».

«Non rendi mai le cose semplici...» sorride.

«Sei tu che mi obblighi a farlo...» commento. Attacco per prima, lui schiva. Prima di andarmene ho bisogno di sapere se prova qualcosa per me o se invece anche questa è solo una sua mossa per non lasciarmi andare in giro a parlare degli affari di famiglia.

Mi colpisce sotto il costato con un destro. Emetto un grugnito per scaricare il dolore, poi mi rialzo immediatamente per contrattaccare. Ha abbassato la guardia e riesco così a sferrargli un colpo allo zigomo.

Vacilla.

Approfitto per un destro sull'addome.

«Stai facendo sul serio...» commenta.

Non rispondo, mi concentro solo sulla guardia. Conoscendolo un po' so che potrebbe iniziare a giocare qualche carta insolita pur di portarsi a casa la partita.

«Presumo tu abbia qualche domanda da farmi» continua, studiandomi.

Cerca i miei occhi.

Non devo abbassare la guardia.

Sa bene quanto entrambi, l'uno negli occhi dell'altra, siamo vulnerabili. Sta tentando di indebolirmi per attaccare, non glielo permetterò.

Sferro un colpo e lui lo incassa.

Finalmente attacca, lasciando da parte i giochi di strategia. Per sua sfortuna, riesco a schivarlo. Dopo tanti colpi a vuoto, riesco a piazzare tre colpi di fila: uno al costato destro, poi al sinistro e infine allo zigomo.

Alza le mani in segno di resa.

«D'accordo, nessuno dei due si tirerà indietro se continuiamo così, perciò qual è questa domanda che ti spinge a essere così aggressiva?»

Aggrotto le sopracciglia e lo guardo in viso. Persino ora mi sembra abbia mosso una pedina. Probabilmente si è accorto dei miei sospetti, perciò vuole spingermi a parlare. Non gli servirò la vittoria così facilmente.

«Cosa sono per te?» chiedo.

Lui aggrotta le sopracciglia e mi studia. Devo averlo preso alla sprovvista.

«Sei la mia donna» risponde semplicemente. Per quanto vorrei gioire della risposta i suoi occhi sono ancora così sospettosi che non riesco a credergli. Continua a muovere pedine per trovare cosa mi assilla. Lui non sa che io ho sentito, ma mi conosce.

«La tua donna...» commento.

«Sì, la mia biondina» afferma ancora con quel cipiglio da inquisitore.

«Cosa vuoi sapere, Aidan?» chiedo avvicinandomi. «Che cosa mi frulla per la testa? Perché sembro così diffidente? O forse hai il sospetto che io sappia qualcosa?»

Bingo. Stringe le mascelle e lo sguardo si incupisce.

Il miglior modo per mettere ko Aidan Harrison è usare le sue stesse carte.

«Quindi sai qualcosa» dice.

«Mi mancano ancora tanti pezzi per completare il puzzle» sussurro a pochi centimetri da lui. «Ma non perderò tempo prezioso per scoprire una realtà di cui non voglio far parte».

Fa una smorfia seccata per celare la ferita che gli ho inflitto.

«Aidan» Josh ci interrompe improvvisamente.

Il maggiore dei fratelli Harrison rivolge con riluttanza la sua attenzione a Josh.

«C'è Charlotte Williams di sopra» afferma.

Il suo cognome mette in moto gli ingranaggi del mio cervello.

Williams...

Sin dal gala di beneficienza a Miami ho notato come Aidan cambia umore in presenza di qualsiasi componente di quella famiglia. Al ballo in maschera, Aidan ha rivolto ad Alex uno sguardo così intriso d'odio che non poteva essere una semplice antipatia. Per non parlare della parte di conversazione che ho origliato quel giorno, dopo che Alex si era presentato qui a casa

Harrison. E ora sono quasi del tutto certa che prima, nel capanno, si stessero riferendo proprio a Charlotte.

I Williams c'entrano qualcosa. Sono loro il nemico? E se sì, perché?

Probabilmente anche loro sono una famiglia di criminali, forse si contendono il territorio.

Facciamo capolino nel salone. Asciugo con una mano la fronte imperlata di sudore.

«Vi abbiamo portato una sorpresa...» dice il signor Harrison.

Charlotte è in piedi accanto a Rosa e ci guarda con un sorriso soddisfatto. Ang e Mad, sedute sul divano, mi lanciano occhiate allarmate, probabilmente preoccupate per la mia reazione, mentre il signor Harrison concentra la sua attenzione su Aidan. Gli rivolge uno sguardo confuso.

«È in arrivo una bufera e tu scegli di venire qui?» domanda Aron.

«Certo. Di tutto per il mio futuro sposo» risponde Charlotte fissandolo.

Mi pietrifico. Tutta la famiglia Harrison volge gli occhi su di me. Aidan ha mentito di nuovo. In aeroporto aveva detto che avrebbe scelto me. Trattengo il respiro per mantenere la calma.

I suoi occhi scivolano da Aidan a me. «Come stai mia bella camerierina?» mi chiede con il sorriso più falso che abbia mai visto. L'ira che cova dentro di me sta per esplodere. So di essere sbiancata.

«Buongiorno, Charlotte» mi sforzo di dire.

«Vieni, lasciamo da parte il rancore e aiutami a cercare l'abito da sposa» afferra la mia mano e mi trascina verso i divani del salotto.

Lancio un'occhiata verso il signor Harrison e Rosa che osservano la scena increduli. Le ragazze e i fratelli, invece, mi guardano con il fiato sospeso come se si aspettassero da un momento all'altro una scenata.

«Fra quanto vi dovreste sposare?» domanda Madison con un filo di voce.

«Un paio di mesi. Ormai stiamo insieme da un po', era tanto

che le nostre famiglie volevano unirsi» afferma. «Tu saresti?» le chiede con il solito finto sorriso di cortesia.

Ang e Mad iniziano a parlare con Charlotte. Credo che lo stiano facendo soltanto per cercare di distrarla da me. Faccio una smorfia e rivolgo i miei occhi su Aidan, che per tutto il tempo li ha puntati solo su di me. Sul suo viso emerge la preoccupazione.

Fa bene a essere preoccupato. Dopo questa non mi rivedrà mai più.

Charlotte si siede al centro del divano davanti a un tavolino da caffè e fa accomodare accanto a lei Ang e Mad. Prende una grossa busta colma di riviste.

«Ecco qui, ho alcuni esempi, potreste darmi una mano...» Nel momento in cui estrae i primi dépliant fa cadere a terra il piatto di vetro che decorava il tavolo. «Ops!» dice, ridendo. «Aria, pulisci pure» mi ordina senza neanche guardarmi.

«Aria in realtà...» cerca di spiegarle Ang, ma io la interrompo.

«Tranquilla, Charlotte. Ci penso io» e colgo l'occasione per fuggire finalmente in cucina.

Sento i passi di Aidan dietro di me. Prevedibile.

«Aria, devo spiegarti delle cose...» dice avvicinandosi a me.

Non mi volto neanche. Nascondo il viso dentro a uno sportello. Non so cosa sto cercando, so solo che non voglio sentire più una parola uscire dalla sua bocca. Non sento più il mio cuore. Tutto è nero. Tutto è rabbia. Se insistesse sento che non sarei capace di trattenermi.

«Devi spiegarmi delle cose...» Faccio una smorfia ripetendo le sue parole. «Credo sia un po' tardi, ora, Aidan. Quante volte ti ho chiesto di dirmi che cosa stava succedendo?»

La mia voce è piatta, ferma.

Non mi importa più niente. Sono stata una stupida a credergli, a credere davvero che Aidan Harrison avesse scelto me e nessun'altra in aeroporto.

Sento che si avvicina.

«Vai via, Aidan» sibilo.

Non si ferma.

«Aidan. Vai. Via» gli ordino con voce dura. Lui, però, mi ignora. Come sempre.

È l'ultima goccia.

Vedo la mia mano afferrare la prima cosa che ho a tiro e lanciargliela addosso. Poi un'altra e un'altra ancora. Non ho più il controllo. Il mio corpo è soggiogato dalla rabbia che ho accumulato verso di lui in tutti questi mesi. La rabbia che covo verso mia madre, lo schifo che sento quando ricordo le mani del mio patrigno, l'odio verso mio fratello che mi ha lasciata con loro, da sola. L'ira per la vita che mi è stata tolta, per tutto quello che non ho potuto vivere, per le volte in cui ho dovuto allungare la mano per chiedere soldi per mangiare. La rabbia.

Il mio mostro finalmente libero.

Non so quanto tempo passi.

Mi ritrovo seduta per terra con la gola che mi brucia. Ho le guance umide, mi sfrego il viso e scopro di stare piangendo. Quando ho iniziato?

Sollevo lo sguardo sulla cucina che è un disastro. Ci sono piatti e bicchieri rotti, farina sparsa ovunque e altri oggetti che non riesco neanche a riconoscere. In mezzo a tutto quello c'è Aidan. È in piedi e mi sta osservando. Muove un passo verso di me e ancora sento il mostro scalpitare.

«Sei solo un bastardo» dico truce. Sono ancora abbastanza forte per impedirgli di provare a parlarmi. «Vattene» ripeto.

«No» risponde.

Si avvicina.

«Forza, Aidan. Inventati qualcuna delle tue stronzate, raccontami che per proteggermi hai omesso di dirmi che ti sposerai lo stesso nonostante il tuo bel discorso in aeroporto» sibilo.

Si siede accanto a me, per terra, e prova a prendermi la mano.

«Non toccarmi». Mi volto verso di lui con fare minaccioso.

Lui ignora le mie parole e ci riprova.

«Non toccarmi» urlo fuori di me. «Quella pallottola di ieri sera in questo momento finirebbe nelle tue palle».

Mi alzo di scatto, prima che possa dire qualsiasi cosa. Percorro il corridoio per raggiungere il salone, ma c'è solo Rosa che mi guarda allarmata.

«Aria...»

Non le rispondo, la supero. Corro in tutta la casa, senza neanche rendermene conto. Arrivo nella sala da biliardo, dove Madison sta parlando con Charlotte. Vicino a loro ci sono Josh e Aron. L'hanno trascinata qui per non farle sentire le mie grida? Non me ne importa assolutamente nulla.

Mi avvicino piano.

«Aria» mi chiama Mad cercando di dirmi qualcosa con gli occhi. Ma io la ignoro.

«Charlotte cara» le dico, con un sorriso. «Non vi ho ancora fatto i miei auguri. Sarò felice di regalare a te e a tuo marito una tanica di benzina, così potrete darvi fuoco insieme».

Lei mi guarda sorpresa, spalancando la bocca. Poi la serra. Nei suoi occhi la confusione sparisce in un istante e la sua espressione si fa dura. Non le do il tempo di ribattere, non presto attenzione alle occhiate degli altri. Vado di sopra.

Capitolo 52

Bussano alla porta, so che è lui. Infilo nel borsone malandato tutti i miei abiti alla rinfusa.

«Aria, aprimi o butterò giù la porta» grida.

«Vattene!» rispondo. Apro la finestra.

Un rumore assordante riecheggia in tutta la casa, in tutta la camera. Mi volto, la porta è a terra. Che cosa vuole fare? Impedirmi di andarmene da qui? Legherà nel capanno anche me? I suoi occhi si soffermano sulla finestra aperta e sul borsone appoggiato a terra.

«Tu non te ne vai. Non ti azzardare a lasciare questo posto» ringhia.

Lo guardo fissa.

«Ti avevo avvisato, Aidan» ribatto stringendo a me il borsone.

Mi lascerà passare per uscire dalla porta? No.

Ci proverò ugualmente? Sì.

«Non puoi andartene. Non lo faresti se sapessi tutta la storia». Si apposta sulla soglia, sbarrando il passaggio.

«Quale storia?» chiedo. «Quella in cui mi riveli di essere un criminale? Quella in cui mi dici di avere degli uomini legati all'interno del capanno? O quella di Jake che confabula con un uomo in una via della città come se fosse un farabutto? Oppure, aspetta» vado avanti con tono sarcastico. «Quella che ti chiedo di spiegarmi praticamente da quando ci siamo conosciuti, Aidan?»

Lui aggrotta le sopracciglia.

«Qualunque cosa ti inventerai 'per sbrigartela' con me...»

cito le sue parole, «... non ci crederò. Mi hai fatto troppo male, anche se non ti importa, ovviamente».

Abbassa lo sguardo. «Sì che mi importa» dice a voce bassa. «E se ti dicessi la verità?» domanda guardandomi dritto negli occhi.

Abbozzo un sorriso amaro. «Non lo faresti. Me l'hai detto tu stesso: un manipolatore non rivela mai la verità, ma solo ciò che gli serve per giostrarla».

«E tu mi hai risposto che quando si prova qualcosa per qualcuno non lo si può fare» ribatte deciso.

«Lasciami passare, Aidan» dico facendo un cenno al corridoio.

«Lo farò, Aria. Ma prima ti chiedo di ascoltarmi. Non voglio che tu te ne vada pensando che io sia un mostro» mormora cupo.

Il suo tono mi colpisce. Qualcosa dentro di me si agita. So che c'è ancora una parte di me, sempre più piccola, che spera che lui non sia *davvero* così.

«Mi lascerai andare?» chiedo.

«Sì, ti lascerò andare».

E so che è sincero.

Trattengo il respiro. Appoggio il borsone per terra e incrocio le braccia al petto.

«Sentiamo questa verità».

Lui stringe la mascella. Aidan Harrison è un bravo giocatore, ma questo è l'ultimo round. E io non mi sono mai arresa una volta in vita mia.

Si avvicina alla finestra. «Mia madre è morta» inizia.

«Sì, questo lo so».

«Ma non sai è che è stata assassinata» afferma tutto d'un fiato.

Sussulto.

«È successo otto anni fa. È stata rapita. Da questa casa. Per quattro lunghi mesi è stata tenuta in ostaggio. L'hanno torturata. E alla fine, soltanto alla fine, l'hanno uccisa».

La mia rabbia si spegne. Subito. Il mio mostro si nasconde

da qualche parte. La mia razionalità torna a galla. Guardo i suoi occhi, ma Aidan in questo istante non è qui. I suoi ricordi lo trascinano giù, in quella nube di tormenti che ho sempre visto nelle sue iridi e con la quale ho dovuto combattere per riuscire ad arrivare al suo cuore.

«All'epoca, mio padre non ci raccontò nulla. Ci disse che era partita con un'amica per un viaggio. Poi ci disse che aveva il cancro, che aveva deciso di curarsi in una clinica privata, un posto molto all'avanguardia, non erano consentite visite, ma che sarebbe andato tutto bene.

«Non fu così. Dopo alcuni mesi ci disse che le cure erano fallite.

«Mamma era morta».

«Aidan...»

«Però neanche in quel momento mi disse la verità. Lui sprofondò nel suo dolore e io... Io...»

«Ti sei preso cura degli altri» finisco per lui.

Solleva lo sguardo su di me. «Come fai a saperlo?»

«Questa parte di storia me l'ha raccontata Rosa».

Annuisce. «Quando è arrivata Rosa, Asher, Jake, Jason, Josh, Aron... si sono stretti tutti attorno a lei. La conoscevamo bene, era la migliore amica di mamma sin dai tempi della scuola. Io sono tornato nell'esercito. Non riuscivo a stare qui... Per anni ho lasciato da parte il dolore e qualsiasi altra emozione, mi sono concentrato solo sul mio lavoro».

«Perché tuo padre non ha voluto dirvi la verità?» gli domando. Aidan si è seduto sul bordo del letto. Anche in un momento come questo cerca di resistere, cerca di non lasciar trapelare le sue emozioni, ma io sento quanto sta soffrendo. Lo riconosco da come stringe la mascella, da come tiene le lenzuola tra le mani, da come cerca di evitare il mio sguardo.

«Non voleva soffrissimo ancora di più. Sapere che l'assassino di nostra madre era a piede libero avrebbe potuto consumarci... come è accaduto a lui, per un po'. Non usciva mai dal suo studio. Era distrutto tra il bisogno di dare giustizia a sua moglie e la necessità di proteggerci dai suoi nemici. Poi, un giorno, mentre ero in missione, sono stato convocato per ritirare una lettera classificata come urgente. Era di Rosa. Mi raccontò tutto. Mi disse che papà era sempre più lontano, perso in un altro mondo, e che i miei fratelli stavano prendendo una brutta piega. Mi scrisse che tutto quello che mi aveva raccontato lui era una bugia. Mia mamma era stata rapita, tenuta in ostaggio, torturata e uccisa. Chi aveva premuto il grilletto le aveva piazzato un colpo al cuore e uno alla testa. Ho chiesto il congedo il giorno stesso e sono tornato a casa. Per tutti gli anni in cui sono stato un soldato, non mi sono mai avvicinato a questo posto. Passavo le mie licenze a Miami e così ho fatto trasferire tutti a Villa Harrison che da casa delle vacanze è diventata casa e basta. Ho spinto i ragazzi a tagliare i ponti con le amicizie che avevano qui...»

«Compresa Angelica?» chiedo, unendo i puntini, ricordando il modo in cui loro due si tengono a distanza.

«Compresa lei». A Miami le cose andarono meglio. I ragazzi si rimisero in riga e anche papà. Allora io contattai subito il detective che seguiva il caso all'epoca che mi disse che le indagini non l'avevano portato molto lontano, così il caso fu archiviato».

«Come è possibile che non trovarono nulla?» chiedo confusa.

«È possibile quando la polizia è corrotta... Quando un'intera città è corrotta» afferma. Ed eccola lì, l'ombra che incupisce i suoi occhi verdi, quella che manifesta l'alter ego spregevole, affamato di vendetta.

«Corrotta da chi?»

«Dall'unico uomo che avrebbe potuto avere un motivo per uccidere uno di noi. L'unico che non si sarebbe fatto scrupoli a toglierla di mezzo...» stringe la mascella prima ancora di dire il nome, «... Jonathan Williams».

«Il padre di Alex e di Charlotte?»

Annuisce

Spalanco la bocca. Ogni pezzo del puzzle va improvvisamente al suo posto.

«Come fai a esserne certo?»

«Ho iniziato a indagare per conto mio» dice. «Mio padre, esattamente un anno prima che la rapissero e la uccidessero, era impegnato nella difesa di Williams, per l'accusa di cinque omicidi volontari di secondo grado. Il giorno del processo papà si tirò indietro perché aveva scoperto che Williams l'aveva manipolato per fargli dichiarare il falso in tribunale. Gli aveva nascosto dei particolari per far in modo che mio padre riuscisse a vincere la causa e lui fosse scagionato. Williams rimase senza difesa, perciò il processo venne rimandato. Riuscì a trovare un altro avvocato, piuttosto famoso, Collins, che ricostruì l'intera difesa. Ma nella lettera indirizzata al giudice, papà esponeva alcuni dettagli molto interessanti. Il procuratore distrettuale si convinse a svolgere indagini più approfondite. Collins fu scaltro, riuscì a salvare Williams per un pelo, ma lui dovette comunque pagare una cauzione molto alta per rimanere a piede libero».

«Quindi...» capisco all'improvviso e questa rivelazione mi mette i brividi, «Jonathan Williams ha ucciso tua madre per vendetta?»

Resta in silenzio un istante. Ha i pugni serrati sui pantaloni.

«Il brutto tiro di mio padre gli sarebbe potuto costare molto. Williams è un mafioso. Traffica illegalmente armi e droga. Se il procuratore e il detective avessero continuato a indagare avrebbero potuto scoperchiare tutto il suo giro di affari... Lui non avrebbe avuto alcuna via di fuga. Ha punito la mia famiglia per spaventare chiunque si fosse azzardato a mettersi contro di lui».

Le parole di Aidan ribaltano il disegno che avevo creato nella mia mente.

I cattivi della storia non sono gli Harrison.

Aidan resta in silenzio. Gli lascio questo momento per riprendersi. Mi sta dicendo davvero tutto?

«Se il movente c'è» chiedo dopo un po', «perché nessuno è riuscito a spedire quel mostro in carcere?»

«Collins gli ha trovato un alibi. E ha pagato profumatamente il detective per far archiviare il caso per mancanza di prove».

«E ora...» domando esitante, «che cosa è cambiato?»

Eccolo il ghigno di Aidan, di nuovo al suo posto sul viso. «Che io so la verità. Sono riuscito a trovare un detective pulito, Mallory. Gli ho messo una pulce nell'orecchio e lui ha fatto un paio di indagini, non ci ha messo molto a trovare alcune incongruenze nelle deposizioni. Sta cercando il modo di spedirlo in carcere».

«Ed è un bene, no?» osservo, un po' confusa dalla sua reazione.

«Lo sarebbe. Ma i Williams sospettano di qualcosa. Stanno cercando di introdursi in casa nostra. Charlotte». Appena sento il suo nome sulle labbra, il mio corpo ha un brivido. Aidan mi guarda preoccupato, ma resta seduto sul letto. «Charlotte» riprende, quando crede che io mi sia calmata, «si è avvicinata a me mesi fa proprio per questo. Vogliono controllarci dall'interno, vogliono capire cosa sappiamo e come agiamo».

È questa la partita a cui Aidan sta giocando.

Un gioco pericoloso, tra la vita e la morte.

Una scommessa che se dovesse perdere distruggerebbe tutta la sua famiglia.

Se ne rende conto?

«Mi hanno attirato in una trappola e io ci sono caduto volontariamente. Fino a quando si crogioleranno nella sicurezza che noi non abbiamo nulla in mano, non si muoveranno e Mallory potrà proseguire con le sue indagini. Questo mi permette di avere tempo per raccogliere prove». Si interrompe. Si alza in piedi e si piazza davanti a me. «Aria» dice. «Charlotte Williams è una pedina, piuttosto debole tra l'altro. Io lo sono per lei, ma lei lo è per me, anche se non lo sa. Non è nient'altro che questo, capisci?»

Lo osservo.

Tutto quello che mi ha rivelato mi turbina in testa. Le informazioni stanno cercando un posto dentro al mio cervello, il puzzle si sta completando.

Faccio un sorriso amaro. «Le hai chiesto di sposarti per spiarla meglio, quindi» capisco.

Lui annuisce.

«La sposerai davvero?»

Guarda fuori dalla finestra. «Farei qualsiasi cosa per fare giustizia» ammette, cupo.

Il mio cuore smette di battere, ecco la verità. Niente è più importante per lui della sua vendetta.

«Ma» dice, dopo un istante. Lo fisso. I nostri occhi si incrociano. Vedo l'ombra agitarsi nel verde. «Ma... poi ho conosciuto te. Credi davvero che io rinuncerei a te per lei o per qualsiasi altra cosa o persona al mondo?»

Non rispondo. Non riesco.

Prendo queste parole, le lascio entrare in me.

Aidan è sincero. Lo so.

Abbasso lo sguardo. Lui mi prende una mano, come aveva provato a fare in cucina, ma io la ritraggo istintivamente. La ferita è ancora lì e sanguina. Ho bisogno di tempo per capire, per fare ordine nei miei pensieri.

«Ma perché non puoi lasciar fare al detective Mallory? Hai detto che ha intenzione di spedirlo in carcere, quindi vi basterà solo accertarvi che i Williams non si immischino» rifletto.

«Hanno ucciso mia madre per vendetta e ne sono usciti puliti. I Williams erano amici dei miei genitori. Mia madre si fidava di loro... Pensi che non ucciderebbero un Mallory qualsiasi prima che presenti le prove al procuratore?» domanda alzando un sopracciglio. «Cerco delle garanzie. Fidarsi è bene, ma avere un piano B è ancora meglio».

«È così assurdo...» commento dopo un po'.

Aidan sospira. «Lo so».

«Tu credi che Charlotte Williams possa essere tanto ingenua da cadere nel tuo inganno e rivelarti informazioni utili?»

«È il modo più sicuro e veloce» ribatte lui, deciso.

Alzo un sopracciglio. «Davvero? E fino a ora quante prove sei riuscito a raccogliere?»

Lui mi lancia un'occhiata severa.

«Appunto» commento.

«Hai un'altra idea in mente?» sbotta, irritato.

Ci penso per qualche istante. «Cambiate strategia...» propongo, «... anziché lasciare che siano loro a condurre il gioco, iniziate a farlo voi».

«E come, biondina?»

«Se è come dici tu e Charlotte è una pedina debole probabilmente non è a conoscenza di alcune vicende. Perché suo padre dovrebbe fidarsi di una che va a letto con il figlio dell'uomo che voleva farlo finire in carcere?»

Quando ho detto 'una che va a letto', il viso di Aidan si è contratto. Voleva ribattere. Ma mi aveva promesso la verità. E la verità è questa. Ingoio il boccone amaro.

«Invece, Alex Williams...» vado avanti, riflettendo.

Lui fa scattare gli occhi su di me.

«Non posso avvicinarmi a lui, Aria. Per prima cosa perché non rientro nei suoi gusti. E poi perché hai avuto modo di vedere tu stessa come io non sia capace di mantenere la calma in sua presenza» afferma.

«Non ci riesci perché lui ti provoca. Perché lui sa».

Aidan studia il mio viso con espressione corrucciata.

Se è tutto vero quello che mi ha detto, Williams merita la galera. E gli Harrison meritano la possibilità di voltare pagina, di dare giustizia alla morte di Shailene. Penso al sorriso triste di Aron. Alla chitarra chiusa nella sua custodia in camera di Asher. Penso alle fotografie incorniciate, nascoste nell'armadio di Rosa e alle nostre tisane bevute in terrazza. Penso agli occhi confusi del signor Harrison. Penso a Jason ai fornelli quella mattina e alle battute fuori luogo di Josh. Se dovesse capitare loro qualcosa di brutto, quanto soffrirei? In pochi mesi, gli Harrison hanno rivendicato il mio cuore. Prima di entrare nella loro famiglia, io non avevo niente. Ora ho una vita. Ho delle amiche. Ho un posto in cui stare, un posto in cui tornare. Penso anche a lui, ad Aidan. Al mostro che vuole mangiarselo vivo. Alla vendetta che potrebbe ucciderlo. Non posso permetterglielo.

«No» dice, serio, all'improvviso. Lo fisso. Lui scuote la testa. «Non ci pensare minimamente, Aria. Non ho alcuna intenzione di permetterti di lanciarti in un'altra missione suicida come quella di ieri sera».

Ha decifrato i miei pensieri prima ancora che fossi io a capirli.

«Pensaci Aidan» inizio. «Alex crede che io sia ancora soltanto la vostra domestica».

«Scordatelo» ringhia iniziando a fare avanti e indietro per la camera.

«Lui sa sicuramente più cose».

«Tu non ti avvicinerai a lui».

«E se potessi finalmente incastrarlo? Sprecheresti questa opportunità per cosa? Per gelosia?» chiedo.

«Credi davvero che sia gelosia?» domanda arrestandosi di colpo.

«Non è così?».

«Cazzo no!» sbotta. «Piuttosto mi faccio amputare entrambe le braccia che vederti in sua compagnia, con il rischio che tu possa essere rapita e uccisa come lei».

Schiudo le labbra cogliendo la sua preoccupazione.

«Non succederà, Aidan» dico. «Troveremo il modo».

«No» ripete e sembra l'ultima parola. «Vuoi tornare a Miami? Va bene, mi basta sapere che sei lontana da quella famiglia. Non può succederti qualcosa per causa mia».

«Mi hai detto tutta la verità?» chiedo dopo un po'.

«No» scuote la testa. «Sarebbe abbastanza per te sapere che il mio lavoro è pericoloso, ma non è da criminali?»

«Se rispondessi no, non vuoteresti il sacco, giusto?»

«No, è troppo rischioso adesso».

Annuisco distogliendo lo sguardo.

«Mi lascerai andar via?» chiedo piano.

Lui tace. Mi osserva e ancora una volta io riesco a sentire il suo dolore. Ma cosa dovrei fare, a questo punto? Non vuole il mio aiuto. Non vuole me. E i miei sentimenti per lui sono stati messi alla prova troppe volte. Lentamente, Aidan si sposta dall'ingresso. Prendo il borsone da terra e mi avvio verso l'uscita. Cammino con gli occhi ostinatamente rivolti da tutt'altra parte. Se incontrassi il suo sguardo adesso scoppierei a piangere. Lo sorpasso, ma lui afferra rapidamente il mio polso, bloccandomi.

«Credi ancora che io sia un mostro?» domanda quasi in un sussurro.

I nostri occhi s'intercettano.

Un millesimo di secondo, tutto si annulla, l'eterna verità tra noi compare.

Vorrei accarezzargli la guancia, dirgli che voglio aiutarlo, che ucciderei per lui, ma non ha bisogno di me in questa guerra. A lui basta sapere che io non sono accanto ai Williams.

«Non ho mai pensato tu lo fossi Aidan, altrimenti non mi sarei fidata di te».

Una carezza sul mio polso mi provoca una scia di brividi lungo tutta la schiena. Mi trattiene per un istante e poi la sua mano scivola via da me.

Capitolo 53

Entrando nel minimarket lascio il borsone all'ingresso.

Non sono in aeroporto. Ho vagato per le vie di Burlington senza una meta per ore e adesso sta venendo buio e non so davvero che cosa fare.

La realtà è che non voglio andarmene.

Quando ho lasciato lo chalet ho camminato fino al centro della città. Il freddo mi ha aiutata a schiarirmi le idee. Ogni passo che facevo, e che mi allontanava da tutti gli Harrison, mi allontanava anche da una parte di me, dalla versione di me che sono con loro. La Aria che sa cantare, che sa ascoltare, che cucina le ricette della nonna, che disegna e ride con gli amici.

Ho saputo la verità. Dopo averla chiesta a lungo.

Io non scappo.

Io non posso andarmene proprio ora.

Ripenso alle parole di Aidan e a quanto sia stata dura per gli Harrison. Mi torna in mente il signor Harrison che guarda la fotografia di sua moglie, la sua meravigliosa moglie rapita, torturata e uccisa.

«Salve» dico al commesso. Lui in risposta fa un cenno con il capo.

Mi infilo fra gli scaffali e prendo delle patatine. Quando ero a Miami, poco prima di finire nel dojo del signor Chang, mi rintanavo spesso all'interno dei minimarket. A volte mi sembravano i luoghi più sicuri per sfuggire alla polizia e a mia madre: nei film dicono che hanno sempre un'entrata principale e poi una sul retro. Ed è vero.

Il primo mese dopo essere scappata di casa, ricordo di essere stata ospitata da una famiglia messicana. Vivevano in uno di quei palazzi nei quali gli appartamenti sono grandi circa una stanza e mezza. Alcuni giorni dopo, mentre stavo tornando da loro, da un market dall'altra parte della strada ho visto la polizia entrare proprio nel palazzo. Con loro c'era mia madre. Rientrai nel negozio cercando di non dare nell'occhio e li osservai dalla vetrina mentre fingevo di scegliere fra un pacco di patatine alla paprika e uno al pepe. Usciti dal palazzo a mani vuote, il loro superiore indicò proprio il minimarket. Con il cuore in gola, mi tuffai dietro al bancone e aprii la porta di servizio. Mi nascosi nei vicoli bui e sporchi per giorni, senza avere il coraggio di tornare dalla famiglia che era stata così gentile con me.

«Aria?» sento alle mie spalle una voce familiare. Mi volto di scatto. È Alex Williams. Cosa ci fa qui?

«Alla fine non te ne sei andata».

«No» scuoto il capo con un finto sorriso stampato in volto.

Può essere che questo ragazzo dallo sguardo triste sia davvero il complice di un assassinio? Non ha il cipiglio da stratega, sembra così genuino quando mi parla. Quella volta in cui si è presentato a casa degli Harrison, l'ansia l'aveva reso un po' impacciato. Non riesco a immaginarlo come un criminale dal sangue freddo.

«Lavori ancora per gli Harrison?» chiede. Io faccio finta che la domanda non mi suoni strana e prendo una barretta di cioccolato.

«Sì, certo» confermo. «Perché me lo chiedi?»

Lui si stringe nelle spalle. «Perché vorrei sapere a che ora finisci il turno. So che te lo sto dicendo all'ultimo secondo, ma i miei genitori hanno organizzato un party stasera... Una festa in bianco e nero». Mi obbligo a sorridere a quelle parole. «Non accetto un no come risposta» dice lui in tono scherzoso, ma non troppo.

«Io...»

E se restassi?

Se tornassi sui miei passi, imboccassi il vialetto, ritornassi nel salotto dove ci sono Ang, Mad, Aron, Asher, Josh, Jason, Jake e lui?

Loro lo farebbero per me.

E allora perché non farlo?

Non sto pensando solo ad Aidan, no. Mi riferisco a ognuno di loro, Rosa e il signor Harrison compresi. Lui mi ha contattata per cercare di alleviare il dolore dei propri figli, un dolore di cui crede di essere responsabile. Si rimprovera per non essergli stato accanto, per non averli aiutati a tempo debito, ma... come avrebbe potuto? Un marito che scopre che la propria moglie è stata assassinata può sapere come gestire la sua sofferenza e quella dei propri figli? È un attimo, ma prendo la mia decisione. Voglio dimostrare al signor Harrison che assumermi non è stata una scelta del tutto sbagliata.

«Va bene, Alex» rispondo. «Possono venire anche due mie amiche?»

Lo dirò ad Aidan? Non lo so ancora. Lui mi impedirebbe di andare, la riterrebbe una pazzia, una 'mossa suicida'. Ma si sbaglia. Ho solo bisogno di un po' di aiuto.

«Certamente!» annuisce entusiasta. «Vengo a prendervi stasera, allora, alle ventuno. Fuori dallo chalet».

Sussulto.

In questo modo mi costringe a tornare a casa Harrison, quando avrei potuto semplicemente affittare una stanza o chiedere ad Ang di stare a casa sua.

«Alex, sei molto gentile, ma non ti preoccupare... Possiamo venire da sole» provo a dire.

«Mi fa piacere passare a prendervi, Aria. Mi hanno insegnato che è questa la buona educazione» ribatte lui. Peccato non gli abbiano insegnato il rispetto per la vita delle persone, penso io.

Mi saluta con un cenno del capo ed esce.

Aggrotto le sopracciglia sospettosa. Perché era qui, proprio in questo market? Mi rendo conto ora che è uscito senza comprare nulla.

Mi stava seguendo?

Mi avvicino al commesso. «Dov'è il negozio di cellulari più vicino?»

Un taxi mi riporta allo chalet.

Entro con passo furtivo, senza sapere che cosa dire, ma scopro che la casa è deserta. In cucina incontro solo Rosa che mi saluta come se nulla fosse. Non sapeva che ero andata via. Nessuno, a parte Aidan, sapeva. Avevo chiuso la porta alle mie spalle silenziosamente, forse perché in fondo sapevo che sarei tornata. Mi dirigo in camera di Asher con la speranza di trovare le mie due amiche.

«Sì?» Ang compare subito sulla soglia.

«Dove sei stata?» chiede Mad affiancandola.

«Avevo bisogno di riflettere» dico entrando. «Fra poche ore abbiamo un party dai Williams, dobbiamo prepararci».

«Come?» aggrotta le sopracciglia Mad. «È per tutta la faccenda di Charlotte?»

Scuoto la testa. «Alex Williams mi ha chiesto di accompagnarlo alla festa organizzata dai genitori. Ho pensato che fosse l'occasione perfetta per strappare alcune informazioni, ma non posso farlo da sola» dico tutto d'un fiato. Mi rendo conto subito dopo che Madison e Angelica potevano non essere a conoscenza della questione. Trattengo il respiro in attesa di una risposta.

«Frena, frena, frena...» alza le mani Madison. «Mi stai dicendo che stiamo per andare in missione?»

Lo sanno. Mi aspettavo che Ang conoscesse meglio di me la storia. Ma Mad? Possibile che qualcuno dei fratelli Harrison le abbia già raccontato qualcosa?

«Sì» rispondo asciutta. «Ma non dobbiamo coinvolgere gli Harrison, nessuno di loro».

Ang mi fissa, sbalordita. «È troppo pericoloso Aria, io non sono molto brava in queste cose. E se ci scoprissero?»

«Non succederà, Ang. Dobbiamo solo fare attenzione» risponde Mad, già su di giri.

«Non lo so...» Ang si alza dal letto e inizia a fare avanti e indietro.

«Se coinvolgessimo solo Josh?» propone Mad incerta.

«Josh?» si blocca Ang. «Il braccio destro di Aidan? Molto meglio Aron o Asher».

«Be', potremmo convincerli a tenere la bocca chiusa per questa sera».

«Perché tu non vuoi coinvolgerli?» mi chiede Ang di punto in bianco.

Sospiro. «Perché Aidan pensa che io sia tornata a Miami e non approverebbe mai un piano come questo».

«E per una volta sarei d'accordo con lui...» conferma Ang.

«Per il momento faremo finta che tu non te ne sia andata senza salutarci» ribatte Mad dandomi un pugno sul braccio.

«Va bene». Scatto in piedi e afferro il borsone. «Se non ve la sentite lasciate stare, ragazze. Lo capisco, davvero».

«No, no, no» si affretta a dire Mad, «non possiamo fare finta di nulla mentre tu stai in quella gabbia infernale. E poi, ho voglia di vederli distrutti quegli stronzi, dopo lo spavento che ci hanno fatto prendere ieri sera».

«Però dovremo coinvolgere anche Aron e Asher» aggiunge Ang come condizione.

Rifletto per un istante sulla sua proposta. Sono certa che se ci fossero almeno due di loro saremmo più al sicuro, ma anche se li convincessi a tenere la bocca chiusa per questa sera, poi domani come potrei accertarmi che non ne parleranno con Aidan?

Non potrei.

Mi dovrei fidare.

In una famiglia funziona così, giusto?

«D'accordo» dico.

È il momento. Ho le mani un po' sudate. Mi ripeto che si tratta di un semplice party con qualche domanda in più ad Alex, ma l'idea di stargli accanto per un'intera serata mi rende nervosa sopra ogni limite.

Ci guardiamo nello specchio rettangolare in camera di Asher. Indossiamo tutte e tre dei vestiti bianchi che Mad ha trovato nelle sue valigie. Ci nasconde un'intera settimana della moda, lì dentro. Il suo abito è corto, mette in mostra le lunghissime gambe. Quello di Ang è lungo, con una scollatura sulla schiena. Il mio, invece, sembra un incontro tra i due: davanti è corto, ma dietro ha una coda di piume. Mad ha dato a tutte dei grandi orecchini che servono per camuffare l'attrezzatura che ci daranno Asher e Aron.

«Ci siamo» dice Ang. Il suo viso è teso.

«Non mi piace questo vestito» commenta Madison sistemandoselo addosso.

«Aspettate!» le fermo.

Prendo dal borsone la mia macchina fotografica e ci scatto una foto allo specchio.

«Così hai una foto per la nostra lapide?» ridacchia Mad.

Angelica le rifila un pizzicotto. «Non dirlo neanche per scherzo. E comunque neanche a me questo vestito fa impazzire...»

«Ragazze, stareste bene anche con addosso un sacco di patate» dice Aron sistemandomi dietro l'orecchio delle cuffie e una cimice nel vestito. Asher lancia un'occhiata ad Ang credendo di non essere visto.

«Dove avete trovato questi cosi minuscoli?» chiede Madison indicando la cimice.

«Li abbiamo conservati, ci sono serviti un po' di tempo fa» risponde Asher vago.

Mancano pochi minuti all'orario dell'appuntamento con Alex e dobbiamo uscire senza essere viste.

«Dovete andare avanti voi e controllare che non ci siano gli altri» dico ai ragazzi. Prendo la pistola che ho rubato dal comodino di Asher.

«Ehi, ehi, dove vai con quella?» Aron me la sfila dalle mani. «Se qualcuno dovesse vederti con una pistola in quella casa verresti circondata dai loro uomini in un istante».

Annuisco, senza protestare. Ha senso. Ma rinunciare a quell'uscita di sicurezza aumenta la mia ansia. Asher e Aron escono dalla stanza. Noi ci sfiliamo i tacchi e scendiamo le scale dopo il loro segnale.

«Dove diavolo state andando?» Ci blocchiamo sulla soglia.

«Shh» faccio segno a Rosa di abbassare la voce. «Andiamo a una festa, ma non dirlo a nessuno, Rosa, ti prego. Ci vediamo domani».

«Va bene» annuisce lei squadrandoci. «Divertitevi. Ma non tornate tardi».

Sul porticato ci risistemiamo le scarpe e ci avviamo per il vialetto strette l'una al braccio dell'altra per evitare di cadere e rovinare il nostro piano già alla fase uno. Ci fermiamo qualche metro prima del cancello.

«Pronte?» chiede Asher nell'auricolare.

Un sospiro all'unisono e un cenno di assenso.

Usciamo dal cancello, belle, sorridenti, allegre.

Innocenti.

«Buonasera, signore». Alex spalanca le braccia davanti a una limousine. «È un vero piacere conoscervi. Io sono Alex» si presenta alle mie due amiche. Noto che si sofferma un po' sul viso di Ang, ma quando lei gli rivolge il suo sorriso dolcissimo, lui si scoglie.

«Non ho mai visto una limousine senza champagne, Alex» commenta Mad.

«È proprio qui. Ve lo verso subito».

La missione è cominciata.

«Direi di brindare a questa serata fra noi» dico. Facciamo tintinnare il cristallo. Sorseggio in modo lento e sensuale mentre Mad e Ang fanno lo stesso. Se voglio ottenere risposte dovrò iniziare a giocare sporco.

«Sei bellissima» mi sussurra all'orecchio Alex.

«È merito dell'abito» rispondo cercando di non sottrarmi alla sua lusinga, che però mi rende nervosa.

«Ha fatto la sua parte, è vero, ma saresti altrettanto bella anche senza» insiste lui.

Trattengo il fiato. Vorrei fare uno scatto per sedermi almeno a un metro da Alex. Il mio corpo è percosso da fremiti di nausea e disgusto. Non so bene se sia la consapevolezza di avere accanto un Williams oppure il fatto che queste allusioni hanno tutt'altro sapore quando è Aidan a farle.

Mi mordo la guancia e accavallo le gambe. «Non puoi esserne certo finché non avrai visto» dico, reggendo il gioco.

Davanti alla villa bianca, con tanto di colonne doriche e tappeto rosso, percorriamo la navata che conduce al salone centrale. Lo scenografico ed enorme lampadario in cristallo ci invita a entrare nella sala da ballo.

«Champagne?» le mie amiche sorridono e prendono due bicchieri dal vassoio.

«Che ne dici di concedermi un ballo?» mi chiede Alex.

«Sì, con vero piacere».

Mi studia. Si è accorto di qualcosa? Per distrarlo mi avvicino a lui. «Speravo che me lo chiedessi» gli dico. Abbozza un sorriso e mi prende per mano, trascinandomi al centro della pista.

«Allora» esordisce, «ora che le tue amiche non sono qui, perché non mi dici cos'hai?» chiede lui.

«Diciamo solo che una domestica non è abituata a tanto» sorrido, mesta. Questa menzogna ha un fondo di verità. Lui mi osserva ancora un istante, ma poi si avvia e io lo seguo. Percepisco la sua mano sul mio fianco come se fosse una scheggia da rimuovere. Se Aidan fosse qui mi starebbe stringendo con una presa salda e calorosa, sentirei il corpo pervaso da scosse elettriche e avvertirei le palpitazioni crescere in modo spropositato, poi torneremmo a casa, ci spoglieremmo...

«Che cosa vorresti fare?» domanda Alex interrompendo i miei pensieri.

«Ballare».

Lui scoppia a ridere. «Non intendevo questo. Qual è il tuo sogno?»

«Mi piacerebbe diventare una fotografa. Tu, invece?»

«Produttore discografico» dice con entusiasmo.

«Be', puoi permettertelo». Lancio un'occhiatina alla vistosa sala bianca decorata in oro.

«C'è chi invece non me lo permette» fa un cenno a suo padre. È in piedi accanto a degli uomini e di tanto in tanto esplode in una grossa risata. Quel suono, se pur a distanza di metri da me, mi entra dentro.

«Perché?» chiedo incerta.

«Vuole che segua i suoi passi, che diventi un imprenditore di successo, soldi, figli... bla... bla... bla...»

«Puoi sempre ribellarti. Che cosa mai potrebbe farti?» ribatto sperando che lui mi dia una risposta.

«Oh, fidati, quell'uomo è capace di tutto, soprattutto quando in gioco ci sono alcune verità sconvenienti di cui io sono a conoscenza».

Non è poi così complesso cercare di farlo parlare.

«C'è già un ragazzo in questa sala che deve rinunciare ai suoi sogni per cause di forza maggiore. Non farlo anche tu, Aria». Ferma un cameriere e prende due bicchieri.

«Allora brindiamo. Alla realizzazione dei nostri sogni» dico.

Dopo il piccolo brindisi ci siamo accomodati al tavolo e abbiamo continuato a chiacchierare. Ho cercato di spostare la conversazione sul padre, ma dopo quello che mi ha detto durante il ballo non ha aggiunto altro. E mentre lui mi stava raccontando del suo anno a New York, io qua e là cercavo Madison e Angelica, scomparse chissà dove. Una donna dai capelli corvini, straordinariamente simile a Charlotte Williams, si avvicina a noi.

«Alexander, vieni. Dobbiamo presentarti alcune persone».

La madre lo afferra per un braccio e con eleganza lo porta via da me. Lui alza gli occhi al cielo e con le labbra mima un 'A dopo'. Approfitto subito del momento di libertà. Mi immergo fra la calca per controllare se negli angoli del grande salone ci siano delle telecamere. Ne scorgo quattro che puntano proprio il centro, dove c'è la pista da ballo. Abbasso il capo per non destare sospetti e cerco le mie due amiche. Le trovo sedute a un tavolo mentre sorseggiano dei cocktail.

«Dove siete state?» chiedo. «Vi ho perse di vista».

«Siamo riuscite a rimorchiare un bestione di circa una tonnellata per raggiungere i piani alti» ridacchia soddisfatta Mad.

«Davvero?»

«Sì, non è stato molto difficile» sorride Ang.

«Ma da dove siete passate?» deglutisco, all'improvviso. «Avete notato che ci sono delle telecamere di sicurezza, vero?»

«Ehm...» Madison schiarisce la voce voltandosi verso Ang, «... c'erano delle telecamere?»

«Io...» Angelica piega leggermente il capo di lato riflettendo.

«Certo che c'erano delle telecamere». Nei nostri auricolari risuona la voce di Asher. «Sono entrato nel loro sistema per oscurarle e sostituire le immagini di voi due che vi appartate con un uomo in una stanza con quelle di qualche minuto prima. Sono davvero curioso di sapere come avreste fatto senza di noi». La preoccupazione si scioglie, almeno per adesso.

«Ora il tizio dov'è?» chiedo.

«È qui con noi, si sta facendo una bella dormitina» dice Aron.

«Bene» mi rivolgo verso Mad. «Cosa avete trovato?»

«Ci sono otto stanze al primo piano, enormi corridoi con tanto di decorazioni in oro e mobili piuttosto rari, mi chiedo dove...»

«Madison, vai dritta al punto».

«Il punto è che tutte le stanze sono aperte tranne una, quella dell'ultimo piano».

«Per aprirla serve un'impronta digitale» aggiunge Asher.

«Che sarà sicuramente del padre» concludo.

Ho un'idea.

Studio la folla alla ricerca del principino ereditario. Se ciò che mi ha rivelato durante il ballo è vero, significa che anche lui potrebbe avere accesso a quella stanza.

«Ragazzi, ho bisogno di tempo». Mi alzo dal tavolo.

«Aria, cosa...»

Cammino fra la confusione, dritta verso il punto in cui ho avvistato Alex. Distrattamente mi scontro con qualcuno. «Oddio, mi scusi, sono mortificata...»

Prima ancora di poterlo guardare in viso riconosco il suo profumo.

Capitolo 54

«Andiamo a casa» dice a bassa voce, con un tono che non ammette repliche.

Il suo viso è una maschera immobile, sta cercando di non dare nell'occhio, ma è evidente che è arrabbiato.

Infilo le unghie nella sua mano stretta al mio polso.

«No, Aidan».

I muscoli del suo viso si contraggono. Si guarda attorno. È maledettamente bello nel suo completo. È vestito di nero, ovviamente. Come l'ombra che avvolge il suo viso.

«Aria, non è il momento per essere testardi».

È freddo, distaccato, concentrato. Questa non è una sfida tra noi, uno dei nostri giochi.

Sto considerando la possibilità di fare quello che dice quando noto alle sue spalle Jonathan e Alex Williams imboccare la scalinata che porta al piano di sopra dopo aver controllato la sala con attenzione. Mi libero dalla presa di Aidan e li seguo sgusciando tra la folla.

Percorro il corridoio di cui parlavano Angelica e Madison con passo disinvolto, fingendo di sapere dove andare, fingendo di avere tutto il diritto di essere in questa parte di casa.

«Asher, ho bisogno che cancelli e sostituisci le immagini delle telecamere come hai fatto prima» sussurro lasciando che i capelli mi cadano davanti al viso mentre mi guardo il petto.

«Va bene, Aria. Cosa sta succedendo?» mi chiede.

«Non lo so» bisbiglio. «Ma intendo scoprirlo».

Con eleganza mi avvicino a un bodyguard che presiede l'accesso a una rampa di scale.

«Buonasera» dico sbattendo qualche volta di troppo le ciglia.

«Signorina» risponde lui, impassibile, «lei non può stare qui».

«Ho visto Alex Williams venire qui. Sono la sua compagna, vorrei raggiungerlo».

«Non posso lasciarla passare. Mi dispiace» ribatte, irremovibile.

Mi avvicino ancora un po'. Gli accarezzo il braccio destro, quello per comunicare attraverso l'auricolare con gli altri bodyguard, scivolando fino alla sua mano.

Sorrido. Mentre mi osserva stupito, io premo il nervo fra il pollice e l'indice.

«Non aspetterò qui» sussurro al suo orecchio. Lui sussulta per il dolore e si piega un po' permettendomi di sferrargli un colpo secco al collo proprio dove si trova la carotide.

Cade a terra con un sonoro tonfo.

Abbozzo un sorriso. Per l'ennesima volta, la mossa del signor Chang si è rivelata molto utile. Ho capito quanto fosse efficace una sera di febbraio dell'anno scorso. C'era un ristorante thailandese a pochi isolati dal dojo che a volte mi passava il cibo avanzato. Mi presentavo lì a mezzanotte, proprio quando stavano per chiudere. Una sera, un uomo si è avvicinato a me per cercare di strapparmi via la borsa che conteneva i cartoni colmi di spaghetti di soia fumanti. Gli allungai un po' del mio cibo, ma dopo pochi istanti lui mi venne ancora addosso. Tra topi di strada basta un 'No, questa è roba mia' per capirsi. Lui, invece, continuava a insistere. Sembrava drogato. Si avventò su di me, ma riuscii a stenderlo con un forte colpo alla carotide. Da quel momento, quando mi capitava di girovagare nel pieno della notte e qualcuno cercava di farmi del male, rispondevo con quella mossa.

Stacco l'auricolare dall'orecchio del bodyguard e mi sfilo le scarpe. A piedi nudi mi dirigo verso il terzo piano, ma mi arresto appena sento delle voci provenire proprio da dietro l'angolo. Con l'orecchio teso mi tengo pronta e quando avverto un *bip* elettronico, corro con passo leggero sulla moquette. Una porta si sta richiudendo. Mi tolgo uno degli orecchini che mi ha prestato Madison e prima che la porta si serri del tutto riesco a incastrarlo nell'angolo in basso.

Mi apposto appena fuori, con il cuore che mi rimbalza nel petto.

«Perché sono qui?» sento dire Jonathan ad Alex.

Prendo il cellulare che ho nella pochette e comincio a registrare.

«Io non li ho invitati, se è questo quello che stai insinuando» risponde Alex.

«Allora lo avrà fatto quella sciacquetta da quattro soldi che ti sei portato dietro» ringhia il padre.

«No. Lei è innocua, è soltanto una domestica» dice.

Una risata inquietante lascia le labbra del padre e mi provoca un brivido di puro terrore.

«Fantastico, ora frequenti anche le domestiche... Non ti bastano quelle che abbiamo?» lo prende in giro Jonathan. «Non era previsto che venissero. Non li abbiamo invitati. Come hanno fatto a entrare, dunque, Alexander?»

«Non lo so, papà, okay?» grida il figlio irritato. «Lasciali in pace, salutali come sempre e loro se ne andranno».

«Perché sono qui?» chiede di nuovo, ignorando le parole del figlio.

«Papà, solo perché si fanno vivi a una festa non significa che stiano cercando di indagare su di te e su quello che hai fatto. Abbiamo la situazione sotto controllo, ricordi?»

«Zitto, idiota» il padre impreca sotto voce. «Quel che andava fatto l'ho fatto. Bisogna pensare al presente, Alexander» dice con tono risoluto.

«Vuoi farli cacciare?»

«Sì, certo che lo voglio. Vorrei buttarli fuori a calci personalmente, ma desterebbe sospetti. Dobbiamo stare attenti...»

Un rumore di passi mi fa capire che la conversazione è finita. Sfilo l'orecchino più velocemente che posso e corro nella direzione da cui sono venuta prima che qualcuno mi noti. Mi appoggio alla parete e su un tovagliolo che avevo infilato nella borsa scrivo un messaggio. Raggiungo il bestione ancora a terra, gli rimetto l'auricolare e inizio a schiaffeggiarlo.

«Dai avanti, svegliati...»

Lui emette un suono gutturale e si stropiccia gli occhi, confuso. Prima che abbia tempo di parlare, lo aiuto a rimettersi in piedi. «Tutto bene, amico?» fingo. «Sei crollato come un sacco di patate, dovresti mangiare qualcosa». Lui si sistema il completo, ancora incerto su quello che è successo. Gli do il bigliettino. «Consegna questo ad Alex da parte mia, per favore» gli dico con un sorriso, dandogli una pacca sul braccio. «E non lo aprire. Altrimenti potrebbe essere l'ultima cosa che fai».

Scompaio nella direzione da cui sono venuta con i tacchi che ticchettano sul marmo. Appena sono di nuovo alla festa prendo fiato e afferro un bicchiere di champagne da un cameriere che passa di lì in quell'istante, ne bevo subito la metà un po' per distendere i nervi, un po' per dare l'idea di non essermi mossa dalla sala da ballo.

In lontananza, Aidan mi squadra e di rimando io alzo gli occhi al cielo. Accanto a lui c'è Josh. Attacco bottone con una signora piuttosto sovrappeso e piuttosto critica nei confronti del buffet, ma non la ascolto, annuisco soltanto di tanto in tanto. Nel giro di pochi minuti, Jonathan Williams si avvicina ad Aidan e Josh. Li saluta con tono amabile e con una risata li conduce fuori dalla sala. Ha trovato il modo di allontanarli. Prima di sparire, Aidan mi fissa e con le labbra mima le parole 'Non finisce qui'.

Cerco Alex tra gli invitati, controllando di avere via libera. Vedo che anche lui si guarda attorno, probabilmente per cercare me. Appena si volta, io sgattaiolo fuori dalla villa e mi chiudo dentro un taxi.

«Aron, puoi avvisare Mad e Ang che sono all'esterno, in un taxi?» dico al piccolo microfono sul mio seno.

Capitolo 55

Allo chalet afferro il borsone che avevo lasciato in camera di Asher ed esco in corridoio. Aidan è in piedi a braccia conserte. Da quanto tempo mi sta aspettando lì? Ha uno sguardo severo e irritato. Si è tolto il papillon e ha i primi bottoni della camicia slacciati.

Fa un cenno alla sua camera.

«Entra» mi ordina, secco.

Mi blocco. Non ho nessuna voglia di dargli spiegazioni.

«Entra» ripete.

«No».

Fa un passo verso di me. Sfilo la mano prima che lui possa afferrarla e lo fulmino con lo sguardo.

«Ho fatto fuori un bodyguard di cento chili stasera con una sola mossa, Aidan Harrison. Non mettere alla prova la mia pazienza».

«Entra» dice ancora una volta. «Aria, devo parlarti».

Faccio come dice. Lo precedo e lui chiude alla porta alle mie spalle.

«Tu dovevi essere su un cazzo di aereo diretto a Miami».

«E invece sono qui» rispondo, facendo finta di niente.

«Questo lo vedo» ribatte secco. I suoi occhi analizzano tutti i dettagli del mio vestito. «Mi chiedo perché, però».

Faccio spallucce. «Oggi pomeriggio ho incontrato Alex Williams in città. Ho colto l'occasione per tentare una strada diversa. Tranquillo, non gli ho fatto nessuna proposta di matrimonio per il momento» rispondo sarcastica.

Lui non raccoglie la mia provocazione. «Hai incontrato Alex?» chiede stringendo i pugni.

«Sì, in un minimarket, sulla Cherry Street».

Sposta lo sguardo. Sul suo volto compare l'espressione che ha solo quando sta calcolando la prossima mossa.

«Aidan, parla» sbuffo a braccia conserte.

«Perché Alexander Williams era in un minimarket?» chiede.

«Me lo sono chiesta anche io» ammetto.

Lui va avanti come se non avessi parlato. «Ha una quantità smisurata di domestici, autisti e aiutanti, non si sposterebbe di casa per comprare un pacco di patatine».

«Credo mi stesse seguendo, infatti».

«Io non lo credo, ne sono certo» dice. «Scommetto che è venuto a parlarti solo perché eri da sola. Se fossi stata accompagnata da uno di noi non si sarebbe mai avvicinato».

«L'ho incontrato anche al pub. Quella sera in cui ho rubato la macchina di Charlotte. Mi è sembrato strano che fosse anche lui proprio lì, ma non ho dato peso alla faccenda perché dopo avermi parlato si è avvicinato a un tavolo dove lo aspettavano degli amici».

Aidan mi osserva. «Perché non me l'hai detto prima?»

Mi stringo nelle spalle e lo guardo con aria di sfida. «Forse perché ero troppo impegnata a pensare a che cosa indossare al tuo matrimonio con sua sorella».

«Aria» dice serio. «Quelli non erano suoi amici. Alex Williams gira sempre con una scorta alle calcagna».

La rivelazione in realtà non mi stupisce. Anche il giorno in cui si è presentato al cancello degli Harrison ho notato dei grossi tizi accanto al suo fuoristrada.

«Ma perché? Vuole delle informazioni da me?»

Aidan riflette un istante. «Se avessero voluto rapirti, l'avrebbero potuto fare proprio oggi, al minimarket. Stavi per partire. Avrebbero avuto tutto il tempo di organizzarsi per chiederci un riscatto, o peggio...» ragiona. «Ma portarti a casa loro per quale scopo? Dandoti la possibilità di venire con Angelica e Madison tra l'altro... A che gioco stanno giocando?» chiede, più a se stesso che a me.

All'improvviso mi ricordo del bigliettino su cui aveva scritto il suo numero. 'Se hai bisogno di aiuto, chiama'. Aidan aveva estratto quello stesso bigliettino dalla tasca dei miei jeans, ma non l'aveva aperto.

«Vogliono farmi credere di essere i buoni» capisco. «Così che io possa aprirmi con loro, confidargli i vostri segreti». Gli parlo del bigliettino.

Aidan ascolta, poi resta in silenzio. Gira per la stanza, frustrato. Prende il cellulare, scrive un messaggio e poi lo butta sul letto. Si passa una mano fra i capelli, continuando a riflettere.

«Hai ragione» dice dopo un po'.

«Come facevi a sapere che io, Ang e Mad eravamo alla loro festa?» chiedo.

«Ho occhi e orecchie ovunque».

«Occhi e orecchie?»

Lui stringe la mascella.

«C'entra qualcosa con il tuo lavoro di cui io non posso sapere nulla?»

Non risponde.

«Certo, certo che c'entra» mormoro con tono amaro.

«I miei uomini hanno visto Aron e Asher prendere delle microspie» spiega.

«I tuoi uomini?» ripeto.

«Aria...» mi ammonisce.

«Hai visto tu stesso, Aidan, che tenermi all'oscuro non mi terrà lontano da questa storia. Voglio aiutare la tua famiglia».

«Se tu fossi al mio posto...»

«Non ci sono e non posso nemmeno tentare di pensare a come sarebbe stare al tuo posto se tu non mi dici la verità» alzo la voce.

«È meglio che tu non sappia cosa si prova».

«Quindi non mi dirai la verità...» faccio una smorfia. «Bene, è stata una piacevole conversazione, io vado a dormire a casa di Ang per stanotte».

Raccolgo il borsone.

«No».

«Come, scusa?» domando. Ho i nervi a fior di pelle.

«Non puoi più andartene, ormai. I Williams vogliono qualcosa da te».

«E tu la vuoi prima di loro, giusto?» ribatto. «Quindi ora ti servo».

Fa un passo verso di me. Assume un'espressione indecifrabile. Sono certa abbia costruito muri su muri attorno al suo cuore, non mi permetterà di raggiungerlo di nuovo. Mi guarda dall'alto verso il basso. Non capisco perché si sforzi tanto di mostrare questo lato di sé pur sapendo che non otterrà nulla.

«Io voglio solo che tu sia al sicuro».

«Non sono un cazzo di oggetto di cristallo, Aidan. Ho badato a me stessa per anni, ho girato con una pistola in tasca per le vie più malfamate di Miami, non trattarmi come se un soffio potesse scaraventarmi a terra e frantumarmi. Forse ti piacerei di più se fossi quel tipo di ragazza. Una che ha paura, che si lascia proteggere da te. Io, però, sono fatta così».

Scuote la testa. «Non conosci i Williams, sono giocatori infidi e spietati» dice.

«Allora perché ieri hai stabilito che fossi più al sicuro lontana da te anziché qui, al tuo fianco?» chiedo. «Avresti potuto prevedere un possibile rapimento per estorcermi delle informazioni».

Il muro si fende, uno spiraglio sottile lascia che un bagliore di luce raggiunga i suoi occhi.

Dillo, ti prego.

«Non ci avevo pensato» risponde invece, tentando di ricucire in fretta e furia quello spiraglio.

«Stronzate» ribatto. «Tu calcoli ogni cosa, persino come e quando parlare con me durante la giornata. Quindi te lo richiedo: perché non mi hai fermata?»

«Perché loro non sono l'unico pericolo, Aria, dannazione!» urla. Non l'aveva mai fatto prima. Questa reazione mi lascia spaesata. Si abbandona sul letto. «Ti ho già fatto troppo male».

Mi guarda negli occhi. E finalmente vedo che non indossa più la sua maschera, come se questa fosse la confessione più intima che potesse farmi. Piccole scosse si propagano all'interno della mia pancia.

«Io mi sono spezzato una volta» va avanti, a bassa voce. «E non posso permettere che mi ricapiti di nuovo. Quando sto con te, ho sempre la sensazione che potrebbe risuccedere».

Il mio cuore si contrae.

«Non sei l'unico a essere rotto in questa stanza, Aidan» dico. «Non puoi controllare anche le mie ferite».

«Voglio solo non procurartene altre» afferma sincero.

«Se mi permettessi di entrare nel tuo cuore...»

Lui afferra la mia mano d'istinto e la posiziona sul suo petto. Sento il suo calore, i suoi occhi sono fissi nei miei.

«Ci sei già, Aria» dice. «E ti sbagli. Io non vorrei nessun'altra ragazza. Tu sei l'unica. Ma ho paura di quello che potrebbe succedere».

Gli stringo la mano. «Hai bisogno di me in questa guerra, Aidan?» chiedo.

«L'unica guerra in cui ho bisogno di te è quella in cui sei tu il mio nemico» dice cercando di portare la conversazione su un altro argomento. Dopo un istante aggiunge: «Non so se ce la faccio a vederti con quel verme di Williams» ammette. Come sempre, stiamo pensando alla stessa cosa. Potrei fingere di cadere nella trappola di Alex. Passargli informazioni false mentre cerco di capire che cosa stanno tramando. Depistarli.

«Sarebbe solo per qualche ora, nulla di più» dico con voce roca.

«Qualche ora di atroce tortura per me» fa una smorfia.

«Credi che per me non lo sia?» ritraggo la mano.

«Hai accettato il suo invito alla festa con molta facilità, quindi non credo tu abbia avuto timore» incrocia le braccia al petto. Mi allontano con sgomento. Ma ha sentito quello che gli ho detto?

«In effetti, ho imparato dal migliore» ribatto. Lascio la camera per dirigermi al piano di sotto.

'Ci sei già'.

Le sue parole mi ronzano in testa, mi tormentano. Ogni scontro che abbiamo vissuto in questi mesi, la conversazione che ho origliato nello studio del signor Harrison, Aidan che gli diceva che dovevo andarmene. Tutto sta cambiando e io ho voglia di combattere. Non solo contro i Williams, contro il male che gli hanno inflitto. Ma per noi.

Per quel legame che ci tiene avvinghiati, che esiste, che non è solo nella mia immaginazione. L'ha ammesso anche lui.

Ne vale davvero la pena?

Nonostante i suoi modi, nonostante Charlotte, nonostante i nostri mostri.

Ne vale la pena?

Sono quasi le tre del mattino. Non ho neanche provato a dormire, sapevo che non ci sarei riuscita. Ho girovagato per lo chalet a piedi scalzi, con l'abito di Madison ancora addosso. Ora sono seduta in salotto, davanti al camino, con una cioccolata calda in mano.

«Ce n'è un po' per me?» domanda lui.

L'ho sentito scendere le scale. Si siede all'altro capo del divano. È a petto nudo e con i capelli arruffati. Gli passo la mia tazza.

Prende un sorso e si zittisce.

Dopo un po' me la restituisce. «L'hai bevuta tutta?» sbotto, irritata.

Sul suo viso compare il suo solito sorriso sghembo. «Ha ragione Aron, sei brava a cucinare. Più di Rosa».

Ignoro il complimento, anche se mi stupisce.

«Ho bisogno di te in questa guerra, Aria» dice, con un filo di voce.

Lo osservo.

«Davvero?»

Lui china il capo, senza ripeterlo.

Mi basta.

Mi basta perché so quanto gli è costato. Perché lo conosco meglio di quanto io non conosca me stessa.

Mi avvicino e gli poso la mano sulle spalle.

Lui accarezza lentamente la mia gamba nuda.

È sufficiente quel tocco, il contrasto tra la mia pelle fredda e la sua mano bollente, per accendere il fuoco dentro di me.

«Le sue mani...» cerco di dire con il ribrezzo sulle labbra «... mi disgustano, Aidan. Voglio che tu lo sappia».

Lui stringe la mascella.

«E sai cosa ho fatto per non ritrarmi? Ho pensato a te. Costantemente, fino allo sfinimento. Alle tue mani...»

«Vieni» mi dice, facendomi scendere dal divano.

Lo seguo in silenzio.

La sua mano tiene la mia mentre lui mi precede di qualche passo, guidandomi nei corridoi bui dello chalet.

Appena la porta della sua camera si chiude alle nostre spalle, lui mi attira a sé.

La stanza è illuminata soltanto dal fuoco nel caminetto. Le fiamme proiettano ombre lunghe sulle pareti, sul suo viso, sul suo corpo.

Alzo la testa e trovo subito le sue labbra.

Il bacio che ci scambiamo è il più lungo di sempre, diverso da tutti gli altri. Gli mordo il labbro e sento la sua bocca incurvarsi in un sorriso. Mi bacia il collo e intanto una mano scivolano sul mio abito, l'altra mi afferra i capelli e il collo tirandoli leggermente indietro.

«Mi piaci vestita di bianco» mi bisbiglia all'orecchio.

«E tu di nero. Come i pezzi di una scacchiera...» rispondo.

«O come un angelo e il suo diavolo» sussurra.

Gli bacio il petto scendendo fino alla sua vita.

«E sei sicuro di essere tu il diavolo?» chiedo.

Gli abbasso i boxer e lo succhio. Dalle sue labbra sfugge un gemito.

«Non del tutto» dice con il fiato corto.

Poco dopo mi fa rialzare e mi solleva. Avvolgo le gambe attorno ai suoi fianchi e lui mi blocca contro la parete. Lo guardo negli occhi mentre spinge. È lento, stavolta. Di una lentezza quasi straziante. Il mio corpo si inarca verso di lui, come per chiedergli di più. Sento le sue dita affondare nel mio sedere, i nostri respiri accelerare. È una tortura, ma è anche bellissimo. Siamo solo lui e io, il nostro desiderio, la nostra brama. E il nostro bisogno di sentirci a casa.

Aidan si stacca dalla parete e senza uscire da me mi sposta sul letto. Il mio corpo freme, travolto da un orgasmo improvviso che travolge anche lui. Si contrae, chiude gli occhi finché non si abbandona sul mio seno. Restiamo così, riprendendo fiato. Gli accarezzo la schiena delicatamente, gli passo la mano trai i capelli. E alla fine, senza parlare, mi addormento.

Capitolo 56

Apro gli occhi.

Sono nuda, nel suo letto, accanto a lui. Aidan è già sveglio ed è sdraiato su un fianco, con lo sguardo su di me. So che cosa è successo stanotte. Nel nostro modo contorto, abbiamo cercato di curarci le ferite che ci siamo provocati.

«Quando tutto questo sarà finito...» sussurra, «... quando questa guerra sarà finita, te ne andrai?»

Sospiro.

Ogni volta che penso all'Accademia di Fotografia, percepisco una piccola pressione al petto. Quello è il futuro a cui ormai miro da anni, è quell'obiettivo che mi ha permesso di rimanere in vita anche quando vagavo senza meta fra le vie di Miami. Non potrei mai abbandonarlo.

Eppure ora sono qui, non a Miami a cercare un lavoro per pagarmi gli studi.

Ho scelto lui?

«Vorrei entrare all'Accademia di Fotografia» confesso. Non credo di averglielo mai detto.

Lui trattiene un sorriso.

«Devo ammettere che sai dove puntare il tuo obiettivo».

«Tu il mirino, io l'obiettivo» commento.

«Come mai la fotografia?» chiede.

«A te interessano i dettagli. A me interessa l'intero... Non mi piacciono gli shooting di moda. Il mio sogno è quello di catturare il mondo intero in un solo scatto. E poi» aggiungo stiracchiandomi «esporlo in una di quelle mostre lussuosissime di New York».

«Aria Davidson, tu sei così cocciuta che sono certo riuscirai a raggiungere il tuo sogno» mormora.

«Non ho abbastanza soldi per farlo».

«Per questo non sai se alla fine resterai?» accarezza il mio braccio.

«Devo tornare a Miami».

«Vedremo».

«Potresti venire con me...» mi lascio sfuggire.

Mi mordo la lingua per averlo detto. Che cosa mi aspetto che risponda?

«Non tentarmi».

«Tentarti? Io? Sei tu che giochi la carta del diavolo tentatore».

Lui si avvicina a me sfiorando con le labbra il mio collo.

«Qualcuno deve farlo, no?»

La sua mano si sposta sul mio ventre.

«Aidan, non dovremmo iniziare a pensare a un piano contro i Williams?» chiedo a occhi chiusi.

«Quello per il momento può aspettare» dice dopo avermi morso il lobo dell'orecchio.

Li osservo pianificare.

Gli Harrison girano attorno al tavolo della sala da pranzo su cui ci sono computer, fascicoli e tazze di caffè. Discutono da ore e ognuno di loro sembra estremamente preparato, come se questa non fosse la prima volta che elaborano una strategia per incastrare una persona.

«Dobbiamo garantirle copertura» insiste Aidan.

«Senza essere scoperti» aggiunge Josh. «Come pensi di fare?»

«Se saremo in un luogo pubblico non avrò bisogno di una copertura» mi inserisco.

«Potremmo mandare Aron e Asher» propone Jason.

«Dopo quello che hanno combinato al party in bianco e nero direi proprio di no» scuote la testa Aidan. «Non possiamo permettere che lei si avvicini a casa loro senza copertura...» ripete.

«Ehm...» schiarisco la voce avvicinandomi al tavolo di discussione.

«Dobbiamo pensare a un luogo sicuro e casa loro non lo è» stabilisce Aidan.

«Chiamerà» dico di punto in bianco attirando la loro attenzione.

«Chi?»

«Alex mi chiamerà. Gli ho lasciato un messaggio. In realtà, l'ho lasciato al tizio della security che ho steso per poter salire al piano superiore».

«Ma che cosa ti è saltato in mente?» gracchia Josh.

«L'arte di passare inosservata non ti appartiene» borbotta Aidan.

«Be', almeno io in sole due ore ho trovato qualcosa, molto più di quanto hai trovato tu in tutti questi mesi con Charlotte».

«Perché dovrebbe chiamare te anziché la polizia per farti arrestare per aggressione?» chiede Josh, bloccando il flusso di rabbia di Aidan.

«Gli ho scritto che lo stavo cercando».

«Solo questo?»

«Solo?» sorrido. «A volte per scatenare il desiderio di qualcuno ci vogliono poche semplici parole. Credevo che voi Harrison foste piuttosto ferrati in materia...»

Aidan mi osserva stringendo la mascella.

«Quindi tu sei certa che chiamerà?»

«Sì o si presenterà qui».

«No, non si presenterà qui, non un'altra volta» afferma Aidan.

«E se non dovesse chiamare?» fa spallucce Jason. «Insomma, questa possibilità c'è, d'altronde vi conoscete da poco».

«Sarà lei a chiamarlo» ammicca tetro Aidan.

«Io?»

«Tu hai il suo numero di cellulare» mi fa un cenno.

«Non è un po' troppo rischioso che chiami lei? Potrebbe sembrare insistente, lui potrebbe sospettare qualcosa» fa notare Josh.

«Impossibile» risponde Aidan con tono ironico. «Lo stava cercando ieri sera».

«Smettila di farlo sembrare come se volessi davvero cercarlo» ringhio.

«D'accordo» si intromette Jason per evitare una discussione tra me e Aidan. «Poniamo che lui ti chiami. Credo che dovreste incontrarvi in un luogo pubblico, magari con più entrate e uscite».

Annuisco.

Josh e Jason si alzano e vanno via lasciando me e Aidan da soli.

«Che cosa ti è preso?»

«Nulla». Rivolge la sua attenzione al computer ignorandomi.

«Aidan».

«Non sarà semplice» commenta.

«Lo so».

«No, tu non lo sai. Tu non sai cosa voglia dire compiere una missione sotto copertura e sembrare totalmente credibili senza correre alcun rischio» sbotta di colpo.

«Allora come spieghi la serata di ieri?» ribatto stizzita.

«C'erano Aron e Asher a coprirti le spalle per fortuna» ribatte. «Non hai calcolato i rischi, tu agisci sempre dando retta solo all'istinto».

«Ed è un problema?»

«Sì, perché avrebbero potuto incastrarti e forse anche ucciderti».

«Aidan» dico con voce ferma, mettendogli la mano sulla spalla. «La situazione è diversa rispetto a quanto è accaduto a tua madre».

«Eri in casa loro» mormora.

«Non ero da sola. C'erano Ang e Mad. C'erano i tuoi fratelli sempre in ascolto. Se mi fosse accaduto qualcosa se ne sarebbero accorti».

Stringe i pugni.

«Se quel verme prova anche solo a pensare di farti del male giuro che gli taglio le mani, dito dopo dito, e poi gli faccio strappare le palle a morsi da una iena».

Trattengo un sorriso.

«Perché stai sorridendo?»

«Hai un'immaginazione bizzarra».

Lui si incupisce guardandomi negli occhi, la sete di vendetta si fa avanti.

«Tu non hai idea delle notti passate a pensare a come torturarli, a come restituirgli tutto il dolore che ha provato mia madre e tutto quello che abbiamo vissuto dopo».

Io, Ang e Mad stiamo facendo un bagno nell'idromassaggio fumante in terrazza, circondate dalla neve. All'improvviso, il suono di un cellulare che squilla attira la nostra attenzione. Sono così poco abituata a possederne uno che ci metto un attimo a realizzare che è proprio il mio a suonare. Esco dall'acqua fumante e lo recupero dalla tasca dei jeans.

Mi volto verso le mie amiche e indico ad Ang le scale per chiamare Aidan.

«Ho ricevuto il bigliettino che hai lasciato al ragazzo della sicurezza» dice una voce all'altro capo, senza neanche salutare o presentarsi. Dal tono intuisco che è divertito.

«Ciao anche a te, Alex» dico, cercando di usare una voce altrettanto rilassata. «Vuoi sapere cosa è successo, giusto?»

«Be', devo ammettere che sono piuttosto incuriosito da te, Aria Davidson. Ho una guardia che crede di essere svenuta ai tuoi piedi e che si è ritrovata un bigliettino tra le mani...»

«In effetti è andata proprio così, Alex. Lui mi stava sbarrando la strada per venire a cercarti, io ho provato a insistere e anche a superarlo con la forza. Nel tentativo di bloccarmi, però, è caduto a terra. Non so proprio cosa sia successo, sono stata con lui finché non si è ripreso. Ma a quel punto dovevo andare...»

«E come mai?» chiede.

Abbasso la voce di proposito: «... Erano arrivati gli Harrison. Devono essersi presentati per colpa mia, per venire alla festa le mie amiche e io siamo scappate».

Sento il passo di Aidan.

«Aria...» dice con tono serio. «Dovreste trovare il modo di andarvene da lì...»

«Ci stiamo pensando, Alex. Gli Harrison non sono persone perbene» aggiungo, per convincerlo.

«No, infatti» conferma subito lui. «Senti, hai voglia di uscire domani sera? Ti porto in un ristorante lussuosissimo».

«Certo! Domani è proprio la mia sera libera...» dico, continuando a mentire.

Il telefono mi viene strappato di mano con tale aggressività che rimango di stucco.

«Chi è?» tuona Aidan.

«Harrison» sento la voce di Alex dire nell'orecchio di Aidan.

Lui mi guarda con espressione cupa.

«Mi scusi, signore, ma la chiamata era per me» dico ad alta voce in modo che anche Alex possa sentirmi.

«Quante volte ti ho detto che non devi usare il cellulare mentre lavori? Che domestica incompetente» grida fuori di sé. So che sta fingendo per rendere la nostra sceneggiata più verosimile possibile, eppure quella voce mi destabilizza un po', esattamente come accadeva al mio arrivo.

«Sì, mi scusi...» dico allontanandomi da Aidan che va avanti a parlare con Alex al telefono.

Torno nella vasca con Ang e Mad.

«Ho un appuntamento per domani sera» le aggiorno con tono tetro. Loro si scambiano un'occhiata preoccupata.

Aidan chiude la telefonata e mi si avvicina.

«Come sono andato?» chiede divertito.

«Non farlo mai più, mi hai quasi spaventato» ammetto.

«Pensavo che non potesse farti paura nulla» commenta avvolgendomi le spalle.

«Non l'ho mai detto».

«Scusa...» sussurra piano al mio orecchio.

Aidan si sfila la maglietta ed entra nella vasca.

Ang e Mad mi rivolgono un sorrisetto e ci lasciano soli.

«Che cosa voleva?» mi domanda.

«Ho un appuntamento con lui» mormoro piano, allungando le gambe nell'acqua, tesa.

Aidan assume quella tipica espressione da calcolatore.

«E tu gli hai ovviamente detto di sì».

«Non potevo sprecare l'occasione».

«Dovevamo parlarne prima» osserva. «Quando si lavora tutti insieme le decisioni devono essere discusse».

«Mi sembrava avessimo deciso» ribatto. «E poi, sono io che devo decidere, visto che sono io che devo stare con lui. Tu vuoi solo evitare che io ci vada».

«Sì, vorrei evitarlo» dice tra i denti. «Se prova anche solo a sfiorarti...»

Mi piazzo davanti a lui. «Va bene, capo» rispondo poggiando il mento sulla sua spalla.

«Aria...» sogghigna mentre le mie gambe si stringono ai suoi fianchi, «... sul serio, solo e soltanto le mie mani».

«Non c'è bisogno che tu lo dica».

«No, un altro modo potrebbe essere...» Si volta di scatto capovolgendo la posizione «... quello di farti urlare il mio nome come promemoria» sussurra con voce roca al mio orecchio destro.

«Forse potrei preferirlo come metodo» sorrido.

Capitolo 57

Accarezzo l'abito nero che mi ha prestato Madison. Passo gli occhi su ogni centimetro di stoffa, ma è come se stessi guardando il nulla. Formulo delle domande e studio un modo per sembrare disinvolta. Sono un fascio di nervi. Questa serata rappresenta un momento cruciale. Se riuscirò a far credere ad Alex di essere interessata a lui avremo in mano la possibilità di indagare oltre. Se mi lasciassi prendere dall'ansia, invece, dal disgusto che provo ogni volta che una sua mano mi sfiora, il piano B a cui Aidan e i suoi fratelli si aggrappano si frantumerà.

Posso farcela.

Ma questa non è come la serata in bianco e nero dei Williams. Non ci saranno Madison e Angelica a guardarmi le spalle e nemmeno Asher e Aron a rimediare ai danni che potrei causare. Saremo solo io e lui.

«Stai benissimo» mi abbraccia Ang.

«Grazie».

«Sei sicura di potercela fare?» mi chiede preoccupata.

«Sì».

«D'accordo. Ti aspettano di sotto».

Aidan entra nella stanza.

«Ehi» dico. «Ti piace?»

Lui mi squadra con la sua tipica aria indifferente. Non gli vedevo quell'espressione da un po' di tempo ormai.

«Che vuoi che ti dica?» Si avvicina allo scaffale dove sono impilati i libri e ne sposta uno. Infila la mano.

«Quello che pensi».

«Sì, ti sta bene» ribatte spento, con l'attenzione evidentemente rivolta a ciò che sta facendo. «Aidan Harrison che risponde con un solo e insipido 'Sì, ti sta bene'?»

«Mi hai chiesto tu cosa ne penso».

«L'Aidan che conosco penserebbe a come togliermi l'abito, anzi, lo farebbe» incrocio le braccia al petto.

«Forse non mi conosci così bene».

«Davvero?»

Sventola una mano in aria per liquidarmi.

«Allora, questi sono i microfoni» dice mostrandomi dei piccoli oggettini sul suo palmo. «Devi sistemarli sulla scollatura».

«Perché non ci pensi tu?» lo provoco facendo un passo avanti.

«Non posso, devo andare a controllare se funzionano».

Aggrotto le sopracciglia, confusa. Gli sposto la mano e gli apparecchi cadono per terra. «Che diavolo ti prende?»

Contrae la mascella e rivolge gli occhi verso il pavimento.

«Raccoglili».

«No e non lascio questa stanza fino a quando non vuoterai il sacco».

«Raccoglili o farai tardi».

La rabbia latente esce dalla sua caverna senza preavviso.

«Aidan» inizio puntandogli un dito contro. «Smettila di comportarti in questo modo».

«Quale modo?» incrocia le braccia al petto.

«Quello indifferente. Non fare come se non ti importasse nulla di me».

Lo guardo negli occhi in attesa che lui dica qualcosa, che dimostri l'inconsistenza delle mie parole. È una serata difficile e ho bisogno di lui. Questo atteggiamento distaccato proprio poco prima di incontrare Alex aumenta il mio nervosismo. Abbiamo già un problema da affrontare, non mi sembra il momento di iniziare una battaglia fra noi con il rischio che io mi senta più vulnerabile e affronti la serata come se stessi percorrendo una fune sospesa a mille piedi di altezza.

Tace. Guarda prima me, poi gli apparecchi.

Li raccolgo e mi dirigo verso l'uscita.

«Ricordati questo silenzio, Aidan. Potrebbe essere l'ultima cosa che mi rivolgi» mormoro prima di sbattere la porta alle mie spalle.

Esco dallo chalet e trovo la limousine della festa in bianco e nero ad aspettarmi. Quando entro nell'abitacolo, il profumo di Alex mi investe, spazzando via dalle mie narici quello di Aidan. Mi sorride, compiaciuto. Procediamo per tutto il viaggio l'uno di fronte all'altra. Lui chiacchiera dei suoi gusti musicali e io provo a mostrarmi interessata. In realtà, spero che Jason ci stia seguendo senza farsi notare, come pianificato. La limousine si ferma davanti a un ristorante dall'insegna appariscente. Entriamo, lui mi tiene per il braccio.

«Signor Williams, è un piacere averla con noi stasera» si affretta a dire un cameriere alto e allampanato che si precipita verso di noi non appena varchiamo la soglia. «Buonasera signorina. Prego, vi accompagno al tavolo che vi abbiamo riservato» dice, facendosi strada.

Alex Williams ha fatto le cose in grande. Il cameriere ci fa accomodare in una saletta appartata e accende la candela sul nostro tavolo.

«John» dice Alex. «Prendiamo il fuori menù e una bottiglia di quel rosso californiano che mi piace tanto».

«D'accordo, signor Williams» dice lui, allontanandosi silenziosamente.

Io sono immobile e lo guardo con un sorriso tirato.

«Spero non ti dispiaccia se ho ordinato anche per te, Aria» si scusa, cercando la mia mano sul tavolino.

Ricaccio la rabbia da dove sta salendo. Odio non poter scegliere. «Ma certo, Alex...» dico con voce volutamente flebile. «Io non sono abituata a posti del genere...»

Lui sorride, soddisfatto.

Io sorrido vittoriosa dentro di me.

Il cibo arriva in fretta ed è delizioso, ma ho lo stomaco stretto in una nube di nervosismo. La serata procede bene, fin troppo bene perché se ne possa ricavare qualcosa. Ci siamo scambiati i soliti convenevoli, parlato a lungo del clima e delle temperature che ci sono a Miami rispetto al Vermont. Mi ha rivelato di essere originario della Florida, ma di preferire di gran lunga Burlington.

«Allora, tuo padre ti lascerà libero di seguire il tuo sogno?» chiedo cercando di iniziare un discorso più intimo in modo che possa sciogliersi e sentirsi al sicuro.

«Non lo farà mai, è un uomo cocciuto» scuote la testa.

«A me non è sembrato così» dico bevendo un sorso di vino.

«Tu non lo conosci come lo conosco io. È capace di tutto, a volte ho quasi paura di lui». Come un flash mi torna in mente il ghigno beffardo che gli ho visto sul volto sia al gala di beneficienza sia al party in bianco e nero.

«Che cosa intendi?» chiedo con il cuore in gola cercando di tenere la conversazione su suo padre.

«È un uomo potente e ha fatto cose orribili».

«Cose orribili di che genere?» insisto sgranando gli occhi. E poi aggiungo: «Sai, io ho una madre che sembra la descrizione che trovi alla parola 'mostro' sul dizionario. Posso capirti...»

Lui abbozza un sorriso.

«Meglio non parlarne, Aria. Ma direi che anche mio padre rispecchia piuttosto bene quella definizione» constata con un sorrisetto divertito. Perché è divertito?

«Vado un istante a sistemarmi il rossetto» gli dico appoggiando il tovagliolo sul tavolo.

«Ti aspetto qui».

Mi avvio verso il bagno con il fiato corto, come se avessi appena corso la maratona di New York. Chiudo la porta alle mie spalle. Quando appoggio i palmi sul lavabo, butto fuori l'aria dai polmoni.

«Stai bene?» Aidan chiede dolcemente nel mio orecchio.

«Sì».

Porto una mano sul petto. Sento il cuore in tachicardia.

«Aria, se non te la senti trova una scusa e vieni via» insiste.

«No, sto bene. E non voglio che si insospettisca» mormoro alzando lo sguardo sullo specchio.

«Se continui di questo passo, sarò io a interrompere la serata» ammette lui.

«No, Aidan. Sta filando tutto per il meglio. Non fare nulla che possa rovinarlo».
«Non mi importa. La mia prima preoccupazione sei tu».
Una risata amara lascia le mie labbra.
«Prima non sembrava così».
Alex mi attende con il mio cappotto in mano quando torno nella sala.
«Ho pensato di prendere i nostri cappotti mentre eri in bagno».
«Grazie».
«Andiamo» appoggia una mano sul mio fianco destro conducendomi fuori.
«È stata una serata veramente piacevole» dico distogliendo l'attenzione da quel contatto indesiderato.
«Che ne dici di ripetere domani a pranzo?»
«Devo chiedere al signor Harrison se posso prendermi una pausa più lunga, ma non credo farà problemi».
«Bene, passo a prenderti io» mi sorride.
«D'accordo» ricambio il suo sorriso cercando di sembrare il più sincera possibile.
Si avvicina per abbracciarmi. Il suo corpo aderisce al mio, il suo calore mi invade provocandomi una sensazione sgradevole. Strappa via da me la convinzione e la calma che ho simulato per tutta la durata della cena. Deglutisco per ricacciare indietro il conato di vomito. Vorrei che questo calore fosse un altro, vorrei che fossero le braccia di Aidan a stringermi i fianchi e le sue grandi mani a toccarmi la schiena. Vorrei sentire il *suo* respiro regolare e calmo, quello che ha quando non litighiamo o quando non stiamo facendo sesso. Vorrei il suo profumo addosso...
Il suono del cellulare di Alex per fortuna interrompe il momento.
Sbircio sul display e noto la scritta 'Papà'.
«Scusami» sospira rispondendo.
«Sei con quella sgualdrina da quattro soldi?» grida il padre dall'altro capo.
Alex mi lancia un'occhiata allarmato, preoccupato che io

possa aver sentito le sue parole. Fingo che non sia così. Mi fa segno di aspettare un istante e si allontana lungo il marciapiede.

Nel mio orecchio le voci degli Harrison iniziano a gracchiare. «Avresti dovuto staccarti subito da lui, Aria. Aidan è impazzito. Jake, Josh e io siamo riusciti a tenerlo altrimenti addio piano» dice Aron.

«Che cosa avrei dovuto dire? Che sono germofobica?» sussurro osservando Alex di spalle ancora trattenuto al telefono.

Chiude la chiamata e torna accanto a me.

«Devo andare. Mio padre reclama la mia presenza» sbuffa. «Ti chiamo un taxi».

«Oh no» mento. «Mi dispiace così tanto, Alex...»

Lui mi guarda e sospira un'altra volta. «Ci vediamo domani» dice, salendo sulla limousine.

Capitolo 58

Per tutto il tragitto in taxi ho continuato a voltarmi per controllare che la macchina di Ang che hanno preso in prestito gli Harrison per non dare nell'occhio mi seguisse, ma non l'ho vista. Entro nel salone con l'orecchio teso e i nervi a fior di pelle. Lo chalet è immerso nel silenzio e nel buio eppure so che lui è qui da qualche parte e che deve essere piuttosto agitato. Armata di coraggio faccio un passo verso la cucina e noto una figura piegata sul bancone su cui Rosa ha già sistemato alcune cose per la colazione di domani.

Tiene stretto fra le mani un bicchiere di bourbon.

«Dovevamo collaborare» esordisce con tono cupo.

«Tu mi hai impartito degli ordini. Quello non è collaborare» gli punto un dito contro. Non è un caso se si dice che la migliore difesa è l'attacco; in questo momento mi sento sotto minaccia e l'unica arma che mi permette di tenergli testa è l'aggressività. Per sua sfortuna, ne ho accumulata a badilate stasera.

«Tu stavi quasi per strusciarti su di lui» ribatte severo. Cogliendo l'accusa faccio qualche passo avanti per avvicinarmi a lui.

«Stavo solo cercando di portare a termine il nostro piano» incrocio le braccia al petto furente di rabbia.

«Il *tuo* piano... quello in cui metti a rischio la tua vita e non ti fai problemi a strusciarti?» stringe la presa attorno al bicchiere.

Mi avvicino. La sento, sento la rabbia prendere il controllo delle mie azioni.

«Hai idea di cosa si provi a toccare qualcuno che non desideri? Qualcuno che ha ferito la persona che ami?» alzo la voce.

«Sì, lo so bene» replica alzandosi in piedi. «Ti ricordi di Charlotte Williams? Sua sorella? Credi che mi piacesse?»

Sostengo il tuo sguardo, impassibile.

«Mi disgusta vedere la mia donna tra le braccia di un altro» ringhia.

«Forse avresti dovuto dirmelo quando stavo per uscire di casa. Se non sapessi che in questo modo vi posso aiutare, avrei persino potuto richiamare Williams per dirgli che non sarei andata alla sua cena. E sai perché?» Mi avvicino ancora un po'. «Perché preferisco mille volte stare a casa e litigare con te che sentire il suo sguardo sulla mia scollatura».

«E allora non farlo più» gracchia ad alta voce.

«E mandare a monte il piano?» scuoto il capo.

«Cerchiamo un'altra strada» propone spostando lo sguardo per terra.

«Quale? Tu che ti sposi con Charlotte? Credi che a me faccia piacere vedere il *mio* uomo sbaciucchiato da un'altra?»

«Ecco, lo vedi cosa fai?» dice puntandomi un dito contro.

«Cosa faccio? La fidanzata gelosa che non ti lascia spazio? Perché se intendi questo, ho imparato dal migliore».

«Tu ti lasci coinvolgere dai sentimenti» butta fuori come un soffio.

«Stai scherzando?» Faccio una smorfia. «Se stiamo discutendo è proprio perché tu sei geloso di lui».

«Ti sbagli, tu non conosci questo mondo». Mi guarda con apprensione. «Tu non calcoli il rischio, agisci d'istinto mettendo in pericolo la tua vita e quella di tutti quanti».

«Sì, lo faccio» dico. «E se non te ne fossi accorto ho ottenuto molti più risultati in questo modo che con il tuo».

Scuote il capo frustrato.

«Ti sbagli, a volte per ottenere il risultato migliore ci vuole tempo. Prima di te andava tutto per il verso giusto».

Improvvisamente tutto si ferma. La mia mente fatica a registrare le parole che ha appena detto.

«Che cosa significa?» chiedo con voce tremante. «Stiamo ancora parlando dei Williams oppure di noi due?»

Tace. Perché tace?

«Aidan, se la tua vita era migliore prima di conoscere me allora non dovremmo più stare insieme».

Deglutisce spostando gli occhi sul pavimento. «Già. Forse sarebbe più semplice per entrambi».

Queste parole dovrebbero farmi male, dovrebbero farmi fare un passo indietro, dovrebbero restituirmi la furia. Invece non mi muovo dalla mia posizione e lui fa altrettanto.

In silenzio, guardiamo due punti diversi della stanza, ma nessuno dei due sembra intenzionato ad andarsene. Siamo bravi a urlarci contro, siamo ancora più bravi a farci la guerra ed entrambi ricorriamo a qualsiasi arma pur di non mostrare la fragilità. Arriva il momento, però, in cui tutto quello che ci siamo detti perde valore di fronte a ciò che proviamo l'uno per l'altra. Sposto lentamente gli occhi su di lui. Ha una posizione rigida e solo ora mi accorgo che è in piedi davanti a me come se volesse intimidirmi. L'unica reazione che mi provoca, però, è la voglia impellente di essere avvolta dal suo calore, di poggiare il capo sul suo petto e ascoltare il suo cuore. Stringe i pugni lungo i fianchi, ma non ha le braccia incrociate, non ha assunto la sua solita posizione di chiusura. Vorrei sentire il calore della sua pelle. Dopo averlo immaginato con tutta me stessa per l'intera serata, ora ne ho bisogno. Avverto l'inconfondibile pressione del suo sguardo su di me, sposto i miei occhi su di lui. Le nostre iridi si incontrano. Non c'è più rabbia nei suoi occhi, le sue ultime parole sono scivolate nel nulla.

Schiudo le labbra e lui mi afferra per il polso attirandomi a sé.

Le nostre bocche aderiscono l'una all'altra e mossi dall'adrenalina ci abbandoniamo alla brama. Mi aggrappo alle sue spalle e lui mi afferra sotto le cosce stringendo la mia carne. Non mi accorgo della voracità con cui ci stiamo baciando. Lui fa qualche passo avanti facendo scontrare la mia schiena con un mobiletto. Alcuni oggetti cadono per terra, ma nessuno dei due si ferma, anzi infilo una mano fra i suoi capelli e li strattono un po'.

Si sposta di nuovo e mi ritrovo appoggiata sul bancone della cucina. Staccandomi da lui afferro la maglietta e gliela sfilo. Armeggio con avidità con la cintura dei pantaloni per aprirla. Mentre abbasso la sua zip, lui fa scendere quella del mio vestito.

Inizia a tormentare i miei seni con baci e piccoli morsi. Strappa il sottile elastico delle mie mutandine, poi senza mezze misure passa due dita nella mia intimità. Sorride quando si accorge dell'effetto che mi fa. Con l'altra mano si abbassa i pantaloni e intanto, dalla tasca, sfila un preservativo.

«Non ci credo...» faccio schioccare la lingua, «... maniaco sessuale, sapevi che saremmo arrivati a tanto».

«Shh» mi fa segno di tacere mentre varca la mia intimità.

Serro gli occhi e, in preda al piacere, cerco di reprimere le grida. La sua mano stringe il mio fianco. Apro di scatto gli occhi quando l'ennesimo oggetto cade per terra. Lui, fra una ruvida carezza e l'altra, mi rivolge il suo mezzo sorriso pericoloso. L'adrenalina compete con la brama, l'una alimenta l'altra. Ad accendere la prima è stata la rabbia, ma continua a scorrere copiosa nei nostri corpi per il rischio che stiamo correndo. Violiamo le regole del pudore, mettiamo a repentaglio il ritegno così da nutrire il desiderio con il pericolo che qualcuno possa vederci. È come percepire il triplo delle sensazioni in un solo frammento di tempo.

Non mi sono mai sentita così viva.

Dopo minuti di spinte e gemiti sommessi ci lasciamo avvolgere dal culmine. Ci guardiamo negli occhi cercando una risposta che metta un punto alla serata appena avuta.

Lui abbozza un sorriso spostando lo sguardo per terra. Lo seguo e non posso fare a meno di strabuzzare gli occhi. La cucina è un disastro.

Capitolo 59

Mi sistemo il colletto della camicia in modo nervoso.

Sono seduta in un locale dai soffitti alti e dal pavimento a scacchi.

Un brunch e poi tornerò a casa. Me lo ripeto ormai da vari minuti.

I pantaloni stretti mi tolgono quasi il fiato, riesco persino a percepirne le fibre stringere e strozzare la carne delle mie cosce. Sorrido ad Alex e annuisco a ogni suo discorso. Se c'è una cosa che di sicuro ho scoperto, è che Alex Williams è un chiacchierone egocentrico. Non si cura nemmeno delle mie risposte.

«Vorrei proprio che la vita fosse fatta di questo» conclude.

Stiro le labbra un'ultima volta.

«Ti ho annoiata?» chiede, bevendo il suo Bloody Mary.

«No, no» mi affretto a rispondere.

«Ha annoiato me, figurati» commenta Jake nel mio orecchio.

Trattengo una risata.

«Vuoi un altro giro?» mi chiede, guardando il mio mimosa ormai finito.

«No, grazie, Alex. Dovrò tornare al lavoro più tardi».

«Scusa, non ci pensavo» alza le mani. «Sai, sono felice che Harrison ti abbia permesso di uscire».

«Lo sono anch'io. Ma posso chiederti come mai fra voi non corre buon sangue?»

Fa una smorfia.

«Siamo entrambi due persone che giocano per vincere» dice. «E quindi uno dei due verrà sconfitto alla fine».

Aggrotto le sopracciglia confusa. Io so bene a cosa si sta riferendo, ma la domestica ignara di quel che è successo tra le due famiglie non potrebbe comprendere queste parole.

«Una partita?» sorrido.

«Una partita iniziata anni fa, oltretutto non da me».

«Allora perché tu ora ne fai parte?»

«Perché sono il cavallo nella scacchiera» dice con un sorriso furbo.

Che cosa significa?

«Continuo a non capire per cosa giochiate» dico prendendo con le dita un mirtillo dalla ciotola e mettendomelo in bocca. Provo a deconcentrarlo, non credo di essere così brava a sembrare un'ingenua all'oscuro di tutto.

«È una partita complessa» spiega lui, agitando una mano in aria e senza staccare gli occhi dalle mie labbra. «Anche tu, cara mia, potresti essere una pedina».

«Io?»

«Sì. Harrison e io ci contendiamo alcune pedine. Tu sei la loro domestica, ma per come si comportano con te sono certo che potresti essere dalla mia parte».

«E se io non volessi stare dalla parte di nessuno?» chiedo.

«Ti salveresti» abbozza un sorriso tetro.

«Solitamente non sono una persona che si tira indietro, ma questa volta ho la netta sensazione che le cose potrebbero degenerare» commento ironica.

«E non ti sbagli, Aria Davidson» sorride, soddisfatto. «Non ci sono regole, tutto è lecito. In questo gioco nessuno ti dirà che sei al sicuro».

«Allora non è un gioco, ma una guerra».

Mi sembra di notare sul suo viso un inquietante ghigno, un'espressione che ho già visto sul volto del padre. Un brivido mi percorre la schiena azionando un campanellino d'allarme.

Guardo l'orologio che mi ha prestato Madison.

«Alex, ti ringrazio per l'ottima colazione. Ora devo rientrare, però. Non vorrei far infuriare gli Harrison».

Lui si alza in piedi e poggia una mano sul mio fianco conducendomi all'esterno.

«Mi piacerebbe rivederti».

«Va bene» rispondo. «Anche a me piacerebbe».

«Aria» ringhia Aidan al mio orecchio. La sua voce percorre il mio corpo riportando la mia concentrazione a ciò che è successo ieri sera sul bancone della cucina.

«Che ne dici se questa sera ceniamo di nuovo insieme?» chiede interrompendo il flusso dei miei pensieri.

«No» ribatte Aidan.

«Io... Alex purtroppo non posso. Ho già avuto la mia giornata di riposo» ribatto falsamente dispiaciuta.

«Peccato» risponde stringendosi nelle spalle. «Ti chiamo domani per metterci d'accordo per un'altra uscita».

«Sì».

«Posso accompagnarti a casa o vuoi prendere un taxi?»

«Taxi» risponde Aidan con voce irritata.

Come se io non sapessi cosa fare...

«Certo che puoi accompagnarmi» dico ad Alex.

«Aria» digrigna furioso.

Alex mi apre la portiera di una lussuosa berlina nera.

Mi accomodo lanciando un'occhiata circospetta. Un autista mi studia dallo specchietto retrovisore mentre Alex si accomoda accanto a me.

Per tutto il viaggio, tamburella sul suo ginocchio con le dita, come se stesse cercando il coraggio di tentare un approccio fisico. Io spero che non ci provi e che l'autista mi riporti a casa il prima possibile. Scende dall'auto per aprirmi la portiera.

«Grazie Alex, non ce n'era bisogno».

«Potrei fare tanto altro per te» dice guardandomi fisso negli occhi.

«Fallo andare via prima che gli stacchi la testa» ringhia Aidan.

«Devo rientrare».

Lui mi abbraccia e io trattengo di nuovo il fiato mentre schiocca un bacio sulla mia guancia.

«Aria» grida Rosa dal porticato.

Mi ritraggo di scatto.

«Arrivo, Rosa» grido. «Scusa Alex».

«Tranquilla, capisco».

«Vieni, *chica*».

«Che schifo» mormoro appena sono dentro allo chalet.

«Tutto bene, *chica*?» mi viene incontro Rosa. Mi dà una carezza sulla guancia, io la abbraccio, felice di sostituire la sensazione delle braccia di Alex Williams con le sue, di sentirmi di nuovo al sicuro. «Sei convinta di quello che stai facendo, Aria?» domanda lei, con sguardo preoccupato.

Annuisco, ancora decisa. «Lo faccio per Shailene» dico.

«Lei vorrebbe che fossimo solo tutti in pace...» commenta Rosa a mezza voce.

Non rispondo.

«Aidan?» mi chiede con tono arreso.

Spero di sentire in risposta alla domanda di Rosa la sua voce nel mio orecchio. Invece l'unica cosa che sento è il portone di casa aprirsi con violenza.

«Eccolo» commento sarcasticamente.

Mi guarda in cagnesco. Incrocio le braccia al petto in attesa di ascoltare la sua rabbia. I suoi occhi brillano di un verde acceso, sono fissi sui miei e mi parlano.

Alla fine mi sorpassa avviandosi verso il piano di sotto.

«Aria, tu sei pazza, davvero» commenta Jake entrando in casa con una valigietta in mano. «Se continuiamo di questo passo non riuscirò più a farlo stare buono».

«Che cosa ha fatto?» domando alzando gli occhi al cielo.

«Quando Williams ti ha dato il bacio sulla guancia o quando ti ha poggiato la mano sul fianco?» domanda. «Riesci a spegnergli ogni interruttore del buonsenso» dice scuotendo la testa.

Alzo le sopracciglia.

«Vado a parlargli. Non scendete» dico sfilandomi i tacchi.

So bene quanto gli faccia male vedermi con un altro uomo, soprattutto quando quell'uomo è uno dei Williams, ma gli ho spiegato in tutti i modi che mi disgusta il solo respirare la stessa aria di quella gente.

Entro nella palestra in punta di piedi. Sta colpendo il sacco da boxe senza pietà a mani nude. Ha il capo chino e potrei sentire le sue grida di rabbia anche se fossi dall'altro lato della città.

Mi avvicino appoggiando la borsetta e le scarpe sulla panca degli addominali.

Forse dovrei semplicemente andarmene e permettergli di sfogarsi. Se mi trovassi nella sua situazione anch'io avrei bisogno di sfogare la rabbia, farla defluire da me.

Si blocca di colpo guardando il mio riflesso attraverso lo specchio.

«Si sarebbe insospettito se non fossi salita sulla sua auto».

Stringe la mascella.

«Aidan, non abbiamo ottenuto ancora niente e non puoi comportarti così ogni volta».

Un sorriso amaro si disegna sulle sue labbra.

«Non venirmi a dire come dovrei comportarmi» ringhia. «So bene che la scelta di salire in auto con lui non l'hai presa perché lui non abbia dei sospetti».

Si volta verso di me.

«Tu» mi punta il dito contro. «Tu non vuoi dare ascolto ai miei ordini».

«È vero» ribatto infastidita. «L'ho fatto perché stavi dando risposte scontate alle sue domande, domande a cui so rispondere da sola».

«Quindi, siccome io ti stavo infastidendo, hai deciso per ripicca di salire sulla sua auto, mettendo la tua vita in pericolo» alza la voce.

«Sì, è quello che ho fatto» annuisco tranquilla. «Che cosa vuoi fare ora?»

Lui scuote la testa. «Un minuto in più con quel verme e sarei sceso dall'auto per staccargli la mano con cui ti ha toccata».

«Lo so» mi avvicino. «Non sappiamo collaborare io e te».

«No» un sorriso sfugge dalle sue labbra. «Siamo così abituati a farci la guerra che non sappiamo stare dalla stessa parte».

«Devo ammettere che sei un gran bel nemico» lo squadro.

«Ci stai provando con il nemico?» chiede facendo un passo verso di me.

«Cosa ti fa credere che io ci stia provando?» mi mordo il labbro guardandolo seria in volto.

«Aria...» mormora con voce roca. Mi poggia una mano sul fianco accompagnando questo gesto con lo sguardo. Poi lo stringe obbligandomi a fare un passo avanti.

«Avevi promesso. Solo le mie mani» dice con tono sofferente.

«E sono solo le tue mani che voglio» bisbiglio stringendone una. Accarezzo le sottili linee disegnate sul suo palmo. «Credi di potercela fare a sopportare tutto questo ancora un po'?»

«Solo se ce la fai tu» ribatte. «Sai cosa mi manda fuori di senno davvero?»

Scuoto la testa.

«Sapere che ti sta sfiorando qualcuno che ti disgusta» mormora guardandomi negli occhi.

Annuisco trattenendo le lacrime.

«Fa schifo» dico e la mia mente torna subito a quel pomeriggio, alla sdraio in giardino, al mio patrigno che mi spalma la crema sulla schiena fino al sedere.

Aidan mi attira al suo petto senza dire nulla.

Capitolo 60

Mi avvio verso il salone per cercare Aidan. Abbiamo passato tutta la mattinata a casa, in attesa che Alex mi richiamasse. L'aria allo chalet è tesa. Lui si è rintanato nello studio a lavorare e credo l'abbia fatto intenzionalmente, con l'obiettivo di evitarmi e di evitare di litigare. Io ho fatto lo stesso e ho trascorso la mattinata con Mad.

«Aidan, non puoi continuare così, arrivano richieste su richieste. Non puoi abbandonare tutto per seguire il caso di tua madre».

Dal salone riesco a sentire una voce provenire dall'ingresso. Mi avvicino con cautela.

Una donna avvolta in un raffinato tailleur nero punta un dito minaccioso contro Aidan. Ha i capelli corti, castani, fatta eccezione per le due ciocche sul viso che sono tinte di un biondo così chiaro che sembra bianco. Ha una postura rigida, elegante.

«Ciao, Aria» la interrompe lui. Per un solo istante mi chiedo come abbia fatto a sentirmi, ma poi rivolgo di nuovo l'attenzione sulla donna.

«Oh, quindi saresti tu Aria». La donna mi rivolge uno sguardo di sufficienza.

«Ho il piacere di parlare con...?» chiedo.

«Lauren».

Il nome ovviamente è inciso nella mia memoria. Mi ricordo perfettamente la conversazione che Aidan aveva avuto con lei al telefono. Affari così importanti che l'avevano spinto a buttarmi fuori dalla stanza.

«Piacere. Io sono la domestica straniera che non sa parlare molto bene la vostra lingua» sbotto. Le porgo la mano e lei mi osserva perplessa come se non sapesse di che cosa stia parlando. Aidan, invece, ha capito il riferimento, infatti non tarda a sbuffare infastidito.

«Quindi tu chi saresti? Una segretaria? Un'altra con cui va a letto? O una psicopatica?»

«Oddio, no. Nemmeno per tutto l'oro del mondo» gracchia. «Sono quella che gestisce le scartoffie del suo ufficio».

Il suo ufficio... Il famigerato e pericoloso lavoro.

«Ah, interessante, immagino che sia difficile gestire questo lavoro».

«Non sai quanto. Clienti che vanno e vengono, gente che tarda i pagamenti e altri che scambiano i nostri servizi per quelli di una banale agenzia di investigazione».

Lancio un'occhiata interrogativa verso Aidan.

«Se potessi ti aiuterei...» vado avanti, cercando di carpire quanti più dettagli possibile.

«Sai, c'è una bella differenza tra essere un investigatore e...» si blocca di colpo cogliendo lo sguardo di Aidan.

«No, ti prego continua pure» la incalzo.

«No» stabilisce lui severamente. «Lauren, andiamo in un'altra stanza a parlarne».

«Aidan Harrison, se non vuoti il sacco ora, ti giuro che non vedrai più nemmeno la mia ombra» dico.

Silenzio. Mi sembra di vedere le rotelline del suo cervello in funzione.

«Avanti» faccio un cenno. «Parla».

«Aria...»

«Lauren?»

Fisso la donna alla ricerca di spiegazioni.

«Non mettetemi in mezzo, grazie» sorride facendo un passo indietro. «Però, Aidan, posso consigliarti di dirle la verità?»

«Sai quanto costa la verità» dice continuando a guardarmi.

«Sì, ma ho l'impressione che questa volta ne valga la pena» aggiunge, squadrandomi.

«Ne valgo la pena?» chiedo rivolta ad Aidan.

«Sono un cacciatore di taglie» dice fluidamente, talmente tanto che le sue parole mi sfuggono, scivolano via come una goccia d'acqua su una foglia.

«Ti consiglio di googlare cosa siano, ma non è un mestiere complicato da capire» commenta ironica Lauren.

«Spionaggio» dico.

Lui annuisce.

«Era questo che era troppo pericoloso da dire?» Spalanco le braccia irritata.

«E se uno dei miei clienti ti rapisse per fare leva su di me?» mi chiede subito, come se ci avesse già pensato centinaia di volte. Faccio un passo verso di lui.

«Come ti ho già detto, so difendermi» ribatto.

«Ma se ti torturassero per obbligarti a dire la verità, tu che faresti? Terresti la bocca chiusa per me? Moriresti per me?»

Alzo le sopracciglia sbalordita.

Giro i tacchi e raggiungo il piano inferiore. Sento i suoi passi dietro di me, deve aver compreso le mie intenzioni. Dallo scaffale posto alla sinistra dell'entrata afferro i guantoni e ne tiro un paio sul suo petto.

«Ho bisogno di sfogarmi» ringhio dirigendomi verso il tappeto di protezione.

«Cosa state facendo?» chiede Lauren dopo averci seguito in palestra. «Ragazzi, potremmo gestire la faccenda in modo più civile, non credete?»

«Nessuna gentilezza».

«Alla pari» dice con una smorfia.

Annuiamo entrambi e facciamo un passo indietro.

Non sono lucida, lo so. Sento la rabbia scorrermi nelle vene e questo mi impedirà di compiere delle mosse studiate, al contrario del mio avversario.

Sferro il primo colpo. Lui lo schiva con prontezza, accompagna la sua buona dose di autocontrollo con un sorrisetto di soddisfazione che provoca ancora di più la mia collera. Lancio un destro verso il suo viso. Questa volta lo centro, tanto che un rivolo di sangue gli percorre il mento. Con il guantone sfiora il punto e quando vede il sangue annuisce con un ghigno beffardo. Mi faccio trasportare dall'istintiva preoccupazione e lui, da buon giocatore, lo prevede e sfrutta il momento per colpirmi.

Per poco, molto poco, riesco a schivarlo.

«Sono stanca delle tue bugie» urlo cercando di sferrargli un destro.

«Se può farti sentire meglio quella era l'ultima delle cose che ti ho nascosto» ribatte quasi divertito.

«Ti fa ridere?» alzo la voce prima di caricarlo e sferrargli una raffica di pugni sul costato.

Lui mi spintona allontanandomi.

«Ragazzi, per piacere...» commenta Lauren avvicinandosi.

«Stanne fuori» le dico puntandole un guantone contro.

Lei alza le mani a mezz'aria e fa un passo indietro. Con il fiatone riprendo la posizione di difesa.

«Che c'è, Aria? Sei già stanca?»

«Te l'ho detto: l'unica cosa di cui sono stanca sono le tue bugie» mormoro. «Potrei prenderti a pugni fino alla fine dei miei giorni».

«Ma tu non mi stai prendendo a pugni» abbozza un sorriso. «Tu stai solo tirando colpi a vuoto».

Faccio una smorfia.

«Il tuo naso non la pensa così».

«Il mio naso?» ripete confuso.

Sfruttando la sua vaga confusione gli sferro un colpo sul naso. Aidan porta un guantone al viso mentre stringe gli occhi dolorante.

«Dicevi?»

«Siete due bambini» commenta di nuovo Lauren.

Aidan strabuzza gli occhi e quando la vista gli torna nitida mi rivolge uno sguardo diverso. Non fa più lo sbruffone, vedo la sua intenzione di ripagarmi con la stessa moneta. Aidan Harrison non sarà un fidanzato perfetto, ma quando si tratta di strategia, personifica l'imprevisto. Sposta leggermente il peso sulla gamba destra come se stesse per attaccare. Sa che la mia sinistra è debole, perciò sposto la mia difesa. Lui colpisce il mio fianco destro con forza.

Trattengo un sussulto di dolore, cado a terra in ginocchio.

«Cazzo».

Era ovvio, Aidan non poteva essere così prevedibile.

Non mi avrebbe mai fatto capire con quale mossa avrebbe attaccato, a meno che questa non gli servisse per distrarmi dal vero attacco. Lui fa sempre così.

Lauren approfitta dei pochi secondi di pausa per interporsi fra di noi allargando le braccia. Ci guardiamo negli occhi, la battaglia si è appena conclusa. Il set fisico, si intende.

«Sì, Aidan» gli sputo addosso. «Io morirei per te, se è questo che vuoi sentirti dire. Mi sembra di avertelo già dimostrato» alzo la voce con le lacrime agli occhi.

«Perché non lasci che io ti protegga, Aria?» chiede con l'aggressività che gli è rimasta. «Perché non capisci che se non ti ho detto la verità per tutto questo tempo è solo perché ho cercato di proteggerti da eventuali ripercussioni?»

«Perché negli ultimi dieci anni nessuno l'ha mai fatto, Aidan!» Mi alzo in piedi, esausta. «Nessuno si è preso cura di me. Mia madre ha smesso di farlo quando avevo dodici anni, mio fratello mi ha abbandonata e non ho mai conosciuto mio padre. Non riesco a cedere il controllo a nessuno, faccio affidamento solo su me stessa da troppo tempo».

«Anche io. Negli ultimi quattro anni sono stato io a controllare tutta la mia famiglia. È l'unico modo che conosco di dimostrarti che...» dice con le vene del collo gonfie. Allontana lo sguardo, le parole gli muoiono in gola. Non c'è bisogno che finisca la frase.

Tolgo i guantoni e raccolgo una lacrima con il dorso della mano. Continuiamo la nostra discussione guardandoci negli occhi, ci spogliamo lentamente di ogni insicurezza e maschera che ci ricopre. Attraverso quella foresta buia che circonda il suo cuore, lui si dimena fra i miei tormenti.

Restiamo io e lui, due anime incredibilmente simili.

Sfila i guantoni e spinge Lauren di lato.

«No, basta ragazzi...» ci ammonisce.

Mi aggrappo alle sue spalle e lascio che le nostre labbra si uniscano.

Finiamo la lotta che abbiamo iniziato e ci facciamo trasportare dalla brama.

«Ci proverò» sussurro a fior di labbra. «Lascerò che tu mi protegga, Aidan».

«Lo sto già facendo e l'ho sempre fatto» dice con voce roca. «Però la prossima volta vacci piano con quel gancio destro».

Trattengo un sorriso. «Grazie» mi vanto cogliendo il complimento.

«Ti ho fatto male?» chiede con preoccupazione.

Alzo la maglietta proprio dove una chiazza si sta arrossando. «Niente di che».

«Andiamo a metterci del ghiaccio».

Mi sistemo sul letto con la testa sul suo petto nudo. Ci concediamo un momento di tranquillità dopo il litigio che abbiamo avuto un'ora fa in palestra.

«Dovremmo passare più tempo così» propongo.

«Sarebbe noioso se lo facessimo tanto spesso».

«Non è vero».

«Non lo apprezzeresti come ora» sospira.

«Che cos'hai?» rivolgo gli occhi su di lui.

«Penso solo a quando tutto questo sarà finito... A quando deciderai, giustamente, di tornare a Miami» dice.

«Prima o poi tornerete anche voi a Miami» osservo.

«Ma non sarebbe lo stesso» dice. «Non siamo riusciti a vivere nemmeno un momento di normalità».

«Forse perché non abbiamo bisogno di normalità» rifletto. «Forse è questa la nostra normalità».

«Intendi litigare e fare sesso? O fare sesso e poi litigare?»

Abbozzo un sorriso divertito. «Credi sia solo questo?» domando.

Lui fa spallucce. Taccio, anche se vorrei dirgli che non era una domanda qualsiasi, che sono settimane che mi chiedo cosa sia il nostro legame.

«Come sei diventato un cacciatore di taglie?»

«Non credo che sia una storia interessante» commenta.

«Per me lo è» sorrido.

«Quando ho lasciato l'esercito, un mio ex tenente mi ha contattato tramite Lauren. Gli era giunta voce del mio talento per i dettagli e...»

«Della tua infallibilità?»

Aidan annuisce. «Per un po' ho lavorato con lui e poi mi ha aiutato a mettere su quest'agenzia. Cerchiamo gente, criminali latitanti soprattutto, a pagamento» racconta. «Collaboriamo con le forze dell'ordine, di solito».

La porta della stanza viene spalancata di colpo e Madison compare sulla soglia con espressione allarmata.

«Ragazzi, c'è Williams fuori dal cancello. Ti sta aspettando, Aria».

Aidan diviene improvvisamente cupo.

«Arriviamo subito, cerca di trattenerlo il più possibile» dico a Madison.

Scatto in piedi per prepararmi. Infilo la divisa e lego i capelli in una crocchia poco composta.

Aidan se ne sta rigido davanti alla porta con l'attenzione rivolta a qualcosa di specifico.

«Aidan, resisti ancora un po'. Sono certa che finirà tutto molto presto» dico avvicinandomi a lui.

Deglutisce. Scorgo un timore, una paura che Aidan Harrison solitamente non lascia trapelare.

«Aria, c'è qualcosa che non va». Respira a fondo con gli occhi puntati sul pavimento.

«Non ora, devo andare o si insospettirà» insisto.

«Aspetta» si precipita verso la libreria, sposta la copia del *Grande Gatsby* ed estrae la micro. «Tieni».

«Sul serio? A ogni appuntamento mi avete vietato di portarmi qualsiasi tipo di arma e ora mi dai una pistola per uscire dal cancello?» chiedo confusa.

«Stavolta è diverso, pensaci» dice concentrato. «Avete sempre programmato le uscite per telefono... Perché ora dovrebbe venire qui, di punto in bianco, nella casa della persona che odia di più?»

«Forse vuole essere... romantico?»

«No, è troppo strano, l'ha fatto solo una volta, quando non avevate altro modo di comunicare... e oltretutto si era portato una scorta di quattro uomini».

Non possiamo fermarci ora a ragionare, più tempo perdiamo più si insospettirà. Afferro un nastro e lo stringo attorno alla coscia, all'interno incastro la pistola.

Poi prendo il cellulare e apro la porta.

Mi blocca prendendomi per il polso.

«Aria, stai attenta».

Suona più come una minaccia che come un avvertimento.

«Ti prego» aggiunge.

Annuisco.

Quando sfilo il polso dalla sua mano sento la paura riappropriarsi di me. Lo sguardo teso di Aidan mi tormenta. Questa volta sarà diverso.

Devo solo estorcergli una dichiarazione incriminante e poi posso smettere con questa pantomima.

Scese le scale mi schiarisco la voce e faccio un respiro profondo.

«Eccomi» esordisco cercando di sembrare convinta.

«Aria, non faremo in tempo a metterti le cimici» dice Aron.

Annuisco e alzo le mani, cercando di tenere tutti calmi.

Apro la porta. Alex è appostato fuori dal cancello che mi osserva con insistenza mentre lo raggiungo.

«Ehi» sorrido.

«Ciao, dolcezza».

«Come mai sei qui?» chiedo con un sorriso tirato.

«So che ora stai lavorando. Ma ho bisogno di dirti una cosa». I suoi occhi improvvisamente divengono dolci ed esasperati.

«È successo qualcosa, Alex?» domando fingendomi preoccupata per lui.

Lui annuisce. «Per favore, solo pochi minuti... Non so con chi altro potrei parlare...»

Mi volto verso lo chalet, facendo finta che qualcuno possa chiamarmi da un momento all'altro.

«D'accordo» dico aprendo il cancello. «Però devo tornare subito, altrimenti rischio il posto».

«Grazie, Aria» mi dice lui.

«Dove andiamo?» chiedo mentre mi apre lo sportello del fuoristrada.

«Aria, ti prego, fidati di me». Tutto rallenta. Che cosa diavolo faccio? Non mi fido di lui, ma non ho altra scelta. Se non andassi in fondo a questa storia, tutto ciò che abbiamo fatto finora sarebbe stata fatica sprecata.

Abbozzo un sorriso, un sorriso debole, che probabilmente lascia intendere il mio timore.

Durante i pochi minuti di viaggio si è girato più volte verso di me accennando un'espressione nervosa. Continuo a deglutire, cercando di mandare giù il groppo in gola. Ho provato a parlargli, ma non sono riuscita a scucirgli niente. Raggiungiamo un grande capannone avvolto dalla luce calante del tramonto. Rabbrividisco, non riesco a capire se sia per il freddo o per la paura.

Entrando noto degli elicotteri e sulla mia destra riconosco le grandi porte che danno sulla pista.

«Non amo molto le altezze» constato.

«Oh, no, tranquilla, non c'è bisogno di portarti lassù» mi sorride con innocenza. I suoi bodyguard aprono uno dei portoni lasciando che l'interno si illumini grazie alle luci rosse e blu della pista di decollo.

«Allora perché siamo qui?» chiedo deglutendo.

«Perché devo dirti una cosa». Il suo sguardo si intensifica. «Non credevo che potesse succedere, ma Aria Davidson...» trattengo il respiro, «... io ti amo».

Capitolo 61

Aidan

Caro Aidan,

è da molto tempo che provo a scriverti questa lettera, ma faticavo a trovare le parole giuste e, ancora di più, il coraggio di dirtele. Non abbiamo più avuto modo di parlare da quando ti sei arruolato e ho sempre pensato che quella fra noi fosse stata una specie di occasione mancata. Quando sono arrivata allo chalet, non c'è stato modo di affrontare quello che stavi provando per la sua morte.

Forse in questi anni ti sei chiesto perché poi sono rimasta.

Lo dovevo a tua madre.

Shailene mi ha aiutata così tante volte nella vita che quando ho saputo della sua morte mi si è aperto dentro un vuoto. Da sempre, aspettavo il momento in cui avrei potuto dirle quanto per me era stata essenziale, l'occasione per ricambiarla di tutto l'affetto, la fiducia, la speranza che mi aveva dato. Non ho avuto un passato facile, Aidan. Lei, però, mi ha presa sotto la sua ala e mi ha aiutata ad affrontare la mia vita. Il minimo che potessi fare era prendere voi, i suoi maschiacci, i suoi tesori più preziosi sotto la mia. Fino ad alcuni mesi fa le cose procedevano abbastanza normalmente. I tuoi fratelli sono intelligenti e irruenti quanto te, ma sono riuscita a tenerli a bada. Tuo padre, però, all'improvviso ha avuto un crollo. E temo che stia trascinando i suoi figli nello stesso buco nero in cui è precipitato lui. Non esce più dal suo ufficio. Fissa la fotografia di Shailene sulla scrivania per ore. Allontana tutti. Beve. I ragazzi, senza di lui, si sentono liberi di fare quello che vogliono. Creano un problema diverso ogni giorno, mettendo sempre più a rischio la vostra famiglia. Non pensare che mi stia lamentando delle marachelle di un gruppo di ragazzacci, Aidan. Qui è tutto molto più serio. Vedo nei loro occhi l'agitarsi di ombre. Li sento litigare, fare a pugni fino a rompersi le ossa. Non studiano, non lavorano, non fanno nessuna di quelle attività che finché Shailene era in vita erano le loro passioni. E quando escono, non mi dicono mai dove vanno e tornano con tagli e ferite. È capitato che Josh e Aron stessero via per quasi cinque giorni senza un messaggio, una telefonata. Erano andati in Messico a divertirsi con un gruppo di amici che io ho sempre trovato poco raccomandabili. Se gli fosse successo qualcosa non l'avremmo mai saputo.

Ho paura, Aidan. Ho paura che la mia presenza qui non basti per tenere gli Harrison uniti, per salvarli da loro stessi. E quindi ti scrivo, consapevole di quanto sia ingiusta questa richiesta, per chiederti di tornare. Tu sei l'unico che può evitare che la famiglia che Shailene ha costruito vada definitivamente in pezzi.

La parte difficile della lettera, però, non è questa.

Ci sono cose che non sai, legate alla sua morte. E prima che tu decida di tornare, io credo che tu abbia il diritto di conoscere la verità, quella che tuo padre non ha voluto dirti per proteggerti.

So che poco prima di morire, tua madre vi aveva inviato una lettera in cui vi raccontava della malattia contro cui stava combattendo e della clinica in cui si era ricoverata.

Purtroppo, erano tutte bugie.

Shailene è stata rapita. E dopo lunghi mesi, è stata uccisa.

Non ci sono altre parole, purtroppo, per darti questa notizia. Vorrei che fossi qui, Aidan, per abbracciarti e darti il mio conforto. Vorrei che avessimo avuto un'occasione migliore per affrontare questa verità insieme. Ma la situazione è critica e tu sei l'ultima speranza. Il caso di omicidio è stato archiviato dopo poco tempo per mancanza di prove. Tuo padre e io ovviamente abbiamo sempre avuto dei sospetti sui responsabili, ma nessuno in questa città ha avuto il coraggio di ascoltarci. E così, giustizia non è stata fatta.

Ritenevo giusto che tu lo sapessi perché credo che lei avrebbe voluto così. Se vorrai raggiungerci, noi siamo nello stesso posto da cui sei andato via quattro anni fa. E con noi, potresti trovare gli stessi fantasmi. Ma anche la tua famiglia.

Un abbraccio,

Rosa

Ricordo ogni parola di quella lettera. L'avevo letta almeno dieci volte prima di capire cosa ci fosse scritto. Più scorrevo le frasi, più sentivo il dolore annidato dentro di me sgusciare fuori. Ero seduto nella mia cuccetta, tenevo il foglio fra le mani e guardavo un punto fisso per terra.

'È stata uccisa'.

'È stata uccisa'.

'È stata uccisa'.

Queste parole picchiavano incessantemente nel mio cervello, come il martellio costante che si ascolta durante una risonanza magnetica. Occupavano interamente lo spazio della mia mente e non riuscivo a formulare nessun altro pensiero. Così me ne ero stato per una buona mezz'ora immobile, a tratti in apnea, come se questo mi permettesse di sentire meglio il lento strisciare del dolore che stava tornando a tormentarmi. Piano piano avevo avvertito la pressione strozzante al petto e la lettera di Rosa era divenuta più chiara. Mi ero alzato per scaricare la rabbia che il dolore aveva trascinato con sé.

'È stata uccisa' e 'Il caso di omicidio è stato archiviato dopo poco tempo per mancanza di prove'.

Non ho mai avuto la spensieratezza dell'ingenuità, non mi sono mai accontentato semplicemente di quello che mi veniva detto. Il mio cervello elabora costantemente, analizzando ogni particolare. E in quel momento, in preda al dolore e alla rabbia, presi a ipotizzare tutti gli scenari possibili tenendo in considerazione ciò che Rosa aveva scritto. Più i minuti passavano, più la collera cresceva. Ero arrabbiato con mio padre, che mi aveva mentito per tutti quegli anni. Ero arrabbiato con la polizia, perché avevano chiuso il caso ed ero arrabbiato con chiunque avesse deciso di togliere la vita a mia madre.

Mi lasciai trascinare dalla rabbia. Afferrai il comodino e lo scaraventai contro il muro, si frantumò in tanti pezzi. Ricordo poco di quel momento, ma il dolore mi spinse a gridare e sferrare un pugno alla parete. La ragione si era fatta da parte. Dopo l'accecante ira, il mio compagno Frank era entrato nella camera e mi aveva afferrato per le braccia, immobilizzandomi. Non me ne ero reso conto fino a quel momento, ma stavo singhiozzando.

Meno di ventiquattr'ore dopo avevo preso un aereo dalla base militare di Bagram per tornare a casa. Non avevo chiuso occhio, ma non potevo permettere che i miei fratelli mi vedessero così debole. Se quanto diceva Rosa nella lettera era vero, papà non era in grado di gestire la famiglia, perciò ci avrei dovuto pensare io. Decisi di mettere da parte il dolore e di rivolgere la mia attenzione al rancore che stava crescendo in me. Perché il rancore era più silente del dolore e mi permetteva di ragionare e controllare me stesso. Quello era ciò di cui mi sarei alimentato da quel momento in avanti. Il mio nuovo obiettivo era farla pagare a chi l'aveva uccisa.

Capitolo 62

Aria

«Io...» cerco di dire.

Sul suo volto compare di nuovo quel ghigno agghiacciante, ma ora mi sembra ancora più spaventoso.

«Tu cosa?»

Faccio un passo indietro e lui esplode in una terribile risata.

«Oddio, guardati, Aria. Persino io so recitare meglio di te» sbotta.

Vedo la verità come una voragine pronta a risucchiarmi. Gli occhi dolci di Alex Williams sono scomparsi.

«Hai portato il resoconto agli Harrison? Hai riferito loro quello che ti ho detto?» Mi guarda con quel ghigno. «Certo che l'hai fatto, gli sei fedele come un cagnolino».

Aidan aveva ragione.

«Alex, ma di cosa stai parlando?» fingo ancora un po' per prendere tempo e controllare le vie di fuga.

«Sai benissimo di cosa. Sembri un segugio, ti si legge negli occhi la fame di verità. Davvero credi che io non ci sarei arrivato? Credi che non abbia fatto controllare le telecamere di sicurezza dopo il party?» Porta le mani lentamente dietro la schiena per afferrare una pistola, ma io lo precedo strappando la micro dalla coscia.

La guarda e sorride.

«Cosa pensi di fare con quella, Aria? Le armi di otto dei miei ragazzi sono puntate su di te. Perciò, da brava, abbassala».

Non lo faccio. Con la coda dell'occhio studio il grande capannone e gli angoli dove altri uomini potrebbero essersi appostati per tenermi sotto tiro.

«Dimmi solo perché. Perché questa guerra?» gli domando.

«Perché Clark Harrison ha giocato una volta di troppo con la vita degli altri. Lui ama sentirsi padrone del mondo, quando non lo è affatto» dice una voce famigliare alle mie spalle. Jonathan fa la sua comparsa e si mette al fianco di suo figlio. Dal taschino della giacca, sbuca un fazzoletto rosso con una W ricamata in nero. È la prima volta che noto questo dettaglio: anche Alex lo porta.

«Lei non lo meritava» gli urlo contro con rabbia. Mi ripeto come un mantra che la paura va controllata o ti sovrasta. Non posso permetterle di vincermi. Non ora, né mai.

«Lo meritava, invece» ribatte Jonathan, serio. «E Clark lo sa bene. Incredibile come il fato giochi sporco... Ti trovi nell'esatto punto in cui la vita di quella donna si è spenta una volta per tutte».

Deglutisco e stringo la mascella cercando di non permettere al terrore di insinuarsi in me.

«Non dimenticarti del figlio» aggiunge Alex. «È per causa di quello stupido di Aidan se tutto questo accade di nuovo». Un ghigno da brividi si riflette sul suo volto.

Mi giro verso di lui. «Tu non sei questo, Alex».

«Ti sbagli, Aria. Io sono *anche* questo. Sei stata tu a far sì che questo Alex ti facesse visita. Credevi davvero di poterti prendere gioco di me in quel modo?» mi domanda. Il suo viso è contratto ancora in quel ghigno che lo fa somigliare a un pazzo. «La cosa davvero triste è che penso che saremmo potuti essere felici, insieme» dice a mezza voce.

«Oggi, figlio mio, sarai tu a fare fuori un altro di loro. Così gli ricorderemo che in questa battaglia gli unici vincitori possibili siamo noi».

«Capo». Due uomini grossi e vestiti con delle tute da lavoro fanno capolino dietro di me. «L'abbiamo trovato appostato fuori».

I due trascinano Josh per le ascelle e lo lasciano cadere ai piedi di Jonathan. Ha uno zigomo rotto e un labbro sanguinante. I nostri occhi si incontrano e lui batte a fatica le palpebre per due volte. Il mio cuore pompa il sangue più velocemente. È il segnale per il piano B.

«Bene, bene, bene» sorride Alex.

«Avete trovato solo lui?» chiede Jonathan ai suoi scagnozzi.

«Sì» bofonchiano.

«Siete degli idioti!» grida. «Tornate fuori, cercate meglio. Gli Harrison si muovono sempre in gruppo!»

Subito dopo aver pronunciato queste parole avvertiamo degli spari dalla balaustra che corre attorno a tutto il capannone. I due uomini scattano sulla difensiva e si appostano attorno al signor Williams per proteggerlo. Josh rimane chino a terra.

Alex punta nuovamente la pistola su di me.

Se sparasse da questa distanza mi trapasserebbe da parte a parte.

Come posso disarmarlo? Studio la sua posizione: l'impugnatura non è salda. La sua postura è troppo tesa, quando premerà il grilletto il rinculo gli farà perdere l'equilibrio.

Ho un'unica possibilità.

Sposto la mira della mia pistola a qualche centimetro dalla testa di Alex e sparo. Il proiettile gli passa a pochi centimetri dall'orecchio e lui chiude istintivamente gli occhi. Mi avvicino sfruttando il trambusto attorno a noi e gli sferro una ginocchiata nel ventre. Lui, piegato in due, tenta di puntarmi la pistola di nuovo contro, ma con il calcio della micro gli do un colpo secco alla nuca. Crolla a terra, svenuto. Mi piego per prendere la sua arma, ma nello stesso momento sento lo scatto del cane di una semiautomatica dietro di me.

«Alzati» mi ordina Jonathan.

Cerco Josh con lo sguardo, ma mi accorgo che è di nuovo intrappolato fra i due scagnozzi di Williams.

Non mi muovo, lo guardo con tutto l'odio di cui sono capace. Lui sogghigna e poi si protende verso di me. Le sue dita grassocce si serrano attorno al mio collo. Cerco di liberarmi dalla sua presa, ma lui stringe più forte. Mi punta la pistola alla tempia.

«Guarda che cos'ho, Harrison...» La sua voce è quella di un pazzo. Fa un giro su se stesso trascinando anche me che annaspo a caccia d'aria.

Aidan, dove sei?

«A voi Harrison piacciono proprio le sgualdrine... Prima Shailene e ora questo scarto della società...»

Afferro con entrambe le mani il suo braccio. Sento il rumore di una pistola cadere a terra e appena ci voltiamo i due uomini sono svenuti e Josh è in piedi accanto a loro con un'arma puntata su Williams.

«Lasciala» gli intima, sputando un grumo di sangue. Mi basta un'occhiata per capire che Josh non è messo bene. Il suo busto è proteso in avanti e tiene un braccio leggermente piegato, forse gliel'hanno rotto.

Jonathan sposta lo sguardo su di lui senza alcun timore.

«Abbassa la pistola, ragazzo. O l'ultima cosa che vedrai sarà il cervello della tua amica sul pavimento».

Josh si immobilizza, calcola i rischi.

La presa sul mio collo si allenta e io cado in ginocchio ai piedi di Jonathan, cercando aria.

«Non voglio ucciderti» continua rivolto a Josh. «Il problema di voi Harrison è che ascoltate troppo vostro padre e vostro fratello. Inizia a pensare con la tua testa, ragazzo. Pensa che cosa potresti fare con le tue capacità, lavorando per me...»

«Non mi interessa lavorare per chi non ha scrupoli» ribatte Josh.

«Credete di essere dei cavalieri senza macchia, vero, Harrison? La verità però è un'altra...» va avanti Jonathan.

Quando riesco a sollevare di nuovo il capo, i miei occhi incontrano quelli di Aidan, appostato dietro a una colonna di cemento armato. Mi basta vederlo perché tutto torni al suo posto. La paura si fa da parte, sento di nuovo l'adrenalina pulsarmi nelle vene.

«Peccato...» dice dopo un po' Jonathan. «C'è qualcosa che

desideri dire alla tua amichetta prima che se ne vada all'altro mondo?»

Non guardo Josh. Tengo gli occhi fissi su Aidan. Se il piano dovesse fallire, vorrei morire guardando i suoi occhi, il posto in cui mi sono sentita me stessa per la prima volta. Ma Aidan resta concentrato. Mi rivolge un leggero cenno con il capo e io rispondo sbattendo le palpebre una sola volta.

So di avere una pistola puntata alla nuca. Devo essere più veloce e precisa che mai. Chiudo gli occhi e cerco la forza. Con uno scatto mi ribalto sulla schiena e colpisco con il piede la mano di Jonathan, quella armata di pistola. Non riesco a toglierglela, ma riesco a spostare il suo braccio quel tanto che basta perché lui sbagli traiettoria e il proiettile colpisca un punto del pavimento ad alcuni metri da me e Josh. Josh approfitta del momento e lo carica a testa bassa, io lo afferro per le gambe e insieme riusciamo a farlo cadere per terra. Mi alzo e schiaccio con tutta la forza che ho il suo polso sotto ai piedi per fargli lasciare la pistola. Il viso di Jonathan diventa paonazzo, i suoi occhi piccoli e scuri si stringono, furibondi. «Guardie!» grida. La mano si apre, do un calcio alla semiautomatica e la spingo lontano.

Josh lotta contro Jonathan nel tentativo di tenerlo fermo. Gli dà un pugno nello stomaco e un altro sul naso. Il sangue corre a fiotti mentre i lamenti di Jonathan riempiono lo spazio. È a terra.

Josh si rialza in fretta con una smorfia di dolore.

«Aria, dietro di me» mi ordina e io eseguo. Scruta le balconate alla ricerca degli scagnozzi di Williams che devono essere per forza nascosti da qualche parte. Sentiamo degli spari. Sono dei nostri o dei loro? «Dobbiamo uscire da qui» dice e muove i primi passi.

Io cerco Aidan con lo sguardo. Non è più nascosto dietro alla colonna di cemento e il mio cuore perde un battito. Dov'è? È tornato su, in mezzo all'inferno?

Josh corre verso una porta di vetro e guarda all'interno, sperando di non trovare nessuno. Ed è in quel momento che lo vedo.

Nel caos che continua a risuonare sopra le nostre teste, Aidan è in piedi nel punto in cui Jonathan Williams è steso a terra, rannicchiato in posizione fetale. Lo sovrasta e tiene una pistola puntata sul suo petto.

«Aidan, no!» grido correndo da lui.

«Aria, fermati!» mi rincorre la voce di Josh.

«L'hai uccisa» dice Aidan a Williams.

Jonathan ride istericamente con i denti macchiati di sangue. «Vuoi una confessione per il tuo adorato detective Mallory?» chiede con ironia.

Aidan spara. Trattengo il respiro.

Il proiettile ha colpito la gamba di Jonathan. Mi basta un'occhiata per capire che l'ha preso solo di striscio. Aidan non sbaglia un colpo. Vuole forse torturarlo?

«Vuoi sapere se sono pentito, Harrison?» chiede Williams sputando sui suoi piedi.

Aidan gli piazza un altro sparo, stavolta sull'altra gamba.

«D'accordo Aidan, basta». Appoggio i palmi delle mani sul suo petto. Lo costringo a guardarmi, ma lui mi ignora.

«Potrei continuare così per ore, Williams. Per me sarebbe un piacere» dice e la sua voce non sembra sua.

Jonathan lo fissa. «Lo so» ridacchia. «Lo è stato anche per me, quando mi sono occupato di tua madre».

Aidan punta la pistola e vedo che sta per premere il grilletto e io mi piazzo tra loro.

«Basta, Aidan» gli grido. «Lei non vorrebbe questo!»

«Spostati, Aria» ribatte lui, fermo.

«No» dico, decisa.

«SPOSTATI!» grida ancora più forte. Il suo viso è una maschera di dolore e rabbia.

«No!» ribatto io.

Jonathan, alle mie spalle, ride.

«Non ne vale la pena, Aidan» gli dico, piano.

Aidan fa correre i suoi occhi da me a lui. Il cuore mi martella nel petto, il sudore di cui sono ricoperta è un velo ghiacciato su tutto il mio corpo.

Alla fine, Aidan abbassa la pistola e io mi affretto a togliergliela dalla mano.

«Ah!» dice Williams. «Sei un debole, esattamente come lei» sghignazza, come un pazzo. «Quando l'ho uccisa, mi supplicava di risparmiarvi. Ha pagato per gli errori di vostro padre. Lo rifarei ancora, se potessi...»

Aidan mi supera con uno scatto e si avventa su Williams. Inizia a sferrargli un pugno dietro l'altro. Josh corre verso di lui, seguito da Jason che piomba all'improvviso in mezzo a noi con un fucile in mano. Afferrano Aidan e riescono a tirarlo via a forza. Aidan prende fiato e guarda Jonathan, ricoperto di sangue.

«Marcirai dietro le sbarre» gli sussurra.

Aidan

Mi volto.

Devo smettere di guardarlo o lo ucciderò.

So che non è finita qui e anche lui lo sa. Un buon giocatore sa che ci può essere sempre una mossa capace di ribaltare la partita. E la prossima si svolgerà in tribunale.

Non gli permetterò di vincere.

Sento le sirene della polizia, seguite da quelle dell'ambulanza.

«Ci vediamo all'inferno, Williams» prometto abbozzando un sorriso.

Lui ricambia. «Tienimi un posto, Harrison» ribatte.

Mi basta il suono della sua voce per sentirmi la rabbia scalpitare per uscire di nuovo, ma quando sposto lo sguardo sul pavimento del capannone ricoperto di proiettili vedo Aria, seduta per terra, scossa dai brividi. I capelli biondi le coprono il viso. A cosa sta pensando? Vorrei andare da lei, aiutarla a rialzarsi, ma non riesco. Sento le ombre stringermi il collo. Ho le mani sporche di sangue. Il mio cervello fatica a rimanere nel presente, penso a mia madre. Penso a lei, solo a lei. Alle sue carezze sulla schiena. Alle canzoni che canticchiava mentre mi portava a scuola. Penso che non le ho mai potuto dire addio, che non ha potuto vederci crescere, che non ci ha potuti salvare da noi stessi. Che cosa sarei stato, se lei fosse vissuta? Se quel mostro non avesse preso la sua vita?

Penso che non potrò mai presentarle Aria.

Aria.

Non voglio che lei mi veda così. Ho paura di quello che potrei scoprire guardando adesso nei suoi occhi verdi e nocciola. Ho paura di leggere il suo disgusto per me.

Lei non merita tutto questo.

Merita un uomo che sappia amarla, che sappia prendersi cura di lei e delle sue ferite, che la tenga al sicuro. Non un ragazzo che deve lottare contro se stesso per non essere sopraffatto dai mostri che vivono in lui.

Me ne vado, lasciando che Jason la aiuti.

Aria

L'ambulanza mi ha portata al pronto soccorso, ma dopo un rapido controllo e aver dato la mia deposizione ai poliziotti, Asher ha potuto riportarmi a casa. Siamo rimasti in silenzio per tutto il tragitto e ora che accosta davanti allo chalet, io apro la portiera precipitandomi fuori. Non voglio parlargli, non voglio parlare con nessuno. Sento la testa pesante e la vista leggermente annebbiata.

Vado in cucina.

Perché Aidan è fuggito in quel modo?

Nelle vene posso sentire ancora l'adrenalina. Sono un fascio di nervi, non riesco ad abbassare le difese, a uscire dallo stato di allerta. In ospedale volevano darmi dei tranquillanti, ma li ho rifiutati. Ora me ne pento. La respirazione accelera, secondo dopo secondo le immagini di quello che è successo nel capannone mi si parano davanti agli occhi. Sto ansimando.

Mi verso un bicchiere d'acqua e mentre lo porto alla bocca

mi accorgo del tremolio della mia mano. Mi guardo attorno preoccupata, la stanza gira.

Che diavolo mi sta succedendo?

Mi aggrappo al marmo del bancone per non cadere.

La stanza si fa sempre più piccola, sta per inghiottirmi fra le sue pareti.

Scivolo a terra ansante.

«Aria...» mi richiama qualcuno.

La vista si annebbia del tutto e mi volto verso la fonte di quella voce. La sagoma sfocata che vedo apparire appartiene a una donna che conosco fin troppo bene. Indietreggio, arrancando, cercando di sfuggirle. Perché è di nuovo qui? Come è riuscita a trovarmi? Come ha fatto a entrare?

«No...» sussulto, «vattene, mamma. Non farmi del male».

La figura fa di nuovo un passo verso di me.

«Aidan...» dico, piano. La mia voce sembra un lamento.

La figura sfocata di un ragazzo si accascia accanto a me. Afferra la mia mano, stringendola.

La donna sparisce. Riconosco il tocco: non è lui. Non è Aidan.

«Aria, guardami» mormora.

Non lo faccio, rivolgo i miei occhi su un punto fisso, un punto lontano. Non riesco a prendere fiato, il petto mi fa male.

«Cosa succede?» chiede un'altra voce femminile allarmata. Stringo le mani in due pugni, tanto da conficcare le unghie nella carne del palmo.

«Cerca di calmarti». Qualcuno mi mette una mano sulla spalla.

Indietreggio a quel contatto sconosciuto, qualsiasi cosa mi sembra improvvisamente estranea.

Dove mi trovo?

Continuo ad ansimare, la testa è un vortice e sembra che tutto stia precipitando. Devo andarmene da qui, non sono al sicuro. La mia vita sta per cadere in un burrone. Mia madre afferra con la forza ogni briciolo di felicità che sono riuscita a recuperare per trascinarmi giù, nel buio. Sento il freddo metallo della canna della pistola sulla mia tempia. Provo a formulare una frase di senso compiuto per mandare via quella donna, ma le parole mi sfuggono. Scuoto il capo e la testa mi gira ancora di più. Cerco di allontanarmi. È da lì che arriva la mia sofferenza, lì dove si trova mia madre. Devo scappare, prima che mi trascini giù.

«Non posso...» dico.

Sento ancora la canna della pistola.

Sono in trappola.

«Spostati» brontola una voce.

La bocca e il naso mi vengono tappati.

Mi aggrappo alla mano che mi sta facendo soffocare, cerco di divincolarmi. Mi costringo a spostare lo sguardo dal volto di mia madre. Sbatto le palpebre.

Sento il battito decelerare.

Finalmente metto a fuoco.

E la prima cosa che incontro sono le sue iridi verdi.

All'istante ritorno al presente. Mi aggrappo a quegli occhi. Sento il contatto con le sue braccia. Con lui sono al sicuro. Qui non potrebbe accadermi nulla.

«Ci sono io, Aria» mi sussurra.

Il respiro torna regolare.

'Lascerò che tu mi protegga, Aidan'.

Ogni parte del mio corpo si rilassa. Sbatto per qualche istante le palpebre, giro la testa e tutto diventa nero.

Capitolo 63

Guardo la sveglia sul comodino. È ancora notte fonda.

Qualcuno mi ha messa a letto, ma non saprei dire chi. Nella mia mente c'è una grande confusione su quello che è successo nelle ultime ore.

Accendo la lampada e mi alzo piano.

La paura che le immagini che hanno invaso la mia mente in cucina possano ritornare mi impedisce di prendere sonno. Ho il terrore di rimanere intrappolata in questo loop mentale, ho paura di essere trascinata giù, di nuovo. Mi volto a guardare il letto. Aidan è steso sulla pancia e stringe il cuscino con entrambe le braccia. Abbozzo un sorriso.

Perché non si è avvicinato a me?

Questa volta non abbiamo litigato. Ha potuto vivere il momento che aspettava da anni. Dovrei essere felice per lui, felice che abbia ottenuto un po' della giustizia che cercava, ma il rancore, la sete di vendetta presenti nei suoi occhi mi hanno destabilizzata. Quello non era l'Aidan che conosco.

Afferro la macchina fotografica.

I muscoli della sua schiena creano linee perfette, giocano con la penombra e si mescolano al nero dei tatuaggi. Non ha un'espressione rilassata, è corrucciato.

Scatto una foto.

Non credo di aver bisogno di ricordare la giornata che abbiamo avuto, anzi, vorrei poterla dimenticare con uno schiocco di dita. Eppure vorrei che lui rimanesse impresso, voglio avere per sempre una prova delle sue grandi spalle a cui so di potermi aggrappare quando sto per cadere. Aidan, con la sua arroganza, con il suo modo di porgermi il braccio, ha cambiato qualcosa in me. Mi ha dimostrato che in una guerra si può stare dalla stessa parte. Mi ha dimostrato che in due è più semplice combattere. Mi stendo accanto a lui poggiando una mano sulla sua spalla destra.

Ci accomodiamo su una panchina nel parco di Burlington. Abbiamo camminato fino a qui nel più totale dei silenzi.

«Perché siamo qui?» gli chiedo.

Aidan sfugge dal mio sguardo, osserva le persone che stanno facendo jogging. I suoi occhi registrano ogni dettaglio, il suo cervello non si ferma mai, sempre a caccia di pericoli, anche ora che Jonathan Williams è stato arrestato.

«Dobbiamo parlare e non volevo farlo allo chalet» risponde.

Annuisco. So di cosa dovremmo parlare e so bene che lui a questo punto pretenderà una risposta. Mi guarda negli occhi in attesa che io dica qualcosa.

«Resterai con me?» chiede spostando lo sguardo altrove.

«Tu mi vorresti qui con te?» domando. Lui mi guarda.

«Non puoi andartene ora. Abbiamo il processo da affrontare».

«Be', allora non posso proprio andarmene...» ribatto.

Perché non riesco a dirgli che non *voglio* andarmene? Perché non me lo dice lui? Perché troviamo sempre scuse?

«Mi hai spaventato ieri» dice di punto in bianco guardandomi negli occhi.

«Sto bene» ribatto.

«Staresti meglio lontano da tutto questo, lontana dal pericolo» risponde.

«Il pericolo...» ripeto pensierosa, «... fa parte del nostro rapporto».

«Non posso proteggerti da tutto questo».

«Allora non farlo».

«Ci consumeremo» dice.

«Tu credi?» sorrido. «Sei un osso duro, ma non così tanto duro».

Lui mi guarda negli occhi e trattiene una risata.

«Davvero?»

«Non stavo parlando di quello...» faccio una smorfia. «E poi sì, anche quello».

«Biondina...» mi ammonisce con voce roca. «Vuoi tornare subito a casa?»

Lo guardo con aria di sfida. Mi metto a cavalcioni della panchina e lui fa lo stesso. Non ci sfioriamo, ma sento la pressione del suo calore su di me.

«Non ero lucido ieri. Con Williams» confessa.

«Sono le ombre del tuo passato, Aidan. Non devi lasciare che abbiano tanto potere su di te».

«Sai bene quanto non sia facile...»

«Già...» sospiro pensando a mia madre e alla visione di lei che ho avuto ieri. Probabilmente sta vagando per la Florida alla ricerca della sua piccola vittima.

«Hai mai pensato di denunciarla?» chiede.

Sorrido. Lui intuisce sempre i miei pensieri.

«Chi mi avrebbe dato ascolto?» faccio spallucce. «Non avevo nemmeno i soldi per comprarmi qualcosa da mangiare...»

«Potresti farlo ora».

«Io...» inizio a dire, ma una voce ci interrompe.

«Sei stato tu!» Charlotte compare dall'altra parte della strada gridando. Con lunghe falcate ci raggiunge. I tacchi dei suoi stivali rossi ticchettano sui sampietrini.

Scatto in piedi.

«Tu...» ringhia puntando un dito contro Aidan.

Aidan la squadra con espressione impassibile.

«... hai fatto arrestare mio padre e mio fratello!» grida fuori di sé. «Ti manderemo in rovina, Harrison. Stanne certo, tu e tutta la tua famiglia».

A lato della strada è accostato un suv nero con uno dei finestrini posteriori abbassato. Una donna con gli occhiali da sole ci osserva.

La madre di Charlotte e Alex, la moglie di Jonathan.

È immobile, per niente preoccupata che io mi sia accorta di lei.

«Ci vediamo in tribunale, Charlotte» la liquida Aidan.

«Credi che delle manette e un giudice fermeranno la nostra famiglia? Questa partita non sarà alla vostra portata».

«Nemmeno alla tua, Charlotte, forse di tuo padre e di tuo fratello, ma non alla tua» sogghigna Aidan.

«Davvero?» Incrocia le braccia al petto. «Mi sono avvicinata a te solo per controllarvi, non avrei mai potuto stare con un Harrison».

«E secondo te, io avrei accettato di sposarti perché ti amavo o perché provavo un minimo interesse nei tuoi confronti?» domanda lui, tranquillo. «Charlotte, mi sono avvicinato a te solamente perché sei sempre stata la pedina più debole da buttare giù».

Lei spalanca gli occhi e arriccia le labbra indignata dalle sue parole. Per dare ulteriore dimostrazione del suo disappunto tenta di sferrare uno schiaffo ad Aidan.

Le afferro il polso prima che possa sfiorarlo.

«Giù le mani da lui».

«Pensi davvero che lui provi qualcosa per te?» Strattona via il polso. «Ti ha soltanto usata per incastrare mio padre e mio fratello, sei una povera e stupida illusa, camerierina».

«Charlotte...» inizia Aidan.

«Zitto» lo interrompo furente di rabbia e poi torno a guardare Charlotte. «Non ho bisogno della tua inutile opinione. Preoccupati della tua famiglia che presto finirà dietro le sbarre per il resto della vita. E non tentare di mettergli mai più le mani addosso».

Lei fa una smorfia. «Non finisce qui» minaccia. E torna verso il suv.

Mi volto verso Aidan.

«Quando fai la possessiva sei fottutamente sexy, Davidson» dice squadrandomi da capo a piedi. «Ma non provare mai più a zittirmi...»

«Zitto» lo interrompo di punto in bianco piegandomi su di lui.

Alza lo sguardo sul mio viso e mi rivolge la sua tipica espressione di sfida.

«Hai mai sparato con un fucile da cecchino?»

Scuoto la testa. Mi osserva.

«E non avevi mai sparato prima di ieri sera» dice, non è una domanda.

Scuoto la testa. Non ha più senso mentire.

«Andiamo, voglio toglierti per bene questa verginità» dice alzandosi.

«Aspetta» gracchio seguendolo. «Come hai fatto a capirlo?»

«I dettagli, Davidson, i dettagli» constata continuando a camminare con le mani in tasca.

Trattengo un sorriso.

L'autista si ferma in un piazzale cementato. Davanti a noi c'è un lago dall'acqua così limpida che le montagne attorno ci si specchiano. Scendo dall'auto per godere di questa vista meravigliosa. Sono giorni che non nevica, ma le temperature sono troppo basse perché la neve si sciolga. Sulla superficie del lago noto un sottile strato di ghiaccio.

«Non dovremmo andare a un poligono?»

«Meno domande e più fatti, biondina» dice passandomi accanto con una grande sacca.

Si avvia verso sinistra imboccando un sentiero fra gli alberi. Il boschetto attorno a noi ci dà il benvenuto con il suo tipico odore di corteccia e muschio.

Svoltiamo verso sinistra e usciamo su un piccolo molo. Le assi di legno sono dissestate, ma non c'è neve, qualcuno deve averla spazzata via. Lui si inginocchia a terra appoggiando la sacca.

«Aidan, sei sicuro che qui si possa fare?» chiedo guardandomi attorno.

«Mi stai davvero facendo questa domanda?»

«Smettila di sentirti il migliore di questo mondo» sbuffo.

Estrae l'arma delicatamente, ma con sicurezza. Da una tasca laterale del borsone prende alcuni proiettili.

Ne sfilo uno dalla sua mano per ispezionarlo.

«Potrebbe essere un po' difficile...»

«Aidan» lo ammonisco.

«D'accordo, ma io ti ho avvisata». Alza le mani. «Stenditi a pancia sotto».

Sistemo la zip del giubbotto e faccio come dice.

«Ora regoliamo il treppiede... Controlla nel mirino se vedi il bersaglio».

«Il bersaglio?»

Guardo nella lente del mirino telescopico e sulla sponda opposta scorgo alcuni manichini.

«Oh, *quei* bersagli».

«Appoggia la spalla e metti le mani qui». Mi indica dei punti e gli lancio un'occhiata.

«Ti allenavi in questo posto?» chiedo continuando a puntare gli occhi sul lato opposto del lago.

«No, ci sono venuto solo dopo essere tornato dall'Afghanistan».

«Perché proprio qui?»

«Non c'è rischio di far male a qualcuno» dice. «Ho comprato questo molo e il lato opposto del lago».

Rivolgo gli occhi su di lui.

«Perché non hai comprato l'intero lago o l'intera città?»

«Perché non mi serviva» risponde.

«Aidan, era una battuta...»

«Lo so» dice divertito mentre si piega su di me. «Allarga le gambe» sussurra al mio orecchio.

Sistema le sue mani nel mio interno coscia. Una scarica di brividi mi percorre la schiena. Mi mordo la guancia per trattenere la brama che subito mi travolge con una scarica impetuosa.

Mi aggiusta la posizione dei piedi e si stende accanto a me.

«Dimmi cosa vedi». Guarda l'orizzonte con un binocolo.

«Il mio assistente...» sorrido. «Saresti proprio un perfetto assistente».

«Io uno spotter?» Alza un sopracciglio tornando a guardarmi. «Non è il ruolo che si addice a me».

«Vedo un manichino con un cerchio rosso sul petto e uno sulla testa» dico.

«È centrato?»

Annuisco.

Non risponde. Controlla attorno alla traiettoria con il binocolo e guarda l'orologio, poi verifica qualcosa sul cellulare.

«D'accordo, spostati».

«Come?» gracchio.

«Fallo e basta».

«Vuoi che cambi mira?»

«Aria» mi ammonisce. «Dobbiamo fare un gioco prima».

«Un gioco?»

«Kim's Game» dice. «Tieni».

Mi sposto dal fucile e prendo in mano il binocolo.

«Al mio tre guardiamo entrambi e dopo tre secondi dovrai abbassare il binocolo e dirmi cosa hai visto».

«Cos'è?»

«Uno degli allenamenti che fanno gli sniper».

«D'accordo, ci sto».

Ci lanciamo un'occhiata prima di sistemarci.

«Uno... due... tre...» Portiamo il binocolo agli occhi. «Uno... due... tre...» ripete.

Di scatto lo abbasso.

«Cos'hai visto?» chiede con un sorriso divertito.

«L'obiettivo, il manichino rosso» dico.

«Quanti alberi ha dietro?»

Aggrotto le sopracciglia. «Tre?»

«Cinque» mi corregge. «C'erano animali?»

«No».

«Un uccello, a ore tre. Un tordo, se non mi sbaglio».

«Come...» Riguardo nel binocolo e ritrovo l'uccello appostato sul ramo del terzo albero a destra. È minuscolo. «I dettagli» sussurro annuendo.

Lui abbozza una smorfia di soddisfazione.

«Non sentirti così bravo» sbotto. «Se mi fossi arruolata, anch'io saprei farlo».

«Non sai perdere, biondina» ribatte lui.

Sollevo un sopracciglio. «Da che pulpito...» commento. «Voglio la rivincita. Verso quel punto» indico a sinistra. «Stavolta conto io».

«Ti distrarrai contando».

«Uno...» inizio con aria di sfida. «Due... tre...» Entrambi portiamo il binocolo agli occhi. «Uno... due... tre...»

Quando abbasso lo strumento lo trovo a guardarmi con il suo solito ghigno, certo di aver già vinto la partita.

«Staccionata, quattro alberi dietro e un gatto a terra» elenco.

«Il fungo sul tronco del quinto albero, l'uccello di prima e il ferro di cavallo affisso sulla staccionata» ribatte.

Spalanco la bocca, gli strappo dalle mani il suo binocolo per controllare che non sia truccato.

«Tu conosci questo posto come le tue tasche, non è giusto».

Lui scoppia a ridere.

«Smettila».

«Sei una fotografa, tu vedi altro».

«Sì, esatto. Ti eri accorto della luce che entra di sbieco da sinistra nel boschetto? O di come la penombra fa brillare le foglie degli aceri rimaste appese agli alberi?»

Mi osserva in silenzio accennando un sorriso. Studia il mio viso in ogni particolare.

«Voglio sparare» dico.

«Hai il fucile, la mira e la posizione, procedi». Mi porge i tappi per le orecchie.

Appoggio il gomito nel modo corretto e controllo nel mirino.

«Perché ho la sensazione di stare dimenticando qualcosa?» chiedo guardando il mio obiettivo.

«Perché è così» dice. «Il vento? La distanza?»

«Non lo so».

«Vento a dieci km/h, ottantun per cento di umidità e duecentotrentaquattro yard di distanza» sciorina osservando il suo orologio.

Alzo le sopracciglia stupita e poi gli rivolgo un sorrisetto. «Vedi? Saresti un ottimo spotter».

Mi sistemo di nuovo e mi concentro sulla respirazione. Porto il dito sul grilletto. Inspiro ed espiro regolarmente.

Premo il grilletto.

Il rinculo del fucile mi strattona la spalla. Ero troppo rilassata.

Mi stacco con un gemito.

«Te l'avevo detto» lo sento dire sopra il fischio prolungato nelle mie orecchie.

«Non sei d'aiuto» ribatto con il capo piegato sul terreno.

«Però» sussurra. «Non male, Davidson».

«Come?» chiedo alzando leggermente lo sguardo.

«Solo un metro di errore».

«Mi stai prendendo in giro?»

«No, considerando che non avevi mai sparato con un fucile di precisione e avevi una postura troppo morbida».

Faccio qualche circonduzione della spalla stringendo gli occhi.

«Potrei sostituirti» cerco di dire fra i denti.

«Andiamo a casa, avanti» sorride.

«Spero di non essermi lussata una spalla...» sospiro afferrando la sua mano per alzarmi.

Capitolo 64

Entriamo in casa. Scrollo le spalle quando il caldo mi investe.

«Fratello». Jason richiama l'attenzione di Aidan venendoci incontro.

«Che succede?»

Una ragazza dai capelli neri lo affianca. Mi salta subito all'occhio il collo ricoperto di tatuaggi proprio come i suoi. I due si guardano con un sorriso di complicità.

«Tess? Che diavolo ci fai qui?» si avvicina a lei per salutarla.

«Sono venuta a controllare se la situazione fosse cambiata un po'».

La ragazza mi lancia una lunga occhiata, non fermandosi solo al viso, ma facendosi un giro per tutto il mio corpo, come se dovesse valutare qualcosa.

«Piacere» dice, porgendomi la mano e tenendo i suoi grandi occhi scuri nei miei. «Io sono Theresa Murphy, ma puoi chiamami Tess». Le sue labbra rosso fuoco si allargano in un sorriso di cortesia.

Le stringo la mano, in allerta. «Aria Davidson».

«Seriamente, perché sei qui?» chiede Aidan. Il suo tono è rilassato, sembra felice di vederla, è divertito da questa irruzione. Chi è questa Tess?

«Mi hanno detto che cercavate personale» commenta lei facendo spallucce. «Perciò vi ho portato una ragazza che credo proprio farà al caso vostro» sorride. «L'ho affidata a tuo padre».

Aidan annuisce, riconosco in lui lo sguardo calcolatore. Nonostante la deviazione al lago, so che è sull'attenti da quando abbiamo incontrato Charlotte. Conoscendolo, sono certa che stia già riflettendo su quale mossa i Williams stiano per fare.

«Credevo che solo la California facesse per te» esordisce Jake correndole incontro e abbracciandola.

Anche Ang e Madison ci raggiungono all'ingresso. «Vedo che non siete cambiati molto, bambinoni accalappia donne» dice facendo un cenno con il capo in nostra direzione.

«Ti fermi a cena?» domanda Jason spezzando il clima d'euforia che gli altri fratelli hanno portato attorno a lei.

I due si guardano per qualche istante fino a quando Jason abbassa gli occhi.

«Ti assicuro che mangeresti bene qui. Insomma, io non sono una gran cuoca, ma Rosa è favolosa» mi intrometto.

«È ancora qui?» mi chiede. Annuiscono tutti.

Si volta di scatto verso la cucina con sicurezza, imbocca i corridoi della casa come se ci vivesse. Lancio un'occhiata confusa verso i ragazzi che si scambiano qualche battuta.

«Tutto okay?» chiedo a Jason. Lui mi rivolge due occhi visibilmente malinconici e se non avesse spostato lo sguardo altrove avrei potuto affermare con certezza che sembrava fosse sull'orlo di piangere.

Aidan posa una mano sul mio fianco. Un gesto del tutto spontaneo che cattura subito la mia attenzione. Il suo palmo aderisce alla forma del mio corpo.

«Chi è lei?» gli domando.

«È stata la nostra prima tatuatrice». Tira su la manica della felpa, poi sorride guardandosi il braccio sinistro. «Vedi questo? L'ha fatto lei» mi indica una scritta in un corsivo incomprensibile.

«Che cosa c'è scritto?»

«Nulla di importante, ora».

Fisso il tatuaggio e poi lui. «Siete andati a letto insieme?»

La sua espressione cambia, si indurisce.

«Sul serio?» sospira.

«Sì, sul serio, Aidan. Compare una tua vecchia amica, hai la fama del dongiovanni, cosa ti aspetti che ti chieda?»

«No, non ci sono andato a letto» risponde secco.

«Bene».

Dovrei essere felice di saperlo, ma sento quel tipico bruciore allo stomaco che produce la gelosia.

«Aria, guardami» bisbiglia accertandosi che nessuno possa sentirci. «Non mi importa di nessuna delle persone con cui sono stato, altrimenti sarei con loro ora e non con te».

«Be', chi mi dice che non erano loro a non volere una relazione con te?»

«Hai detto di conoscermi molto bene, quindi sai che non sono il tipo di uomo che si lascia sfuggire ciò che vuole» afferma con il solito sorrisetto.

«Forse è vero» ammetto.

«Forse?»

«Aidan...» sussurro cupa, «sai che metterei la mia vita nelle tue mani, ma quando si tratta di donne sento la fiducia sfuggirmi».

Lui stringe la mascella e sospira.

«Scusate». Una voce dolce e vellutata interrompe il flusso dei miei pensieri e, a quanto pare, anche di quelli di Aidan.

«Stavo cercando Aidan Harrison».

Osservo la ragazzina dai lunghi capelli neri che ha parlato. Ha il volto pallido e scavato, sembra non mangiare da un po'.

«Sono io».

«Suo padre mi ha detto che dobbiamo discutere dei termini del contratto, Aidan».

Lui sbuffa lanciandomi un'occhiata.

«Ci vediamo dopo» dice incerto, come se volesse aggiungere altro.

Afferro l'ultimo scatolone dalla mansarda di Shailene. Aidan è sparito nel nulla con Josh e Jake, ed è accaduta la stessa cosa ieri pomeriggio. È tornato quando ormai era notta fonda e io stavo dormendo. Per la prima volta dopo tutti questi mesi so dove si trova: sono certa stia lavorando.

«Questo è l'ultimo» dico a Madison.

«Bene» sospira lei.

«Dovrà essere bellissimo il nostro albero» afferma Ang avviandosi verso il salone.

«Certo che lo sarà» confermo, strizzando l'occhio ad Ang.

«Mad» la chiamo.

«Madison!» insiste Ang.

Nessuna risposta. Sta guardando fuori dalla finestra, assorta. Le sfioro il braccio, lei scuote la testa e ci osserva.

«Sì?» ribatte frastornata.

«Che cos'hai?» Appoggia lo scatolone a terra e sospira.

«È più difficile di quanto pensassi» dice con un filo di voce.

Ang e io ci guardiamo con un punto interrogativo stampato in fronte. Ho avuto la mente occupata da molti pensieri in queste ultime settimane, tuttavia ho avvertito una certa tensione crescere in Madison. Prima di arrivare ai ferri corti con i Williams, Mad aveva trovato un appartamento a qualche isolato da qui. Sembrava molto felice, soprattutto perché ci aveva detto che agognava un po' di indipendenza. Dopo pochi giorni, però, era tornata senza darci spiegazioni.

«A cosa ti riferisci?»

Guarda noi, poi guarda i suoi piedi.

«Josh» sussurra.

Li ho visti guardarsi, a volte. Nonostante sembri che non si stiano molto simpatici, il mio intuito mi dice che c'è sotto qualcosa. Madison è spesso euforica ed esagerata, però ho avuto l'impressione che preferisca tenersi certe cose per sé.

«Giuro che se 'lingua tagliente' ti ha detto qualcosa di male, questa è la volta buona che lo faccio stare zitto» minaccia Ang.

«No, insomma... Lui non ha fatto nulla, abbiamo solo qualche problema».

Ang inizia a ridere e io accenno un sorrisetto. Mad ci osserva perplessa. «Sono ridicola, vero?»

«No, non lo sei. Gli Harrison sono fatti così. Loro non risolvono problemi, li creano» dico. «Però se c'è davvero qualcosa fra di voi lo potrai leggere nei suoi occhi, con quelli non sanno mentire».

«Non immaginate neanche che futuro vi aspetta con quelle canaglie» scuote la testa Ang.

«Ah sì? E perché per te dovrebbe essere diverso? Ti ho visto passare molto tempo con Asher ultimamente» la stuzzica Madison tornando alla sua solita allegria.

«Asher e io ormai siamo solo amici» dice. «Lo conosco da molto tempo, tutto qui».

«Sì, certo, amici...» commenta Madison afferrando di nuovo la scatola e percorrendo le scale.

Raggiungiamo il salone dove Asher, Aron, Jason e Tess sono riuniti.

«Eccovi» commenta Aron. Lui e Jason si alzano per aiutarci con i nostri scatoloni.

«Chi ha portato dentro l'albero?» chiede Ang.

«Jas e io» risponde Asher.

I due si lanciano un'occhiata.

«Iniziamo dalle palline?»

«Sì» annuisce Mad osservando l'albero attentamente, nello stesso modo in cui io guardo un foglio bianco su cui posso disegnare tutto ciò che voglio.

«Ehi!» Jake fa la sua comparsa a braccia aperte e con il giubbotto ancora indosso. «Davvero stavate pensando di iniziare senza di me?!»

«Non avremmo mai potuto senza di te, Jake» lo tranquillizza Madison.

«Ah, bene» prende un festone rosso luccicante e ci si avvolge le spalle come se fosse il boa di una ballerina di burlesque. «Ora possiamo iniziare».

Anche Aidan e Josh entrano in casa, ancora avvolti dalle giacche. Parlano fitto e sottovoce, proprio come fanno sempre. Aidan alza gli occhi su di me. Dovrebbe sentirsi meglio, ma scorgo di nuovo un'ombra di preoccupazione nel suo sguardo, una traccia dello scontro diretto con i Williams.

Non è ancora finita.

Sa che non si arrenderanno facilmente.

«Tutto bene?» chiedo.

Distoglie gli occhi annuendo.

«Dammi qua, Jake. Ma dov'è il tuo senso estetico?!» lo rimprovera Madison togliendogli dalle mani due palline.

«In quel che chiamano ano» risponde lui.

«Disgustoso».

«Dipende» sorride Jake.

«Fratello» lo ammonisce con una smorfia Josh.

«Possiamo concentrarci sull'albero, per piacere?» chiede Angelica.

«Non dirmi che parlare di sesso ti disgusta ancora...» commenta Tess.

Asher le lancia un'occhiataccia.

«Parlare di sesso non crea l'atmosfera adatta al Natale» aggiunge Aron.

«Va bene, allora parliamo di Babbo Natale e delle renne» fa spallucce Jake sistemando una pallina. «La renna più famosa si chiama Rudolf, lo sapevate?»

«Sul serio?» commenta Jas fingendo di essere sbalordito.

«Cazzo, nemmeno a cinque anni parlavamo così» borbotta Josh.

«A cinque anni tu eri già fastidioso e assillante» ribatte Angelica.

«Almeno io lo sono per motivazioni oggettivamente valide, tu attacchi chiunque senza un motivo» risponde risentito Josh.

«Ehi ragazzi» mormoro. «È Natale».

«Questa non è la risposta adatta a una discussione» esordisce Aidan con le mani in tasca appoggiato al divano. Ha ancora un'espressione cupa. Il suo umore è precipitato improvvisamente, c'è qualcosa che non va, deve essere accaduto qualcosa mentre era fuori casa.

«No, non lo è, ma magari potremmo evitare di discutere proprio ora» provo a dire.

«Come se aspettare un'ora o un giorno in più potesse cambiare qualcosa» risponde lui.

«Oh no, stanno per ricominciare...» commenta Jason.

«Vado a prendere i pop-corn?» chiede Jake sarcastico.

«Si chiama 'godersi il momento', senza essere per forza pesanti e brontoloni» dico incrociando le braccia al petto.

«Io sarei pesante?»

«E brontolone» lo correggo.

«Ragazzi, facciamo che per qualche minuto non si parla di sesso né si discute?» propone Angelica.

«Stanne fuori» ringhia Aidan.

«Stavo solo proponendo, Aidan, non c'è bisogno di essere sempre così acidi» sbuffa Ang.

«Sappiamo bene che quello acido non sono io. Di solito lo è chi non scopa» afferma guardando me e poi punta di nuovo i suoi occhi su Angelica. «O forse Asher non lo fa abbastanza bene, Ang?»

«Cosa?» gracchia lei diventando rossa.

«Aidan!» lo ammonisco.

«Fratello...» commenta Ash.

«Ma chi ti credi di essere?» alza la voce Angelica.

Afferro Aidan per un braccio e lo trascino in cucina.

«Che diavolo ti prende?»

«Nulla» risponde cupo.

«Davvero? Perché prima che te ne andassi il tuo umore non era questo».

«Stai insinuando qualcosa?»

«Sì, certo che sto insinuando qualcosa! C'è qualcosa che non va Aidan» incrocio le braccia al petto. «C'è qualcosa che ti preoccupa».

«Io? Preoccupato?» domanda con arroganza.

«Sputa il rospo».

«Non ho nulla da dire».

«Scusate» ci interrompe una vocina.

«Non ora» alza la voce Aidan.

«Non volevo interromperla, ma...» continua la nuova domestica.

«Ma niente, fuori, ora!» tuona.

Stringo la mascella irritata. La ragazza se ne va via a passo svelto, probabilmente spaventata dal suo atteggiamento.

«Non azzardarti di nuovo a trattarla in quel modo» lo riprendo.

«Quale modo?» abbozza un sorriso perfido. «Quello che utilizzavo anche con te quando eri una domestica?»

«Io sono mai stata una domestica?» chiedo prima di voltarmi per raggiungere la ragazza che si è infilata nello sgabuzzino.

«Ehi» sussurro. È seduta per terra, con sguardo spaesato. «Come ti chiami?»

«Sono Grace Walker» risponde con la voce spezzata.

«Io sono Aria Davidson. Piacere di conoscerti, Grace» le dico. «Quanti anni hai?»

«Diciannove».

«Io ventidue. Sai, anche io sono stata una sorta di domestica in questa casa. Per poco tempo, ma so che cosa si prova quando si viene rimproverati in quel modo. Ho persino fatto a botte con lui».

«Davvero?» sussurra con voce fragile. «Ma lui sembra molto...»

«Forte? Indistruttibile?» ribatto sorridendo. «Non lo è. Come ogni essere umano ha le sue debolezze, anche se sa nasconderle particolarmente bene... Allora» le chiedo per spostare l'attenzione su qualcosa di più allegro, «secondo te chi è il più carino?»

«Be'... Non saprei, sono tutti così belli» abbozza un sorriso.

«Oh, avanti, tutti quando entriamo ne notiamo almeno uno che fa al caso nostro» sorrido toccandole una spalla in modo giocoso. «Io mi sono scelta il più stronzo, pensa un po'».

«D'accordo, d'accordo...» sorride, «... credo che il più carino sia Aron».

«Scelta eccellente. Aron è simpatico e soprattutto è libero, se può interessarti».

«No, no!» si affretta a dire tutta rossa per l'imbarazzo. «Sono fidanzata».

Le appoggio una mano sulla spalla.

«Be', allora il tuo lui è fortunato» sorrido prima di alzarmi.

Aidan non è più in cucina. Supero i ragazzi riuniti attorno all'albero, Madison sta obbligando tutti a indossare dei maglioni natalizi ma gli Harrison cercano di sfuggirle. Il clima è di nuovo dolce e rilassato, felice. È da tanti anni che non festeggio il Natale e vorrei unirmi a loro, ma il mio cuore mi porta da un'altra parte. Vado al piano superiore.

Entro nella nostra camera.

Aidan ne sta in piedi davanti alla vetrata e osserva il paesaggio bianco. Mi avvicino a lui.

«Che cosa è successo?» chiedo piano.

Lui continua a guardare l'orizzonte innevato.

«C'è qualcosa che non va, Aria» afferma prima di deglutire. Percepisco di nuovo la sua preoccupazione.

«C'entrano i Williams?» chiedo.

«Charlotte non sarà una persona particolarmente astuta, ma su una cosa ha ragione» dice. «Le manette non li fermeranno».

«Credi che abbiano un piano?»

«Ne sono certo. E questa volta saranno più scaltri» dice pensieroso. «Questo silenzio, il fatto che non sia accaduto ancora nulla mi...»

S'interrompe di colpo.

«Ti preoccupa» concludo al suo posto.

Si volta a guardarmi.

«Quando sei in una partita come questa non puoi abbassare la guardia» mormora con occhi spenti.

Capitolo 65

Mi dirigo verso la porta avvolta nel cappotto. Aidan questa mattina presto è andato a correre e io approfitterò di questo momento per comprare i regali di Natale.

«Ragazze?» alzo la voce. «Dovrebbe essere arrivato il taxi».

«Eccoci!» Madison e Angelica mi raggiungono raggianti.

«Ah, adoro lo shopping!» commenta Madison.

«Non avevo dubbi, Mad» rispondo. «A me non piace particolarmente».

«Ci sono attività molto più allettanti in effetti...» dice Ang.

Apro la porta.

Il mio cuore si arresta di colpo.

«Ragazze» urla in quell'istante Rosa dalla cucina. «Ho aperto a un ragazzo che ha suonato al citofono».

Trattengo il respiro.

Perché è qui?

Mi scontro con i suoi occhi verdi e nocciola e nella mia mente si spalanca il vuoto.

«Aria, lo conosci?» chiede Mad.

«Io...» cerca di dire lui. «Ho avuto questo indirizzo dal signor Harrison».

Lo fisso, incredula, incapace di reagire.

«È da molto che non ci vediamo, Aria» aggiunge.

Ha gli stessi lineamenti di quando aveva sedici anni. Ha solo qualche ruga in più sulla fronte e indossa un pullover grigio fresco di lavanderia.

«Sai, ho pens...» dice.

«Che ci fai qui?» lo interrompo bruscamente.

Mi guarda titubante. «Sono venuto a cercarti».

Stringo la mano in un pugno, come se questo gesto potesse aiutarmi a mantenere il controllo.

«Dopo tutto questo tempo?» mormoro.

«Io...» balbetta e distoglie lo sguardo, «dovevo rimettermi in sesto».

«Ah, quindi ora che ti sei sistemato c'è posto anche per la tua sorellina nella tua vita?» chiedo con voce graffiante.

«Aria» abbassa le spalle. «Sai che le cose non andavano bene. Non potevo tornare. Non con i problemi che mi stava creando la mamma».

Perdo un battito. La voragine che la sua partenza aveva scavato brucia ancora.

«Credi che a me non ne abbia creati?» domando.

Sciolgo il pugno per voltarmi e spostare i capelli.

«Lo vedi questo?!» Gli mostro la nuca: «Otto punti, merito di una bottiglia di vodka».

Mi volto di nuovo e gli mostro il polso.

«Sai invece questo cos'è?» gli indico una cicatrice netta, lineare e bianca lunga alcuni centimetri. «Questo è il portachiavi, te lo ricordi?»

Lui deglutisce visibilmente destabilizzato.

Gli mostro la guancia, la piccola cicatrice sullo zigomo. «Ah e c'è anche questa... La vicina non era a casa, mi sono dovuta arrangiare con dei cerotti» ringhio.

«Mi dispiace, Aria» dice con voce bassa e occhi spenti. «Ero un ragazzino. E nostra madre mi stava distruggendo».

Lo fisso incredula. Aveva sedici anni, poteva portarmi con lui, poteva prendersi cura della sua sorellina, anziché abbandonarla nelle mani di quel mostro.

«Tu avresti dovuto proteggermi». Faccio un passo verso di lui. «Lei non stava distruggendo solo te, ma anche me».

«Io...» cerca di dire, ma le parole gli muoiono in gola.

«Tu hai deciso di abbandonarmi con quel mostro» sputo senza pietà. «Hai fatto la tua scelta, ora non credere di poter ritornare».

«Aria, io sono cresciuto».

«Vattene» ringhio in risposta.

«Aria, proviamo solo...»

«Vattene» ripeto.

«Perché? Perché non possiamo superarlo?»

Aidan percorre il vialetto avvicinandosi all'ingresso e ispezionando da capo a piedi mio fratello.

«Tu per me sei morto. Vai via da questa casa».

Quando Aidan mi raggiunge avverto all'istante una sensazione di forza. Mi ci aggrappo e la situazione cambia prospettiva. Non sono più vulnerabile se lui è al mio fianco.

La rabbia poco alla volta scema.

«Credo ti abbia detto di andare via» dice Aidan con fermezza.

«Aria...» insiste.

«Devo fartelo capire con le cattive o te ne vai con le buone?» aggiunge Aidan con tono minaccioso.

Cole, mio fratello, gli lancia uno sguardo che riconosco e che apre la porta dei miei ricordi. Si volta e si allontana dallo chalet.

«*Niña*» sussurra Rosa dietro di noi.

Mi volto verso la voce, ma è come se non ci fosse più nessuno nella stanza. Ho la mente bombardata da domande. Corro al piano superiore ignorando tutti quanti.

«Aria». La voce di Aidan è l'unica fonte di sicurezza, adesso.

«Ho bisogno di un momento» mormoro quasi fra me e me.

Quella voragine sembra non volersi richiudere nonostante gli sforzi, brucia ancora e più i secondi passano e più quel bruciore si trasforma in un dolore lancinante. Chiudo la porta alle mie spalle e scivolo a terra.

Le lacrime si fanno strada un po' come l'alta marea che cresce lentamente.

Perché ora?

Sono passati anni. Ho imparato a prendermi cura di me stessa senza di lui, senza la mia famiglia. Mi ero abituata all'idea che lui fosse morto e che non sarebbe mai più tornato. Perché allora fa così male?

Il mio corpo viene scosso da brividi. Vorrei estirpare dalla mia mente questo dolore, il ricordo di lui, di mia madre, del mio patrigno. Ma la verità è che quella ragazzina di dodici anni non ha mai smesso di aspettare il ritorno del suo fratellone. In noi rimane sempre una parte bambina, quella che ci fa desiderare di essere protetti dalla nostra famiglia, di poter essere noi stessi con loro.

«Aria». Bussano. Asciugo le lacrime con il dorso della mano, ma non rispondo. «Esci di lì».

Mi alzo lentamente e apro la porta.

È Aidan. Vorrei abbracciarlo, perdermi nel suo calore confortante, respirare il suo odore e spegnere i pensieri. Ma non posso, sono stanca di scappare dal passato, non voglio che lui sistemi i miei problemi, voglio risolverli e affrontarli da sola.

«Aria» mi richiama.

Procedo per il corridoio senza voltarmi e ignorando a fatica la sua voce. Mi concentro su ciò che per tutti questi anni mi ha mantenuta lucida: la fotografia. Entro in camera e afferro la macchina fotografica.

Evado dalla realtà, dal mondo in cui c'è lui, ci sono i Williams, c'è mia madre e c'è anche Cole. Mi nascondo nella mia dimensione dove ho la possibilità di guardare attraverso un obiettivo, attraverso un filtro che mi permette di osservare le circostanze nel modo in cui più mi piace.

Rientro in casa dopo un intero pomeriggio passato fuori a fotografare le vie della città. Salgo le scale e raggiungo la camera da letto. Trovo un bigliettino.

'Sono sulla terrazza, raggiungimi'.

Capitolo 66

Il terrazzo è illuminato solo dalla luna già alta in cielo. La sua luce fioca si posa dolcemente sulle superfici innevate. Tutto riflette il suo candore e la quiete avvolge l'intera città. Non c'è alcun rumore.

Aidan è poggiato al parapetto e guarda l'orizzonte.

Mi avvicino a lui.

«Come mai siamo qui?» chiedo.

Si volta a guardarmi negli occhi preoccupato. Quando si accerta che sto bene, abbozzando un sorrisetto inizia a spogliarsi.

«Che stai facendo?» gli chiedo, confusa, stringendomi nella mia felpa.

In mutande si avvia verso la vasca idromassaggio accesa e fumante. I muscoli ben definiti si contraggono a contatto con essa. Un brivido mi percorre la schiena.

«Non farò il bagno» gli dico, pensando allo strato di ghiaccio su cui camminiamo.

«Come vuoi, biondina. Sfrutterò questa vasca solo io» allarga le braccia poggiandosi al bordo. I raggi della luna si insinuano con sfacciataggine in ogni piega del suo corpo.

Entra in acqua.

«Da quanto non lo vedevi?» chiede, riferendosi a Cole.

«Dieci anni».

«Un lungo periodo».

«Considerando che ero convinta che fosse morto no, non lo è» ribatto.

«Perché morto?» domanda.

Guardo le sue iridi verdi che, illuminate dalla luna, assumono una sfumatura grigiastra.

«Si drogava e mia madre lo picchiava. Quando se n'è andato di casa era ancora un tossico. Ho provato a cercarlo dopo essere scappata anche io, ma non ho avuto sue notizie, perciò ho pensato che stesse facendo ancora quella vita».

«È qui per riconciliarsi con te, quindi?»

«Immagino di sì» annuisco avvicinandomi alla vasca. «Ma io non voglio più avere niente a che fare con lui. Se ne è andato, lasciandomi da sola. E io ho imparato a vivere senza di lui».

«Perché ti ha abbandonato?» domanda squadrandomi.

Faccio una smorfia accarezzando con le dita la superficie calda dell'acqua. Osservo l'increspatura che si crea.

«Perché non gli importava di me. Ha scelto se stesso».

«E se invece quello fosse stato il suo modo di proteggerti?» chiede cauto. Alzo gli occhi su di lui.

«Stai cercando di dirmi che in realtà lui non ha fatto nulla di male?» replico ferita.

«No, dico solo che a volte non siamo così bravi a prenderci cura delle persone che amiamo. A volte si pensa di poterle proteggere allontanandole da noi».

I nostri occhi si incrociano.

È quello che ha fatto lui.

Non è quello che ha fatto Cole.

Scuoto la testa. «Il pericolo non era lui, Aidan. Il pericolo era nostra madre... Cole sapeva bene che quella pazza avrebbe potuto farmi del male» sussurro.

«O forse no».

Faccio un salto per sedermi sul bordo di legno un po' umido. Sfilo i pantaloni della tuta.

«Smettila» borbotto.

«Di fare cosa?»

«Di renderlo innocente, facendo diventare i miei dieci anni di solitudine una specie di stronzata» dico dura.

«Non ho detto questo, biondina. Volevo solo farti avere un punto di vista differente» risponde semplicemente.

Lo guardo in viso.

Una ciocca di capelli scuri pende sulla fronte, l'umidità che risale dalla piscina li sta ammorbidendo. Le sue labbra sono serrate in una delicata linea rosea.

«Se me ne fossi andata...» dico infilando i piedi in acqua, «... quel giorno in aeroporto, che cosa avresti fatto?»

La linea della sua bocca si incurva. Le sopracciglia si abbassano e il capo si piega leggermente a destra. Eccola lì, la sua espressione sfacciata, quella che saprebbe trasformare una qualsiasi situazione di litigio in un potenziale e perfetto momento di lussuria.

«Sarei venuto a Miami, ovviamente» dice muovendosi verso di me.

Faccio una smorfia. «Me ne sarei dovuta andare, allora. Così ti avrei visto strisciare per milleduecento miglia».

Si alza in piedi. I boxer neri aderiscono alle sue parti intime. Mi passo la lingua sulle labbra.

«Biondina, non hai ancora capito che nulla al mondo sarebbe in grado di tenermi lontano da te?» dice sporgendosi su di me. Poggia le mani sul bordo della piscina, proprio a lato dei miei fianchi.

Sono in trappola.

Sento il mio respiro farsi irregolare sotto il suo sguardo prepotente.

«Il cacciatore di taglie dalle mille risorse» sussurro. «Quante volte mi hai seguita?»

Lui fa una smorfia.

«Una».

Spalanco la bocca indignata.

«Dovresti vergognarti. Potrei denunciarti per stalking» dico, sporgendomi verso di lui.

«Non mi hai reso le cose semplici...» mormora guardando le mie labbra, «... non potevo permettere che qualcun altro mi rubasse la scena».

«Ma certo...» commento, «... il pranzo con Dylan Stark, in quel bistrot in cui tu, guarda caso, sei entrato poco dopo».

«Esatto. Ho chiesto a uno dei miei uomini di rintracciarti» ammette per niente pentito.

«Hai giocato sporco» sussurro con aria di sfida.

«No, ho solo giocato le carte che avevo. Magari erano più vincenti delle tue, ma non ho giocato sporco» spiega, spostandomi una ciocca di capelli dietro il collo. Alcune goccioline cadono sulla mia clavicola, facendomi rabbrividire.

«I tuoi fratelli lavorano con te?»

«Sì...» risponde distrattamente, «... ma dopo tutti questi anni vorrei che non lo facessero».

«Perché?»

«Perché è un lavoro che non permette di avere una vita privata semplice» afferma.

«Temi per loro...» annuisco abbozzando un sorriso. «Aidan Harrison, inizio a pensare che tu abbia un cuore tenero».

«Ed è stata tutta colpa tua, Aria Davidson...» commenta guardandomi dall'alto verso il basso. I suoi occhi si soffermano sulla pelle nuda del mio collo. La brama si fa avanti senza chiedere permesso.

«Eppure non sono io il tuo punto debole» rifletto.

«Ah no? E chi allora?»

«La tua famiglia».

Si abbassa un po' avvicinandosi al mio orecchio destro. Per farlo si infila fra le mie gambe, obbligandomi ad aprirle ancora un po'. Sento ognuna delle particelle del mio corpo attivarsi come un fuoco, pronte a reagire alla vicinanza con lui come scintille.

«E tu cosa saresti?» mi chiede.

«La donna che ami» ribatto senza pensarci troppo.

Lui alza un sopracciglio e mi rivolge un sorrisetto divertito. Sgrano gli occhi non appena mi rendo conto della mia affermazione.

«Cioè...» schiarisco la voce distogliendo lo sguardo, «... una persona importante per te».

Lui trattiene una risata prendendosi gioco del mio imbarazzo. Sposta le sue mani sui miei fianchi e mi obbliga a scivolare dentro la vasca.

«Aria, hai davvero il dubbio che io ti ami?» Trattengo il respiro mentre si avvicina al mio orecchio.

«Perché in quel caso...» la sua voce fa vibrare il mio stomaco, «... sì, ti amo, Davidson».

Chiudo gli occhi al suono di quelle parole. Butto fuori l'aria trattenuta.

«Aria...» sussurra obbligandomi a guardarlo.

La prima cosa che incontro sono le sue labbra, senza pensarci un istante, allungo una mano dietro il suo collo e gli strappo via le parole che avrebbe voluto sentire da me.

Perché non ho risposto: 'Anche io'?

Infila una mano sotto la felpa e accarezza la pelle asciutta, è come se lasciasse una scia di fuoco sfiorandomi. Un tocco così pericoloso e al contempo piacevole.

Resto. Per lui, per noi, per tutto questo.

Capitolo 67

Gli mostro la cicatrice e lui mi spinge facendomi cadere a terra. Gattono fino a un angolo della stanza buia e nell'istante stesso in cui mi volto a guardarlo, mia madre appare al suo fianco. Ha il sorriso perfido e gli occhi iniettati di sangue. Si volta e prende una bottiglia di vetro trasparente con l'etichetta blu e la scritta argento.

Anche il ragazzo ha in mano una bottiglia.

Avanzavano verso di me, prima di un passo, poi due, poi tre...

Sollevano la bottiglia e...

Mi risveglio di soprassalto urlando. Porto la mano al petto per assicurarmi che il cuore non sia schizzato fuori dal mio corpo.

Respira, Aria.

«Aria». Aidan posa la sua mano sulla mia schiena.

Emetto un sussulto.

«Un incubo?»

Annuisco ancora con gli occhi chiusi. Lui mi stringe fra le sue braccia mentre qualcuno bussa alla porta.

«Chi è?» sbuffa scocciato.

«Ehm, sono Grace».

Mi alzo ancora leggermente ansimante per aprirle la porta prima che lo faccia Aidan col suo solito modo poco garbato.

«Ciao, Grace» la saluto, sforzandomi di sorriderle.

«Buongiorno, Aria» mi dice. «C'è tuo fratello in soggiorno».

Mi blocco sbattendo qualche volta in più le palpebre. Perché è di nuovo qui?

«Arrivo» sussurro già destabilizzata.

Chiudo la porta voltandomi verso Aidan.

«Che succede?»

«C'è mio fratello di sotto...»

Il sogno ancora vivido nella mia mente non mi permette di distinguere bene la realtà, anzi la distorce provocandomi dei brividi freddi in tutto il corpo.

«Che cosa ci fa di nuovo qui?» borbotta lui stropicciandosi gli occhi e scendendo dal letto per infilarsi una maglietta.

«Non lo so» scuoto il capo ancora immobile.

«D'accordo». Scatta in piedi. «Lo mando via».

«No» sussurro con voce flebile.

Lui fa un passo verso di me.

«Aria, tutto okay?»

Prendo fiato. Provo a mettere a fuoco la realtà. «Devo parlargli» decido, d'istinto. «Se è di nuovo qui è perché ha qualcosa da dire e finché non l'avrò ascoltato non se ne andrà».

«Sei sicura di volerlo fare?» domanda, preoccupato.

Alzo gli occhi su di lui.

«Non andare a correre stamattina» dico guardandolo negli occhi.

Lui annuisce.

«Sarò in palestra».

Scendo al piano di sotto. Cerco di respirare, di rimanere concentrata. Non sono certa che la mia collera se ne starà al suo posto.

«Ciao, Aria» mi saluta Cole.

Gli lancio un'occhiataccia. È seduto sul divano e anche oggi indossa un pullover elegante. Al suo polso noto un costoso orologio. Mi siedo sulla poltrona davanti a lui che emette uno sbuffo. Grace, in un angolo della stanza, ci osserva.

«Posso portare qualcosa?» chiede.

«No, non si tratterrà per molto» rispondo.

«D'accordo» ribatte scomparendo in cucina.

«Perché sei di nuovo qui?» gli domando subito, saltando i convenevoli.

«Perché sei arrabbiata con me?» ribatte Cole.

Lo guardo stupita. Sento la rabbia agitarsi. Respiro.

«Non risponderò alle tue domande» scuoto il capo. «Se sei qui per questo non otterrai nulla».

«Non ti ricordavo così aggressiva».

«Succedono tante cose in dieci anni» taglio corto.

«Sì, lo so» annuisce, passandosi una mano tra i capelli. «Aria, per tutti questi anni non ho mai smesso di pensarti» confessa.

«Davvero?» domando sarcastica. «E dov'eri? Cos'hai fatto?» chiedo con una smorfia.

Lui si alza e inizia a camminare. Lo fa lentamente, come se stesse cercando le parole di una storia che ha dimenticato tanti anni fa.

«Quando sono fuggito, mi ha ospitato un mio amico per un po'. Dormivo di nascosto nel seminterrato, i genitori non mi avrebbero mai accettato in casa loro, conciato com'ero. Durante il giorno continuavo a farmi...» Lo guardo negli occhi. «Quando mi hanno scoperto, sono dovuto scappare per evitare la polizia e nostra madre. Avevo rubato un po' di soldi, qualche gioiello di mamma... Tanto lei non se ne sarebbe mai accorta. Però...» si schiarisce la voce nervoso, «... non utilizzavo più i soldi per mangiare, ma per comprare la droga».

Faccio una smorfia e lui si interrompe. «Non giudicarmi, Aria. Non hai idea dei brutti momenti che ho passato».

Lo fulmino con lo sguardo. Non rispondo.

«Ho finito i soldi e anche la roba prima del previsto e l'astinenza ha iniziato a farsi sentire. La gente quando mi vedeva per strada mi evitava» fa un sorriso triste. «Ero passato dall'essere il capitano della squadra di football all'essere un reietto... Una sera, davanti a un locale, ho visto dei ragazzi scambiarsi delle bustine. Ne ho riconosciuto uno, avevamo fatto un corso di algebra insieme. Mi sono avvicinato e gli ho chiesto se ne avessero un po' anche per me. Quel tipo, non mi ricordo neanche il suo nome, mi ha chiesto se ero proprio io, Cole Davidson, quello che ha fatto un touchdown all'ultimo minuto di partita un paio di anni prima, per il match del Ringraziamento. Mi ha chiesto che cosa mi fosse successo. I suoi amici, dietro di lui, volevano trascinarlo via, gli dicevano di lasciarmi perdere, che ero solo un barbone tossico. Lui mi ha detto che dovevo ripulirmi. Lo sapevo da me, ma non avevo la forza di iniziare. Quella sera, però, non mi sono fatto. Ho camminato per miglia e alla fine sono svenuto, sperando di non risvegliarmi mai più. Il giorno dopo, invece, ero in una clinica. Mi ci aveva portato quel ragazzo, era venuto a cercarmi dopo aver salutato gli amici. Sono entrato in un centro di disintossicazione. Mi ci è voluto un anno intero per recuperare i due persi a farmi, ma quando sono uscito ho sentito un'aria nuova, non l'avevo mai apprezzata così tanto. Ho trovato un lavoro come meccanico, poi un giorno in un bar ho conosciuto una ragazza. Ora stiamo insieme». Per la prima volta durante tutto il suo discorso sorride.

«Ti è venuta a cercare?»

Abbassa lo sguardo. Sa a chi mi sto riferendo.

«Sempre. Non ha mai smesso di farlo. È venuta alla clinica, non ho mai dato ai medici il permesso di farla entrare, ma quando sono stato dimesso ho scoperto che la parcella era stata pagata. Da lei».

«Allora perché non sei tornato?»

«Nella tana del lupo? Non potevo».

«Ma tu mi hai abbandonata lì». Appoggio i gomiti sulle ginocchia e lo guardo negli occhi.

«Non l'avrei mai fatto Aria, io ti ho sempre voluto bene». Si sporge in avanti e io ritorno a sedermi con la schiena contro il divano.

«Una persona che ti vuole bene non ti abbandona, non sparisce per dieci anni e non compare così, senza alcun motivo» dico severamente.

«Sai perché ho iniziato a drogarmi?»

Faccio spallucce.

«Mi picchiava, Aria. E sai per quale fottuto motivo lo faceva? Perché mi sono rotto i legamenti crociati. È stato subito chiaro che quell'infortunio mi avrebbe impedito di diventare un professionista, e che quindi non avrei mai potuto ripagare i debiti in cui lei e Dan stavano affogando. A scuola girava un po' di droga, soprattutto steroidi. Ho cominciato con quelli per cercare di rimettermi in forma, ma poi sono passato ad altro. Volevo solo dimenticarmi di lei. È per questo che me ne sono andato... Ero un ragazzino. Nella mia testa ero soltanto un ragazzino inutile che la madre picchiava perché non era abbastanza bravo a giocare. Non credevo che se la sarebbe presa con te. Pensavo che se io me ne fossi andato, le cose per voi sarebbero tornate normali». I suoi occhi corrono alla cicatrice che ho sulla guancia.

Faccio una smorfia.

«Mi dispiace» dice, sconfitto.

«Dai la tua commiserazione a qualcuno a cui importi» commento con rabbia.

«Non ne sapevo nulla, se lo avessi saputo...»

«Che cosa avresti fatto?! Mi avresti difeso dalla stessa persona da cui non sapevi difendere te stesso?»

Lo aggredisco. «Risparmiati, Cole. Davvero, è penoso».

Mi alzo. La conversazione per me può finire qui.

«Sono venuto a cercarti, Aria» mi blocca. «Un giorno sono tornato alla nostra vecchia casa con Meredith, la mia ragazza. Tu non c'eri. Non c'era neanche Dan. C'era solo lei. E me ne sono andato di nuovo. Ho chiesto in giro, ma nessuno sapeva niente di te. Qualche mese fa, sono andato in banca a versare gli stipendi dei miei dipendenti. C'era un tipo carino, un tale Dylan, che mi ha raccontato che la sera prima era stato a cena con una ragazza dai capelli biondi. Era su di giri, allora gli ho fatto qualche domanda, così, per cortesia, e lui mi ha detto che la ragazza con cui era uscito si chiamava Aria. Mi si è accesa la speranza. Gli ho fatto altre domande, mi ha parlato degli Harrison. Sono venuto alla villa appena ho potuto, ma tu eri partita per il Vermont. Allora ho deciso di contattare Clark Harrison e ora eccomi qui. A scusarmi per il fratello di merda che sono stato».

Ha parlato a raffica, così velocemente che ho faticato a seguire il suo discorso. Mi ha cercata veramente?

«Dove sei stata tu per tutti questi anni?» domanda, incerto.

Faccio un passo indietro, di nuovo verso la poltrona su cui ero seduta. Le sue parole mi ronzano in testa.

«Per un pezzo ho vagato per Miami, di casa in casa, scappando da quella pazza di nostra madre. Poi il signor Chang mi ha lasciata dormire nel suo ufficio, una stanzetta minuscola, piena di spifferi. Di giorno lui stava lì dentro e cercava di far quadrare i conti del dojo, di notte potevo dormire sul divanetto. Con qualche spicciolo mi compravo da mangiare, pulivo la palestra, lo aiutavo come potevo. Prima di andare via da casa nostra ho rubato un bel po' di soldi a Dan, ma per sopravvivere sei anni non sono stati abbastanza».

«Sei stata forte» dice con un filo di voce.

«Ho dovuto. Perché sei qui, Cole?»

«Volevo sapere se stessi bene... E poi... Mi sposo. Mi piacerebbe invitarti, ora che finalmente ti ho ritrovata».

Scoppio in una risata isterica.

«Io al tuo matrimonio? Fino a ieri credevo che fossi morto con una siringa nel braccio».

«Smettila. Non comportarti come se fossi io il nemico, Aria. Sono qui per dirti che mi dispiace per tutto quello che hai dovuto subire, ma anche io ne ho passate tante» grida, alzandosi. «Ho sbagliato. Se non fossi stato strafatto tutto il tempo forse avrei avuto più coraggio, avrei potuto gestire le cose diversamente. Ma non potevo scegliere di farmi torturare. E credevo davvero che lei scaricasse tutta quella rabbia solo su di me, quindi prova ad ascoltarmi e non fare l'egoista».

Lo fisso. Nei suoi occhi verdi e nocciola, del tutto simili ai miei, vedo il mio stesso dolore. Cole è rosso in volto e stringe i pugni. Eccolo qui, un Davidson.

«Io sarei l'egoista? Sei tu che hai scelto di lasciarmi in quella casa, sei tu che hai scelto te stesso».

«Quante volte me lo vuoi ripetere ancora?» ribatte lui. «Credi che non lo sappia? Che non ci abbia pensato per tutto questo tempo?!»

Scatto in piedi anch'io. «E allora perché sei venuto? Cosa ti aspettavi? Che ti avrei abbracciato e ti avrei detto che mi eri mancato?» alzo la voce. «Ho pianto ogni sera per almeno tre anni pensando a te. Ho sentito il vuoto mangiarsi il mio stomaco, ho sognato tutte le notti te e quella feccia di nostra madre. Eccoti l'egoista, ecco quella che ha scelto se stessa».

La rabbia, quella pura, è saltata fuori. Come un animale attirato da un suo simile.

«Mi sei mancato da morire, Cole. Eri mio fratello! Ma non ti sei comportato come tale. Non dovevi scegliere me, ma noi. Fratello e sorella, avremmo potuto farci forza insieme» dico trattenendo a stento le lacrime. «Fai le mie congratulazioni alla tua ragazza. Augurale buona fortuna da parte mia, non sarà facile essere tua moglie. Spero solo tu non decida di abbandonare anche lei».

Mi allontano e vedo Aidan in piedi accanto alla scalinata che mi osserva.

Sento Cole alle mie spalle sospirare. Raggiungo Aidan tenendo lo sguardo fisso sul suo viso per non guardare mio fratello andare via dalla mia vita un'altra volta.

Aidan, invece, lo segue con gli occhi, non lo molla un solo secondo. Lo tiene sotto tiro.

«Vi ho sentiti gridare. Sono salito per controllare» dice.

'Sei una debole, Aria. Devi essere forte'.

Stringo la mascella e guardo in alto per ricacciare indietro le lacrime. Non voglio più piangere per loro.

Aidan mi circonda in un abbraccio.

«Aria, con me puoi essere debole» dice Aidan, intuendo ancora una volta i miei pensieri. «Ci penso io a coprirti le spalle, biondina» sussurra fra i miei capelli.

Le sue parole sciolgono qualcosa dentro di me. Stringo la sua maglietta e strizzo gli occhi cercando di resistere un'ultima volta. Ma poi mi chiedo perché, perché dovrei tenermi dentro tutto, di nuovo. La protezione e la sicurezza che le sue braccia mi infondono sgretolano ogni mia difesa. Così premo il viso sul suo petto e lascio libere le mie lacrime, che in pochi secondi inumidiscono la sua maglietta.

Capitolo 68

Questa mattina, quando mi sono svegliata, Aidan non c'era e le ragazze mi hanno proposto di andare a fare compere per Natale, visto che a causa di mio fratello abbiamo dovuto rimandare. Mad con le sue chiacchiere ininterrotte riuscirebbe a distrarre chiunque. Angelica di tanto in tanto le lancia occhiate esasperate.

«Che cosa hai intenzione di fare con tuo fratello, Aria?» mi chiede Ang mentre entriamo in un negozio di abbigliamento intimo.

Sospiro. «Non lo so ancora e non voglio pensarci, almeno fino a dopo Natale» mormoro.

«Che ne dite di questi?» Angelica ci mostra dei boxer rossi dotati di un grosso pon-pon peloso appiccicato sulla parte anteriore.

«Per Asher?» chiede allibita Madison. «Non è proprio il suo stile».

Sorrido. «Ha ragione, insomma... si addicono di più a Jake».

«Ma no, io dicevo per Josh, non per Asher». Le guance olivastre di Ang si colorano leggermente di un color porpora; Madison e io sorridiamo scambiandoci un cenno d'intesa.

«Be', non credo che Josh apprezzerebbe molto questa scelta, ma sì, gli starebbero bene» afferma Madison, studiandole.

«E se lo dici tu, ci crediamo...» commento ridendo.

Mad mi fa la linguaccia ma sorride.

«A proposito, come vanno le cose fra voi due? Voci dicono che avete litigato» chiede Ang.

Madison la guarda perplessa. «E con voci intendi Asher, immagino» la stuzzica, ma Ang, come sempre, non raccoglie.

«Comunque le notizie dentro quella casa viaggiano davvero velocemente» aggiungo. «Più che un'agenzia di cacciatori di taglie, a volte sembra la redazione di un blog di pettegolezzi».

Le mie amiche ridono, poi Mad torna seria. «Comunque gli ho detto che sto cercando un appartamento a Miami».

«È un'idea fantastica!» esclama Ang.

«Sì, lo so» conferma Mad con sguardo triste, accarezzando malinconica un corpetto di seta nera. «Ma lui non capisce che lo faccio perché voglio conquistarmi la mia indipendenza. Sono appena sfuggita da agenti, agenzie e una madre con la mania del controllo. Voglio imparare a cavarmela da sola».

«È un bel piano, Mad» la consolo. «Fai ciò che ti rende felice».

«Il problema» dice, portando distrattamente il corpetto di seta nera alla cassiera, «è che anche Josh – quando non fa lo stronzo – mi rende tremendamente felice...»

Ang si schiarisce la voce. «Ragazze... Io non verrò a Miami in primavera».

«Come?» gracchia Mad, spalancando i suoi enormi occhi azzurri.

«Ho avuto alcune proposte di lavoro in questo periodo. Uno studio molto importante di Los Angeles vorrebbe farmi un contratto da tirocinante. Se l'accordo andrà a buon fine mi trasferirò lì».

Madison torna raggiante nel giro di un nano secondo.

«Quando tornerò a Sacramento allora potremo vederci tutti i weekend» afferma.

Io annuisco abbozzando un sorriso spento. Non avrei abbastanza soldi per volare dall'altra parte degli Stati Uniti, per non parlare del fatto che inizierò il corso di fotografia a Miami.

«Ash lo sa?» le chiedo.

«No...» scuote il capo, «... in realtà siete le prime a cui lo dico».

Le sorrido vagamente triste.

«Wow...» sussurra Madison. «Non avevo mai avuto persone così nella mia vita».

«Cosa intendi?» aggrotta le sopracciglia Ang.

«Che mi considerano una priorità, che mi spalleggiano, che mi confortano...»

«Tra amiche si fa» dico io, stupendomi delle mie stesse parole. Le uniche amiche che ho avuto risalgono al liceo e non erano niente in confronto al posto che occupano Ang e Mad nel mio cuore. Erano ragazze con cui trascorrevo la pausa pranzo, scherzavo di tanto in tanto sui professori, ma appena mi chiedevano dove vivessi o cosa facessero i miei genitori, io mi allontanavo. Iniziavo a evitarle, certa che non avrebbero capito. Certa che avrebbero rivelato a qualcuno dove fossi. Forse il fatto di entrare in questa casa, di sentirmi parte di una famiglia, mi fa sentire più sicura di me, perciò mi fido un po' di più delle persone. Ma credo che siano soprattutto loro due, Ang con la sua compostezza tranquilla e Mad con la sua allegria travolgente, ad avermi obbligata ad abbassare le difese.

Usciamo dal negozio imboccando la via principale. Riconosco un'auto in lontananza, un suv nero con il finestrino posteriore leggermente abbassato. Potrebbero essere loro, i Williams.

«Ehi, che ne dite di tornare a casa?» propongo con tono incerto. «Sono un po' stanca».

«Sì, d'accordo...» annuisce Angelica.

«Dovevo finire di comprare alcune cose...» riflette Madison. Io guardo allibita tutti i sacchetti appesi ai suoi polsi. Ne ha rifilati alcuni anche a me. «Ma posso tornarci domani» aggiunge.

Faccio cadere un pacco di fazzolettini rimanendo qualche passo indietro rispetto alle mie due amiche per coprire loro le spalle. Lancio qualche occhiata furtiva dietro di me e mi assicuro che nessuno ci stia seguendo. Mantengo la respirazione regolare, ma ho i nervi a fior di pelle. Sto sulla difensiva, sento già la testa girare.

Vorrei che Aidan fosse qui.

Quando raggiungiamo lo chalet mi concedo un sospiro di sollievo. La casa è avvolta nel buio, sia le luci del salone che quelle della cucina sono spente.

«Dove sono tutti?» chiede Madison.

«Non lo so» rispondo.

Salgo le scale fino al piano superiore. Nel frattempo Angelica e Madison, ignare di ciò che ho visto per le vie della città, alzano la voce chiamando i ragazzi e Rosa senza ricevere alcuna risposta. A passo leggero controllo che ogni camera sia libera e che nessuno ci si sia nascosto.

Ci stavano seguendo per un motivo.

Ma dove sono andati tutti quanti?

Questa situazione non mi piace.

Aidan è un cacciatore di taglie, se teme per la mia vita e quella della sua famiglia, avrà di certo fatto installare un sistema di sicurezza. Entro nella nostra camera e sposto la copia di *Orgoglio e pregiudizio*. Il cassetto scatta in avanti e afferro la pistola al suo interno.

«Nulla» dice Madison dal corridoio.

Faccio scattare il caricatore e la copro bene con la felpa.

«Josh non mi aveva detto che oggi non ci sarebbero stati...» va avanti a dire.

«Nemmeno a me Aidan ha detto nulla».

Non mi ero mai preoccupata che non mi dicesse dove stesse andando, non siamo quel tipo di persone che si raccontano la propria giornata, ma in questo momento vorrei che me ne avesse parlato. Vorrei che questa mattina, prima di andarsene, mi avesse svegliata e mi avesse detto che stava andando al lavoro.

«Ang?» le chiediamo conferma scendendo al piano inferiore.

«Non ci sono».

Si siedono sul divano.

«Provo a chiamare Josh» afferma Mad.

Annuisco e mi avvio verso l'ingresso.

«Dove vai Aria?»

«Prendo un bicchiere d'acqua» mento.

Mi avvicino invece alla finestra che dà sul giardino, quella da cui Aidan mi aveva visto parlare con Alex Williams. Sposto la tendina e scruto il panorama.

Tutto è avvolto nella quiete. Questa tranquillità è anormale qui dentro. Ho una brutta sensazione. Dopo una lunga occhiata torno in soggiorno.

«Josh ha risposto, Mad?»

Scuote la testa.

«Non c'è nemmeno Grace...» osserva Ang.

Alcuni minuti dopo sentiamo dei rumori provenire dall'ingresso. Scatto in piedi.

«Eccoli» sussurra Madison. Mi sorpassa, ma io la blocco con un braccio.

«Aria...» dice con voce acuta. «Che fai?»

La chioma scura di Rosa appare dall'ingresso, assieme a Clark e a tutti i fratelli Harrison.

Abbasso il braccio.

«Scusa...» sussurro impacciata. «Pensavo...»

Cerco gli occhi di Aidan pronta a ricevere l'immediata sensazione di sicurezza che mi trasmette. Dopo minuti e minuti di nervi tesi, mi concedo di abbassare la guardia.

Mi avvicino un po'. Ma Aidan non mi guarda.

C'è qualcosa di strano. Gli Harrison non stanno mai zitti, il silenzio in questa casa è un privilegio di cui nessuno può godere. Jake più di tutti odia se nessuno parla, eppure persino lui è come ammutolito. Il signor Harrison si volta verso di me abbozzando un sorriso triste, nulla di più. Rosa scompare in cucina e tutti gli altri si disperdono per la casa.

Per l'ennesima volta cerco il suo sguardo. Ha la sua maschera da soldato impassibile, da scaltro calcolatore.

«Aidan...» sussurro.

Ignora le mie parole e scompare al piano superiore.

Capitolo 69

Sarà il mio Natale fortunato?

L'ultimo che ricordo in famiglia è stato quello dei miei dieci anni. Erano venute a trovarci moltissime persone. Prima che la situazione degenerasse mia madre organizzava spesso piccole festicciole invitando i vicini di casa. Ricordo ancora che erano arrivati nel tardo pomeriggio e lei si era data da fare per organizzare tutto, il cibo abbondante come in ogni casa italoamericana, la tombola, i premi. Nei giorni prima, Cole e io avevamo costruito casette di marzapane che avevamo sistemato sui davanzali delle finestre. Andava tutto bene. Mamma indossava un abito blu di velluto, con alcuni brillantini, Dan era accanto a lei in maglione di cashmere e cravatta. Sembravamo la famiglia perfetta. Quando stava a casa, era amorevole e sempre disposto a giocare con me. Di sicuro, però, le cose stavano iniziando ad andare male, solo che noi non ce ne rendevamo ancora conto.

«Buon appetito e buon Natale» esordisce il signor Harrison dando inizio alla cena della Vigilia.

Ho passato l'intera giornata in cucina con Rosa e Grace. Rosa ha preparato alcune ricette messicane e io ho impastato finché le mie braccia hanno invocato pietà per preparare i ravioli e lo zabaione. Anche Jason per alcuni minuti è venuto a darci una mano, ma poi Tess ha fatto la sua comparsa ed entrambi sono spariti. Madison ha apparecchiato una tavola bellissima: ha preso dalla credenza un vecchio servizio di porcellana bianca e le posate in argento e ha decorato con candele e vischio, che è andata a prendere nel bosco, la sala da pranzo. Aidan e gli altri sono tornati pochi minuti fa dal lavoro. Non lo vedo da questa mattina e vorrei fargli capire quanto mi abbia pesato non incontrare i suoi occhi per più di otto ore, ma l'atteggiamento freddo di alcuni giorni fa non se n'è ancora andato del tutto. C'è qualcosa che lo fa sentire vulnerabile, che lo obbliga a indossare la sua corazza, ma non me ne parla.

«Wow, che banchetto» esclama Aron sedendosi a tavola. Indossa uno dei maglioni natalizi di Madison, tutti a tema renne. Quella di Aron ha gli occhiali da sole. La mia, invece, manda un bacio alla renna stampata sul maglione di Aidan che, però, ovviamente lui non indossa.

«Grazie ragazze» dice Asher, alzandosi per prepararsi il piatto.

«Angelica, hai già fatto l'esame di abilitazione?» chiede il signor Harrison, con sguardo curioso.

«Sì. Harvard mi ha messo in contatto con alcuni studi importanti degli Stati Uniti... C'è anche il suo nella lista» sorride lei.

«E hai già scelto dove andare?» domanda.

Angelica deglutisce e lancia uno sguardo alla sua destra, dove la renna sul maglione di Asher sta leggendo un libro e sorseggia una cioccolata.

«Sì, ho fatto domanda per uno studio a Los Angeles» sussurra Ang.

Asher si blocca con la forchetta a mezz'aria.

«Ah sì? Anche io ho uno studio lì» sorride Clark. «Magari qualche volta ci incontreremo in aula».

«Probabile...»

«Come si chiama lo studio?»

«Lee-White» risponde Ang distrattamente.

«Oh, ottima scelta! Sono molto competenti e soprattutto sono dei giocatori onesti».

Lei abbozza un sorriso, un convenevole per non lasciare il discorso del signor Harrison senza risposta, anche se la sua attenzione è ormai rivolta ad Asher.

«Pensa, Angelica, potremmo ritrovarci in California entrambe» sibila Tess.

«Perché?» sbuffa lei.

«Sono alcuni mesi che cerco uno studio più grande da affittare per trasferirmi definitivamente in California».

Jason dall'altra parte del tavolo tiene i suoi occhi sul piatto.

«La California è grande...» borbotta Ang.

«Non abbastanza grande» risponde l'altra. Le due si scambiano sguardi carichi di antipatia. La tensione è così palpabile nell'aria che non posso fare a meno di sentirmi a disagio.

«Ragazze, su, è la Vigilia» commenta Jake.

«Concordo» fa spallucce Aron. Rivolgendo gli occhi su di lui noto i solchi profondi delle occhiaie e le iridi azzurre iniettate di sangue. Le labbra sono piegate in un sorriso forzato per nascondere uno strano e quasi invisibile tremolio all'angolo della bocca. Non l'ho mai visto in queste condizioni. Cosa gli è successo?

«Madison, tu verrai con noi a Miami a fine febbraio?» chiede Rosa.

«Per il momento non ho altri progetti, perciò sì» sorride la ragazza. «Sempre che mia madre non venga a prendermi per le orecchie prima».

Il signor Harrison sorride. «Se vuoi posso parlarle io».

«Oh no, non ce n'è bisogno. Devo imparare a gestirla».

La cena torna a essere cordiale e allegra. Il signor Harrison racconta aneddoti dai Natali precedenti, quella volta in cui Jake per sbaglio ha incendiato l'albero e quell'anno invece che aveva nevicato così tanto che l'elettricità era saltata e avevano dovuto cenare davanti al caminetto. La sua voce è carica d'amore, i suoi occhi affettuosi si posano sui volti dei figli. Anche Rosa si unisce al discorso, ricordando di quando Jason e Aron si erano mangiati tutto l'impasto del dolce nel pomeriggio e avevano trascorso il resto della serata con il mal di pancia.

«Io mi ricordo di quando mamma suonava il pianoforte e cantavamo tutti» dice Aidan all'improvviso. Tutti lo fissano, ogni discorso si interrompe.

L'elettricità attraversa di nuovo la tavolata.

«E ti ricordi anche di quanto eri stonato tu?» domanda Aron.

Tutti ridono, di colpo.

Madison, Ang e io ci scambiamo uno sguardo complice. Nei giorni scorsi, abbiamo sparso in giro per casa alcune delle foto che Rosa nasconde nel suo armadio. Shailene non è da cancellare. I Williams hanno già fatto abbastanza male a tutti loro.

Angelica è rimasta in silenzio per tutto il tempo e ogni volta che prendeva una foto la sfiorava con occhi lucidi.

Afferro la mano di Aidan sotto al tavolo e gliela stringo forte.

Grace, aiutata da Aron, serve a tutti lo zabaione che ho preparato e insieme ci avviciniamo all'albero che pur essendo piuttosto imponente è stato quasi sommerso di pacchi regalo.

Prendo la macchina fotografica e mentre Madison e il signor Harrison distribuiscono i regali leggendo il biglietto posto sopra, scatto qualche foto.

Nessuno di loro sa quanto tutto questo mi stia colmando il cuore di gioia e mi stia restituendo una sensazione che non provavo da anni. È una felicità che si può indossare comodamente, come il maglione di lana largo con la renna che dà il bacio. È un'emozione che scalda da dentro, che sa di famiglia e di posti sicuri.

«Ehi, tocca a voi dare i regali, perché questo è per me» si alza Madison scartando il mio pacchetto con un sorriso felice.

«Ah!» fa un saltino di gioia. «Sono bellissimi! Non vedo l'ora di usarli!» grida stringendo fra le mani i pennelli da make-up.

Osservo la pila di regali che ho ricevuto. Il signor Chang si curava sempre di lasciarmi un piccolo pensiero prima di partire per il Giappone come ogni anno. Lo poggiava su uno scaffale e lasciava sempre un bigliettino con la stessa frase scritta sopra: 'Non sei sola'.

Per la prima volta, sento che è vero.

«Non li scarti?» chiede Aidan avvicinandosi.

«Io...» sussurro distrattamente. «Sì». Poi lo fisso, incredula. «Aidan Harrison, sai che quel maglione di lana non è nero, né di una qualche sfumatura di nero, vero?»

«La tua renna solitaria mi faceva una tristezza...» mi dice sorridendo e dandomi un bacio sulla testa.

Mi siedo per terra e come una bambina scarto i regali con cura.

Resto senza parole quando aprendone uno trovo un cellulare di ultima generazione.

«Ti piace?» si avvicina Jason. «Fa delle foto da paura...»

Alzo il viso guardando i fratelli Harrison.

«Grazie».

«Sai qual è la parte più bella?» alza e abbassa le sopracciglia Jake. «Che con quello puoi inviare un sacco di foto spinte alla gente».

«Jake!» lo ammonisce Rosa dirigendosi in cucina.

«Non intendo a *tutta* la gente...» fa una smorfia.

«Grazie» sussurro di nuovo imbarazzata.

Mi volto verso Aidan con il mio regalo per lui.

«Non lo apri?» chiedo.

«Apri prima il mio» dice ritornando subito al suo solito fare dispotico.

«È un ordine?»

Lui non ribatte, fa solo un cenno al pacco grigio con un nastro celeste. Sciolgo il fiocco e strappo la carta.

«Aidan...» sussurro osservando la scatola che riconosco subito. «È bellissima» esclamo estraendo la reflex. Gli occhi improvvisamente mi pizzicano, perciò abbasso lo sguardo.

Passo i polpastrelli sulla superficie ruvida della messa a fuoco e dello zoom. La rigiro fra le mani delicatamente. Passo in rassegna qualsiasi cosa le appartenga, il vetro smerigliato, l'obiettivo, lo specchio interno, la ghiera...

«Non so davvero che cosa dire...» sussurro piano. Nessuno ci sta osservando, sembrano tutti impegnati a studiare il regalo di Jake, una sorta di sacco da boxe poggiato a terra che ad ogni colpo torna su da solo. Mi alzo e lo abbraccio, cercando le sue labbra.

«Non devi dire nulla, infatti, devi solo usarla» dice guardandomi in viso.

«E se ti prendessi un altro regalo? Insomma, quello che ti ho fatto è nulla in confronto a questa bellezza...»

«Non devi fare il confronto, Aria» ribatte con tono tetro.

Sfugge al mio sguardo. «Aidan, che succede?»

«Nulla».

«Ti comporti in modo strano».

Lui mi ignora sciogliendo il nastro di raso rosso che ho utilizzato.

La smorfia indifferente che sembrava calcificata sul suo viso da qualche giorno man mano che strappa la carta da regalo si sgretola e lascia intravedere l'ombra di un'emozione.

Osserva il disegno per un tempo indefinito, forse qualche secondo o forse, addirittura, qualche minuto. Non saprei dire, so solo che i suoi occhi incontrano i miei.

Perdo la percezione del tempo.

E lui perde il tanto ardito controllo sulla sua maschera. Lo vedo, il vero Aidan è lì dietro, seduto in un angolo, al centro del ciclone dei suoi stessi tormenti.

Serra la mascella con forza e dopo pochi istanti se ne va lontano da me.

Sospiro.

«Ehi, Aria, perché non fai una foto a questa divinità scesa in Terra?» afferma Jake mettendosi in posa.

Abbozzo un sorriso e attivando la reflex provo a scattare la prima foto, ma ho poco successo. Dovrò studiarne il funzionamento perché è totalmente diversa rispetto alla mia vecchia macchina analogica.

«Pensa quando le riguarderai e la prima foto in assoluto sarò io...» dice Jake con il solito sorriso malizioso sul viso.

«Dovremmo farne una tutti insieme» propone Madison.

«Vado a chiamare Grace e Rosa» li informo afferrando gli unici due pacchetti rimasti sotto l'albero.

Quando entro in cucina, le trovo impegnate a sistemare le stoviglie.

«Vi ho portato i vostri regali» sussurro appoggiandoli sul banco da lavoro.

«Oh, *chica,* non ce n'era bisogno...» sorride Rosa.

«Invece sì. Ti prendi cura di tutti noi ogni giorno».

«Dovrei essere io a ringraziare te...» sussurra aprendo la piccola bustina color argento.

«Questo è per te, Grace».

Lei fa scattare lo sguardo sul sacchetto e poi su di me, con fare confuso.

«No, Aria, io...» balbetta, «... io non ti ho fatto nulla».

«Non importa» faccio spallucce. «È solo un piccolo portafortuna... Spero ti aiuti a sopravvivere ai disastri degli Harrison».

Schiude le labbra quando estrae dal sacchetto la piccola pietra blu. I suoi occhi luccicano, grati.

«È molto bella» dice quasi in un sussurro. «Grazie».

Le sorrido.

«Ora però dobbiamo fare una foto, quindi venite di là».

«Prima finiamo qui» ribatte Rosa.

«Oh, andiamo». La prendo per mano e la trascino verso il salone. Grace ci segue con un sorriso timido. Ha già indossato la pietra blu che le ho regalato.

«Eccole qui!» esclamo unendomi al chiacchiericcio. Il pavimento è disseminato di carte regalo, le tazze di zabaione vuote sono appoggiate sui tavoli e per terra. Josh è senza pantaloni e indossa i boxer con il pon-pon che alla fine Ang e io siamo tornati a prendergli. Non sembra affatto contento, ma Mad lo fissa con sguardo innamorato. Aron è uscito a prendere della legna che ora Asher sta usando per ravvivare il fuoco. È tutto disordinato, confuso, bellissimo. Aidan è di nuovo nell'angolo, accanto al padre. Mi guarda intensamente.

«Chi la scatta?» grida Jake saltando sul divano.

«Ci penso io» interviene Grace.

«Jake Harrison, giù da quel divano!» grida Rosa puntandogli il dito contro.

«Non...» cerco di dire verso Grace, ma tutti mi circondano sistemandosi per la foto. Josh prende Mad sulle spalle, il signor Harrison passa un braccio intorno alla vita di Rosa, Jason si sdraia in prima fila, ai piedi di tutti.

Sento una presenza forte dietro di me. Non ho bisogno di

voltarmi per capire che si tratta di Aidan. Il mio corpo risponde alla sua vicinanza facendo scorrere un brivido lungo la schiena.

«D'accordo, al mio tre sorridete» ci dice Grace. «Uno... due... tre!»

Aidan poggia la sua mano sul mio fianco e io sorrido.

Grace si avvicina e mi porge la macchina fotografica. Osservo lo schermo digitale dove la mia famiglia mi circonda e dove il mio ragazzo sorride, ma non all'obiettivo. A me.

Dopo aver dato una mano in cucina, scendo nella sala da biliardo dove gli altri si sono radunati quando Rosa e il signor Harrison sono andati a dormire.

«Ehi, Aria. Hai un momento?» mi chiede Aron, cercando di non farsi sentire dai suoi fratelli.

«Certo!» dico e mi alzo dalla poltrona. Usciamo in corridoio.

Si schiarisce la voce e sposta il peso da una gamba all'altra in modo nervoso.

«Secondo te, se chiedessi a Grace di uscire, accetterebbe?»

Sorrido. «Ma perché di tutte le ragazze che puoi avere proprio Grace?»

«Cosa? Perché? Perché è la cameriera?» dice alzando il tono di voce. «Perché se fosse per questo, tu non hai proprio il diritto di giudicarmi dato che eri anche tu una domestica».

«Ehi, calmati Aron, non intendevo questo» ribatto sorpresa dalla sua reazione.

«Scusa. Sono un po' nervoso».

«Come mai?»

«Per questa cosa» risponde subito, ma qualcosa mi dice che non sia affatto dovuto a questo. Gli Harrison non hanno problemi con le ragazze. C'è qualcosa che non va, noto di nuovo i suoi occhi arrossati e il colorito pallido delle sue gote.

«Quello che intendevo dire è che Grace è fidanzata e ha solo diciannove anni».

Annuisce. «Lo so. Grazie, Aria». Rientra nella sala da biliardo e io lo seguo osservandolo ancora per un po'. Si siede accanto a Jake sul divano e vedo che il suo ginocchio trema.

Capitolo 70

È stata una bella giornata. Erano anni che non trascorrevo un Natale così.

I ragazzi oggi non sono spariti per lavorare e sono stati capaci di comportarsi persino come si deve. Abbiamo pranzato insieme, un pranzo lungo e allegro che si è protratto fino a tardi. Ora avevo bisogno di una pausa dagli schiamazzi degli Harrison e sono salita in camera nostra a cercare Aidan che proprio in questo istante esce dal bagno con l'asciugamano avvolto alla vita. Le gocce d'acqua percorrono il suo petto senza vergogna, poi il suo addome, il suo ventre... È stato creato su misura dal diavolo, ci giurerei.

Mi accorgo che i suoi occhi sono su di me. Le labbra leggermente incurvate in un sorriso di soddisfazione, quel sorriso che non mi ha mai mollato dalla prima volta che l'ho visto.

«Dove siete andati l'altro giorno?» chiedo, incrociando le braccia al petto per cercare di difendermi dalla sua tentazione. Lui distoglie lo sguardo.

«Al cimitero» risponde vago, voltandosi verso l'armadio.

«Ah» sussurro piano, «siete andati a trovare vostra madre».

«Sì» risponde.

«Come è stato?» dico sciogliendo le braccia e avvicinandomi a lui.

«Come dovrebbe essere stato?» fa una smorfia amara. «È morta, non potrebbe di sicuro andare bene».

«Intendo dire come stai tu, come l'hai presa questa volta, dopo...» deglutisco, «... dopo ciò che è accaduto con Williams».

«Che domanda è?» sbotta. La maschera di indifferenza si frantuma, l'Aidan arrabbiato esce dal suo guscio.

Non ribatto e non lascio che il suo tono istighi la mia, di rabbia. Non riesco nemmeno a immaginare quello che stia provando e Aidan di sicuro non mi darà una mano a capirlo.

«Fa ancora così male?» chiedo mantenendo la calma.

Serra la mascella guardandomi.

«Smettila».

«Di fare cosa?»

«Quello che stai facendo...» alza un dito contro di me, «... devi smetterla».

«Io non sto facendo nulla, Aidan». Allargo le braccia allibita. «Cerco solo di darti il mio sostegno».

«Be', non farlo».

«Che cosa ti ho fatto?»

«Tu...» cerca di dire, «... tu lo fai da quando sei qui, da quella mattina a Miami. Tu mi obblighi ad affrontarlo».

Aggrotto le sopracciglia confusa.

«Ad affrontarlo?» ripeto.

«Sì» alza la voce. «Tu ti intrometti senza permesso nei casini del mio passato, rischi la tua vita perché io li risolva, non mi dai mai ascolto e riporti tutto a galla».

«Ma che cosa Aidan? Che cosa?» insisto.

«Il dolore, Aria» grida. Fa due passi pesanti e lunghi, stagliando la sua figura nuda e possente davanti a me. «Io l'avevo riposto in angolo, dove non l'avrei più dovuto sentire, dove me ne sarei persino dimenticato» dice. Un brivido mi percuote violentemente, come se fosse un tuono. «Tu l'hai fatto riemergere e mi obblighi a farci i conti» continua. «Siamo stati al cimitero e mai come questa volta l'ho sentito forte al petto... Ingestibile e insopportabile».

Schiudo le labbra. Allungo un braccio posando una mano sulla sua guancia. Sussulta come se questo contatto fosse pericoloso.

«Il dolore non si mette da parte, Aidan» sussurro.

Serra di nuovo la mascella facendo scattare gli occhi ovunque tranne che nella mia direzione.

«Mi distruggerai». Afferra il mio polso con una presa ferrea avvolgendolo completamente. I suoi occhi brillano un po' più del solito sotto la luce rossa del camino acceso. Noto che sono leggermente lucidi. Anche se in questo istante non mi sta guardando, sento per l'ennesima volta il suo dolore trapassarmi da parte a parte. Lo riconosco, ne riconosco la violenza, il peso, l'oscurità. È come se fosse una sorta di gemello del mio.

«Mi distruggerai anche tu» sussurro.

Mi attira al suo petto. Poggio l'orecchio sulla sua pelle nuda e ascolto il suo battito, questo è il suono che mi permette di ritrovare la vera calma e di tenere lontano dalla mente il dolore.

Qualche secondo dopo, quando ci stacchiamo, lui finalmente riporta gli occhi su di me dedicandomi quel sorriso tagliente e pieno di cattive intenzioni. Li punta sulle mie labbra.

«Puoi contarci» dice con voce roca.

Faccio scorrere lentamente i miei occhi verso il basso. Mi prendo tutto quello che ha in bella vista e lo faccio senza contegno. Non c'è mai stato fra di noi. Arrivata sull'orlo dell'asciugamano, in quel punto in cui la stoffa poggia sul basso ventre pronunciato e teso, un fremito attraversa la mia pancia.

Lentamente sfioro l'asciugamano e infilo due dita sotto l'orlo. Lui contrae visibilmente i muscoli dell'addome e prima che io possa incontrare i suoi occhi, mi fa girare incastrando il braccio dietro la mia schiena. Ora il suo petto è alle mie spalle ed è talmente vicino a me che riesco a percepire il suo respiro sulla pelle.

«Aria...» sussurra quasi come se fosse un'ammonizione.

Sposta alcune ciocche di capelli dal collo facendomi rabbrividire. La mano dal fianco si sposta lentamente sul mio ventre. Sento il cuore accelerare a ogni carezza.

Allarga la mano sulla mia pelle facendo aderire il palmo e le dita, poi con uno scatto mi spinge a sé. Trattengo il respiro quando avverto la sua eccitazione.

«È una battaglia persa» bisbiglia cupo al mio orecchio.

«Davvero?» ribatto con tono di sfida.

«A terra» asserisce severo

«Sul serio?»

«Ho detto a terra».

«Mettiti tu a terra».

«Con le buone o con le cattive, Aria» dice prima di obbligarmi a piegare le ginocchia e a cedere. Lui mi accompagna tenendo salda la presa sul polso, tenendo il controllo.

«Stronzo...» provo a dire. Le sue maniere forti sono proprio quelle che bramo di più.

Mi sfila la felpa lasciando per un solo istante il polso. Mi sgancia il reggiseno e lo sfila.

«Ora piegati in avanti...» sussurra al mio orecchio.

Il desiderio mangia a bocconi le mie viscere e si prende con arroganza la ragione. Faccio resistenza. Mi appoggio al suo petto, dietro di me.

«Sai bene che non eseguo i tuoi ordini, soldato» sussurro.

Come se avesse colto la tacita richiesta, lascia il mio polso per afferrare il retro del collo. Mi obbliga a piegarmi in avanti. Infila una mano fra le mie cosce facendo in modo che io le allarghi. Poi in una sola presa mi abbassa i pantaloni assieme alle mutandine. Si sporge su di me facendo aderire il suo corpo al mio. C'è solo il sottile strato di asciugamano a dividerci.

«Sai bene quanto questo non m'importi» ribatte con voce roca. Finisco faccia a terra con la guancia sul tappeto.

Sferra un colpo secco, inaspettato e rumoroso sulla mia natica. Sussulto e spalanco gli occhi. Mi dimeno pronta a rispondere, ma lui ha una presa salda sui miei polsi. Sono in trappola sotto di lui.

«Questo...» dice piegandosi di nuovo, «... è per non aver risposto al mio ti amo».

Mi mordo una guancia.

«Possiamo riprovare...» propongo cercando invano di sfilare una mano.

«Oh no, stasera ti farò gridare altre parole, biondina».

Si alza di colpo per raggiungere il comodino da cui estrae i preservativi. Si inginocchia di nuovo dietro di me e con uno scatto mi porta a pancia all'aria. Mi sfila del tutto i pantaloni per infilarsi meglio fra le mie gambe. La sua figura mi dà un piccolo timore piacevole. Incontro il suo sguardo poco prima di piegarsi su di me. Marchia la mia pelle con una scia di baci, dal mio collo sino al monte di Venere. Sussulto quando avverto la ruvidezza dei suoi movimenti nella mia intimità. Infilo una mano fra i suoi capelli e li strattono un po'. Le sue mani serrano una presa vigorosa sulle mie cosce. Spingo le anche verso il basso avvertendo le scariche di piacere fluire come un torrente.

Ansimo rumorosamente, non provando nemmeno a controllarmi.

Si sposta di colpo, lasciando l'atto in sospeso proprio sul più bello. Apro gli occhi e incontro i suoi, soddisfatti.

«Aidan...» ringhio infastidita.

«Che c'è, Aria?»

«Finisci quello che hai iniziato».

«Non ti hanno insegnato a dire 'per favore'?»

Mi alzo a sedere e afferro l'asciugamano ancora sui suoi fianchi.

«No» sancisco strappandolo via. «Ora».

Lui si sporge su di me avvicinandosi alle mie labbra.

«Devi dirlo, Aria».

«Non ti darò questa soddisfazione...» ribatto guardandolo negli occhi.

«Allora ci fermeremo qui» dice allontanandosi. Con una presa agile lo afferro per il mento.

I nostri occhi si scontrano in modo tutt'altro che dolce. Giochiamo l'ultima battaglia, quella di supremazia, quella nella quale chi sarà disposto a cedere perderà. Ma è davvero così?

Le sue iridi verdi mi osservano con ferma convinzione, nessuna esitazione nel suo sguardo.

Stringo la mascella cercando di incassare la sconfitta.

Mi avvicino ancora un po' lasciando uno spazio impercettibile fra le nostre labbra.

«Ti voglio» mormoro.

«Lo vedo» dice poco prima di baciarmi. Mi aggrappo alle sue spalle e lui si sporge in avanti, obbligandomi a poggiare la schiena a terra.

Infila il preservativo in un battito di ciglia e subito dopo varca la soglia dell'inferno, piano e in quella sua maniera controllata, per godere del tormento della lentezza.

Mi mordo il labbro inferiore cercando di contenermi, solo per non dargli un'ulteriore soddisfazione.

«Aidan...» dico fra i denti.

Lui abbozza un sorrisetto cogliendo la velata supplica, poi, finalmente si lascia andare a un ritmo costante. Si prende tutto di me, non risparmia nemmeno un centimetro della mia pelle. Passa le sue mani sul mio fianco con un tocco talmente scabro da sentirlo anche nell'anima. Si avvicina al mio viso tenendo gli occhi fissi sulle mie labbra, ci passa sopra il pollice. A ogni spinta sento le viscere bruciare sempre di più. Infilo le unghie nella sua carne quando il contegno e il controllo mi abbandonano del tutto.

Stringo gli occhi e spingo il capo contro il pavimento quando il culmine si fa vicino. Il suo respiro diviene rumoroso e si scontra sulla mia clavicola provocandomi una scarica di piacere in più.

Si ferma. La stanza si riempie del rumore dei nostri respiri irregolari.

Punto i miei occhi sul fuoco del caminetto che dona alla camera una luce calda e rilassante. Illumina tutto ciò che ha di fronte, lasciando l'oscurità alle spalle.

Abbozzo un sorriso.

«Sai...» sussurro interrompendo il silenzio, «... la prima volta che ho messo piede in questa camera mesi fa, ho sperato che succedesse».

«Che cosa?» chiede accarezzandomi il braccio.

«Che avremmo fatto sesso sul tappeto davanti al fuoco».

«Aria Davidson, mi stai dicendo che hai delle fantasie su di me?»

Mi sollevo con i gomiti per guardarlo bene in viso.

«Non fare la ragazzina innocente, Harrison».

Lui piega le labbra in un sorriso sincero. I suoi occhi si spostano sul soffitto della camera e la luce se ne va, lasciando posto di nuovo a quei tormenti, come ci fosse un elenco scritto, un promemoria, impresso sulla volta della camera.

«Aidan, a cosa pensi?» sussurro appoggiandomi con il mento al suo petto.

«Questa era la guerra in cui avevo bisogno di te dalla mia parte. Non quella contro i Williams, ma questa contro me stesso e quel dolore» mormora piano.

Qualcuno bussa alla porta interrompendoci.

«Ragazzi...» È Angelica.

Aidan scatta in piedi.

«Aidan, che fai?» Aggrotto le sopracciglia stringendo al petto l'asciugamano. Afferra un cuscino dal letto e lo sistema davanti alle sue parti intime.

«... ragazzi, è pronta la ce...»

Sgrano gli occhi quando lui spalanca la porta.

Le parole pronunciate da Ang muoiono prima di essere completate.

«Ah!» gracchia. «Un po' di contegno?»

Scatto in piedi e mi interpongo fra loro poggiando la schiena al suo addome.

«Dicevi, Angelica?» dice lui.

«È pronta la cena» afferma con gli occhi rivolti verso l'alto.

«Arriviamo» dico spingendo Aidan indietro.

«Davvero disgustoso, tu e i tuoi fratelli dovreste farvi internare...» la sentiamo commentare prima che io possa richiudere la porta.

«Aidan...» l'ammonisco. Lui mi avvolge lasciando cadere il cuscino per terra.

«Biondina...» sussurra al mio orecchio.

«No, non puoi farlo» dico fermamente. «Non puoi presentarti così agli altri...»

«O alle altre?»

«A tutti...» borbotto.

«La gelosia ti dona...» Sfiora il lobo del mio orecchio sinistro. «Ma sarò tuo, pericolosamente tuo».

Capitolo 71

Mi stiracchio sciogliendo la tensione dalle spalle mentre mi avvio al piano di sotto. Sono giorni che non riesco a dormire bene. Credo che sia dovuto a ciò che è accaduto con i Williams. Continuo a percepire quella strana sensazione di allerta costante dentro la mia testa. Quando finirà?

Non ho ancora detto ad Aidan che ho avuto la netta sensazione che Charlotte ci stesse seguendo; anche lui, per quanto sia più bravo di me a nasconderlo, è preoccupato e non voglio che si stressi ancora di più.

'Quando sei in una partita come questa non puoi abbassare la guardia'.

Passo davanti al salone, poi scendo le scale verso il piano inferiore.

«Grace» sento dire.

Mi arresto di colpo davanti alla porta socchiusa della palestra. Tendo l'orecchio.

«Aron» dice lei. «Quella merda non ti aiuterà ad affrontare il dolore».

«A cosa ti riferisci?»

«Lo sai».

«Be', potrebbe essere colpa dell'università...»

«No. Sono certa che quell'esame potresti superarlo senza avere il minimo della preoccupazione» rincara Grace. «Quel dolore... so quanto sia difficile da sopprimere».

Quel dolore...

So bene di cosa sta parlando.

«Tu non sai un bel niente».

Di colpo la conversazione si arresta e sento dei passi avvicinarsi. A grandi falcate risalgo le scale ed entro nel salone ancora scuro. È molto presto, non riesco a sentire l'odore di bacon e uova che aleggia per tutta la casa come ogni mattina.

'Quella merda non ti aiuterà ad affrontare il dolore' la morbida voce di Grace mi risuona nella mente.

«Ehi, Aron...» sussurro trattenendo il fiato, quando entra nel salone, pochi secondi dopo di me.

Appena mi scorge, i suoi occhi si abbassano verso il pavimento.

«Buongiorno...» mormora continuando a tenere lo sguardo lontano.

«Stai bene?»

«Sì».

«Sei sicuro?» insisto. «Ultimamente sei molto strano».

«Strano?» Una risatina isterica e nervosa sfugge dalle sue labbra.

«Aron...» richiamo la sua attenzione, nella speranza che questo possa bastare a fargli alzare lo sguardo.

«Aria, va tutto bene».

«Ti conosco, non mi sembra che vada tutto bene» commento in difficoltà. «Tu per me ci sei sempre stato, se hai bisogno di qualcosa...»

Lui alza il capo di scatto guardandomi e finalmente incontro i suoi occhi circondati da grandi occhiaie violacee.

«Aron, ti sei fatto?» chiedo studiandolo in volto.

«Solo una canna, Aria».

«Non sembrano gli effetti di una canna. Se hai bisogno d'aiuto, io ci sono».

«Non ho bisogno di nulla» sbuffa attraversando il salone e dirigendosi in cucina.

Qualcosa mi dice che non è così. Ancora titubante percorro di nuovo le scale per scendere in palestra.

Grace, con il viso rivolto a terra, le sale velocemente al contrario.

«Buongiorno» dico attirando la sua attenzione.

«Oh» si blocca di colpo. «Buongiorno, Aria».

Ha sistemato i capelli in uno chignon disordinato e alcuni ciuffi scuri le ricadono sul viso pallido. I suoi occhi verdi indugiano su di me, poi tornano immediatamente sul pavimento.

«Tutto bene?»

«Ehm...» schiarisce la voce, «... sì, sai sono scesa per...»

Mi mostra le scarpette da punta che tiene nella mano sinistra.

«Oh» sussurro. «Sei una ballerina?»

«No» balbetta deglutendo.

Ogni volta che parliamo ho l'impressione che si senta a disagio. Questo sospetto attiva in me una sorta di contorta compassione, perciò cerco di essere il più gentile possibile con lei.

«Io dovrei andare, devo preparare la colazione» afferma.

«Oh sì, certo...» Mi sposto di lato per permetterle di passare ed entro in palestra.

Torno in camera dopo più di un'ora, grondante di sudore, con i muscoli doloranti.

Aidan sta ancora dormendo. Abbozzo un sorriso guardando i lineamenti del suo viso rilassato. Dorme sempre a pancia sotto quando non ci sono, stringendo al petto il cuscino, come se dovesse proteggere qualcuno. Nessuno ha protetto Shailene e Aidan si rimprovera per non averlo fatto lui stesso. Ora capisco che il suo bisogno di controllo deriva dalla volontà di coprire le spalle a chiunque gli sia accanto, come se questo potesse rimediare al suo errore.

L'uomo che veste gli abiti del diavolo, ma che protegge le persone come un angelo.

«Biondina, se mi fissi così mi consumerai» borbotta con gli occhi chiusi.

«Buongiorno, brontolone» sorrido avvicinandomi per stampargli un bacio sulle labbra. Mi afferra per il braccio attirandomi a sé.

«Sei andata ad allenarti?»

«Sì».

«Avresti dovuto svegliarmi».

«Sembravi così stanco... Immagino che ieri sia stata una giornata pesante» commento ironicamente.

«Attenta, biondina, potremmo riprovare e vedere chi dei due alla fine sarà più stanco» dice con voce roca. Ignoro la sua provocazione.

«Non riesci a dormire, vero?» mi chiede di punto in bianco.

Mi metto seduta.

«No» confermo. «Ma sono certa che non appena questa storia sarà finita dormirò per due giorni interi».

«Hai paura di fare degli incubi?»

Faccio spallucce. «Chi non ne ha, Aidan?»

La mente è molto più potente del cuore. Non ha reazioni immediate e istantanee come le ha il cuore. La mente elabora, assorbe e nel pieno della notte ti ripresenta tutto quello che è accaduto. La maggior parte delle volte mi ripropone immagini scollegate di ciò che mi spaventa, così mi ritrovo a sognare una bottiglia di vodka rotta fra le mani di mia madre che ride con la risata raccapricciante di Jonathan. Devo ammettere che sono un duo piuttosto spaventoso.

Una busta bianca con il mio nome elegantemente scritto sopra è appoggiata sul mio comodino. La afferro e ne accarezzo la superficie grinzosa.

So bene di cosa si tratta.

Cole e Meredith
sono lieti di annunciare le loro nozze.
Sabato 29 aprile, ore sedici,
Miami, giardino botanico Fairchild.

«Tuo fratello non sta bene, Aidan» dico rimettendo il cartoncino nella busta con un sospiro irritato.

«Quale dei tanti?» domanda.

«Aron. Ha qualcosa che non va».

«Come fai a saperlo?»

«Si comporta in modo strano, è schivo e scostante».

Aidan si alza dal letto con espressione cupa.

«Dovresti parlargli» suggerisco.

«Lui non è tuo fratello» ribatte, freddo.

«Cosa vuoi dire?»

«Che solo perché si comporta in modo strano non significa che qualcosa non vada» afferma estraendo dall'armadio degli abiti. «Non proiettare i tuoi problemi su Aron».

«Dubiti della mia lucidità?» Incrocio le braccia al petto stizzita.

Fa scattare lo sguardo su di me. Ha indossato la sua corazza. La paura della possibilità di aver perso il controllo su suo fratello e sulla sua incolumità lo rende subito ostile.

«Sì, in questo momento sì. Hai detto tu stessa che non riesci a dormire».

«Questo non mi impedisce di ragionare quanto basta per comprendere se una persona sia fatta o meno» alzo la voce scattando in piedi.

«Davvero?»

Serro la mascella irritata.

«Aidan» gli sibilo fra i denti. «Dubitare di me e del mio stato di lucidità non eliminerà il fatto che tuo fratello si stia drogando».

«Puntualizziamo che non è un fatto, ma una tua supposizione».

«Invece è un fatto, io l'ho visto».

«Che cosa hai visto?» chiede avvicinandosi con fare intimidatorio. «L'hai visto mentre si infilava un ago in vena? O mentre strisciava il naso su una superficie? O mentre stava inghiottendo una pasticca?»

«Ho visto i suoi occhi rossi e ho casualmente origliato una conversazione con Grace».

«Occhi rossi?» abbozza un sorriso tetro. «Potrebbe essersi fumato una canna o semplicemente potrebbe non aver dormito, come sta succedendo a te».

Sbuffo irritata dalla sua incredibile capacità di rigirare le parole a suo piacimento, come se si trattasse di una semplice maglietta al contrario.

«Stai rivivendo il tuo passato dopo la conversazione con tuo fratello» dichiara indicando il biglietto di Cole.

Scuoto il capo.

«Fa' come vuoi, Aidan».

Capitolo 72

Apro l'anta del mobiletto del bagno e passo in rassegna ogni oggetto che trovo all'interno. Non so bene cosa sto cercando, ma ripongo fiducia nel 'quando lo vedrai, lo saprai'.

Sposto la schiuma da barba nell'angolo e noto un cilindro di plastica arancione. Lo studio.

'Compresse per ADHD'. Per quale motivo Aron ha dei medicinali per la sindrome da deficit di attenzione?

Scorro con gli occhi l'etichetta e leggo il nome sul talloncino: 'Jake Peters Harrison'. Non sono di Aron. Sta rubando le compresse di suo fratello? Gli occhi rossi e gli sbalzi d'umore sarebbero compatibili.

Infilo il contenitore in tasca e scendo al piano di sotto.

«Buongiorno Rosa» la saluto. «Come è andata ieri sera?»

Lei e il signor Harrison sono usciti a cena. Avevano cose di cui parlare, mi ha spiegato.

«Direi bene...» risponde scrollando le spalle. Le sue labbra si incurvano in un sorriso imbarazzato.

La squadro. «Cosa non mi stai dicendo, Rosa?»

Lei prende un sorso di caffè e cerca di allontanarsi.

«Frena, frena, frena» dico, bloccandole il passaggio. «Quel sorrisetto che cosa significa?»

«Niente, Aria, davvero...»

Alzo un sopracciglio. «Non sarai una Harrison, ma hai imparato a mentire da loro. E io so quando lo fate» commento.

«D'accordo, d'accordo» annuisce. «La cena è stata... diversa da come me l'aspettavo».

«Diversa in che senso?»

Lei si guarda attorno con circospezione. «Vieni fuori» dice, aprendo la porta della terrazza.

«Ecco, qui non ci possono sentire» sospira.

«Da chi stiamo scappando?»

«Dalle orecchie di tutta la tribù» spiega, guardandomi con i suoi grandi occhi scuri. «Aria, sto per rivelarti un segreto. Non puoi dirlo a nessuno, d'accordo?» mi chiede seria.

Annuisco.

«Clark e io ci siamo frequentati... per un po'. Un paio di anni fa».

Sgrano gli occhi.

«Davvero? E come l'avete tenuto nascosto ai cacciatori di taglie là dentro?»

Lei sospira. «È stato molto complicato. Ed è stato uno dei motivi per cui abbiamo deciso di chiudere il nostro rapporto» dice. «Ieri sera l'ho invitato io. Volevo dare ufficialmente le mie dimissioni...»

«Cosa?!» esclamo. Sapevo che ci stava pensando, ma non credevo che sarebbe andata in fondo. Questa famiglia si regge sulle sue spalle e sulla sua capacità di riunire tutti attorno a un tavolo ogni sera.

Lei mi guarda, calma. «Aria, è tempo che io mi faccia da parte. I ragazzi sono grandi e questa casa non è mai stata così serena come lo è in questo periodo da quando Shailene è morta. C'è Grace, che mi sembra una ragazza in gamba. E ci sei tu... Ho come la sensazione che non te ne andrai molto presto» mi dice con un sorriso sincero. «Sempre che Aidan non rovini tutto...» aggiunge.

«O che lo faccia io» rifletto.

Lei mi rivolge uno sguardo fiero. «Saprete riparare ai vostri errori, ne sono sicura... Io ho bisogno di darmi una possibilità di essere felice con qualcuno. E con Clark sembrava impossibile... almeno fino a ieri sera».

«Cos'è successo?»

«Quando gli ho detto che mi faceva troppo male vederlo tutti i giorni senza poter pensare a un futuro con lui mi ha confessato che è ancora innamorato di me» dice con un sorriso che la fa sembrare una ragazzina. «È disposto a parlare con i ragazzi, ora. Le cose con Aidan vanno meglio... Clark crede che questa notizia non li sconvolgerà tanto quanto l'avrebbe fatto due anni fa».

«Sono sicura che abbia ragione lui» dico. Mi avvicino e la abbraccio. «Siete una coppia bellissima, Rosa».

«Grazie, *mi amor*» mi risponde accarezzandomi la guancia.

«E poi cos'è successo?» le chiedo. «Hai testato la morbidezza del letto di Clark?»

Diventa paonazza di colpo.

«Aria!» gracchia, indignata.

«Da questa reazione direi proprio di sì. Ci darete dentro come due conigli per recuperare i due anni persi».

«Quando parli così sembri uno dei *niños*» dice, imbarazzata.

Sorrido divertita.

Rientriamo, mi siedo al tavolo da pranzo e poco dopo Madison mi raggiunge. Noto che le sue guance rosee oggi sono un po' sciupate. Non ha alcuna traccia di trucco e ha i capelli fuori posto, il che è strano, molto strano. Due grandi occhiaie le scavano il volto.

Nell'esatto istante in cui sta per voltarsi verso di me, Josh fa la sua comparsa nel salone con i pantaloni della tuta e una t-shirt. È spettinato e con un velo di barba, anche lui ha due profonde occhiaie.

Si siede al posto di Aron, lontano da Madison.

«Ragazzi, tutto bene?»

«Il divanetto di Jake non è per niente comodo» sbadiglia Josh.

«Potevi tornare in camera allora...» commenta Madison.

«Din din din!» scuote l'indice in aria Josh. «Mi hai cacciato tu» poi lo punta verso di lei.

«Per forza, sei un idiota» ribatte Mad.

Angelica, invece, varca l'ingresso della sala da pranzo raggiante. Indossa ancora il giubbetto e la sciarpa ma sul suo volto c'è un'espressione felice.

«Buongiorno, ragazzi!» esclama.

«Buongiorno, finalmente qualcuno che non ha la luna storta» commento.

Si siede accanto a me e mi prende le mani.

«Aria, ho ricevuto un'email» sorride. «Le trattative con lo studio di Los Angeles sono andate a buon fine».

«Davvero?» chiedo stupita. «Che bello!» La attiro a me in un abbraccio.

«Me lo avresti detto?» sibila Asher avvicinandosi al tavolo.

«L'avrei annunciato quando tutti si sarebbero seduti per fare colazione» spiega Angelica.

«Quindi io sono tutti».

«Volevi che ti svegliassi questa mattina alle quattro per dirtelo?» risponde Ang indispettita.

«Mi avrebbe fatto piacere, sì, a differenza di ciò che potresti pensare» sbotta Asher.

«Non puoi farlo, non puoi pretenderlo dopo tutto quello che è accaduto...» Scatta in piedi avvicinandosi a lui.

L'allegria si infrange subito. Osservo Ang e Asher discutere chiedendomi se dovrei alzarmi e cercare di calmare le acque, ma alla fine decido di non mettermi in mezzo.

«Potremmo unirci alla festa» propone Aidan sedendosi accanto a me con una delle mie brioche in bocca e la tazzina di caffè espresso.

«Un paio di cose su cui discutere ci sarebbero, ma non mi sembra il caso di farlo ora» scherzo.

Jason scende le scale come se stesse trascinando una zavorra così pesante da non riuscire a tenere le spalle dritte. Dietro di lui Tess, che è tornata per festeggiare il Capodanno, lo segue con un cipiglio diabolico dipinto in volto.

«Credo che abbiano il ciclo» dice Aidan indicando Ang e Mad.

«Non è che quando una donna si arrabbia ha per forza il ciclo» sbotto. «Però può anche essere, a volte con la convivenza si sincronizza».

«Dovresti avercelo anche tu allora».

«No, ce l'ho avuto prima della Vigilia» faccio spallucce. «E poi io non sto quasi mai con loro, tu mi rubi molto tempo».

«Mi stai accusando di furto, biondina?» dice sporgendosi verso di me.

«Se stai per dire qualcosa sul fatto che mi hai rubato il cuore, mi alzo e me ne vado» commento facendo una smorfia amara.

«Sei tu la ladra...» sussurra al mio orecchio appoggiando un braccio sullo schienale della mia sedia. Lo guardo e lui indica la felpa grigia che questa mattina, dopo la doccia, ho preso dall'armadio.

«Biondina, hai paura che diventi uno di quei romanticoni che si inginocchia ai piedi della propria donna per professarle tutto il suo amore?»

«Nemmeno in un universo più evoluto tu saresti quel genere di uomo».

«Mi conosci bene allora...»

«Sì, ti conosco così bene da capire che stai solo cercando di distogliere l'attenzione da un problema. Devo solo capire quale» considero, guardandolo con convinzione.

Lui stringe la mascella infastidito. Bingo.

«Luna storta?» si intromette Jake indicando le ragazze.

«*Se llama menstruación, niño*».

«Buongiorno, Aron». Aidan accanto a me si muove sulla sedia.

Aron viene dalla cucina e dietro di lui sbuca proprio Grace. Lo guarda in cagnesco.

Noto, ancora una volta, gli occhi rossi e le profonde occhiaie. Come fa Aidan a non vederlo?

«Prima che arrivaste voi, quando facevamo colazione c'era una pace degna dei monasteri tibetani, si respirava l'aria di uomini, a parte Rosa che credo sia in menopausa» constata Jake.

«Non sono in menopausa, *cabrón*!»

Il signor Harrison ci raggiunge. Ha il viso riposato e l'espressione calma, ma quando ravvisa gli animi accesi, si rabbuia.

«Le mestruazioni» spieghiamo in coro io, Jake e Rosa.

Lui abbozza un sorriso prima di battere le mani richiamando l'attenzione di tutti.

«Ragazzi sedetevi, devo dirvi una cosa».

Gli Harrison si voltano a guardarlo.

«Ci sembrava giusto dirvi che Rosa...» la guarda e poi le avvolge il fianco delicatamente, «che Rosa e io ci stiamo frequentando».

I ragazzi abbozzano il loro solito sorrisetto tagliente da 'lo sapevo', tranne Aidan, che fa un cenno al padre, il quale, subito dopo averlo detto, ha cercato il suo sguardo come se si aspettasse l'approvazione del figlio. Aron, invece, strabuzza gli occhi e fa una smorfia.

«Sul serio papà?» gracchia. «Insomma hai dimenticato già la mamma?»

«Aron» lo ammonisce il signor Harrison con tono severo.

«Papà». Aron scatta in piedi. «Come puoi farle questo?»

Lo stupore e l'imbarazzo investono l'intera tavolata con un silenzio rumoroso, anche dopo che Aron è fuggito al piano di sopra. Angelica trattiene il respiro guardando Asher. Madison, invece, fa scattare gli occhi su Rosa, e Jason scuote la testa con disapprovazione.

Il signor Harrison lancia occhiate confuse ad Aidan.

«Vado io» dico alzandomi.

Salgo le scale e raggiungo la camera di Aron. Questo deve essere uno degli effetti collaterali di quelle pillole: la mancanza di autocontrollo. Quando entro lo trovo seduto sul bordo del letto a guardare verso la finestra.

«Era davvero una donna bellissima...» dico osservando la fotografia che stringe fra mani.

«Lo so» tira su con il naso. «Mi manca molto...» Accarezza con il pollice la figura.

«Voglio bene a papà e voglio molto bene anche a Rosa, non avrei voluto dire quelle cose... In questi anni è stata come una seconda madre.... Aria, io ti giuro che non volevo dire quelle cose».

«Che intendi?» chiedo confusa.

«Che ho perso il controllo sulle mie emozioni, sono felice per loro, ma non so perché...»

«Magari per colpa di questi?» gli mostro il cilindro di plastica arancione.

«Me le hai rubate?» scatta in piedi.

«Tecnicamente tu le hai rubate a Jake» gli faccio notare.

«Vuoi farmi una ramanzina?»

«No, vorrei solo sapere come mai...»

«Non c'è nulla da dire» ribatte secco.

«D'accordo, Aron, però queste le devi restituire a Jake».

«Ma chi ti credi di essere? Non sei mia sorella!» sbotta.

«Aron, sono solo preoccupata per te».

«Scusa...» scuote il capo in stato confusionale. «Ho passato un periodo un po' burrascoso, per colpa dell'università».

«L'università?»

«Sì, mi sono iscritto da poco, avrei dovuto farlo qualche anno fa, ma in quel periodo credevo che non fosse la scelta giusta, avevamo trovato lavoro...» si schiarisce la voce, «... solo che con tutto quello che è accaduto in quest'ultimo periodo avevo bisogno di concentrazione, perciò...»

«Hai preso le sue pillole».

«Sì, Jake le ha da quando ha avuto quell'incidente...» sospira. Non so a quale incidente faccia riferimento, ma non mi sembra il caso di indagare ora, soprattutto nello stato in cui si trova.

«Senti Aron, sono solo preoccupata per te. Per me sei come un fratello e voglio che tu stia bene».

Lui fa un cenno con il capo sospirando pesantemente. Mi alzo in piedi per uscire dalla camera.

«Ah, una cosa...» richiama la mia attenzione, «... questa cosa può restare tra di noi?»

Deglutisco.

No, non può.

Non dopo aver messo la pulce nell'orecchio di Aidan questa mattina. Si insospettirà e in un modo o nell'altro lo capirà.

«Insomma, sarebbe umiliante se i miei fratelli sapessero».

«D'accordo» rispondo titubante.

Capitolo 73

Dovrebbe essere una passeggiata tranquilla o meglio, l'intenzione con cui ho chiesto ad Angelica di uscire, prima del processo, era quella di rilassarci. Il problema? Di nuovo, non mi sento al sicuro.

Poco fa ho cercato di fare una fotografia ad Ang con la mia nuova reflex, ma nell'inquadratura è finito un suv nero straordinariamente simile a quello dei Williams.

Ci stanno seguendo ancora?

«Avete discusso tu e Ash?» chiedo ad Ang.

«Sì» risponde annoiata studiando il suo bicchiere di cioccolata calda. «Fatico a capire che cosa lo faccia arrabbiare tanto...»

«Forse ha paura di perderti?»

«Anche se fosse, io non posso limitare la mia vita per le sue paure, lo sa bene».

«Potreste trovare un compromesso, se credi che ne possa valere la pena».

«Ne vale la pena» dice con voce sottile, quasi un sussurro, una dichiarazione intima.

«Perché non hai scelto uno degli studi del signor Harrison?»

«Perché non voglio sembrare una raccomandata» sospira.

Mi volto di scatto e scruto attentamente dietro di noi. Due uomini, avvolti in giacca e camicia, passeggiano l'uno affianco all'altro, chiacchierando. Sono loro. Me lo sento.

«E poi ho paura del loro passato...»

Non possono attaccarci qui, ci sono troppe persone.

«Se anche a me dovesse capitare un caso come quello che capitò a Clark e mi rifiutassi, che cosa potrebbe accadere?»

Mi volto di nuovo verso di lei. «Be', questo rischio c'è anche negli altri studi...»

Gli uomini sembrano spariti.

«È vero, ma...»

Guardando avanti a noi riconosco due figure. La struttura di uno dei due è massiccia e la pelle del collo è ricca di tatuaggi. L'altro ha i capelli biondo cenere ed entra nella farmacia dall'altro lato della strada. Aron e Jake. Jake passa il sacchettino ad Aron entrando nel negozio accanto. Aron rovista nel sacchetto.

«Scusa un momento, Ang» mi alzo e attraverso la strada. Ora capisco per quale motivo gli scagnozzi dei Williams se ne siano andati.

Aron sfila la mano dal sacchetto e ingurgita qualcosa di invisibile.

«Aron...» richiamo la sua attenzione, «... che cosa stai facendo?»

Quando mi vede sobbalza. «Nulla» ribatte subito.

«Davvero?» incrocio le braccia al petto.

«Io...» cerca di dire in difficoltà.

«Aron, ti ho visto, non cercare di giustificarti».

«Non lo stavo per fare».

«Dovresti smetterla con quella roba...» scuoto il capo con disapprovazione.

«Non è così semplice come sembra».

«Ci hai provato almeno?»

Lui si zittisce di colpo guardando dietro alle mie spalle. Angelica si avvicina a noi.

«Che ci fai qui?»

«Eccomi, fratello... Scusa se ci ho messo tanto» dice Jake uscendo dal negozio. «Oh, ciao ragazze, anche voi qui?»

Riporto la mia attenzione su Aron. Il suo viso ha mutato colore più volte. Ha gli occhi sbarrati e serra le labbra, divenute di un opaco colore violaceo. Mi guarda con il respiro mozzato.

«Stai bene?» sussurro.

Lui scuote il capo.

«Vieni» gli dico appoggiando una mano sulla sua schiena. «Ragazzi, Aron e io dobbiamo parlare, torniamo subito».

Appena mi avvicino, lui si abbandona di peso su di me.

«Aron, dobbiamo arrivare dietro quel vicolo...» indico il negozio di spezie orientali.

Non appena mettiamo piede nel buio della via, lui corre verso un bidone della spazzatura e vomita.

«Quante ne hai prese per ridurti in questo stato?» gli chiedo, preoccupata e arrabbiata.

Si alza passando il dorso della mano sulla bocca. Si avvicina lentamente a me, il colorito del volto è ancora pallido e la fronte è febbricitante, se ora tornassimo da suo fratello e da Ang si accorgerebbero subito del suo stato.

«Non lo so, forse tre o forse quattro...»

Scuoto il capo. «Aidan crede che tu stia bene. Non pensa che saresti così stupido da abusare di farmaci di cui non hai bisogno con il lavoro che fate».

«E ha ragione» ribatte, con l'arroganza degli Harrison. «Infatti, non lo farei se non fossi sicuro di poter essere un ottimo cacciatore di taglie anche sotto l'effetto di quella roba».

«Forse non sta a te valutarlo» rispondo.

«Allora a chi?» alza la voce. «Aria, sai da quanto tempo va avanti questa cosa?» domanda con un ghigno che sul suo viso non avevo mai visto. «Sei stata tu l'unica a rendersene conto. E tu non sai cosa si prova. Nessuno lo sa».

«Tu credi che Aidan non possa sapere cosa si prova?»

«No, lui riesce a gestire tutto alla perfezione. Lui non perde mai il controllo, non ha bisogno di questa roba per riuscire a sopportare il dolore quando i ricordi riaffiorano».

«Dimentichi la volta in cui ti ha quasi strangolato» aggiungo in un soffio.

Aron mi guarda, colpito dalle mie parole.

Abbozzo un sorriso triste ripensando alla discussione che Aidan e io abbiamo avuto sul suo dolore, ricordo quanto i suoi occhi gridassero aiuto.

Il dolore non si può evitare.

«Ti sbagli, tuo fratello non è indistruttibile» mormoro prima di uscire dal vicolo.

Capitolo 74

È il giorno della resa dei conti.

Il signor Harrison è sceso dalla berlina nera davanti a noi.

Io sono in macchina con Aidan, Josh e Madison.

Nelle auto dietro di noi c'è il resto della famiglia.

Gli Harrison sfilano nei loro completi scuri, perfettamente stirati, davanti ai giornalisti che si sono riuniti alla ricerca dello scoop fuori dal tribunale. Non si fermano a parlare, non sorridono, restano seri. Ringrazio Mad per aver consigliato a tutti di indossare degli occhiali neri.

Superiamo la hall ed entriamo in un corridoio tappezzato con una moquette che ha visto tempi migliori. Il detective Mallory ci aspetta fuori dall'aula. Il signor Harrison nei giorni scorsi ci ha riuniti in salotto e ci ha spiegato tutto quello che sapeva. Ha ingaggiato i migliori avvocati dei suoi studi e ha organizzato attentamente il processo. Le accuse a carico dei Williams sono così solide che per scagionarli ci vorrebbe un miracolo. Allora perché mi sembra di camminare su un filo sospeso in aria?

Non hanno fatto altre mosse dopo i pedinamenti. Quando ieri sera l'ho riferito ad Aidan, lui si è lasciato avvolgere ancora una volta dal vortice di pensieri e preoccupazioni. Condivide la mia ansia. Li conosce bene, sa che giocheranno sporco.

Non vogliono farci sentire al sicuro.

«Manipolano il gioco» ha detto Aidan, dandomi per la prima volta la sensazione di avere gli occhi puntati sulla sconfitta, un atteggiamento che non gli riconosco: Aidan Harrison guarda l'avversario con occhi attenti e furbi, perché i dettagli sono il fulcro per un cambio di gioco, per tentare la mossa che può ribaltare le carte e portare alla vittoria.

Ma questo non è un gioco, è una guerra.

Una guerra che ti fa sentire vulnerabile quando non hai un'arma a portata di mano.

«Ti ricordi cosa devi dire?» mi bisbiglia Aidan all'orecchio.

«Sono stata incastrata, tu avevi dei sospetti e mi hai seguita».

Nessuno di loro, mi ha messo in guardia su ciò che non dovrei dire, eppure questa cosa mi preoccupa non poco. Se non fossi capace di gestire una situazione tanto importante?

Se per sbaglio dovessi rivelare che Aidan e i suoi fratelli sono dei cacciatori di taglie?

Non sono mai stata in un'aula di tribunale e non ho mai dovuto dare la mia testimonianza.

Guardo Aidan. È distante, cerca di tenere tutto per sé, come fa sempre, ma quando i suoi occhi incontrano i miei sento tutta la sua preoccupazione e il suo dolore. Crede sia lui a dover mantenere il controllo su ogni cosa, crede che se per un solo istante si abbandonasse alle emozioni darebbe modo al suo nemico di contrattaccare. I sentimenti lo fanno sentire debole e vulnerabile.

Vorrei potergli stringere la mano per fargli capire che ci sono, che non è solo in questa battaglia, che dopo tutto quello che abbiamo affrontato possiamo essere forti insieme.

Non è la mia guerra, ma ne ho fatto parte e ora rivedere quei volti mi terrorizza. Le porte di mogano dell'aula si aprono.

'Devi essere forte'.

«Aria» Aidan mi chiama.

Deglutisco e trattengo il respiro.

«Aria, guardarmi» bisbiglia spostandomi dall'ingresso.

Alzo gli occhi su di lui.

«Respira».

Cerco di prendere fiato, ma è troppo difficile, se lascio entrare aria nei polmoni perderò il controllo sul mio corpo.

«Andrà tutto bene, lui non può farti nulla» dice cogliendo al volo i miei pensieri.

Trattengo le lacrime a fatica.

'Sei una debole, Aria. Devi essere forte'.

«Ci sono io con te». I suoi occhi brillano di un verde acceso, forse in lui continua a vivere una speranza di vittoria.

«Respira» dice di nuovo, stavolta dolcemente. Si piega e afferra la mia mano. La prende tra le sue.

«Ci penso io a coprirti le spalle».

Questa è solo una piccola proiezione dell'effetto che la sua energia ha su di me. Se c'è lui, al mio fianco, sento la forza triplicare. Se c'è lui, sento di poter affrontare il mondo a testa alta. Se c'è lui, il volto di mia madre, il volto di ogni mia paura, sbiadisce.

«Non posso piangere ora» sussurro guardando il soffitto alto.

«Puoi, ma faremmo tardi» abbozza un sorriso.

Torno a guardarlo, questa volta gli offro uno sguardo dolce.

«La affrontiamo insieme questa guerra, Aidan».

Lui stringe la mascella e deglutisce.

«Andiamo».

Prendiamo posto sui sedili imbottiti dietro il banco degli avvocati degli Harrison: una donna sulla sessantina con un tailleur viola e un uomo più giovane, con un gilet grigio, che la ascolta con attenzione.

«Ben» lo saluta con un cenno del capo Aidan.

Lui ricambia con un sorriso tirato e poi torna a studiare le carte che sono sparse sulla scrivania.

Accanto a me si siede Aron. Gli lancio un'occhiata. Ha un costante tremore alla mano destra che, di tanto in tanto, nasconde nella tasca dell'elegante pantalone. Faccio scorrere lo sguardo sul suo volto, di nuovo pallido e verdognolo. Deve aver ingerito le pillole di Jake anche stamattina.

«Cosa c'è?» mi chiede Aidan.

Scuoto il capo. «Nulla».

Lui mi studia sospettoso.

In quel momento, nell'aula di tribunale entrano i Williams. Charlotte e sua madre aprono la fila. Lei indossa un casto vestito nero su cui spicca però una spilla di rubini capace di calamitare l'attenzione di tutti i presenti. Sua madre un abito morbido, stretto in vita da una cintura dorata e un paio di décolleté nere dall'inconfondibile suola rosso Louboutin. Il loro ingresso è accompagnato da un'improvvisa tensione. Tutti gli Harrison si contraggono, vedendole. Charlotte mi rivolge un'occhiata che mi fa rabbrividire.

Stringo con forza la mano di Aidan.

Sta per succedere qualcosa, lo sento.

Avverto una leggera pressione sul petto che mi obbliga a prendere piccoli respiri.

Il giudice si accomoda sul suo scranno e saluta la giuria. Iniziano le prime fasi del processo e lentamente, mentre gli avvocati ricostruiscono i fatti di quella notte in cui Alex Williams mi ha rapita, la mia mente si scollega dalla realtà. Non voglio più rivivere i ricordi di quel giorno. Voglio dimenticare la sensazione della pistola puntata alla mia nuca. Ho paura di rivedere quel ghigno, quello che ogni notte riemerge dal buio e si fa beffe di me.

Stringo gli occhi e ancora di più la mano di Aidan.

«Aria...» Aidan richiama la mia attenzione dopo un tempo che mi sembra infinito, «devo andare a testimoniare».

Ma non lo sento. La sua voce risuona nella mia mente come un'eco lontana e irraggiungibile.

Sfila la mano da me e improvvisamente la realtà mi investe con violenza togliendomi il fiato.

Alzo lo sguardo, Jonathan Williams e suo figlio sono lì, davanti ad Aidan, seduti accanto al loro avvocato, rilassati e vestiti con abiti eleganti, dal taglio semplice. Il signor Harrison ci aveva detto che erano usciti dal carcere su cauzione in attesa del processo definitivo. Non avrebbero mai atteso questo momento dietro le sbarre, dovevano pianificare le loro mosse.

All'improvviso, Alex si volta e punta il suo sguardo su di me.

Deglutisco e stringo con forza la superficie fredda della panca.

«Signor Harrison, come ha fatto a intervenire prima delle forze dell'ordine?» chiede l'avvocato dei Williams. Un uomo dall'abbronzatura evidente e al cui polso pesa un orologio da migliaia di dollari.

«Li ho seguiti. L'atteggiamento di Alex Williams era sospetto» risponde Aidan con voce fredda e distaccata. È la verità? Non sarebbe possibile stabilirlo.

«Ovvero?» insiste l'avvocato.

«I Williams, a parte Charlotte, non si sono mai presentati a casa nostra senza preavviso».

«Lei sapeva della frequentazione tra Alex Williams e Aria Davidson?»

«Sì».

«E non crede che l'imputato potesse trovarsi fuori dai confini della sua proprietà semplicemente per incontrare la sua ragazza?» propone l'avvocato.

«C'è un'inesattezza nella sua frase» dice Aidan, con tono fermo, calcolato. «La signorina Davidson non era la sua ragazza. Conosceva appena il signor Williams Jr, si erano visti poche volte e ogni loro incontro era stato organizzato in precedenza. Un'unica volta il signor Williams Jr si era presentato allo chalet Harrison e soltanto perché non aveva ancora un modo di comunicare con la signorina Davidson».

L'avvocato della controparte, con le scartoffie in mano, sogghigna.

«E lei come fa a saperlo, signor Harrison?»

«La signorina Davidson lavorava con contratto regolare per la nostra famiglia e alloggiava in casa nostra. Eravamo al corrente dei suoi spostamenti e incontri, soprattutto se avvenivano durante il concordato orario di lavoro».

«Lavorava?» domanda l'avvocato.

«Sì, è stata licenziata».

«Perché?»

«Perché provo qualcosa per lei».

«Cosa intende dire?»

«Amore» ribatte lasciando che queste parole volino via troppo velocemente per essere afferrate.

«Quindi mi sta dicendo che lei era innamorato della signorina Davidson mentre aveva in programma di sposarsi con Charlotte Williams?»

«Sì. Come potrà confermarle anche la signorina Williams, il nostro rapporto era piuttosto burrascoso. Charlotte e io in quel momento non eravamo una coppia».

«Quando lei e Charlotte vi siete lasciati, la signorina Davidson ha iniziato a frequentare Alex Williams, giusto?»

«Sì».

«Lei e la signorina Davidson intrattenevate una relazione amorosa già in quel periodo?»

«No» dice.

Deglutisco. Sta mentendo.

«D'accordo, signor Harrison» . L'avvocato studia un foglio fra le sue mani. «Sul verbale della polizia è scritto nero su bianco che lei ha sparato al signor Williams due colpi d'arma da fuoco. È corretto?»

«Sì».

«Erano necessari ai fini della difesa personale?»

«Sì» dice incurvando impercettibilmente le labbra in un sorriso tagliente.

«Mi può descrivere la situazione?» chiede l'avvocato.

«I miei fratelli e io siamo arrivati al capannone dei Williams pochi minuti dopo la partenza della signorina Davidson e del signor Williams Jr da casa nostra. Avevamo capito che c'era qualcosa di strano e, infatti, appena abbiamo provato a entrare siamo stati aggrediti da alcune guardie armate. Abbiamo respinto le guardie e siamo riusciti a trovare un accesso laterale da cui entrare. La situazione era molto chiara. Alex Williams teneva la signorina Davidson in ostaggio».

«Ma da verbale si apprende che gli agenti di sicurezza del signor Williams erano tutti a terra. Come è possibile che un ragazzo agile e forte come lei abbia avuto bisogno di due colpi per neutralizzare il pericolo?» chiede l'avvocato. «Conosciamo bene il suo passato nella Marina militare degli Stati Uniti. Lei era uno sniper e dai rapporti dei suoi superiori si deduce che probabilmente era il miglior cecchino della nazione».

«Non ho mancato la mira, infatti. Io non manco mai la mira» dice Aidan. «Con il primo sparo ho allontanato il signor Jonathan Williams dalla signorina Davidson. Il colpo ha sbalzato l'uomo per terra. Il suo giubbotto antiproiettile ha assorbito l'urto, perciò dopo pochi istanti il signor Williams ha cercato di riappropriarsi di un'arma. Ho dovuto ragionare in fretta e ho piazzato un altro colpo. È una tecnica comune in Marina, come immagino avrà letto nei rapporti su di me» ribatte, arrogante. Osservo Aidan, sembra tranquillo e rilassato e non un uomo accusato di non aver agito per legittima difesa. Il suo volto è impassibile, la sua capacità di mescolare realtà e menzogna con naturalezza fa venire i brividi.

«Avrebbe potuto immobilizzarlo a terra senza sparare altri colpi» scuote la testa l'avvocato. «La verità, signor Harrison, è che lei sa perfettamente che non erano necessari, lei era assetato del sangue del mio cliente».

«Obiezione, Vostro Onore!» Il nostro avvocato, il ragazzo che Aidan ha salutato come Ben, scatta in piedi. «Questo non è rilevante ai fini dell'accusa in capo al signor Jonathan Williams e in capo al signor Alex Williams».

«No» si affretta a ribattere l'altro. «Ma se i miei clienti fossero stati attirati lì con l'inganno? Forse l'accusa di sequestro di persona e minaccia dovrebbe ricadere sugli Harrison».

«Le telecamere di servizio davanti alla casa della famiglia Harrison hanno già dimostrato che la signorina Davidson è stata prelevata da Alex Williams e dalla sua scorta e che i fratelli Harrison li hanno seguiti subito dopo» ribatte Ben.

«Accolta» stabilisce il giudice.

«D'accordo» dice il loro avvocato, per nulla intimidito. «Ho un'ultima domanda. Lei ha cercato in qualche modo di indagare sul conto della famiglia Williams per mezzo della figlia Charlotte relativamente all'omicidio di sua madre? Mi è stato comunicato che il detective dell'FBI, Joseph Mallory, ha recentemente ottenuto la riapertura del caso. Molti in questa aula si ricorderanno del drammatico incidente che portò alla morte prematura di Shailene Harrison e delle accuse del tutto infondate che Clark Harrison sostenne a carico del mio cliente...»

Aidan lo guarda con arrogante superiorità.

«Sì» ammette. «Era esattamente quello che stavo facendo. Cercavo informazioni sull'assassinio di mia madre attraverso la relazione con Charlotte».

«Ho finito» dice l'avvocato rivolgendosi al giudice.

Aidan scende dal palchetto delle testimonianze. Mentre ci

raggiunge i suoi occhi sono fissi su un punto, non sui Williams, non su di me. A cosa sta pensando?

«Signorina Aria Davidson è chiamata a testimoniare» mi dice il giudice.

Mi alzo. Passo a pochi centimetri da Aidan, provo a sfiorarlo con le dita quando ci incontriamo ma è come se si trovasse dall'altra parte della città.

«Giura di dire la verità, solo la verità, nient'altro che la verità?»

«Lo giuro» rispondo, tenendo in mano una copia della Bibbia.

«Signorina Davidson, lei lavorava per la famiglia Harrison dallo scorso settembre, è corretto?» mi chiede l'avvocato.

«Sì» ribatto con il cuore in gola.

«E quando si è concluso il suo contratto di lavoro?»

«Non ricordo la data, ma era dicembre».

«Prima o dopo l'accaduto con i miei clienti?»

«Prima».

«Mi può descrivere il suo rapporto con Alex Williams?»

«Ero interessata a lui, niente di più».

«Sapeva del caso di Shailene Adams Harrison?»

«Non inizialmente. L'ho saputo soltanto dopo».

«E chi l'ha messa al corrente?»

«Aidan» rispondo.

«Signorina Davidson, lei prova qualcosa per il signor Aidan Harrison?»

Deglutisco. «Sì».

«Vostro Onore, è evidente che l'obiettivo del signor Aidan Harrison e quello della signorina Davidson fosse quello di indagare illegittimamente sul conto della famiglia Williams. Il caso è stato archiviato otto anni fa senza che venisse evidenziato alcun collegamento tra l'omicidio di Shailene Harrison e la famiglia Williams».

«Alcun collegamento?» chiedo d'impulso.

Tutti ruotano di scatto le loro teste verso di me. L'avvocato dei Williams mi si avvicina.

«Sì, signorina Davidson. Lei è stata abilmente manipolata. Non so cosa le abbiano raccontato i suoi ex datori di lavoro, ma l'alibi del mio cliente è stato confermato già all'epoca».

«Vostro Onore, di nuovo, non vedo cosa c'entri questo...» ribatte il nostro avvocato.

«Stavano cercando di incastrarli e...» va avanti il loro.

«Io ho le prove» dico di punto in bianco interrompendo in maniera sfrontata i due difensori impegnati in una battaglia che non li riguarda da vicino.

Tutti si voltano a guardarmi.

«Che cosa intende, signorina Davidson?»

«Intendo dire che io ho le prove della loro colpevolezza» dico alzando gli occhi verso i Williams. «So che sono stati loro, me l'hanno detto con le loro stesse bocche. Mentre mi puntavano una pistola alla nuca».

L'avvocato della difesa ride. «E perché ne ha parlato alla polizia o al detective Mallory? Le prove in questa sede sono irrilevanti, non ci stiamo occupando del caso Adams Harrison».

«Gli eventi che ho vissuto a causa dei Williams sono stati fortemente traumatici. Quando sono stata chiamata a dare la mia deposizione mi trovavo in stato di shock e solo ora, ora che riesco a guardare in viso le persone che hanno tentato di uccidermi, sento che la nebbia che mi ottenebra la mente dal quel giorno si comincia a dipanare. Sono colpevoli, devono pagare per quello che hanno fatto e io ho le prove».

«Non sono ammissibili, ora» ribatte l'avvocato.

«Non ci troviamo in un'aula di tribunale? Non è il processo per il mio rapimento e tentato omicidio? Mi sembra che questa sia la sede più adatta».

«Che prove ha, signorina Davidson?» mi chiede il giudice.

«Registrazioni di conversazioni in cui Alex Williams dichiara la pericolosità del padre e lo stesso Jonathan Williams si dichiara artefice dell'assassinio di Shailene».

È calato il gelo. È come se il freddo del Vermont avesse varcato le porte dell'aula e avesse tolto il respiro a tutti quanti.

«Signorina, lei sta facendo un'accusa molto grave» dice il giudice quasi in un sussurro.

«Non lo direi se non ne fossi certa». Estraggo dalla borsa il mio vecchio cellulare. Per tutto questo tempo non ci ho mai pensato. Mi sono abituata a usare il regalo di Natale dei fratelli Harrison e, contemporaneamente, mi sono costretta a dimenticare i fatti di quella sera. Con mano ferma apro la cartella delle registrazioni e appoggio il telefono sul banco di fronte a me.

«Vostro Onore, qualsiasi sia il contenuto delle registrazioni, quelle prove non sono ammesse» scatta l'avvocato della controparte.

«Vostro Onore, chiedo che il giudizio venga sospeso e rinviato, almeno fino a quando il detective non avrà avuto modo di esaminare la registrazione» interviene Ben.

«Sì, sospensione immediata del giudizio». Il giudice batte il martelletto ed esce dall'aula.

Un uomo dai capelli scuri e distintivo al collo si avvicina a me.

«Salve». Mi porge una bustina in plastica trasparente. «Sono il detective Mallory».

«Salve, Aria Davidson».

«Mi serve il registratore e una firma qui». Mi mostra un punto su un foglio pieno di scritte.

Faccio come dice. I nostri occhi si incontrano. La sfumatura che hanno le sue iridi mi colpisce.

«Grazie» abbozza un sorriso il detective, andandosene in fretta.

Aidan sta uscendo dall'aula mentre il signor Harrison si avvicina ai nostri avvocati, scambiando con loro alcune parole sommesse. Gli altri fratelli Harrison seguono il maggiore senza rivolgermi nemmeno uno sguardo.

Scendo dal palchetto delle testimonianze per raggiungerli.

«Pensi che un'inutile registrazione possa spaventarci?»

La voce di Williams mi azzanna senza preavviso come un serpente.

«Tu non hai idea di quello che la mia famiglia è capace di fare. Né un tribunale né la polizia possono fermarci».

Deglutisco stringendo i pugni lungo i fianchi.

«Aria, andiamo». Il signor Harrison appoggia una mano sulla mia spalla spingendomi delicatamente in avanti. «Non dargli modo di entrarti nella mente, è un bravo manipolatore».

Annuisco, ma lui non sa che dentro di me scorre il veleno senza antidoto dai Williams.

Capitolo 75

Cerco Aidan senza trovarlo. Gli Harrison si sono riuniti all'ingresso, hanno creato un gruppo coeso e parlano fitto, tra loro.

«Sai dov'è andato Aidan?» chiedo ad Asher. Lui non alza lo sguardo su di me. «Penso sia in bagno» dice con voce cupa. Raggiungo i servizi degli uomini ed entro. Lo vedo mentre getta in un cestino la carta con cui si è appena asciugato le mani. I nostri sguardi si incontrano nello specchio.

«Perché non me l'hai detto prima?» mi chiede, andando dritto al punto.

Sospiro.

«Non me ne sono ricordata, Aidan. So che per te, che hai sempre il controllo della situazione, in ogni caso e in ogni momento, una cosa del genere può sembrare impossibile, ma io non ho mentito alla Corte. Solo ora mi rendo conto di quanto fossi sconvolta in realtà. E il fatto che nessun poliziotto, nei giorni successivi, quando forse sarei stata più tranquilla, sia venuto da me a prendere un'altra deposizione conferma i vostri sospetti: questa città è corrotta».

«Non te ne sei ricordata?» mi domanda, alzando un sopracciglio, come se non avesse sentito una parola di quello che ho detto.

«Aidan, ho fatto di tutto per dimenticare quella notte».

«È incredibile». Si volta verso di me. Nella sua voce, nel modo in cui si muove, riconosco un che di minaccioso.

«Eppure è così» ribatto incrociando le braccia al petto e sostenendo il suo sguardo con forza. La registrazione che ho consegnato al detective Mallory può ribaltare le sorti del processo, rappresenta la carta vincente, se gli avvocati degli Harrison riusciranno a usarla nel modo corretto. Crede che non lo sappia?

Con uno scatto afferra il mio fianco e mi obbliga a guardare lo specchio. Il suo corpo preme sul mio. Un brivido mi percorre la schiena e sono costretta ad aggrapparmi al lavabo per reggermi.

«Aria...» bisbiglia, piegandosi sul mio orecchio, «... nella registrazione c'è *tutto* quello che è accaduto quella sera?»

Ci penso e la verità mi piomba addosso. Nella registrazione c'è il discorso tra Aidan e Jonathan Williams, ci sono i due spari. Ci sono io che convinco il mio ragazzo a non uccidere l'uomo che gli ha portato via sua madre.

«Sì» dico, senza voce.

Fa scorrere una mano sul braccio fino ad arrivare al retro del collo, che afferra.

«Impulsiva, come sempre» ringhia. «Se le mie dichiarazioni su ciò che è accaduto quel giorno non dovessero corrispondere alla registrazione, avrai messo a rischio il mio lavoro e quello dei miei fratelli e saranno guai grossi». Stringe la presa. «Una dichiarazione falsa può costarmi tutti gli equilibri che ho con l'FBI e la CIA».

Cerco i suoi occhi nello specchio. «Mi stai minacciando, Aidan? Cosa vuoi che faccia? Che riprenda il cellulare dalla busta in cui l'ha messo Mallory? Credevo che fossi un po' più coraggioso di così».

«Biondina...» le sue labbra si incurvano in un sorriso tagliente, «io non ho bisogno di minacciarti e in questo momento ti piegherei volentieri sul lavabo per scaricare la tensione che stiamo accumulando. Ma prima hai detto una cosa corretta: questa città è corrotta. E non sai chi ci sta osservando in questo momento». Alzo lo sguardo e faccio correre gli occhi sulle pareti.

«Non cercarle» bisbiglia, vedendomi mentre provo a capire se ci sono telecamere.

«D'accordo» annuisco. «Ho sbagliato, avrei dovuto parlartene prima».

«Aria, per quanto mi piacerebbe...» sussurra sfiorando il lobo del mio orecchio, «... queste parole non sono la soluzione al tuo atto sconsiderato».

«C'è sempre una soluzione».

«A volte quelle che non mettono a rischio gli altri sono limitate».

Faccio una smorfia amara.

Lui mi guarda dritto negli occhi.

Lascia di colpo la presa e se ne va troncando il discorso.

Esco dal bagno dopo qualche istante e mi avvio verso l'uscita.

Aron è accanto a Jason impegnato in un'accesa discussione con Josh. Incontro i suoi occhi, rossi e solcati da profonde occhiaie, ma lui distoglie subito lo sguardo.

«Aria, sei stata forte» dice Jake avvolgendomi le spalle.

«Davvero?»

«Be', per merito tuo ora devono rivedere tutta la loro difesa. Se ne staranno con l'acqua alla gola ancora per un po'. Per me è già una bella vittoria».

«Speriamo solo che Collins non trovi degli escamotage» commenta Josh.

«Non può. Stavolta è impossibile» ribatte speranzoso Jake, superandomi. Mi avvicino ad Aron, che da quando abbiamo lasciato lo chalet si è chiuso in un silenzio assoluto.

«Aron» gli sussurro. «So che non vuoi più sentire ragioni a riguardo, ma devi farti aiutare».

Lui si volta di scatto verso di me e mi fulmina con lo sguardo, ricordandomi che quello fra noi è un segreto di cui i suoi fratelli non devono sapere nulla.

«Devi dirglielo, non posso continuare a mentire ad Aidan» bisbiglio quando raggiungiamo le berline. Aron non risponde e sale in auto. Cerco Aidan, ma della berlina su cui abbiamo viaggiato all'andata non c'è più traccia.

«Se ne è andato qualche minuto fa» mi spiega Jake. «Noi abbiamo un posto libero» dice. Aidan mi ha lasciata qui. Perché? Vuole punirmi per la registrazione?

«Grazie, ma farò una passeggiata» rispondo, declinando l'invito. Supero gli Harrison e mi avvio verso il centro di Burlington con la testa e il cuore pesanti. Quando arrivo davanti al locale in cui avevo trascorso la serata con Ang, lo Zero, decido di entrare. Mi siedo a un tavolino e ordino un caffè. Prendo il cellulare dalla tasca.

'Avresti potuto aspettarmi'.

Appena invio inizio a fisso il cellulare come se da un momento all'altro potesse esplodere.

'Avresti potuto dirmi della registrazione'.

Sospiro. So che ha ragione, eppure vorrei che provasse a capirmi. Nei giorni successivi l'accaduto con i Williams ho tentato di fingere che non fosse successo nulla. Ho rivolto la mia attenzione su altro, su Cole e su Aron per esempio. Avevo quel campanellino d'allarme che mi risuonava in testa, quello stato di allerta silenzioso e costante. La sensazione indelebile che Aidan riesce a provocarmi quando mi protegge è vera, ma una parte di me vive ancora nel passato, una parte di me elabora strategie di fuga e valuta i rischi anche quando non ci sono. Forse è per questo che anche dopo il regalo di Natale degli Harrison, ho tenuto con me il vecchio cellulare che avevo usato per registrare. Non ci ho pensato, l'ho fatto in modo automatico. Sogno di ottenere una vita migliore, sogno di svegliarmi al mattino e sentirmi libera; ma sarò mai libera dal mio passato?

«Ecco il caffè».

Una cameriera appoggia una tazza fumante davanti a me. Ha i capelli rossi e il viso cosparso di lentiggini, come se qualcuno avesse preso della pittura color ruggine e avesse deciso di tingerle i capelli e spruzzarle la vernice residua sulle guance. Fra la costellazione di puntini rossicci, emergono i suoi occhi verdi, sottili e felini.

Noto sul suo petto un ciondolo a forma di goccia, all'interno c'è una pietra rossa.

«Grazie».

«Le ho portato anche dei biscotti» dice poggiando il piattino sul tavolo.

«Non mi pare di...»

«Lo so, ma ha l'aria di qualcuno che ne ha bisogno».

Alzo il viso su di lei. Abbozzo un sorriso. «Molte grazie»

«Interrompiamo il programma per informare di un grave scontro avvenuto fra due auto sulla Ventitreesima strada...»

Alzo gli occhi sul televisore affisso sopra il bancone, ma mi distraggo quando il cellulare inizia a vibrare.

«Aron?»

«Aria... Aria, io ho bisogno di aiuto...» parla con voce tremante.

«Cosa succede?»

«Io l'ho fatto... io ho seguito il tuo consiglio ...» dice freneticamente. «... gli ho detto delle pasticche e lui...»

Ritorno a guardare la tv e le immagini dell'incidente diventano più nitide.

«Che cosa ha fatto?» sussurro mentre stringo gli occhi per mettere a fuoco l'uomo sul marciapiede ripreso dalla telecamera. Indossa un completo elegante e con le mani fra i capelli bianchi guarda le due auto.

«Io non volevo...» continua Aron con voce rotta dal pianto.

Due ambulanze arrivano sul luogo e in men che non si dica caricano su due barelle gli uomini feriti. Uno di loro ha la pelle marchiata di tatuaggi. Il telefono mi scivola dalle mani.

Capitolo 76

'Non lui'.

'Non lui'.

'Non lui'.

Non riesco a pensare. Corro fra i corridoi dell'ospedale scontrandomi con tutte le persone che camminano nel senso opposto al mio.

'Non lui'.

L'universo non può farmi questo, non può togliermi anche lui, non dopo avermi privato di una madre, di un padre e di un fratello, non dopo avermi obbligato a sopravvivere per anni.

Non può andarsene, non prima che io gli dica che lo amo, che sono stata ipocrita a non dirlo quando dovevo. Lo amo, lo amo dal primo giorno in cui ci siamo incontrati.

'Non lui'.

Trattengo il fiato e mi arresto di colpo sulla soglia della sala d'attesa alla ricerca dei suoi occhi.

'Non lui'.

Vengo attirata in un angolo della sala. Lui è lì, che mi guarda con il fiato sospeso. Il tempo rallenta e il cuore riprende a battere, il petto si alleggerisce.

'Sei una debole, Aria. Devi essere forte'.

La maschera non c'è, l'impassibilità è scomparsa, l'indifferenza si è dissolta. Nessuna strategia, nessun calcolo, solo paura. Gli occhi di un ragazzino spaventato, ma sta bene.

Lo raggiungo e mi aggrappo alle sue braccia. Faccio un grosso respiro e inspiro il suo odore, ne ho bisogno. Il suo profumo mi scende nei polmoni. Le sue braccia circondano il mio corpo con una presa salda. Eccolo qui il nostro bisogno l'uno dell'altra. Non c'è speranza, non posso più tornare indietro da questo. Ci sediamo vicini.

I miei occhi corrono sui visi degli Harrison. Asher è seduto vicino alla finestra e fissa fuori con sguardo vuoto. Josh sta scrivendo dei messaggi sul cellulare. Aron è in disparte, con il viso abbassato, impossibile da vedere. Jake è in piedi, davanti al distributore automatico.

Manca Jason.

Il mio cuore perde un battito.

«Aidan» sussurro. «Cos'è successo?»

Lui scuote la testa, contraendo la mascella. Mi guarda con occhi lucidi.

«Lo sapevo» sussurra. «Lo sapevo e non ho fatto nulla per evitare che accadesse».

Deglutisco, ho la gola secca.

«Io avrei dovuto proteggerli... Io dovevo... Sono stati loro. Lo so che sono stati loro».

«Aidan». Lo obbligo a guardarmi negli occhi. «Non puoi controllare tutto».

«Potevo, dal momento in cui sappiamo quanto siano disumani» dice scuotendo il capo.

Appoggio la fronte alla sua.

«No. Smettila e ascoltami: non puoi controllare tutto, Aidan».

Lui chiude gli occhi e li stringe di nuovo con forza respingendo le lacrime. Aidan Harrison non permette al dolore di sopraffarlo.

Il tempo sembra fermarsi. Le lancette dell'orologio che ticchetta nella sala d'attesa paiono non spostarsi mai. L'angoscia è sempre più forte, più asfissiante. Gli Harrison sono seduti scomposti nei loro completi troppo eleganti per un ospedale. Vivo con loro da mesi eppure i loro visi in certi momenti sono ancora un mistero. Clark è chino su se stesso, ha i gomiti appoggiati sulle ginocchia e il viso immerso nelle mani. Angelica è arrivata poco dopo di me. Si è seduta vicino ad Asher, quando i loro sguardi si sono incrociati sul viso di entrambi è comparsa una smorfia di dolore e preoccupazione. Aron è lontano da tutti, ha gli occhi rossi, cerchiati, i capelli in disordine e l'abito strappato in più punti. Sulla fronte ha una ferita che gli è stata subito medicata. Appena è arrivata accompagnata da Rosa, Grace si è avvicinata a lui con i pugni serrati lungo i fianchi e un'espressione contrita sul viso. Hanno parlato per un istante a bassa voce, ma subito dopo lei è uscita di corsa, passandomi davanti. Aron l'ha inseguita. Nessuno oltre a me sembra aver fatto caso a questa scena, sto per parlarne con Aidan quando un dottore entra nella stanza. Scattiamo subito tutti in piedi, circondandolo.

«La famiglia Harrison?» chiede. Ha i capelli brizzolati e indossa una divisa azzurra sotto a un camice spiegazzato. Il suo sguardo corre su Angelica.

«Ciao papà» lo saluta lei. La guardo, stupita. Non mi aveva mai parlato della sua famiglia. Osservo il suo viso e quello di suo padre e la somiglianza balza subito all'occhio. Hanno la stessa pelle scura, l'espressione acuta, gli occhi luminosi. Vorrei presentarmi, ma non mi sembra il momento adatto.

«Dottor Dalmar» lo saluta anche Ash, cupo.

«Asher» risponde lui freddo.

Il medico, il padre di Ang, guarda al di là delle nostre teste cercando il signor Harrison, l'unico rimasto seduto.

«Clark» lo chiama con voce rassicurante. «Stiamo operando. Ci vorranno delle ore, ma vi terrò aggiornati».

Il signor Harrison annuisce. «Come sta?» chiede con voce spezzata.

«Jason è ancora in condizioni critiche. Ma ti assicuro che la mia squadra e io stiamo facendo tutto il possibile».

Faccio qualche passo indietro con il cuore in gola. Mi appoggio allo stipite della porta d'ingresso della sala.

«... non devi azzardarti a dirlo a nessuno della mia famiglia» sento dire dal corridoio.

«Invece credo sia proprio il caso di dirglielo ora, così sapranno come stanno le cose».

«Grace, non puoi farlo, devi tenere la bocca chiusa... Hai visto che cos'è successo quando l'ha saputo Jas?»

Svolto l'angolo e mi avvicino ad Aron e Grace, impegnati in una conversazione piuttosto accesa.

«Che succede?» chiedo sospettosa.

«Niente, Aria» mi liquida Aron infastidito.

«Niente?» gracchia Grace guardando prima me e poi Aron con espressione interrogativa. Sospira e torna nella sala d'attesa.

Alzo un sopracciglio verso di lui.

«Giuro che non ho fatto nulla. Le ho solo chiesto di non parlare con mio padre e i miei fratelli, almeno fino a quando Jas non si sarà svegliato».

«Aron» dico, avvicinandomi a lui e mettendogli una mano sul braccio. «Grace ha ragione. È arrivato il momento di dire la verità».

«Stai scherzando, Aria? Vuoi che Aidan mi metta di nuovo le mani addosso? Vuoi vedere anche me in una sala operatoria o direttamente in una bara?»

«Non parlare in questo modo di lui» ringhio avvicinandomi minacciosa. «Non descriverlo come un mostro, non dopo tutto quello che cerca di fare per proteggere tutti voi... E non farlo soprattutto se sei stato tu a mettere a repentaglio la vita di tuo fratello e ora non sei neanche abbastanza uomo da prenderti le tue responsabilità».

Scuote il capo e sposta gli occhi iniettati di sangue verso terra.

«Non posso, Aria. Non posso dare loro altre angosce, raccontare la verità proprio mentre...» deglutisce, «... mentre Jason lotta fra la vita e la morte a causa mia».

«Aron...» sospiro. «So che è difficile, ma...»

«Non posso Aria» ripete scuotendo il capo.

«Non puoi cosa?» La voce profonda di Aidan mi fa sobbalzare.

«Niente» risponde Aron.

«Stavamo parlando di Jason» dico io.

«Hai finito?»

«Di fare cosa?» chiedo confusa.

«Di dire stronzate» ribatte tagliente.

«Io...» sussurro presa alla sprovvista.

Rivolgo i miei occhi verso Aron facendogli capire che è arrivato il momento di vuotare il sacco, prima che sia troppo tardi. Lui annuisce.

«Stai calmo, Aidan» lo avverto. «Non sono stati i Williams a provocare l'incidente».

È come se non sentisse.

«Che cazzo hai combinato?» dice lui facendo un passo verso Aron.

«Io...» Aron abbassa lo sguardo.

«Tu cosa?» insiste.

Gli occhi di Aron saltano da me ad Aidan. Si schiarisce la voce. «Non riuscivo a concentrarmi bene... Non riuscivo a studiare e lavorare. Ho preso alcune delle pasticche di Jake...»

Aidan tace, si immerge nel silenzio. E per esperienza so che è più pericoloso quando non parla. Stento a comprendere come possa mantenere un tale controllo persino in una circostanza di questo genere.

«Ti sei fatto» scandisce le parole con voce bassa, graffiante.

Aron annuisce.

Aidan scatta. Lo afferra alla base della nuca e lo spinge in una stanza buia all'altro capo del corridoio. Li seguo. Aidan lo scaraventa lontano. Aron barcolla e poi ritrova l'equilibrio.

«Aidan!» esclamo. «Ha appena avuto un incidente!» Ma lui è di nuovo sordo.

«Che cosa cazzo ti dice il cervello?» ringhia.

«Io... Non lo so. È stato un periodo difficile, non capivo più nulla... L'università...»

«E quella merda è la soluzione?»

«No, ma...» cerca di dire.

«Ti ha sfiorato per un solo istante il pensiero di come nostro padre l'avrebbe presa se avesse saputo come il figlio gestisce i suoi problemi?» lo interrompe con arroganza.

«Io non sapevo che altro fare».

«Potevi venire da me».

«A questa cosa non avresti trovato una soluzione nemmeno tu».

«Davvero Aron? Da quanti cazzo di casini ho tirato fuori il tuo culo da immaturo?» risponde Aidan, impassibile.

«Nessuno te l'ha chiesto!» ribatte Aron alzando il tono. «Non sono più un ragazzino, ho ventitré anni, posso gestire da solo i miei problemi».

«La realtà dice il contrario. Jason potrebbe morire» replica Aidan, freddo.

«A quale cosa?» chiedo io. Gli occhi di Aron scattano su di me. Vedo che è prossimo alle lacrime. «A quale cosa?» insisto. «Hai detto che 'a questa cosa' neanche Aidan saprebbe trovare una soluzione, di che cosa stai parlando?»

È tempo che i sentimenti sommersi escano. È tempo che si dicano la verità. Aron torna a guardare Aidan. «A *tutto* questo, ovviamente. A noi, a questa famiglia disastrata, a mamma, al dolore, a Charlotte Williams che gira per casa nostra indisturbata, alla faida tra noi e loro, alle feste senza senso, alle scopate senza senso... a *tutto*. E poi, non voglio deludere nessuno. Mi sento stanco, mi sento...» si blocca. Non riesce più a trattenere le lacrime.

«Sovrastato» finisco io per lui la frase.

Aron annuisce.

Aidan lo fissa, nei suoi occhi non c'è ombra di emozione.

«Di' qualcosa» dice Aron, ma Aidan non risponde. «Di' qualcosa!»

«Aidan...» mi faccio avanti.

«Sta' zitta» mi intima.

«Cosa?» domando, stupita. «Se vuoi finire in obitorio questo è il modo giusto» ribatto.

«Vai a farti visitare» dice ad Aron. «Quando tutto questo sarà finito non voglio più vederti in questo stato» ringhia.

Aron lo supera senza dire una parola. Scorgo il suo viso e capisco che cosa pensa. Non era la conversazione che sperava di avere con Aidan, ma era esattamente quella che si aspettava avrebbero avuto.

«Dovresti almeno provare a comprendere le ragioni per cui si è comportato in quel modo» dico quando rimaniamo da soli nella stanza buia.

«È comodo così, vero Aria? Dire a me come comportarmi con mio fratello quando anche tu hai dei problemi con il tuo».

«Le due situazioni sono differenti» ribatto. «Io volevo solo aiutarti Aidan. Ho provato ad avvertirti quella mattina su di lui, ma non mi hai voluto dare ascolto».

«Ma certo...» abbozza un sorrisetto. «Tu volevi aiutarmi, così come volevi fare con la registrazione».

«Sì, finalmente ci sei arrivato» rispondo spalancando le braccia.

Lui mi fulmina con uno sguardo cupo. «Sai qual è il problema, Aria? Che vuoi aiutare tutti, ma non ascolti nessuno. Io ti dico che non voglio il tuo aiuto, ma tu continui ad agire alle mie spalle».

«E perché lo faccio?» Gli punto un dito contro. «Perché tu vuoi controllare qualsiasi cosa, tu non prendi in considerazione quello che le persone ti dicono perché pensi che il tuo modo di vedere e pensare sia migliore di qualsiasi altro essere vivente che cammina su questa terra».

«Lo penso perché con il mio modo di fare ottengo sempre ottimi risultati».

«Davvero?» Alzo un sopracciglio. «Abbiamo assistito allo stesso processo, vero? Senza la mia registrazione in quell'aula le cose sarebbero andate diversamente».

«Come se non ci fossero tutte le conversazioni con le cimici...» Scuote il capo.

«Non sarebbero bastate. Lo so io e lo sai tu. La registrazione sbatterà i Williams in carcere per un bel po' di tempo. Non possono ritrattare una confessione come quella» rispondo, secca.

Mi squadra, infastidito. «Tu menti, Aria. Continuamente».

Strabuzzo gli occhi. «Aidan Harrison sei davvero incredibile. Ti sei già dimenticato di Charlotte? Del tuo lavoro? Del mio ruolo dentro a casa vostra?»

«Io non ti ho mentito!» grida. «Ho omesso la verità, perché la verità aveva un prezzo troppo alto».

Faccio una smorfia.

«Per proteggermi, certo...» Sventolo una mano in aria. «Ti do una notizia, Aidan: omettere è un altro modo per mentire. Al di là di quel che tu voglia raccontarti è così. Io sono rimasta in Vermont per te, per noi. Non ho un lavoro, ho messo in pausa le mie aspirazioni. Non ti ha mai sfiorato il pensiero che forse stia cercando anche io di proteggere te?»

«Non te l'ho chiesto» ribatte, freddo.

Perdo un battito.

«E io non l'ho chiesto a te, ma tu l'hai fatto comunque».

«Basta così, Aria».

Incontro i suoi occhi e il cuore sprofonda in una voragine. Quel verde in cui ho trovato conforto tante volte all'improvviso non mi accoglie più. Mi guarda come se fossi un estraneo fastidioso. Faccio un passo indietro. La foresta di tormenti attorno al suo cuore torna a essere tenebrosa e intricata come la prima volta che l'ho vista. Non c'è uno spiraglio che mi consenta di entrare.

«Non possiamo andare avanti in questo modo» aggiunge.

Trattengo il respiro.

«Hai ragione» ribatto. «Tutto questo è riuscito a stare in piedi anche troppo».

«Non ho detto questo...» risponde.

«Allora che cosa hai detto? Non vuoi il mio aiuto, non vuoi che stia al tuo fianco, litighiamo continuamente. Anche io sono stanca, questa situazione ci distruggerà».

«Aria...»

«Non importa Aidan, non devi giustificarti» lo interrompo con il cuore a pezzi. «Sapevamo che prima o poi sarebbe accaduto».

«È per questo che non mi hai mai detto che mi ami?»

'Sì, certo che ti amo, con ogni fibra del mio corpo'.

Deglutisco, mandando giù le lacrime, le parole, i sentimenti. Tutto.

«Resterò qui per salutare Jason quando si sveglierà. Poi tornerò a Miami» decido. Lascio che il tempo rallenti, lascio che si porti via anche l'ultima flebile speranza che lui mi dica che stava scherzando, che si stava solo lasciando trasportare dalla rabbia. Ma il tempo mi strappa dalle mani quella speranza, la accartoccia assieme al mio cuore e la butta nel cestino.

«Dov'è?» domanda Tess ad alta voce entrando nella sala d'attesa. Ha il solito rossetto rosso fuoco sulle labbra, ma non sprigiona la sicurezza che mostra di solito, anche se cerca di non darlo a vedere. Jake si alza e prova a trattenerla prima che superi la porta della sala e setacci una a una tutte le sale operatorie alla ricerca di Jason. Sentendo le sue grida, due infermieri corrono subito da noi.

Serro gli occhi, nella speranza che questo possa bastare per allontanare le sue domande arrabbiate, il suo dolore. La sua voce straziata riverbera il male che sento dentro, il cuore che brucia ancora dopo le parole di Aidan. E che forse continuerà a farlo finché non brucerò anche io.

«Perché lui?» urla Tess. Aron si avvicina a noi con un pezzo di cotone sul braccio.

Perché lui? Perché di qualsiasi uomo sulla faccia della Terra proprio lui?

Stringo i denti e mi allontano lungo il corridoio.

Sono passate sei ore da quando il dottore ci ha parlato. Sei ore di silenzio. Faccio avanti e indietro per la stanza cercando di smaltire l'ansia; mi siedo, gioco con le applicazioni del telefono per distrarmi, ma è tutto inutile. Osservo ciò che accade attorno a me, ma non appena l'occhio finisce dieci posti più in là vedo Aidan con il volto perso fra le mattonelle e sento che la voragine dentro di me mi sta divorando.

Tess ferma ogni dottore che compare dal corridoio e li interroga severamente, strattonandoli per il braccio quando non le rispondono. Clark si è ammutolito. Rosa gli ha passato un braccio sulle spalle. Ogni tanto lei muove le labbra, ma non emette alcun suono. Forse sta pregando. Gli altri Harrison stanno aspettando. Non li ho mai visti stare fermi e in silenzio per un periodo di tempo così lungo. Angelica ha deciso di andare allo chalet assieme a Madison, e prendere dei vestiti per Jason. Grace le ha accompagnate. Le lancette dell'orologio che girano così lentamente mi tormentano.

«Clark». Il dottor Dalmar torna da noi e lui scatta in piedi.

«L'intervento è andato bene. Jason ora è stabile ed è fuori pericolo. È un ragazzo molto forte, non so se un altro al suo posto ce l'avrebbe fatta» spiega.

Sento cinque sospiri di sollievo diversi alle mie spalle. Jake, Asher e Aron si danno alcune pacche sulle spalle e si abbracciano. Tess sorride e una lacrima le sfugge dagli occhi. Aidan, invece, resta nel suo angolo, non si unisce ai festeggiamenti. I nostri occhi si incrociano, ma non riesco a decifrarlo. È tornato a essere un mistero per me.

«*Gracias, Dios mío*» dice Rosa. Vado da lei e la stringo in un abbraccio.

«Posso vederlo?» domanda il signor Harrison.

«Certo. Sta riprendendo coscienza proprio ora. Dobbiamo parlare di alcune cose...»

«Possiamo venire anche noi?» La voce di Aidan si insinua nel mio petto in modo straziante.

«No, deve riposare. Se i valori saranno buoni, potrete venire domani. Ma soltanto uno alla volta».

TERZA PARTE
PERDERE

Capitolo 77

Il signor Harrison prende posto su uno sgabello accanto a quello su cui sono seduta io, in cucina.

«Vuole una tazza di tè?» gli chiedo.

«Sì, ti ringrazio».

Prendo il bollitore e riempio una tazza. Beve un sorso e poi si guarda attorno. Ha il viso stanco, ma quella patina di tristezza che avvolge sempre i suoi occhi in questi giorni si è ridotta. È come se l'incidente di Jason l'avesse ridestato.

«È stata una mossa azzardata quella che hai fatto in tribunale» dice dopo un lungo silenzio.

«Lo so. Ho sbagliato?» domando.

Lui sorride. «Sarebbe stato meglio entrare in possesso di quella registrazione prima di consegnarla al detective, in effetti. Non mi ero mai trovato in una situazione simile durante la mia carriera, ma stamattina ho analizzato la situazione con la mia squadra. Crediamo che la giuria sarà più incline a darci ragione» afferma.

«Sempre se accetteranno le prove».

«Lo faranno. Parola d'avvocato» sorride prima di scendere dallo sgabello. «Mi dispiace che fra te e Aidan le cose non stiano andando bene».

«Forse il suo intuito quella sera si sbagliava» mormoro riferendomi al gala di beneficienza.

Lui mi guarda e passa una mano sulla barba appena rasata. «Ero certo che l'avresti scelto, ma non avevo detto che sarebbe stato semplice» riflette. «Un amore come il vostro non può essere semplice».

«Forse non si tratta di amore...» ribatto.

«Va bene metterlo in dubbio, Aria. Nessuno sa definire davvero cos'è l'amore» sorride. «Ieri con Rosa abbiamo deciso alcuni cambiamenti. Lei si sistemerà nella mia camera. Se vuoi, quindi, puoi stare nella sua per tutto il tempo di cui hai bisogno, in attesa che la bufera passi».

«Grazie» rispondo cupa.

Subito dopo aver saputo che Jason si era svegliato e stava bene sono tornata allo chalet. Ho acquistato un biglietto per Miami e l'aereo sarebbe dovuto partire oggi, ma ieri sera ha iniziato a nevicare, così i voli sono stati cancellati. Esattamente come quando ho incontrato Madison in aeroporto. Sono di nuovo bloccata in questa casa. Avrei voluto prendere una stanza in hotel nel frattempo, ma non posso spendere altri soldi, mi serve ogni centesimo per l'iscrizione all'Accademia di Fotografia. Non ho mai visto Aidan in questi giorni. Ho saputo che lui e Josh sono andati a Boston per discutere una questione di lavoro con Lauren e sono stati via a lungo. Quando stamattina ho messo piede nella sua stanza per prendere il mio borsone, il letto ancora sfatto mi ha strappato un pezzo di cuore.

Come faccio a essere ancora in piedi?

'Sei una debole, Aria. Devi essere forte'.

Una settimana dopo.

La bufera è terminata ieri sera. Il volo partirà oggi, ma io sono stesa sul letto di Rosa, senza forze. Mi sono concessa al dolore, ho permesso alla voragine di aprirsi, di lacerare il mio petto e lasciar uscire tutto quanto. Ogni volta che una lacrima solca la mia guancia risuonano nella mia mente le sue parole: 'Aria, con me puoi essere debole, ci penso io coprirti le spalle'.

Quante bugie. Da quando ci siamo incontrati quante bugie ci siamo detti? Quante volte mi sono illusa di poter arrivare al suo cuore? E quante volte ho creduto di essere capace di amare?

Io sono rotta. Lui è rotto. Due persone spezzate insieme hanno soltanto paura di spezzarsi ancora di più.

Madison e Angelica hanno tentato di parlarmi per capire

cosa stesse accadendo, anche Aron ci ha provato, ma ho chiuso la porta a chiave. Non voglio più sentire niente, non voglio più parlare con nessuno. Una parte di me vorrebbe nutrirsi solo del dolore e della melma nera che ho dentro. Inghiottirla e lasciarmi inghiottire. Ma c'è una vocina che, con costanza, mi ricorda che non posso sacrificare la mia intera esistenza per lui, che non posso lasciarmi distruggere perché tra noi è finita. Non mi sono fatta portare via i miei sogni neanche da mia madre eppure non riesco a uscire da qui, non riesco a pensare di cambiare il biglietto aereo, di tornare a Miami, di cercare un posto in cui vivere e un lavoro. Mi sembra impossibile e so perché. Perché prima di lui non avevo idea di che cosa significasse avere qualcuno a sostenermi. Lui mi ha ferita, ma nei momenti in cui si è preso cura della mia fragilità mi ha fatta sentire me stessa, mi ha fatta sentire forte come mai mi ero sentita. Prima di lui *credevo* di essere forte, ma era una menzogna. Essere forti significa provare ad aprirsi, essere coraggiosi significa dare una possibilità al mondo anche quando ti ha deluso mille volte.

Poi, però, mi ha tolto tutto.

Ha solo fatto quello che io avrei voluto fargli tempo fa. Mi ha fatta innamorare di lui e poi mi ha lasciata in balìa di quel sentimento contorto e pericoloso, portandosi via ogni cosa.

Guardo il soffitto e non riesco ad alzarmi.

Non ho più forze.

Sono di nuovo sola.

Dieci giorni dopo.

Li sento. Sono al piano di sotto. Ridono.

Mi infastidiscono.

Dopo un po', qualcuno bussa alla porta. Non rispondo.

«Aria, vieni a cena?» chiede Grace.

Taccio.

Sono giorni che le lacrime hanno smesso di scendere, alla fine la voragine ha inghiottito anche loro. Eppure il dolore c'è ancora, è ancora qui, al centro del petto, intenso e costante. Ogni volta in cui mi addormento, gli occhi di Aidan, quelli di mia madre e quelli di Jonathan Williams si confondono, si sovrappongono. Sono ombre che mi seguono, che allungano i loro artigli per trascinarmi nell'oscurità. E io glielo lascio fare. Sono troppo spezzata per riuscire a oppormi.

«Aria...»

«No» sussurro.

«Ti lascio il piatto fuori dalla porta» risponde.

Sento i suoi passi allontanarsi. Il rumore che ha riempito la stanza per un attimo svanisce. Torna la solitudine. Non mi ero mai sentita tanto abbandonata nonostante ogni giorno tutti loro, tranne Aidan, bussino alla porta e provino a rivolgermi parole di conforto.

Aidan Harrison, lo scaltro calcolatore, ha fatto la sua mossa stravolgendo la strategia con cui mi difendevo ormai da anni. Ma non è colpa sua. Solo mia. Mi mancava un posto da chiamare casa e fra le sue braccia avevo trovato il senso di ogni cosa.

È il momento di andare.

Se voglio riprendermi, se voglio guarire, devo andare.

Poggio una mano sulla maniglia della porta.

Prima di aprire, però, noto la mia figura allo specchio. Ho gli occhi spenti, scavati, le mie guance hanno perso colorito. Vedo solo un volto privo di emozioni, una figura magra che si trascina a stento. Il mio riflesso irriconoscibile mi toglie quel poco di coraggio che ero riuscita a trovare.

Non posso affrontarlo. Sono troppo debole.

Richiudo a chiave la porta. Aspetterò che tutti dormano.

Corro per i corridoi in preda al panico.

Entro nella stanza e mi tuffo fra le sue braccia. Lui mi circonda, avvolgendomi in quella sensazione di sicurezza di cui avevo bisogno. Il petto si alleggerisce e il nodo alla gola si scioglie.

«Vi hanno fatto sapere nulla di Jason?»

«Jason è a casa, Aria».

«E allora perché siamo qui?» domando dubbiosa.

«Aria...»

«Signorina Davidson?» mi chiama un uomo in camice bianco.

«Sì?»

«Stiamo facendo tutto il possibile, ma le condizioni sono critiche. Suo fratello Cole potrebbe non farcela».

Scuoto la testa perplessa, poi il dolore mi investe. Sento una lama trafiggermi da parte a parte.

Mi volto verso Aidan che però mi guarda esausto, distante.

«Basta così» dice voltandosi e scomparendo.

Crollo a terra.

Non mio fratello, non lui, ti prego...

Ancora ansimante apro gli occhi. Mi alzo a sedere e raccolgo le lacrime. Stringo le lenzuola nei pugni. Fuori è quasi l'alba. Mi sono addormentata, ieri sera, ero troppo stanca.

'Non mio fratello, non lui, ti prego...'

Queste parole si fanno strada nel mio petto. E se ci fosse stato davvero Cole al posto di Jason? Ho creduto per anni che fosse morto, ma la verità è che non lo è.

Deglutisco.

Mi alzo in piedi.

Capitolo 78

Aidan

La ragazza mi guarda a braccia conserte in attesa di una risposta. Vorrei dirle che è fantastica, che mesi fa avrebbe lasciato questa camera con le gambe tremanti, le anche doloranti e il mio nome ancora impresso sulle labbra, così che le sue amiche e le amiche delle sue amiche mi avrebbero cercato in ogni locale di Burlington, di Miami o di Boston.

«È meglio se torno di sotto» dice lei dopo un po'. Si passa i capelli biondi perfettamente stirati dietro le orecchie e quel gesto è come una pugnalata nel petto.

'Non sono i suoi'.

Il mio cervello mi riporta subito l'immagine della sua chioma selvaggia, sempre arrotolata in modo disordinato in cima alla testa o sciolta sulle spalle in una nuvola ribelle profumata di shampoo. Penso a come le ciocche bionde si erano aperte a ventaglio nella piscina della villa o alle forme che creavano sul mio cuscino. Il cuore si contrae.

La ragazza, mi pare si chiami Eliza, si rimette le scarpe con i tacchi e passa una mano sul letto per sfiorare la mia, ma appena sento il contatto con la sua pelle mi ritraggo subito.

Fa un sorriso triste e si rialza.

«Chiama la persona a cui stai pensando prima che sia troppo tardi» dice, infilando la porta e uscendo.

Non la guardo neanche. So che vuole essere gentile, ma non mi interessa.

È *già* troppo tardi.

Di sotto, al bar dell'hotel, Eliza sembrava perfetta. Era fuori con le amiche per un addio al nubilato. Ho pagato a tutto il suo gruppo un paio di giri e lei si è avvicinata per ringraziarmi. *Volevo* arrivare in questa stanza. Volevo spogliarla, volevo baciarla, volevo prenderla.

Ma poi mi ha toccato. E quelle non erano le *sue* mani. E io voglio solo le sue mani.

Nel momento in cui se ne va dovrei sentirmi sollevato, invece so che in questo silenzio, in questa solitudine, i miei pensieri torneranno a farsi troppo invadenti. Mi torna subito in mente la conversazione avuta in ospedale, i suoi occhi verdi e nocciola increduli e feriti mi tormentano.

Che cosa ho fatto? Perché le ho lasciato credere che fosse finita?

Scivolo a terra. Mi siedo poggiando la schiena al bordo del letto.

Cazzo.

Perché non ho potuto darle più tempo? Aspettare che anche lei trovasse il coraggio di dirmi quello che so che prova per me? Perché ho sacrificato tutto in nome dell'orgoglio? Fa male e fa più male di un colpo di pistola. È un dolore infido, costante e lacerante. Ho provato a togliermelo di dosso in ogni modo, ma la realtà è che l'unico rimedio efficace è lei.

Ordino una bottiglia di bourbon al servizio in camera. Appena arriva me ne verso un bicchiere che scolo in un istante e poi ne prendo un altro. Apro la porta che dà sul balcone. L'aria gelida del Vermont mi graffia il petto nudo. Resto a fissare a lungo l'orizzonte e le cime degli alberi in lontananza. Quando mi riscuoto è quasi l'alba.

Ogni mattina negli ultimi giorni, al sorgere del sole, mi sono diretto verso la sua camera e ho poggiato una mano sulla maniglia, ma non ho avuto il coraggio di abbassarla, di cercarla. Ci siamo fatti troppo male. Lei non ne vuole sapere più niente di me. L'ho ferita troppe volte, l'ho delusa troppe volte. Ha bisogno di una persona senza mostri al suo fianco. Una persona intera, che possa prendersi cura delle sue cicatrici senza crearne di nuove.

Vorrei strapparmi il cuore dal petto e smettere di provare qualsiasi emozione.

Senza di lei mi sembra che nulla abbia senso.

Il bicchiere è di nuovo vuoto.

Afferro la bottiglia di bourbon, la finisco in un istante e mi lascio cadere sul letto.

Aria

Sull'invito al matrimonio c'era il numero di telefono a cui chiamare per confermare la presenza. Anche se era molto presto, Cole ha risposto dopo appena un paio di squilli. Aveva la voce limpida, quando gli ho detto che ero io ha fatto una piccola pausa. Non gli ho dato il tempo di parlare, gli ho chiesto solamente se potevamo vederci. Lui mi ha risposto subito che si prendeva la mattina libera, senza domandarmi altro.

Ora lo osservo per un istante dalla vetrina. Ha gli occhi calmi, si guarda attorno mentre beve un espresso e non una brodaglia americana. Questo piccolo dettaglio mi pompa un po' di sangue nel corpo. Mi ricorda che eravamo una famiglia. Mi ricorda che io ho qualcuno che ha ricordi in comune con me, che ha una storia in comune con la mia. E forse lui si è sentito solo tanto quanto mi sono sentita sola io. Entro.

La sala è calda e viva. Dopo dieci giorni di silenzio e solitudine, il frastuono mi travolge. La sensazione, però, non è sgradevole. Anche se io mi sento morta dentro, è consolante sapere che esiste ancora vita nel mondo.

«Ehi». Fa per alzarsi quando mi vede, ma gli faccio segno che non serve.

«Ciao. Cosa posso portarti?» chiede una cameriera subito dopo.

«Un espresso» le dico incrociando il suo sguardo. Le lentiggini e i capelli rossi mi ricordano che ci siamo già viste. I suoi occhi saettano su di me e quando si allontana mi sembra che la sua espressione sia carica di compassione. So di avere un aspetto orribile.

«Che cosa è successo?» chiede Cole appena mi sono tolta la giacca e seduta.

«Volevo parlarti».

«Non mi riferivo a quello. Sei dimagrita».

«Sono successe alcune cose fra me e...» deglutisco, incapace di pronunciare il suo nome, «... la famiglia Harrison».

«Aria, so che non sei intenzionata a perdonarmi, però per qualsiasi cosa...» si sporge verso di me «... io ci sono».

Queste parole dovrebbero essermi indifferenti, invece aprono una porta su quel bisogno di calore familiare che nutro dentro. Era esattamente ciò che speravo mi dicesse.

«Sono qui proprio per questo, Cole». Giocherello con le dita pur di non guardarlo in viso. «Con il tempo vorrei che tu mi spiegassi meglio tutto quello che è successo, però per ora...» inspiro e mi rivolgo verso di lui «... è okay, va bene».

Indugia un momento sui miei occhi.

«C'entra qualcosa quello che è successo con gli Harrison?» domanda cauto.

Annuisco. «Jason, uno dei sei fratelli, ha avuto un brutto incidente. Ho visto il puro terrore nei loro occhi mentre era sotto i ferri. Hanno avuto paura di perderlo. Credo sia stato questo a portarmi qui».

«Non mi hai mai perso, Aria» dice con tono dolce.

«Cole, io non sapevo dove fossi, per me era come se ti avessi perso».

Fa per parlare, ma poi si blocca e scuote la testa.

«Come mai già sveglia a quest'ora?» chiede dopo un po'.

«E tu?»

«Meredith e io dobbiamo sistemare le ultime cose per tornare a Miami. Siamo qui da prima di Natale, ma devo dire che questo soggiorno è stato molto utile. Ho allargato la mia rete di contatti per l'officina e ti ho ritrovata».

Sorride mentre parla.

Annuisco. Il pensiero di Miami, la mia città, mi colpisce senza preavviso.

«Se verrai al mio matrimonio, potrai portare anche lui, il tuo fidanzato» aggiunge.

Trattengo il fiato sentendo quella parola, quella maledetta etichetta a cui prima non avevo mai dato importanza. Il riferimento a lui squarcia di nuovo la ferita che avevo tentato di ricucire.

«Tesoro» dice una ragazza dalla voce pacata e dai capelli castani avvicinandosi al nostro tavolo. «Avevi dimenticato il portafoglio».

Gli occhi di Cole brillano, mentre la ragazza, che avrà un paio di anni più di me, si sporge su di lui e gli dà un bacio sulle labbra.

«Aria» dice lui dopo un istante. «Lei è Meredith. Meredith, finalmente posso presentarti mia sorella».

La ragazza mi sorride dolcemente. «Sono contenta di conoscerti, Aria».

Le stringo la mano, ma il grande pancione di Meredith cattura la mia attenzione. Trattengo un sorriso.

Sarò zia.

Sarò zia?

«Riuscirete a sposarvi prima che nasca?» domando di punto in bianco.

Meredith ride e la sua risata è così allegra che avvolge tutto il locale.

«Mi aveva detto che non sei una da giri di parole» commenta. «Ci sposeremo in primavera. E a quel punto avremo un piccolo mostriciattolo in giro per casa» sussurra accarezzandosi il ventre.

«E avete consegnato gli inviti al matrimonio con tutto questo anticipo?»

«No, Aria. Solo a te, perché sapevo che ci sarebbe voluto un po' per questo» dice Cole indicando il tavolo a cui siamo seduti.

«Torno anche io a Miami» dico.

«Quando hai il volo?» chiede Cole.

«Non lo so, devo ancora comprare il biglietto».

«Ci penso io» dice guardando l'ora.

«Come?»

«Ti prendo io un biglietto, abbiamo il volo fra qualche giorno».

«Io...» cerco di dire, «... non serve, Cole. Ce la faccio, ho da parte qualcosa...»

«Aria, ci pensiamo noi» insiste Meredith.

Abbasso lo sguardo, imbarazzata. «Non voglio che pensiate che sono qui solo perché ho bisogno di soldi».

Meredith ride. «Oh, Aria. Ma se fossi qui 'solo' perché hai bisogno di soldi, che problema sarebbe? Le famiglie servono anche a questo. Tu hai bisogno di una mano e noi possiamo dartela. Non mi sembra che negli ultimi dieci anni Cole ti sia stato particolarmente utile».

«Ti ho cercata per rimediare» conferma lui, cercando la mia mano sul tavolo. «Per rimetterci in piedi». Lascio che le nostre dita si sfiorino.

Faccio un sorriso cercando di respingere il persistente dolore allo stomaco.

«Bene! È deciso» dichiara Meredith. «Ora, scusatemi, ma devo fare pipì».

Si alza e si allontana. Cole la imita, infilandosi la giacca.

«Appena avrò preso il biglietto ti invio tutti i dettagli del volo sul cellulare».

Annuisco. Sento qualcosa muoversi dentro di me. Posso farcela. Posso tornare a Miami e ricominciare, magari con l'aiuto di Cole e di Meredith.

Senza di lui.

Ma il pensiero dei suoi occhi verdi e delle sue braccia attorno al mio corpo, lo so, non mi lascerà mai.

Capitolo 79

«Aria?» La voce familiare di Rosa mi accoglie nello chalet. La donna si precipita verso di me e mi stringe in un abbraccio.

«Ciao Rosa» sorrido sinceramente. Quanto tempo è passato dall'ultima volta?

«Hai fame?» chiede, ma senza aspettare una mia risposta apre il frigorifero e mi mette davanti marmellata, latte, cereali, frutta e altre cose che non guardo neanche.

«Sono contenta che tu sia uscita, *niña*» dice sorridendo. «Cominciavamo a essere davvero preoccupati».

Sto per rispondere quando riconosco il chiacchiericcio dei ragazzi farsi sempre più vicino.

Non sono pronta a guardarli in viso. Non posso ancora incontrare lui.

«Rosa io...» deglutisco, «... devo andare in camera».

«Oh, avanti. Ci sei stata fin troppo lì dentro». Con una mano sulla schiena mi conduce verso il salone.

Le voci si fanno sempre più vicine e quando fanno capolino si spengono all'improvviso.

«Aria!» esclama Madison correndo verso di me. Le sue braccia mi avvolgono.

Non mi muovo, mi sento come un piccolo ghiacciolo sotto al sole. Rosa mi sorride e si alza dal divano su cui ci siamo sedute. Il suo posto viene occupato un istante dopo da Angelica che, con fare rassicurante, afferra le mie mani. Rabbrividisco spaventata dal loro tocco.

«Non lasciarmi mai più da sola con questa qui» dice, indicando con il capo Madison.

«Ehi!» protesta lei.

«Non so neanche più che suono abbiano i miei pensieri. Parla tutto il giorno. Tutto il tempo» dice Ang, fingendo una smorfia esausta.

«Uffa» sbuffa lei. «Ho solo grandi novità e mi piace raccontarle».

«Che novità?» chiedo, titubante. Le loro voci, il loro contatto fisico, tutto è frastornante e rassicurante al tempo stesso.

«Ho trovato un appartamento a Miami!» esclama. «Ed è semplicemente fantastico. Si tratta di un loft. Ho fatto un po' di pressioni al proprietario...»

«Un po'?» domanda Ang, alzando un sopracciglio.

«D'accordo, l'ho chiamato qualche volta».

«L'hai perseguitato!» la corregge Ang.

Mad alza gli occhi al cielo e allontana le parole di Angelica con una mano. «Il punto è che si è dimostrato piuttosto disponibile. Potremmo fare alcune modifiche tipo ridipingere, cambiare i mobili, aggiungere qualche quadro, prendere un cane, o un gatto, o un furetto se siete tipe da furetto...»

«Madison» la ammonisce Ang.

«'Potremmo'?» chiedo io.

Madison sorride. «Sì! Potremmo andare a vivere tutte insieme» propone con un entusiasmo al momento letale per il mio stato d'animo.

«Non credo di avere fondi sufficienti» sussurro.

«Troveremo una soluzione» mi rassicura Madison.

Deglutisco. Gli occhi mi si inumidiscono.

Ang e Mad mi abbracciano.

«Andrà tutto bene, Aria» bisbigliano nelle mie orecchie.

«Fa male, ma ci siamo noi» ripetono.

«E tu?» domando ad Ang. «Los Angeles?»

«Ho ricevuto un'offerta migliore» fa spallucce lei. «Lo studio del signor Harrison si sta preparando ad affrontare un grosso caso di corruzione su cui avevo scritto la mia tesi di laurea. È un'opportunità molto importante».

«E poi non volevi rischiare di imbatterti in Tess...» aggiunge Madison con un risolino.

«Non è vero!» protesta Ang. «In questi giorni le cose vanno meglio. Si sta occupando di Jason, stavolta...»

«Bene!» risponde Mad dandole una pacca sulla schiena, «Sono davvero felice di saperlo perché ho deciso di invitare anche lei. Ingrossiamo le fila dello schieramento anti-Harrison...»

Mi stacco da loro solo quando il mio cellulare trilla avvisandomi dell'arrivo di una email. Guardo il display.

«Hanno accettato la mia domanda all'Accademia di Fotografia» dico incredula. Il piccolo fuoco di speranza che Cole e Meredith e poi Rosa, Ang e Mad stanno accendendo dentro di me prende forza.

Angelica abbozza un sorriso e Madison mi attira di nuovo fra le sue braccia.

È il momento. Posso tornare a vivere.

Non ho bisogno di lui, sono riuscita a cavarmela per tutti questi anni da sola e riuscirò a farcela anche questa volta. Riuscirò a superare anche questo periodo, devo farcela. L'Accademia di Fotografia mi ha accettata e scintille di felicità come queste sono tutto ciò di cui ho bisogno. Forse riuscirò persino a trovare il modo di andare a vivere con le mie amiche.

Quando mi stacco da lei, Madison mi guarda allarmata. Osservo Angelica confusa e nel riflesso dei suoi occhi scuri scorgo una figura.

La *sua*.

Trattengo il fiato avvertendo un'ondata di emozioni farsi avanti, sento le farfalle nello stomaco svolazzare così impazzite da scontrarsi dolorosamente contro le pareti. I pizzicotti che mi provocano mi obbligano a stringere la mano in un pugno per mantenere il controllo sul mio corpo. Poco prima di uscire questa mattina per incontrare Cole, mi sono chiesta che cosa sarebbe accaduto se io e Aidan ci fossimo incrociati. Ho avuto paura, ho pensato che avrei potuto avere un attacco di panico o che sarei scoppiata in lacrime.

«Aria, che ne dici di andare di sopra?» propone Madison strappandomi dai miei pensieri.

Nel riflesso dei suoi occhi azzurri non c'è solo lui, c'è anche il mio volto, quello che non sono riuscita a riconoscere allo specchio, magro e vulnerabile. È come se i muscoli che ho allenato per anni in queste giornate si fossero seccati sul mio corpo. Non voglio che lui mi veda così. Non voglio che sappia di avere vinto la sua partita. Eppure non riesco a trattenermi. Mi giro lentamente, carnefice di me stessa fino in fondo. Cerco le sue iridi verdi, ma non le trovo. Il suo viso è scuro, solcato da ombre. Noto le guance scavate, le occhiaie. Ha i primi bottoni della camicia slacciati e scorgo le tracce di un rossetto sul colletto.

Dentro di me esplode una risata amara. Non ci ha messo molto a dimenticarsi della domestica con cui si è divertito ogni tanto. Pensavo davvero che mi amasse? Che ingenua.

Lo vedo schiudere le labbra, ma prima che possa parlare lo oltrepasso e corro al piano superiore.

Aidan

Era lì, era davanti a me.

Se avessi allungato la mano avrei potuto sentire la sua pelle morbida. Se le avessi parlato forse avrei potuto ascoltare la sua voce. Per la prima volta dopo tutti questi giorni in cui mi sono sentito perso nel bel mezzo di una tempesta è come se avessi avvistato la luce di un faro. Ma non appena se ne è andata, il faro ha smesso di lampeggiare e la tempesta mi ha inghiottito nuovamente.

Ora capisco, capisco come mio padre deve essersi sentito quando mia madre è morta.

Permetto al dolore di trascinarmi giù, nonostante lei sia viva, ma se le fosse accaduto ciò che è accaduto alla mamma non mi sarei solo fatto trascinare giù, avrei persino aiutato quel dolore ad annientarmi del tutto.

«Ma questa è casa tua?!» esclama la ragazza aggrappata a me.

«Sì... Ferma, aspetta» le dico, mentre cerco di percorrere il vialetto in linea retta. Non mi ricordo come si chiami e non credo che a lei interessi come mi chiamo io. Mi ha parlato di qualcuno, credo del suo ex fidanzato, per tutto il viaggio in taxi fino all'hotel, ma non ci hanno lasciati entrare. Troppo ubriachi, avremmo disturbato gli altri ospiti. Il concierge si è scusato personalmente e ora che l'effetto dell'alcol inizia a svanire mi torna in mente la sceneggiata che ho fatto nella hall.

«Mi spiace, signor Harrison, ma stasera non ci sono stanze libere».

«Dammi la suite» gli ho sputato addosso.

«Non posso, signore. Provi al motel». Per chi mi ha preso? L'ho afferrato per il bavero della giacca e l'ho scagliato al di là del bancone. La ragazza ha riso e io ho riso perché lei ha riso e così siamo arrivati allo chalet. Cerco le chiavi, mentre lei infila una mano sotto la mia felpa. Devo sforzarmi un po' per non ascoltare la repulsione che provo istantaneamente.

Entriamo nella casa avvolta nel buio. Nessuno della mia famiglia deve vedere questa versione di me, quella persa, senza controllo, che disperatamente si lascia trascinare giù. È già abbastanza umiliante incontrare il mio viso negli specchi, vedere il disgusto anche nei loro occhi sarebbe troppo.

Sfioro il suo corpo, lei si avvicina alla patta dei miei pantaloni.

Perdo un battito quando mi accorgo che, varcata la soglia del salone, il televisore è ancora acceso.

Tutto in me si blocca.

Il pensiero, il cuore, il corpo...

Aria

«Non era prevista una cosa a tre» commenta la ragazza avvinghiata a lui. Non voglio neanche sapere come è fatta, non voglio sapere chi sia. Distolgo lo sguardo e torno a fissare la tv.

Aidan non le risponde. Non sento alcun rumore. Ho notato il suo viso, ho notato la sua espressione sorpresa e colpevole.

«Abbiamo degli ex da dimenticare, ricordi?» gli bisbiglia lei all'orecchio.

Sento dei rumori di passi.

Se ne sono andati, finalmente.

Provo a respirare ma l'aria mi brucia nei polmoni.

Mi è toccato persino vederlo con un'altra.

Come ha fatto a cancellare tutto quello che abbiamo vissuto insieme?

La voragine brucia e la nostalgia riemerge. Mi concentro sul piatto che ho in mano, la fetta di pizza che ho riscaldato al microonde. Ho atteso che andassero a dormire tutti, non mi sentivo pronta ad affrontare di nuovo una situazione come quella di questa mattina, ma il destino mi ha riservato uno dei suoi regali.

Dopo alcuni minuti, qualcuno si siede sul divano, distante da me. So che è lui, riconosco ancora il suo passo e ho troppa paura per voltarmi.

Porto la forchetta con il cibo alla bocca e mi rendo conto solo ora che sto tremando.

«Allora» dico dopo un po' perché questo silenzio rischia di uccidermi. «Come si chiamava?»

«Non ne ho idea. Mi importava ben poco del suo nome» risponde. La sua voce roca gratta le pareti del mio stomaco, facendomi rabbrividire.

«Il lupo perde il pelo, ma non il vizio...» abbozzo un sorriso con gli occhi sulla tv.

«Se vogliamo metterla su questo piano, hai ragione» conferma. «Eliza, Emma, Scarlett, Natalie, Ruby...»

Mi volto di scatto verso di lui.

«Che cosa stai cercando di fare? Vuoi farmi ingelosire?» chiedo. «Perché ho già notato quanto è stato semplice per te dimenticarmi».

«Non è così? Non sei gelosa?» chiede a voce bassa. Non è il tono a cui sono abituata. Non c'è provocazione. È come se mi stesse chiedendo una conferma. Ma perché non è chiuso in se stesso? Perché non c'è lo scaltro ed impassibile manipolatore? Perché mi sembra di riuscire a vedere il suo cuore?

«Non posso esserlo. Non ci apparteniamo più» ribatto.

«Quindi già hai superato la nostra rottura?»

«Non bene quanto te. E poi, questi non sono affari tuoi».

«Ti vedrò qui tutti i giorni, voglio sapere se ti creo imbarazzo o rabbia...»

«Non porto rancore nei tuoi confronti, l'abbiamo deciso insieme» dico. «Torno a Miami».

Deglutisce.

«Quindi... amici?» domanda. Ma chi è la persona che mi sta parlando? Non lo riconosco.

«Stai scherzando?» sorrido un po' ignorando la voce allarmata dentro di me. «Non riuscivamo a essere amici quando ci siamo conosciuti, figurati ora, dopo tutto quello che c'è stato».

Dopo aver sentito le sue mani su tutto il mio corpo, dopo aver assaggiato il suo sapore, dopo aver scoperto di poter abbassare le difese davanti ai suoi occhi.

«Esattamente quello che pensavo io, biondina» dice.

Quel nomignolo provoca un improvviso vuoto nel mio petto. Trattengo di nuovo il fiato.

Lui si alza per dirigersi al piano superiore.

«Non chiamarmi più così».

«Perdonami. È l'abitudine» abbozza un sorriso prima di scomparire dietro l'angolo.

Abbasso lo sguardo, sofferente.

«Biondina» dice affacciandosi di nuovo.

Alzo di scatto il volto e lo trovo lì, ai piedi delle scale con un sorriso sghembo che non ha più lo stesso sapore di prima. Afferro un cuscino e glielo lancio, ma lui scompare di nuovo. Questa volta definitivamente.

Aidan

Indescrivibile.

Nessuna è come lei. Nessuna. Mai come ora mi ero accorto di quanto fosse bella e di quanto la sua testa appoggiata al cuscino mi mancasse. Il suo posto è sul mio petto. Il mio posto è tra le sue braccia.

Se ne sta rannicchiata, sembra così debole e dolorante. Vorrei prenderla in braccio e portarla in camera, stringerla a me per tutta la notte. Ho sempre sentito nei suoi confronti un forte istinto di protezione che andava al di là dei problemi con i Williams e il mio lavoro. Quella mattina, quando ha cantato sulle note di *People Help the People,* ho visto il suo tormento e mi sono chiesto se mai qualcuno si fosse accorto di quante ferite quella ragazza di ventidue anni avesse attorno al cuore e se mai qualcuno si fosse preso cura di lei.

'Ci penso io a te' aveva detto un'indisciplinata voce dentro di me.

Da lì in poi, ho ceduto alla voglia di proteggerla, al bisogno di aiutarla ad affrontare questo mondo.

Ma lei è forte. Abbozzo un sorriso accarezzando con gli occhi le guance un po' spente.

Lei ha quella forza selvaggia con cui riesce a spezzare chiunque. L'energia del fiume in piena. Si aggrappa audacemente alle sue passioni come se non le restasse altro.

Ma io ci sono, io voglio che si aggrappi a me. Anche se lei non vuole più farlo.

Prendo la coperta e gliela metto addosso delicatamente.

Non la biasimo. Le ho promesso che con me sarebbe potuta essere debole, che io le avrei coperto le spalle in qualsiasi momento, ma alla fine l'ho allontanata. 'Basta così': che parole stupide, misere e vuote per chiudere una storia che mi ha cambiato la vita. E che sciocco ad averle pronunciate, ad aver lasciato che la stanchezza, la paura per Jason, per i Williams, mi travolgessero.

Di Aria Davidson non ci si stanca.

Di Aria Davidson ci si innamora. Ogni giorno di più, in modo pericoloso. Questa volta i dettagli mi hanno fregato. Quel suo sguardo deciso mi ha portato via l'unica cosa che mi sono sempre vantato di avere: il controllo.

Capitolo 80

Aria

«Fratello, guarda che potremmo restare con te tutto il giorno...» La voce squillante di Jake mi sveglia, stropiccio gli occhi e guardo lui, Asher, Aron e Josh vestiti con abiti eleganti.

«No, andate» risponde Jason. «Merito un po' di relax senza che voi mi giriate attorno come avvoltoi».

«Per qualsiasi cosa, chiamaci» mormora Asher prima di scomparire.

«Buongiorno, sorellina». Jason si siede accanto a me sul divano e mi toglie il cuscino su cui stavo dormendo.

«Buongiorno, Jason» sbadiglio. «Come va?» faccio un cenno verso le stampelle.

«Male, molto male, non posso fare nulla» sbuffa. «Sono confinato in questa baita degli orrori mentre tutti si godono la vita. Hai visto che sole c'è, fuori? Sarebbe stata la giornata perfetta per sciare».

Abbozzo un sorriso. «Guarda il lato positivo, puoi concentrarti solo ed esclusivamente su Tess».

«Che a sua volta è concentrata sul fare l'infermierina esperta, ruolo che non le si addice affatto... Bel lato positivo» brontola.

«Ti hanno detto che cosa ha fatto subito dopo aver saputo dell'incidente?»

«Ha dato di matto, tipico di Tess» fa spallucce.

«No, Jason. Lanciare frecciatine corrosive come l'acido cloridrico è tipico di Tess». Mi alzo a sedere e lo guardo. «Piangere disperata è tipico di una persona che ha paura di perdere qualcuno».

«Be', ci siamo già persi...» borbotta.

«Certo, come no...» Gli lancio il cuscino. «Se davvero fosse così, non starebbe qui a prendersi cura di te».

«Se stai cercando di manipolarmi per farmi cambiare idea, scordatelo Aria» scuote il capo.

Faccio spallucce.

«Come mai sei uscita dalla camera di Rosa?» domanda.

«Non cambiare discorso, Jas. Stavamo parlando di te, non di me» ribatto.

«Che vuoi che ti dica?» sospira. «Tess è acqua passata».

Ci voltiamo di scatto verso l'ingresso da cui arriva un sonoro tonfo. Tess lancia un'occhiata ferita verso Jason, poi a passo pesante si dirige al piano superiore.

«Cazzo» chiude gli occhi Jason con espressione esasperata. «Tess!» grida dal divano.

«Corri a riprendertela» dico.

«Davvero simpatica» mormora alzandosi faticosamente con le stampelle.

Ridacchio seguendolo con lo sguardo. Quando Jason scompare, la malinconia mi assale. Dovrò rinunciare a questo calore familiare, alla spontaneità che condivido con tutti loro, alla confortante sensazione di potermi sentire me stessa. Questa non sarà più la mia famiglia.

Chiudo gli occhi per incassare il doloroso colpo al petto.

Mi decido a preparare il borsone. Cole non mi ha ancora fatto sapere niente, ma voglio farmi trovare preparata quando arriverà il messaggio.

La figura di Aidan mi compare improvvisamente davanti, sbarrandomi la strada.

Mi si mozza il fiato.

Sarà sempre così? Ogni volta che ci incontreremo in modo del tutto casuale dovrò sentire questo dolore? Se così sarà, non vedo l'ora di andarmene e di non doverlo rivedere mai più. Anche se nessuno mi garantisce che starò ugualmente bene.

Qualcosa mi dice che se non sarà la sua vicinanza, saranno i nostri ricordi insieme a uccidermi lentamente. Gli passo accanto senza parlare.

«Buongiorno» dice con voce roca.

«Buongiorno». Mi volto verso di lui. «Grazie...» faccio un cenno impacciato verso il soggiorno «... per la coperta».

«Prego» risponde secco. Porta una mano alla nuca e si scompiglia i capelli facendo una smorfia. «Come sai che sono stato io?» mi chiede.

Sorrido appena. «Sei sempre stato tu».

Lo oltrepasso. Forse vuole dire qualcosa, ma non sa come dirlo. Si è innalzato un muro fra noi dopo la conversazione di ieri sera. Sarebbe stato molto più da Aidan e Aria gridarci contro o insultarci senza freni. Abbiamo parlato civilmente, invece, e ora ci sentiamo due estranei che si incontrano per la prima volta.

Aidan

Sfilo il cellulare dalla tasca. Lauren mi sta chiamando di nuovo. È passata dalle venti chiamate al giorno della scorsa settimana a trenta. So che il lavoro sta andando a rotoli e che probabilmente abbiamo perso tutti i rapporti con i clienti più importanti, tra cui la CIA e l'FBI, ma non sarei in grado di affrontare quel mondo adesso. Non sono lucido e non voglio tornare a giocare le mie partite senza mosse vincenti. Se succedesse qualcosa a uno dei miei fratelli a causa della mia distrazione non me lo perdonerei mai.

'Tornerai?'

Mi aveva scritto tre giorni fa, forse ha paura di ritrovarsi di punto in bianco senza un lavoro, forse non le interessa davvero il futuro di quella piccola agenzia che sono riuscito a mettere su in pochi anni.

Le ho risposto un secco e garbato: 'No'.

Non ci ho nemmeno pensato, l'ho fatto istintivamente, ho

provato a comportarmi come fa Aria. Non ho mai trovato un senso nel suo atteggiamento, per me è sempre stato qualcosa di utopico affidarsi solo al proprio istinto. Questa volta, però, con il pensiero costantemente rivolto a lei, ho voluto farlo. Forse è stato solo un modo per cercare di sentirla vicina, forse è una tecnica di difesa per cercare di sopravvivere.

Nella mia mente, la voce più grossa continua a ripetere che non ha senso.

Non ha senso cercare di vivere con questo dolore a cui saprebbe porre fine solo lei.

Non ha senso tentare di continuare ad affrontare tutta la faccenda di mia madre, se la sera non posso stringere la sua mano.

Non ha senso lottare, se al mio fianco non c'è lei.

Credevo che con i Williams fosse una partita, un gioco che avrei vinto con uno scacco matto. Invece sono riusciti a provocare una sofferenza che continuo a portarmi dietro anche dopo che la battaglia si è conclusa, proprio come accade in guerra. Sul campo di battaglia, vincere significa prendersi delle vite e sognarle una per una ogni notte, fino alla fine dei propri giorni. Non è una vittoria. È sempre una mezza sconfitta. Aria aveva ragione, questo non è mai stato un gioco. E la verità è che io non ho bisogno di lei in questa guerra. Io ho bisogno di lei in questa vita.

Aria

Mi avvicino alle ragazze sedute sul divano. Questa sera mi sono unita a tutti loro per cenare. Aidan non c'è. Ho notato che non esce mai con i suoi fratelli. È sempre fuori casa e quando è allo chalet non si lascia più coinvolgere, se ne sta in disparte. Rosa l'altro giorno ha scoperto che il mobile bar era praticamente vuoto. Ho ripensato a lui, sdraiato in camera sua, dopo il litigio con Aron. Vorrei che qualcuno facesse qualcosa, che qualcuno avesse il coraggio di preoccuparsi *veramente* per lui. E vorrei che lui lasciasse entrare quel qualcuno e che gli permettesse di aiutarlo. Josh ha anche confidato a Mad che la situazione al lavoro non è rosea e che Aidan farebbe meglio a tornare in sé prima che siano obbligati a chiudere bottega.

«Grazie per la cena, Aria». Le parole del signor Harrison mi strappano ai miei pensieri. Abbozzo un sorriso. Ho preparato tutti i piatti che hanno più apprezzato in questi mesi con l'aiuto di Jas. È stato il mio modo di ringraziarli per avermi dato un lavoro, una casa e dell'affetto. Dopo aver sparecchiato con Rosa e il signor Harrison sono tornata in salotto, dove, però, ho trovato solo le ragazze.

«Che ne dite di guardare un film?» propone Madison con il telecomando già in mano.

«Dipende. Commenterai ogni scena?» chiede Tess.

Ad Ang sfugge un risolino. «No, solo i vestiti, il trucco, i capelli, i dialoghi...» sghignazza stendendosi sul tappeto morbido. Mad le lancia un cuscino.

«Ho delle opinioni» dichiara.

«Su ogni cosa» borbotta Tess. «Comunque, non ho niente di meglio da fare, stasera. Mi unisco a voi prima di tornare a casa».

«I ragazzi?» schiarisco la voce.

«Sono andati allo Zero».

«Ultimamente Jake e Aidan sono clienti fissi» riflette Tess.

«Sarà sicuramente per quella cameriera» commenta Madison.

«Vi sbagliate. Dovevano solo festeggiare un compleanno» dice Ang.

«Ma guarda caso nel locale in cui lavora quella rossa da urlo...» insiste Madison.

Le ragazze continuano il discorso, ma io lentamente mi assento. Lascio fluire i pensieri, lascio che mi feriscano. Aidan tornerà anche stasera con una ragazza diversa. Imprimerà le sue labbra su quelle di un'altra donna, sfiorerà la pelle di un'altra, concederà le sue mani e le sue spalle a qualcuno che non ha idea che, oltre a prendere, sanno anche dare amore, dolcezza, conforto.

Ma presto me ne andrò. Inizierò un nuovo capitolo della mia vita e imparerò a convivere con questo dolore.

Le luci si spengono, le ragazze hanno fatto partire un film. Dopo pochi minuti mi distraggo, attirata di nuovo dall'oscurità che mi vuole inghiottire.

Non credevo che una rottura sarebbe stata così dolorosa. Ero così orgogliosa di non dover dipendere da nessuno che non avrei mai immaginato di trovarmi a questo punto. Non mi ero mai imbattuta in un amore così intenso, che ti nutre, certo, ma ti consuma allo stesso tempo. Credevo che l'unico pericolo esistente a questo mondo fosse mia madre, ma mi sbagliavo.

L'amore è pericoloso, ancora di più lo è sentire la propria anima combaciare perfettamente con quella di qualcun altro. Era come se fossi drogata. Credevo di poter conquistare il mondo, che nessuno avrebbe più potuto abbattermi perché non ero sola. La mia forza si riverberava in lui e viceversa, come quando la luce crea un arcobaleno grazie alle gocce d'acqua durante la pioggia.

Ma poi la pioggia smette di cadere, il cielo si squarcia e l'arcobaleno si dissolve.

Le mani si sciolgono dal loro intreccio e il mondo sembra troppo grande per poter essere affrontato da soli. Una parte di me è vuota, sento che nulla potrà mai colmarla e ormai ho capito che un po' della mia forza se ne è andata per sempre.

L'amore dà, l'amore toglie.

I miei pensieri vengono interrotti da un improvviso chiasso proveniente all'ingresso.

I ragazzi fanno la loro comparsa appoggiati a delle ragazze. I sorrisi lascivi e le mani sui loro fianchi fanno strabuzzare gli occhi alle mie amiche.

Capitolo 81

«Cosa diavolo state combinando, imbecilli?» chiede Tess, scattando in piedi e parandosi davanti a Jason.

«Secondo te?» domanda lui con tono di sfida. È appoggiato un po' alla stampella e un po' a una ragazza dai capelli ricci che guarda la scena senza capire.

Tess lo afferra per il bavero della giacca.

«Ehi, vacci piano. Ha avuto un trauma cranico meno di un mese fa!» protesta la ragazza riccia.

Tess la fulmina con lo sguardo. «E chi credi che si sia occupata di lui per tutto questo tempo?! Vattene» le dice. «E tu. Mi devi spiegazioni» grida contro Jason. La ragazza resta interdetta, mentre Jas ridacchia.

«Patetici...» commenta Ang rivolta a tutti, alzandosi dal divano per prendere la sua borsa.

«Noi patetici? E voi? Che state qui, a casa nostra, aspettando di ricevere attenzioni da noi?» ringhia Asher che nonostante sia evidentemente ubriaco mantiene intatta la forza della sua parlantina. Angelica scuote il capo. «Non sei in te» dice sicura, allacciandosi il cappotto.

Aron cerca di sfruttare il trambusto e filarsela. Una ragazza dai tratti asiatici chiaramente divertita lo raggiunge.

«Ragazzi, che succ...» Grace fa capolino nella stanza. È a piedi nudi e ha i capelli stretti in due trecce sottili, si stropiccia gli occhi. «Aron?» chiede, vedendolo tenere la mano della ragazza. Lui se ne libera subito e si precipita da lei che scuote la testa e corre al piano di sopra.

«Josh, sono stanca» sussurra una tipa attaccata al collo di Josh.

«Ti conviene andartene e togliere le tue mani dal mio ragazzo» risponde, fredda, Madison. Mi volto a guardarla. È immobile sul divano. Ha la bocca tirata in una smorfia di rabbia e uno sguardo omicida. È maestosa.

«Oh, calmati Madison. Non te la puoi prendere con lei. Ci ha riaccompagnati a casa perché eravamo troppo ubriachi per guidare» si difende Josh.

«Cosa guida? Un pullman da dodici persone?» risponde sagace lei.

Ang ridacchia.

«Cos'hai da ridere, Angelica?» domanda Asher.

«Niente» va avanti a lei, con quel sorriso esasperato sul viso. «Spostatevi, voglio andarmene».

Jake, stretto alla rossa dello Zero, è l'unico che sembra tranquillo. I due approfittano dei vari battibecchi per filarsela al piano superiore.

«Mad, Aria, Tess, se volete, potete stare da me stanotte».

«Molto volentieri» risponde subito Madison. Alzandosi e sfilando davanti a Josh che sbuffa e allontana la ragazza. «Mad...» inizia a chiamarla.

«Non ti voglio sentire» urla lei mentre cerca il suo cappotto.

«Se non c'è altro, io vorrei andare a dormire» dice Aidan che fino a questo momento ha osservato la scena con attenzione e quel suo ghigno soddisfatto stampato sul volto. Tiene la mano sul fianco di una ragazza bellissima, dai capelli neri e le gambe chilometriche.

«Certo, Aidan. Ma la prossima volta evita di coinvolgere i tuoi fratelli» sbotta Tess.

«Come hai detto, scusa?» domanda lui con quella sua voce fredda, impassibile.

«Sappiamo tutti che queste sono le tue idee, Aidan» la sostiene Ang. «Sei sempre tu che li trascini in queste cose e loro sono talmente scemi e terrorizzati da te che non provano neanche a ribellarsi. Sono anni che provi a rovinare la loro vita e sono convinta che tu ci stia riuscendo».

Aidan si avvicina ad Ang, ma lei sostiene il suo sguardo.

«Angelica, ti devo ricordare che...» ringhia Aidan, ma in quel momento Mad torna in salotto e si mette tra Ang e Aidan.

«Se non la smetti di trascinarli nei tuoi casini, nessuno di loro avrà una vita normale» ringhia. Indossa una pelliccia sintetica sopra il pigiama e ha una pochette di Chanel in spalla. Chiunque sarebbe ridicolo, Mad, invece, fa terribilmente paura. La dolce e allegra Madison se ne è andata e questa nuova versione mi ricorda qualcosa della vecchia me stessa.

«Ti ho accolto in questa casa, Madison, senza neanche sapere chi fossi. O te lo sei già dimenticata?» risponde lui, contraendo la mascella.

«Ragazzi!» grida una voce dalle scale. Il silenzio piomba di colpo sul salotto. Il signor Harrison, avvolto in una vestaglia, si avvicina ai suoi figli. «Che cosa sta succedendo?! Che cos'è questo baccano?» grida.

I suoi occhi saettano sui volti in salotto. Non l'ho mai visto arrabbiato.

«Angelica, Madison, Theresa, sono le due di notte. Dove state andando a quest'ora?» chiede vedendo le mie amiche sulla porta.

«A casa mia, signor Harrison» risponde subito Ang.

«Non siamo più gradite in questa casa» aggiunge Mad.

«Cosa significa? Chi l'ha detto?»

«Lo chieda ai suoi figli» ribatte Tess.

Il signor Harrison passa in rassegna i volti dei ragazzi e si sofferma su quello delle sconosciute.

«Papà...» fa per dire Asher, ma il signor Harrison lo ferma subito.

«Voglio fuori da casa *mia* chiunque io non conosca».

Le ragazze si scambiano sguardi confusi. Gli Harrison non fiatano, non spiegano nulla. Loro se ne vanno, passando davanti alle mie amiche ancora ferme sulla porta.

«Papà...» si intromette Josh.

«State zitti. Mi avete stancato. Tutti voi. Domani ne riparleremo. Nel frattempo voglio che qualcuno di voi accompagni a casa quelle sconosciute che non mi sembrano in grado di guidare e anche Angelica, Madison e Theresa».

Nessuno si muove.

«Siete diventati sordi oltre che adolescenti?» domanda il signor Harrison.

«Non possiamo guidare. Abbiamo bevuto» dice Josh tenendo lo sguardo basso.

Il signor Harrison diventa rosso in viso. «Pagate un taxi a tutte» ringhia. «Sono davvero deluso dal vostro comportamento» dice. Jason zoppica fino alla porta d'ingresso con il cellulare in mano. «E tu» dice indicando Aidan. «Vedi di darti una ripulita».

Il signor Harrison torna al piano superiore, continuando a parlare fra sé e sé, ancora furente.

I miei occhi incontrano per un istante quelli di Aidan, ma io li abbasso subito. Mi volto verso la tv.

«Aria?» chiede Ang. So che è davanti alla porta. Non rispondo.

«Lasciala stare» dice Tess. «Lei è stata più furba di noi. Si è liberata del suo Harrison».

Le parole di Tess aprono un nuovo varco dentro di me. Dopo questa scena non so se sentirmi sollevata o disperata.

Le mie amiche escono e il silenzio torna nella stanza. So che è rimasto solo Aidan, ma non mi interessa parlargli. Dopo alcuni istanti lo sento allontanarsi.

Inciampa sulle scale, ma si rimette subito in piedi.

È ubriaco come la scorsa notte, quando è entrato aggrappato a un'altra sconosciuta. Forse di più. So che le parole di suo padre l'hanno ferito. So che il suo orgoglio in questo istante è sconfitto: è stato rimbeccato da tutte le mie amiche e da suo papà, senza neanche avere abbastanza controllo su di sé da ribattere.

Aidan

Apro gli occhi e un dolore lancinante alla testa mi colpisce.

«Cazzo» bisbiglio strizzando le palpebre. Ieri sera devo aver bevuto più del solito.

Metto a fuoco la stanza attorno a me. Sono a casa. Alcuni flash della serata mi si ripresentano subito.

'Sono talmente scemi e terrorizzati da te che non provano neanche a ribellarsi. Sono anni che provi a rovinare la loro vita e sono convinta che tu ci stia riuscendo'.

'Vedi di darti una ripulita'.

'Si è liberata del suo Harrison'.

Le parole diventano un vortice di echi nella mia mente, la stanza gira ancora. Un conato di vomito. Faccio appena in tempo a centrare il water, ma ne viene subito un altro.

Le parole di Angelica, lo sguardo di mio padre, i suoi occhi. Tutto si mescola nella mia mente e non riesco a pensare.

Mi ricordo che ero con una ragazza. Una top model che ho conosciuto al club, non allo Zero. Perché ci ero voluto andare? Ci hanno cacciati dallo Zero? Mi ricordo di averla trascinata in bagno e di averla baciata con tutta la foga che avevo. Mi ricordo il suo profumo. E mi ricordo che il mio cuore era impazzito, perché non somigliava neanche lontanamente al *suo*. Mi ricordo la sua pelle, così liscia che le mani quasi scivolavano via. Non era quella costellata di piccole cicatrici di Aria.

Vomito ancora.

Le lacrime mi bruciano negli occhi.

Vorrei poter buttare fuori tutto il dolore.

Mi accascio sul pavimento gelido, mentre il mio corpo viene scosso da fremiti e la testa continua a girare.

Aria

Non riesco ad addormentarmi.

Non ce la faccio.

L'immagine di lui e di quella ragazza mi si è conficcata nella testa. I suoi occhi slavati, i suoi movimenti rallentati sono come un martello pneumatico nel cuore. Per ogni colpo, una fitta. Per ogni fitta, una lacrima. Non ce la faccio più.

Mi sono liberata davvero del *mio* Harrison?

Non credo.

Mi alzo dal divano e decido di farmi una doccia. Magari l'acqua calda mi calmerà. Torno di sopra e mi avvio verso l'ex camera di Rosa. La porta di Aron è aperta e sento che sta parlando fitto con Grace. Li supero, ma quando passo dalla torretta sento dei rumori. È come un rantolo, seguito dal rumore dello sciacquone del bagno.

Mi avvicino, piano.

Cedo al richiamo.

Apro la porta senza bussare. Appena entro nella camera, il suo profumo si insinua nei miei polmoni provocandomi un capogiro. La stanza è la stessa di un mese fa, solo più in disordine.

Con passo esitante mi avvio verso il bagno.

Quando varco la soglia, noto Aidan riverso a terra ancorato con le braccia al water.

'Perché ti fai questo?'

Lui non è il tipo di uomo che crolla. Sono così abituata a vederlo impassibile e indistruttibile, che questa versione di lui mi colpisce al cuore.

«Aria» biascica, vedendomi. «Aria...» ripete.

Mi chino su di lui. Ha le mani gelate e non riesce neanche ad aprire gli occhi.

A fatica, lo trascino via dal bagno fino al tappeto davanti al camino. Accendo il fuoco e intanto lo spoglio dei vestiti sporchi e lo avvolgo in una coperta che trovo nell'armadio. Lo obbligo a bere un po' di acqua e gli tengo la testa rialzata con un cuscino. Lentamente, il suo viso riprende colore. Potrei chiamare Asher o il signor Harrison, ma non voglio che nessuno lo veda in queste condizioni perché so che lui si sentirebbe umiliato. Sto qui, aspetto che si senta meglio. È il mio regalo d'addio per lui. In tutto il male che ci siamo fatti, non posso negare che lui mi abbia fatto anche tanto bene. La persona che sono diventata in questa casa è una persona che si prende cura degli altri anche quando viene ferita. Ora so che comportarsi così non significa essere troppo buoni, troppo sensibili o un po' ingenui. È essere fedeli a se stessi. Per troppo tempo ho pensato di potermi fidare solo di me stessa, di poter contare solo su me stessa. Ma a volte non basta.

E Aidan ne è la prova. Nemmeno lui può farcela da solo.

Il suo respiro torna regolare. Riprendo fiato anche io.

Capitolo 82

Aidan

Apro gli occhi, ma appena tento di guardarmi attorno una fitta lancinante alla testa mi dissuade dal riprovarci.

Sento una mano sul petto. Con chi avrò dormito stanotte? Il disgusto che provo nei miei confronti ha toccato il suo picco. Voglio che se ne vada, di chiunque si tratti. Mi faccio forza e mi scuoto.

«È così che mi ringrazi?» brontola una voce.

Il cuore mi si ferma nel petto.

C'è solo una persona che brontola così di prima mattina, ma non può essere lei.

Mi giro lentamente.

«Aidan, mi sono ricordata che non ti ho mai detto quanto tu sia idiota» dice, girandosi dall'altra parte.

Toglie la mano dal mio petto e si stiracchia. La osservo, senza parole.

Aria

«Cosa ci fai qui?»

«Vuoi un'aspirina?» chiedo, ignorandolo.

«Rispondi alla mia domanda». Abbozzo un sorriso. Eccolo qui, Aidan Harrison. Sono quasi contenta di risentire i suoi modi sgarbati.

«Niente di che. Ho solo controllato che non morissi asfissiato dal tuo stesso vomito» dico, alzandomi. «Come ti senti?»

Si passa una mano sul viso. «Perché, Aria?» domanda, piano.

Non ho una riposta da dargli se non quella che urla dentro di me dalla prima volta in cui aveva detto di amarmi e che ora, però, non conta più niente.

Faccio il giro della stanza, avvicinandomi alla porta. Lui si alza in piedi.

«I tuoi occhi... Ieri sera» dice, avvicinandosi. «Ti disgusto».

«Tu» cerco di dire tenendo ferma la voce. «Tu non mi disgusti, tu mi deludi».

Le sue iridi verdi si intrecciano alle mie.

«Ti deludo?» domanda con voce roca.

I nostri corpi sono vicini, siamo arrivati a quella distanza in cui è impossibile ragionare. Le sue labbra sono davanti ai miei occhi e mi attraggono come una calamita.

Pericolo.

«Dovrei essere delusa dal fatto che ogni sera ti porti a casa una ragazza diversa o dal fatto che bevi come faceva mia madre?»

«Non stiamo più insieme, non dovrebbe interessarti quello che faccio» mormora.

«No, non dovrebbe...» concordo. Il calore del suo corpo pungola il mio, una scia di brividi elettrizza i recettori della mia pelle. Lascio che il tempo rallenti e mi trascini lì, nel nostro mondo.

«Aria» scandisce piano facendo risuonare il mio nome come una supplica. Si avvicina ancora un po', ma un campanello d'allarme scuote di punto in bianco la mia ragione, perciò mi scosto, metto la mano sulla maniglia.

«Ci siamo lasciati, Aidan» ripeto guardando il pavimento.

Lo sento emettere uno strano sospiro prima di uscire per l'ultima volta dalla sua stanza.

Capitolo 83

Mi siedo al bancone della cucina dove Grace e Rosa si stanno occupando del pranzo.

«Non mi piace vederti così, *chica*» afferma Rosa.

Vorrei chiederle 'Così come?', ma mi limito a fissare la mia figura distorta sulla superficie del frigorifero. Sono entrata in una fase di malinconia costante. La notte passata nella sua stanza ha riacceso i ricordi e il vuoto che lui ha lasciato mi sta mangiando viva.

Una parte di me si sforza di convincermi che quando tornerò a Miami e inizierò a studiare questa sensazione sparirà. Ma sarà davvero così? Una fotografia potrà colmare la sensazione che il suo odore può scatenare dentro di me? Una camera oscura saprà farmi sorridere come faceva lui con le sue provocazioni?

«Sei certa che non ci sia più nulla da fare per voi due?»

Alzo lo sguardo su di lei.

«No» rispondo per respingere la fragile speranza che quella domanda ha già impiantato in me.

«Non è più lo stesso da quando vi siete lasciati» commenta Rosa. «E neanche tu».

«Credo che a un certo punto si sia rotto qualcosa fra noi» dico.

«'Rotto' non significa irrecuperabile... Le cose rotte si possono aggiustare se si ha la pazienza di provarci» dice Rosa accarezzandomi un braccio.

«Ma non torneranno mai come prima» rispondo.

In quell'istante entra Aidan, che si siede davanti a me.

«Ma se sai aggiustarle correttamente...» prova a dire.

«Come stai?» lo interrompo prima che possa imboccare una strada troppo pericolosa per entrambi.

«Uno schifo». Una risatina lascia le sue labbra.

Vuoto, ecco cosa vedo nei suoi occhi. Annuisco e torno a guardare la tazza. L'imbarazzo inizia a farsi sentire.

«Il signor Harrison vuole ripartire per Miami tra qualche giorno» si intromette Rosa cogliendo il disagio.

«Ci vedremo là allora, magari» mormoro.

«Te ne vai?» domanda Grace che entra in quel momento in cucina.

«Sì. Mio fratello mi ha proposto di tornare con lui».

Rosa annuisce. «Non sparire nel nulla, *chica,* ogni tanto vieni a trovarci».

«Verrò a trovarvi spesso, promesso» sussurro scivolando lentamente dallo sgabello. Per scendere mi aggrappo al marmo del bancone. Non ho ancora riacquistato la mia forza e a volte, durante la giornata, mi capita di avere dei capogiri.

«Vuoi che ti aiuti?» chiede Aidan.

«No» ribatto. So quanto sia forte la sua presa e quanto potrebbe essere un veleno per la mia capacità di affrontare il futuro che mi aspetta senza di lui.

Cammino con calma verso la mia stanza, ogni tanto fermandomi per non perdere l'equilibrio.

«Aspetta».

Mi avvolge con un braccio le spalle e mi prende una mano. Mi irrigidisco di colpo.

'No, ti prego'.

«Aidan, ti ho detto che ce la faccio» cerco di dire con risolutezza.

«Da quanto tempo non mangi?» chiede, ignorandomi.

«Non deve importarti».

«Aria, rispondimi».

Chiudo gli occhi per mettere di nuovo a fuoco il corridoio. Nonostante il suo braccio attorno alla vita, cerco di tenermi in piedi da sola, opponendo resistenza alla sua presa.

«Da ieri».

«E da quanto non dormi?»

«Smettila, non sei un medico».

Un altro capogiro mi obbliga ad arrestarmi, solo che questa volta anziché poggiare una mano sul muro, mi aggrappo alla sua maglietta.

Di colpo, la sua presa si salda sul mio fianco e io stringo la sua mano.

Mi conduce fino in camera. Mi siedo sul letto e lui incrocia le braccia al petto davanti a me.

«No, non sono un medico» stabilisce. «Ma... ti conosco piuttosto bene. Non dormi e sei dimagrita».

«Quindi?»

«Quindi sono preoccupato per te».

«Non dovresti, non ne hai il diritto» scuoto il capo. «Non da quando hai detto 'Basta così'».

«Il fatto di non stare più insieme non significa che io non tenga più a te».

«Tu ti preoccupi per me ora, perché tieni ancora a me...» abbozzo un sorriso amaro. «Durante le scorse settimane non tenevi a me?»

«Sì, che tenevo a te» ribatte.

«Allora, perché?»

«Perché cosa?»

«Perché non sei venuto a cercarmi?»

«Perché credevo che non volessi».

«No, Aidan, ti sto chiedendo la verità, perché non sei venuto a riprendermi?»

«Te l'ho detto» risponde distogliendo nervosamente lo sguardo.

«No, non me l'hai detto» insisto. «Perché?»

«Perché mi sentivo in colpa» sbotta alzando la voce. Incontro i suoi occhi. I muri si frantumano, la corazza si spacca, il tormento si dissolve.

Aidan cade a terra in ginocchio, davanti a me. Ed è qui che cambia tutto. Aidan Harrison non si piega, mai. Lui obbliga gli altri a piegarsi al suo cospetto, lui si prende il controllo e impone le sue decisioni. Lui non permetterebbe mai a nessuno di vederlo così, vulnerabile. Ma ora si è mostrato, a me.

«In colpa?» chiedo con voce flebile.

«Sì, mi sentivo in colpa per aver posto la parola fine, in colpa per averti lasciata passare accanto a me quel giorno senza afferrarti, mi sentivo in colpa per non averti impedito di trarre conclusioni errate».

«Hai aspettato tutto questo tempo per dirmelo?» sussurro. «Dovevi aspettare che toccassi il fondo?»

Afferra le mie mani.

«Perdonami» bisbiglia guardandomi negli occhi.

Abbasso le spalle. «Mi hai lasciato annegare nel dolore dopo avermi promesso che avrei potuto aggrapparmi a te».

«Non volevo, Aria, quel giorno è stato un inferno...»

Le lacrime gli solcano le guance, ma non fa nulla per raccoglierle, non tenta di riprendere il controllo su di sé, si abbandona alle emozioni.

«Perdonami» sussurra ancora.

«Aidan...» Vederlo così mi spezza il cuore. «Non è stata solo colpa tua» dico. «Ci siamo arrivati insieme a quel punto... Io ti perdono» mormoro.

Lui solleva la testa. «Non mi urli contro? Non mi vuoi prendere a pugni in palestra? Io vorrei farlo... Pensavo... Pensavo che mi avresti detto che non vuoi stare più con me».

«Infatti, ti ho solo detto che ti perdono».

«Cosa vuoi dire?» chiede rivestendosi della sua corazza.

«Aidan, io ti perdono, ma...»

Sfila le mani dalle mie.

«Ma?» insiste allontanandosi da me.

«Non possiamo stare insieme, non più».

«Perché le cose rotte se aggiustate non tornano come prima?» chiede alzandosi in piedi.

«Perché io non voglio doverlo sentire di nuovo» confesso. «Non voglio dover sentire di nuovo questo dolore lancinante e non voglio dover credere di nuovo che senza di te non sarò capace di affrontare la mia vita».

«Perché credi che debba succedere di nuovo?»

«Perché lo facciamo continuamente Aidan, non te ne accorgi? Ci siamo fatti del male sin dall'inizio, abbiamo giocato a un gioco pericoloso e letale».

«Quindi vuoi mandare tutto all'aria perché hai paura?»

«Aidan, io...»

«Tu, cosa?» spalanca le braccia. «Credi che io non abbia paura di quello che ho vissuto durante queste settimane? Credi che non mi spaventi capire quanto una vita senza di te possa farmi perdere il controllo? Che non riesco più a trovare un senso in ciò che mi circonda se non ci sei tu?» alza la voce. «Ho cercato disperatamente di trovare una soluzione, di sostituire il tuo nome nella mia testa con l'alcol, di dimenticare l'odore dei tuoi capelli, il tocco delle tue mani... ma per quanto io riuscissi a bere, per quante ragazze baciassi, non sono mai stato capace di dimenticare il tuo fottuto nome. E sai cosa mi spaventa di più? Sapere che se tu domani te ne andrai, quel dolore non se ne andrà con te, quel dolore resterà qui e mi consumerà ogni giorno di più».

Trattengo il fiato.

«Mi hai visto stanotte, no? Mi hai raccolto da terra, letteralmente. Credi che io mi sia mai sentito così? Che mi sia mai ridotto così per qualcuno? Tu mi sei entrata dentro, Aria Davidson. Fino al midollo».

«Tu hai fatto lo stesso con me e ti sei portato via persino la mia forza».

Lui scuote il capo.

«Io e te...»

«Cosa?»

«Non troveremo mai un punto d'incontro» dice.

«Non l'abbiamo mai fatto Aidan, abbiamo giocato sin dall'inizio con la forza e ne siamo usciti entrambi distrutti, è per questo che non dovremmo riprovarci».

«Se l'avessi capito prima...» scuote il capo, «... non avrei rischiato così tanto».

«Se avessi capito cosa?»

«Che non me ne faccio nulla di una vittoria, di una vittoria qualsiasi, se non posso averti» dice guardandomi negli occhi.

«Eppure se non ci fossimo fatti la guerra non l'avresti capito» mormoro.

«Però tante cose ce le saremmo potute risparmiare».

«Che cosa intendi?»

Lui mi guarda negli occhi.

«Quegli insulti, in palestra. La prima volta».

Deglutisco.

«Non l'hai perdonato a te stesso».

«Come posso farlo se non me l'hai perdonato nemmeno tu?»

Trattengo il fiato.

«Credi che non me ne fossi reso conto?» abbozza un sorriso. «Quando mi sono accorto di quanto iniziassi a essere importante per me, ho rivissuto quell'istante continuamente, ogni sera prima di andare a dormire. Mi serviva come promemoria per ricordarmi quanto una persona come te non possa stare con uno come me».

Mi mordo una guancia per ricacciare indietro le lacrime.

«Io...» cerco di dire in difficoltà.

«Non dirlo, non cercare di dire che mi perdoni, perché non l'hai fatto. Probabilmente non lo farai mai e so il perché, Aria».

«Perché?» domando bramosa di risposte. Una lacrima sfugge al mio controllo.

Si avvicina a me regalandomi uno sguardo dolce, del tutto nuovo e inaspettato.

«Perché lei, tua madre, lo ha fatto troppe volte, senza pensarci».

Chiudo gli occhi e mi stringo con violenza le mani per respingere il pensiero di tutte quelle sere. Delle bottiglie rotte che graffiano la mia pelle, degli schiaffi, delle urla e degli insulti. Le parole, a volte, fanno più male di qualsiasi colpo.

'Sei una debole, Aria. Devi essere forte'.

«Tu non sei lei» sussurro ancora a occhi chiusi.

«Questo non significa che io non possa farlo» dice. «E l'unico rimedio plausibile al male che ci siamo fatti è dirti che,

Aria, puoi aggrapparti a me, che puoi stringere la mia mano e che puoi sentirti debole».

«Smettila». Riapro gli occhi di scatto.

«No. Hai bisogno che qualcuno te lo dica Aria, questo mondo non devi per forza affrontarlo da sola».

«Smettila» sussurro fra le lacrime.

«Perché? Altrimenti?»

Scuoto il capo.

«Cedo».

Lui trattiene un sorriso. «Allora fallo. Guardami. Se uno dei miei fratelli passasse di qui penserebbe che mi sta venendo un ictus».

«Tu non capisci...»

«Che cosa non capisco? Che se cedi ti sentirai debole? Che aggrapparti a qualcun altro ti fa sentire vulnerabile?»

«Che ti amo, Aidan» alzo la voce. «E se ora cedo, non posso più tornare indietro».

«Dopo tutto questo tempo...» mormora. «Che cosa devo fare con te?»

«Non so nemmeno io che farmene di te» rispondo al suo sorriso asciugandomi le lacrime.

«Quindi?»

«Non lo so».

«Aria Davidson sa sempre ciò che vuole».

«Se è per questo Aidan Harrison non lascia mai decidere gli altri» ribatto.

«Tu non sei 'gli altri'».

«Sai qual è la vera domanda Aidan?» dico alzandomi in piedi faticosamente, come se avessi appena scalato una montagna e ora mi trovassi a pochi passi dalla vetta.

«Spara» fa un cenno.

«Vale la pena rischiare tutto e soffrire per te?»

«E per te?»

«Intendi per questo caso perso con problemi di fiducia, un aspetto trasandato e un po' troppa rabbia dentro?»

«Attenta a come parli di ciò che amo».

Mi avvicino e mi aggrappo alle sue spalle. Lui fa scorrere lentamente le sue mani sul mio corpo, poi, quando le sue braccia ormai mi avvolgono, stringe forte.

Il suo calore mi investe. Tutto il resto perde importanza, respirare perde importanza, il battito cardiaco, persino il tempo.

Chiudo gli occhi e abbandono ogni difesa. Le gambe mi cedono, ma non me ne preoccupo, perché so di poter fare affidamento su di lui.

A quanto pare, però, anche lui si abbandona alle sue debolezze, perciò scivoliamo per terra. Come due foglie in autunno che con una folata di vento si lasciano strappare dall'albero su cui sono nate e si lasciano trasportare via, dolcemente.

Fa dei lunghi respiri sul mio collo e io stringo i suoi capelli.

«Cazzo, se mi sei mancata» dice con voce roca.

QUARTA PARTE

RISORGERE

Capitolo 84

Dopo essermene andata a sedici anni non ho più avuto un luogo in cui tornare, un posto da chiamare casa. Questa famiglia non è più solo un luogo di passaggio, qualcosa che appena tornerò a Miami dimenticherò.

Finalmente, dopo tutti questi anni, riesco a dire: 'Sono a casa'.

Rosa e Grace sono venute a pulire, sfruttando l'assenza di Aidan. Ogni oggetto è al suo posto e se non avessi i migliori ricordi della mia vita qui dentro mi guarderei attorno infastidita dalla freddezza del suo stile, dal monotono colore scuro con cui ha scelto di convivere, l'ennesima manifestazione di quel timore che tanto ama incutere negli altri. Eppure io so che questo nero è solo il riflesso del dolore che non ha voluto affrontare fino a poco tempo fa.

Sento la porta aprirsi alle mie spalle.

«Ehi».

Avvolto in camicia e pantaloni eleganti, Aidan mi si avvicina. «Hai mangiato?» chiede.

«Qualcosa. Tu?»

Mi studia per un secondo, poi sfila il cellulare dalla tasca ed esce in corridoio. Dopo il nostro chiarimento di questa mattina, si comporta in modo strano, criptico, come se avesse un fiume di cose da dirmi, ma non sapesse come dirle. Ha paura di parlarmi, lo leggo nei suoi occhi, teme di poter rovinare tutto ancora una volta.

Torna in camera e mi osserva di nuovo da capo a piedi.

«Che cosa c'è, Aidan?»

«Niente» scuote il capo facendo un passo verso di me.

«Non ti credo» arriccio le labbra.

«Perché?»

«Perché sei...» faccio un cenno verso di lui, «... spento, solitamente sei più tipo da provocazioni».

Tace, ma quando incontro i suoi occhi tutto cambia. Trattengo il fiato rapita dal nostro mondo. Non c'è desiderio, né amore nelle sue iridi verdi. C'è qualcosa di più, qualcosa di inspiegabile.

È un invito che non ci lasciamo scappare.

Schiudo le labbra e lui si avvicina a me.

Poggia una mano sul mio fianco, non si risparmia la sua presa un po' arrogante, ma qualsiasi dettaglio perde d'importanza, perché i suoi occhi mi intrappolano.

Facciamo qualche passo indietro, lentamente. Raggiungiamo il letto e con una delicatezza inconsueta mi fa stendere. Fa scivolare via ogni stoffa che impedisce il contatto fra noi. I suoi abiti, i miei, le nostre corazze e, infine, anche la pelle.

Mi accarezza e le sue dita lasciano una scia indelebile su di me.

Le nostre anime si cercano, si sfiorano e si vogliono.

Aidan si prende il controllo sul tempo, lo mette in standby e mi concede l'eternità.

Mi dona la sua anima, senza esitazione. Il desiderio che nutriamo l'una per l'altro non è più incontrollabile, entrambi l'abbiamo definito in questo modo perché non sapevamo dargli una spiegazione. Due audaci giocatori come noi non sanno apprezzare ciò che non si può tenere sotto controllo. Ma quando si impara a conoscerla, quando si comprende davvero la sua natura, la brama prende un'altra forma, si plasma in un sentimento profondo che arriva dall'anima. La bocca di Aidan arriva ovunque. Vizia i miei sensi provocandomi con baci e piccoli morsi.

Infila il preservativo e varca la soglia del piacere. Ansimiamo rumorosamente all'unisono. Graffio la sua pelle come per strapparla e farla mia, mordo le sue soffici labbra spinta dall'egoistica voglia di prendermi senza permesso parte del suo amore.

Le sue mani vestono il mio corpo e i suoi occhi la mia anima.

Ci rigiriamo fra le lenzuola e, come se volesse darmi prova di non essere più in guerra, mi concede un po' di dominio.

Siamo due esseri umani così simili e contorti. Vogliamo il controllo e vogliamo dominare l'altro, solo per proteggere le nostre fragilità. Ci siamo fatti la guerra, abbiamo cercato di giocare di strategia, per vincere. Abbiamo perso entrambi. Dopo tutti questi mesi non c'è più bisogno di farlo, troppo tempo è stato concesso alla distruzione. Nessuno dei due vuole proteggere soltanto le proprie fragilità, ma anche quelle dell'altro.

Emetto un ultimo e profondo gemito e rimango lì, unita a lui: negli occhi, nella carne e nell'anima.

Si sfila da me e capovolge di nuovo la posizione intrappolandomi sotto il suo corpo.

«Ecco che cos'ho, Aria» sussurra. «Ho solo bisogno di sentirti parte di me».

«Lo sei e io sono già tua». Afferro la sua mano. Accarezzo il palmo bollente e ruvido. «Pericolosamente tua».

Capitolo 85

Siamo seduti sul suo letto, più nudi che vestiti. Mangiamo il cibo cinese che aveva ordinato quando era uscito in corridoio.

«Domani ho il volo per Miami» dico.

«Lo so. Se non ci fossimo ritrovati in quella situazione avrei restituito i soldi a tuo fratello».

Alzo un sopracciglio. «Ovviamente senza chiedermi cosa ne pensassi».

«Ovviamente» ribatte ridendo.

«Quindi, ci vediamo a Miami».

«No» aggrotta le sopracciglia. «Vieni in jet con noi».

«Non posso».

«E se Cole e Meredith venissero con noi?» propone.

«Aidan, è un viaggio in aereo di otto ore, praticamente ci vedremmo la stessa sera» faccio notare.

«Non è solo questo...» sbuffa, «... vieni con me».

«Aidan» abbasso le spalle.

Serra la mascella.

«Appena scendo dal jet voglio vederti, allora» stabilisce.

«Hai paura che scappi?»

Le sue labbra si piegano in un sorrisetto spietato che mi trasmette subito un'altra scarica di elettricità. «Biondina, se vuoi scappare non ti fermerò, ma non ti assicuro che non ti inseguirò e non ti troverò».

«Sottovaluti le mie capacità» ribatto. «Devo forse ricordati che sono riuscita a non farmi trovare da mia madre per sei anni?»

«Devo forse ricordarti che sono un cacciatore di taglie e per mestiere trovo i brutti ceffi?»

«E io sarei un brutto ceffo?» domando.

«Il più brutto di tutti» dice, saltandomi addosso e facendomi rovesciare il cibo.

Rido. «Chi l'avrebbe mai detto che mi sarei innamorata di un cacciatore di taglie...» commento, mentre lui mi sfila la maglietta.

Capitolo 86

«Sai, ho saputo che sei rimasta coinvolta in una sparatoria» dice Cole di punto in bianco interrompendo il silenzio che stavo contemplando ormai da ore e ore.

«Chi te l'ha detto?»

«Una ragazza con cui ho scambiato qualche parola allo Zero, ha detto che ti conosce».

Aggrotto le sopracciglia sospettosa.

«Sai come si chiama?» chiedo.

«No, ma aveva i capelli rossi».

Annuisco, sollevata.

«Piper» rispondo. «Dopo il processo, quando è avvenuto l'incidente io ero lì, al locale, e lei ora sta frequentando uno dei fratelli di Aidan».

«Come sta il fratello coinvolto?»

«Bene, ma deve ancora riprendersi del tutto, non ricorda granché di quel che è accaduto...»

Lui annuisce. «E il processo come è andato?»

«Non come speravamo. Il giudizio è stato sospeso. Il processo definitivo sarà in aprile, probabilmente».

«Nel mese del tuo compleanno» sorride.

«Te lo ricordi, allora».

«Sono tuo fratello». Fa una pausa, tamburella sul bracciolo del sedile. «Ho parlato con la mamma».

Alzo le sopracciglia sconcertata.

«Cole non dirmi che sei in buoni rapporti con lei...» ringhio, fuori di me.

«No. Però mi sembrava giusto dirle che mi sto per sposare».

«Ti sembrava giusto...» scuoto il capo incredula. «Quella donna non si merita nulla di giusto».

«Lo so e l'ho fatto più per me stesso che per lei».

«Per te stesso?»

«Sì, avevo bisogno di farle sapere che ce l'ho fatta, che non mi ha rovinato la vita».

Faccio una smorfia.

«Ti assicuro che invece l'ha fatto, solo che non te ne accorgi».

'Sei una debole, Aria. Devi essere forte'.

Meredith accanto a lui si stiracchia producendo qualche rumoroso mugolio.

«Questi sedili sono proprio scomodi...» commenta aggiustandosi sul posto.

«Hai dormito soltanto quattro ore filate, infatti» dico. Meredith ride.

«Zitta, o mi toccherà farvi alzare tutti per andare di nuovo in bagno» risponde, mollandomi un pugnetto sul braccio.

«Vuoi che mi sposti?» si propone Cole. «Così puoi allungare le gambe».

«No, amore, grazie» sorride lei. «Aria, tu sei riuscita a dormire?»

«No» rispondo abbozzando un sorriso.

Prima che Cole iniziasse a parlarmi, la mia mente stava ripercorrendo le ultime settimane e soprattutto l'ultima giornata.

«Starai ancora dagli Harrison una volta tornata a Miami?» chiede Meredith interrompendo di nuovo i miei pensieri.

«No. Madison, una mia amica, ha trovato un loft dove potremmo stare in affitto. Devo solo trovare un lavoro e poi mi trasferirò con lei».

«Be', è una bella notizia» sorride. «Se hai bisogno di qualcosa non esitare a chiamarci. D'accordo? Soprattutto perché noi lo faremo quando nascerà il tuo nipotino o la tua nipotina... Non crederai di riuscire a evitare di fare la baby sitter, vero?»

Ridacchio. «Non sono molto brava con i bambini, ma sarà un onore».

«Hai già preparato il book per l'Accademia?» domanda Meredith.

«Non ancora, devo scegliere fra le migliaia di foto che ho fatto durante tutti questi anni».

Fischia. «Me lo farai vedere quando sarà pronto?»

«Certo che sì!» esclamo. Meredith sorride e poi fa cenno col capo verso la toilette. «Mi dispiace» si scusa. Mi alzo e la lascio passare. Non mi importa. Se anche dovesse alzarsi trenta volte, Meredith non riuscirebbe mai a irritarmi, credo. Ha una simpatia travolgente. Sono contenta per Cole.

«E se fosse cambiata?» domanda lui all'improvviso. Mi volto a guardarlo senza capire. «Non ti sei mai chiesta se mamma ha smesso di bere o se è tornata sulla retta via?»

«Cole, non mi importa» rispondo subito piena di rabbia. «Anche se lo fosse non cancellerebbe tutto quello che ci ha fatto passare».

«Non l'ho dimenticato nemmeno io Aria, non è questo che intendevo dire».

«Allora che cosa intendevi?»

Si stringe nelle spalle. «Ci penso da un po'. Forse dovremmo ascoltarla. Capire perché si è comportata in quel modo. Forse potrebbe aiutarci a cambiare la prospettiva».

«Stai scherzando?» gracchio con l'irritazione a fior di pelle.

«No. Non è tutto bianco o nero, Aria» ribatte altrettanto infastidito.

«Cole» lo ammonisce dolcemente Meredith tornando dal bagno. «Non ammorbare tua sorella. Non credo che questo sia il momento più opportuno di parlare di lei e non credo che affrontarlo così sia il modo migliore».

Cole fa un respiro profondo, ma non ribatte. Gli lancio un'occhiata di disapprovazione. Come può pensare di poterle dare anche solo una chance? Quella donna ha rovinato la vita di entrambi. La sola idea di incontrarla mi fa venire voglia di prendere un volo per l'Alaska.

Dopo aver ritirato i bagagli, siamo usciti dall'aeroporto. Il caldo di Miami ci accoglie in tutto il suo splendore. Ci avviamo verso la fermata dei taxi.

«Tieni» mi dice Cole, passandomi una carta di credito.

«Perché?» domando, osservandola.

Fa spallucce. «Non cercare subito un lavoro. Sistema prima il tuo book, è più importante. Usala per pagare l'affitto e trasferisciti insieme alla tua amica».

Strabuzzo gli occhi. «No, Cole, non posso accettare».

«Non puoi, devi» ribatte lui.

«Mi hai già pagato il biglietto aereo...»

Lui scuote la testa. «Basta. A me le cose in questo periodo vanno piuttosto bene e voglio aiutare mia sorella. Okay?»

Chino il capo. «Grazie. Ve li ridarò tutti».

«Prima diventa una fotografa famosa» sorride lui.

«Cole!» lo chiama Meredith. Il loro taxi è fermo e il tassista sta caricando le valigie in auto.

«Scrivimi quando ti sei sistemata, d'accordo?» Si avvicina e mi abbraccia. «Ci vediamo tra qualche giorno, sorellina!» mi saluta sistemandosi sul sedile accanto a Meredith che mi manda un bacio a distanza.

Respiro il vento caldo di Miami.

Sono tornata.

Capitolo 87

Con i mezzi ci metto una vita a raggiungere l'indirizzo che mi ha dato Madison e quando riconosco la facciata del palazzo dalla fotografia che mi ha inviato i miei piedi urlano di gioia.

Citofono alla portineria. Un uomo sulla cinquantina altissimo e magro, vestito con un completo blu, mi viene ad aprire.
«Signorina Cooper?»

«No, sono una delle coinquiline, Aria Davidson. Le mie amiche dovrebbero arrivare proprio ora» dico controllando l'orario sul cellulare.

«Bene. Io sono Ronald Brown, l'agente immobiliare. Il proprietario, il signor Murphy, mi ha chiesto di porgervi le sue scuse, ma a causa di un contrattempo non può essere presente per conoscervi. Ha lasciato tutto a me».

«Non credo sia un problema» sorrido. In quell'istante un taxi con i finestrini abbassati e da cui proviene una musica rock a tutto volume accosta. Il conducente si precipita fuori, trafelato, e si affretta a togliere le valigie dal bagagliaio.

«E la prossima volta si ricordi che se c'è un limite di velocità è perché c'è un motivo!» sento la voce di Ang ringhiare contro di lui.

«Esatto. E faccia dare una pulita qui dietro, ci ho trovato un braccialetto, due bottiglie d'acqua e un vecchio cd. Ma chi compra ancora i cd?!» si domanda Tess scendendo dal taxi.

Davanti a entrambe saetta Madison che prima ancora di salutarmi si avvicina a Ronald.

«Eccomi! Sono la signorina Cooper!» esclama con un sorriso. «Non voglio sembrarle scortese, ma avremmo un po' di fretta» dice rivolta all'uomo tutto impettito.

Ronald Brown sfila dalla valigietta alcuni documenti.

«Una firma qui e qui» le indica alcuni punti.

«Bene» dice Mad scarabocchiando distrattamente. «Ho già effettuato il pagamento della caparra ieri, tramite i dati del proprietario che mi ha inviato».

«Sì, il signor Murphy mi ha informato» afferma infilando il foglio nella valigietta.

«Allora forza, ci faccia strada. Ah! È poi venuto il ragazzo di cui le avevo parlato per visionare il loft?»

«Sì, l'ha visitato con me. Mi è sembrato soddisfatto».

Ang ci raggiunge.

«Aria!» dice, buttandomi le braccia al collo. «Mad? Hai già pagato?» esclama guardando i fogli.

Madison annuisce. «La decisione di prendere questo loft è stata mia, perciò mi sentivo in dovere di farlo, ma non preoccupatevi, non è un problema» dice con l'incrollabile sorriso.

«Tess, Mad ha pagato la caparra!» grida Ang verso Tess che sta ancora sgridando il tassista. «Paga tu la corsa, poi dividiamo!»

«Dio, ma quanto fa caldo...» torna a dire Mad.

Abbozzo un sorriso divertito.

«Benvenute nella mia cara vecchia Miami».

Appena Tess ci raggiunge, entriamo dalla bella porta in vetro.

L'ingresso è ampio e pulito e anche se la zona non è delle più esclusive la prima impressione è ottima.

Stringo i manici del mio borsone malandato e cammino con le mie amiche e gli occhi sognanti sulla moquette recente.

Si sta aprendo un nuovo capitolo della mia vita.

Con il cuore in gola entriamo una a una nel loft. Dall'ingresso è già possibile avere la vista completa della casa. A destra si staglia, sopra un soppalco di qualche gradino, la zona notte composta da quattro letti matrimoniali. A sinistra, invece, c'è la zona cucina e un corridoio che presumo conduca al bagno. Ma ciò che cattura più di tutto la mia attenzione è la vista, che permette di avere una splendida visuale sui grattacieli di Miami in lontananza e il tramonto che dipinge tutto di arancione dietro di essi.

«Wow, ragazze, è mozzafiato» sussurro.

«Concordo» risponde soddisfatta Mad.

La suoneria del mio cellulare mi provoca un nodo alla gola.

«È Aidan?» domanda Ang.

Non ho nemmeno il tempo di controllare e annuire che anche i loro cellulari iniziano a squillare insistentemente.

Ci lanciamo alcune occhiate d'intesa.

«Non possiamo farci rovinare questo momento» mormora Tess.

Imitando il loro gesto, clicco sul tasto 'rifiuta'.

«Che ne dite di sistemarci?» propone Ang dando un taglio netto alla preoccupazione che si stava facendo strada tra noi.

Spento il cellulare, abbiamo sistemato i nostri vestiti e preso in giro Mad perché occupa praticamente l'intera cabina armadio, mentre Ang si è appropriata della grande scrivania in vetro sotto a una finestra e si è creata un ufficio. Tess ha reclamato come suo un angolo del salotto in cui ha aperto una pesante valigietta in metallo che si è trasformata in un tavolo consolle completo di tutto il necessario per tatuare. Io ho preso la reflex che mi ha regalato Aidan e l'ho sistemata su una libreria accanto alla vecchia macchina fotografica che mi ero comprata con i soldi rubati a Dan.

«È ancora un po' vuoto» commenta Ang, quando ci sdraiamo sfinite e con gli stomaci pronti a protestare sul tappeto. Abbiamo ordinato pizza e birre, ma il fattorino non è ancora arrivato.

«Manca di personalità» concorda Tess.

«Certo, ma ci penserà Aria» dice Mad.

«Io?» domando, senza capire.

«Sei tu la nostra fotografa» sorride Mad. «Queste pareti verranno riempite con i tuoi lavori migliori».

«È un'idea bellissima!» esclama Ang.

Arrossisco, felice. Le mie amiche vanno avanti a parlare delle modifiche che vorrebbero apportare, organizzano i turni di pulizia e io penso a come la mia vita sia cambiata radicalmente in meno di un anno.

Il campanello suona.

«Vado io» dico, scattando in piedi e avvicinandomi alla porta per aprire. Sento già l'acquolina in bocca al pensiero della pizza.

Apro con i soldi in mano, ma appena la porta si spalanca vengo travolta dagli Harrison.

«Bene, bene, bene» dice Jason guardandosi attorno.

«Avevate intenzione di dircelo o sareste semplicemente sparite nel nulla?» borbotta Josh.

«Sorpresa!» esclama Madison senza alzarsi dal tappeto. Lui si avvicina, furibondo. «Mad?»

«Sì?» fa finta di niente lei.

«Perché?» chiede lui con l'aria di uno che ha esaurito la pazienza, ma che sta facendo un grande sforzo per controllarsi. Madison, però, lo guarda imperturbabile e fa spallucce. «Josh, te l'ho già spiegato: volevo un posto mio. Adesso puoi decidere di rimanere arrabbiato e andartene oppure puoi fartela passare e sistemarti qui accanto a me. Sono stanca».

Tutti guardano Madison. Dall'altra sera, quando ha visto Josh abbracciato alla ragazza sconosciuta, ha cambiato atteggiamento nei suoi confronti.

Gli Harrison e le mie amiche iniziano a discutere e io non ho bisogno di cercare i suoi occhi. So bene che se ne sta nel suo angolo a osservare la situazione. Aidan non attacca mai per primo senza aver valutato cosa accade attorno a lui, si prende il tempo di cogliere i dettagli poi sferra il suo colpo ed è sempre il più letale.

«Come avete fatto a trovarci?» domanda esasperata Tess a Jason.

Lui rotea gli occhi. «Angelica e Asher hanno ancora quell'applicazione sul cellulare, quella che ti segnala la posizione».

Guardiamo tutte Ang che arrossisce. «Continuo a dimenticarmi di disinstallarla».

«E perché dovresti?» la fulmina Asher.

«Perché non stiamo più insieme?» ribatte lei con voce sarcastica.

Lui si stringe nelle spalle. «Se non avessimo quell'app a quest'ora saremmo già davanti a casa dei Williams» sbotta.

«Non è che se non ti rispondo per qualche ora significa che sono stata rapita» taglia corto Ang.

«E comunque, Aron e Grace sapevano tutto» aggiunge Tess.

«Aron sì e io no, Tess?» domanda lamentoso Jason.

«Dopo le cose che hai detto e fatto nei giorni scorsi, mi stupisce persino un po' vederti qui, Jas» replica lei.

«Avevamo un accordo con il resto della vostra famiglia che sa tutto da giorni. Loro vi hanno trattenuto il più possibile e vi avrebbero spiegato ogni cosa qualora vi fosse balenato in testa di fare una sciocchezza delle vostre» spiega Ang.

Jason inizia a protestare, ma Mad si alza in piedi. «Sentite, o vi sta bene e la smettete di comportarvi come dei bambini capricciosi o quella è la porta, Harrison».

«Cosa ti fa pensare che esistano solo queste due soluzioni?» esordisce glaciale Aidan.

«Non ne vedo altre» risponde Tess sostenendo il suo sguardo.

«E se questo locale venisse improvvisamente acquistato da qualcuno?» si fa avanti, fingendo di valutare l'immobile. «È abbastanza carino».

«Smettila» lo ammonisco.

«Non lo faresti...»

«Non mettermi alla prova, Angelica» ribatte.

Faccio un passo avanti verso di lui, cercando di fronteggiarlo. «Aidan».

«Me lo avresti dovuto dire» ribatte a mezza voce. «Soprattutto dopo ciò che abbiamo passato».

«Lo so. Ma proprio perché abbiamo passato tutto questo dobbiamo provare a mettere un po' di distanza tra noi, altrimenti finiremo ancora negli stessi circoli viziosi, Aidan. Tu ti saresti preoccupato inutilmente e io...» dico, facendo un passo verso di lui. «Alla fine avrei ceduto. Perché non so resisterti» sussurro nel suo orecchio. Lui mi guarda con i suoi occhi verdi in cui scorgo già il desiderio.

«Per quanto odi ammetterlo, biondina, la stessa cosa vale per me...» dice. «Ma...»

«Aidan, lo sai anche tu che ti saresti opposto con tutte le tue forze».

«Sai perché?» chiede.

«Perché sei un maniaco del controllo» rispondo con una smorfia.

«Perché dopo ciò che è accaduto...» dice abbassando la voce minacciosa, «... quando non ci sei sto con il fiato sospeso».

Lancio un'occhiata dietro di me, dove gli altri sono impegnati a discutere sottovoce fra loro.

«Non mi accadrà nulla, Aidan».

«Lo so» annuisce. «So che sai cavartela da sola, ma io non parlo di questo».

«Di cosa allora?»

Serra la mascella e si guarda attorno frustrato, abbassando la voce, ma nessuno ci ascolta.

«Sto vivendo con il fiato sospeso perché ho l'impressione che da un momento all'altro te ne andrai, che ripenserai alla discussione che abbiamo avuto e deciderai di non combattere più per noi».

Un improvviso timore trapela dai suoi occhi e mi investe senza preavviso. È questo che crede? Che non mi batterò più per noi?

«Dovresti sapere, ormai, che io non sono il tipo di persona che abbandona una guerra» rispondo prendendogli una mano.

«Stavi per farlo».

«Sì, perché credevo che fosse finita, perché tu avevi detto 'basta così'».

Distoglie lo sguardo.

«Aidan, lo hai detto tu stesso» faccio un cenno. «Non sono quel tipo di avversario o nemico che si serve dei tuoi sentimenti per distruggerti, non ti farò mai credere di essere tornata da te per poi abbandonarti».

Lui abbozza un sorriso.

«Una volta mi hai detto il contrario» afferma. «Hai detto che avresti usato la mia stessa strategia».

«Non sapevo cosa volesse dire amarti».

«E cosa vuol dire amarmi?» abbozza un sorrisetto indossando di nuovo i panni del provocatore.

«Riempirsi di pugni sul ring e di baci sul letto...» rispondo e poi cambio tono. «Ma soprattutto sviluppare una pazienza che non ho mai avuto».

«Devi fare ancora molti progressi allora...» sorride poggiando una mano sul mio fianco e attirandomi a lui.

«Aidan...» lo ammonisco, ma sento già qualcosa sul fondo della pancia agitarsi.

«Aria» risponde.

«Un po' di distanza ci farà bene».

«Davvero? E per cosa ci farà bene?»

«Farà crescere il desiderio, ad esempio».

«Come se già non ne avessimo abbastanza...» dice squadrandomi con brama. «Però mi piace il tuo punto di vista, Davidson. Se ogni volta che ci vedremo dovrò sbatterti al muro non è un problema».

«Possiamo vederci tutti i giorni. E poi...» faccio un cenno verso il letto. «Quello è matrimoniale».

«E gli altri servono per guardare lo spettacolo?» indica i materassi.

«Non intendevo per il sesso, dicevo per dormire» mi affretto a precisare.

«Avere un pubblico potrebbe essere appagante».

«Smettila» sorrido sferrandogli un colpo al petto.

Il campanello suona di nuovo. E un fattorino si affaccia dalla porta aperta.

«Un ordine per Cooper».

Mad si alza in piedi e prende le pizze.

«Erano solo quattro...» dice quando il ragazzo gliele consegna.

«La comanda dice otto» controlla il fattorino che prende i soldi e se ne va.

«Guarda caso...» commenta Ang scuotendo la testa.

«È opera tua, vero?» domando ad Aidan a bassa voce.

Lui sorride. «I dettagli, Davidson» risponde. «Credevi sul serio che io non sapessi dove fosse la persona più importante della mia vita?»

Il mio cuore perde un battito.

«Ma non sei piombato qui subito» ragiono.

«No» ribatte e mi sorride. «Non ti voglio mai più togliere nulla, Aria. Vestiti a parte, ovviamente. Volevo lasciare che ti sistemassi con le tue amiche. Quando Josh, Jason e Asher hanno deciso di raggiungervi mi sono unito a loro».

Lo fisso, sorpresa e commossa. So quanto gli è costato. So che ha dovuto lottare contro le sue fissazioni. Non è mania di possesso la sua, è bisogno di sapere che chi ama è sano e salvo.

«Se non venite a mangiare rischiate di non trovare più nulla, Jason evidentemente si sente meglio» ci chiama Mad.

Aidan mi prende per mano e ci sediamo sul tappeto accanto a tutti loro.

Mi guardo attorno.

Le luci accese, la confusione, le birre stappate, i cartoni di pizza che si svuotano, le risate e le frecciatine.

Aidan.

Le mie amiche.

I miei fratelli.

Sono a casa.

Con delicatezza faccio scivolare la carta all'interno della vaschetta colma di reagente. La agito per qualche istante. Immersa nel mio mondo osservo come il momento che ho catturato anni fa sulla Quattordicesima strada prenda di nuovo vita, lo rivivo come se fosse accaduto solo ieri pomeriggio. Dopotutto, continuo a pensare che non ci sia arma più potente di una macchina fotografica, un oggetto così piccolo che ha la grande capacità di fermare il tempo. E non lo ferma solamente, ne ruba un pezzo e lo rende eterno.

Inserisco il foglio nella seconda bacinella. Ho passato l'intera mattinata a scegliere le fotografie da aggiungere al book che dovrò presentare al colloquio conoscitivo in Accademia. Credevo di dovermi rivolgere a uno studio per la stampa della pellicola, invece Aidan mi ha proposto di allestire un'improvvisata camera oscura dentro la lavanderia del loft. Stampare da sola i miei scatti può darmi qualche punto extra. Mi ha aiutata a preparare tutto l'occorrente e ora sto sviluppando l'ultima foto che ho scelto.

La sposto, ormai quasi del tutto nitida, nell'ultima vaschetta e non appena il fissaggio si completa la appendo al filo ad asciugare.

Facendo qualche passo indietro osservo le immagini una a una, illuminate solo dalla luce rossa. Non so se verrò ammessa ufficialmente, ma sono certa che queste fotografie rappresentino il mio stile, il mio modo di vedere ciò che mi circonda. Una foto è come un dipinto, si può comprendere lo stile dell'artista, il suo modo di scoprire la vita e le persone. Due fotografi che puntano il loro obiettivo sullo stesso soggetto non otterranno mai due foto identiche. Si viene sempre catturati da un dettaglio ed è quello che distingue una visione della realtà.

Abbozzo un sorriso. Anche io ho un certo talento per i dettagli.

«È stata una buona idea» dice Aidan entrando nella stanza quando ho finito.

«Sì, devo dire di sì».

Mi si sistema accanto, fissando il filo.

«Domani mattina, prima del colloquio, mi permetterai di guardarle?»

«No».

«Perché?»

«Perché il tuo giudizio porterebbe sfortuna».

«Biondina, ti sbagli, sai bene che sono un uomo fortunato».

Mi volto verso di lui.

«Mi spingeresti a crederci di più e io tremo già da ora all'idea di non essere ammessa» dico.

«Va bene, non dirò nulla, ma voglio accompagnarti».

«D'accordo» sorrido avvolgendo le sue spalle. «Ma dovrai fare silenzio e mostrare un sorriso cordiale».

«Io mostro sempre un sorriso cordiale».

«Talmente cordiale che le persone preferiscono svoltare in un'altra via quando ti vedono».

Lui piega dolcemente le labbra in un sorriso da sbruffone, come se fosse proprio ciò che voleva sentirsi dire.

«Sai cosa potremmo fare per scaramanzia?» I suoi occhi si rivolgono sulle mie labbra e le sue mani mi stringono i fianchi.

«Qui?»

«Ovunque, Aria» mormora con voce bassa e vibrante. «Non ho bisogno di un luogo specifico per fare sesso con te».

«Potrebbero esserci gli altri di là» dico rapita dalle sue mani che accarezzano già la mia pelle sotto la maglietta.

«Non ci è mai importato» sussurra facendo un passo avanti.

«E se a me importasse, ora?»

Dopo alcuni passi la mia schiena tocca la parete.

Lui assume di nuovo quel ghigno che non promette pietà.

«Ti importa?» mormora. Con una mossa rapida mi fa voltare obbligandomi a dargli le spalle.

Fra una carezza e l'altra mi spoglia lentamente. Ci provochiamo e continuiamo a giocare quella partita che abbiamo iniziato subito dopo esserci conosciuti. Siamo instancabilmente avversari, non c'è vittoria, né una meta, solo il cedere alla brama più profonda delle nostre anime.

Capitolo 88

Camminiamo per le strade della città alla ricerca dell'Accademia di Fotografia.

«Lo sai che se fossimo andati con l'autista a quest'ora saremmo già arrivati?» dice annoiato.

«Fa bene camminare, Aidan». Studio il foglietto con l'indirizzo e la mappa sul cellulare.

«Se sai dove stai andando» si lamenta. Mi volto di colpo e lui sbatte contro di me versandosi addosso il caffellatte.

«Se hai intenzione di lamentarti ancora per molto di questa passeggiata, puoi fare dietrofront e tornare a casa».

«No, resto qui. Ho tante altre cose di cui lamentarmi». Poi fa la smorfia da stronzo: «E preparati a pagarmela per avermi macchiato».

Sorrido in segno di sfida. «Non vedo l'ora».

Appoggio la mano sul ginocchio ballerino cercando di controllare la tensione. Aidan avvicina la sedia e sovrappone la sua mano alla mia, noncurante delle occhiate della signora seduta davanti a noi. Non appena sento il suo calore l'ansia rimpicciolisce in un angolo di me.

«Allora, signorina Davidson... ho qui il suo fascicolo con la richiesta di ammissione».

«Sì» rispondo prontamente. La signora di mezza età, con occhialetti bassi sul naso e uno chignon rigido, mi studia con una nota di disappunto. Di sicuro perché ho insistito affinché Aidan potesse entrare. Una brava giocatrice conosce le carte del suo mazzo e io so che probabilmente tra queste mura ci sono decine di studenti più preparati di me. Ragazzi che hanno studiato, che hanno frequentato corsi e che magari hanno già esposto o pubblicato. Ho un asso nella manica e ho intenzione di usarlo.

«Questo è il mio book fotografico» dico, porgendo il raccoglitore rilegato in tessuto che ho compilato con estrema attenzione. La donna lo sfoglia.

«Perché il nero?» chiede senza emozione.

«Perché, come sa, non è un colore. Il nero è l'assenza di luce... Per buona parte della mia vita, ho vissuto in un mondo senza luce. E l'obiettivo della mia macchina ne è stato influenzato. Poi» dico, quando arriva all'ultima fotografia «le cose sono cambiate». La donna prende lo scatto e lo alza per vederlo meglio. «Quella è di pochi giorni fa». La guardo mentre osserva l'immagine. La posiziona sulla scrivania e poi ricomincia a sfogliare l'album, prestando ora una maggiore attenzione alle fotografie. Le mie mani iniziano a sudare. Cerco di decifrare le sue emozioni, ma il suo viso appare come una maschera. Di tanto in tanto, prende una fotografia e la colloca sul piano in legno, accanto alle altre. Quando l'ha sfogliato interamente per la seconda volta, si concentra sulle immagini che ha selezionato. Dopodiché le gira verso di me.

«È sempre lui il soggetto di queste, vero?» domanda la donna, lanciando un'occhiata ad Aidan.

«Sì». Mi sfugge un sorriso. Aidan si allunga per vedere meglio le fotografie. Schiude le labbra, rapito e sorpreso. La donna invece studia con occhi attenti ogni minimo dettaglio.

«Era mattina quando l'ha scattata?»

Mi mordo una guancia. Non so se contraddirla e dire la verità o essere accondiscendente.

«No, signora» decido.

«Ah no?» la donna abbassa gli occhiali e si concentra sui punti luce.

«Era notte inoltrata, signora» mormora Aidan sottovoce.

«Avevate appena finito di amoreggiare?» Spalanco gli occhi.

«È fondamentale saperlo?» domando.

La donna mi concede un sorrisetto. «Immagino che questa sua risposta, signorina Davidson, confermi la mia intuizione».

Arrossisco.

«Sa, un'immagine dice molte cose. E una fotografia come questa...»

«Cosa esprime?» mormora Aidan.

La donna alza le sopracciglia come se quella fosse una domanda scontata. Cerca un accenno d'imbarazzo o di incertezza sui nostri volti, ma trova solo due persone che vogliono una risposta e anche in fretta. Sorride, stupita.

«Giovanotto, deve sapere che una fotografia va vista in tre tempi diversi. A primo impatto, la nostra attenzione viene rapita dalla nudità che in questo caso, per le forme, richiama la bellezza ellenica; in un secondo momento, approfondendo lo studio, si può notare che c'è qualcosa che stride, un contrasto evidente tra l'atmosfera tranquilla del letto, con le morbide pieghe delle lenzuola e del cuscino, e l'espressione corrugata sul viso. Ma scavando ancora più a fondo, si vede l'amore. Un senso di protezione. Vede? In quest'angolo, un po' fuori fuoco, si vede che i muscoli della gamba sono flessi, si allungano verso la persona che sta a letto con lei. Come a cercarla. Come a cercarla nel mondo» dice, chiudendo il libro.

Quella foto non è solo una foto.

Ma io non lo sapevo ancora.

«Queste altre, invece» dice, mostrandoci le altre immagini «sono diverse. E non parlo solo del fatto che sono state scattate con macchine differenti... Scommetterei tutto il patrimonio del mio defunto marito che la prima immagine che vi ho mostrato è anche la prima che lei, signorina Davidson, ha scattato al suo compagno».

«È proprio così» sussurro.

«Tornando all'ultimo scatto del suo book, quello a colori...» riprende in mano l'immagine e alza gli occhi su Aidan che, di nuovo, si allunga per vederla. La riconosce. L'ho scattata la prima mattina in cui ci siamo svegliati nel loft, come sempre prima di tutti gli altri.

Era l'alba. Siamo usciti sul balcone con i nostri caffè, così da non disturbare.

«Noto che ha ancora alcune difficoltà a capire come saturare i colori, signorina. Ma...» va avanti. «il modo in cui la curva delle ciglia di questo ragazzo segue la curva del sole che sta sorgendo mi fa pensare che lei abbia un certo talento per i dettagli».

«Posso vederla?» chiede Aidan.

«Non l'ha vista?» domanda stupita la donna. «Tenga».

Aidan osserva il suo profilo. La piccola goccia di caffè sul suo labbro superiore e l'angolo di lingua che sta per uscire dalla bocca per pulirsi. L'iride verdissima sopra il cielo rosato di Miami all'alba.

La donna mi passa la cartellina facendola scivolare sulla scrivania.

«Questo è il suo programma settimanale, signorina Davidson». Estrae un foglio dal cassetto della scrivania. «Non tutte le lezioni sono obbligatorie, soltanto quelle contrassegnate da un asterisco. È richiesto un atteggiamento adeguato, ne consegue un abbigliamento professionale e comodo, che non comprende minigonne, tacchi alti e scollature. Per quanto riguarda il percorso didattico, è prevista una valutazione mensile. L'esame comprende una materia a sua scelta fra le cinque, per cui lei dovrà portare del materiale ed esporre in base ai criteri che verranno definiti dai suoi insegnanti. L'ultimo mese ci sarà un doppio esame, uno con la modalità prima descritta e un altro che comprende tutte le discipline, valutato dall'intero corpo docenti e da me. Si raccomanda un buon accorgimento per la manutenzione della sua fotocamera, che l'Accademia non riparerà e non sostituirà, e del suo portfolio, che verrà visionato nel corso del suo ultimo esame. Tutti i professori, me compresa, saranno disponibili per qualsiasi chiarimento. È tutto. Benvenuta all'Accademia di Fotografia della Florida» conclude.

Batto le ciglia per qualche istante, cercando di assimilare la notizia.

Poi mi alzo e le stringo la mano, impacciata.

Mi volto verso Aidan appena fuori dall'edificio. Mi osserva con un sorriso strano.

«Sei contenta?»

«Se sono contenta?» dico cercando le parole giuste. «È la sensazione più bella della mia vita».

Allarga le braccia e io mi rifugio nel mio luogo preferito.

«Dobbiamo festeggiare!» esclamo.

«Sì, decisamente» concorda lui.

«Non intendo in quel senso, Aidan».

«Non conosco altri modi per festeggiare».

«Ti è piaciuta la fotografia?» chiedo staccandomi un po' da lui.

«Solo per il soggetto».

«Narciso, ci scommetterei tutto quello che ho che ci faresti una gigantografia da attaccare sulla testata del letto».

«Come mi conosci bene, Davidson». Mi circonda le spalle con un braccio. «Erano tutte fantastiche, Aria, davvero, non soltanto quelle in cui c'ero io» dice serio.

Il mio cuore fa una capriola.

Una ragazza dai lunghi capelli castani e il viso scavato viene verso di noi osservando intensamente Aidan. Si arresta di colpo, sbarrandoci il passaggio sul marciapiede. La squadro con espressione interrogativa. Indossa un paio di pantaloni corti che mettono in mostra le gambe lunghe e snelle.

«Ciao, Aidan» esordisce.

«Ciao».

«Come stai? Tutto bene?» La ragazza mi lancia qualche sguardo. «Non ci siamo più sentiti...»

«No, evidentemente no» risponde lui asciutto e impassibile.

«Come sta tuo padre?» chiede ignorando il modo in cui le ha appena risposto.

«Senti, Michelle, noi avremmo una certa fretta».

«Oh. Scusate» dice facendosi da parte. I suoi occhi scuri guardano un'ultima volta Aidan per poi scivolare verso l'asfalto. È la prima volta che vedo una ragazza che ci sperava davvero, una a cui Aidan piaceva sul serio e non solo per i suoi soldi o il suo aspetto.

«Ciao» le sorrido cordialmente, andando via.

«Ciao» ricambia con un filo di voce. Aidan, invece, mi sorpassa addirittura di qualche metro.

«Potevi almeno salutarla» dico.

«Figuriamoci, ho passato un'intera settimana a trovare il modo di scollarmela» sogghigna.

«Forse perché lei ci credeva».

«Sul serio, Aria? Fai per la maggior parte del tempo la fidanzata gelosa e ora passi dalla parte di chi mi sono scopato?» Alza un po' troppo la voce, tanto che alcune persone vicine si voltano verso di noi.

«Abbassa la voce o me ne vado» sbotto, irritata. «E comunque, no, non passo dalla parte di chi ti sei fatto, ma non mi sembrava una stronza che mi spintona buttando a terra il vassoio con cui servo o una che ha tutta l'intenzione di sposarti solo per incastrarti, Aidan. Sembrava una ragazza che ci ha creduto, che ci ha sperato e alla fine è rimasta delusa».

Lui mi lancia uno sguardo cupo, ma anziché affrontare la questione aumenta il passo.

Siamo ormai arrivati al loft. Non abbiamo camminato l'uno accanto all'altra, lui è sempre stato più avanti di me di qualche passo, come se non vedesse l'ora di andarsene.

Sale sulla sua Porsche e fa retromarcia sgommando. C'è una parte di me che è stanca di correre dietro ai suoi continui cambi d'umore e un'altra che non vuole assolutamente lasciarlo andare via.

Poso la mia borsa sul marciapiede e faccio quello che una persona sana di mente non farebbe: mi posiziono in mezzo alla strada.

Vuole passare? Allora mi dovrà mettere sotto.

Parte accelerando, ma frena a un metro da me. Mi guarda fisso negli occhi attraverso il vetro dell'auto.

«Scendi» mimo con le labbra. Non risponde. Incrocio le braccia al petto.

«Stai facendo il bambino» gli grido.

Contrae la mascella.

«Scendi. Dobbiamo parlarne».

Cerco i suoi occhi per fargli capire che non possiamo continuare di questo passo. Davvero vuole permettere a un'inutile discussione di rovinarci l'intera giornata? Una delle migliori della mia vita?

Cogliendo la sua resistenza, mi sposto di lato e faccio una cosa che non ho mai fatto. Non lotto. Sto solo a guardare quale decisione prenderà di fronte a un campo di guerra vuoto.

Rimane immobile, guardando davanti a sé. Persino uno sconosciuto si accorgerebbe del conflitto interiore che si è appena scatenato dentro di lui. Sono convinta che voglia parcheggiare e scendere, ma il suo orgoglio non glielo permette.

Dopo avergli lanciato un'ultima occhiata, raccolgo la borsa e salgo in casa.

Infilo il doppione di chiavi che Madison mi ha dato ed entro nel loft.

«Tutto bene?» Tess viene verso di me. «Ho visto» fa un cenno verso la grande vetrata.

«Oh».

Raggiungo la grande barriera di vetro e guardo giù, verso il parcheggio.

La sua macchina non c'è più.

Non ci posso credere.

Il nervosismo rischia di togliermi il fiato. La rabbia inizia a circolare nel mio corpo.

«Come è andata?» chiede, però, Tess, togliendomi il book di mano e iniziando a sfogliarlo. Stacco gli occhi dalla vetrata.

«Mi hanno presa» dico.

«Cosa?!» esclama Tess e mi abbraccia. «Ragazze!» grida.

Ang e Mad mettono la testa fuori dal bagno. Hanno i capelli avvolti negli asciugamani.

«Aria è stata presa!» urla.

Le mie amiche mi si stringono subito attorno. I loro sorrisi, la loro gioia, scacciano subito la rabbia.

È una giornata felice. Ce l'ho fatta, con le mie forze.

«Ci vuole una bottiglia di champagne!» dice Madison, avviandosi più nuda che vestita verso il frigorifero.

«Non ne abbiamo» le dice Ang. «Né abbiamo birra, vino, succo o acqua».

«Ah no?» domanda Mad, delusa.

«No, di solito quelle cose non compaiono magicamente nei frigoriferi, Madison» le spiega Tess.

«Sei mai entrata in un supermercato?» le chiedo io, colta all'improvviso da una strana intuizione.

Madison si appoggia allo sportello. «Mmm...» riflette. «Direi di no».

«Cosa?!» esclamiamo tutte in coro.

«Forza, mettetevi qualcosa addosso. Stasera vi preparo una cenetta con i fiocchi» dico.

Osservo il sole calare sugli alti grattacieli della città. I colori sfumano via via fino a lasciare posto a un blu che porta la notte con sé. So che nel mondo ci sono posti migliori di questo luogo caotico, ma non vorrei essere da nessun'altra parte, se non qui a guardare l'orizzonte e godermi la felicità di questo giorno. Il giorno della mia rivincita nei confronti di quella donna, quella che porta ancora il nome di mia madre, ma che non lo è più. Ora inizia la salita più complessa, ma oggi è stata la prima vittoria dopo anni. Oggi, so per certo che posso camminare a testa alta per la strada della vita, da sola.

Il profumo di pollo e patate arrosto riempie il nostro appartamento. Abbiamo deciso di offrire agli Harrison un ramoscello d'ulivo e di invitarli a cena. Siamo tutte d'accordo nel dire che un Harrison con lo stomaco pieno è un Harrison molto meno prepotente del solito. A ritmo di musica, quindi, Madison e io finiamo di cucinare, mentre le altre apparecchiano la tavola. Abbiamo solo stoviglie spaiate, perché abbiamo tutte gusti molto diversi e non riuscivamo a metterci d'accordo su cosa comprare. Tess allora ha proposto un mix&match e, anche se Mad all'inizio ha storto un po' il naso, devo dire che l'effetto finale è meraviglioso. I bicchieri colorati voluti da Tess risaltano sulla tovaglia in lino semplice e un po' spiegazzata che Mad ha scovato in una vecchia merceria e i piatti bianchi e classici scelti da Ang sono stati la mia tela per qualche ora. Li ho decorati uno a uno con gli acquerelli, facendo delle strisce di colore che li abbinassero a tutto il resto.

«Anche le cose diverse possono stare bene insieme, dopotutto» commenta Mad, dando un'occhiata alla tavola. Il suo sguardo, però, sembra più lontano. Come se non si riferisse veramente alla tovaglia, ma a qualcos'altro.

Le sorrido. «Non abbiamo preso il vino!» esclamo, ricordandomene all'improvviso.

«Tranquilla, ci pensa Jake».

Come se li avessimo evocati, il campanello suona.

«Allora, che cosa ci offre la casa?» dice lui, entrando e facendo un lungo fischio. «Però! Non è la villa, ma non siete messe male...»

Da dietro le sue grandi spalle sbuca la ragazza con le lentiggini e i capelli rossi dello Zero, Piper. Ci siamo presentate ufficialmente allo chalet, ma non abbiamo avuto tempo di parlare. Io stavo per partire con Cole.

«Ciao!» mi saluta.

«Ehi!» ricambio, sorpresa di vederla. «Non sapevo che fossi in città».

«Una breve vacanza al seguito di...» e fa un cenno del capo verso Jake che si è piazzato davanti alla finestra e fissa il panorama. «Come stai?»

«Bene» rispondo e sorrido.

«Quella mattina allo Zero... Mi eri sembrata strana. Ho chiesto a Jake cosa ti fosse successo e mi ha raccontato la situazione».

«Ora è tutto a posto» dico. «Più o meno...» aggiungo, guardando fuori dal portone.

I fratelli Harrison hanno colonizzato l'intero loft. Josh ha già in mano il telecomando, Asher sta discutendo con Tess perché vuole cambiare canzone, Ang e Jason stanno chiacchierando e Aron se ne sta un po' in disparte, scrivendo messaggi al cellulare.

Perché non è venuto?

Nascondo l'angoscia dentro di me. È una giornata importante, non me la farò rovinare da lui e dal suo atteggiamento da bambino. Però, mentre chiudo il portone e torno ai fornelli, sento la tristezza farsi strada dentro di me. Il problema con la gioia è che è effimera, fragile, si sgretola molto più facilmente della sofferenza, che invece è capace di occupare indisturbata un cuore per anni. Si aggrappa con forza ai pensieri e minuto dopo minuto ne prende il controllo.

«Che cosa avete combinato tu e Aidan?» domanda Jason, appoggiandosi con i gomiti al bancone.

«Il solito» rispondo vaga.

«Avete litigato?»

«Stamattina abbiamo incontrato una ragazza e lui, secondo me, si è comportato da maleducato. Gliel'ho fatto presente e se l'è presa».

«Avete discusso?» chiede, prendendo un coltello e aiutandomi a tagliare il pane.

«No, se ne è solo andato senza dire nulla».

«Davvero?!» esclama Jason.

«Sì».

«Be', questo sì che è strano» commenta.

«Perché?»

«Aria, quando mai hai visto Aidan scappare da una discussione? Tu lo sai meglio di me. Lui resta fino alla fine pur di distruggere l'altro. Forse è cambiato qualcosa in lui... se ne è andato senza ribattere? Da non credere».

Prendo un pomodorino e glielo lancio.

«Ehi!» gracchia.

«Smettila di psicanalizzarmi, mi farai pensare a lui per tutta la sera e adesso dobbiamo solo festeggiare» dico sorridendo.

Ci sediamo a tavola e serviamo quello che abbiamo preparato. I ragazzi ringraziano, fanno complimenti, sembrano persino civili. Fino all'ultimo istante ho sperato che Aidan ci raggiungesse e abbattesse il muro dell'orgoglio, ma la speranza con il passare delle ore ha abbandonato la mia mente, lasciando posto solo alla preoccupazione.

Capitolo 89

Apro gli occhi, sono ore che provo ad addormentarmi. Spingo ciò che è accaduto con Aidan in un angolo della mia mente, ma le parole di Jason, prima di cena, hanno scatenato un vortice di dubbi.

Ha ragione quando dice che Aidan non è mai scappato da una discussione. Lui non è il tipo che si tira indietro. Lui manipola il suo interlocutore per vincere.

Allora perché se ne è andato?

Mi dirigo verso il divano. L'occhio mi cade su Josh che stasera è rimasto a dormire qui, tiene fra le braccia Madison come se fosse l'oggetto più delicato del mondo. Anche Asher è rimasto a dormire, lo champagne lo ha steso. Angelica gli ha ceduto il suo letto, aveva detto che sarebbe andata a dormire con Tess, ma a quanto vedo le mancavano le braccia di Asher.

Il loft è assorto in un silenzio che lascia spazio alle voci insistenti dei miei pensieri. Guardo il cellulare, sono le due e ventidue.

Vorrei che fosse qui.

In quel preciso istante lo schermo del telefono si illumina.

'Se sei sveglia, aprimi'.

Leggo e rileggo il messaggio. Ho lo stomaco sottosopra.

Poi mi alzo e apro la porta.

Trattengo il fiato, rapita dai suoi occhi verdi illuminati dalla luce fioca del corridoio.

Abbiamo passato mesi insieme, ma ogni volta che lo vedo il cuore si scatena.

Aidan è rigido nella sua posizione, cerca di mantenere di nuovo il controllo, ma non completamente, colgo infatti una lieve esitazione nella sua espressione.

Faccio un passo indietro per farlo entrare.

Quando mi passa accanto mi accorgo che ha i capelli bagnati.

«Vieni» sussurro facendogli cenno di seguirmi nella camera oscura. Sento i suoi passi dietro di me, mi segue, ma a distanza.

Chiude la porta alle sue spalle.

«Come sono andati i festeggiamenti?»

«Male» faccio una smorfia.

«Perché?»

«E me lo chiedi? Te ne sei andato, Aidan»

Distoglie lo sguardo scuotendo il capo.

«Aria...»

«Perché l'hai fatto? Sapevi che era una giornata importante per me».

«Esattamente per questo. Avremmo discusso e non volevo che di questo giorno ti ricordassi un nostro litigio».

«Ma noi lo facciamo sempre, Aidan. Perché è diverso questa volta?»

Serra la mascella.

«Tu» dico facendo un passo verso di lui. «Tu non ti tiri mai indietro da una discussione...» aggrotto le sopracciglia folgorata da un'improvvisa intuizione, «... a meno che tu non voglia nascondermi la verità. È successo qualcosa con quella ragazza?»

«No» sbuffa portando una mano fra i capelli, «ci sono andato a letto due volte e lei deve essersi presa una cotta per me, ma è successo più di un anno fa».

«Allora perché te ne sei andato?»

«Te l'ho appena detto: non volevo discutere, Aria» dice tutto d'un fiato. «Io non voglio litigare con te».

Sbatto per qualche istante le palpebre, confusa.

«Aidan, ti rendi conto che abbiamo litigato dal primo istante in cui ci siamo incontrati?» chiedo sbigottita.

«E se non fosse accaduto non mi sarei innamorato di te» dice. «Ma adesso...» Fa un passo verso di me, poi si blocca. I nostri occhi si intrecciano.

«Aidan» sussurro.

«Non voglio arrivare più a quel punto, Aria».

«Nemmeno io lo voglio, ma non devi andare via e lasciarmi sola ogni volta».

Deglutisce.

«Ti ho delusa di nuovo» mormora.

«Aidan, nessuno ha mai detto che sarebbe stato semplice... Non credo che dovremmo aspettarci questo dal nostro amore. Non cerchiamo di rendere il nostro rapporto quello che non è. Tu e io siamo pieni di difetti e la nostra relazione lo è altrettanto. Io ho problemi a gestire la rabbia e tu ti nascondi dietro la tua corazza». Gli stringo la mano. «Le discussioni fra me e te sono inevitabili, come giocare a provocarci, ma sai cosa possiamo fare?»

«Imparare a gestirle» ribatte prontamente.

Annuisco. «Parlarne, sempre, senza veli, come è accaduto quel giorno. Io metto da parte la mia rabbia e tu la tua corazza».

Abbozza un sorriso. «Non pensare che io voglia trattarti come se fossi fatta di cristallo... È solo che preferisco vederti sorridere alle mie sfide che arrabbiata per le mie stronzate».

«Io sorrido sempre quando ci sei tu, anche quando sono arrabbiata».

Dal retro dei pantaloni sfila una scatolina e me la porge.

«Il mio regalo per festeggiare una delle tappe più importanti della tua vita» dice.

Apro la scatolina e vedo una catenina argentata. La prendo tra le mani e osservo il ciondolo: una macchina fotografica in miniatura che ha al centro dell'obiettivo un diamante.

«È bellissima...» dico, guardando la collana. «Me la metti?»

Sollevo i capelli e sento le sue mani sul mio collo.

«Ho pensato per ore a cosa prenderti. So che tu vorresti immortalare tutto il mondo con il tuo obiettivo, ma mi sembra materialmente impossibile. Però so perché lo fai: per fermare il tempo e trattenere le cose belle a te per sempre. Un diamante, dicono, fa un po' la stessa cosa...»

Mi volto verso di lui. «Hai ragione sul tempo, ma hai torto quando dici che è impossibile immortalare tutto il mondo con il mio obiettivo».

Solleva un sopracciglio. «A meno che tu non mi dica che come prima vacanza insieme vuoi andare su un satellite nello spazio, non vedo come potresti riuscirci» osserva.

Prendo il book che avevo appoggiato sopra la lavatrice e gli mostro lo scatto a colori esaminato dalla signora all'Accademia.

«Aidan Harrison, ognuno ha il proprio mondo... E questo è il mio».

Lui schiude le labbra e mi guarda senza fiato.

«Devo dire che è un mondo un po' pericoloso» sorrido.

Aidan copre la distanza che ci separa e sigilla le nostre labbra con un bacio.

Capitolo 90

Avvolta nelle sue braccia forti, sento suonare la sveglia. La spengo e infilo i piedi freddi fra le sue gambe calde. Borbotta qualcosa di incomprensibile.

Trattengo un sorriso ammirando il suo volto rilassato. Non c'è nessuna ruga in mezzo alla fronte.

Guardo lo schermo del telefono e vedo che c'è un messaggio di Cole.

'Jasmine. Ti piace il nome di tua nipote?'

Allegata c'è una fotografia della manina di un neonato. Sorrido. Vorrei andare subito a trovarli per stringere la piccola Davidson e darle il benvenuto, promettendole di darle una famiglia migliore di quella in cui siamo cresciuti Cole e io.

Alcune risatine interrompono le mie fantasticherie. Mi volto e noto che l'unico letto vuoto è quello di Angelica.

«La vera pecca di questo posto è che non ci sono porte» borbotta Aidan con voce roca.

«Ti ho svegliato?»

«I tuoi piedi gelidi mi hanno svegliato».

Li faccio scorrere su tutta la superficie delle sue gambe e lo sento rabbrividire al mio contatto.

«Smettila».

«No, brontolone» rido. «È nata mia nipote».

Socchiude un occhio e mi osserva «La moglie di tuo fratello era incinta?»

«Sì, la piccola si chiama Jasmine».

«Sarai una zia pessima» sorride, stringendomi a sé.

Quando mi alzo e apro il frigo un altro urletto giunge dal bagno.

«Dannazione, sono le otto di mattina!» grida Tess alzandosi di scatto. «Non posso sopportali».

«Dovremmo mettere una regola» geme Madison assonnata.

«Oh, dovreste essere felici per il piccolo Harrison» ci consiglia Josh.

«Ha ragione» replica Aidan raggiungendomi nella zona cucina. Per un secondo perdo la concezione del tempo e persino dello spazio davanti ai suoi addominali. Flette i muscoli stiracchiandosi un po', consapevole di aver liberato un intero zoo nel mio stomaco.

Deglutisco come se questo potesse bastare a richiudere la porta rossa del mio cervello, quella che conduce a pensieri proibiti. Sarà sempre così? L'attrazione fra noi sarà sempre così forte e seducente?

«Per fare queste cose andate a casa vostra» sbuffa Tess.

«Tess, si chiama scopare» chiarisce Josh divertito.

«Ed è esattamente quello che fate anche tu e Jason» interviene Aidan.

«Aidan, fatti i fatti tuoi» mormoro in difesa di Tess.

«Be', almeno io tengo le mie perversioni per me, non mi metto a scopare sul bancone della cucina». Josh ci lancia un'occhiata divertita.

Aidan abbozza il suo sorriso tagliente e, incrociando i miei occhi, appoggia la mano sul bancone, catturando la mia attenzione. Le vene che gli percorrono il braccio sono ben visibili e pulsanti e sottolineano quanto la sua forza fisica sia pericolosa.

Sentiamo la porta del bagno aprirsi e dal corridoio fanno la loro comparsa Asher, coperto da un solo asciugamano attorno alla vita, e Angelica in accappatoio.

«Buongiorno» dice Aidan con il suo ghigno.

«Lo vedete quello?» esclama Josh, raggiungendoci al bancone. «È il sorriso di chi ha fatto una grande scopata»

«Non abbiamo fatto nulla, Josh» risponde Angelica sulla difensiva.

«Ma anche se fosse, impara a farti gli affari tuoi, fratello» ribatte Ash.

«D'accordo, d'accordo» sorride Josh.

«Piper sta da voi?» chiedo per cambiare discorso mentre metto la caffettiera sul fuoco.

Josh abbozza un sorriso divertito. «Jake, è perso della rossa».

«Sì, sta da noi» risponde Aidan.

«Si è cacciato nei casini quell'idiota» dice Ash unendosi ai fratelli.

«Perché?» domando.

«Lei a quanto pare è fidanzata».

Inizio a preparare i pancake. Mescolo gli ingredienti e sorrido divertita del chiacchiericcio dei ragazzi.

Aidan poggia le sue mani sui miei fianchi, facendo aderire i nostri corpi. Il bruciore delle mie viscere diviene persistente e quasi incontrollabile.

«Che buon profumo» dice da sopra la mia spalla.

Mi mordo il labbro inferiore.

«L'ho già detto che la pecca di questo posto è che non ha porte?» chiede a bassa voce nel mio orecchio.

«Forse ci farà bene anche questo» sorrido.

«Sappi che appena metterai piede a Villa Harrison ti chiuderò in camera nostra fino a che non avrò sfogato tutto il bisogno di sesso che ho represso».

Deglutisco e mi costringo a poggiarmi al ripiano per mantenere saldo il controllo.

«Sappi che non ti sarà così semplice intrappolarmi, soldato».

«La prendo come una sfida, biondina» dice baciandomi il collo.

Subito dopo aver fatto colazione sono corsa nella cabina armadio per decidere cosa indossare.

Niente scollature, niente tacchi, niente gonna corta...

Mentre cercavo degli abiti mi sono ripetuta queste parole nella mente, come se avessi mai indossato una gonna o una scollatura, a parte quando i vestiti mi sono stati forniti dagli Harrison... Il mio borsone non ha mai dato altro che felpe e semplici maglie a tinta unita. Madison è dovuta uscire di corsa per rispondere a una chiamata della madre e senza di lei a farmi da bussola temo che se provassi ad aprire il suo armadio mi perderei per sempre.

Vedo la maglietta nera di Aidan. È morbida, la provo e la infilo dentro a un paio di jeans a vita alta.

«E io come dovrei andare a casa? Con una tua maglia?» dice squadrandomi.

«Dato che ci tieni tanto a passeggiare a petto nudo, puoi anche tornarci a casa».

Mi afferra per un polso attirandomi a sé.

«Gelosa, Davidson?»

«Io? Mai, Harrison».

Ha deciso di accompagnarmi in auto. E devo dire che è stata un'idea niente male, con lui accanto e le sue sciocche provocazioni, l'ansia da primo giorno di scuola è finita in fondo al mio stomaco.

«Quando torno a prenderti andiamo direttamente alla villa. Ho voglia di fare un bagno in piscina».

«Fattelo stamattina, il bagno in piscina» lo punzecchio.

«Biondina, apprezzo il suggerimento, ma se l'avessi voluto fare stamattina non te l'avrei chiesto» risponde seccato.

«Non mi piace la spiaggia, né il mare, né la piscina».

«Sei noiosa, Aria. Più di una nonnetta».

«Perché allora non chiedi a lei di fare un bagno in piscina?» dico stringendo gli occhi in due fessure per guardare la lunga colonna di auto che ci precede.

«Perché vorrei vedere il tuo culo, Aria».

«Grazie, davvero molto romantico, come sempre».

«Se ti interessa il romanticismo dovresti rivolgerti a qualcun altro. Non so, il banchiere per esempio...» borbotta.

«Sì, ci avrei dovuto fare un pensierino...»

Guardo l'ora, poi punto di nuovo gli occhi sulla strada.

Il traffico finalmente si sblocca, ma Aidan continua a stare fermo. «Aidan, che stai facendo? Così arriverò in ritardo!» Mi volto verso di lui di scatto. Mi accorgo del suo sguardo nero, fisso su di me come se volesse annientarmi.

«Scendi».

«Cosa?» spalanco la bocca.

«Hai capito, non c'è bisogno che te lo ripeta. La prossima volta fatti accompagnare dal banchiere romantico e perfetto».

«Oh, avanti Aidan» sbuffo. «Stavo scherzando».

«Se non vuoi perdere il corso, ti conviene farla a piedi» dice nascondendo un sorriso.

«Ehi, tu le battute sulle tue vecchie fiamme le fai, quindi non fare il difficile».

«Io, difficile? Sei tu quella complicata».

«Non è vero».

«A volte anche capricciosa» aggiunge.

«Come osi?» dico. Sferro un colpo al suo bicipite destro e lui sogghigna.

Avanza in mezzo alla fila e finalmente qualche minuto più tardi arriviamo davanti all'Accademia.

«Passo a prenderti alle quattro» dice. Mi sporgo verso di lui e gli alzo gli occhiali da sole.

«Va bene. A dopo gelosone». Gli stampo un bacio sulle labbra prima di scendere.

È ancora lì, con il finestrino abbassato. Vorrei ricambiare il suo sguardo intenso, ma la mia vista viene sbarrata da un gruppo di ragazze che si ferma di colpo proprio davanti al suo finestrino. Facendo finta di cercare qualcosa, gli lanciano qualche occhiata languida.

Infastidita le sorpasso e ritorno vicina all'auto. Lui mi osserva mentre mi piego sul suo finestrino.

«Mi sono dimenticata una cosa».

«Cosa?» chiede piegando le labbra in un sorriso tagliente.

Afferro il suo mento e lo bacio.

«Ti amo» gli dico.

«Mmm» mugugna dopo avermi morso il labbro inferiore. «Chi era quello geloso?»

Sfilo la testa dall'auto e vedo che le ragazze si allontanano. Con la prima soddisfazione della mattinata, e dopo un lungo respiro, varco il grande portone in vetro. Sebbene all'esterno la struttura possa sembrare un noioso palazzo grigio fra i tanti grattacieli di Miami, l'interno esplode di originalità. Il pavimento è un'unica colata di resina lucida, nera. Le pareti sono rivestite da fotografie incorniciate. Non sono sistemate casualmente, ma in base al colore e alle ombre. Davanti a me c'è una scala dai gradini in legno con un corrimano lavorato in ferro, tutto curve. Forse le aule sono al piano superiore, dato che qui non ci sono altre porte oltre a quelle degli uffici. Su una grande bacheca trovo la piantina dell'Accademia.

«Storia della fotografia, Storia della fotografia...» ripeto scorrendo con il dito l'elenco nella legenda a lato della cartina.

«Serve una mano?» Una voce maschile interrompe la mia ricerca.

Capitolo 91

«Anche io devo andare a quel corso. E sono qui da qualche settimana. Posso indicarti la strada...»

Osservo il ragazzo che si è appena avvicinato a me e per farlo devo alzare leggermente il viso, è molto alto, forse più di Aidan. La pelle abbronzata e i riflessi sui capelli castani mi fanno intuire che è di queste parti. Un cerchio argenteo gli sbuca a lato del labbro inferiore.

«Piacere, Max». Mi porge la mano.

«Aria, piacere».

«Bene, Aria, andiamo».

Lo seguo mentre imbocca la scalinata che avevo adocchiato prima.

«Sei di qui?» chiede lanciandomi un'occhiata, come per assicurarsi che non mi sia fermata all'ingresso.

«Sì e tu?»

«Sì, strano che non ti abbia mai vista prima» osserva. «Che liceo hai frequentato?»

Schiarisco la voce. «Mi sono trasferita spesso...»

«Oh, ecco perché. Io conosco tutti».

Lancio un'occhiata fuori dalla vetrata del secondo piano che dà sulla strada; sembra di essere molto più in alto rispetto alle scale fatte.

«Eccoci». Apre la porta facendomi segno di accomodarmi in aula.

Un po' titubante scendo le scale della stanza gremita di persone per sedermi in uno degli ultimi banchi rimasti vuoti. Max, nonostante io non glielo abbia chiesto, si siede accanto a me.

«Buongiorno ragazzi» esordisce un uomo di una quarantina d'anni. Percorre la scalinata; ha un lembo della camicia fuori dai pantaloni e i capelli scompigliati, per non parlare degli occhiali storti sul viso.

«Ho saputo che c'è una nuova ragazza...» Sparpaglia i fogli sulla cattedra. «Oh, eccola... bene... Aria Davidson».

Esitante alzo la mano. Divento paonazza quando i volti curiosi degli studenti si girano su di me.

«Buongiorno, signorina Davidson».

«Buongiorno a lei, professore» dico con un filo di voce. L'uomo mi lancia un sorriso veloce e poi inserisce la chiavetta USB nel computer.

«Signorina, le lezioni per noi sono iniziate già da un mese, perciò le manca tutta la prima parte, appena finita la lezione si fermi un momento».

Annuisco.

«Bene ragazzi, oggi parleremo di Joseph Nicéphore Niépce...» dice sistemandosi e chiudendo la zip dei pantaloni.

La lezione comincia, inizio a scrivere, ma Max ogni cinque minuti mi distrae indagando sul mio conto, dandomi dei piccoli colpetti al gomito e facendomi sbaffare con la penna. L'irritazione cresce dentro di me e mi devo concentrare per non urlare contro a uno sconosciuto.

Quando finalmente le due ore di tortura si concludono, raggiungo il professore.

«Allora, signorina Davidson...» dice cercando all'interno della sua valigietta. «Questa...» estrae una dispensa, «... le servirà per studiare tutto quello che faremo. Ciò che abbiamo fatto lo scorso mese lo trova qui, ma dovrà anche recuperare degli appunti da qualcuno, parlando a lezione ho aggiunto alcune cose».

Annuisco. Sfoglio velocemente la dispensa.

«Bene, è tutto» dice.

«Arrivederci» lo saluto ed esco dall'aula.

Raggiungo Max che ha aperto una finestra del corridoio per fumare.

«Sei sicuro che si possa fare?» chiedo, incerta.

«Sono certo che non si possa fare» mormora divertito. «Trovo sempre affascinante chi non rispetta le regole» aggiunge sputandomi il fumo addosso con fare provocatorio.

«Ma qui ci siamo solo tu e io, non devi mostrare a nessuno il tuo fascino» replico.

«Ne sei certa?» Improvvisamente rivolge il suo sguardo alle mie spalle, mi volto e noto un ragazzo percorrere il corridoio, Max piega le labbra in un sorriso malizioso nel momento in cui ci passa accanto.

Raggiungiamo l'aula, nella quale avremo la seconda lezione di oggi. Una signora con l'anello al dito anulare, presuppongo da poco per come lo studia e lo tocca, ci attende con le scartoffie già sulla cattedra e una slide proiettata sul telo alle sue spalle.

«Buongiorno, ragazzi, do il benvenuto alla nuova studentessa di questo corso» mi rivolge un cenno. «Signorina Davidson con me studierà Tecniche di fotografia».

«Buongiorno».

«Bene, iniziamo allora...»

Prendo appunti su appunti, con l'emozione di una bambina che ha un giocattolo nuovo. Max stavolta non mi interrompe. Per tutto il tempo, lancia occhiate languide al ragazzo che abbiamo incontrato in corridoio.

Alla fine della seconda lezione prendo le dispense dell'insegnante e scendo fino all'ingresso. Max è lì che mi aspetta.

«Grazie mille per avermi fatto da accompagnatore, Max».

«Grazie a te per essere stata di buona compagnia, Aria. A domani» mi rivolge un sorriso e se ne va. Io accenno un piccolo movimento con la mano e mi giro elettrizzata verso Aidan che mi aspetta appoggiato a un'auto che non è la sua.

«Ehi, tu» dico. «Che ne hai fatto della mia adorata Porsche?»

«Ciao anche te, biondina». Mi circonda con le braccia. «Oggi volevo farti fare un giro su un altro gioiellino» dice ironicamente indicando la monovolume a cui è appoggiato. Si avvicina e mi stampa un bacio, io mi stacco e gli metto l'indice sulle labbra.

«Fammi guidare la Porsche» dico.

Trattiene una risatina.

«Sai già la risposta, biondina».

«Certo, ma ne ho proprio voglia». Mi mordo il labbro in modo plateale, per attirare la sua attenzione e manipolare i suoi ormoni.

«Mmm, sei proprio caduta in basso se mi fai delle avance per guidare un'auto» dice.

«Non una qualunque...»

«D'accordo» mormora con tono di sfida. «Vediamo se sei all'altezza della mia piccola». Mi dà una pacca sul sedere e si sposta aprendomi la portiera.

Mi accomodo, ma mi rendo subito conto di non arrivare ai pedali.

«La leva è lì sotto» ridacchia.

«Ah, ah, davvero molto simpatico». Tiro la leva e porto il sedile in avanti.

Metto in moto e parto inserendomi nel traffico.

Quando finalmente raggiungiamo una strada un po' meno trafficata schiaccio sul pedale. Faccio vibrare il motore e ruggire la turbina. L'adrenalina cresce con l'aumentare della velocità. Sorrido alla sensazione che sto provando. Cambio marcia dopo la curva, se fossimo in una pista da corsa la farei in controsterzo.

Vorrei voltarmi per vedere l'espressione di Aidan, ma devo rimanere concentrata. L'adrenalina cresce e cresce. Il mio cuore fa a gara con il contachilometri.

Rallento a malincuore quando stiamo per arrivare alla villa. Imbocco il vialetto e Aidan apre il cancello digitando la password sul tastierino. Parcheggio vicino alle altre auto.

Lancio un'occhiata di vittoria verso Aidan che non ha fiatato per tutto il tempo. Mi squadra con un misto di ammirazione e soddisfazione.

«Che ne dici?» gli chiedo.

«Che mi sono appena innamorato un po' di più di te» ribatte scendendo subito dall'auto.

Entriamo in casa. La vetrata cristallina affacciata sull'Atlantico è più bella di come me la ricordassi.

«Buongiorno» ci saluta Gabriela, la nuova domestica. Al nostro ritorno dal Vermont, Rosa ha ufficialmente dato le sue dimissioni anche se ha promesso che continuerà a gestire l'agenda di casa e le incombenze più importanti. Il signor Harrison ha assunto due nuovi domestici e ha fatto costruire una dépendance.

Aidan mi passa un braccio sulle spalle e, abbracciati, usciamo dalla cucina per entrare nel giardino. I fratelli Harrison e le mie amiche sono sulle sdraio con dei cocktail in mano.

«Ragazzi, ci avete messo un attimo ad arrivare» esordisce il signor Harrison in bermuda e camicia hawaiana. Rosa, vestita con un elegante kaftano, mi abbraccia forte.

«Ciao a tutti» sorrido, felice.

«Che ne dite del primo bagno della stagione?» propone Jake.

«Andiamo a cambiarci» risponde Aidan.

Sorrido spensierata e su di giri. L'adrenalina è ancora in circolo. Mentre torniamo dentro, Aidan si blocca e mi guarda.

«Che c'è?» chiedo, confusa.

Abbozza quel suo sorriso dannato, quello che non promette mai nulla di buono. In un battito di ciglia mi afferra e mi carica in spalla.

«Aidan!»

Cammina a passo spedito, tiene salda la presa sul mio fianco.

Entra in camera e richiude la porta sbattendola. Non appena mi rimette giù mi spinge con la schiena al muro e inizia baciarmi con voracità.

Mi obbliga a girarmi contro la parete.

Afferra i miei capelli e mi sfiora il collo.

«Aidan...» sussurro.

«Shh».

Mi volto per guardarlo negli occhi.

Le sue mani vagano sul mio corpo, più bramose che mai. L'adrenalina deve circolare ancora anche in lui. Lui e io siamo fatti di questo, è una droga a cui non sappiamo rinunciare. Una droga che sappiamo entrambi potrebbe costarci cara. Si sfila la maglia e mi prende in braccio. Mi lascia cadere sul letto togliendomi i pantaloni. Apre il cassetto per prendere il preservativo.

Lascia un bacio fugace nelle mie parti intime provocandomi la pelle d'oca, poi inizia a tormentarmi. Sale sempre più su fino alla bocca, sfiorando nel contempo la mia intimità e quando entra infilo le unghie sul suo bicipite trattenendo il respiro.

«Era ora» dico con un filo di voce.

Lui mi guarda soddisfatto. Le nostre lingue danzano a ritmo di puro sesso e adrenalina, il suo corpo mi manda letteralmente a fuoco il cervello. Ansimo sul suo viso, mordo le sue labbra e graffio le sue spalle.

Ci vogliamo. Permettiamo alla brama di strappare la nostra carne senza pietà. Ci troviamo nel nostro mondo, quello in cui siamo capaci di abbandonarci al desiderio più profondo e al contempo di perdere il barlume della ragione. I nostri occhi si incontrano e lui, cogliendo il mio desiderio, mi permette di stargli sopra.

Se non fossimo stati disposti a spogliarci delle nostre paure per scoprire quanto le nostre anime siano simili, non avremmo raggiunto questa complicità. Non mi avrebbe mai permesso di sovrastarlo, Aidan Harrison non cede il controllo a nessuno.

Mi mette le mani dietro la nuca e mi guarda con un sorriso divertito e soddisfatto.

Alcuni minuti dopo sono stesa sopra di lui ad accarezzargli il petto caldo e leggermente imperlato di sudore.

«A cosa devo questo?» chiedo rompendo il silenzio.

«Alla tua guida».

«Allora sono stata brava».

«Aria, mi hai fatto venire un'erezione».

«Per così poco?» replico arrossendo. «Sei debole di cuore».

«Quando si tratta di te, sì».

Capitolo 92

«Hai capito la ragazza che pezzo di figo si è scelta». Max abbassa gli occhiali e squadra Aidan.

«Ehi!» dico dandogli un pizzicotto sul braccio.

«Decisamente molto carino, se ha qualche fratello potresti presentarmelo» mormora Ella, una ragazza mora dai capelli corti che frequenta i miei stessi corsi. Si è unita a me e Max durante una lezione di Tecniche della fotografia, commentando con una nota di pessimismo qualsiasi cosa la professoressa dicesse.

«Uno anche per me, se fosse gay sarebbe anche meglio...» commenta Max.

«Ha altri cinque fratelli» dico.

«E che cosa aspetti a presentarceli?» incalza Ella.

Sorrido. «Devo andare, ci vediamo domani» li saluto con la mano e raggiungo Aidan.

«Il tuo amico mi ha squadrato» dice mettendo in moto la Porsche.

«Il mio amico è gay».

«Aria, sono un cacciatore di taglie. Pensi davvero che io non lo avessi capito?»

«I dettagli, Aria, fanno la differenza» lo scimmiotto.

«Davidson, se pensi di volermi prendere di nuovo in giro in questo modo, ti metterò al tappeto».

«Ti ricordo che sul ring sono brava anche io».

«Infatti io non intendevo il ring».

Scuoto il capo trattenendo una risatina. «Sai ora cosa faremo?»

«Pensavo a un drink prima di cena».

«Quello avremo tempo di farlo dopo. Dobbiamo andare a comprare un abito per il matrimonio di mio fratello».

«Mi sembrava di averti detto che non amo andare a fare shopping».

«A me sembra di averti detto che non entusiasma nemmeno me, ma in questo caso, solo perché si tratta di un abito da cerimonia, ne ho proprio voglia».

«Perché non vai con le ragazze?» domanda scocciato.

«Aidan, voglio andarci con te, mettitelo in testa».

«Ah già, perché io ho buon gusto» sorride.

Dopo nemmeno due isolati parcheggia davanti a una boutique di Miami molto famosa non solo per i suoi abiti favolosi, ma anche perché è frequentata da celebrità conosciute in tutto il mondo.

«Ehi, ehi, ehi!» esclamo prima che possa scendere.

«Che c'è, ora?».

«Io non ho abbastanza soldi per comprare in quel negozio».

«Infatti tu non dovrai pagare un bel niente» scende dalla macchina. Rimango seduta a fissare la strada.

«Avanti, scendi». Mi apre la portiera dell'auto.

«Aidan, preferirei andare in un altro negozio».

«Aria, se non scenderai da quella macchina io andrò dentro e ti prenderò un vestito a caso, così poi potremo andare a bere qualcosa, poi potremo andare a cena e poi potrò guardarti nuda sul mio letto».

«È che...»

«Giuro che se stai per dire che non vuoi essere un peso, mi incazzo».

«Incazzati pure, allora, perché è la verità: io non voglio farti compassione soltanto perché sai della mia situazione economica».

«Tu, compassione?» ride di gusto. Lo fulmino con lo sguardo. «Tu mi fai incazzare, mi mandi fuori di testa, mi fai eccitare come nessuna mai prima d'ora, ma non provo compassione per te». Appoggia i gomiti sul tetto della macchina e incastra il viso fra le braccia. Io lo guardo dal basso.

«Ti faccio incazzare?»

«Più di quanto possa fare qualsiasi persona a questo mondo».

«Be', anche tu» replico.

«Aria, io voglio comprarti un vestito perché sei la mia fidanzata. I soldi sono il nulla» si abbassa verso di me, e dico il nulla, in confronto a quello che darei per te».

Deglutisco intimorita mentre lo dice, forse perché con l'intensità con cui lo fa sembra che voglia imprimermi queste parole nella mente per sempre.

«Un 'grazie' mi sembra inutile, allora».

«Biondina, voglio sentire la parola 'grazie' uscire dalle tue labbra solo quando ti faccio venire più volte di fila» dice, scoccandomi il suo ghigno. «Dai, andiamo che ho fame». Mi afferra per la mano e mi trascina dentro. Appena entriamo, una commessa dai capelli perfettamente bianchi raccolti in un morbido chignon e vestita con un elegante tailleur scuro si avvicina con un sorriso cortese sul viso.

«Signor Harrison, che piacere vederla. È già rientrato dal suo soggiorno in Vermont?»

«Da poco, Gladis» dice Aidan alla donna. «Le presento la mia fidanzata, Aria».

«Oh, che piacere conoscerla, signorina. È davvero una bellissima ragazza, signor Harrison» si presenta Gladis, sorridendo a entrambi. La donna mi guarda in viso con due grandi occhi chiari. So che ha notato le mie scarpe strappate e i jeans lavati troppe volte, ma ha l'eleganza di fare finta di nulla. Mi sta immediatamente simpatica.

«Cercate qualcosa in particolare?»

«Dobbiamo andare a un matrimonio» rispondo.

«Dove si terrà?»

«Al giardino botanico Fairchild».

«Magnifico, davvero magnifico» commenta Gladis cominciando a guardare con attenzione le pareti su cui sono esposti gli abiti. «Ha già qualche idea, signorina?»

«Non esattamente...»

«Io sì» si intromette Aidan.

Lo squadro. «Sarà divertente» promette. «I miei gusti ti sorprenderanno».

«Non voglio indossare un abito nero al matrimonio di mio fratello» gli dico, ricordandogli il suo armadio praticamente monocolore.

«Gladis, può accompagnare Aria al camerino grande?»

«Certo, signor Harrison. Signorina, venga con me».

Gladis mi prende delicatamente per il braccio e mi accompagna nel camerino, che però ha le dimensioni di un salotto. Prende un bicchiere di champagne e me lo porge mentre mi spoglio, rimanendo in biancheria intima, poi scompare. Quando la porta del camerino si apre, Gladis è raggiante. Spinge uno stender a cui sono appesi almeno dieci abiti.

Li passo in rassegna. Sono tutti meravigliosi.

«Se posso permettermi, signorina, io comincerei da questo» dice Gladis e mi porge un abito color acquamarina, aderente e con uno spacco sul davanti. Lo indosso ed esco dal camerino.

«Non mi convince» borbotto, guardandomi nello specchio.

«Sei sicura?» bisbiglia Aidan osservando il mio sedere.

«Sai che quello che vedi tu lo vedono anche gli altri, vero?» gli chiedo. La sua espressione cambia.

Rientro e mentre Gladis si allontana per prendere un paio di scarpe da abbinare al secondo abito osservo la mia figura allo specchio. Sono diversa dall'ultima volta in cui mi sono soffermata a guardarmi, le occhiaie sono quasi sparite come anche le guance scavate. Sto riprendendo peso e colorito. Ma non è questo quello che mi colpisce. Sono i miei occhi. Il verde nocciola brilla sotto le luci del lampadario di cristallo. Non sono più arrabbiati, non sono più vuoti. Sono gli occhi di una ragazza che, per una volta, sta bene.

Aidan compare dalla tenda del camerino.

«Ehi! Fuori, soldato!» lo rimprovero lanciandogli la mia maglietta.

«Biondina, nulla di nuovo...» dice mordendosi il labbro inferiore.

Infilo il secondo abito sotto i suoi occhi. Un vestito lungo, interamente di raso color cipria, con un corpetto morbido, sostenuto da due spalline sottili che si incrociano sulla schiena nuda.

Bellissimo.

«Be' questo è...» cerco di dire ma sono completamente rapita. Mi accorgo, dai suoi occhi riflessi nello specchio del camerino, che il vestito ha rubato la parola anche a lui, lasciandolo di stucco.

«Aria, è meravigliosa!» esclama Gladis, porgendomi un paio di scarpe dal tacco dorato. Le infilo e divento alta quasi quanto Aidan.

«Manca ancora una cosa...» dice la commessa. «Posso?» domanda, avvicinandosi. Mi slega i capelli, sempre raccolti in modo casuale e scomposto in cima alla testa.

Vedo le ciocche bionde cadere e accarezzarmi la scollatura.

«Ecco, così è perfetta. Semplice, pulita, romantica».

Semplice, pulita, romantica. Io? Mi guardo allo specchio, completamente ammaliata da questa versione di me. Sulla mia pelle ci sono ancora tutte le piccole cicatrici, ma mi vedo brillare.

«Allora, cosa ne pensi?» mi rivolgo ad Aidan, senza riuscire a trattenere un sorriso.

«Bocciato. Sei praticamente nuda» dice asciutto uscendo dal camerino.

Alzo leggermente le mani a mezz'aria cercando di capire che cosa gli sia preso. A volte i suoi modi da lunatico mettono davvero a dura prova la mia pazienza.

Irritata, sfilo l'abito e ne indosso un altro. Questo è più rigido, rispetto al precedente. È di un viola scuro che spegne totalmente la mia carnagione.

«Questo va bene oppure c'è qualcosa che non le piace, padrone?» domando con una punta di acidità uscendo dal camerino.

«No, questo è perfetto».

«A me non piace affatto».

«È meglio di quelli precedenti».

«Bugiardo». Faccio un passo puntandogli un dito contro. «So quello che ho visto nei tuoi occhi, non mentire, Aidan».

Sbuffa. «Andiamo?»

Stizzita e irritata dal suo atteggiamento mi volto di scatto per cambiarmi.

Dopo aver infilato di nuovo i miei vestiti, lo raggiungo. Appoggiato alla sua auto, mi squadra con espressione divertita.

«Cosa ti fa ridere di più, che io riesca ancora a sopportare le tue inutili imposizioni oppure che sei un bugiardo?» chiedo, incrociando le braccia al petto.

«Non stavo ridendo» ribatte con il sorrisetto ancora stampato sulle labbra.

«Aidan» lo ammonisco. «Io ora non ho un abito per la cerimonia e mancano pochi giorni».

«Puoi mettere quello del gala di beneficenza».

«Sei perfido, lo sai? Prima mi dici che mi pagherai un abito nella boutique più famosa di Miami, mi fai innamorare di uno di quei dannatissimi vestiti, poi ti rifiuti di comprarmelo. Avrei potuto comprarlo da sola, se solo non costasse un occhio della testa...»

«Sono certo che troverai qualcos'altro da metterti».

«Sicuramente» dico iniziando a camminare sul marciapiede.

«Dove vai?»

«Se vuoi saperlo, mi dovrai seguire». Mi volto di scatto, colta da un'intuizione. «Non caricarmi in spalla e non mettermi dentro il baule, Aidan».

«Non lo farò» sghignazza.

Capitolo 93

Spinta dal bisogno di trovare un abito, ho imboccato le vie più povere della città. Ma più mi addentravo in quella zona di Miami, più il mio umore si incupiva. I ricordi dei miei giorni per strada sono tornati di colpo, più vividi che mai. Davanti a un'insegna scritta in giapponese mi blocco e la mia mente torna a una notte di sei anni prima. Avevo lasciato una famiglia di conoscenti perché mia madre mi aveva trovata e aveva avvertito la polizia. Cominciavo a non essere più la ragazza che veniva dai bei sobborghi di Miami e che viveva in una di quelle case con la staccionata bianca, il canestro sistemato sopra la porta del garage, l'altalena appesa a un ramo della grande quercia in giardino. Cominciavo a essere l'Aria Davidson che sono ora, ma ero ancora troppo ingenua per capire davvero i pericoli della città. Non avevo un riparo per la notte, non avevo cibo e ormai avevo anche pochissimi soldi che nascondevo nei calzini. Dei tizi corpulenti, con un sacchetto di carta in mano, si erano avvicinati e avevano iniziato a chiedermi chi fossi e da dove venissi. Il panico stava per farmi scattare in piedi e cominciare a correre, ma in quel momento un signore basso, asiatico, con un paio di buste della spesa in mano, aveva fatto la sua comparsa alle spalle dei tizi. Aveva chiesto loro di spostarsi, ma quei brutti ceffi l'avevano ignorato. Aveva ripetuto la richiesta, ma quando loro avevano provato ad allontanarlo con la forza lui aveva lasciato le buste della spesa sull'asfalto e li aveva stesi con poche mosse di arti marziali. Poi mi aveva guardata e mi aveva detto di levarmi di torno perché bloccavo l'entrata del suo dojo. Io eseguii subito, ma qualcosa gli impedì di ignorarmi. Non ero uno dei tanti ubriaconi notturni con cui si spesso si ritrovava a discutere. Mi chiese il mio nome e io gli spiegai ogni cosa. Non mi feci nessuno scrupolo, non pensai che lui potesse essere qualcuno di pericoloso, ero così stanca quella sera che non riuscii a tenere la lingua a freno.

Così, quando infilò le chiavi nella toppa, mi disse di entrare.

«Perché ci siamo fermati?» chiede Aidan riscuotendomi dai miei pensieri.

«Io...» Guardo la porta della palestra del signor Chang.

«Entriamo» dice Aidan, quasi indovinando i miei pensieri. Rivolgo di scatto il mio sguardo su di lui.

«Ci sono io» suggerisce a bassa voce.

Annuisco, catturata dai suoi occhi. «Sono ancora arrabbiata con te» chiarisco prima di aprire la porta.

Lo scampanellio e l'odore di cera per il legno mi riportano di nuovo a quella serata.

«Eccomi, arrivo» grida. Riconosco la sua voce e non riesco a fare a meno di sorridere.

Un uomo anziano, con una barba bianca e vestito con gli abiti tradizionali giapponesi, guarda Aidan e poi me.

«Aria?» dice, quasi senza riconoscermi. Sono passati soltanto alcuni mesi, eppure sembrano anni.

Annuisco sorridente.

«Ah, piccola *nesshin'na senshi*». Fa il giro del bancone e io gli vado incontro per abbracciarlo.

«Credevo che non saresti più tornata» scuote il capo staccandosi.

«Non avrei mai potuto».

I suoi occhi incontrano quelli di Aidan. «Buonasera» dice il mio fidanzato.

«Io ti ho già visto» risponde il signor Chang.

Aidan alza un sopracciglio. «Non credo...» commenta. «Forse, però, ha incontrato uno dei miei fratelli, o mio padre».

Il signor Chang continua a osservarlo, strizzando gli occhi. «Lei è un Harrison» dice alla fine.

Aidan annuisce.

«Come fate a conoscervi?» domando.

«Un uomo, alcuni mesi fa, mi ha chiesto di te» spiega il signor Chang. «Pensavo fosse qualcuno che voleva riportarti da tua madre e l'ho mandato via» risponde.

Rido, immaginandomi il buon Clark Harrison o l'insofferente Asher venire allontanati dal signor Chang e il suo bastone.

Lui mi guarda senza capire. «E quindi» riprende, come va con quel lavoro? Ti pagano bene?»

«Sono riuscita a mettere da parte abbastanza soldi per iscrivermi all'Accademia di Fotografia».

«Non lavori più per loro?»

«Chang...» dico. «Sono stati gli Harrison ad assumermi come domestica. Stavano indagando sul mio conto per una storia troppo lunga, te la racconterò la prossima volta che mi preparerai il ramen. Solo che poi...» mi interrompo, prendendo la mano di Aidan e stringendola.

«Oh» commenta il signor Chang, concedendo finalmente un sorriso ad Aidan.

«Quest'uomo» spiego ad Aidan «è colui che mi ha insegnato a combattere e che mi ha offerto un posto in cui vivere» dico, commossa.

«Quindi devo ringraziare lei se ho trovato una ragazza capace di mettermi al tappeto?» domanda Aidan, porgendogli la mano.

«È stata una delle mie allieve migliori» commenta il signor Chang stringendola. «Ma se vorrai tornare per allenarti, Aria, le porte di questo posto saranno sempre aperte per te. Conosco qualche trucco che potrebbe aiutarti ad abbattere questo giovanotto...» sorride.

«Verrò senz'altro ad allenarmi» esclamo, contenta. «Posso andare nell'ufficio?» domando con un filo di voce.

«Come se fosse casa tua» risponde.

Trascino Aidan oltre una piccola porta bianca e premo l'interruttore. La luce al neon sopra le nostre teste sfarfalla per un attimo e poi si stabilizza. I miei occhi scattano verso il divano logoro su cui ho dormito quasi ogni notte per sei anni. In un angolo c'è uno scatolone su cui è scritto 'Aria'. Mi avvicino.

«Ho tenuto tutte le tue cose» dice il signor Chang alle mie spalle.

Lo apro e riconosco il cuscino spiegazzato e la coperta pesante, insieme a qualche bigliettino, un paio di testi scolastici, una vecchia felpa bucata e un paio di calzini di spugna. Infilo una mano al loro interno e riconosco il materiale freddo e duro.

Eccola.

«Chang...» mormoro.

«Piccola *nesshin'na senshi*, sarai sempre parte di questo posto. Questa ragazza» dice rivolto verso Aidan «ha dovuto combattere per molto tempo. E ogni guerriero ha bisogno di un campo base sicuro. Questo era il suo. Non potevo disfarlo».

«Aidan è stato uno sniper della Marina militare» spiego al signor Chang.

«Sai di che cosa stiamo parlando, allora» dice guardando Aidan.

«Mi racconti qualcosa di lei» ribatte lui.

«Di me?» gracchio, mentre osservo la stanzetta spoglia e disordinata con lo stomaco in subbuglio.

«Ci sono tante cose da dire su Aria...» inizia il signor Chang con un sorriso. «Sono convinto che anche se non mi avesse incontrato, quella sera, ce l'avrebbe fatta da sola. Io ho potuto fare poco per lei... Te l'avrà raccontato: non è un quartiere facile, questo, e non è facile mandare avanti un'attività da queste parti. Aria ha il dono di saper trasformare la sua debolezza in una forza fuori dal comune. È stata un aiuto prezioso, in questi anni».

«Me ne ero accorto» sorride Aidan guardando prima me e poi il signor Chang.

Mi siedo e lo guardo un po' imbarazzata.

«È un'instancabile *nesshin'na senshi*» conclude. «Volete del tè?»

«No, grazie» rifiuto. «E poi, a quest'ora non arrivano i ragazzi del corso serale?» domando guardando il vecchio orologio appeso al muro.

Lui annuisce e in quell'istante il corridoio si riempie di voci. Si avvicina a me e alla scatola di cianfrusaglie della mia vita. Tolgo la mano dal calzino ed estraggo la pistola.

«Una Kimber» dice Aidan guardando l'arma.

«Una micro 1911» preciso.

«L'hai mai dovuta usare?»

Incrocio i suoi occhi, da cui comprendo che la domanda è diversa: 'Sei mai stata così in pericolo da doverla usare?'

«No» scuoto il capo. «Ma mi ha fatta sentire al sicuro».

Afferra la pistola, fa scorrere il carrello per guardare dentro.

«Perché ti chiama in quel modo il signor Chang?» chiede con un occhio chiuso e la mira puntata verso il muro.

«*Nesshin'na senshi*?»

«Sì» annuisce sfilando il caricatore.

«Significa 'guerriera dal cuore zelante'».

Sfila le pallottole una ad una, facendole ricadere nella mia mano. «Be', ha ragione».

Sorrido. «Perché hai tolto le pallottole?»

«Perché non hai bisogno di quella per sentirti al sicuro adesso».

«Aidan, tu non potrai esserci sempre».

«Mettimi alla prova, biondina» mi sorride. Poi indica col capo la sala al di là dell'ufficio. «Che ne dici?» mi domanda.

«Cosa?» chiedo.

Aidan esce e lo seguo. «È da un po' che non ti alleni, Davidson» mi dice con quel suo sorriso furbo sul volto. Si sta già slacciando le scarpe.

«E la nostra cena?»

«Sono più interessato a vederti sotto di me in questo momento...» sussurra, levandosi la maglietta.

Le ragazze della lezione con i borsoni in spalla si paralizzano davanti al suo fisico perfetto.

«Cosa c'è, hai paura, biondina?» mi provoca.

Noto il signor Chang guardarci divertito.

«Mi sfidi a casa mia e pensi di vincere?» gli chiedo, legandomi i capelli e togliendomi la maglia.

Ci uniamo agli altri allievi al centro della sala, in ultima fila. Chang inizia sempre la lezione con pratiche di meditazione, per aiutare a trovare la concentrazione. Ci sediamo a terra e seguiamo la sua voce. Ogni tanto apro un occhio per vedere che cosa fa Aidan. È buffo osservarlo immobile e sereno, finora l'avevo visto così calmo solamente mentre dorme. Dopo alcuni minuti passiamo al riscaldamento e poi ai combattimenti a coppie. Appena mi si para davanti rivedo il suo ghigno furbo sul volto.

«Pronta, biondina?» dice.

«Cerca di stare al passo, soldato» ribatto.

Ci studiamo e, come sempre, sono io la prima ad attaccare. Aidan gestisce meglio di me la tensione, io mi lascio trascinare. Schiva e cerca di sfruttare il momento per colpirmi, ma io paro il colpo. Andiamo avanti così per un po'. È una danza in cui siamo solo lui e io e i nostri corpi. A un certo punto, cerco di dargli un calcio ma mi sbilancio un po' troppo e mi atterra.

È sopra la mia pelle sudata e sorride. «Non male» ridacchia.

«Ti ricordo che sei il doppio di me, Harrison» sbotto mentre afferro la sua mano per rimettermi in piedi.

«Aria» mi chiama il signor Chang. Mi volto verso di lui e mi accorgo che tutti gli altri allievi si sono interrotti e si sono stretti a cerchio attorno a noi per osservarci. Lo raggiungo e lui si avvicina al mio orecchio.

«Devi sfruttare il suo peso, Aria» sussurra. «Il suo allungo è superiore al tuo, tieniti fuori dalla sua portata. Colpisci seguendo il movimento a rientrare del suo braccio».

Annuisco e torno davanti ad Aidan.

Sorride, soddisfatto.

Non riesco a non pensare a quanto sia maledettamente bello.

«Riproviamo» dico.

La nostra danza ricomincia, ma stavolta seguo le indicazioni del signor Chang. Dopo alcuni minuti, riesco a colpire Aidan dritto al ventre, mozzandogli il fiato.

«Ancora!» dice il signor Chang.

Aidan si rimette in piedi e riprendiamo il combattimento. Il signor Chang ci urla indicazioni, ci fa vedere alcune mosse e indica ai suoi allievi alcuni dettagli delle nostre posizioni. Dopo un'ora siamo sdraiati a terra, esausti e grondanti di sudore.

«Ottimo lavoro» dice, dandoci dell'acqua.

«Ci vediamo la prossima settimana» replica Aidan annaspando. «Non ho mai avuto un insegnante come lei». Il signor Chang annuisce e accompagna gli altri fuori dalla porta. Dentro di me esplodono scintille di felicità. I due uomini che mi hanno salvato la vita si piacciono e si stimano a vicenda.

«Andiamo» dico, alzandomi. «Ho voglia di quella cena, ora».

Capitolo 94

«Avanti, dai, oggi mi stai davvero deludendo» dice saltellando sul posto. Sorrido dopo essermi raccolta il sudore sulle tempie. Schivo un paio di colpi, attacco e finalmente riesco a prenderlo.

Lo carico come se fossi un giocatore di football intento in un placcaggio per scaraventarlo a terra, ma l'unica che si ritrova per terra, sono io. Bloccata con il corpo sotto il suo peso. Lui si morde il labbro inferiore sorridendo.

«Non hai ancora vinto» dico con il fiatone.

«Ma lo farò...» Mi guarda con intensità. «Ti amo anche se sei una perdente».

Trattengo il sorriso per sferrargli un piccolo schiaffo che gli fa voltare il viso.

«Ti amo anch'io».

Mi bacia e le sue mani scivolano subito sul mio sedere.

«Ehi!» protesto.

Si alza con un ghigno stampato in faccia.

«Dobbiamo andare a prepararci» mormoro guardando il grande orologio affisso sulla parete della palestra della villa. Lui si volta e si piega un po' in avanti e io gli salto sulla sua schiena.

Tutto sembra andare nel verso giusto.

Bisticciamo? Non saremmo noi se non lo facessimo. La nostra complicità sembra essere cresciuta. Forse stiamo maturando insieme.

Traccio una scia di baci sul suo collo e lui rabbrividisce.

«Quanto tempo abbiamo?» chiede mettendomi giù una volta arrivati in camera.

«Poco, davvero poco» dico.

«Non c'è tempo che possa battermi, biondina». Con voce roca si piega su di me baciandomi dietro alle orecchie.

«Infatti, solo io posso batterti, soldato» ribatto, già in estasi.

Raggiungiamo il bagno. Aidan apre l'acqua della doccia e io inizio a spogliarmi. Lo faccio lentamente, per attirare la sua attenzione. Lui si sfila le scarpe e i calzini, concentrando lo sguardo solo su di me. Lo spingo nella doccia con ancora i vestiti addosso. La maglia gli aderisce al petto e i capelli si inzuppano di acqua. Mi strappa un sorriso dalle labbra.

«Cosa c'è?»

«Sono felice» dico.

La sua bocca perfetta si allarga in un sorriso. «Anche io» risponde. «Aria, non hai idea... Svegliarsi e vedere il tuo viso è la cosa più bella del mondo» lo dice con purezza e sincerità.

«No, non ne ho idea» rispondo, spostandogli i capelli ormai fradici dalla fronte. «Ma so cosa vuol dire svegliarsi accanto all'uomo della mia vita» dico rubandogli un bacio.

Esco dal bagno avvolta in un accappatoio. Aidan è uscito qualche minuto prima, lamentandosi di quanto tempo io sprechi sotto la doccia. In camera non c'è, però noto un pacco bianco con una rosa rossa sopra il letto. Lancio un'occhiata attorno a me per accertarmi ancora una volta che non sia qui.

Prendo il biglietto e lo leggo.

'Volevo sorprenderti. Tuo, Aidan'.

Accarezzo i petali sottili e ne sento il profumo. Poi apro la scatola. Fra i veli bianchi, trovo il vestito rosa cipria, di raso, di cui mi ero innamorata nella boutique.

Non ne abbiamo più parlato, ho cercato di decifrare il suo atteggiamento quel giorno, ma poi me ne sono completamente dimenticata.

'Volevo sorprenderti'.

Voleva sorprendermi.

Chi l'avrebbe mai detto che Aidan Harrison fosse capace di un gesto così dolce? Indosso l'abito. Non sono una che si fa spesso complimenti, ma devo dire che oggi sono raggiante ed è tutto merito del nostro amore. Non ho più intenzione di permettere a nulla e nessuno di divederci.

Fino a qualche mese fa non avrei mai pensato di partecipare al matrimonio di mio fratello, non sapevo nemmeno che fosse vivo, mentre ora ci sentiamo praticamente ogni giorno. È molto apprensivo, non lo dice, ma ho l'impressione che le mie condizioni di quel giorno, allo Zero, lo abbiano scosso. Ci siamo sentiti proprio questa mattina. Mi ha chiamata lui nonostante sia il giorno del suo matrimonio. Aveva la voce leggermente tremolante e mi faceva domande impacciate, forse per distrarsi dall'ansia. Gli ho raccontato dei primi esami all'Accademia di Fotografia senza risparmiargli alcun dettaglio. Gli ho persino parlato delle conquiste di Max e del malumore di Ella. Abbiamo chiacchierato come non avevamo mai fatto. Poi gli ho chiesto della cerimonia e così ha iniziato a elencarmi ogni particolare. Ha detto che il rito sarà semplice e veloce, perché Meredith ha voluto dare più importanza alla festa che si svolgerà dopo. Ho sorriso intenerita dal modo in cui parlava di lei.

Di colpo la porta si apre, Tess, Ang e Mad fanno capolino nella stanza di Aidan. Il loft è bellissimo, ma nel weekend ci trasferiamo sempre a Villa Harrison dove c'è più spazio. «Aria, seduta» ordina Tess. Dopo averle lanciato un'occhiata confusa, eseguo. Tess e Mad si occupano del mio viso, mentre Angelica pensa a sistemarmi i capelli.

«Dovremmo organizzare una festa» propone Madison seduta sul letto.

«Per quale motivo?» chiedo.

«C'è bisogno di un motivo per fare festa?» mormora Tess.

«Prima però voglio controllare la lista degli invitati... anzi, delle invitate» dice Ang.

Scoppio a ridere. «Per caso temi che qualcuno si avvicini a qualcun altro?»

«No» ribatte.

«Oh, ammettilo che vi siete riconciliati» la punzecchia Mad.

«*Riconciliati*» ripeto con tono canzonatorio.

«Che cos'hai da ridere, tu?» mi rimprovera Ang tirandomi una ciocca di capelli.

«Dico solo che vi siete riconciliati in modo piuttosto rumoroso».

«Aria Davidson, stai insinuando qualcosa?» domanda puntandomi contro la piastra per capelli.

«Non mi permetterei mai... Dico solo che ho trovato due calici di vino sul bancone della cucina del loft e voi due che dormivate abbracciati... probabilmente nudi, ma non ho controllato...»

«Aria!» mi riprende imbarazzata.

«Mi sembra più di una riconciliazione, Ang» insisto.

Lei mi fulmina con lo sguardo e torna ai miei capelli pettinandoli con un po' più di forza.

«Okay, io ho fatto» esclama Tess.

Madison osserva il mio viso.

«Bel lavoro, Tess. Se facessi ancora la fotomodella probabilmente ti assumerei come truccatrice».

«È solo merito delle nottate passate a fare il trucco alle stripper di New York per racimolare qualche soldo» dice, facendo spallucce.

Mad e io ci lanciamo un'occhiata. Tess non ci ha raccontato molto di sé e non sembra avere particolare voglia di condividere con noi il suo passato. E visto che io ne so qualcosa, immagino che la sua vita non sia stata tutta rose e fiori.

«Finito» mormora Ang.

«Grazie, ragazze» dico guardandomi allo specchio.

«D'accordo, ora queste». Madison si piega per prendere le scarpe da una borsa e nel rialzarsi emette un mugolio infastidito. «Accidenti, questi pantaloni non mi stanno più».

Mi passa un paio di scarpe nere col tacco e la pochette del gala di beneficienza.

Mentre finisco di allacciarmi le scarpe, Aidan si appoggia allo stipite della porta puntando i suoi occhi su di me.

«Noi ora ce ne andiamo» dice Tess con uno strano sorrisetto sul volto, ma né io né lui prestiamo più attenzione a loro.

Quando siamo insieme il resto del mondo si annulla e il tempo si ferma. Mi concede lo stesso sguardo che gli ho visto nascondere nella boutique.

«Quell'abito...» ripete abbozzando un sorriso.

«Non capivo per quale motivo ti stessi comportando in quel modo al negozio».

«Non avrei mai potuto lasciarlo lì, non dopo averlo visto addosso a te».

«Sei perfido».

«Mi piace esserlo» ribatte avvicinandosi.

«D'accordo, allora...» mi volto verso la cabina armadio, «... per vendicarmi, sceglierò io il tuo completo».

«Cosa?»

«Decido io».

«Assolutamente no...»

«Dai, Aidan» mormoro scandagliando le decine di completi sistemate alla perfezione sulle grucce.

Sbuffa e si siede sul letto. Mi lascia il controllo.

Dopo aver passato in rassegna quasi tutti i vestiti, trovo quello che stavo cercando. Glielo mostro con aria soddisfatta. Lo osserva, riconoscendo il papillon e la camicia nera.

«Il gala di beneficenza» dice.

«Ah sì? Non me ne ero accorta» sorrido.

Mi attira a sé. «Sei una bugiarda...»

«L'unica cosa che ricordo è quanto fossi stronzo e insopportabile».

«Impossibile dimenticare il ballo che abbiamo fatto...» dice prima di farmi fare una piroetta. La gonna dell'abito si apre a ventaglio nella piccola stanza. Mi riafferra saldamente fra le braccia facendomi rabbrividire proprio come quella sera.

Capitolo 95

Il giardino botanico è meraviglioso. L'erba è verde e soffice e ovunque si posino i miei occhi si vedono soltanto fiori colorati e piante dalle foglie esotiche. Ho squadrato gli invitati uno a uno, temendo di riconoscere qualcuno dei miei parenti. Alla fine, Aidan ha indicato due sedie bianche libere. Tutti erano seduti ai loro posti e mancavamo solo noi.

La musica melodiosa di un violino accompagna l'arrivo di Cole. Dopo alcuni secondi, alza il volto e scruta fra la folla. Quando mi vede, fa brillare il suo viso in un sorriso pieno d'emozione. Dopo alcuni minuti c'è una pausa e la sinfonia cambia. Arriva la sposa.

Osservo Meredith avanzare in un abito bianco con le maniche ampie. Anziché il bouquet, stringe tra le braccia la piccola Jasmine. Scatto in piedi e con la mia reflex immortalo la mia splendida nipotina con mia cognata. Quando Meredith e Jasmine raggiungono Cole, lui è visibilmente commosso. Le abbraccia, le bacia e tiene la testa chinata. Tutti gli invitati sorridono di fronte alla dolcezza della scena. Lui si asciuga gli occhi e i nostri sguardi si incrociano. Sorrido, felice per lui. Finalmente non provo più rancore nei suoi confronti. La rabbia per la sua fuga è sparita.

«Siamo qui riuniti...» inizia a dire la celebrante.

Durante lo scambio delle promesse sento gli occhi di Aidan su di me. Avrei voluto rivelargli che ho cambiato idea sul matrimonio, ho sempre pensato che mettere un anello al dito mi potesse intrappolare. Ma lui mi ha dato modo di vedere questo legame sotto un'altra luce. Lui non mi trattiene. Lui mi porge il suo braccio per potermi aggrappare e mi afferra quando sto per cadere.

«... e io vi dichiaro marito e moglie».

Dopo gli applausi ci alziamo tutti quanti per raggiungere la sala del ricevimento. Aidan mi trascina di lato per uscire dalla calca.

«Ora il buffet sarà affollatissimo. Facciamo una deviazione» dice, ma nella sua voce stavolta non c'è la fretta del desiderio. Passeggiamo sull'erba fresca mentre la luce del tramonto inonda il panorama d'arancione. Mentre camminiamo, però, scorgo una figura solitaria che scruta la folla da lontano.

Il suo capo si volta verso di me senza preavviso.

Aidan mi si mette davanti per impedirle di vedermi. «Sapevi che sarebbe venuta?» domanda. Ma le sue parole rallentano e diventano sempre più un sussurro, al loro posto il mio pianto isterico rimbomba nel cervello. La guancia inizia a bruciare intensamente proprio come quella notte. Perdo l'equilibrio, ma di colpo torno alla realtà quando il suo calore mi avvolge.

«Non permetterle di farti questo» mormora. «Hai sofferto già abbastanza per colpa sua. Ora sei felice e non puoi permetterle di rovinarti questo momento». Lo guardo negli occhi e la mia testa sembra registrare queste parole. Mi aggrappo al suo braccio per riprendere il controllo.

Cerco di tornare in me, ripensando a tutto quello che ho conquistato fino a oggi: un amore incondizionato, una famiglia e il mio sogno che sta per realizzarsi.

Faccio qualche respiro profondo.

«Grazie» gli sussurro.

Lui mi abbraccia. «Non devi ringraziarmi. Sarò qui al tuo fianco, per sempre» risponde.

Mi stacco e dopo aver guardato un'ultima volta i suoi occhi, trovo il coraggio di andarle incontro.

Serro la mascella e, passo dopo passo, la raggiungo a testa alta, come mai avevo fatto prima d'ora. Ricordo la sera del compleanno di Asher, quando si era mischiata alla folla, ricordo il giorno della partenza per il Vermont, nel salone di Villa Harrison...

Quel viso è lo stesso, ma non permetto alla mente di deformarlo e renderlo la manifestazione vivente delle mie paure.

Quando mi arresto di fronte a lei, non la saluto e lei non si permette di farlo.

«Eccomi qui» le dico.

Non vedo i suoi occhi da sei anni.

Trovarmi di fronte a lei dopo tutto questo tempo è così strano che non credo di essere del tutto lucida. È incredibile come il suo volto sia rimasto fossilizzato dentro la mia memoria per tutto questo tempo. È il viso della mia prima infanzia, non quello che avevo imparato a odiare durante l'adolescenza, è solo invecchiato e sciupato dall'alcol. Ma è comunque bellissima.

«Dopo tutti questi anni di ricerche, sono qui» vado avanti. «Credo che per quello che mi hai fatto non meriteresti nemmeno di essere considerata, ma sono stanca di tenere per me questo dolore. Mi hai fatto male» scandisco guardandola negli occhi. «Fisicamente e psicologicamente. Non posso dirti che non provo rancore e che con il tempo riusciremo a riallacciare i rapporti. Sto superando quello che mi hai fatto grazie a lui e alla sua famiglia» indico Aidan.

Lei schiude le labbra e gli occhi le si inumidiscono.

«Oggi posso dirti che sto ricostruendo tutta la mia vita alimentata da felicità e gioia. Io non ho bisogno di te. E vedo che sei riuscita a ripulirti: credo che neanche tu abbia bisogno di me. Ma ci saranno occasioni in cui ci incontreremo, in futuro. Soprattutto ora che è nata Jasmine. Perciò penso che dovremo trovare il modo di convivere con il passato e di comportarci in modo civile».

«Aria...»

Il mio nome pronunciato dalle sue labbra mi provoca dei brividi gelati in tutto il corpo. È come se mi stessi lacerando in due: una parte di me vuole credere che la sua mamma sia finalmente tornata a prenderla, ma l'altra parte, quella che mi ha tenuto in vita per strada, quella che mi ha permesso di essere qui, ora, oggi, al fianco di Aidan, vuole solo che tutto finisca.

«Dimmi solo chi è mio padre» la interrompo.

Le lacrime improvvisamente le rigano il viso. «L'unico uomo che abbia mai amato. Ci siamo conosciuti a Cuba e ci siamo innamorati. Lui si è arruolato e io sono rimasta incinta di Cole. Quando è tornato dalla guerra, quattro anni dopo, ti abbiamo concepita. Ci siamo lasciati quando tu eri piccolissima. E ho sofferto tanto per quella rottura... Dan è riuscito a farmi sorridere di nuovo per un po', anche se io non l'avevo mai dimenticato. In una giornata di luglio, due uomini in divisa militare mi hanno comunicato che tuo padre era morto sul campo di battaglia». Abbassa lo sguardo. «Si chiamava Brayden».

Deglutisco. Le informazioni mi investono come un pugno in pieno volto, ma non le elaboro, anzi le archivio. Solo un particolare mi riporta di nuovo a quelle notti: la piastrina, quella che le avevo visto fra le mani quando tornava ubriaca, doveva appartenere a lui.

«Ciao, Lili» dico trattenendo il fiato.

«Aspetta, Aria...» Allunga una mano verso di me cercando di afferrarmi per il braccio.

Le sue dita sfiorano il mio gomito e io mi irrigidisco di colpo. Con gli occhi cerco Aidan che sta già venendo verso di me.

«Non toccarmi. Mai più» dico con calma volgendomi verso di lei.

«Scusa» sussurra abbassando lo sguardo.

Faccio una smorfia prima di ritornare sui miei passi.

Lascio una parte della mia vita lì, con lei. Il tratto di strada che va da quella donna ormai sconosciuta ad Aidan è breve, ma mi sento come stessi camminando su un filo sospeso sopra a un burrone. Mi sento incredibilmente leggera, così leggera che un solo soffio potrebbe farmi precipitare. Lui allunga il braccio verso di me. Io, prima afferro la sua mano, poi però mi prendo tutto e mi aggrappo alle sue spalle.

«Si chiamava Brayden» mormoro. Sulla sua spalla rivolgo più e più volte gli occhi al cielo, per ricacciare indietro le lacrime che minacciano di uscire. Non piangerò per lei, non più.

«So che al momento è fuori luogo, ma sono fiero di te» dice.

«Se non stessi vivendo uno dei momenti più strani della mia vita, mi chiederei se sto davvero parlando con un Harrison».

In risposta lui fa scendere una mano sul mio sedere e lo palpa. «Rassicurata?» chiede.

«Ora ti riconosco».

Entriamo nella sala e Cole mi viene incontro allarmato.

«Aria, prima che tu dia di matto voglio che tu sappia che l'ho invitata perché mi sembrava giusto farlo, ma non l'ho perdonata. E mi dispiace non avertelo detto, ma avevo paura che decidessi di non venire» dice tutto d'un fiato.

«Hai ragione, Cole. Se me lo avessi detto probabilmente non sarei venuta... Ma credo tu abbia fatto bene così. Non voglio più scappare da lei. E ora vai! È il tuo matrimonio, per la miseria!» Lo spingo verso Meredith che lo accoglie a braccia aperte. Io le sorrido e non appena i miei occhi cadono sulla piccola Jasmine lascio Aidan per dirigermi verso il loro tavolo.

Mi innamoro all'istante dei suoi grandi occhi, tanto simili a quelli di mio fratello e ai miei. Le prendo una mano e lei mi stringe il dito. Sento il cuore colmarsi di gioia.

«Prendila in braccio» mormora Meredith, io la guardo in cerca di un'ulteriore conferma. «Dai, su» insiste. Mi passa il fagottino.

«Ehi, piccola» sussurro. «Qui c'è zia Aria, piacere di conoscerti».

Jasmine allunga le sue manine e afferra una ciocca dei miei capelli.

Aidan ci raggiunge.

«È questo il famoso Aidan Harrison?» domanda Meredith con il suo solito grande sorriso.

Annuisco.

«Guarda, Jasmine... qui c'è anche un altro zio» dice Cole, indicando col capo Aidan. Il mio cuore si ferma, mi volto verso di lui, improvvisamente silenzioso e teso.

«Cosa c'è?» chiedo a bassa voce quando Meredith e Cole si distraggono.

«Niente» scuote il capo. Poi si abbassa sulla bambina e le sorride.

«Ti aspetto al tavolo» mormora, secco.

Un po' preoccupata, rimetto Jasmine tra le braccia di Meredith e lo raggiungo.

«Che cos'hai, Aidan?» domando, sedendomi al suo fianco. Lui, però, scatta in piedi e si allontana.

Scuoto la testa, prendo un bicchiere di vino. Cerco di dargli tempo, ma i minuti passano e lui non torna. Vado a cercarlo nel bagno del primo piano.

Mi appoggio allo stipite della porta e lo osservo stringere i pugni sul marmo del lavabo.

«Allora?» chiedo.

«Allora cosa?» ringhia. Eccola lì, la maschera che assume quando si sente vulnerabile.

«Ehi, sul serio?» dico, a bassa voce. Faccio un respiro profondo e conto fino a dieci. Ho capito che non andremmo da nessuna parte se anche io indossassi l'armatura. Mi infilo lentamente fra lui e il lavandino. Cerco di accarezzargli il viso, ma lui si sposta di scatto. Con delicatezza gli afferro il mento e lo costringo a guardarmi. Oppone resistenza fino all'ultimo secondo, poi però i suoi occhi incontrano i miei.

«Cosa ti è preso?»

«È come se mi avessi sputato in faccia la verità».

«Quale verità? Mi sembra che qui l'unica ad aver ricevuto secchiate di fredda verità sono stata io con quell'incapace di mia madre».

«Tu vuoi dei figli» dice, secco.

Le sue parole mi prendono alla sprovvista.

«Un giorno, forse. Sicuramente non ora» confesso. «Da cosa l'avresti capito?»

«Ho visto come hai guardato la bambina».

«Aidan, è mia nipote! Non credi che sarebbe un po' strano se non le volessi bene?»

«Ma vorrai dei figli tuoi, un giorno» ripete.

«E tu no?» cerco una risposta che mi confermi che non è solo la mia testa a correre e a idealizzare un futuro insieme.

«Io no… cioè, sì…» sospira, chiude gli occhi e contrae la mascella.

«È per il tuo lavoro?» domando piano.

Annuisce. «Sarebbe troppo pericoloso».

«E allora perché poi hai detto 'sì'?»

Ogni fibra del mio corpo si sta aggrappando a quel 'sì'.

«Sai perché non voglio figli, in realtà? Il lavoro non è l'unico motivo» mi chiede.

Lo guardo negli occhi verdi, sofferenti, e riconosco quel dolore.

«Perché hai paura che loro possano vivere tutto il male che hai vissuto tu, con tua madre» rispondo con un filo di voce.
Lui non ribatte.

«Bene, hai preso una decisione, Aidan... Io non la condivido, ma l'hai presa. È tuo diritto farlo» mormoro.

«Aria, il problema è che la mia decisione si frantuma davanti all'immagine di te che tieni in braccio Jasmine» rivela. «So per certo che sei la donna della mia vita anche per questo, perché sei riuscita a farmi desiderare di mettere al mondo un bambino nonostante tutta la paura che ho dentro».

«Ascolta, Aidan...» dico accarezzandogli il braccio. «Anche io ho paura che i miei figli possano incontrare il dolore che abbiamo conosciuto noi... Ma non possiamo rinunciare alla gioia per colpa della paura. Farò tutto ciò che è in mio potere per garantirgli una vita felice».

«Quindi la nuova Aria Davidson affronta la paura a testa alta e vuole un figlio?» sorride.

«Solo uno?» ribatto, avvicinandomi a lui.

«Vuoi iniziare adesso, Davidson?» mi chiede con il suo sorrisetto.

Scuoto il capo. «No, prima dobbiamo sfogarci ancora un po'» dico, slacciandogli la cintura.

Bussano.

«Occupato» rispondiamo all'unisono trattenendo le risa.

Capitolo 96

Guardo l'orologio sul comodino: è tardi, ma non riesco proprio ad addormentarmi.

Ripenso a mia madre.

Nella mia testa si sovrappongono le varie versioni di lei che ho conosciuto negli anni.

Quella che mi comprava i pastelli e mi insegnava a disegnare.

Quella che mi lanciava addosso le bottiglie.

E poi quella del matrimonio. Fragile, ma dignitosa. Remissiva, ma capace di gioire per Cole. Capace di darmi la risposta di cui avevo bisogno.

Non ho incontrato davvero mia madre, né il suo alter ego violento. Ho parlato con una sconosciuta.

Esco dalla camera dopo aver lanciato uno sguardo al corpo rilassato di Aidan. Cerco di non fermarmi troppo spesso alla villa per dormire. Mi piace tornare al loft dalle ragazze, sedermi con loro sul balcone e raccontarci le nostre giornate. Dopo la cerimonia, però, mi sentivo stanca e vulnerabile, perciò quando Aidan mi ha chiesto se volessi rimanere a dormire a casa sua non ho esitato.

Scendo le scale ed entro nel salone illuminato dalla fredda luce lunare. Mi avvio verso la vetrata ed esco. Stringo le braccia al petto percependo la brezza marina accarezzarmi la pelle.

Odiavo la spiaggia e il mare prima di entrare in questa casa. Ora, invece, infilare i piedi nella sabbia e percepirne i granelli fra le dita, mi fa stare bene, mi ricorda quel senso di pace che ho provato quella mattina, quando Aidan e io ce ne siamo stati seduti a osservare il cielo tingersi con i colori dell'alba.

Mi siedo a pochi passi dalla battigia. La luna riverbera il suo bagliore fra le onde dell'Atlantico. Le increspature giocano con le ombre e la luce. Tutto tace. L'oceano sussurra al mio orecchio tramite la risacca. Mi confronto con lui. So molto bene che gli ostacoli non sono finiti e che probabilmente non finiranno mai. La vita non può essere vissuta come se si stesse attraversando una pianura deserta e monotona. Ci saranno sempre degli imprevisti che ci obbligheranno a rivedere la strada, persino quando si pensa di aver calcolato ogni dettaglio del tragitto. Tutto sta nel saper combattere.

«Che ci fai qui?» mormoro quando Aidan mi affianca. «Devi riposare per lavorare» dico.

«Riuscirò a farlo lo stesso... So che sei preoccupata».

«Ti saresti immaginato tutto questo prima che mettessi piede in casa tua?»

Sospira. «Mai. Credo che a quest'ora sarei appena rientrato da un locale».

«Con una nuova conquista tra le braccia» dico, fulminandolo con lo sguardo.

Lui non lo nega.

«Ti manca? Ti manca flirtare, sedurre una ragazza diversa ogni sera e portarla a casa?»

«No» risponde subito e mi passa una mano sulle spalle. «Ho tutto quello di cui ho bisogno e persino di più».

Sorrido, rassicurata.

«Se ti avessi lasciata entrare prima, ci saremmo risparmiati un mucchio di male... Invece» dice con un sospiro, «ero troppo concentrato a controllare il dolore e a trovare il modo di catturare quel bastardo di Williams».

Williams...

Nonostante tutto, se chiudo gli occhi riesco a sentire ancora il freddo della sua pistola sulla mia tempia e la sua inquietante risata nelle orecchie.

«Credi sia finita la guerra con loro?» domando pur sapendo che non vederli più non sarà la soluzione ai miei incubi. Non sarà sufficiente sapere che marciranno dietro le sbarre per smettere di sentire il pericolo incombere ancora su tutti noi.

«No. Però, ho anche una specie di buona notizia. Grazie ai miei agganci con l'FBI, alcune parti della registrazione si sono...» cerca le parole. «Diciamo che si sono rovinate e sono risultate inascoltabili» dice.

Prendo un respiro di sollievo.

«Dovremmo essere salvi, noi» mi spiega Aidan. «E dovremmo poter usare il resto della registrazione per segnare la nostra prima vittoria contro di loro... So che aspettano solo il momento in cui abbasseremo la guardia per contrattaccare» sibila.

«Be', allora noi non lo faremo» stabilisco con fermezza, per non permettermi di sprofondare nella paura.

Mi alzo di scatto e, correndo verso il punto in cui si infrangono le onde, mi sfilo la maglia di Aidan che indosso come pigiama. Rabbrividisco quando una folata di brezza marina si scontra con la mia pelle.

Mi volto verso di lui e sorrido in segno di sfida.

«Lo sai che se ti prendo sei finita?» chiede.

«Ma devi prima prendermi».

Lui fa uno scatto e io inizio a correre in acqua. Gli schizzi mi fanno rabbrividire ancora di più. Mi tuffo, trattenendo il respiro. Mi abituo al freddo e quando riemergo lui è a pochi metri da me. Mi raggiunge, fa scorrere le sue mani sui miei fianchi, poi sulla mia pancia, attirandomi a sé. Di colpo mi solleva e mi butta sott'acqua. Riemergo. Con le cosce gli cingo la vita e mi aggrappo alle sue spalle.

«Ti ho presa» mormora con voce roca.

«Lo farai sempre, finché te lo permetterò».

«Me lo permetterai?»

«D'altronde sono io che ti ho catturato». Mi mordo il labbro inferiore.

«Analizzando i fatti direi proprio il contrario». Con una mano mi stringe una natica. Sorrido. Soffia leggermente sul mio collo lasciandoci un bacio.

«Ti amo, Harrison» gli dico. Alza il viso verso di me. La luna illumina il verde dei suoi occhi. È ancora una foresta pericolosa, ma è la *mia* foresta. È lì che trovo il senso di tutto questo, di noi, delle nostre discussioni, del nostro essere perennemente in competizione.

«Ti amo, Davidson».

Io sua, lui mio.

Si stacca di forza da me e mi fa cadere in acqua. Quando torno in superficie tossicchio per sputare l'acqua che ho accidentalmente ingerito.

«Aidan, che diavolo fai?» Gli sferro un pugno al bicipite, ma lui non dà segno del minimo dolore, scoppia soltanto a ridere.

«Auguri, biondina».

«Fanculo, Aidan» ribatto, mettendo il broncio.

«È il mio regalo di compleanno» dice con il suo sorriso sghembo, poi fa dietrofront e si incammina verso la spiaggia.

Gli salto addosso e gli mordo la spalla. «Grazie per gli auguri, soldato» sussurro all'orecchio.

«È ancora lunga la giornata, aspettati di tutto».

Afferro la sua maglietta da terra.

«Quella è mia» dice.

La infilo e scappo via quando lo vedo avvicinarsi a me; lui mi prende per i fianchi, ma io tento comunque di scappare. Mi circonda da dietro e mi scocca un bacio sul collo, ridendo.

Aidan che ride.

Il cuore mi si scioglie.

«Hai freddo, rientriamo» dice.

«Non ho freddo» ribatto.

«Hai le mani e il sedere congelati» insiste, facendo scorrere la portafinestra. Improvvisamente le luci si accendono.

«Auguri!» gridano delle voci.

Cerco di mettere a fuoco la situazione in attesa che i miei occhi si abituino alla luce artificiale. Rimango per qualche secondo di stucco, ma non appena realizzo, sorrido imbarazzata.

La mia famiglia. Le mie amiche che applaudono, i fratelli Harrison che intonano cori da stadio e Clark e Rosa abbracciati che mi sorridono. Potrei volere di più?

«Grazie» riesco solo a dire. Angelica mi passa un bicchiere di spumante.

«Discorso» grida Jake.

«Sì, discorso Aria!» lo segue Aron.

Scuoto la testa in imbarazzo.

«Oh, avanti, due paroline da ventitreenne ...» mi incita Josh.

Deglutisco. «Va bene, d'accordo».

«Shh...» li zittisce Rosa.

«Dunque...» mi schiarisco la voce. «... sono entrata in questa casa pensando di essere finita dritta dritta dentro un covo di criminali, ho dovuto affrontare tanti ostacoli, antipatie premature e ingiustificate, direi» dico rivolgendomi verso Aidan. «Nonostante questo e nonostante abbia affrontato molte situazioni difficili, sono rimasta». Li guardo uno a uno. «Perché in tutti voi, in Clark, in Rosa, ho potuto trovare un calore che non sentivo da anni. Ho sentito di appartenere a un posto, di essere arrivata in un porto sicuro e ho capito di poter avere di nuovo una famiglia. Non sarà l'ultima volta che lo dirò, ma grazie, grazie a tutti voi, per avermi aiutata e soprattutto per avermi fatto sentire protetta, accettata e parte integrante di questa banda di barbari. Vi voglio bene e non credo che smetterò mai di farlo. Vi porto qui» mi metto una mano sul cuore.

Nessuno dice niente. Rosa mi sorride, guardandomi tra le lacrime. Ang e Mad tirano su con il naso.

«Brava» grida Aron.

Jason e Josh iniziano a fischiare.

Clark alza il bicchiere. «Ad Aria! Presenza benefica per questa casa e per tutti noi, una grande famiglia allargata chiamata Harrison». Alziamo il bicchiere.

«Ad Aria!» urlano tutti.

I calici di cristallo tintinnano uno con l'altro.

«Il regalo, ragazzi» dice Tess.

«Ah sì, sì» ribatte Jason. Mi porta un pacchetto con il fiocco blu.

«Dico la verità, noi eravamo più orientati su una pistola, ma Rosa e le ragazze ce l'hanno impedito» rivela Jake ridendo.

Scarto il regalo delicatamente. Un album fotografico che raccoglie tutte le foto che abbiamo fatto il giorno del Ringraziamento e di Natale.

«È stato difficile rubarti la macchina fotografica e far sviluppare le foto» sorride Tess.

«Tess!» l'ammonisce Madison.

«Da questo punto in poi tocca a te continuarlo. Sei la fotografa ufficiale delle disavventure di questa famiglia» dice Ang indicando la pagina vuota.

Dopo chiacchiere e scherzi, ognuno di noi torna nella propria camera.

Aidan mi apre la porta della nostra che ritrovo piena di palloncini. Sul letto c'è un gigantesco bouquet di rose.

«Aidan, ma che...» Entro e faccio un giro su me stessa registrando i cambiamenti.

«Con le parole non sono bravo, quindi...» Fa un gesto verso il letto e solo ora noto una scatolina bianca.

«Cos'è?» chiedo avvicinandomi.

«Non chiedere, apri e basta».

Afferro la scatola e la apro.

C'è una chiave.

«Cosa significa?» domando.

«Leggi il bigliettino» dice lui.

'Ci penso da settimane, biondina. Credo che dopo tutto quello che abbiamo passato ci spetti un po' di tranquillità. Vieni a vivere con me?'

Un tuffo al cuore, nello stomaco scoppia il caos.

«Sei impazzito?» cerco di dire.

«Non vuoi un nido d'amore tutto nostro?» mi prende in giro.

«Smettila». Prendo il cuscino e glielo lancio. «Aidan è bellissimo, ma... non è una buona idea».

Ritorna serio e contrae la mascella. «Perché?»

«Con la distanza stiamo imparando a trovare un equilibrio» ribatto.

«Stai scherzando?» spalanca le braccia. «Dopo tutto quello che abbiamo passato, vuoi aggiungere altre complicazioni?»

«No, Aidan» sospiro. «Ho paura. Ho paura che le cose tornino ad andare male e che ci lasceremo. In quel caso, io non sarò in grado di riprendermi, perché lo sai...» mi blocco, «... lo sai quanto è stato difficile».

«Smettila» dice rosso in volto. «Accettalo e basta, ci amiamo e non vogliamo stare lontani l'uno dall'altra. Io non ho intenzione di lasciarti, mai. E tu?»

«E se un giorno ti dovessi stancare di me?» mormoro.

«Sì, probabilmente lo farò se continuerai con questi capricci, biondina».

«Sai bene che non sono solo capricci. Non dopo tutto quello che abbiamo vissuto».

Sbuffa irritato sedendosi sul letto accanto a me, afferra la mia mano e mi attira al suo petto.

Sospiro sul suo collo. «Aidan...»

Lui si stende trascinando anche me.

«Aria, va bene così, se non vuoi. Ma un giorno dovremo andare avanti: non possiamo permettere che quello che ci è accaduto pregiudichi ogni nostra scelta. Poche ore fa parlavi di mettere su famiglia e ora non vuoi neanche condividere un appartamento con me».

«Accetto» sussurro, colpita dalla verità delle sue parole.

«Non sei pronta».

«Non sei nessuno per poterlo dire».

«Sono Aidan Harrison, posso eccome».

«Presuntuoso» replico. Ma ha ragione, lo so bene che ha ragione. È sempre così: io reagisco d'impulso, rispondo a tutto quello che mi accade senza riflettere e lui ormai lo sa e mi aiuta a gestirlo.

«Posso permettermelo» ribatte.

«So quello che voglio, e voglio te».

«E chi non mi vorrebbe?» Alza e abbassa le sopracciglia. Gli mordo una guancia per infastidirlo.

«Il punto è che io voglio solo te».

Epilogo

Due anni dopo

«Prometto...» inizia. Ho le mani che tremano tra le sue e il cuore a mille. Mi sforzo di non piangere. Non sono cambiata molto in questi anni. Affronto le cose come facevo prima: mi armo di spada e combatto. Ho fatto così quando siamo andati al processo definitivo per l'assassinio di Shailene e poi quello per il rapimento di Angelica. Già, perché quando Aidan diceva che con i Williams la partita non si sarebbe chiusa, aveva ragione, non si sono fermati nemmeno dopo che Miranda Williams è stata arrestata. La loro era una guerra contro la nostra famiglia. La nostra una difesa per far vincere la giustizia. Mi sono fatta forza, non solo per me, ma anche per Aidan. Dopo tutti questi anni, tutti noi sappiamo di non aver vinto veramente perché, se così fosse stato, non avremmo perso nessuno dei nostri.

Abbiamo affrontato gli ostacoli. Ho avuto altri attacchi di panico, ma poi ho ripreso fiato. Lui ha lasciato che i mostri tornassero a galla, ma poi li ha rinchiusi di nuovo dentro di sé. La vita non ci è andata leggera, ma non le ho più permesso di spezzarmi. Neanche quando non ho ottenuto la cattedra di insegnante all'Accademia di Fotografia della Florida. Ci ho riprovato finché non ho vinto. In fondo, sono una guerriera. Ma quello non è il mio unico lavoro da quando Aidan mi ha proposto di lavorare per lui: pedino i criminali e li immortalo cogliendoli in flagrante. Con le mie fotografie rendo il mondo un posto un po' migliore, per Jasmine Davidson e per i nuovi membri del clan Harrison che sono arrivati in questi anni.

A volte mi soffermo a osservare l'oceano di Miami dalla vetrata, a volte mi fisso sui fiocchi di neve grossi come un pugno che cadono dal cielo del Vermont. Non sarà mai semplice. Non ci sarà giorno nel quale non mi arrabbierò almeno un po'. Non ci sarà mai una vita di sola felicità. Ma va bene così. Possiamo farcela.

«... di amarti, onorarti sempre, di prendermi cura di te». Fa una pausa. «E di proteggerti, perché è iniziato tutto così, tu con i tuoi occhi verdi e nocciola cercavi una mano da stringere nel momento del bisogno, delle braccia a cui aggrapparti. Saprò ascoltarti, anche se con qualche legittima discussione. Ti prometto di esserti vicino sempre nella gioia e nel dolore, nella salute e nella malattia, e nei litigi che spesso abbiamo, soprattutto a causa tua, e nei momenti d'amore».

Gli invitati sorridono alle sue ultime parole.

«Prometto...» dico con la voce tremante e colma di emozione.

Aidan aveva ragione, con il suo intuito ha preceduto tutti sulla sentenza che avrebbero ottenuto i Williams. Ma da quel giorno ne sono successe di cose.

Litighiamo? Sì, altrimenti non saremmo Aria e Aidan. Quando smetteremo di farlo significherà che non ci amiamo più, perché ho capito questo: noi due siamo fatti così. Per comunicare abbiamo bisogno di discutere almeno un po', perché amore non è solo prendersi cura dell'altro, amore non è solo sorridere insieme ogni giorno. Amore è anche scontro di idee, amore è anche cercare un confronto. Amore, a volte, è sinonimo di guerra.

«... di amarti e onorarti sempre, di dirti quello che penso senza freni, di non mentirti. Prometto di impegnarmi a trovare sempre un compromesso, prometto anche di litigare, perché abbiamo bisogno anche di questo. Prometto di esserti accanto sempre, nella gioia e nel dolore, nella salute e nella malattia, nella pace e nelle battaglie che affronteremo. Prometto di essere la tua miglior complice e la tua peggior rivale, perché il nostro amore è guerra».

Una lacrima gli solca la guancia. La raccoglie subito, per non mostrarla agli altri, solo a me. La celebrante fa un cenno dietro di noi. Clark dà una leggera spinta alla piccola Davidson che prima allarga la bocca in un sorriso meraviglioso come quello della madre e poi corre verso di noi stringendo tra le mani il cuscino con gli anelli.

«Zio Aidan» lo chiama, afferrando i suoi pantaloni. Lui le sorride e si china a prendere gli anelli.

Si aggrappa al mio abito. «Zia Aria» sussurra. Mi accovaccio accanto a lei. «Sei bellissima!» mi dice nell'orecchio, pensando di non farsi sentire da nessuno.

Josh e Aron corrono verso di noi e la trascinano via mentre tutti ridono.

La celebrante con dolcezza ci richiama tutti all'ordine.

«Dono la mia benedizione e vi dichiaro marito e moglie. Ora, può baciare la sposa».

Aidan non aspetta neanche che la frase sia finita, mi afferra subito e mi bacia con passione. Alle nostre spalle scoppia un boato di fischi e di applausi. Guardo la fede che mi ha messo al dito e guardo lui. Sono fiera dell'uomo che è diventato. Sono fiera di poterlo chiamare marito.

«Un momento di attenzione, grazie» dice Ang, appropriandosi del microfono. «Vi preghiamo di dirigervi nella sala da pranzo, gli sposi ci raggiungeranno fra poco».

Aidan mi segue qualche passo indietro, mentre si guarda attorno. Madison mi ha tormentata per settimane con telefonate dopo il lavoro e interrogatori al pranzo della domenica a casa mia e di Aidan. La scelta dei fiori, il menù, l'abito... All'inizio dicevo che non mi importava, ma alla fine ho ceduto alle sue insistenze e mi sono fatta trascinare. L'ho obbligata a cancellare tutte le prenotazioni che aveva già fatto esasperata dai miei silenzi, e poi abbiamo ricominciato da zero, insieme. Sapevo che Aidan avrebbe sentito la mancanza di sua madre in una giornata come questa e così ho pensato di organizzare la cerimonia nel luogo in cui gli Harrison si sono persi, ma si sono anche ritrovati, dove sono cresciuti e sono diventati uomini, ma anche padri, mariti e fratelli migliori. Il luogo in cui ci ritroviamo tutti durante le vacanze di Natale, dopo che i nostri lavori e le nostre vite ci hanno sparpagliato per gli Stati Uniti nel resto dell'anno. Il luogo in cui Aidan e io ci siamo detti di amarci: il Vermont che, questo autunno, è straordinario come la prima volta in cui l'ho visto. La terrazza dello chalet, che si è ingrandita ancora di più per ospitarci tutti, è avvolta dai colori caldi della stagione ed è stata decorata da fili di lucine e fiori color crema a contrasto con il rosso del bosco attorno a noi. Prendo per mano Aidan e ci avviamo verso la sua stanza, tallonati da Madison.

«Fra dieci minuti, però, dovete scendere» ordina.

«Va bene» annuisco.

Aidan chiude la porta a chiave e si precipita su di me.

«No, Aidan!» rido.

«Abbiamo dieci minuti di pace. Perché non sfruttarli al meglio?» mormora con voce roca.

«E ti vuoi bruciare così la prima notte di nozze?» sorrido.

«Ah, non sei tu la ragazza con cui ho fatto l'amore ogni giorno da due anni a questa parte?» dice, baciandomi il collo fino ad arrivare al seno. «Sai, quelle promesse mi hanno fatto venire...»

Scoppio a ridere. «Devi sempre dare il tuo tocco di classe».

«Avevi dubbi?» chiede.

«Sempre avuti».

Mi fa voltare e mi sbottona l'abito. Sono certa che se non fosse stato così ingombrante non avrebbe perso tempo. Appena resto con l'intimo e la giarrettiera mi bacia il collo e io sento un fremito.

«Penso che, allora, te ne farò venire ancora qualcun altro» sussurra. Si stacca all'improvviso ed esce dalla stanza. Sbatto per qualche istante le palpebre, incredula. Apro l'armadio e prendo il vestito per il ricevimento, un lungo abito color perla in raso, morbido e meno voluminoso del precedente. Appena esco lo trovo con le mani in tasca appoggiato al muro, lo sguardo fiero e il sorriso pericoloso. Lo sorpasso cercando di mantenere un'aria stizzita.

«Ciao, non so se te ne sei accorta, ma lì c'era tuo marito» dice, raggiungendomi.

«Ciao, non so se te ne sei accorto, ma lì dentro c'era tua moglie mezza nuda».

«Impossibile non accorgersene» mormora lascivo.

«Bravo, tieniti la mia immagine nuda ben fissa nella mente perché non so quando la rivedrai dal vivo...» Si blocca un istante, ma poi mi abbraccia da dietro avvolgendomi il ventre.

«Stasera sicuramente». Mi provoca solletico sul collo e io inizio a ridere di gusto.

Josh che ci stava aspettando all'inizio del corridoio ci osserva. «Ci hai messo davvero poco, fratello. Sicuro che vada tutto bene?» ride.

«Josh, non abbiamo fatto nulla» lo rimprovero.

«Sì, e Babbo Natale esiste per davvero» commenta. Aidan ammicca divertito. Io scuoto la testa.

Sulla soglia della terrazza, Josh fa un cenno ad Ang e il vocalist richiama l'attenzione di tutti.

«Bene signori, siamo pronti a far entrare i novelli sposi. Un bell'applauso per Aria e Aidan Harrison».

«Sei pronta ai discorsi smielati che ci faranno le tue amiche?» bisbiglia mentre sorride agli invitati.

«E tu a quelli dei tuoi fratelli?»

«Non parleranno, fidati».

«Ne sei così certo, soldato?» abbozzo un sorrisetto. Li ho convinti una settimana fa a dire qualcosa per Aidan.

Clark si alza, prende il bicchiere e il microfono.

«Buonasera a tutti. Grazie per esservi uniti a noi in questo giorno così felice» dice con un sorriso. Gli invitati lo guardano già ammaliati. «Voglio spendere solo qualche parola su Aidan e Aria. La nostra famiglia ha dovuto affrontare situazioni molto difficili. Ognuno di noi ha smarrito la sua strada. Aidan, pochi anni fa, era una bomba pronta a esplodere. A lungo ha vissuto in un limbo di infelicità. Poi è arrivata Aria che...» Fa una pausa. «Direi che ha fatto esplodere la bomba».

Tutti ridacchiano. Clark aspetta che torni il silenzio e poi riprende. «In pochi mesi, ha fatto sorridere mio figlio. Non lo vedevo così felice da quando aveva dodici anni».

Aidan, preso alla sprovvista da questo discorso, si limita a fare quello che gli riesce meglio: l'indifferente.

«Sono le colonne portanti di questa famiglia. Aidan lo è sempre stato, soprattutto dopo la morte di Shailene, quando io non ero più in grado di tenerla unita. E Aria lo è diventata. Non potrei essere più fiero della donna che è oggi. Vi auguro il meglio, ragazzi miei».

Mimo un 'grazie' con le labbra e stringo la mano di Aidan. Non lo ammetterà mai, ma so che dentro di lui è commosso dal discorso di suo padre.

«Parlo a nome di Angelica, Tess, Grace e Piper» esordisce Madison prendendo il microfono che gli passa Clark. «Se Aria non mi avesse invitata in questa casa, quel giorno in aeroporto, e se Aidan non fosse stato abbastanza preoccupato di farsi perdonare da lei da accettare che praticamente mi trasferissi qui, non sarei la persona che sono oggi e non avrei la famiglia meravigliosa che ho oggi. Lo stesso vale per le altre Harrison. Aria è sempre stata la nostra complice, il nostro punto di riferimento. È una ragazza fantastica, con un carattere tosto, a volte un po' pesante... e crediamo sia proprio per questo che lei e Aidan vadano così d'accordo. Vi auguriamo tutto ciò che c'è di bello al mondo» sorride, passando il microfono a Jake.

«Hanno scelto me come oratore» dice. «Dunque, che siete fantastici ve l'hanno già detto e visto che Aidan è piuttosto egocentrico direi che è meglio non ripetersi. Per cui non abbiamo preparato un discorso, ma un elenco di richieste». Cerco con sguardo allarmato Aron, per capire quanto devo preoccuparmi e lui sorride. La risposta quindi è scontata: molto. «Allora» inizia Jake. «Per prima cosa chiediamo che Aria sia un po' più buona con noi. Sappiamo bene che in te si è reincarnato un tiranno, Aria, ma almeno a volte puoi lasciarci mangiare in pace. Vorremmo inoltre che, al di fuori del lavoro, ci lasciassi un po' di più nostro fratello, da quando ci sei tu a casa ormai lo vediamo solo quando Rosa non cucina, ovvero mai». Tutti sorridono, persino Aidan. «Ci piacerebbe essere invitati più spesso a casa vostra, non capiamo perché non condividiate la sala cinema con noi. Siamo così silenziosi». Rido, facendo segno di no con il dito. «Ad Aidan, ovviamente, non chiediamo nulla, perché tanto risponderebbe in base al volere di Aria». Aidan alza le sopracciglia e io scuoto la testa con disappunto. «Non ho finito. Dobbiamo anche ringraziarvi per tutto quello che avete fatto; ad Aidan per essere sempre stato il fratellone su cui fare affidamento, quello che ci continua a coprire le spalle per ogni cazzata. Ad Aria per essere stata la sorella che non abbiamo mai avuto. Ma, soprattutto, dobbiamo ringraziarvi per esservi trasferiti, perché finalmente non sentiamo più i vostri ululati notturni». Spalanco gli occhi mentre tutti ridono a crepapelle e applaudono. «Ecco, quello che vedete, signori, è lo sguardo di chi dopo ci farà fuori tutti quanti» dice indicandomi.

«Che ne dite di raggiungere la pista da ballo, sposi?» propone il vocalist. «Questa, Aria, ci hanno detto di dedicartela».

Aggrotto le sopracciglia. Lancio un'occhiata confusa verso Aidan che mi prende subito per il fianco.

People Help the People.

Gli sorrido e tutto intorno si annulla.

Io e lui, lui e io.

«Da oggi non potrai più scappare da me, biondina» mormora.

«Non lo avrei fatto comunque» sorrido. «Sai, dopotutto Aidan, forse non te l'ho mai detto...»

«Cosa?»

«Grazie». Mi guarda negli occhi. «Grazie per avermi dato il tuo supporto, sempre, anche quando non te l'ho chiesto, sono cosciente di non essere una donna semplice...»

«Oh, Davidson, le vittorie più difficili da ottenere sono quelle che mi piacciono di più».

«Lo so, vale lo stesso per me. Ma mi aspettavo che dicessi qualcosa del tipo: 'Anche io ti ringrazio perché sono difficile da sopportare'» dico imitando la sua voce.

«Sei noiosa, Aria. Alla fine non ti ho causato poi così tanti problemi».

'Un amore come il vostro non può essere semplice'.

Abbozzo un sorriso e appoggio il capo sulla sua spalla.

La stessa dietro cui mi sono nascosta tante volte. La stessa su cui mi sono aggrappata quella notte, dopo lo scontro con i Williams. È racchiuso tutto lì, in un frammento della nostra vita insieme. Di quel momento rimane la foto in bianco e nero che ho scattato, le ombre e la luce, le stesse sfumature del nostro amore.

E una scritta, che ho inciso con un pennarello bianco: *'Pericolosamente mio'*.

Ringraziamenti

Ringrazio prima di tutto i miei genitori, che mi hanno sostenuta in questo progetto sin dall'inizio, dal lontano 2017, quando ancora non sapevano che cosa stessi creando. Li ringrazio per avermi insegnato, fra le tante cose, a mettermi al posto dell'altro e prendere in considerazione tutti i punti di vista, perché nulla è scontato, ogni essere umano ha una storia alle spalle che lo porta a essere quello che è. Li ringrazio soprattutto per avermi trasmesso la gioia dell'immaginazione, del sentire e del sognare.

Ringrazio Nicole, Sara e Lucia per tutte quelle sere in spiaggia con il telo a guardare le stelle e scambiarci opinioni sulla vita o quelle notti in auto a chiederci l'un l'altra che cosa ne pensassimo del mondo. Senza di voi non avrei potuto creare così tanti personaggi, con visioni differenti e contrastanti.

Ringrazio Giacomo, una parte fondamentale della mia vita, la tua rara sensibilità è stata motrice di tante scelte in questo libro. Ti riterrò per sempre il responsabile delle mie alte aspettative sulla sensibilità degli uomini.

Ringrazio Rokia, Cary e Franci, pur conoscendoci da poco, siete state un sostegno importante in questo viaggio. Mi avete aiutato a identificarmi come scrittrice, confidandomi quelle problematiche e quelle insicurezze che condividiamo. E quando chi non è del mestiere non sapeva come darmi una mano, voi eravate lì, a fornirmi ottimi consigli.

Ringrazio Nathascia Severgnini, editor del testo, ma soprattutto fan numero uno degli Harrison. Ringrazio di cuore anche Francesca e Marco di Salani per l'opportunità e la fiducia datami.

Ringrazio di cuore tutti i fan della Saga Harrison, chi c'è dal 2018 e chi è arrivato da poco. Siete rimasti al mio fianco per tutta la durata del percorso, mi avete dedicato parole indimenticabili. Avete creduto, a volte più di me, nel mondo che ho creato, un mondo fatto di litigi, pulsioni, amori difficili e fiducia.

Sappiate che gli Harrison sono solo una proiezione di quel calore familiare che tutti voi vi meritate, non crediate nemmeno un secondo di non poter avere una famiglia che sappia coprirvi le spalle al momento giusto e confortarvi quando serve. Saper stare in piedi da soli, affrontare di petto gli ostacoli e combattere come Aria ha fatto per tutta la sua vita è giusto, ma questo non toglie che a volte si può aver bisogno di sentirsi dire in un abbraccio: 'va tutto bene'.

Questo libro è stampato col sole

Azienda carbon-free

Fotocomposizione: Alessio Scordamaglia

Finito di stampare
nel mese di aprile 2022
per conto della Adriano Salani Editore s.u.r.l.
da Grafica Veneta S.p.A. di Trebaseleghe (PD)
Printed in Italy